Robert Dugoni
Ein fatales Versprechen

Das Buch

Detective Tracy Crosswhite ermittelt wieder: Robert Dugonis spannender Thriller um verhängnisvolle Geheimnisse und einen skrupellosen Mord.

In einem stillgelegten Brunnen wird die Leiche einer jungen Frau entdeckt: Tracy Crosswhite von der Mordkommission Seattle ermittelt und findet heraus: Die Ermordete war zwischen den traditionellen Werten ihrer indischen Familie und dem Wunsch, Medizin zu studieren, gefangen.

Vermisst, ermordet: Das erinnert Tracy schmerzlich an ihre eigene Schwester. Um jeden Preis will sie den Täter überführen. Was riskant ist: Sie ist schwanger, eine neue Kollegin scheint entschlossen, ihren Job zu übernehmen. Als auch noch ein Einsatz ihres Teams schrecklich schiefgeht, gerät mehr als Tracys Karriere in große Gefahr ...

Der Autor

Robert Dugoni ist der New-York-Times-Bestsellerautor der Tracy-Crosswhite-Serie, die mehr als zwei Millionen Exemplare verkauft hat und die es auf Platz 1 des Wall Street Journal und auf Platz 1 bei Amazon geschafft hat. »Das Grab meiner Schwester« wird derzeit für eine TV-Serie adaptiert. Dugoni ist auch Autor der David-Sloane-Serie und der Romane »The 7th Canon« und »The Cynide Canary«, das von der Washington Post zum besten Buch des Jahres gewählt wurde.

Er war mehrfach Finalist für den International Thriller Writers Award sowie für den Mystery Writers of America Award in der Kategorie Bester Roman. Seine David-Sloane-Reihe wurde zweimal für den Harper Lee Award nominiert. Dugonis Bücher sind in über 20 Sprachen übersetzt worden. Mehr über Robert Dugoni können Sie auf seiner Website unter www.robertdugoni.com oder unter www.facebook.com/AuthorRobertDugoni erfahren.

ROBERT DUGONI

EIN FATALES VERSPRECHEN

THRILLER

Aus dem Amerikanischen von Dorothee Danzmann

Die amerikanische Ausgabe erschien 2018 unter dem Titel
»A Steep Price« bei Thomas & Mercer, Seattle.

Deutsche Erstveröffentlichung bei
Edition M, Amazon Media EU S.à r.l.
38, avenue John F. Kennedy, L-1855 Luxembourg
August 2019
Copyright © der Originalausgabe 2018
By La Mesa Fiction, LLC
All rights reserved.
Copyright © der deutschsprachigen Ausgabe 2019
By Dorothee Danzmann

Die Übersetzung dieses Buches wurde durch Amazon Crossing ermöglicht.

Umschlaggestaltung: semper smile, München, www.sempersmile.de
Originaldesign: David Drummond
Umschlagmotiv: © ranasu / Getty; © nkbimages / Getty;
© CaseyFotos / Shutterstock
Lektorat: Rainer Schöttle
Korrektorat: Manuela Tiller/DRSVS
Gedruckt durch:
Amazon Distribution GmbH, Amazonstraße 1, 04347 Leipzig /
Canon Deutschland Business Services GmbH, Ferdinand-Jühlke-Straße 7,
99095 Erfurt /
CPI Books GmbH, Birkstraße 10, 25917 Leck

ISBN: 978-2-91980-463-4

www.edition-m-verlag.de

Ich widme dieses Buch allen Frauen, bei denen Brustkrebs diagnostiziert wurde und die den Kampf dagegen aufnehmen und führen mussten. Eines Tages wird die Forschung hoffentlich einen Durchbruch erzielen und diese Krankheit ist endgültig besiegt.

KAPITEL 1

Dienstag, 10. Juli 2018

Der letzte Fall, den Del Castigliano und Vic Fazzio, beide Mordermittler bei der Polizei von Seattle, im Stadtteil South Park bearbeitet hatten, lag jetzt mehr als ein Jahr zurück. Doch damals wie heute war der Grund für ihren Besuch derselbe: Jemand war ermordet worden.

Beim letzten Mal war es um zwei Anwälte gegangen, die hier mit Hauskäufen und baulicher Neugestaltung viel Geld verdienen wollten und auf einem ihrer Grundstücke erschossen worden waren. Eine vielleicht subtile, aber dennoch unmissverständliche Botschaft.

South Park hatte kein Interesse an Veränderung.

»Eine Welt für sich«, wiederholte Del das bei der Polizei von Seattle gängige Mantra in Bezug auf diese Gegend, während er das Auto, das Faz und er sich aus dem allgemeinen Fuhrpark geholt hatten, auf der South Park Bridge über den grünlich blauen Duwamish River lenkte. Es war kurz nach sechzehn Uhr bei einer Temperatur von über neunundzwanzig Grad und nicht einer Wolke am Himmel. Unter ihnen spiegelte sich die

Julisonne im Fluss und ließ Tausende glitzernder Diamanten aufblitzen.

Auf Höhe der Cloverdale Street ließen sie die Brücke hinter sich. »Ich hätte ja gedacht, dass sich in South Park baulich was tut, wenn die Brücke erst wieder eröffnet ist«, meinte Faz.

Eigentlich verfügte der Stadtteil nämlich über das, was Akteure der Immobilienbranche als das zentrale Kriterium für Entwicklung ansahen: eine fantastische Lage. Zwanzig Minuten südlich der Innenstadt von Seattle gelegen, nur einen Steinwurf vom Boeing Field entfernt und ganz in der Nähe des Flughafens Seattle-Tacoma. Günstiger ging es wohl kaum. Die South Park Bridge war im Jahr 2010 wegen umfangreicher Renovierungsarbeiten geschlossen und, da es niemand mit der Arbeit besonders eilig zu haben schien, erst vier Jahre später wiedereröffnet worden. Seitdem tat sich baulich gesehen im Stadtteil nicht viel. Wen der verseuchte Boden und das verschmutzte Wasser hier nicht von dem Gedanken an eine Neuentwicklung abhielt, dem reichte in der Regel ein Blick auf die Verbrechensrate. Zur Bevölkerung von South Park zählte ein größeres Kontingent an Mitgliedern der Sureño Gang aus Südkalifornien – das Fußvolk der mexikanischen Drogenkartelle.

»Bei der Lage auf dem Immobilienmarkt wäre ich damals jede Wette eingegangen, dass sich hier bald jemand Grundbesitz unter den Nagel reißt und die Mieten erhöht«, fuhr Faz fort. »Inzwischen scheint mir das ungefähr so unwahrscheinlich wie die Idee, ich könnte abnehmen.« Faz war ein Meter dreiundneunzig groß und brachte mehr als hundertzwanzig Kilo auf die Waage. »Du siehst übrigens aus, als hättest du ein, zwei Pfund zugelegt!« Er warf Del einen raschen Seitenblick zu.

Del, der zwei Zentimeter größer war als sein Partner, war seit Kurzem mit Celia McDaniel zusammen, einer Staatsanwältin des King County. Er hatte in dieser Zeit etwa dreiundzwanzig Kilo abgenommen. »Ich esse inzwischen wieder ein paar Kohlehydrate«, gestand er. »Celia sagt, mit ein bisschen mehr Speck auf den Rippen bin ich ihr lieber.«

»Mir auch! Wir sahen ja langsam schon aus wie Dick und Doof. Hat Billy schon angerufen und gesagt, ob er uns Verstärkung verschaffen konnte?« Billy Williams war der Sergeant des A-Teams. Del und Faz hatten in dieser Woche als Mordermittlerteam Rufbereitschaft, wobei sie im Ernstfall normalerweise von Tracy Crosswhite und Kinsington Rowe unterstützt wurden, den beiden anderen Detectives ihres Vier-Personen-Teams. Crosswhite steckte jedoch seit mehr als einem Monat in einem Mordprozess am obersten Gerichtshof des King County fest.

»Er sagt, er besorgt uns jemanden.« Del bog nach rechts ab und wurde langsamer, als die Flotte aus geparkten Polizeifahrzeugen in Sicht kam. Auf der gegenüberliegenden Straßenseite hatte sich eine Menschenmenge versammelt, Männer und Frauen aller Altersgruppen in kurzärmligen T-Shirts, Shorts und Flip-Flops, die sich Luft zufächelten und ihre Augen vor der strahlenden Nachmittagssonne zu schützen suchten. »Der Zirkus ist in der Stadt!«, bemerkte Del, während er auf der Suche nach einem Parkplatz am Kleinbus der Rechtsmedizin und einem Feuerwehrauto vorbeifuhr.

»Sechzehn Uhr an einem Wochentag – besser als Kino«, sagte Faz. »Park da vorn, vor dem Krankenwagen.«

Del hielt vor einem zweistöckigen Mehrfamilienhaus aus rotem Backstein und Faz zwängte sich etwas unwillig aus der Beifahrertür des dank einer Klimaanlage angenehm kühlen Wagens. Draußen zog er sich einen leichten Blazer über das langärmlige Hemd, zu dem er wie üblich auch eine Krawatte trug. »Ich fange sofort an zu schwitzen!«, beschwerte er sich.

»Ich schwitze schon, seit ich auf der Welt bin.« Auch Del trug einen Anzug, hatte aber als Zugeständnis an die sommerlichen Temperaturen den Schlips weggelassen.

Über ihnen konnte man einen Hubschrauber näher kommen hören. Faz sah auf: die Presse. Das Ding musste weg, darum würde er sich als Erstes kümmern müssen, falls Billy noch nichts veranlasst hatte. Del und er zeigten dem Beamten mit dem Tatortlogbuch ihre Dienstmarken, notierten ihre Namen, Dienstnummern und die Ankunftszeit in der entsprechenden Liste und duckten sich unter dem schwarz-gelben Absperrband hindurch, das den Tatort markierte. Die meisten der bereits eingetroffenen Beamten hatten sich um einen kleinen Spielplatz in der Mitte des Innenhofs des u-förmig angelegten Wohnhauses versammelt. Dort lag die Leiche unter einer blauen Plane neben einem grünen Klettergerüst. Billy unterhielt sich gerade mit einem der uniformierten Beamten, brach die Unterhaltung aber ab, als er Del und Faz kommen sah.

»Hast du schon angerufen und dich über den Hubschrauber beschwert?«, wollte Faz sofort wissen.

»Ja.« Billy schien allerdings nicht besonders optimistisch, was die Effektivität seiner Intervention betraf. Die Medienleute riskierten maximal eine Geldbuße, wenn sie sich in einer Flugverbotszone der Polizei befanden, und wenn die Story den Sendern spektakulär genug erschien, zogen sie ihren Hubschrauber oft nicht ab, sondern zahlten lieber die Strafe.

»Können wir sagen, die Wohnung liegt im King County?«, fragte Del.

»Schön wär's.« Billy schüttelte seufzend den Kopf.

Einige der Straßen in South Park fielen unter die Jurisdiktion des King County und unter den Beamten der beiden Polizeidirektionen unterstellte man sich im Scherz gern mal, Leichen von der einen Straßenseite auf die andere befördert zu haben, um sich nicht darum kümmern zu müssen. Auch

Del hatte seine Frage nicht ernst gemeint, verkniff sich aber wohlweislich ein Grinsen. Die Gewerkschaft probierte gerade bei den uniformierten Kollegen Körperkameras aus, und seitdem war für Humor an einem Tatort kein Platz mehr. Wenn das so weiterging, würden sie bald alle Antidepressiva schlucken.

Billy rückte sich die Ballonmütze zurecht, die seinen kahl rasierten Schädel vor der Sonne schützen sollte. »Der Fall hier könnte ziemlich schnell ziemlich hässlich werden. Die Verstorbene heißt Monique Rodgers.« Er legte eine kurze Pause ein, da er davon auszugehen schien, dass der Name den beiden Detectives etwas sagte. »Ihr habt wahrscheinlich schon von ihr gehört, sie war manchmal in den Nachrichten. Sie hat sich öffentlich gegen Drogen und Gangs in South Park eingesetzt.«

»Die Aktivistin?« Faz glaubte sich an eine Nachrichtensendung zu erinnern, in der eine Afroamerikanerin vor dem Stadtrat über Gangs und Drogen in ihrer Gemeinde gesprochen hatte. Die Frau war aus South Park gewesen.

»Aktivistin ist vielleicht zu viel gesagt, das wäre sie wohl gern gewesen«, meinte Billy. »Besonders weit war sie damit leider noch nicht gekommen.«

»Könnte aber der Grund sein, weswegen man sie am helllichten Tag erschossen hat«, sagte Faz. »Das ist eine ziemlich eindeutige Botschaft.«

»Wahrscheinlich.« Billy nickte.

»Es wird doch wohl irgendwer etwas gesehen haben«, vermutete Del.

»Würde man meinen, was?« Billy seufzte. »Hier dürfte rund ein halbes Dutzend Mütter mit Kindern gewesen sein, hab ich mir sagen lassen. Aber wenn man nachfragt, hat keiner was gesehen oder gehört und niemand spricht Englisch.«

»Sie haben Angst«, sagte Faz.

»Wurde außer der Frau noch jemand verletzt?«, wollte Del wissen.

Billy schüttelte den Kopf. »Es wurde jedenfalls nichts gemeldet.«

»Dann gehen wir davon aus, dass sie das beabsichtigte Mordopfer war?« Faz musterte zwei halbhohe Ziegelmauern, die sich am Bürgersteig entlangzogen und eine prima Deckung abgeben würden, sollten zwei rivalisierende Banden aufeinander schießen wollen. In South Park gab es außer den Sureños noch die Crips und ein paar asiatische Gruppierungen, die alle jedoch zahlenmäßig den Sureños weit unterlegen waren. Falls sich hier zwei rivalisierende Banden beschossen hatten, könnte Rodgers durchaus auch ein unschuldiges Opfer sein, das lediglich ins Kreuzfeuer geraten war.

»Ja, wir gehen davon aus, dass gezielt auf sie geschossen wurde«, bestätigte Billy. »Niemand sonst wurde erschossen oder angeschossen und die Zeugen sagen, sie hätten nur Schüsse von einem Schützen gehört.« Er warf einen Blick nach oben zum unbeirrt dröhnenden Hubschrauber. »Das Fernsehen wird eine große Sache daraus machen. Mitten am Tag, und noch dazu, wo Kinder in der Nähe waren.«

»Wo ist ihre Familie jetzt?«, wollte Faz wissen.

»Die Großmutter hat die Kinder abgeholt und in die Wohnung gebracht.« Billy deutete auf eine Ecke des u-förmigen Gebäudes. »Der Ehemann ist wohl auch von der Arbeit gekommen und jetzt bei ihnen.«

»Und sagt irgendwer irgendwas?«, fragte Faz.

Billy schüttelte den Kopf. »Wir kriegen noch nicht einmal bestätigt, wie oft geschossen wurde oder aus welcher Richtung. Eine Frau hat den zuerst eintreffenden Beamten gesagt, sie glaubt, drei Schüsse gehört zu haben, die von dort kamen.« Williams deutete auf eine Ecke des Gebäudes.

»Wurden Patronenhülsen gefunden?«, fragte Del.

»Keine einzige.«

»Dann hat die Zeugin das falsch mitgekriegt«, sagte Faz, »oder der Schütze hat mit einem Revolver geschossen.«

»Ich habe die Streifenbeamten auf die Suche nach Hülsen geschickt.« Billy deutete erneut auf die Apartments. »Und Anderson-Cooper geht von Tür zu Tür.«

Desmond Anderson und Lee Cooper gehörten zum B-Team und liefen als Ermittler-Duo unter dem Doppelnamen Anderson-Cooper und im Singular, seit der eigentliche Anderson Cooper bei CNN die Abendnachrichten moderierte. »Wir werden auch noch die Video-Einheit brauchen«, sagte Faz. »Vielleicht hat eins der Geschäfte hier den Schützen aufgenommen, während er floh oder in ein Auto stieg.« In der Nachbarschaft gab es außer Mietshäusern und bescheidenen Einfamilienhäusern auch noch eine Reihe von kleineren Geschäften.

»Die Video-Leute sind schon unterwegs.«

»Was haben die Kids mitgekriegt?«, wollte Faz wissen.

»Alles«, sagte Billy.

Auf der Straße war jetzt der immer lauter werdende Klang von Trompeten und Gitarren zu hören. Faz drehte sich um und musterte die Quelle der fröhlichen mexikanischen Musik, einen kirschroten, zweitürigen Chevelle mit schwarzen Rallye-Streifen und goldenen Radkappen, der gerade am Wohnhaus vorbeifuhr.

»Auftritt der Clowns«, murmelte Del.

Der Mann auf dem Beifahrersitz hatte einen kahl rasierten Schädel und einen dünnen Schnurrbart, der von einem Spitzbart ergänzt wurde. Eine dunkle Sonnenbrille gab seinem Gesicht eine gewisse Ähnlichkeit mit dem einer Fliege und er ließ den rechten, über und über tätowierten Arm lässig aus dem offenen Autofenster hängen. Neben den Detectives wurde das Auto langsamer. Der Mann nahm die Sonnenbrille ab und starrte Faz an.

»Wenn das nicht Little Jimmy ist«, sagte Faz. »Der kleine Jimmy, mit einem Mal ganz erwachsen.«

Vor zehn Jahren hatte Faz dafür gesorgt, dass Little Jimmys Vater ins Gefängnis kam. Dort hatte Big Jimmy sechs Monate lang durchgehalten, bis ihn ein Mitglied einer rivalisierenden Gang mit einem Messer ermordete.

Little Jimmy formte breit lächelnd mit Daumen und Zeigefinger eine Pistole, die er auf Faz richtete, während er mit der Zunge das Klicken eines entsicherten Revolvers nachahmte.

Kapitel 2

Leonard Litwin neigte den auf dem Tisch der Verteidigung stehenden Plastikkrug ein wenig, worauf sich ein kleiner Wasserfall in den vor ihm stehenden Pappbecher ergoss. Tracy verzog das Gesicht. Außer dem leisen Plätschern war es still im Gerichtssaal. Ja, es war gut möglich, dass der Verteidiger nur seinen Durst löschen wollte, aber Tracy da oben auf ihrem leicht erhöhten Zeugenstand vermutete, dass er sein Rednerpult aus einem ganz anderen Grund verlassen hatte. Litwin wollte Zeit schinden, wie ein schwer angeschlagener, eigentlich schon erledigter Preisboxer, der die letzte Glocke auf jeden Fall noch stehend miterleben möchte.

Normalerweise wäre es Tracy egal gewesen, was Litwin umtrieb und wie lange er dazu brauchte, aber leider hatte sie die letzten siebenunddreißig der dreiundfünfzig Minuten seit der kurzen Unterbrechung und ihrer Rückkehr in den Zeugenstand ein heftiger Druck auf die Blase geplagt. Sie musste aufs Klo, dringend. Wahrscheinlich erahnte weder Litwin noch sonst wer im Gerichtssaal ihr Problem oder den Babybauch von sechzehn Wochen, dem sie ihr Dilemma verdankte, aber dass sie niemandem einen Vorwurf machen konnte, änderte nichts an Tracys misslicher Lage. Richterin Miriam Gowin würde auf keinen Fall zur Eile mahnen, wo Litwin doch einen Mandanten vertrat, dem die Todesstrafe drohte, und Tracy mochte dem Verteidiger nicht noch beim Zeitschinden helfen, indem sie um eine vorgezogene Vertagung bat. Also galt es auszuharren, auch wenn jede verstreichende Minute sie noch stärker an ihre ehemalige Klassenkameradin Beth Duchance denken ließ, die sich in der zweiten Klasse mitten im Unterricht in die Hose gemacht hatte. Der Lehrer hatte sie getadelt, weil sie ihre Hausaufgaben zu Hause liegen gelassen hatte, und das arme Mädchen hatte unter dem Druck wie ein verängstigter Zwergpudel reagiert, der sich mit einem Alpha-Rüden konfrontiert sieht. Natürlich war das nicht unbemerkt geblieben und so hatte die bedauernswerte Beth noch acht für sie wahrscheinlich unendlich lange Jahre Demütigungen über sich ergehen lassen müssen, wie nur unreife Jungen und zickige Teenager-Mädchen sie austeilen können: Man hatte sie bis zum Ende der gemeinsamen Schulzeit Pinkelbeth genannt. Nein, Tracy hatte nicht vor, bei Gericht in Zukunft unter einem ähnlichen Namen zu laufen.

Litwin hob den Becher an die Lippen und trank in qualvoll langsamen Schlucken. Anstatt nun den Becher wieder auf dem Tisch der Verteidigung abzusetzen, trug er ihn bedächtig nach vorn an sein Pult, wo er anschließend methodisch Notizen und Zeugenaussagen in seinem Ordner durchging.

»Detective Crosswhite, Sie sagten eben …« Schon sah es so aus, als wolle Litwin gleich etwas vorlesen – dann blätterte er doch noch eine Seite um. Und noch eine. Aus den Augenwinkeln nahm Tracy wahr, wie einige der Geschworenen verstohlene Blicke auf die große Wanduhr auf der anderen Seite des Raumes warfen, wo der große Zeiger gerade mit einem Satz ein Stück näher an die Zwölf heranrutschte. Endlich fuhr Litwin fort: »Sie sagten …. dass Sie auf dem Messer keine Fingerabdrücke gefunden haben. Ist das richtig?«

Tracy antwortete nicht gleich, um dem Ankläger Adam Hoetig die nötige Zeit zu verschaffen, um Einspruch einzulegen. Sie hatte die Frage bereits zweimal beantwortet. Aber Hoetig saß da, den Kopf gesenkt, als interessiere er sich plötzlich brennend für seine Schuhe.

»Das ist richtig«, antwortete sie.

»Also haben Sie keinen Beweis dafür, dass das Messer dem Angeklagten gehörte – ist das ebenfalls korrekt?«

Tracys Blase flehte sie an, nicht weiter auf diese Frage einzugehen, aber sie konnte sich die Gelegenheit einfach nicht entgehen lassen, schnell noch einen Schuss in Richtung auf Litwin und seinen Mandaten abzufeuern. »Außer der Tatsache, dass der Angeklagte mir gesagt hat, dass das Messer zu dem Messersatz in der Küchenschublade passt? Nein.«

Bei ihrer Antwort blickten mehrere der Geschworenen zur Seite.

Litwin richtete sich auf. »Ich will meine Frage anders formulieren. Sie haben keinen Beweis dafür, Detective Crosswhite, dass dieses Messer benutzt wurde, um … keinen forensischen Beweis dafür, dass das Messer benutzt wurde, um seine Frau zu erstechen.«

Das ist ja ungefähr so, als würde man Fische in einem Fass erschießen. »Abgesehen von der Tatsache, dass der Griff des Messers aus Mrs Stephensons Brust ragte und sie sieben Stichwunden hatte? Nein.«

Die Zahl der Seitenblicke nahm zu. Einige der Geschworenen lächelten.

Litwins Blick wurde streng und auf seinen Wangenknochen zeigten sich hektische rote Flecken. »Detective, Sie haben keine forensischen Beweise, die den Mord …«

Tracy unterbrach ihn, um das Ganze zu beschleunigen. »Die Fingerabdrücke des Angeklagten wurden nicht auf dem Messer gefunden, das seiner Frau aus der Brust ragte, das stimmt.«

Wie nicht anders zu erwarten, wandte sich Litwin an den Richtertisch. »Euer Ehren, die Verteidigung bittet Sie, Detective Crosswhite anzuweisen, mich meine Fragen zu Ende stellen zu lassen, bevor sie sie beantwortet.«

Gowin warf einen Blick auf die Uhr, ehe sie sich Tracy zuwandte. »Detective, lassen Sie den Herrn Verteidiger seine Frage beenden.« Einen unendlich langen Moment fürchtete Tracy, die Richterin könnte Litwin erlauben weiterzumachen, aber dann fuhr sie fort: »Herr Anwalt, es ist jetzt sechzehn Uhr vierundfünfzig. Glauben Sie, Sie können Ihr Kreuzverhör innerhalb der nächsten sechs Minuten abschließen?«

Auf keinen Fall.

»Ich schätze, ich brauche noch gut eine Stunde«, sagte Litwin.

Brauchte er nicht, aber sowohl er als auch Tracy würden sich bald einer dringend benötigten Erleichterung erfreuen dürfen.

»Dann machen wir für heute Schluss«, verkündete Gowin. »Morgen geht es weiter mit Detective Crosswhite im Zeugenstand.«

Sobald auch der letzte Geschworene seine Sachen zusammengesucht hatte und Richtung Geschworenenzimmer verschwunden war, eilte Tracy aus dem Zeugenstand und steuerte die Tür des Gerichtssaals an. Aus den Augenwinkeln sah sie Hoetig auf sich zukommen. Wahrscheinlich wollte er einen Termin abmachen, um die Bereiche durchzugehen, die Litwin wahrscheinlich am nächsten Tag im Kreuzverhör ansprechen würde.

»Ich rufe Sie an«, rief sie eilig, um ihm zuvorzukommen, und flüchtete aus dem Saal.

Kapitel 3

Faz sah dem roten Chevelle hinterher, bis er verschwunden war. Die Musik hing noch ein paar Sekunden länger in der Luft.

»So klein ist der kleine Jimmy echt nicht mehr«, kommentierte Del, der sich gerade mit dem Taschentuch den Schweiß von der Stirn wischte.

»Jawohl, der ist jetzt ein erwachsenes Arschloch«, bestätigte Faz. »Erstaunlich, was, dass der Müll nie weit von der Mülltonne fällt?«

»Er scheint sich an dich zu erinnern.«

Little Jimmy war vierzehn gewesen, als Faz dafür gesorgt hatte, dass Big Jimmy im Knast landete. »Er war auch damals schon ein kleiner Gauner.«

Big Jimmy hatte in South Park mit Drogen gehandelt, bis eine rivalisierende Gang aus Los Angeles sich einzumischen versucht hatte, und Krieg ausgebrochen war. Dreizehn tote Gangmitglieder innerhalb von nur zwei Wochen. Faz hatte ermittelt und seine Arbeit hatte zur Verhaftung von acht Sureños geführt, darunter auch Big Jimmy. Wobei Big Jimmy nie persönlich auf den Abzug gedrückt hatte. Aber die Geschworenen waren zu dem Schluss gelangt, dass er die

Ermordung der rivalisierenden Gang-Mitglieder befohlen hatte, woraufhin ihn Rick Cerrabone, Staatsanwalt des King County, nach den RICO-Gesetzen zur Bekämpfung von organisiertem Verbrechen angeklagt und die Geschworenen ihn zu fünfundzwanzig Jahren Gefängnis verurteilt hatten.

»Ich mag es nicht, wenn man mit einer Pistole auf mich zielt«, knurrte Faz. »Egal, ob die nun echt ist oder nicht. Vielleicht sollten wir Little Jimmy bald mal einen Besuch abstatten. Die kleine Show eben könnte ja eine Botschaft an alle gewesen sein, die von der anderen Straßenseite aus zusehen.«

»Auf jeden Fall besuchen wir den Knaben«, versicherte Del. »Da kann er sich gern drauf verlassen.«

Nach einem letzten Blick die Straße hinunter ging Faz hinüber zur Leiche, hockte sich hin, hob eine Ecke der Plane hoch und sah sich Monique Rodgers an. Er schätzte sie auf Anfang dreißig. Vorn auf ihrer Bluse leuchtete ein dunkelroter Fleck, Blut sickerte in die Risse im Zement. Faz ließ die Plane fallen und richtete sich mit knackenden Knien auf. »Welche Wohnung?«, erkundigte er sich bei Billy mit Blick auf den Wohnkomplex.

William deutete auf eine Ecke des hufeisenförmigen Gebäudes. Auf dem Außengang stand ein Polizist. »Die letzte Tür.«

Eine Treppe aus Beton mit schmiedeeisernem Geländer führte zu einem überdachten Gang. Faz und Del zwängten sich an Stühlen und Holzkohlegrills vorbei, aufmerksam gemustert von Hausbewohnern, die in den offenen Türen ihrer stickigen Apartments standen. Mehr als einmal fingen sie sich dabei ziemlich finstere Blicke ein.

»Da weiß man doch gleich, wie sehr man geliebt wird«, meinte Del.

»Mir wird ordentlich warm ums Herz.«

Sie hatten den uniformierten Beamten vor der Wohnung des Opfers erreicht, der das laut knatternde Funkgerät an seiner Schulter leiser stellte, bevor er Faz das Klemmbrett übergab.

»Wie geht es denen da drinnen?« Faz kritzelte seinen Namen und seine Dienstnummer auf die Liste und reichte das Klemmbrett an Del weiter. »Reden sie?«

Der Beamte runzelte die Stirn. »Nicht viel.«

»Ist momentan jemand bei ihnen?«, fragte Faz.

»Nein. Sie sind in der Küche. Ich habe ihnen gesagt, dass Detectives kommen und mit ihnen reden wollen.«

Faz und Del betraten die Wohnung und landeten in einer offenen Wohnküche voll abgenutzter Möbel. Hinter der Tür links stand ein Küchentisch, an dem ein Afroamerikaner mit einem kleinen Mädchen auf dem Schoß saß, das den Daumen im Mund hatte und sich dicht an ihn schmiegte. Der Mann wirkte benommen. Ihm gegenüber saß eine etwa fünfzig Jahre alte Frau, die einen kleinen Jungen auf dem Schoß hielt. Ein dritter Stuhl, hell beleuchtet von einem durch ein Fenster fallenden Sonnenstrahl, blieb leer. Es roch nach verbranntem Kaffee.

»Mr Rodgers?« Faz stellte sich und Del vor. »Das mit Ihrer Frau tut mir aufrichtig leid, Sir.«

Die Frau hob den Jungen von ihrem Schoß, stand auf und nahm ihn an der Hand. »Soll ich sie mitnehmen?« Sie streckte die freie Hand nach dem kleinen Mädchen aus.

Rodgers schüttelte den Kopf. »Wohin denn? Wo willst du mit ihnen hin, wo ist es denn sicher?«

»Ins andere Zimmer«, sagte die Frau. »Ich bringe die beiden ins Schlafzimmer.« Sie wartete kurz, aber als das kleine Mädchen die ihr hingestreckte Hand hartnäckig ignorierte, verschwand sie mit dem Jungen. Faz und Del würden sie später allein befragen, um herauszufinden, was sie auf dem Spielplatz gesehen oder gehört hatte.

Rodgers sah auf, die Brauen fragend in die Höhe gezogen. »Und? Was werden Sie jetzt unternehmen?«

»Wir werden alles daransetzen, die Leute zu finden, die dafür verantwortlich sind.« Da das kleine Mädchen weiterhin im Zimmer war, wählte Faz seine Worte sehr sorgfältig.

»Und dann? Was dann?«

»Dann werden wir alles tun, um sie zu verhaften.«

Rodgers schüttelte wie benebelt den Kopf. »Der Typ, der das gemacht hat, der ist ... ein Niemand. Möchte wahrscheinlich in irgendeine Gang aufgenommen werden, und das hier war sein Einstand. Da läuft ein Rädchen nicht rund und quietscht sogar – bringen wir es um.« Faz konnte dem Mann nicht widersprechen. »Wenn ihr den erwischt, dann ändert das doch gar nichts.« Rodgers verzog das Gesicht, als täte ihm jedes einzelne Wort im Hals weh. »Dadurch werden wir die Drogen nicht los, wir werden die Gangs nicht los und Monique bringt es auch nicht zurück.«

Faz achtete nach wie vor genau auf seine Worte. »Wenn der Schütze im Auftrag von jemand anderem handelte, dann können wir Anklage gegen die Person erheben, die ihm den Befehl dazu gab. Wir haben entsprechende Gesetze. Mit denen haben wir damals auch dafür gesorgt, dass Big Jimmy hinter Gitter kam, als der hier vor zehn Jahren das Drogengeschäft unter sich hatte.«

»Ach ja? Und wen wollen Sie dazu bringen, auszusagen?« Das war keine Frage.

»Wir machen immer einen Schritt nach dem anderen.«

»Big Jimmy, sagten Sie? Der Vater von Little Jimmy?«

»Sie kennen Little Jimmy?«

»Jeder hier kennt Little Jimmy. Er kontrolliert den Drogenhandel und er kontrolliert die Gang. Er ist das Problem.«

»Ihre Frau war Aktivistin, habe ich gehört? Sie setzte sich für die Belange der Menschen hier im Wohngebiet ein?«

Rodgers hatte mit den Tränen zu kämpfen. Seine kleine Tochter schmiegte den Kopf an seine Brust. »Anfangs nicht«, sagte er. »Anfangs wollte Monique nur, dass sich etwas ändert, dass sich die Leute aus der Nachbarschaft gegen Drogen und Waffen zusammenschließen. Dass wir gemeinsam ein besseres Umfeld für unsere Kinder schaffen. Sie hat die einflussreichen Leute in der Gegend und die Schulleiter gedrängt, Aktivitäten nach Schulschluss anzubieten, damit die Kinder nicht auf der Straße sind, wo die Gangs an sie rankommen.«

»Wurde sie dabei bedroht?«

Rodgers ließ ein leises, trauriges Lachen hören. »Die ganze Zeit, Mann, die ganze Zeit.« Er schüttelte den Kopf. »Die ganze Zeit … aber Monique … der war das egal. Sie hat getan, was sie für richtig hielt, und damit auch nicht aufgehört. Die Gangs haben ihr Leute bis nach Hause hinterhergeschickt. Sie sind in ihren Autos an ihr vorbeigefahren, die Musik voll aufgedreht.«

Faz warf Del einen raschen Blick zu. Little Jimmy eben in seinem knalligen Auto, das war nicht einfach nur eine respektlose Geste gewesen, das war eine Warnung.

»Monique hat eine Bürgerwacht eingerichtet«, fuhr Rodgers fort, »damit die Leute der Polizei melden konnten, was sie mitbekamen.«

»Und wie hat die Nachbarschaft auf ihre Bemühungen reagiert?«, wollte Faz wissen.

»Die Leute hatten Angst«, gab Rodgers ohne zu zögern zu. »Sie hatte alles so eingerichtet, dass die Leute bei ihren Meldungen total anonym bleiben konnten, aber sie hatten trotzdem Angst.«

»Hat sie denn irgendwie mit ihrer Arbeit Fuß fassen können, hat sie etwas bewirkt?«, fragte Del.

»Sie haben sie umgebracht, oder?« Rodgers hob den Blick, die Augen in weite Ferne gerichtet. »Da waren Mütter mit ihren spielenden Kindern«, sagte er leise. »Aber das war denen egal. Denen ist es egal, wen sie alles umbringen.«

Er ließ den Kopf sinken, bis sein Kinn auf dem Kopf seiner Tochter ruhte, und umarmte das Kind, hielt die Kleine ganz fest. Gut gemeint, dachte Faz, aber trotzdem ein schwacher Ersatz für die Umarmung der Mutter.

Kapitel 4

Tracy hatte es zu Fuß nicht weit vom Gericht zum Polizeipräsidium, aber die Strecke führte bergauf und die Götter der Hitze hatten beschlossen, Seattle in dieser Woche kräftig schwitzen zu lassen. Der Schweiß lief Tracy an den Schläfen hinunter, als sie im Polizeipräsidium ankam, und auch ihre Blase machte sich schon wieder bemerkbar. Im sechsten Stock angekommen, wo ihre Einheit untergebracht war, wäre sie beim Aussteigen aus der Fahrstuhlkabine um ein Haar mit Kins zusammengestoßen. Ihr Partner trug sein Jackett und war wohl auf dem Weg nach Hause. Er hatte vor vier Monaten ein künstliches Hüftgelenk bekommen und gewöhnte sich langsam wieder in den Arbeitsalltag ein.

»Tracy, hallo! Ich bin froh, dass ich dich ...«

»Sekunde, ja?« Sie eilte an ihm vorbei Richtung Toiletten, wo sie die Tür so heftig aufstieß, dass sie beinahe die dahinter stehende Frau getroffen hätte und sich erst einmal entschuldigen musste.

»Detective Crosswhite!« Die Frau schien sie zu kennen, was Tracy öfter passierte, seit sie an einigen Fällen mit großer öffentlicher Beachtung mitgewirkt hatte. Sie war inzwischen in der Abteilung ziemlich bekannt und einige der jüngeren weiblichen

Beamten sahen in ihr sogar so etwas wie eine Mentorin. Besonders die, mit denen sie schießen übte, damit sie bessere Chancen hatten, ihr Abschlussexamen zu bestehen. Die Frau, die jetzt vor ihr stand mit ihren schulterlangen braunen Haaren, kam Tracy allerdings unbekannt vor.

»Andrea Gonzales.« Die Frau streckte ihr die Hand hin. Auch der Name sagte Tracy nichts.

»Wie weit sind Sie?«, fuhr Gonzales mit Blick auf Tracys Bauch fort. »Sechster Monat?«

Sofort zog Tracy die Jacke ihres Kostüms fester um sich. Bis jetzt wusste nur Kins von ihrer Schwangerschaft. Die Regeln des Polizeidienstes schrieben einer schwangeren Beamtin eingeschränkten Dienst vor, was im Grunde auf Schreibtischarbeit hinauslief. Darauf konnte Tracy gut verzichten, so weit war sie noch nicht, besten Dank! »Von wem haben Sie das?«, wollte sie jetzt wissen.

»Von niemandem.« Gonzales zuckte die Achseln. »Ich erkenne so was einfach. Dabei sehen Sie echt klasse aus!«

Von wegen! Tracy fand ihre Optik überhaupt nicht klasse. Ihr Gesicht war von den Wassereinlagerungen aufgequollen und ihr Haar schien in der Hitze dahinwelken zu wollen. Sie hatte zehn Pfund zugenommen und kam sich fett vor. Gonzales dagegen sah taufrisch aus, als wäre sie gerade erst zur Arbeit gekommen. Vielleicht war das ja auch so. Sie trug eine schwarze Hose mit Bügelfalte, dazu eine passende Jacke über einem blauen Hemd, das betonte, was Faz wohl als gut definierte Ausstattung bezeichnet hätte.

»Dann soll ich wohl Ihren Platz einnehmen, wenn Sie in Mutterschutz gehen.« Gonzales ließ den Satz wie eine Frage in einer etwas höheren Tonlage ausklingen, dabei hatte er sich eigentlich angehört wie eine simple Feststellung.

»Meinen Platz einnehmen? Wie soll ich das verstehen?«

Gonzales lächelte. »Ich gehe mal davon aus, dass ich deswegen eingestellt wurde. Moment ...« Sie zögerte kurz. »Ich dachte, das wüssten Sie! Tut mir wirklich leid, aber ich bin davon ausgegangen, dass Ihre Abteilung es Ihnen mitgeteilt hat. Dass ich diese Woche hier anfange, meine ich. Ich bin das neue fünfte Rad beim A-Team.«

Tracy wusste von nichts, ihr hatte niemand etwas gesagt. »Und Ron Mayweather?«

Gonzales zuckte die Achseln. »Wer ist das?« Sie trat an den Waschtisch, wo sie einen kurzen Blick in den Spiegel warf und dann das Wasser aufdrehte, um sich die Hände zu waschen.

»Unser fünftes Rad! Bereits seit einigen Jahren.«

»Ich habe keine Ahnung. Mir wurde lediglich gesagt, ich solle mich heute beim A-Team melden.« Gonzales warf Tracys Bild im Spiegel einen Blick zu. »Wir werden also zusammenarbeiten, wie es aussieht. Ein paar Monate zumindest.« Sie trocknete sich die Hände ab und warf das gebrauchte Papierhandtuch in den Mülleimer. »Nett, Sie kennenzulernen.« Und damit war sie verschwunden.

Tracy sah die Tür hinter ihr zuklappen, ehe sie sich dem Spiegel zuwandte, um ihr Babybäuchlein zu betrachten. Sie hatte sich ein paar Blusen und Jacken zugelegt, um die Schwangerschaft zu tarnen, und bisher hatte auch niemand im Büro etwas zu ihr gesagt. Allerdings arbeitete sie auch mit drei Männern zusammen, die sich hüten würden, eine Frau, die nicht gerade aktuell in den Wehen lag, zu fragen, ob sie schwanger sei. Aber dass Gonzales angeblich so schnell ihren Zustand erkannt haben wollte, kam Tracy nicht geheuer vor. Da hatte doch jemand aus dem Nähkästchen geplaudert, oder? Vielleicht war diese Gonzales tatsächlich genau deswegen eingestellt worden. Nicht als Verstärkung, sondern um Tracys Platz einzunehmen.

Kapitel 5

Tracy warf ihr Papierhandtuch in den Mülleimer und ging hinaus in die Lobby bei den Fahrstühlen, wo Kins an der Wand lehnte und so tat, als interessiere ihn nichts so sehr wie sein Handy.

»Hast du das gewusst?«, fuhr sie ihn an.

Kins sah aus wie ein auf frischer Tat ertappter Teenager. »Dass sie auf dem Klo war, nicht. Aber das andere – darüber wollte ich mit dir sprechen. Sie ist heute Morgen einfach hier aufgetaucht. Nolasco hat sie uns als unser neues fünftes Rad vorgestellt.«

»Sie weiß, dass ich schwanger bin«, zischte Tracy mit gesenkter Stimme, da gerade eine Gruppe Leute durch die Lobby ging. »Woher zum Teufel weiß sie das?«

»Keine Ahnung!« Kins schüttelte den Kopf. »Von mir jedenfalls nicht.« Er sah sich verstohlen um und winkte Tracy, ihm zu folgen. Die zwei schlüpften in eins der Besprechungszimmer und schlossen die Tür hinter sich.

»Hat Gonzales gesagt, woher sie es weiß?«, fragte Kins als Erstes. »Ich habe nicht viel Zeit, bin eigentlich schon auf dem Sprung nach South Park. Faz und Del haben einen Mordfall und brauchen Hilfe bei den Befragungen.«

»Nein. Sie sagt, sie könnte es einfach so sehen, was ich ziemlich unwahrscheinlich finde. Wir sind uns doch noch nie begegnet.«

»Und sie wird deinen Platz einnehmen? Das hat sie gesagt?«

»Sie geht davon aus, dass man sie deswegen eingestellt hat.«

»Das meinte sie bestimmt nur für die Dauer des Mutterschutzes.«

»Und wieso setzt Nolasco dann Ron um? Warum vertritt der mich nicht einfach? Wie dich, als du die neue Hüfte gekriegt hast?«

»Ron ist dem C-Team zugewiesen worden.«

»Wann war das denn?«

»Ich habe es auch erst heute Morgen erfahren, als Gonzales auftauchte. Anscheinend geht Arroyo im Januar in Rente.«

Die Nachricht traf Tracy unerwartet. »Arroyo geht in Rente?«

Kins zuckte die Achseln. »Scheint so.«

Jetzt nur nicht vom Thema abkommen! »Ron arbeitet seit drei Jahren mit uns zusammen!«, empörte sich Tracy. »Warum sollte Nolasco ihn umsetzen?«

»Vielleicht weil bei uns niemand seinen Platz räumt? Du doch auch nicht, oder?«

»Was soll das denn jetzt wieder heißen?«

»Das heißt, ich gehe davon aus, du kommst wieder, wenn das Baby da ist. Oder etwa nicht?«

»Das ist nicht anders als bei deiner Hüftoperation, Kins! Du warst weg, Ron sprang ein, jetzt bist du wieder da.«

»Ja, aber ich muss nicht jeden Morgen meine Hüfte zu Hause lassen, Tracy.«

Einen Moment lang verstand sie nicht ganz, worauf ihr Partner hinauswollte. »Wie bitte?«

»Du weißt genau, wie ich das meine. Das ist dein Baby, das du bald zu Hause lässt. Du brauchst nicht zu arbeiten, Dan verdient doch gut. Mehr als gut. Das wissen alle.«

Tracy und Dan hatten vor einem Jahr geheiratet. »Dan hat gerade jemanden eingestellt, damit er öfter zu Hause sein kann. Ich habe nicht vor, den Dienst zu quittieren!« Kins hatte so einen seltsamen Ausdruck im Gesicht, wie ein Mann, der am Rand einer Klippe steht und Angst hat zu springen. »Was?«

Er schüttelte den Kopf. »Nichts.«

»Was?«, fragte sie noch einmal.

»Nichts. Ich muss los.«

»Wenn du findest, ich reagiere irrational, dann sag mir das!«

Er warf einen Blick auf seine Uhr. »Okay, aber versprich, dass du mir nicht gleich den Kopf abreißt, ja? Ich bin dein Freund. Hier spricht ein Freund zu einer Freundin. Und zwar ein Freund, der das selbst schon hinter sich hat.«

Kins war Vater von drei Söhnen. »Okay.« Tracy schloss ostentativ den Mund.

»Ich kenn dich, Tracy!« Kins lachte ein wenig unsicher. »Du hörst zu, aber gleichzeitig ballst du die Fäuste, um mich notfalls niederzuschlagen und mir die Gallenblase rauszureißen.«

Tracy zog sich einen Stuhl heran, setzte sich und schlug die Beine übereinander. »Ich bin die Ruhe selbst, okay? Und ich höre dir zu.«

Kins nahm sich einen Moment Zeit – vielleicht, um seine Gedanken zu sortieren, vielleicht aber auch, um seinen Mut zusammenzukratzen. Dann wagte er den Sprung. »Das ist dein erstes Kind. Man darf also wohl mit einiger Sicherheit sagen, dass du nicht genau vorhersehen kannst, wie du dich fühlst, wenn es erst mal auf der Welt ist.«

»Ich weiß ...«

Kins hob mahnend die Hand. »Ausreden lassen, ja?«

Tracy gab sich geschlagen. »Okay, red weiter.«

»Ich weiß, wenn man ein Kind erwartet, dann glaubt man nicht, dass sich danach groß was ändert, schon gar nicht in Bezug auf die Arbeit. Aber das stimmt nicht. Alles ändert sich.

Das ist nichts Negatives, es ändert sich einfach. Was am schwierigsten ist: das Beste von dir zu Hause zu lassen, bei jemand anderem. Jemand anderes zieht den besten Teil von dir groß. Ich wollte das nicht. Shannah auch nicht. Also hat sie ihren Beruf aufgegeben und ist zu Hause geblieben, obwohl wir uns das eigentlich gar nicht leisten konnten. Und trotzdem war es verflucht schwer für mich, obwohl Shannah ja zu Hause war. Unglaublich schwer, Tracy. Ich bin zur Arbeit gekommen und konnte es kaum erwarten, wieder gehen zu dürfen. Heim zu meinen Jungs.«

Tracy wusste, wie viel Kins seine Söhne bedeuteten, das hatte sie im Laufe der jahrelangen Zusammenarbeit deutlich mitbekommen. Sie hatte die drei heranwachsen sehen und viele Geschichten gehört.

»Ich konnte es kaum erwarten, dass sie alt genug waren und ich sie in der Little League trainieren durfte, ich konnte es kaum erwarten, zu ihren Spielen auf der Highschool zu gehen. Ich habe das alles so sehr geliebt, jede einzelne Minute. Ich war so gern Vater. Und jetzt können wir Connor in ein paar Monaten zu seinem College bringen und ich habe jetzt schon Schiss vor dem Tag, weil ich weiß, wie weh das tun wird. Es wird wehtun zu wissen, dass er nicht mehr in seinem Bett schläft, dass er jetzt ein anderes Bett, ein anderes Leben hat, mit Leuten, die ich noch nicht einmal kenne.« Kins drohte die Stimme zu brechen. Er musste sich sichtlich Mühe geben, nicht von seinen Gefühlen überwältigt zu werden. Schließlich atmete er einmal tief durch. »Ich weiß, so was machen alle Eltern durch. Alle Eltern müssen sich irgendwann verabschieden, aber glaub mir, das macht es nicht einfacher. Was ich dir damit sagen will: Die Zeit geht so schnell vorbei. Bevor man weiß, was einem geschieht, und auf jeden Fall schneller, als man es erwartet hat, fährt man sie zum College und sagt auf Wiedersehen. Und man fragt sich: Wo ist bloß die Zeit hin? Man sieht sich Fotos an und kann sich nicht mal mehr daran erinnern, wie es war, als sie noch klein waren, und man wünscht sich, sie wären immer noch klein und man könnte diese Tage zurückkriegen und sie wären einfach wieder zu Hause. Was ich dir damit sagen will: Sieh es nicht als eine Art Bestrafung an, zu Hause zu bleiben, Tracy, denn dann würdest du es bereuen und … Hör mal, ich muss jetzt wirklich los.«

Kins riss die Tür auf und ging, ohne seinen Satz zu beenden. Das war auch gar nicht nötig, Tracy wusste auch so, was er dachte, ohne es zu sagen.

Und dieses Kind könnte dein einziges sein.

* * *

Nachdem sie das Besprechungszimmer verlassen hatte, holte sich Tracy aus der Küche einen koffeinfreien Kaffee, was bei ihrem erregten Zustand wohl das Beste war, und steuerte ihren Arbeitsbereich an. Sie fühlte sich erhitzt, fast so schlimm wie nach ihrem Marsch den Hügel hoch zum Präsidium. Die Unterhaltung mit Andrea Gonzales wollte ihr einfach nicht aus dem Kopf gehen.

Wie weit sind Sie? Sechster Monat?

Himmel, war sie wirklich schon so dick geworden?

Auch Kins hatte sie überrascht. Sie wusste ja, wie sehr er seine drei Söhne liebte, das stand außer Frage, aber er hatte ihr auch die nicht ganz so schönen Geschichten des Familienlebens anvertraut. Sie wusste von vielen der dummen Sachen, die die drei angestellt hatten, hatte sich Klagen über das ewige laute Durcheinander im Haus anhören müssen und mitbekommen, wann Kins in die Schule zitiert wurde, weil einer der Jungs Ärger gemacht hatte oder in einem Fach durchzufallen drohte. Es war sie hart angekommen, Kins eben im Besprechungszimmer den Tränen so nah zu erleben, weil einer seiner Söhne bald aufs

College gehen würde. Solche Gefühle zeigte man als Polizist anderen Polizisten gegenüber eher selten, wenn überhaupt.

Im Arbeitsbereich des A-Teams angekommen, erlebte Tracy den nächsten Schock: Andrea Gonzales saß an ihrem Schreibtisch. Das ging gar nicht, so etwas tat man bei der Polizei von Seattle einfach nicht. Schreibtische und Arbeitsbereiche waren sakrosankt und fünfte Räder hatten ihren Platz an den Computern ganz hinten im Großraumbüro. Gonzales hatte es sich gemütlich gemacht, als wäre sie hier eingezogen. Ihr Jackett hing an dem Haken, an dem Tracy ihre Jacke aufzuhängen pflegte, und ein Kaffeebecher von Starbucks mit rotem Lippenstift am Rand stand auf Tracys Schreibunterlage.

»Entschuldigung!«, sagte Tracy, woraufhin Gonzales sich umdrehte. »Was tun Sie da an meinem Schreibtisch?«

»Was?«

Tracy deutete auf ihren Schreibtisch. »Was machen Sie an meinem Schreibtisch?«

Gonzales sah aus, als hätte sie die Frage nicht verstanden. »Man hat mir gesagt, Sie wären den ganzen Tag bei Gericht, und Captain Nolasco möchte, dass ich mich in Ihre Fälle einarbeite.«

Tracy warf einen Blick auf ihren Computer und das Dokument, das Gonzales gerade hochgeladen hatte. »Wie sind Sie in meine Fallakten reingekommen?«

»Captain Nolasco hat die IT-Leute gebeten, mir ein universelles Passwort zu geben.«

Tracy knirschte mit den Zähnen. Sie traute sich nicht, den Mund aufzumachen – wer wusste denn, was da herauskommen würde? Nolasco! Sie hätte es wissen müssen, dass der hinter der Sache steckte! Niemand wäre glücklicher als der Captain, wenn Tracy den Hut nähme.

»Dann räume ich wohl mal das Feld.« Gonzales nahm ihren Kaffeebecher und stand auf. »Es tut mir wirklich leid, wenn ich hier gegen irgendwelche Sitten und Gebräuche verstoßen habe. In Los Angeles haben wir uns oft an irgendeinen gerade nicht benutzten Schreibtisch gesetzt und uns eingeloggt.«

An dieser Diskussion hatte Tracy kein Interesse. »Ich muss einen Anruf tätigen, bei dem ich gern ungestört wäre.«

Gonzales sah auf ihre Uhr. »Hören Sie, das war wohl kein guter Start mit uns beiden. Wollen wir noch mal von vorn anfangen? Ich lade Sie auf ein Glas Bier ein.« Ein rascher Blick auf Tracys Bauch. »Sorry! Vielleicht irgendetwas ohne Alkohol?«

Tracy unterdrückte nur mit Mühe einen Wutanfall, weil der Nolasco gegenüber wohl angemessener gewesen wäre. Vielleicht spielten auch einfach nur ihre Hormone verrückt und ihre Reaktion war völlig unangemessen. »Danke, aber ich kann nicht. Ich stecke mitten in einer Gerichtsverhandlung und muss noch mit dem Staatsanwalt den morgigen Tag durchsprechen.«

»Alles klar, verstanden. Und das mit Ihrem Schreibtisch tut mir echt leid.«

Damit zog Gonzales sich zurück.

Tracy setzte sich und drückte auf die Leertaste. Der Computer meldete sich mit ihrem passwortgeschützten Bildschirmschoner, wie er es immer tat, wenn die Tastatur eine Weile unberührt geblieben war. Nachdem sie ihr Passwort eingegeben hatte, erwachte der Bildschirm wieder zum Leben und sie sah eine Akte zu einer Schießerei in South Park vor sich, die wohl Del angelegt hatte, in der aber im Grunde noch nichts eingetragen war. Sie wechselte zu ihren E-Mails. Die waren ebenfalls geöffnet worden, wie sie feststellen musste, aber Gonzales hatte wenigstens von hier aus keine E-Mails geschickt. Der entsprechende Ordner zeigte an, dass keine Mail rausgegangen war, seit Tracy selbst den Computer am Nachmittag zuvor zuletzt benutzt hatte.

Als das Telefon auf ihrem Schreibtisch klingelte, hatte die Paranoia Tracy so fest im Griff, dass sie sich nicht wie sonst mit ihrem Namen meldete. Vielleicht war der Anruf ja für Gonzales. »Ja?«

»Ich hätte gern mit Detective Crosswhite gesprochen.«

Eine Frauenstimme, die Tracy nicht auf Anhieb erkannte. »Am Apparat.«

»Tracy?« Jetzt klang die Anruferin ein wenig verwirrt. »Hier ist Katie. Katie Pryor.«

»Katie! Hallo! Ich war … ich war gerade beschäftigt und in Gedanken ganz woanders. Hey, wie gefällt dir dein neuer Job?«

Als vor etwa sechs Monaten Talia Greenwood aus der Vermisstenstelle nach mehr als dreißig Dienstjahren in den Ruhestand gegangen war, hatte Tracy Pryor als Nachfolgerin empfohlen. Pryor war Mutter zweier kleiner Töchter und ihr Ehemann hätte sie lieber zu Hause gesehen. Eine Stelle mit festeren Arbeitszeiten, hatte sie Tracy einmal beim gemeinsamen Training anvertraut, wäre da genau das Richtige.

»Mir gefällt es hier«, sagte sie jetzt. »Jedenfalls so gut es einem gefallen kann, nach vermissten Personen zu suchen. Die Arbeitszeiten sind schön. Ich kann meine Zeit zu Hause mit den Kindern jetzt viel besser planen.«

»Vermisste Personen …« Es hatte eine Zeit gegeben, da brauchte Tracy den Begriff nur zu hören, um körperlich zu reagieren. Ihre Schwester Sarah war entführt worden und mehr als zwanzig Jahre lang hatte niemand gewusst, wo sie war. Inzwischen reagierte sie nicht mehr ganz so stark, es wurde mit jedem Jahr besser.

»Ich weiß, du steckst in dem Stephenson-Prozess und ich möchte dich auch gar nicht lange aufhalten«, fuhr Pryor fort, »aber ich habe hier die Vermisstenanzeige einer jungen Frau, die glaubt, dass ihre Mitbewohnerin verschwunden ist. Ich habe kein gutes Gefühl dabei. Normalerweise würde ich dich so ohne nähere Informationen nicht damit behelligen, aber mein Captain ist die nächsten beiden Wochen in Europa und die Frau, die die Anzeige gemacht hat, steht praktisch auf dem Sprung, das Land zu verlassen. Sie will nach London ziehen. Ich fände es besser, wenn jemand aus eurer Abteilung mit ihr spricht, bevor sie fliegt. Bei der vermissten Person scheint es sich nicht um jemanden zu handeln, der sich einfach so aus dem Staub macht.«

»Wie alt ist sie?«, wollte Tracy wissen.

»Vierundzwanzig. Die beiden Frauen haben sich im University District bei der Uni eine Wohnung geteilt.«

»Studentinnen?«

»Aufbaustudium. Jedenfalls die Frau, die vermisst wird. Sie bewarb sich wohl gerade an Medizinischen Hochschulen.«

Die meisten vermissten Personen gingen entweder gefährlichen Tätigkeiten nach, wie zum Beispiel Prostituierte, oder sie lebten in gefährlichen Umständen: Drogenabhängige, psychisch Kranke, ältere Menschen, die unter Alzheimer oder Demenz litten.

»Und die Frau, die sie als vermisst gemeldet hat, war ihre Mitbewohnerin?«, fragte Tracy.

»Bis vor Kurzem.«

»Was ist denn vor Kurzem passiert?«

»Die Mitbewohnerin, also die Frau, die die Anzeige gestellt hat, hat in Indien geheiratet. Die Hochzeit war eine ziemliche Überraschung, wenn ich das richtig verstanden habe; die Mitbewohnerin erfuhr erst davon, als ihre Freundin aus Indien zurückkam. Die Frau, die geheiratet hat, ist die, die jetzt nach London zieht.«

»Okay. Und wieso glaubt sie, dass ihre Mitbewohnerin verschwunden ist? Dass sie als vermisst gelten muss?«

»Sie kann sie auf dem Handy nicht erreichen und erhält auch keine Antworten auf Textnachrichten oder E-Mails. Sie sagt, ihre Freundin ist einfach verschwunden. Es ist ein bisschen kompliziert.«

»Wie lange ist sie schon weg?«

»Bald vierundzwanzig Stunden.«

Für eine Familie konnten vierundzwanzig Stunden eine Ewigkeit sein, wie Tracy nur allzu gut wusste, nicht aber für die Behörden. Wobei sich das gerade änderte. In Seattle hatte man bei der Polizei früher achtundvierzig Stunden lang gewartet, ehe eine Person offiziell als vermisst galt, war aber seit dem Fall einer Krankenschwester aufmerksamer geworden, die verschwunden war, nachdem sie online einen Mann kennengelernt hatte. Ihre zerstückelte Leiche war später in diversen über die ganze Stadt verteilten Mülltonnen gefunden worden.

»Sie sagt, sie und die Vermisste seien seit ihrer Kindheit befreundet«, fuhr Pryor fort, »und ihre Freundin würde nicht einfach so verschwinden.« Tracy konnte hören, wie am anderen Ende der Leitung mit Papier geraschelt wurde. »Sorry, aber das ist alles ein bisschen verwirrend. Die Frau, die die Meldung gemacht hat, heißt Aditi Dasgupta.«

»Inderin.«

»Ja. Dasgupta sagt, sie und ihre Mitbewohnerin, Kavita Mukherjee, seien schon seit der Grundschule befreundet und hätten die beiden letzten Jahre zusammen in dieser Wohnung im Univiertel gelebt. Beide hatten vor, Medizin zu studieren.«

»Das ist mir alles noch nicht ganz klar.«

»Im Moment studiert keine der beiden Medizin, sie hatten es wohl nur vor. Die Frau, die bei uns die Anzeige gemacht hat, diese Dasgupta, hat vor Kurzem in Indien geheiratet. Das sagt der Beamte, der die Anzeige aufgenommen hat. Es war wohl eine arrangierte Ehe, soweit er es verstanden hat. Die vermisste Mitbewohnerin, Kavita Mukherjee, wusste nichts von der Hochzeit.«

»Sie wusste nicht, dass ihre Mitbewohnerin heiraten wollte?«

»Anscheinend nicht. Wie dem auch sei: Dasgupta sagte, ihre Mitbewohnerin hätte sich ziemlich aufgeregt, als sie es erfuhr.«

»Könnte es nicht sein, dass sie immer noch sehr erregt ist und einfach ein bisschen Zeit für sich braucht? Um zu verarbeiten, was passiert ist?«

»Vielleicht, aber Dasgupta glaubt nicht daran. Sie sagt, das sähe ihrer Freundin nicht ähnlich.«

»Hast du schon eine offizielle Vermissten-Suchanzeige ausgefüllt?«, fragte Tracy.

»Dazu hatte ich noch keine Gelegenheit. Ich habe mit der Familie und einigen Freunden telefoniert und mit ihrem Arbeitgeber. Niemand hat von ihr gehört.«

Tracy warf einen Blick auf die Uhr in der unteren rechten Ecke ihres Bildschirms. Sie hatte gehofft, zu einer vernünftigen Zeit zu Hause sein zu können. Außerdem würde Nolasco ihr nie erlauben, einem Vermisstenfall nachzugehen, solange keine konkreteren Hinweise auf ein mögliches Gewaltverbrechen vorlagen. Jetzt schon gar nicht, wo Faz und Del gerade einen Mordfall in South Park übernommen hatten und wahrscheinlich Hilfe brauchen würden.

»Bist du noch im Büro?«, erkundigte sie sich bei Pryor.

»Ja.«

»Dann komme ich auf dem Nachhauseweg bei dir vorbei. Ich muss allerdings vorher einen Anruf erledigen. Kannst du noch bleiben?«

»Auf jeden Fall. Soll ich dir schon mal alles rüberschicken, was ich habe?«

Lieber nicht. Das war ein zu hohes Risiko, solange zu erwarten stand, dass Nolasco Tracy eine Mitarbeit an diesem Fall untersagen würde. »Druck mir die Meldung der Freundin und den Bericht aus, ich hole mir das nachher bei dir ab.«

»Vielen Dank, das ist wirklich sehr lieb von dir. Mir ist ja klar, wie viel du um die Ohren hast, aber ... Du weißt doch selbst, wie das ist, wie man manchmal bei einem Fall einfach so ein Gefühl hat? Wenn einem irgendwas nicht ganz koscher vorkommt?«

Ja, dieses Gefühl kannte Tracy nur zu gut.

Kapitel 6

Anderson-Cooper ging im Wohnkomplex von Tür zu Tür und suchte nach Zeugen der Schießerei, während Del und Faz sich in den umliegenden Geschäften nach Videoaufzeichnungen umsahen, auf denen der Täter bei der Flucht vom Tatort oder beim Einsteigen in ein Auto oder sonst irgendwie zu sehen war. Jetzt, am frühen Abend, hatten ein paar der Geschäfte schon geschlossen und Faz machte sich entsprechende Notizen. Hier wollten sie gleich als Erstes am nächsten Morgen vorbeischauen, denn falls die Geschäfte eine Videoüberwachung hatten, musste man die Aufnahmen erwischen, ehe sie womöglich überspielt wurden. Er hatte außerdem bei der Verkehrsabteilung angerufen und gebeten, die Verkehrsüberwachungskameras in der Gegend zu überprüfen und die Aufzeichnungen gegebenenfalls aufzubewahren. Die Mutter von Monique Rodgers hatte ausgesagt, sie habe Schüsse gehört, und zwar aus Richtung der östlichen Seite des Apartmenthauses. Falls das stimmte, wäre die South Cloverdale als parallel zum Gebäude verlaufende Straße logischerweise am ehesten der Fluchtweg des Schützen gewesen.

Der Besitzer der Tankstelle am Ende des Blocks erklärte, seine Kamera sei auf die Zapfsäulen gerichtet, könnte aber auch einen Teil der Straße aufgenommen haben. Um Bewegung in die Sache zu bringen, baten Faz und Del einen Detective aus der Video-Einheit, die Aufzeichnungen durchzugehen, während sie selbst einen auf der anderen Straßenseite gelegenen Supermarkt ansteuerten, bei dem die Wahrscheinlichkeit einer Kameraüberwachung ebenfalls groß war.

Die an der Innenseite der Tür befestigten Glöckchen klingelten leise, als Faz die Eingangstür zum Laden aufstieß. Drinnen wurden die beiden Detectives vom finsteren Stirnrunzeln eines Mannes begrüßt, der groß genug war, um Faz direkt in die Augen zu sehen, und dazu so breit wie Faz und Del zusammen.

»Kann ich helfen?«

Der riesige Ladenbesitzer trug Shorts, T-Shirt und Flip-Flops und hatte die lockigen schwarzen Haare zu einem Knoten zusammengefasst. Als er jetzt die fleischigen Arme vor der Brust verschränkte, um sie auf dem üppigen Bauch ruhen zu lassen, kamen die feinen, komplizierten Tattoos besonders gut zur Geltung, die sich um seine Oberarme wanden. Diese Oberarme wiederum waren dicker als bei manch anderem Mann die Schenkel.

Faz und Del erklärten, wer sie waren, und nannten ihm den Grund ihres Kommens, woraufhin der Hüne versöhnlicher blickte und ihnen die Hand reichte. Er hatte einen weichen Händedruck und eine höhere Stimme, als Faz bei seiner Größe erwartet hätte. »Tanielu Eliapo«, stellte er sich vor. »Aber nennt mich ruhig Tanny, Jungs, ist einfacher. Ich weiß, was mit der Lady passiert ist.«

»Woher wissen Sie das denn?«

»Aus den Nachrichten, Mann!« Er drehte sich um und deutete auf einen kleinen Fernseher über der Kasse. Hinter der Kasse saß auf einem hölzernen Stuhl eine Frau, die wie der Besitzer polynesischer Herkunft war und die beiden Detectives mit mürrischer Miene musterte. Ein pendelnder Ventilator auf dem Tresen schwang von links nach rechts und zurück und ließ Blümchenkleid sowie Haarsträhnen der Frau flattern.

In diesem Moment wirbelte Tanny herum und brüllte zwei hispanoamerikanische Teenager an, die sich vorn im Laden in der Nähe des Zeitschriftenregals herumdrückten und beim Klang seiner Stimme sichtlich zusammenzuckten. Sie sahen zu ihm herüber und Tanny deutete auf ein Schild an der Wand. »Was ihr lest, das kauft ihr auch. Entscheidet euch.« Als Nächstes deutete er auf eine unter der Decke hängende Kamera. »Überraschung, Leute! Wir sind hier bei *Versteckte Kamera*! Wenn *ich* euch nicht erwische, dann macht das die Kamera, und von mir kriegt ihr den Rest.«

Tanny warf den beiden so lange finstere Blicke zu, bis sie die Zeitschrift, in der sie eigentlich blättern wollten, ins Regal zurücklegten und mit ein paar Schokoriegeln und Limo-Dosen an die Kasse kamen. Erst dann wandte sich der Ladenbesitzer wieder Faz und Del zu. »Die Leute haben Angst davor, mit der Polizei zu reden, höre ich.«

»Ach ja? Und wo haben Sie das nun wieder gehört?« In den Nachrichten wohl kaum, dachte Faz.

»Neuigkeiten machen auf der Straße schnell die Runde, Mann.«

»Was haben Sie denn sonst noch so gehört?«, wollte Del wissen.

»Niemand darf mit euch reden, heißt es. Little Jimmy hat die entsprechende Parole ausgegeben.«

Dann hatte Faz mit seiner Vermutung also richtiggelegen und Little Jimmy hatte etwas mit der Schießerei zu tun. »Kennen Sie ihn?«, erkundigte er sich.

»Ich habe von ihm gehört. Ricardo Luis Bernadino Jiminez.« Tanny spuckte den Namen im Schnellfeuergewehrtempo aus, wobei er die Nase rümpfte, als läge ein schlechter Geruch in der Luft. »Ein echter Scheißkerl. Sein Vater, Big Jimmy, soll hier in South Park eine große Nummer gewesen sein, habe ich mir sagen lassen. Hat viel für die Leute getan, heißt es. Little Jimmy ist keine große Nummer, auch wenn er sich gern dafür hält. Ich habe gehört, er arbeitet für eins der mexikanischen Kartelle. Big Jimmy damals hat mit Marihuana gedealt. Little Jimmy dealt mit Heroin. Ganz schlimme Scheiße, Mann. Das Zeug bringt einen um.«

Faz warf Del, der vor einem halben Jahr seine Nichte durch eine Überdosis Heroin verloren hatte, einen raschen Seitenblick zu. Del sagte nichts.

»Sie haben keine Angst vor ihm?«, fragte Faz.

Tanny schnaubte, als sei diese Frage einfach lächerlich. »Was kann er denn machen? Er weiß, wenn er mir oder meinem Laden etwas tut, sind meine Kumpel nicht glücklich. Und mit denen will er nichts zu tun haben, darauf können Sie Gift nehmen, Mann.«

Das konnte Faz sich lebhaft vorstellen, wenn er das Format des Mannes betrachtete und die Frau hinter dem Tresen, die ganz so aussah, als könnte sie Glasscherben futtern und Buntglasfenster scheißen. Er blickte hinauf zur Decke. »Sie haben Videoüberwachung?«

Tanny deutete mit dem Kinn auf seine Kassiererin. »Pika schaut sich abends gern das Video an. Das macht sie auf ihrem Handy. Wenn sie jemanden beim Klauen sieht – dem geht es nicht so gut, wenn er das nächste Mal reinkommt, wenn Sie verstehen, was ich meine. Ich mag keine Leute, die bei mir klauen, aber Pika sieht das strenger, sie geht da eher im biblischen Sinne vor. Was soll ich machen?« Achselzuckend strahlte er die beiden Detectives an.

»Dürfen wir uns das Band von heute ansehen?«, bat Faz. »Es geht um die Zeit so gegen fünfzehn Uhr, vielleicht ein bisschen davor.«

»Sie wollen es sich jetzt gleich ansehen?«, fragte Tanny.

»Genau«, sagte Del.

»Pika, ich bin hinten, hab ein Auge auf die beiden da.« Tanny deutete mit dem Kinn auf zwei junge Männer, die gerade den Laden betreten hatten. »Brich ihnen ruhig die Arme, wenn sie was klauen.« Er rammte sich mit vernehmlichem Grunzen die fleischige rechte Faust in die linke Handfläche und führte Faz und Del anschließend durch eine Tür hinten im Laden in ein mit Kartons und Reinigungsmitteln vollgestelltes Lager, in dem es scharf nach Ammoniak roch und wo auf einem Klapptisch ein Computer mit Bildschirm aufgebaut war. In einer Ecke des Raumes ragte der Holzstiel eines Wischmopps aus einem Metalleimer, der dort angelehnt an den Rand eines großen Waschbeckens stand. Das einzige Fenster hier, aus Milchglas und von innen mit einem Eisengitter geschützt, befand sich über dem Computertisch.

»Gefällt Ihnen mein Büro?« Tanny breitete lachend beide Arme aus, ganz der stolze Herrscher in seinem Reich. »Ein Schrotthaufen, Mann!« Rasch fuhr er den Computer hoch, hackte mit dicken Fingern auf die Tastatur ein und ließ die Maus kreisen. »So gegen fünfzehn Uhr heute, sagten Sie?«

»Ungefähr.« Faz setzte sich die Lesebrille auf, um besser sehen zu können.

Tanny tippte weiter. Auf dem Bildschirm tauchte, begleitet von Datum und Zeitangabe in der rechten unteren Ecke, ein schwarz-weißes Bild auf. Tanny spulte das Video bis zur Zeitangabe 14:33 und ließ es von da an mit normaler Geschwindigkeit laufen. Die Kamera hatte primär das Ladeninnere und den Tresen im Blick, an dem Pika saß, zeigte jedoch auch die Glastür sowie einen Teil des Parkplatzes und sogar der Straße. Faz hoffte dennoch nicht allzu sehr auf entscheidende Hinweise. Geduldig sahen sie zu, wie Leute in den Laden kamen, etwas kauften und wieder gingen. Faz achtete dabei genauestens auf das Geschehen auf der Straße, auf

Fußgänger dort und Autos, die am Laden vorbeifuhren oder den Parkplatz ansteuerten.

So vergingen etwa fünfzehn Minuten, bis Del bat, das Band ein wenig schneller laufen zu lassen. »Wenn wir etwas sehen, können wir ja anhalten und zurückspulen.«

»Kein Problem«, sagte Tanny.

Mit ein paar Tastenbefehlen sorgte er für etwas mehr Tempo auf dem Bildschirm, ohne dass es gleich hektisch wurde. »Noch schneller, Mann?«

»Nein, das reicht erst mal«, meinte Del.

Weitere Minuten verstrichen. »Moment!«, meldete sich Faz dann. »Zurückspulen bitte!«

»Hast du was gesehen?«, fragte Del.

»Ich weiß nicht genau.«

Tanny spulte zurück.

»Genau da. Stopp. Und jetzt vorwärts. Stopp! Siehst du das?« Faz stieß Del an und deutete auf das verschwommene Bild in der rechten Bildschirmecke.

»Ja, schon ...« Beeindruckt klang Del nicht gerade.

»Spielen Sie es ab«, bat Faz und klemmte sich dichter vor den Bildschirm. Dort konnte man sehen, wie eine Person ins Bild gelaufen kam, ein Rasenstück überquerte und die Straße ansteuerte, das Ganze leider zu weit von der Kamera entfernt, um Gesichtszüge ausmachen zu können. »Anhalten!«, bat Faz und beugte sich noch weiter vor. »Man kann ihn nicht erkennen. Was hängt ihm denn da ins Gesicht?«

»Jetzt habe ich ihn auch gesehen!« Tanny deutete aufgeregt auf den Computer. »Das ist ein Hoodie, Mann. Ein Sweatshirt mit Kapuze. Er hat die Kapuze aufgesetzt. Sehen Sie?«

»Ja«, sagte Faz, »Sie haben recht, glaube ich. Ein Hoodie.«

»Er hat sich die Kapuze dicht ums Gesicht gezogen«, sagte Tanny.

»Dabei hatten wir heute an die zweiunddreißig Grad«, warf Del ein.

»Neunundzwanzig«, stellte der Ladenbesitzer richtig. »Ich weiß, das ist verrückt, aber hier in der Gegend laufen sie ständig so rum. Hoodies und Tanktops.«

»Die Kapuze vorn so eng zusammengeschnürt?«, wollte Del wissen.

»Nee, das sehe ich nicht so oft«, musste Tanny zugeben.

Faz hielt Ausschau nach auffälligen unverwechselbaren Charakteristiken, das Logo eines Teams zum Beispiel, irgendetwas, das dieses Sweatshirt mit Kapuze von anderen unterschied. Aber falls es solche Unterscheidungsmerkmale geben sollte, dann war der Abstand zur aufnehmenden Kamera einfach zu groß, um sie zu erkennen. Faz warf einen Blick auf die Zeitangabe unten rechts am Bildschirm. »Die Zeit kommt hin.«

»Der Ort auch.« Diese Strecke hätte jemand nehmen müssen, der von der Rückseite des Wohnhauses kommend rasch zur Straße wollte.

Tannys Blick ging zwischen den beiden Detectives hin und her. »Sie glauben, das könnte der Schütze sein?«

»Schwer zu sagen«, meinte Del. »Könnte er sein, könnte er aber auch nicht sein.«

»Aber wie wollen Sie ihn identifizieren? Bei diesem Hoodie?«

»Keine Ahnung.« Faz seufzte. »Lassen Sie das Band weiterlaufen, ja?«

Tanny drückte auf den Knopf und man sah den Mann im Hoodie vom Bürgersteig treten. Dabei stolperte er, als hätte er sich den Knöchel verdreht. Um nicht das Gleichgewicht zu verlieren, stützte er sich mit der linken Hand auf der Kühlerhaube eines am Straßenrand geparkten Wagens ab, richtete sich auf und humpelte über die Straße, wobei er geschickt dem in südlicher Richtung fahrenden Verkehr auswich. Kurz vorm Verlassen des Bildausschnitts wurde der Mann schneller und rannte fast, bis er auf den Beifahrersitz eines größeren weißen Autos kletterte. Der Wagen – ein SUV oder Pick-up, so genau konnte Faz das nicht erkennen – fuhr einen Sekundenbruchteil später aus dem Sichtfeld der Kamera und war verschwunden.

»Hast du das gesehen?«, fragte Faz aufgeregt.

»Und ob«, sagte Del.

Tanny drückte auf Stopp und sah die beiden an. »Und? Was sagt ihr, Leute?«

»Ich glaube nicht, dass wir das Kennzeichen des weißen SUV kriegen, selbst wenn wir das Band vergrößern lassen«, wandte sich Del an Faz. »Zu weit weg und nicht genügend Bilder, mit denen die Video-Leute arbeiten könnten. Aber vielleicht kriegen wir ja das Kennzeichen des Autos, auf dem er sich abgestützt hat.«

»Vielleicht. Und vielleicht haben die Verkehrskameras das weiße Auto erwischt, in das er eingestiegen ist. Und die Kollegen sollten sicherheitshalber in den umliegenden Krankenhäusern nachfragen, ob sich jemand mit einem verletzten Knöchel behandeln ließ.«

»Das dürfte wohl eher nicht der Fall sein, aber versuchen müssen wir es natürlich trotzdem.«

Faz zückte sein Handy, um die Leute vom Video-Team zu benachrichtigen. »Es kommt jemand vorbei und holt das Video ab«, sagte er zu Tanny.

»Kein Problem, Mann.«

Faz reichte ihm eine Visitenkarte, die in der riesigen Hand des Ladenbesitzers kaum größer als eine Briefmarke wirkte. »Ich weiß, Sie haben keine Angst vor Little Jimmy, und ich möchte Ihnen auch nicht sagen, was Sie tun und lassen sollen, aber für uns ist es wichtig, dass sich das mit dem Video nicht herumspricht. Little Jimmy mag ein übler kleiner Scheißer sein, aber wenn er bei den Sureños hier das Sagen hat, könnte das für Sie schnell zu einem Problem werden.«

Tanny lächelte. »Blöd bin ich nicht, Mann. Und was ihr da draußen gesehen habt«, er deutete mit dem Daumen auf die ins Ladeninnere führende Tür, »das war reine Show, Mann. Hier in der Gegend darf man nicht zeigen, dass man Angst hat. Sonst klauen einem die Leute die Haare vom Kopf. Aber hier drin, in meinem Büro, kann ich offen zugeben, dass ich weiß, was Sache ist. Ich habe nicht vor, mir eine Kugel einzufangen. Wie ich schon sagte: Little Jimmy ist ein durchgeknallter kleiner Scheißer.«

KAPITEL 7

Tracy beendete ihr Gespräch mit dem Ankläger Adam Hoetig und legte auf. Sie hatten ihre Zeugenaussage besprochen und gemeinsam darüber nachgedacht, welche Möglichkeiten der Verteidigung blieben, Tracy im Kreuzverhör anzugreifen. Tracy hatte Hoetig außerdem gestanden, dass sie unter einer Blasenentzündung litt. Sie würde es zu schätzen wissen, wenn er im Laufe des Vormittags für eine Unterbrechung sorgte, falls Litwin sie länger als eine Stunde befragen sollte. Tracy sollte die letzte Zeugin sein und Hoetig erwartete keinen Gegenzeugen. Von daher hatte er auf ein persönliches Treffen mit Tracy verzichtet, um sich stattdessen seinem Schlussplädoyer zu widmen.

Nach dem Anruf machte sich Tracy auf den Weg zu den außerhalb der Großraumeinheit gelegenen Büros, denn sie wollte Nolasco erwischen, bevor der nach Hause ging. Sie hatte vor, sich nach Ron Mayweather und nach Arroyos angeblich bevorstehender Pensionierung zu erkundigen, und wollte generell ein Gefühl dafür bekommen, ob Nolasco etwas von ihrer Schwangerschaft wusste und was er zu Gonzales gesagt haben mochte. Die Jalousien vor dem Fenster zum Flur waren heruntergelassen, sodass Tracy klopfen musste, ohne zu wissen, was sie drinnen erwartete. Nolasco rief »herein« und sie drückte die Tür auf.

Ihr Captain saß an seinem Schreibtisch, einen Becher Tee in der Hand, und ihm gegenüber, auf einem der beiden Besucherstühle, saß Andrea Gonzales. Sie drehte sich um, als Tracy hereinkam.

»Sie beide kennen sich schon?«, fragte Nolasco.

»Ja«, antworteten Tracy und Gonzales wie aus einem Mund.

»Ich komme später wieder«, fuhr Tracy fort.

»Nein.« Gonzales stand auf. »Ich wollte gerade gehen. Danke, Captain, ich kümmere mich darum.« Sie lächelte Tracy zu, als sie an ihr vorbei zur Tür hinausging.

»Sie müssen das auch hören«, sagte Nolasco, noch ehe Tracy Gelegenheit gehabt hatte, sein Büro zu betreten. »Von der Schießerei in South Park wissen Sie?«

Tracy nickte. »Kins hat mich informiert, als ich vom Gericht zurückkam.«

»Jemand hat auf einem Spielplatz die Mutter zweier Kinder erschossen. Eine Frau, die sich offen gegen Drogen und die Gangs in der Nachbarschaft ausgesprochen hatte. Die Medien sind gleich voll auf die Sache eingestiegen, sie haben uns also mal wieder verstärkt im Auge. Ich schicke alle verfügbaren Kräfte hin, um Faz und Del zu helfen. Wie weit sind Sie bei diesem Prozess?«

»Ich stehe morgen wieder im Zeugenstand.«

»Wer kommt nach Ihnen?«

»Niemand, es sei denn, Hoetig ruft noch einen Gegenzeugen auf oder Litwin überlegt es sich über Nacht noch mal anders. Momentan glaubt Hoetig, er kann morgen am späten Vormittag oder frühen Nachmittag sein abschließendes Plädoyer halten.«

»Del und Faz werden Ihre Hilfe brauchen, sobald Sie bei Gericht durch sind.« Normalerweise blieb der führende Ermittler in einem Mordprozess das ganze Verfahren über neben dem Ankläger am Tisch der Anklage sitzen, von den ersten Anträgen bis hin zum Schiedsspruch der Geschworenen. So sollte der Fall vonseiten der Anklage ein menschliches Gesicht bekommen.

»Gehen wir von einer Vergeltungstat aus?«, fragte Tracy.

»Ja.«

»Das da unten ist Sureño-Gebiet.« Tracy hatte bereits zwei Gang-Morde in South Park bearbeitet.

»Melden Sie sich, sobald Sie können, bei Faz und Del und fragen nach, was die beiden brauchen.« Nolasco senkte den Kopf. Anscheinend war er der Meinung, sie hätten ihre Unterhaltung beendet. Als Tracy nicht ging, sah er wieder auf. »Noch was?«

»Haben Sie Gonzales ein Passwort gegeben, damit sie in meinen Computer kommt?«

»Nein. Ich habe ihr gesagt, sie soll sich von den IT-Leuten ein vorübergehendes Passwort geben lassen.«

»Sie wissen, dass sie hinten in der Verwaltung einen Computer hat, oder? Sie musste nicht unbedingt an meinen.«

»Del und Faz waren nicht da, Kins und Sie waren bei Gericht und ich wollte, dass jemand in Ihrem Arbeitsbereich ist. Und ich wollte, dass sie sich mit Ihren Fällen vertraut macht, damit sie gleich loslegen kann.«

»Ja, aber sie saß an meinem Computer und kam mit dem vorübergehenden Passwort an meine privatisierten Akten, an die Ordner mit meinen Berichten.« Alle Detectives hatten Zugang zu sämtlichen Ordnern der Einheit, aber nur der leitende Detective in einem bestimmten Fall kam an die Ordner mit den einzelnen Berichten, die sogenannten ›privatisierten‹ Ordner. Jeder nicht autorisierte Zugriff auf diese Ordner wurde dem leitenden Detective in einer V-Mail angezeigt, wobei V für das Sicherheitssystem Versaterm stand.

»Ihr hängt alle viel zu sehr an euren Computern. Die Ordner sollten offen sein, damit die Arbeit kooperativ vonstattengehen kann. Ich verstehe nicht, was Sie für ein Problem haben.«

Da Tracy nicht sagen konnte, ob Nolasco sie bewusst provozieren wollte oder nicht, beschloss sie, ihn ihrerseits herauszufordern. »Wusste Ron, was hier abgeht?«

»Was soll das nun wieder heißen?«

»Ron war unser fünftes Rad und er war mit all unseren Fallakten bestens vertraut.«

»Ja, und im C-Team gab es eine freie Stelle. Arroyo geht Ende des Jahres in Rente.«

»Das hörte ich.«

»Und haben Sie auch gehört, dass Ron diese Stelle wollte? Womit im A-Team die Stelle des fünften Rades frei wurde.«

»Ron wollte das Team wechseln?«

Nolasco starrte sie an. »Sonst noch was?«

»Sie haben Gonzales ja ziemlich schnell eingestellt.«

»Nein, habe ich nicht. Das fand weiter oben statt und war in Arbeit, seit Arroyo den Chefs mitgeteilt hatte, dass er in Rente will.« Nolasco legte eine bedeutungsvolle Pause ein, bevor er fortfuhr: »Die meisten Detectives hätten sich bei mir bedankt!«

»Wofür?«, wollte Tracy wissen.

»Dafür, dass ich die Qualität Ihres Teams an erste Stelle setze und dafür sorge, dass sich jemand ganz schnell einarbeitet.«

Tracy nickte. »Na ja, dann sage ich Danke schön.«

»Sonst noch was?«

Tracy schüttelte den Kopf. Mehr würde sie aus Nolasco nicht herausbekommen und im Komplex Park 95 wartete Katie Pryor auf sie.

»Sobald Sie mit allem durch sind, helfen Sie Faz und Del«, wiederholte Nolasco.

***

Tracy fuhr mit dem Auto zum Komplex Park 95, wie man in der Abteilung die Ansammlung schlichter Betonbauten am Airport Way nannte, in denen die meisten der forensischen Einheiten der Polizei von Seattle, das CSI und Sondereinheiten wie das Eingreifkommando SWAT untergebracht waren. Auch die Vermisstenstelle befand sich hier. Jetzt, weit nach achtzehn Uhr, waren die meisten Arbeitsplätze im Gebäude verlassen und es fehlte die gewohnte Geräuschkulisse aus Stimmen, klingelnden Telefonen und klappernden Tastaturen.

Tracy kannte die Vermisstenstelle noch aus ihrer Zeit beim CSI gut. Auch später hatte sie bei mehreren Vermisstenfällen mit Pryors Vorgängerin Talia Greenwood zusammengearbeitet. Greenwood hatte ihr erklärt, dass ihre Abteilung nie einen Fall als hoffnungslos oder geschlossen ansah. Entweder sie fanden die vermisste Person oder der Fall verblieb als offene Akte auf Greenwoods Computer. Tracy hatte sich diese Arbeit immer als relativ deprimierend und undankbar vorgestellt, einen Job, den man auf jeden Fall mit nach Hause nahm und der einen verzehren konnte. An den man jedes Mal erinnert wurde, wenn man von einer weiteren vermissten Person hörte oder von einer Leiche. Ein Job, dem man nie entkommen konnte.

Greenwood hatte ihr damals erklärt, sie läge mit ihrer Vermutung nur teilweise richtig.

So emotional anstrengend der Job auch sein konnte, hatte Greenwood gesagt, so bot er ihr doch auch sehr viele gute Momente. Die meisten als vermisst gemeldeten Menschen waren gar nicht wirklich verschwunden. Oft hatte man sie einfach verhaftet und ins Kreisgefängnis überstellt oder sie lagen nach einem Unfall verletzt im Krankenhaus. Andere wollten bloß mal eine Weile untertauchen, wenn der Alltag zu viel für sie wurde, was vielleicht ihren Liebsten gegenüber unsensibel sein mochte, aber schließlich nicht verboten war. Und darin lag bereits das erste Problem. Wie lange musste eine junge Frau nicht erreichbar sein, ehe sie als vermisst galt? Welche Umstände mussten existieren, damit eine Person als vermisst gelten konnte und nicht einfach nur als jemand, der sich eine kleine Auszeit vom Alltag nahm? Die Antworten auf diese Fragen schienen von der Polizei Seattle fortlaufend neu definiert zu werden.

»Klopf, klopf!«, rief Tracy, als sie vor Pryors offener Bürotür angekommen war.

Pryor drehte sich mit ihrem Stuhl um, stand auf und umarmte sie lächelnd. »Tracy! Hallo! Vielen Dank, dass du dir die Zeit genommen hast.« Ihre hohe weiche Stimme erinnerte Tracy immer ein wenig an die eines Schulmädchens. Es war noch nicht lange her, dass Tracy sich mit Pryor am Schießstand getroffen hatte, um ihr beim Training für die Abschlussprüfung zu helfen, aber bereits jetzt waren Pryors Lachfältchen ein wenig ausgeprägter, die Hüften ein wenig voller geworden.

»Ich habe länger gebraucht, als ich dachte, tut mir leid. Wie geht es den Kindern?«

»Prima. Meine Älteste kommt im Herbst in die Mittelstufe, kannst du das glauben?« Pryor schüttelte nachdenklich den Kopf, fast wie Kins vorhin, als er erzählte, wie mulmig ihm bei dem Gedanken wurde, seinen Ältesten im Herbst bei seinem College abliefern zu müssen.

»Geht dir das viel durch den Kopf?«, wollte Tracy wissen. »Die Zeit? Und wo sie bleibt?«

Pryor lachte. »Nur zu besonderen Anlässen – bei Geburtstagen etwa oder an Weihnachten. Im Alltag haben mein Mann und ich genug damit zu tun, das Schiff zu steuern und dafür zu sorgen, dass es nicht untergeht. Der Job hier ist dabei eine echte Hilfe. Ich kann um die Stundenpläne meiner Kinder herum planen, bin zu Hause, um ihnen bei den Schularbeiten zu helfen, und kann sie vom Musikunterricht und Sporttraining abholen. Ein wahres Gottesgeschenk, echt.«

»Das höre ich gern.« Und dann, weil das Thema Kinder nun mal auf dem Tisch war, fügte Tracy hinzu: »Weil ich nämlich bald auch mit diesen Problemen zu tun kriegen werde.«

»Du bist schwanger?« Pryors Stimme ging nach oben – was ziemlich ungläubig klang. Zum Teil lag das an Tracys Alter, zum Teil wohl aber auch daran, dass Pryor gedacht hatte, Tracy hätte sich gegen Kinder entschieden oder könne nicht schwanger werden.

»Ich habe gerade die sechzehnte Woche hinter mir.«

»Mein Gott!« Pryor strahlte. »Das ist ja wunderbar!« Sie warf einen Blick auf Tracys Bäuchlein. »Von allein wäre ich nie darauf gekommen. Du siehst fantastisch aus.«

Bei dieser Bemerkung einer zweifachen Mutter fragte sich Tracy unwillkürlich erneut, wieso Gonzales ihre Schwangerschaft auf den ersten Blick erkannt haben wollte. »Ich fühle mich aber nicht immer fantastisch«, gestand sie. »Und ich rede momentan noch nicht drüber.«

»Meine Lippen sind versiegelt. Weißt du schon, was es wird?«

»Nein. Dan möchte es nicht wissen. Er sagt, das ist eine der letzten echten Überraschungen im Leben, und irgendwie finde ich das auch.«

Pryor lächelte. »Ich freue mich für dich.«

»Einiges wird dadurch komplizierter«, sagte Tracy. Einiges war bereits jetzt komplizierter geworden.

»Mach dir um die Arbeit keine Sorgen, Tracy. Du bist nicht die erste Frau mit einem Job, die ein Kind kriegt. Habe ich dir je die Geschichte mit meinem Sergeant erzählt, als ich mit meinem zweiten Kind im siebten Monat schwanger war und immer noch in Uniform auf Streife ging?«

»Ich glaube nicht.«

»Mein Sergeant, ein Mann mit so einer Wampe ...«, Pryor deutete mit beiden Händen einen Bauchumfang von erheblichen Ausmaßen an, »... hatte doch echt den Nerv, mich zu fragen, wie ich denn jetzt meinen Pistolengürtel schließen will. Weißt du, was ich dem geantwortet habe?«

»Nein!« Tracy musste jetzt schon lachen.

»Ich sagte: Genau wie Sie, Sergeant!« Die beiden Frauen prusteten vergnügt los. »Damit waren wir mit dem Thema durch.« Pryor warf einen Blick auf die Uhr an der Wand. »Okay. Ich weiß, du hast nicht viel Zeit. Wir können uns später noch über Babys unterhalten. Ich habe dir einen Stuhl besorgt.«

Tracy rollte diesen Stuhl näher an den Computer und setzte sich neben Pryor, die ihr ein aus mehreren Seiten bestehendes Dokument reichte, ehe sie sich umdrehte und etwas in ihre Tastatur tippte. Tracy las sich die Vermisstenanzeige durch, die gleichzeitig auch auf Pryors Bildschirm auftauchte. Aus Pryors Computer drang leise Musik.

»Die Vermisste heißt Kavita Mukherjee«, sagte Pryor. »Vierundzwanzig Jahre alt, Absolventin der Universität von Washington mit einem Abschluss in Chemie.«

»Die Frau gefällt mir jetzt schon.« Tracy hatte an einer Highschool Chemie unterrichtet, bevor sie zur Polizei ging. »Also nicht blöd.«

»Auf gar keinen Fall. Ihre Mitbewohnerin, Aditi Dasgupta, hat mir das Foto geschickt, das du vor dir hast.«

Pryor vergrößerte das Foto auf ihrem Bildschirm, das klarer und weniger körnig war als das auf dem Ausdruck. Mukherjee lag auf einer Couch ausgestreckt. Sie trug ein schwarzes T-Shirt und Jeans mit Löchern an den Knien. Ihre Fußnägel waren knallrot lackiert.

»Ein schönes Mädchen«, stellte Tracy fest.

»Sie ist ein Meter achtundsiebzig groß, wiegt neunundfünfzig Kilo, hat braune Haare und blaue Augen.«

»Blaue Augen? Das dürfte bei ihrer ethnischen Herkunft selten sein.«

»Das dachte ich auch. Blaue Augen sieht man nicht häufig bei Menschen indischer Abstammung, aber sie kommen vor.«

»Du sagst, sie und ihre Mitbewohnerin waren eng befreundet?«

»Seit ihrer Kindheit. Und seit vier Jahren wohnen sie jetzt zusammen.«

Tracy lehnte sich zurück und ließ sich von Pryor erzählen, was die bis jetzt herausgefunden hatte.

* * *

»Aditi!« Kavita Mukherjee, die auf dem Sofa gelegen und gelesen hatte, klappte mit einem Jubelschrei ihr Buch zu und warf es hoch in die Luft, als sie die Wohnungstür langsam aufgehen hörte.

Sie sprang von der Couch, lief zur Tür, wobei sie fast die beiden dort abgestellten Koffer umgerannt hätte, und umarmte ihre beste Freundin stürmisch. Aditi war Anfang des Sommers zur Hochzeit einer Cousine nach Indien geflogen und danach noch eine Weile geblieben, um im Land herumzureisen. Die Zeit war Kavita sehr lang vorgekommen, Aditi und sie waren seit ihrer Kindheit nur selten getrennt gewesen.

»Wie schön, dass du endlich wieder da bist!« Kavita drückte ihre Freundin noch einmal fest an sich. »Waren das wirklich nur zwölf Wochen? Mir kam es wie eine Ewigkeit vor. Und wie du aussiehst!« Sie strich über die grün-gelbe Seide von Aditis Sari. »So anders. Hast du den drüben gekauft? Nein! Lass mich raten: Deine Mutter hat ihn dir gekauft!« Kavita verdrehte lachend die Augen. »Sie lässt doch auch nie locker, was?«

»Nein«, sagte Aditi lächelnd. »Sie lässt nie locker.«

Aditi und Kavita waren beide vierundzwanzig Jahre alt, Kavita zwei Monate älter als ihre Freundin, und schon seit einiger

Zeit lagen ihnen ihre Mütter in den Ohren, sie sollten doch endlich »sesshaft« werden. Was im Klartext hieß, sie sollten heiraten. Keine von ihnen hatte eine Beziehung, die man als ernsthaft bezeichnen könnte, aber das spielte keine Rolle. Das machte Kavita und Aditi nur noch attraktiver für die Kandidaten auf der Liste möglicher Ehemänner, an deren Erstellung ihre Mütter ebenfalls bereits seit einiger Zeit bastelten. Ohne dass Aditi oder Kavita je an einer solchen Liste Interesse gezeigt hätten, wohlgemerkt, aber das war beiden Müttern egal.

»Komm, ich helfe dir.« Kavita langte nach dem Griff des letzten der drei großen Koffer, die Aditi mitgebracht hatte und der immer noch draußen im Hausflur stand.

»Nein!« Aditi wollte ihr den Griff aus der Hand nehmen. »Das ist ...«

»Himmel, ist der leicht! Irgendwann muss dir mal jemand richtiges Packen beibringen.«

Kavita stellte den Koffer zu den beiden anderen in den Eingangsbereich der Wohnung und zog ihre Freundin ins Wohnzimmer. Sie hatten diese nahe der Uni gelegene Wohnung im zweiten Jahr ihres Studiums an der Universität von Washington bezogen, nachdem sie vorher zwei Jahre lang im Studentenwohnheim gewohnt hatten. Das war in Ordnung gewesen, aber nach zwei Jahren hatten die beiden Frauen etwas Eigenes haben wollen. Die Möblierung bestand aus dem normalen Sammelsurium einer Studentenbude: Geschenktes, Geliehenes und ein paar Stücke, die Kavita und Aditi für wenig Geld selbst erstanden hatten, wie die graue Ledercouch, den braunen Stoffsessel und eine bunte Mischung aus Lampen, die sie in den Sommermonaten, wenn es auch nach einundzwanzig Uhr noch hell war, selten einschalten mussten. Die Wohnung lag nach Osten hin, im vierten Stock, und bot einen wunderbaren Ausblick über den Campus der Universität bis zum Lake Washington und an klaren Tagen sogar bis hin zu den schneebedeckten Gipfeln der Cascade Mountains. An diesem Abend standen die Fenster offen und man hörte deutlich den Verkehr unten auf der großen Straße, an der das Haus lag.

»Komm schon!« Kavita hatte sich auf die Couch gesetzt und zog die Füße unter den Po. Sie trug Jeans mit Löchern an den Knien und ein lila T-Shirt mit dem Logo der Universität von Washington. »Erzähl mir von deiner Reise. Wie war die Hochzeit deiner Cousine? Ist dir von dem vielen Essen schlecht geworden? Ich wette, es war unglaublich heiß. Und wahrscheinlich hattest du kein Internet, was? Seit zwei Wochen sitze ich hier ohne Textnachrichten von dir. Ich freue mich ja so, dass du wieder da bist.« Sie beugte sich vor und die beiden Frauen umarmten einander.

»Es war nett.« Aditi wirkte müde. Kein Wunder nach der langen Reise, die sie immerhin um die halbe Welt geführt hatte.

»Nett? Es war nett?« Kavita lachte. »Mein Gott, lass dir doch nicht jedes Wort einzeln aus der Nase ziehen!« Sie schlug spielerisch nach Aditi. »Erzähl mir von der Hochzeit! War die Familie überrascht, dich zu sehen? Bestimmt haben sie sich gewundert, wie erwachsen du geworden bist.«

»Es stimmt, sie waren überrascht.« Aditi betrachtete angelegentlich ihre im Schoß gefalteten Hände und Kavita beschlich langsam ein unsicheres Gefühl. Irgendetwas stimmte hier nicht. Aditi war ihr mehr als nur eine Freundin und Mitbewohnerin, die beiden Frauen waren wie Schwestern. Sie kannten die Launen und Stimmungen der jeweils anderen genau.

»Was ist los? Irgendwas stimmt doch nicht!« Noch während sie sprach, sah sich Kavita ihre Freundin genauer an, und jetzt, wo sie nicht mehr so aufgeregt war, fiel ihr auf, was sie vorher übersehen hatte: die goldene Kette mit den schwarzen Perlen daran, der rote Punkt gleich unter dem Haaransatz. Sie warf einen Blick auf Aditis Schuhe, offene Sandalen: Ihre Freundin trug an mehreren Zehen Ringe. Das war nicht bloß das Modestatement einer jungen Frau, das war mehr.

Die Erkenntnis traf Kavita wie ein Schlag in den Magen. Ihr wurde speiübel, sie vermochte die Frage kaum auszusprechen: »Du bist verheiratet?« Sie sagte die Worte, ohne sie richtig zu glauben – wollte sie nicht glauben, wollte sich irren.

Aditi hob den Blick und sah Kavita an. Tränen rannen ihr die Wangen hinab, aber sie versuchte trotzdem zu lächeln.

Kavita ließ die Hände der Freundin sinken. »Ich verstehe das nicht.« Sie dachte kurz nach. »Bist du deswegen nach Hause gefahren?«

Aditi schüttelte den Kopf. »Nein. Nein, Vita. Das war nur ein Besuch, um an der Hochzeit meiner Cousine teilzunehmen.«

»Aber ... was ist passiert? Meine E-Mails ...«

»Bei der Hochzeit habe ich Rashesh kennengelernt und hinterher, nur einen Tag oder so danach, ist er gekommen und hat mit meinen Eltern gesprochen. Meine Verwandten hatten alles arrangiert.«

»Wer ist er?«

»Er ist Ingenieur. Aus Bangladesch, aber er arbeitet in London. Mein Vater und sein Vater sind seit ihrer Kindheit eng befreundet. Sie sind im selben Dorf aufgewachsen. Deswegen war seine Familie auch auf der Hochzeit meiner Cousine.«

Kavita kam es vor, als würde jede einzelne dieser Informationen sie angreifen, jede aus einem anderen Winkel heraus. Ihr war schwindelig, sie fühlte sich desorientiert. »Eine arrangierte Ehe?« Sie schüttelte fassungslos den Kopf. »Aber damit wollten wir uns doch nie einverstanden erklären! Wir beide haben immer gesagt, das würden wir niemals tun!« Sie hatten sogar einen entsprechenden Eid geschworen, damals, als Schulmädchen, in dem Fort, das sie sich im State Park gebaut hatten. Einen albernen kleinen Eid, den sie aber später immer wieder erneuert hatten. Er war zu ihrem Rettungsanker geworden, hatte ihnen Kraft verliehen, wenn ihre Eltern sie bearbeitet hatten, wenn immer wieder von arrangierten Hochzeiten die Rede gewesen war. Der Eid hatte ihnen geholfen, nicht einzulenken, als ihre Eltern sie nach Beendigung des Grundstudiums zwingen wollten, wieder zu Hause einzuziehen, als sie sich weigerten, den Mädchen weiterhin die Miete für diese Wohnung zu bezahlen, und auch nicht für ein Aufbaustudium aufkommen wollten.

Aditi packte Kavita bei beiden Händen und senkte die Stimme, sprach zu ihrer Freundin wie zu einem verletzten kleinen Mädchen. »Wir waren nur Kinder, Vita. Wir waren nur kleine Mädchen.«

Kavita entzog ihr die Hände und wischte sich Tränen von den Wangen. Ihr Blick fiel auf die Koffer im Flur und eine weitere Schockwelle überkam sie. »Die sind leer, oder? Du bist nicht zurückgekommen, du willst nicht wieder hier wohnen. Du bist hier, um auszuziehen.«

Aditi nickte. Inzwischen weinte sie ganz offen. »Meine Eltern und mein ... Mann warten unten. Ich habe sie gebeten, erst einmal allein hochgehen zu dürfen, um dir die Nachricht zu überbringen. Es tut mir leid, Vita. Ich kann die Miete weiterbezahlen, bis du jemanden gefunden hast, der hier einzieht. Ich kann ...«

Kavita stand auf und wandte ihr den Rücken zu. Das Wort »Mann« war Aditi nicht leicht und natürlich über die Lippen gekommen. Es hatte unbeholfen geklungen, wie ein Wort aus einer Fremdsprache, bei dem man sich nicht sicher ist, ob man die Aussprache richtig hinbekommt. »Um die Miete geht es nicht, Aditi. Wir hatten uns geschworen ...«

»Ich bin nicht wie du, Kavita. Ich bin nicht so stark wie du. Ich kann nicht tun, was du kannst.«

Kavita drehte sich um. »Und was ist mit dem Medizinstudium?«

»Ich habe jetzt meinen Platz.«

»Was für einen Platz? An der Seite eines Mannes, den du kaum kennst? Bei seiner Familie, bei der du wohnen wirst, um für sie zu putzen und sie zu bedienen wie eine Sklavin? Wie eine gute indische Ehefrau?«

Aditi sah aus, als fühlte sie sich von jedem einzelnen Wort wie von einem Messerstich getroffen. »*Es tut mir leid, Vita. Ich weiß, du verstehst nicht ...*«

»*Natürlich verstehe ich das nicht! Meine beste Freundin fährt auf einen kurzen Besuch nach Hause, kommt wieder und ist verheiratet! Und du ... du hast mich noch nicht einmal eingeladen.*« *Das war ein weiterer Schlag, eine ganze Runde aus Schlägen, die alle drohten, Kavita niederzustrecken.*

»*Ich bin nicht mit der Absicht nach Indien geflogen, dort zu heiraten, Vita. Das musst du mir glauben. Das war doch erst, als wir uns auf der Hochzeit kennengelernt hatten und ich ihn ... ihn mochte. Eine Woche später waren die Einladungen gedruckt. Zwei Wochen später waren wir verheiratet.*«

Kavita lief erregt vor den offenen Fenstern auf und ab. »*Meine Einladung ist dann wohl in der Post verloren gegangen.*« *Ein weiterer Gedanke schoss ihr durch den Kopf – noch etwas war jetzt klar.* »*Du hast meine E-Mails ignoriert. Das Internet war vollkommen okay. Du hast sie einfach nicht beantworten wollen, weil du mich nicht anlügen mochtest.*«

Aditi blieb auf dem Sofa sitzen. »*Ich habe dich nicht eingeladen, Vita, weil du es nicht verstanden hättest. Du hättest versucht, es mir auszureden.*«

»*Da hast du verdammt recht. Natürlich hätte ich versucht, es dir auszureden. Das ist doch Wahnsinn! Du wolltest Ärztin werden. Seit Jahren reden wir davon. Kinderärztinnen. Wir wollten gemeinsam eine Praxis aufmachen. Ich hätte dich gefragt, ob du den Verstand verloren hast, ob dir deine Mutter hinterrücks was in den Tee gekippt hat! Ich hätte die Botschaft angerufen und denen gesagt, dass man dich gegen deinen Willen gefangen hält. Was hast du dir dabei gedacht?*«

»*Ich habe gar nicht gedacht, Vita. Nicht daran, zu heiraten. Bis ich ihn traf.*«

Kavita blieb stehen. Das wollte sie nicht hören. »Bitte sag mir jetzt nicht, das war Liebe auf den ersten Blick!«

»Liebe wird mit der Zeit kommen.«

»Stopp! Hör einfach auf. Hörst du eigentlich, was du da sagst? Mein Gott, du klingst wie deine Mutter. Wie meine Mutter.« *Sie ahmte den Akzent ihrer Mutter nach.* »Kein Mann heiratet gern, Kavita. Er macht es, weil er sich zu jemandem hingezogen fühlt oder aus finanziellen Gründen oder um eine Verpflichtung gegenüber der Familie zu erfüllen. Irgendwann ist die Anziehung fort, das Geld ausgegeben, aber die Familie, die bleibt. Stabilität entsteht durch die Familie. Was ist es, Aditi?« *Sie hatte den Akzent wieder fallen lassen.* »Geld? Haben dich deine Eltern an ihn verkauft? Eine große Mitgift, bei der er nicht Nein sagen konnte? Oder ging es darum, eine Verpflichtung einzuhalten? Der Familie gegenüber?«

Aditi senkte den Blick. Sie weinte. Kavita knirschte mit den Zähnen. Ihre Worte taten ihr jetzt schon leid. Sie war immer schon schnell in Wut geraten, eine ganz schlechte Eigenschaft, und ihre Zunge war spitz und scharf, stach oft zu, ehe sie es verhindern konnte. Sie setzte sich hin und legte ihre Stirn an die ihrer besten Freundin, wie sie es immer getan hatten, auch damals, als sie ihren Pakt geschlossen hatten. »Es tut mir leid, Diti. Ich bin nur einfach so … total überrascht … ich hab es nicht so gemeint.«

Nach einer Weile sah Aditi sie an. »Ich mag ihn, Vita. Ich habe ihn vom ersten Moment an gemocht.«

Kavita schüttelte den Kopf. »Aber liebst du ihn, Diti? Bist du hoffnungslos verliebt und kannst dir nicht vorstellen, einen einzigen Tag ohne ihn leben zu müssen? Fühlst du so, Diti? Liebst du ihn?«

Aditi setzte sich zurück. Ihre nächsten Worte kamen mit einer gewissen Schärfe. »Liebe! Wie hat das denn für dich funktioniert, Vita? Wie hat es für mich funktioniert?«

»Wir sind doch erst vierundzwanzig! Wir wollten weiterstudieren.«

»Wie viele Freunde hatte ich, Vita?« *Aditi ließ nicht locker.*

»Was?«

Aditi schüttelte den Kopf, sah ihre Freundin aber weiterhin unverwandt und fest entschlossen an. »Ich bin nicht wie du. Ich sehe nicht aus wie du und ich habe nicht deine Persönlichkeit. Ich war nicht so gut wie du, weder auf der Schule noch auf der Uni. Du kriegst bestimmt einen Studienplatz in Medizin, Vita, aber was, wenn ich keinen kriege? Was, wenn meine Noten bei der Aufnahmeprüfung nicht so gut sind wie deine?«

»Du bist schön, Diti. Und du bist klug. Natürlich kriegst du einen Studienplatz.«

Aditis Stimme wurde lauter. Und entschiedener. »Nein, Vita, bin ich nicht.« Sie holte tief Luft. »Ich bin nicht klug, nicht wie du. Ich strenge mich bloß mehr an. Und ich bin nicht schön, besonders nach hiesigen Maßstäben nicht.«

»Aditi ...«

Aditi hob die Hand. »Hör auf, Vita. Wenn wir ausgehen, scharen sich die Männer um dich und deine helle Haut. Ich? Mit mir reden sie, weil ich nun mal da bin, wie eine Zimmerpflanze. Sie glauben, wenn sie sich lange genug mit mir unterhalten, redest du vielleicht auch mal mit ihnen.«

»Das stimmt doch gar nicht.«

»Doch, Vita, das stimmt. Sieh dich doch an. Du bist groß und dünn und du hast feine Gesichtszüge und diese blauen Augen. Männer lieben deine blauen Augen. Du kannst mit jedem über alles reden und sie hören dir zu.« Sie schüttelte den Kopf. »Ich bin die peinliche Beigabe. Die Freundin, mit der sie reden müssen, wenn sie mit dir reden wollen. So war es schon unser ganzes Leben lang. Immer habe ich auf dem Rücksitz gesessen und du vorn und ich war zufrieden damit, glücklich, bloß deine Freundin sein zu dürfen.« Sie schlug sich mit der Faust gegen die Brust. »Aber dieser Mann, Rashesh, der hat mich gesehen und er mochte, was er sah. Weißt du, wie ich mich da gefühlt habe?«

Kavita wollte ihrer Freundin nicht wehtun. Sie wollte nicht einwenden, dass Rashesh vielleicht gar nicht gemocht hatte, was er sah. In Indien ging es nicht um Liebe auf den ersten Blick. Es ging überhaupt nicht um Liebe. Es ging um den gesellschaftlichen Druck, der meistens auf Mädchen und ihre Eltern, oft aber auch auf Männer ausgeübt wurde. Je älter eine junge Frau wurde, desto größer die Besorgnis, sie würde nicht heiraten, und desto größer der Verdacht, sie könnte von einem Verehrer abgelehnt worden sein, weil sie zu ehrgeizig war oder keine gute Ehefrau abgeben würde oder weil es in ihrem Kundali einen Dosh gab (die Sterne hatten bei ihrer Geburt nicht günstig gestanden).

Irgendetwas.

Kavitas Stimme war kaum lauter als ein Flüstern. »Aber er kennt dich noch nicht mal, Diti.«

»Genau, Vita!«, antwortete ihre Freundin mit weit aufgerissenen Augen. »Darum geht es mir doch. Er kannte mich noch nicht einmal und mochte mich trotzdem. Er mochte meine dunkle Haut und die platte Nase und meinen übergewichtigen Körper. Er hat sich nicht nur mit mir unterhalten, damit er mit dir reden darf. Warum kannst du also jetzt nicht meine Freundin sein, Vita? Warum kannst du dich nicht einfach für mich freuen?«

»Weil ich es furchtbar finde, wenn du dein Leben so wegwirfst!«

»Aber es ist doch mein *Leben, Vita!« Aditi schlug sich wieder an die Brust. »Mein Leben, und ich kann damit tun, was ich möchte. Wer klingt denn nun wie meine Mutter? Wer weiß angeblich, was am besten für mich ist?«*

»Aber du bist keine Inderin, Diti. Ich bin keine Inderin. Wir sind Amerikanerinnen. Wir sind beide in Amerika geboren.«

»Ich bin Inderin, Vita. In meinem Grundkern, in meinem Innern bin ich Inderin. Ja, ich nenne dies Land hier mein Zuhause, aber warum eigentlich? Meine Verwandten leben nicht hier und ich passe nicht hierher.«

»Tust du wohl, Diti.«

»Nein, Vita. Nein.« Sie schüttelte den Kopf. *»Hier bin ich eine Minderheit. Du bist eine Minderheit. Hier bemerkt jeder meine Hautfarbe. Wenn ich in der Schule gut bin, dann gilt das gleich als neurotisch und man unterstellt meinen Eltern, sie würden mich zum Lernen zwingen. Ja, ich bin in diesem Land geboren, aber ich bin hier trotzdem eine Fremde. In Indien stellt wenigstens niemand meine Hautfarbe infrage. In Indien wird meine Hautfarbe wenigstens bewundert und respektiert und sogar gemocht. Da haben Männer nicht nur mit mir geredet, weil ich neben dir stand, die hässliche Freundin, an der sie erst einmal vorbeimüssen. Sie haben mit mir geredet, weil sie mich mochten. Rashesh hat mich gemocht.«*

Eine Weile saßen sie schweigend nebeneinander. Langsam dämmerte Kavita das ganze Ausmaß der Konsequenzen, die sich aus Aditis Entscheidung ergaben. »Dann ziehst du nach London? Um dort zu leben?«

»Ja.«

»Mit seiner Familie?«

»Ja.«

Kavita wischte sich die Tränen aus den Augen und atmete ein paarmal tief ein und aus. »Es tut mir leid, Diti. Es tut mir leid, wenn du dich durch meine Schuld als Person schlecht gefühlt hast. Ich habe nicht gewusst, wie schwer es für dich ist. Ich wollte doch nie ...«

Aditi griff nach Kavitas Hand und drückte sie fest. »Das weiß ich doch.« Sie lächelte und senkte den Kopf, bis ihre Stirn die von Kavita berührte. »Du kannst ja nichts dafür, dass du so wunderschön bist.«

Kavita lachte, trotz der Tränen. »Und bist du glücklich, Diti? Wirklich glücklich?«

Aditi lächelte – ein ehrliches Lächeln. »Ja, Vita, ich bin glücklich. Möchtest du ihn kennenlernen? Meinen Mann?«

Bestimmt wollte Kavita das, aber nicht heute. Und schon gar nicht in Begleitung von Aditis Mutter. Die wollte sie erst einmal gar nicht mehr sehen, vielleicht nie wieder. Bestimmt strahlte Aditis Mutter vor lauter Selbstzufriedenheit aus allen Knopflöchern. Bestimmt brüstete sie sich überall mit der Hochzeit ihrer Tochter und täte bestimmt nichts lieber, als sie Kavita und deren Mutter unter die Nase zu reiben. Mein Gott, die Frau kriegte sich bestimmt gar nicht wieder ein, weil Aditi jetzt verheiratet war und noch dazu mit jemandem aus ihrer eigenen Samaaj (Religion und Kaste), während Kavita immer noch von einer unbefriedigenden Beziehung in die nächste stolperte. Aditis Mutter würde Kavitas Mutter gegenüber mit nichts zurückhalten und ganz bestimmt besonders mit den bald zu erwartenden Enkelkindern angeben. Dass diese Enkel auf der anderen Seite der Welt aufwachsen und ihre Großmutter allerhöchstens ein, zwei Mal zu Gesicht bekommen würden, spielte keine Rolle, wenn man sie anderen um die Ohren schlug wie einen nassen Waschlappen.

»Im Moment schaffe ich das nicht«, gestand Kavita. »Es tut mir leid, ich kann einfach nicht. Ich lasse euch allein, damit du deine Sachen packen kannst. Dann bin ich euch nicht im Weg.«

»Du wirst mir nie im Weg ...«

Kavita beugte sich vor und umarmte ihre Freundin fest und verzweifelt. Sie wusste, dass wahrscheinlich Jahre vergehen würden, bis sie sich wiedersahen. »Du wirst mir fehlen, Diti.«

»Und du wirst mir fehlen. Du wirst mir mehr fehlen als meine Eltern und meine Brüder.«

»Du bist meine Schwester, Diti, und ich bin deine. Du bist die Schwester, die ich nie hatte. Die einzige Schwester, die ich je haben werde.«

Aditi weinte heiße Tränen. »Versprich, dass du ihn dir ansiehst. Versprich, dass du nach London kommst und mich besuchst.«

Kavita richtete sich auf, übermannt von ihren Gefühlen. »Ich kann nicht ...«

Aditi umklammerte ihre Schultern. »*Doch, Vita, du kannst. Bitte sag es. Ich kann den Gedanken nicht ertragen, dich nie wiederzusehen. Sag es, bitte. Sag, dass du kommst und mich besuchst.*«

Kavita schluckte ihre Tränen herunter. »*Natürlich, Diti*«, *sagte sie heiser.* »*Natürlich komme ich.*«

Sie ließen sich los. Kavita stand auf. Es würde schwer sein, jetzt zu gehen, war aber immer noch besser, als sich endlos lang zu verabschieden. »*Ich muss jetzt los.*« *Ihr tat alles weh, als sie aus der Wohnung stürzte, alles, nicht nur ihr Herz, der ganze Körper. Nur mit Mühe schaffte sie es, nicht laut zu weinen. Sie hatte ihre Schwester verloren.*

* * *

»Himmel!« Tracy atmete hörbar aus. »Das muss ziemlich heftig gewesen sein, besonders wenn die beiden seit so vielen Jahren beste Freundinnen waren.«

Pryor nickte. »Dasgupta sagte, es sind ziemlich viele Tränen geflossen, aber am Ende hätte Mukherjee doch zum Ausdruck gebracht, dass sie sich für sie freut.«

Tracy warf einen Blick auf die Uhr unten auf dem Bildschirm. Eigentlich hatte sie Pryor schon viel zu lange aufgehalten und sie selbst wollte auch gern nach Hause. »Und jetzt glaubt Dasgupta, ihre Freundin ist verschwunden, weil sie sie auf dem Handy nicht erreichen kann?«

»Jeder Anruf wird sofort an die Voice-Mailbox weitergeleitet. Und ihre Freundin hat auf keine Textnachricht oder E-Mail geantwortet.«

»Wir wissen genau, dass sie weder bei ihren Eltern noch bei anderen Freunden ist?«

»Ich habe bei der Familie angerufen und bin auch fast schon mit der Liste der Freunde durch, die Dasgupta aufgestellt hat. Es ist unwahrscheinlich, dass Mukherjee zu ihrer Familie gegangen ist, sagt Dasgupta. Mukherjee kommt wohl nicht gut mit ihren Eltern aus und ist nur noch selten zu Hause.«

»Weil sie sich nicht in eine arrangierte Ehe fügen mag?«

Pryor nickte. »In dieser Beziehung sei Mukherjee sehr eigensinnig, sagte Dasgupta. Die Mutter andererseits auch. Eine klassische Pattsituation.«

Tracy las weiter in der Vermisstenanzeige. »War jemand in der Wohnung und hat nachgesehen, ob Kleidung oder Gepäckstücke von Mukherjee fehlen?«

Wieder nickte Pryor. »Als sie ihre Freundin telefonisch nicht erreichen konnte, ist Dasgupta noch einmal in die Wohnung gegangen. Sie sagt, es sähe nicht so aus, als sei etwas mitgenommen worden, und es gäbe auch keinerlei Hinweise auf ein gewaltsames Eindringen oder eine Konfrontation in der Wohnung.«

»Mukherjee ist nach dem Gespräch der beiden nicht mehr in die Wohnung zurückgekommen?«

»Doch, anscheinend war sie da. Deswegen ist Dasgupta ja auch so besorgt. Dasgupta sagt, sie hätte Mukherjee eine Nachricht und ein Geschenk dagelassen, einen Sari. Den Sari hatte sie aus Indien mitgebracht. Sie sagt, die Nachricht sei geöffnet worden und der Sari lag ausgebreitet auf Mukherjees Bett.«

»Also ist sie irgendwann nach Hause gekommen, hat aber nicht in ihrem Bett geschlafen, wenn die Nachricht und der Sari dort immer noch lagen.«

Pryor nickte. »So scheint es gewesen zu sein.«

»Hat sie einen Freund?«, wollte Tracy wissen.

»Nein.«

»Eine junge Frau, die so aussieht?« Tracy deutete auf den Bildschirm, der immer noch Mukherjees Bild zeigte.

Pryor zuckte die Achseln. »Das hat mir Dasgupta jedenfalls so erzählt.«

»Einen Exfreund dann vielleicht? Irgendwer, der ihr etwas angetan haben könnte?«

Pryor schüttelte den Kopf. »In letzter Zeit hat sich da nichts abgespielt, sagt Dasgupta. Mukherjee hatte viel zu viel um die Ohren für eine ernsthafte Beziehung. Seit die Familien den beiden Frauen die finanzielle Unterstützung gestrichen hatten, arbeitete sie, wann immer es möglich war, um Geld für ihr Medizinstudium zusammenzusparen.« Pryor warf einen Blick auf ihren Computer und rief eine andere Seite des Berichts auf. »Da ist noch ein Hinweis. Mukherjee arbeitet in einem Kleiderladen in der Avenue. Ich habe mit ihrem Arbeitgeber gesprochen. Sie sollte heute Nachmittag dort arbeiten, ist aber nicht aufgetaucht. Laut Chef war das noch nie vorgekommen.«

»Hat sie ein Auto? Könnte sie irgendwohin gefahren sein, um wegzukommen und ein bisschen allein zu sein?«

»Sie hat nach dem Abschluss an der Uni einen Honda 1999 gekauft. Anscheinend eine ziemliche Schrottkarre, mit der sie nie weit gefahren ist. Laut Dasgupta parkt das Auto wie sonst auch auf der Straße in der Nähe ihrer Wohnung.«

Tracy blätterte eine Seite weiter, sah sich die Liste der Freunde an, die Pryor bereits hatte erreichen können. »Dann hatte die Mitbewohnerin keine Ahnung, wohin Mukherjee gegangen sein könnte? Wo sie mal eine Nacht hätte unterkriechen können?«

»Die engsten Freunde hatte sie schon selbst angerufen. Niemand hatte Mukherjee gesehen oder von ihr gehört.«

»Und ich gehe davon aus, dass du im Kreisgefängnis und in den Krankenhäusern nachgefragt hast?«

»Natürlich, sofort. Nichts.«

Tracy setzte sich zurück. »Vielleicht brauchte sie nur ein wenig Zeit, um zu verdauen, was ihr ihre Mitbewohnerin alles um die Ohren gehauen hatte. Das war ja immerhin nicht ohne: Die Freundin ist verheiratet, zieht aus und geht nach London.«

»Ich hoffe sehr, dass nicht mehr dahintersteckt.«

»Ich auch.« Tracy seufzte. »Ich kann mir nicht vorstellen, dass Nolasco mich an dieser Sache arbeiten lässt. Faz und Del haben einen Mordfall in South Park und Nolasco will, dass ich die beiden unterstütze, sobald ich bei Gericht durch bin.«

»Mir ist schon klar, wie viel ihr zu tun habt. Aber wie ich schon am Telefon sagte, dieser Fall macht mir einfach zu schaffen. Manche Fälle sind so, das weißt du selbst.«

Tracy dachte kurz nach. »Eigentlich müsste ich morgen bei Gericht fertig sein. Ruf Dasgupta an und mach für morgen Nachmittag einen Termin mit ihr aus, in der Wohnung. Sag ihr, sie soll vor der Tür auf uns warten und auf keinen Fall reingehen. Für den Fall, dass an der Sache mehr dran ist, als es den Anschein hat.«

Kapitel 8

Tracy ließ ihren Ford Pick-up F-150 über den Kies der Auffahrt zu ihrem kleinen Steinhaus in Redmond rollen. Am wolkenlosen Himmel zeigte sich der Horizont in flammendem Orange und Schatten krochen die umliegenden Hügel und Bäume empor. Rex und Sherlock, die beiden Rhodesian Ridgebacks des Hauses, sprangen bellend von der Veranda, als sie den Wagen hörten. Tracy hatte sich an die Begrüßung der beiden großen Hunde gewöhnt und auch an den Gedanken, dass sie und das Haus hier inzwischen ihr und Dan gemeinsam gehörten. Nachdem sie jahrelang allein gewesen war, lernte sie inzwischen auch »wir« und »uns« zu sagen.

Sie schaltete den Motor aus und ließ sich einen Moment Zeit, um richtig anzukommen und kurz zu verschnaufen. Sie dachte an Kins' Worte, dass sich alles ändern würde, sobald man Kinder hatte, dass diese Veränderung unvermeidlich war. Erst heute Morgen hatte Dan gejammert, ihr Haus sei viel zu klein, mit nur einem Schlafzimmer und einem Bad und der winzigen Küche.

Tracy hatte versucht, ihn zu beruhigen. »Wir adoptieren keinen Elefanten, wir kriegen ein Baby. Über einen Anbau oder Umzug können wir uns später immer noch den Kopf zerbrechen.«

Sie machte sich allerdings auch so ihre Gedanken, nur andere: Sie dachte daran, dass sie bald eine neue Garderobe brauchen würde, denn jetzt schon ließ sich über dem Babybäuchlein keine Jeans mehr anständig zuknöpfen und auch die Schuhe und BHs wurden langsam eng. Und dann das Auto – sie sah sich in der Fahrerkabine des Pick-ups um. Der Ford war prima in Schuss, sie kümmerte sich gut um ihn und ließ keine Inspektion aus. Trotzdem verfügte er weder über Airbags noch über stabile Sicherheitsgurte noch über irgendeine der anderen Sicherheitsvorkehrungen, die inzwischen Standard waren. Sie würde sich für das Baby einen neuen Wagen anschaffen müssen – irgendetwas Solides, Mütterliches, wie einen Volvo oder Subaru.

In diesem Moment trat Dan durch die Glasschiebetür auf die Veranda, eine Grillzange in der Hand. Tracy hatte ihn angerufen, um ihm zu sagen, dass es spät werden könnte, und er hatte versprochen, das Essen fertig zu haben. Jetzt strahlte er sie durch seine Sonnenbrille hindurch an und klapperte neckisch mit der Zange, als wolle er sich damit in die Nase beißen. Er war barfuß und trug seine Cargo-Shorts, dazu das T-Shirt mit dem Konterfei von Bruce Springsteen, das er sich beim *The River*-Revival-Konzert in der Key Arena gekauft hatte. Weitere Konzertbesuche kamen so schnell nicht mehr infrage.

Tracy schaltete das Radio aus und stieg aus der Fahrerkabine. Sie streichelte den großen Hunden über das von der Sonne warme Fell und kraulte sie hinter den Ohren, während Rex und Sherlock sie mit hängenden Zungen umkreisten. Um sie herum summte es in der Luft und das braune Gras knisterte.

Tracy kletterte die Stufen hinauf und begrüßte Dan mit einem Kuss. Nicht nur das runde Drahtgestell seiner Brille ließ an John Lennon denken, der ganze Mann mit den langen, lockigen Haaren, deren Spitzen, wenn er Hemden trug, deren Kragen streiften, hatte Ähnlichkeit mit dem Gründer der Beatles.

»Du sorgst echt dafür, dass diese Terrasse gut genutzt wird«, lobte Tracy. Dan hatte die Terrasse gebaut, um ihnen mehr Platz zu verschaffen, und grillte hier im Sommer fast jeden Tag. »Stell einen Tisch mit Computer raus und du hast ein Büro.«

»Was macht unsere kleine Kaulquappe?« Dan legte Tracy die Hand auf den Bauch.

»Die hat Hunger.«

»Ich hab den Heilbutt eben auf den Grill gelegt. Du kannst dich noch schnell umziehen.«

Tracy steuerte einen der beiden hölzernen Liegestühle an und streichelte ihren Kater Roger, der es sich lang ausgestreckt darauf gemütlich gemacht hatte. Roger schreckte hoch und schlug mit der Pfote nach ihr, woraufhin ihn Tracy vom Stuhl scheuchte, um seinen Platz zu übernehmen. »Selbst schuld«, kommentierte sie. »Was haust du mich auch? Und nachts, wenn ich im Bett liege, kommst du wieder angeschlichen!«

Sie griff nach dem Glas mit Eistee, das neben dem Stuhl stand, nippte daran und verzog gequält das Gesicht. »Mein Gott, wie kannst du das Zeug bloß ohne Zucker trinken?«

»Schlechter Tag heute bei Gericht?« Dan war die Stimmung seiner Frau nicht entgangen.

»Die Verhandlung war okay, ich musste bloß alle fünf Minuten ganz dringend pinkeln.«

»Immer noch?«

Tracy hatte bei der letzten Untersuchung ihren Arzt gefragt, ob es okay war, wenn sie so oft zur Toilette musste. Das war total normal, war ihr versichert worden, der verstärkte Harndrang entstand durch Druck auf ihre Blase. Kein Grund zu Sorge also, aber ein richtiger Trost war die Erklärung auch nicht. »Das war bloß der Anfang. Richtig schlimm wurde es, als ich ins Präsidium zurückkam.«

»Das mit dem Pinkeln?«

»Mein Tag. Auf dem Klo bin ich mit meiner Nachfolgerin zusammengestoßen.«

Dan zuckte zusammen, als hätte ihn jemand mit der Grillzange gezwickt. Er runzelte die Stirn, bis seine Brauen über der Brille zusammenstießen. »Ich dachte, außer Kins hättest du es noch niemandem erzählt?«

»Hab ich auch nicht, aber auf der Toilette traf ich auf eine Frau, die sagte, Nolasco hätte sie eingestellt, um mit dem A-Team zusammenzuarbeiten. Ich weiß, ich sollte mich über eine zweite Frau in der Abteilung eigentlich freuen, aber meinem ersten Eindruck nach werde ich sie nicht besonders mögen.«

Auf Dans Handy summte der Wecker. Er schaltete ihn aus und hob den Deckel vom Grill, woraufhin es sofort wunderbar nach Rauch und frischen Kräutern duftete. Dan wendete den Fisch und die beiden in Alufolie gewickelten Maiskolben und bestrich die jetzt leicht geschwärzte Streifen aufweisende Oberseite des Heilbutts mit Knoblauchbutter. »Was ist denn mit Ron Mayweather?«, fragte er. »Ich dachte, der sei euer fünftes Rad.«

»Ja, ist er – war er, heißt das. Nolasco sagte, Ron hätte ins C-Team gewechselt, weil dort eine feste Stelle frei wird. Einer von den Detectives geht im Dezember in Rente.«

»Vielleicht ist die Frau gar nicht so schlimm.« Dan stellte den Wecker neu und klappte den Grilldeckel zu.

»Vielleicht. Sie ist eine gut aussehende Hispanoamerikanerin, was für Nolasco Grund genug gewesen sein dürfte, sie auf der Stelle einzustellen.«

»Dafür kann sie ja nun nichts.«

»Sage ich auch gar nicht. Ich frage mich allerdings schon, ob er sie angeheuert hat, um mich zu ersetzen, wenn ich in Mutterschutz gehe. In der Hoffnung, dass ich nicht zurückkomme.«

»Da traust du ihm aber vielleicht doch ein bisschen zu viel zu, oder? Woher sollte er das mit deiner Schwangerschaft überhaupt wissen, wenn du es niemandem gesagt hast?«

»Sie wusste es jedenfalls.«

»Ach ja?«

»Hat mich drauf angesprochen, als wir uns gerade mal fünf Sekunden lang kannten. Wollte wissen, wie weit ich bin.« Tracy musterte beiläufig das trockene Gras. »Ich weiß nicht – vielleicht hast du ja recht. Vielleicht interpretiere ich zu viel in die Sache hinein. Ewig kann ich die Schwangerschaft sowieso nicht verbergen.«

»Richtig. Und Nolasco kann dich nicht feuern oder deine Stelle anderweitig vergeben. Das muss er doch wissen. So dumm ist er doch nicht, oder?«

»Da würde ich gern Nein sagen, bloß …«

Dan warf ihr einen wissenden Blick zu. »Liegt dir noch etwas auf dem Herzen?«

»Vielleicht sind es ja bloß die Hormone, aber ich habe es so satt, immer gegen diese ganze Scheiße anzukämpfen, Dan.« Sie massierte Sherlocks Kopf und küsste den Hund auf die Nase.

»Was willst du damit sagen? Du willst nicht wieder zurück, wenn das Baby auf der Welt ist?«

»Ich will gar nichts sagen. Ich denke nur über alles Mögliche nach.«

»Auch darüber, den Dienst zu quittieren?«

Sie sah ihn an. »Warum fragst du das? Findest du, ich sollte aufhören?«

»Ich finde, du solltest genau das tun, was du tun möchtest.«

»Warum fragst du mich dann?«

Dan runzelte verwirrt die Brauen. »Weil du gesagt hast, du hättest es satt, immer gegen diese ganze Scheiße anzukämpfen.«

»Habe ich auch. Und ich würde dir gern versichern, dass ich Nolasco nie die Genugtuung geben werde, meine Kündigung entgegenzunehmen, klar. Ich habe allerdings auch darüber nachgedacht, was ich tun werde, wenn das Baby da ist.«

Dan lehnte sich an das Veranda-Geländer. »Wie kam es dazu?«

»Kins.«

»Kins? Ich hätte gedacht, der versucht dich auf jeden Fall zum Bleiben zu bewegen.«

»Er sagt, alles ändert sich, wenn man ein Baby hat. Dass ich vielleicht zu Hause bleiben möchte, wenn es so weit ist.« Sie versuchte es noch einmal mit dem Tee, verzog aber auch diesmal das Gesicht. »Ich hab nie kapiert, warum du da keinen Zucker reintust.«

»Die Menschen sind nun mal verschieden.«

»Redest du jetzt von dem Eistee oder vom Zu-Hause-Bleiben, wenn das Baby da ist?«

»Wahrscheinlich von beidem.«

Sie stand auf, um sich umzuziehen. Vielleicht war sie einfach nur verschwitzt und müde und hungrig. Oder ihre Laune hatte ihren Ursprung in dem Satz, den Kins zum Schluss eben nicht mehr gesagt hatte. »Realistisch betrachtet könnte dies unser einziges Kind bleiben und ich möchte nicht wegen der Arbeit alles verpassen. Kins sagt, in ein paar Monaten geht Connor aufs College und dann ...«

»Ah – daher weht der Wind. Der Mann wird einfach sentimental, Tracy, weil sein Sohn das Haus verlässt.«

»Nein.« Sie schüttelte den Kopf. »Er wird sentimental, weil sein Sohn bald nicht mehr zu Hause leben wird *und* er sich wünscht, mehr Zeit mit ihm verbracht zu haben. Er hat gesagt, ich soll mir nicht doof vorkommen, wenn ich feststelle, dass ich bei unserem Baby bleiben möchte.«

»Vielleicht hat er ja recht.« Der Wecker meldete sich. Dan stellte ihn ab, ließ den Grilldeckel aber erst noch geschlossen. »Ich hätte auf jeden Fall nichts dagegen, Tracy. Wir brauchen dein Gehalt nicht. Aber wir müssen diese Entscheidung auch nicht heute Abend treffen. Wenn du zu Hause bleiben willst, wenn das Baby da ist, triffst du die Entscheidung dann.«

»Es wäre in Ordnung für dich?«

»Wenn du das willst, wenn es deine Entscheidung ist, auf jeden Fall.«

Sie deutete mit dem Kinn auf den Grill. »Pass auf den Heilbutt auf. Nicht, dass der noch verbrennt.«

KAPITEL 9

Faz und Del brachten das Video aus dem Supermarkt zu den Kollegen in Park 95. Die Video-Einheit würde sich gleich am nächsten Morgen damit befassen und versuchen, das Kennzeichen des geparkten Autos und des großen weißen Wagens herauszubekommen.

Von Park 95 aus fuhr Faz nach Green Lake, wo er wohnte. Als er in seine Auffahrt einbog, schaltete er damit das Licht auf dem Gesims der frei stehenden Garage ein und sorgte so für eine Beleuchtung des Basketball-Korbbretts über dem Garagentor. Es hatte Zeiten gegeben, da war es für Faz unmöglich gewesen, in seiner Auffahrt zu parken, damals, als Antonio noch Basketball gespielt hatte, erst an der St. Johns Grammar School und später an der Bishop Blanchet Highschool.

Faz hatte diese Jahre genossen, besonders die Sommerabende, wenn die Kinder aus der Nachbarschaft sich alle hier versammelt hatten und von ihm und Vera verpflegt worden waren. Sie hätten gern ein halbes Dutzend Kinder gehabt, aber die waren ihnen leider nicht vergönnt gewesen. Vera und Faz hatten relativ spät geheiratet, wobei ihre erste Verabredung aufgrund einer Absprache ihrer Eltern zustande gekommen war. Das war aber kein *Blind Date* im eigentlichen Sinn gewesen, wie beide immer wieder betonten. Beide Elternpaare kannten sich schon eine Ewigkeit und hatten es geschickt so arrangiert, dass sich ihre Kinder wie zufällig auf einen Kaffee trafen. Für Faz war es Liebe auf den ersten Blick gewesen. Bei Vera hatte es länger gedauert, wie sie gern erzählte, sie hatte noch zwei weitere Treffen gebraucht. Drei Monate nach dem ersten Kaffee waren die beiden verheiratet gewesen, wollten mit dem ersten Kind aber lieber noch ein bisschen warten, um sich besser kennenzulernen. Als sie dann so weit waren, war Vera zunächst nicht schwanger geworden und sie hatten bis zur Geburt von Antonio noch über ein Jahr warten müssen. Danach hatten sie es praktisch sofort wieder versucht und als Vera auch diesmal nicht schwanger wurde, einen Arzt konsultiert. Bei den anschließenden Untersuchungen war in Veras Uterus ein Tumor entdeckt worden, der sich leider als bösartig erwies. Vera hatte sich die Gebärmutter entfernen lassen müssen, wonach an Kinder natürlich nicht mehr zu denken gewesen war. Sie hätten unglaubliches Glück gehabt, hatte der Arzt ihnen erklärt. Hätten sie es nicht gerade mit einer erneuten Schwangerschaft versucht, dann hätte man den Tumor nicht gefunden, ehe er streuen konnte. Faz war der festen Überzeugung, dass es die Liebe gewesen war, die Vera das Leben gerettet hatte. Diese Liebe hatten die beiden in ihren Sohn Antonio gesteckt, der inzwischen erwachsen war und im nicht weit entfernten Stadtteil Fremont lebte.

Faz hängte sich seine Sportjacke über den Arm und stieg aus dem Auto, die Krawatte bereits gelockert und auch den Hemdkragen aufgeknöpft. Sobald er sich dem Haus näherte, ging über der Hintertür ein weiteres Licht an, das er für Vera dort angebracht hatte, damit sie in den Wintermonaten nicht in ein stockdunkles Haus kommen musste. Er hatte gerade den Schlüsselbund aus der Hosentasche gezogen, um nach seinem Hausschlüssel zu suchen, als Vera die Tür öffnete.

»Dann hatte ich eben doch richtig gehört und das war dein Auto in der Auffahrt«, begrüßte sie ihn. »Musstest du noch telefonieren?«

»Hallo! Nein, ich habe über all die Jahre nachgedacht, in denen wir nicht in der Auffahrt parken konnten, weil Antonio dort Basketball gespielt hat.« Faz ließ seine Armbanduhr, Schlüssel, Brieftasche und Handy in den Korb fallen, der auf einem kleinen Tisch gleich in der Nähe der Hintertür stand. So war garantiert, dass er am nächsten Morgen nichts vergaß.

»Ja, das war schön.« Vera lächelte. »Irgendwelche Fortschritte bei der Sache in South Park?«

Faz hatte sie angerufen, um sie über seinen neuen Fall zu informieren und Bescheid zu sagen, dass es wahrscheinlich wieder spät werden würde. »Vielleicht, ja«, sagte er. »Krieg ich heute keinen Kuss?«

Vera wandte sich um und küsste ihn.

Schon auf dem Weg ins Esszimmer zog er sich den Schlips vom Hals und hängte ihn zusammen mit der Sportjacke über die Rücklehne eines Stuhls. Dabei erzählte er Vera von ihrem Besuch im Supermarkt und dem Video, auf dem möglicherweise der Schütze zu sehen war. »Vielleicht haben wir ja Glück. Die Video-Leute nehmen sich das Band jedenfalls gleich morgen früh vor.«

Vera stand inzwischen schon am Herd. »Hast du Hunger? Es gibt Hühnchen Mailänder Art mit Polenta, nach einem Rezept von Antonio.« Antonio war Koch geworden und arbeitete in einem italienischen Restaurant, wollte sich jedoch möglichst schnell selbstständig machen und sparte auf ein eigenes Restaurant, das dann *Da Fazzio* heißen sollte. Faz hätte fast geweint, als sein Sohn ihm das mitgeteilt hatte. »Mein Name in Neon! Ich hab ja immer gesagt, irgendwann werde ich noch berühmt.«

»Hast du heute mit ihm gesprochen?« Faz hatte sich an den Küchentisch gesetzt und war dabei, sich die Ärmel hochzukrempeln. »Wie läuft es eigentlich mit seinem Mädchen? Die beiden sind doch schon ziemlich lange zusammen. Ob das je auf einen Heiratsantrag hinausläuft?«

»Ich glaube schon.«

Faz erstarrte mitten in der Bewegung. »Ach ja?«

»Er hat davon gesprochen«, meinte Vera. »Er möchte warten, bis er das Geld für einen Ring zusammenhat.«

»Geld für einen Ring – deswegen wartet man doch nicht! Wenn er sie liebt, soll er sie heiraten. Wie wir das getan haben. Wir haben nicht gewartet. Und es ist doch ganz gut gelaufen mit uns, oder?«

Vera lachte leise. »Du wolltest doch einfach bloß mit mir schlafen.«

»Natürlich, aber doch nur, weil ich dich liebe.«

»Setz ihn bloß nicht unter Druck. Ich weiß, du hättest gern Enkelkinder, aber er hat momentan echt genug um die Ohren.«

»Wieso Druck? Ich setze ihn doch nicht unter Druck! Ich dachte nur gerade, wie nett es wäre, wenn der Basketballkorb mal wieder zum Einsatz käme.«

»Was ist jetzt mit Hühnchen und Polenta? Willst du oder willst du nicht?«

»Ob ich Hühnchen und Polenta will? Ist der Papst Junggeselle?«

Vera öffnete den Backofen, woraufhin es in der ganzen Küche sofort verführerisch nach Zitronen, Butter und Knoblauch duftete. Vera kochte immer frisch für ihren Mann, sie wärmte ihm das Essen nie in der Mikrowelle auf. Hühnchen zum Beispiel würde dadurch zäh, fand sie.

»Riecht gut«, lobte Faz.

Vera deckte Teller und Besteck auf. »Bist du sehr müde?«

»Eher frustriert. Ich verstehe die Leute einfach nicht mehr. Eine Mutter von zwei kleinen Kindern wird vor den Augen dieser Kinder erschossen und in ihrem Wohnhaus hält jeder einzelne Nachbar den Mund.«

»Du hast gesagt, sie hätten Angst.« Vera stellte den Bräter mit dem Hühnchen auf einen Untersetzer, legte Faz ein Stück Brust auf den Teller und gab Soße über das Fleisch.

»Sieht prima aus!« Faz griff nach Messer und Gabel. »Es gab da vor ein paar Jahren einen Dealer, der in großem Maßstab mit Drogen gehandelt hat. Ich hab dafür gesorgt, dass er hinter Schloss und Riegel kam, und zwar richtig. Fünfundzwanzig Jahre hat er gekriegt. Im Knast haben sie ihn dann erstochen. Erinnerst du dich?«

»Nicht so richtig.«

»Das war Big Jimmy. Jetzt kontrolliert sein Sohn da unten in South Park den Drogenhandel, Little Jimmy. Auf der Straße heißt es, er ist verrückt.«

»Ich mag die Fälle nicht, bei denen du es mit den Gangs zu tun kriegst.«

»Little Jimmy hat wohl verbreiten lassen, dass alle den Mund zu halten haben, weil es ihnen sonst genauso ergeht wie der Toten von heute. Das haben Del und ich von dem Besitzer des Supermarkts, von dem wir auch das Video haben.« Auf seine eigene Begegnung mit Little Jimmy mochte Faz lieber nicht eingehen. Auch nicht auf die Geste, mit der der Gangster ihn im Vorbeifahren bedroht hatte. Vera machte sich auch so schon genug Sorgen. Lieber widmete er sich dem Essen und schnitt sich ein Stückchen Huhn ab. Vom Teller stieg köstlich duftender Dampf auf und als er sich den Bissen in den Mund steckte, breitete sich dort sofort die reinste Geschmacksexplosion aus. »Wunderbar! Sag Antonio, da hat er noch einen echten Treffer gelandet. Könnte der Renner werden, sein bestes Rezept überhaupt.«

»Möchtest du Wein?«

»Gern. Aber nicht zu viel, Del und ich müssen morgen wieder früh raus.«

Erst als er hinter sich eine Küchenschranktür aufgehen hörte und mitbekam, wie Vera die Flasche Chianti und ein einzelnes Glas herausnahm, wurde Faz bewusst, dass seine Frau für sich selbst gar nicht gedeckt hatte. Eigentlich wartete sie auf ihn, wenn er nicht gerade Spätschicht hatte, und sie aßen gemeinsam. »Isst du nichts?«, erkundigte er sich. Als Vera nicht antwortete, drehte er sich um. Sie stand am Tresen, mit dem Rücken zu ihm.

»Ich habe schon gegessen«, sagte sie leise. »Iss du ruhig.«

Irgendetwas stimmte da nicht. Faz stand auf und ging zu ihr. »Vera! Was ist los?« Zu seinem Entsetzen musste er feststellen, dass sie weinte und nach einem Geschirrtuch tastete, um sich die Tränen abzutrocknen.

»Heute Nachmittag, vor meinem Treffen mit Antonio, war ich bei der Mammografie«, sagte sie, immer noch sehr leise.

Faz spürte, wie ihm der Schweiß ausbrach und ihm bis in die Knochen hinein kalt wurde. »Stimmt«, sagte er leise. »Das hattest du mir ja gesagt. Es tut mir wirklich leid, Vera, ich hätte mich gleich danach erkundigen sollen. Wie ist es gelaufen?« Er war sich nicht sicher, ob er die Antwort überhaupt hören wollte, und als Vera nicht gleich reagierte, bekam er sofort Beklemmungen. Vorsichtig legte er ihr die Hand auf die Schulter. Sie drehte sich zu ihm um.

»Da ist etwas, eine Raumforderung, Faz. Schon wieder. Ich habe das neulich schon gespürt, wollte dich aber nicht beunruhigen und erst einmal den Termin abwarten.«

Die Bauchschmerzen wurden schlimmer. »Was sagt der Arzt?«

Vera zuckte kaum merklich mit den Achseln. »Er sagt, es ist eindeutig eine Raumforderung und die Mammografie wirft ein paar Fragen auf.«

»Was für Fragen?«

»Das wissen sie noch nicht. Sie haben heute Nachmittag angerufen. Sie wollen, dass ich noch ein paar weitere Tests machen lasse.«

»Wann?«

»Morgen früh um acht.«

»Ich komme mit.«

»Nein, Vic, du hast diese Schießerei. Du gehst arbeiten. Ich weiß, wie viel du um die Ohren hast.«

»Momentan heißt es für uns erst mal abwarten und sehen, ob sie die Bilder auf dem Video so vergrößern können, dass man ein Autokennzeichen erkennen kann. Ich komme mit.« Danach schwiegen sie beide. In der Stille hörte Faz das Summen des Kühlschranks und das leise Knarren und Knacken eines Heims, das in die Jahre gekommen war. Er sah Vera an, wusste nicht, was er noch sagen sollte. »Wahrscheinlich ist es gar nichts, oder?«

KAPITEL 10

Mittwoch, 11. Juli 2018

Als Leonard Litwin Tracy endlich aus dem Zeugenstand entließ und seine Beweisführung abschloss, war es Mittag geworden. Richterin Gowin schickte die Geschworenen mit der strikten Anweisung in die Mittagspause, um vierzehn Uhr zu den Abschlussplädoyers wieder da zu sein. Tracy verzichtete darauf, sich noch einmal mit Hoetig in dessen Büro zu treffen, und ging stattdessen zurück ins Präsidium. Das Abschlussplädoyer auszuarbeiten und vorzutragen war allein Aufgabe des Anklägers, auch wenn sie anwesend sein würde, wenn er es hielt. Ihre Überlegungen kannte er, sie hatten darüber gesprochen. Ob sie ihm halfen oder nicht, musste er selbst entscheiden.

Der Juli hatte Seattle einen weiteren wunderschönen Tag beschert. Der Himmel strahlte blau und ohne ein Wölkchen und eine sanfte Brise, die von der Elliott Bay hereinkommend durch die Häuserschluchten strich, sorgte für etwas kühlere Temperaturen. »Im Sommer macht der liebe Gott hier in Seattle Urlaub«, sagte Kins gern. »Aber im Oktober sieht er zu, dass er schnell wieder wegkommt.«

Beim Präsidium angekommen, hatte Tracy gerade die Hand ausgestreckt, um die gläserne Eingangstür aufzustoßen, als sie um ein Haar mit Ron Mayweather zusammengestoßen wäre, der in Begleitung einer Gruppe Detectives aus dem C-Team das Haus verließ. Wie es aussah, war er mit den neuen Kollegen unterwegs zum gemeinsamen Mittagessen.

Tracy, die etwas beiseitegetreten war, um die anderen vorbeizulassen, sprach ihn an: »Ron? Hast du mal eine Sekunde?«

»Natürlich!« Mayweather bat seine Begleiter, ihm einen Platz zu reservieren. »Ich komme gleich nach«, versprach er, ehe er sich wieder an Tracy wandte. »Du bist zurzeit beim Stephenson-Prozess, nicht wahr?«

Kins hatte Mayweather den Spitznamen »Kotter« verpasst, weil ihn die langen, dunklen Haare und der hängende Schnurrbart des Kollegen an Gabe Kaplan in der Titelrolle der Fernsehserie *Welcome Back, Kotter* denken ließ. Leider erinnerte sich außer Kins sonst kaum noch jemand an diese Serie und wenn doch, dann weniger an Kotter, sondern eher an den jungen John Travolta, der hier sein Fernsehdebüt gehabt hatte.

»Ich bin gerade mit der Zeugenaussage durch«, erklärte Tracy. »Um vierzehn Uhr hält Hoetig sein Schlussplädoyer.«

»Und wie ist es gelaufen?«

»Wir sind mit all unseren Beweismitteln durchgekommen und es gab weiter keine großen Überraschungen.« Tracy rückte noch einen Schritt weiter zur Seite, um dem Fußgängerverkehr auf dem Bürgersteig nicht im Weg zu stehen. »Tut mir leid, dass ich dich hier so aufhalte.«

»Ist schon in Ordnung. Was gibt es denn?«

»Ich wollte dich fragen, wieso du dich für den Wechsel ins C-Team entschieden hast.«

»Richtig, wir konnten ja noch gar nicht darüber reden. Das tut mir wirklich leid. Es hat sich so plötzlich ergeben – den anderen habe ich es gesagt, aber du warst ja die ganze Zeit bei Gericht.«

Tracy schob sich eine blonde Haarsträhne hinter das Ohr, die sich in der Brise gelockert hatte. »Ich wüsste einfach gern, wieso du dich für den Wechsel entschieden hast.«

»Wieso?« Mayweather lachte leise. »Weil Nolasco es mir befohlen hat, deswegen.«

Mit dieser Antwort hatte Tracy nicht gerechnet. »Er hat dir gesagt, du sollst ins C-Team wechseln?«

»Ja.« Mayweather zuckte die Achseln. Du weißt ja, wie das ist, sollte das heißen.

»Was genau hat er gesagt?«

»Dass Arroyo Ende des Jahres in Rente geht und ich jetzt schon mal mit ihm zusammenarbeiten sollte, damit ich ein Gefühl für seine Fälle bekomme und mit allem vertraut bin, wenn er nicht mehr da ist.«

Über diese Info musste Tracy kurz nachdenken. »Du hast nicht um die Versetzung gebeten?«, hakte sie zur Sicherheit nach.

»Nein.« Mayweather klang ehrlich überrascht. »Ich mochte das A-Team. Sogar Faz mit seinen Sprüchen. Und ich hatte keine Ahnung, dass Arroyo in Rente gehen will. Das wusste anscheinend niemand, nicht mal die Leute aus seinem Team.«

»Ach ja?«

»Er sagt, der Entschluss sei eines Abends zu Hause bei einem Gespräch mit seiner Frau gefallen, einfach so. Sie sprachen darüber, dass er genügend Jahre auf dem Buckel hat, um die volle Rente zu kriegen, und da wurde ihm klar, wie gern er mit seinem Leben noch mal was anderes anfangen möchte.«

Das war nichts Ungewöhnliches. Wenn ein Detective die erforderlichen Jahre bis zur Rente geschafft hatte, wurde die Vorstellung von einem normalen Leben fernab der Kriminellen,

Perversen und Kranken der Gesellschaft oft sehr attraktiv. »Hat Nolasco irgendwie meine Schwangerschaft erwähnt?«

Mayweather lächelte. »Ich habe mich schon gefragt, wann du es endlich öffentlich verkünden willst.«

»Du hast es gewusst?«

»Vermutet. Ich glaube, die meisten haben es vermutet.«

»Ach ja?« Ob Nolasco wohl auch zu diesen Menschen gehörte?

»Um deine Frage zu beantworten: Nolasco hat nichts gesagt. Ich habe mich allerdings schon gefragt, ob du wiederkommen wirst, wenn das Baby da ist, oder ob deine Stelle nicht vielleicht frei wird.«

»Hast du das Nolasco gegenüber erwähnt?«

»Das musste ich gar nicht. Er sagte von sich aus, er sähe nicht, dass im A-Team so schnell eine Stelle frei würde, und das C-Team brauche einen Detective. Du kommst doch wieder, oder?«

Kins gegenüber hatte Nolasco die Einstellung von Gonzales mit anderen Argumenten gerechtfertigt. »Ja, ich habe fest vor, zurückzukommen.«

Mayweather lächelte. »Gut! Wir würden dich nämlich vermissen. Sonst noch was?«

»Nein. Danke. Tut mir leid, dass ich dich aufgehalten habe.«

»Kein Problem«, wiederholte Mayweather und eilte den Kollegen hinterher.

Tracy sah ihm nach. Er würde ihrem Team fehlen. Ron arbeitete sehr verlässlich und hatte einen feinen Humor. Wer es mit den ewigen Sticheleien von Del und Faz aushielt, musste eine dicke Haut und eine Menge Selbstvertrauen besitzen, aber nicht das ging Tracy gerade vornehmlich durch den Kopf.

Nolasco hatte ihr gesagt, Mayweather habe gebeten, Arroyos Stelle übernehmen zu dürfen, weil es im A-Team so bald keine offenen Stellen geben würde. Aber so war es ja eindeutig nicht gewesen. Nolasco hatte Mayweather ins C-Team versetzt, um im A-Team Platz für Gonzales zu schaffen, und Tracy meinte zu wissen, warum: Wenn Tracy in Mutterschutz ging und eine andere Frau sie ersetzte, würde es ihr später wesentlich schwerer fallen, ihm Diskriminierung zu unterstellen, wenn sie ihren Job wiederhaben wollte und Nolasco sich querstellte, insbesondere bei einer Kollegin aus einer der ethnischen Minderheiten. Und so ein Übergang auf Tracys Stelle ließe sich nahtlos einfädeln, wenn Gonzales bereits als fünftes Rad dem A-Team angehörte. Nolasco sicherte sich nach allen Seiten hin ab. Tracy musste daran denken, wie sie Gonzales bei Nolasco im Büro angetroffen hatte, wo die beiden bei geschlossener Tür miteinander geredet hatten, und wie Gonzales sich einfach an ihren Schreibtisch gesetzt, sich in ihren Computer eingeloggt und ihre Berichte eingesehen hatte. So etwas tat man in der Abteilung nicht. So ein Verhalten konnte durchaus ein deutlicher Hinweis darauf sein, dass Nolasco Gonzales auf Tracys Platz sehen wollte.

Oder aber Tracy litt ganz einfach unter Verfolgungswahn und witterte Verschwörungen, wo gar keine stattfanden.

Möglich war alles.

Kapitel 11

Der Volkswagen, auf dem sich der Mann mit der Kapuze abgestützt hatte, war auf Doug und Sandy Blaismith aus Newcastle, Washington, zugelassen. Auf diese Herkunft hätten Faz und Del von sich aus nicht getippt, wenn man bedachte, wo das Auto gestanden hatte. Erstens lag dieses Newcastle eine Fahrtzeit von fünfundzwanzig bis fünfundvierzig Minuten östlich von South Park, je nachdem, wann man sich auf den Weg machte und wie stark der Verkehr war, und zweitens galt Newcastle als gut situierte Wohngegend, mittlere bis obere Mittelklasse. Hier lagen die Durchschnittseinkommen bei über hundertfünfundzwanzigtausend und die Hauspreise um die Million. Auch die Demografie von Newcastle hatte wenig mit der von South Park zu tun: Rund fünfundsechzig Prozent der Bewohner dieser Stadt waren weiß, weniger als vier Prozent hispanoamerikanisch.

Die Video-Einheit war weder in der Lage gewesen, das Kennzeichen des großen weißen Fahrzeugs herauszufiltern, in das der Verdächtige gestiegen war, noch hatten sie dieses Fahrzeug auf einem der Videos der Verkehrsüberwachung entdecken können.

All diese Informationen erhielt Faz gleich bei seinem Eintreffen im Präsidium, nachdem er den Vormittag mit Vera beim Arzt verbracht hatte. Er hatte seine Frau auch nach dem Termin nicht allein lassen wollen, aber Vera hatte darauf bestanden, dass er zur Arbeit ging. Es nützte niemandem und brachte nichts Gutes, fand sie, wenn sie beide zu Hause hockten und sich nur gegenseitig nervös machten.

Del und Faz beschlossen, mit ihrem Besuch in Newcastle bis zum späten Nachmittag zu warten. Nach siebzehn Uhr durften sie eher als in der Zeit davor damit rechnen, das Auto samt Besitzern zu Hause anzutreffen. Und sie entschieden sich dafür, sich nicht bei den Blaismiths anzukündigen. Sie nutzten die Zeit, um noch einmal nach South Park zu fahren und weitere Befragungen bei den anderen Mietern im Haus der Ermordeten und in den Geschäften durchzuführen, die am Vortag geschlossen gewesen waren. Sie fanden niemanden mehr, der irgendwelche Informationen zur Tat beisteuern konnte, und es tauchten auch keine weiteren nützlichen Videobänder auf. Während Del und Faz in South Park waren, hatte Andrea Gonzales für den Fall, dass die Blaismiths sich querstellten, einen Durchsuchungsbeschluss formuliert und bei Gericht unterschreiben lassen.

Eigentlich hatte Faz gehofft, zu einer relativ vernünftigen Zeit wieder bei Vera sein zu können. Andererseits war klar, dass da in Newcastle unter Umständen der entscheidende Durchbruch auf sie wartete, das Beweismittel, mit dem sie Monique Rodgers' Mörder finden und vielleicht sogar nachweisen konnten, dass Little Jim den Mord angeordnet hatte. Ehe er das Polizeipräsidium verließ, rief er zu Hause an und ließ seine Frau wissen, dass es später werden könnte. Vera hatte lediglich gemeint, er solle sich ruhig auf seine Arbeit konzentrieren, sie würde ihm das Essen warm halten. Über den Termin beim Arzt hatte sie eindeutig nicht reden wollen.

»Drogen, deswegen war das Auto in South Park«, verkündete Del, sobald sie im Wagen saßen und Richtung Newcastle fuhren. Drogen waren ihnen beiden als Erstes in den Sinn gekommen. »Opioide, Meth, vielleicht Heroin.«

»Vielleicht.« Weswegen dieses Auto in der Nähe des Tatorts gestanden hatte, interessierte Faz eigentlich nur am Rande. Ihn interessierte lediglich, dass er dort gewesen war. Sie hatten Wichtigeres zu tun, als müßige Spekulationen anzustellen.

»Vielleicht redet der Schütze ja, wenn wir ihn festnageln können.« Del, der hinter dem Steuer saß, spekulierte munter weiter. »Und wenn er redet, kriegen wir vielleicht auch Little Jimmy dran. Wäre doch mal was, oder? Wie der Vater, so der Sohn.«

»Lass uns erst mal auf dem Teppich bleiben und nicht vorschnell aus dem Häuschen geraten«, sagte Faz. »Aber klar, das wäre was.«

* * *

Die Blaismiths wohnten in einer Vorortsiedlung mit eher hochpreisigen Siedlungshäusern unweit des Golfclubs von Newcastle. Solche Siedlungen waren in den Achtzigerjahren oft entstanden, als es galt, Seattles ständig wachsender Bevölkerung Wohnraum zu verschaffen, und man konnte viele von ihnen wohl am ehesten als funktional beschreiben. Ob man sie hübsch fand, war Geschmackssache. Faz und Del passierten eine Mauer, auf welcher der Name der Siedlung prangte, und fuhren an den ersten Häusern vorbei. Die standen dichter zusammen als Backenzähne in einem gesunden Gebiss, ganz offensichtlich hatte man möglichst viele Grundstücke schaffen und bebauen wollen. Individualität und Kreativität waren dabei auf der Strecke geblieben. Die einzelnen Häuser unterschieden sich höchstens durch ihre Lage auf dem jeweiligen Grundstück und vielleicht auch noch durch den Grundriss voneinander, ansonsten zeigten sie sich uniform in roten Ziegeln und grauer

Holzverkleidung, wobei die Grundfläche eines jeden Hauses ungefähr mit der Größe des Grundstücks identisch war, auf dem es stand. Von Gärten konnte eigentlich kaum die Rede sein, meistens blieb gerade genug Platz für ein, zwei sauber gestutzte Hecken und ein paar Rasenflächen, die von der Größe her kaum den Ankauf eines Rasenmähers rechtfertigten.

Del parkte am Straßenrand vor dem Einfamilienhaus der Blaismiths. Dort hatte im kleinen Gartenstück, das das Grundstück von dem des Nachbarn trennte, ein fest zementierter Basketballständer Platz gefunden, der Korb selbst hing über der makellos sauberen Auffahrt, auf der jedoch kein einziges Auto zu sehen war. Allerdings gab es da noch die große, locker drei Wagen fassende Garage. Man konnte also hoffen, dass der Jetta dort stand und die weite Fahrt hierheraus nicht umsonst gewesen war.

Del und Faz zogen sich ihre leichten Sportsakkos über und gingen den gepflasterten Weg hoch, der zu einer leicht abgeschrägten Tür unter einem drei Meter breiten Vordach führte. Es kam ihnen hier wärmer vor als in Seattle, obwohl die hinter der Dachlinie aufragenden Bäume Schatten warfen. Als Del auf die Klingel drückte, ertönte melodisches Geläut, fast unmittelbar gefolgt vom durchdringenden Bellen eines der Tonlage nach eher großen Hundes.

»Wetten, das ist ein Labrador?« Del setzte seine Sonnenbrille ab und verstaute sie in der oberen Jackentasche. »Ich setze zehn Dollar.«

»Zu einfach, das brauche ich schon genauer. Schwarz oder gelb?« Faz wandte den Blick nicht von der Tür.

»Gelb. Auf jeden Fall gelb.«

»Eigentlich kann ich dir den Zehner jetzt schon geben.«

Ganz richtig wurde ihnen die Tür dann auch von einer Frau geöffnet, die einen überaus aufgeregten gelben Labrador am Halsband festhielt. Das Tier schien fliegen zu wollen: Die Vorderbeine hatten schon abgehoben und paddelten in der Luft, die Zunge hing ihm seitlich aus dem Maul. Del warf Faz ein verstohlenes Grinsen zu.

»Kann ich Ihnen helfen?«, fragte die Frau.

Sandy Blaismith, wenn sie es denn war, sah aus wie Mitte vierzig und war tadellos in Form, was man nicht übersehen konnte, trug sie doch enge Jeans und eine tief ausgeschnittene Bluse, die eine freizügige Aussicht auf eine mit Sommersprossen übersäte Brust und ein Goldkettchen erlaubte. Ergänzt wurde das alles noch durch schwarze Stiefeletten an den Füßen und diverse Ringe an den Fingern, manche von ihnen mit beeindruckenden Steinen. Faz kam nicht dazu, ihre Frage zu beantworten, da die Frau wohl erst einmal ihren Hund in den Griff bekommen wollte. »Sitz, Seager!«, schrie sie ihn an. »Sitz!«

Dass sie dabei auch heftig an seinem Halsband zerrte, schien den Hund nicht zu interessieren. Er schwamm weiterhin hechelnd mit den Vorderpfoten in der Luft.

»Es tut mir leid, aber wenn Sie etwas verkaufen wollen – wir kaufen nichts«, rief Blaismith, leicht verzweifelt. »Und mein Hund beißt, wenn ich ihn loslasse. Das wollen Sie doch bestimmt nicht.«

Das war ein Bluff und nicht einmal ein besonders gekonnter. Bei diesem Seager mussten Faz und Del höchstens befürchten, umgeworfen und totgeknutscht zu werden, zu anderem Schaden war der bestimmt nicht fähig.

Faz hielt seine Dienstmarke hoch. »Wir sind von der Polizei in Seattle. Sind Sie Sandy Blaismith?«

Eben hatte die Frau noch sehr genervt gewirkt, jetzt machte sie einen besorgten Eindruck. »Worum geht es?«

»Vielleicht sperren Sie den Hund kurz hinten in den Garten?«, schlug Del vor.

»Moment.« Sie zerrte das Tier ins Haus und schlug die Tür zu. Del konnte sie drinnen über das laute Bellen hinweg nach ihrem Mann rufen hören.

»Doug? Hol deinen Hund und sperr ihn hinten in den Garten! Doug? Du musst kommen und deinen Hund in den Garten sperren.«

»Eindeutig nicht gerade tierlieb«, stellte Del fest.

»Eindeutig nicht.«

»Weil vor der Tür zwei Detectives aus Seattle stehen!«, konnte man Sandy jetzt im Haus brüllen hören. »Zwei Polizeibeamte. Ich weiß nicht. Nimm Seager doch einfach und sperr ihn aus!«

Del sah Faz an. »Zwanzig Mäuse, dass sie auch noch eine Katze, einen Sohn und eine Tochter haben. Instantfamilie. Wasser drauf und fertig.«

Faz schüttelte den Kopf. »Da halte ich nicht dagegen.«

Als die Tür erneut aufging, stand Sandy da ohne Hund, dafür in Begleitung ihres Ehemannes, der sich als Doug Blaismith vorstellte. Doug trug Hemd und Anzughose und strahlte Erfolg aus, auch wenn an seiner dunkelblauen Hose lange, blonde Hundehaare klebten. Er hatte seinen Hemdkragen aufgeknöpft und die Ärmel hochgerollt, sodass man eine nicht billig wirkende Uhr und ein dickes Armband bewundern durfte. Ein kleines Bäuchlein zeugte von einer Vorliebe für gutes Essen und nicht genügend Disziplin für regelmäßigen Sport und er hatte sich das bereits schütter werdende Haar mit Gel aus der Stirn nach hinten gekämmt.

»Was können wir für Sie tun?«, erkundigte er sich höflich.

»Gehört Ihnen ein blauer Jetta, Mr Blaismith?« Faz nannte das Kennzeichen.

»Silber«, korrigierte Doug. »Nicht blau.«

»Ist er hier?«

»Ist irgendetwas damit nicht in Ordnung? Hat mein Sohn einen Unfall gehabt?«

»Dann fährt Ihr Sohn den Wagen?«, fragte Faz.

»Zur Schule, meistens«, sagte Sandy. »Aber jetzt, wo Sommer ist, da …«

»Ist das Auto hier?«, wiederholte Faz seine Frage.

»Es steht in der Garage«, antwortete Doug. »Warum wollen Sie das wissen?«

Eigentlich waren es die Polizisten, die hier die Fragen stellten, fand Faz, aber Doug hatte wohl gern das Gefühl, dass er bestimmte, wo es langging. Faz hatte keine Probleme damit, ihm diesen Wunsch zu erfüllen. »Wir würden ihn uns gern ansehen.«

»Worum geht es denn?« Doug musterte die beiden Detectives aus zusammengekniffenen Augen. »Brauche ich einen Anwalt?«

»Wir glauben, der Wagen wurde von jemandem angefasst, der in ein Verbrechen verwickelt ist«, erklärte Faz.

»Bitte?« Sandy war sichtlich blass geworden.

»Das verstehe ich nicht.« Doug runzelte die Stirn.

»Dann lassen Sie es mich erklären.« Faz erzählte von der Schießerei, bei der Monique Rodgers ermordet worden war, und erläuterte, was sie auf dem Überwachungsband des Supermarkts gesehen hatten.

»Jetzt erinnere ich mich, ich habe in der Zeitung darüber gelesen«, sagte Doug. »Vielleicht kam es auch in den Nachrichten. Aber da muss ein Irrtum vorliegen, Detectives. Nur mein Sohn fährt das Auto und der hat keinen Grund in – wo sagten Sie? South Park? Mein Sohn hat keinen Grund, sich in South Park aufzuhalten.«

Und ob es da Gründe gäbe!, dachte Faz, ohne es laut auszusprechen. »Wir haben da ein Video.« Er zog zwei Standfotos aus der Tasche, eins vom Wagen, wie er am Straßenrand parkte, das andere zeigte eine Vergrößerung des Kennzeichens. Er reichte Doug beide Aufnahmen, der sie sich genau anschaute. Ebenso seine Frau, die ihrem Mann über die Schulter sah. Beide wirkten ehrlich verblüfft.

»Es geht nicht darum, dass jemand von Ihnen in Schwierigkeiten steckt«, erklärte Faz, um die wachsende Besorgnis der beiden zu zerstreuen. Wobei der Sohn ja sehr wohl Ärger mit seinen Eltern bekommen könnte, falls er zwecks Drogenbeschaffung in South Park gewesen war. »Wir hoffen, von der Kühlerhaube Fingerabdrücke abnehmen und so die Identität der Person feststellen zu können, die den Wagen berührt hat.«

Doug schüttelte weiterhin fassungslos den Kopf, während Sandy womöglich noch blasser geworden war.

»Das ist doch das Kennzeichen Ihres Autos, oder?«, fragte Faz in der Hoffnung auf einen Kommentar.

Doug kratzte sich an der Schläfe. »Ich weiß das Kennzeichen ehrlich gesagt nicht auswendig.« Er sah seine Frau an, aber die schüttelte auch nur den Kopf. »An welchem Tag war das, sagten Sie?«

»Sie sagten, das Auto ist hier?«, fragte Faz.

»In der Garage.«

»Vielleicht könnten wir erst einmal das Nummernschild mit dem Foto vergleichen, damit wir eine Verwechslung ausschließen können? Wenn es nicht Ihr Auto ist, sind Sie uns gleich wieder los.« Als weder Sandy noch Doug reagierten, fragte Faz: »Spielt Ihr Sohn Basketball?«

Del warf ihm einen raschen Seitenblick zu – *wie bitte?*

Doug wirkte womöglich noch verwirrter. »Wieso?«

Faz wollte das Paar einfach nur dazu bringen, irgendetwas zu sagen. »Mir ist der Korb in Ihrer Einfahrt aufgefallen. Mein Sohn hat Basketball gespielt. Ich glaube, ich habe zwanzig Jahre lang nie in unserer Einfahrt parken können, weil immer dort jemand Körbe geworfen hat. Ich habe mich gerade gefragt, ob der Wagen vielleicht deswegen in der Garage steht.«

»Ach so, ja.« Doug schien langsam zu sich zu kommen. »Er spielt in einem Amateur-Team hier in Eastside, aber gestern war er beim Arzt, zu einer Arthroskopie am Knie. Deswegen sind wir so verwirrt, verstehen Sie? Ein Meniskusriss, der wurde Montagmorgen gerichtet. Er kann also gar nicht mit dem Wagen in South Park gewesen sein, er konnte nicht fahren.«

»Dann war das Auto gestern den ganzen Tag hier?« Jetzt war Faz verwirrt.

»Es steht in der Garage und da stand es gestern auch.« Doug bat seine Frau mit einem Blick um Bestätigung seiner Angaben.

»Haben Sie noch andere Kinder?«, wollte Del wissen.

Doug nickte. »Eine Tochter. Aber die fährt noch nicht, sie ist erst dreizehn.«

»Wir wissen, dass wir Ihnen Umstände bereiten, aber könnten wir kurz das Nummernschild am Auto in Ihrer Garage mit diesem hier vergleichen, damit das geklärt wäre?«, bat Faz.

»Moment noch.« Doug drehte sich um und rief in den Flur hinein, wo eine Wendeltreppe in den ersten Stock führte. »Luke?«

»Ich hole ihn«, sagte Sandy und ging, aber nicht die Treppe hoch, sondern den Flur hinunter, weiter ins Haus hinein. Faz warf Del einen verwunderten Blick zu.

»Kommen Sie doch rein.« Doug trat zurück, damit Faz und Del den mit Marmor gefliesten Eingangsbereich betreten konnten, und schloss die Tür hinter den beiden Detectives. Draußen im Garten hörte man den Hund randalieren. Faz machte einen Schritt zur Seite, um besser in den weiter ins Haus führenden Flur blicken zu können. Sandy war, soweit er es beurteilen konnte, Richtung Küche verschwunden.

»Wir sehen auch zu, dass wir schnell fertig werden«, versprach Del.

Oben an der Treppe war inzwischen ein großer, schlaksiger Junge mit dichten blonden Haaren aufgetaucht, der auf Krücken ging und das rechte Knie bandagiert hatte. »Ja? Was ist, Dad?«

Del bewegte sich möglichst unauffällig weiter in den Flur hinein, der Frau des Hauses hinterher.

Währenddessen erklärte Doug seinem Sohn, wer die Besucher waren und was sie wollten. Faz erklärte noch einmal, worum es ging, und als der Name South Park fiel, schüttelte der Junge den Kopf. »Ich kann nicht fahren. Seit ich vom Arzt kam, bin ich zu Hause. Und ich weiß noch nicht mal genau, wo South Park ist.«

Faz gab Del ein unauffälliges Zeichen, der daraufhin auf der Suche nach Sandy Blaismith weiter den Flur hinunterging, während Faz ihren Sohn befragte. »Wir sind nicht hier, um irgendwem Ärger zu machen. Wir müssen nur feststellen, ob die Person auf dem Video, die ihre Hand auf die Kühlerhaube gelegt hat, dort vielleicht Fingerabdrücke hinterlassen hat, die uns weiterhelfen.«

»Dagegen habe ich wirklich nichts, aber ich sagte Ihnen doch schon, ich bin nicht mit dem Wagen gefahren. Er stand in der Garage.«

»Wer hat Sie zum Arzt gefahren?«, wollte Faz wissen.

»Ich«, antwortete Doug. »Der Arzt ist ein Freund von mir.«

Del verschwand am hinteren Ende des Flurs. Das Bellen wurde lauter, man hörte die Krallen des Hundes ans Glas klopfen.

»Arbeitet Ihre Frau?«, fragte Faz.

»Teilzeit«, erklärte Doug über das laute Bellen hinweg.

»Hat sie gestern gearbeitet?«

In diesem Moment hörte Faz Del irgendwo hinten im Haus laut rufen und stürzte los in eine geräumige Küche, an die sich mit offenem Übergang ein Wohnzimmer anschloss. Der große Flachbildfernseher über dem gemauerten Kamin zeigte die Regionalnachrichten, allerdings ohne Ton, und durch die Glasschiebetür zur Terrasse konnte man den gelben Labrador wie wild durch den Garten rasen sehen, wo er alles zertrampelt hatte, was hier mal an Sträuchern und Büschen gewachsen sein mochte. Immer mal wieder rannte er auch zur Tür, um laut bellend am Glas hochzuspringen. Faz hatte das Wohnzimmer mit ein paar großen Schritten durchquert und riss eine Tür auf, die in die Garage führte.

Dort bot sich ihm ein seltsamer Anblick: Del war kurz davor, sich auf Sandy Blaismith zu stürzen, die mit einer Sprühflasche voll blauer Flüssigkeit sowie einem Küchenhandtuch bewaffnet an einem offenen Schrank stand. Als sie hinter Del jetzt auch noch Faz und ihren Mann entdeckte, wich alle Spannung aus ihrem Gesicht und sie ließ wie besiegt die Schultern hängen.

»Sandy! Was zum Teufel machst du da?«, rief Doug.

Ohne zu antworten ließ Sandy die Sprühflasche fallen und senkte den Blick. Del war mit einem Satz bei ihr und nahm ihr den Putzlappen aus der Hand. Sie wehrte sich nicht. Faz eilte zum Auto und musterte prüfend die Kühlerhaube, in der sich die Neonbeleuchtung der Garage spiegelte. Die Haube glänzte zwar, wies aber noch genügend Staub und Dreck auf. Man konnte also hoffen, dass weder Sandy noch sonst jemand sie in jüngster Zeit ausführlich gereinigt hatte.

»Sandy!« Doug hatte die Stimme gehoben. »Ich hab dich gefragt, was zum Teufel hier abgeht.«

Kapitel 12

Von außen betrachtet, fand Tracy, wirkte das Village Place Apartmenthaus im Universitätsviertel viel zu schick für Collegestudenten, die von ihren Eltern wahrscheinlich gerade mal genug Geld bekamen, um die Miete zu bezahlen und nicht gleich zu verhungern. Natürlich war es schön und praktisch, hier so dicht am Campus zu wohnen, und die günstigen Restaurants und schicken Kleiderläden am University Way machten die Gegend für Studenten doppelt attraktiv.

Ein rot gestrichener Durchgang aus Beton führte in einen weißen Innenhof mit Topfpflanzen und spitzen Bögen, die reich verzierte Hängelampen und bleigefasstes Glas hinter Eisengittern rahmten – alles Zugeständnisse an »The Ave«, wie man den University Way allgemein nannte. Die Gegend lockte außer Studenten auch noch ein ziemlich umfangreiches Kontingent junger Obdachloser an, die mit Pappschildern vor der Brust auf den Bürgersteigen hockten und sich an eine Gegenkulturbewegung klammerten, die in den meisten Unis schon vor ihrer Geburt Geschichte gewesen war.

Kurz nach siebzehn Uhr betrat Tracy das Haus. Die Schlussplädoyers in ihrem Verfahren waren mehr oder weniger so gelaufen wie erwartet, weswegen der Fall kurz nach sechzehn

Uhr den Geschworenen übergeben werden konnte. Hoetig ging davon aus, dass die Geschworenen ihre Beratungen spätestens am nächsten Freitag abgeschlossen haben würden.

Mit großen Schritten eilte Tracy über den roten Läufer, der sich einmal ganz durch den marmorgetäfelten, mit Säulen bestandenen Innenraum zog. Es war kühl hier drin, eine willkommene Abwechslung nach der Julihitze draußen. Links vom Eingang, in einem Bereich, der an das Wohnzimmer eines englischen Herrenhauses erinnerte, wartete Katie Pryor zusammen mit einem Mann und einer Frau. Hier hingen Porträts von Männern in Jagdröcken über einem Kamin, der wahrscheinlich schon seit Jahrzehnten nicht mehr benutzt worden war.

Pryor stellte alle Anwesenden einander vor. Rashesh Banerjee entpuppte sich als dünner Mann mit feinem Knochenbau, dunkler Hautfarbe und einem fast schwarzen Fünf- Uhr-Schatten. Er trug eine schwarze Hose und ein gestreiftes Hemd mit Kragen, seine Frau Aditi Dasgupta, jetzt Banerjee, offene Sandalen, schwarze Leggins und eine locker sitzende, bis über die Knie reichende weiße Bluse. Beide dankten Tracy für ihre Bereitschaft, sich mit ihnen zu treffen.

»Meine Frau macht sich große Sorgen um ihre Freundin Kavita.« Rashesh sprach mit kaum merklichem britischen Akzent.

»Sie haben zusammengewohnt, verstehe ich das richtig?«, erkundigte sich Tracy bei der jungen Frau.

»Mehrere Jahre«, antwortete der Mann.

Tracy lächelte. »Mr Banerjee, ich weiß es wirklich zu schätzen, dass Sie helfen wollen, aber es geht viel schneller, wenn ich direkt mit Aditi sprechen kann. Ist das in Ordnung?«

»Selbstverständlich.« Mit einer Geste, die andeutete, Tracy solle ruhig fortfahren, trat Rashesh einen Schritt zurück.

»Kavita und Sie haben also zusammengewohnt?«, wiederholte Tracy ihre Frage, woraufhin Aditi noch einmal alles erzählte, was Tracy schon am Vortag von Katie Pryor erfahren hatte.

Tracy hörte genau zu, bevor sie, das Beste hoffend, ihre nächste Frage stellte: »Aditi, ist es möglich, dass Kavita einfach nur ein bisschen Zeit brauchte, um all diese Informationen zu verarbeiten? Das Leben hatte sich doch für Sie beide ziemlich drastisch und unerwartet verändert, wenn ich das richtig verstanden habe.«

»Natürlich ist das möglich.« Aditi nickte langsam, als hoffe sie dasselbe wie Tracy, hätte aber auch dieselben Zweifel. »Erst dachte ich ja, das wäre so, aber … Kavita würde so etwas nicht tun. Sie würde nicht zulassen, dass ich mir solche Sorgen mache. Sie hätte mich angerufen oder mir eine Nachricht geschickt, mich wissen lassen, dass sie weggeht. Sie hätte mich wissen lassen, dass mit ihr alles in Ordnung ist, egal, wie wütend sie auf mich war.«

Tracy nickte. Sie mochte Aditi in diesem Moment nicht widersprechen und vielleicht hatte die junge Frau ja auch recht, aber sie selbst hielt es nach wie vor für möglich, dass Kavita Mukherjee sich irgendwohin zurückgezogen hatte, um alles zu verarbeiten. »Welchen Eindruck machte Ihre Freundin, als sie Montag die Wohnung verließ?«

»Sie war erregt. Wir waren beide aufgewühlt. Wir haben geweint. Es war für mich sehr schwer, ihr das alles zu erzählen, und ich bin sicher, für sie war es genauso schwer, es sich anzuhören. Sie hat die Wohnung verlassen, weil sie mir nicht beim Packen zusehen mochte. Das wäre zu hart für sie, hat sie gesagt.«

»Und als Kavita dann später am Tag zurückkam, wie Sie annehmen, waren Sie selbst nicht mehr in der Wohnung?«

»Richtig. Ich ging am Abend noch mal dort vorbei, weil ich mir Sorgen machte. Bevor ich am Nachmittag ging, hatte ich

Kavita eine Nachricht und ein Geschenk aufs Bett gelegt.« Aditi sah Tracy an. »Und als ich dann noch einmal in die Wohnung kam, lag das Geschenk, ein Sari, auf dem Bett und die Nachricht war geöffnet worden.«

»Erzähl von dem Scheck«, drängte Rashesh.

»Ich hatte Kavita einen Scheck für die Miete dagelassen, den hatte sie in kleine Stücke gerissen. Also wusste ich sicher, dass sie noch einmal zu Hause gewesen war.«

»Sie hat den Scheck in Stücke gerissen?«, fragte Tracy.

»Ich wollte mich weiter an der Miete beteiligen, bis sie eine neue Mitbewohnerin gefunden hätte. Das hatte ich ihr auch gesagt. Ich wusste doch, wie schwierig es für sie sein würde, die Miete allein aufzubringen.«

Kavita musste wirklich sehr wütend auf Aditi gewesen sein, dachte Tracy. Sonst hätte sie in ihrer Situation diesen Scheck nicht zerrissen. »Hatte sie an dem Abend noch etwas vor? Wissen Sie von irgendwelchen Plänen? Wollte sie ausgehen?«

Aditi schüttelte den Kopf. »Nicht, dass ich wüsste. Aber ich war ja auch fast zwölf Wochen lang nicht da gewesen.«

»Erwähnt hat sie nichts? Eine Verabredung? Andere Pläne?«

»Nein.«

»Okay. Haben Sie immer noch einen Schlüssel für die Wohnung?«

»Wir haben den Hausmeister angerufen«, meldete sich Rashesh, indem er wieder vortrat. »Aditi steht immer noch im Mietvertrag. Er wird uns einlassen.«

Wenige Minuten später führte sie der Hausmeister zur Wohnung und schloss die Tür auf. »Ich gehe zuerst«, sagte Tracy. Sie zog sich ein paar blaue Latexhandschuhe über und trat in einen schwach beleuchteten Flur.

***

Kavita Mukherjee schloss die Tür auf und öffnete sie leise. Sie hatte ein bisschen Angst – nicht vor dem, was sie in der Wohnung erwartete, im Gegenteil. Dass nichts mehr sie erwartete, davor hatte sie Angst. Im Flur blieb sie kurz stehen. Wie aufgeregt Aditi und sie bei ihrem ersten Besuch hier gewesen waren, wie sehr besonders Aditi sich über das natürliche Licht in der hellen Wohnung gefreut hatte.

Kavita ließ ihren Schlüsselbund aus alter Gewohnheit in die leere Schale auf dem Tisch bei der Tür fallen und ging ins Wohnzimmer. Aditi hatte ihre Wohnungsschlüssel dagelassen, sie lagen auf dem Küchentresen. Sonst wirkte das Wohnzimmer unverändert. Wahrscheinlich brauchte sie keine gebrauchten Möbel für die Londoner Wohnung.

Vom Wohnzimmer aus ging sie in die Küche, wo sich ebenfalls nichts verändert hatte. Das Geschirr, sämtliche Gläser, alles stand noch dort, wo es immer gestanden hatte. Kavita und Aditi hatten nicht oft zu Hause gegessen. Normalerweise gingen sie aus, kauften sich irgendetwas und teilten sich die Rechnung. So war es immer gewesen. Kavita und Aditi, solange Kavita denken konnte. Wenn es in einem der Verbindungshäuser der Uni eine Party gegeben hatte, waren sie zusammen hingegangen. Wenn eine von ihnen lernen musste, hatte die andere sie in die Bibliothek und nachher auch wieder nach Hause begleitet. Vor Prüfungen hatten sie einander abgehört. Ja, Kavita hatte immer die besseren Noten bekommen, obwohl Aditi immer härter gearbeitet hatte als sie, das stimmte. Mit wem sollte Kavita jetzt lernen? Wer würde sie im Medizinstudium beim Büffeln für die Prüfungen abfragen?

Kavita sah aus dem Fenster. Draußen schien die Nachmittagssonne auf die Dächer der Universitätsgebäude. An dieser Uni hatte sie vier Jahre verbracht und gehofft, hier auch ihr Medizinstudium absolvieren zu können. Jetzt, wo sie ihr Leben allein angehen musste, stellte sie fest, dass sie gar nicht mehr an der Universität von Washington bleiben wollte. Sie wollte weg, weit weg, irgendwohin, wo keine Erinnerungen auf sie lauerten. Weit weg von ihrer Familie. Sie stellte sich vor, wie das sein würde, und fragte sich unwillkürlich, wie sehr Aditis Einwilligung in die Ehe von Angst bestimmt gewesen war und nicht von Zuneigung, wie sie behauptet hatte. Vielleicht hatte sie dieselbe Angst empfunden, die auch Kavita jetzt spürte, die Angst davor, allein zu sein. Die Angst, im Medizinstudium zu versagen und mit eingezogenem Schwanz nach Hause zurückkehren zu müssen.

Von ihrer Mutter durfte sie in dem Fall keinen Trost erwarten. Die belästigte sie ja jetzt schon mit Anrufen, die ihr Schuldgefühle machen sollten. »Liebe wird völlig überbewertet«, hieß es zum Beispiel. »Du kannst dich nach der Hochzeit immer noch dafür entscheiden, deinen Mann zu lieben.«

»Und ich kann mich entscheiden, gar nicht erst zu heiraten!«, *lautete eine von Kavitas Standardantworten.*

Hatte Aditi geheiratet, weil sie Angst hatte, eine solche Gelegenheit würde sich ihr nie wieder bieten? Hatte sie befürchtet, Kavita könnte eines Tages heiraten und sie allein lassen? Hatte sie sich lieber an jemanden, irgendjemanden, gehängt, weil ihr das lieber gewesen war als die Vorstellung, vielleicht irgendwann niemanden mehr zu haben?

Kavita verließ das vordere Zimmer und ging den halbdunklen Flur hinunter, für den das Licht der Fenster nicht reichte. Heute nahm sie das Grau hier noch deutlicher wahr als sonst. Langsam öffnete sie die Tür des Zimmers, in dem Aditi gewohnt hatte. Die Möbel standen noch da, sie wurden wohl auch nicht gebraucht, aber das Bett war abgezogen. Und in der Kommode fehlten Aditis Sachen. Im Kleiderschrank hingen nur noch nackte Bügel und warfen bizarre Schatten an die Schrankwand.

Die Leere des Zimmers rief ihr noch einmal das ganze Ausmaß der Entwicklung vor Augen und traf sie hart, wie es eine direkte Konfrontation mit der Realität oft tut. Aditi war fort. Kavita war allein.

Weinend schloss sie die Tür hinter sich und ging weiter am Bad vorbei zu ihrem Zimmer. Sie musste sich auf ihr Date vorbereiten. Noch nie war ihr Ablenkung so willkommen gewesen wie jetzt, auch wenn ihr eigentlich nicht danach war, ein glückliches Gesicht aufzusetzen und auszugehen.

Vor ihrem Bett stand ein Paar dunkelblauer Sandalen von Bata, und auf dem Bett, ordentlich zusammengelegt, lag ein zarter Stoff in Gold- und Blautönen. Das war typisch Aditi, bei all der Aufregung um die Hochzeit noch an ein Geschenk für ihre Freundin zu denken. Kavita befühlte den Stoff, es war ein Sari, und bewunderte das kunstvolle Design. In den Staaten hätte Aditi für einen Sari von solcher Qualität gut und gern zwei Wochenlöhne gezahlt. In Indien nicht.

Kavita stellte sich vor den Spiegel in ihrer Schranktür und hielt sich den Sari an. Wann hatte sie so ein Kleidungsstück das letzte Mal getragen? Richtig, zum Annaprashan ihrer kleinen Kusine. Kavitas Mutter hatte ihr an jenem Tag einen langen Vortrag gehalten und ausgeführt, ein Sari sei weit mehr als nur einfach ein Kleidungsstück. Mithilfe ihres Sari kommunizierte die Inderin. Wenn man den Schleier über einen Teil des Gesichts zog, hatte ihre Mutter erklärt, signalisierte man damit Verspieltheit. Zupfen an den Schulterfalten dagegen bedeutete, dass man ein sittsames Mädchen war.

Kavita hatte sich nie so gefühlt – weder verspielt noch sittsam. Saris nervten sie, sie fühlte sich unbeholfen, wenn sie einen trug, schaffte es einfach nicht, sich anmutig zu bewegen. Andauernd glitt ihr der Stoff von der Schulter und der Pallu, der lange Schleier, den man sich anmutig über Schulter und Arm drapierte, schleifte bei ihr ständig am Boden. War der Sari fest gewickelt, damit die Figur einer Frau wenigstens in Ansätzen zu erkennen war, dann fühlte sie sich wie eingesperrt.

Kavita hielt sich den Stoff ans Gesicht und registrierte bewundernd, wie das Blau ihre Augen betonte, während das Gold ihre

Hautfarbe widerspiegelte. Auch das war typisch Aditi, sie überlegte immer genau, was sie wem schenken wollte. Kavita konnte sich lebhaft vorstellen, wie lange ihre Freundin gesucht und nachgedacht hatte, ehe sie ihr diesen Sari kaufte. Sofort hatte sie ein schlechtes Gewissen, weil sie nicht hier gewesen war, um ihn in Empfang zu nehmen und sich persönlich zu bedanken.

Sie schüttelte den sechs Meter langen Stoff, bis die lange Bahn sich über den Holzboden ergoss. Dabei rutschte ein Briefumschlag aus den Falten. Kavita hob ihn auf, raffte den Sari zusammen und trug beides zum Bett, wo sie es sich bequem machte und ein Kissen hinter ihren Rücken stopfte. Der Brief war in Aditis wunderschöner Handschrift an sie adressiert.

Sie öffnete ihn. Auch die Nachricht darin war mit der Hand geschrieben:

Meine liebe Vita,

bei den Einkäufen für meine Hochzeit habe ich diesen Sari entdeckt und war ganz hin und weg, weil er so perfekt zu Deinen Augen und zum Goldton Deiner Haut passen würde.

Kavita lachte. Wie gut sie einander doch kannten.

Ich bin gleich am nächsten Tag noch mal in das Geschäft und hatte solche Angst, jemand hätte ihn mir vor der Nase weggeschnappt. Ich musste ihn einfach für Dich kaufen, er ist so schön. Mir ist schon klar, dass er für Dich nie dasselbe sein wird wie Deine geliebten Jeans mit den Löchern, aber ich weiß auch, wie wunderschön Du darin aussehen wirst. Vielleicht gibt es ja in Deinem Leben einmal einen Anlass, zu dem Du ihn tragen kannst. Und wenn Du ihn dann anlegst, denk bitte an Deine Dich liebende Freundin Aditi. Das wünsche ich mir sehr.

Ich fliege Ende der Woche nach London. Bis dahin wohnen Rashesh und ich bei meinen Eltern. Familie, du kennst das ja, alles auf indische Art. Ich hoffe sehr, Du kommst mich besuchen und lernst meinen Mann kennen, bevor wir abreisen.

Du bist vor wenigen Minuten erst gegangen, fehlst mir aber jetzt schon so sehr.

Komm nach London, Vita. Die Stadt ist toll, sie wird Dir gefallen. Komm, und wir machen es uns total schön. Natürlich will ich Dir keinen Druck machen, aber ich würde mich sehr freuen!

Immer Deine Schwester,
Aditi

Außer der Nachricht steckte noch ein Scheck über Aditis Mietanteil für die nächsten beiden Monate im Umschlag. Wie ähnlich es der Freundin sah, sich Sorgen um sie zu machen! Kavita seufzte. Dabei gab es keinen Grund mehr, sich zu sorgen, fiel ihr dabei ein. Jedenfalls nicht ums Geld.

Sie würde Ärztin werden. Das war jetzt ganz sicher.

* * *

Aditi führte alle durch die Wohnung. Im hinteren der beiden Schlafzimmer, das Kavita gehörte, deutete sie auf das nur flüchtig gemachte Bett, auf dem die Bettdecke nur schnell, ohne sie glatt zu streichen, über die Kissen gezogen worden war. Auf dieser Bettdecke lagen Papierschnipsel. »Da liegt der Sari und das ist der Brief, den ich für sie daließ.«

»Und das ist der Scheck?« Tracy deutete auf die Papierschnipsel.

»Ja. Ich hatte den Scheck zusammen mit dem Brief in den Umschlag gesteckt.«

Der zerrissene Scheck sprach auf jeden Fall Bände, fand Tracy. Kavita war nicht mit Aditis Hochzeit einverstanden, ganz und gar nicht. Neben dem Nachttisch lehnte ein Rucksack mit einem Laptop darin, den Tracy herauszog.

»Der gehört Kavita«, erklärte Aditi.

Warum hatte sie ihn hiergelassen? Das war seltsam. Die meisten jungen Leute gingen ohne ihren Laptop und ihr Handy nirgendwohin.

»Kennen Sie ihr Passwort?«, fragte Tracy. Aditi schüttelte den Kopf, woraufhin Tracy den Laptop wieder in den Rucksack steckte und beides an Pryor weiterreichte. »Wir nehmen ihn mit und besorgen uns einen Durchsuchungsbeschluss für ihre Mails und die sozialen Medien. Fällt Ihnen hier irgendetwas Besonderes auf?«, wandte sie sich wieder an Aditi. »Außer dem zerrissenen Scheck.«

Aditi schüttelte den Kopf.

»Okay«, sagte Tracy. »Ich mache ein paar Fotos. Wir treffen uns dann im Wohnzimmer wieder. Und bitte, ich sage das noch einmal ganz ausdrücklich: Fassen Sie nichts an.«

Tracy schoss mit dem Handy ein gutes Dutzend Fotos und ging dann zu den anderen ins Wohnzimmer.

Dort unterhielt sich Pryor gerade mit Aditi, drehte sich aber um, als sie Tracy kommen hörte. »Aditi hat Kavitas Eltern gesagt, wir würden unter Umständen gern mit ihnen sprechen.«

Tracy sah auf ihre Uhr. »Wo wohnen sie?«

»In Bellevue«, sagte Aditi. »Ihr Vater arbeitet bei Microsoft. Glauben Sie, Kavita ist etwas zugestoßen?«

»Ich weiß es nicht.« Wenn der jungen Frau etwas zugestoßen war, dann nicht in dieser Wohnung, soweit Tracy das auf den ersten Blick beurteilen konnte. »Aditi, ich muss Ihnen eine schwierige Frage stellen: Ist es möglich, dass Kavita sich etwas angetan hat?«

Aditi schüttelte den Kopf. »Nein. Die Kavita, die ich kenne, würde so etwas nicht tun, niemals.«

»Ist es vorstellbar, dass Kavita irgendwo ein, zwei Gläser trinkt und dann mit jemandem nach Hause geht, den sie nicht kennt?«

Wieder schüttelte Aditi den Kopf. »Nein. So ein Verhalten wäre für Kavita sehr ungewöhnlich.«

»Hat sie so etwas Ihres Wissens je getan?«

Aditi antwortete nicht sofort. Konnte es daran liegen, dass Rashesh zuhörte?, fragte sich Tracy. Mochte sie in Gegenwart des Mannes, den sie gerade geheiratet hatte, nicht über so intime Angelegenheiten ihrer Mitbewohnerin reden? Endlich schüttelte Aditi den Kopf. »Nein.«

»Hat sie getrunken?«

»Manchmal. Sie mochte Rotwein.«

»Was ist mit Drogen?«

»Nein.«

»Keine Drogen? Nicht einmal Gras?«

»Vielleicht ein paarmal auf der Schule und am College, aber eigentlich nicht, jedenfalls nicht regelmäßig.«

»Was zahlen Sie hier im Monat an Miete?«

»Tausendachthundertfünfzig Dollar.«

»Und Sie sagten, Kavitas Eltern hätten Ihre Freundin finanziell nicht mehr unterstützt?«

»Genau, sie zahlten ihren Mietanteil nicht mehr.«

»Könnte Kavita sich diese Wohnung allein leisten?«

Aditi schüttelte den Kopf. »Deswegen habe ich ihr doch angeboten, meinen Anteil weiterzuzahlen, bis sie eine neue Mitbewohnerin hat. Es war mir ganz unangenehm, sie so hängen zu lassen.«

»Ich habe Aditi vorgeschlagen, dass wir noch zwei Monate lang ihren Anteil zahlen«, meldete sich Rashesh.

»Aber sie hat den Scheck zerrissen.« Tracy dachte laut nach. »Wie wollte sie dann die Miete zusammenkriegen?«

»Das weiß ich nicht!«, sagte Aditi. »Ich bin davon ausgegangen, dass Kavita sich eine neue Mitbewohnerin sucht. Werden Sie heute Abend mit ihren Eltern sprechen?«

Tracy blieb keine andere Wahl mehr. »Ja.«

»Dann lasse ich es sie wissen, dass Sie kommen.«

Tracy gab Aditi eine ihrer Visitenkarten, Pryor ebenfalls. »Unter einer dieser Nummern bin ich immer zu erreichen. Melden Sie sich bitte sofort bei mir oder Detective Pryor, wenn Sie etwas von Kavita hören.«

»Was werden Sie jetzt unternehmen?«, fragte Rashesh.

»Wir stellen eine Suchanzeige mit Kavitas Foto und allen wichtigen Angaben zusammen und schicken sie an sämtliche staatlichen Stellen«, erklärte Pryor.

»Ich brauche noch Kavitas Handynummer und den Namen ihres Mobilfunkanbieters«, kam Tracy zum Schluss. »Wir werden den Anbieter bitten, die Koordinaten des letzten bekannten Standorts des Handys zu bestimmen. Wenn wir das Handy aufspüren, finden wir hoffentlich auch Ihre Freundin oder wissen zumindest, wo sie gewesen ist.«

Kapitel 13

Die Nachbarn der Blaismiths waren neugierig aus ihren Häusern getreten, als der Abschleppwagen eintraf, um den Jetta aufzuladen. Jetzt wurde überall geredet und wohl auch wild spekuliert. In dieser Siedlung machten Gerüchte wahrscheinlich schneller die Runde als die Kinder an Halloween, dachte Faz.

Del und er würden dem Abschleppwagen bis zum Park 95 folgen, wo die Experten das Auto auf Herz und Nieren prüfen sollten. Faz hatte Gonzales angerufen und gebeten, den unterschriebenen Durchsuchungsbeschluss an die Fingerabdruck-Experten weiterzuleiten, die ebenfalls im Park 95 untergebracht waren. Sie sollten gleich am nächsten Morgen versuchen, Fingerabdrücke von der Kühlerhaube des Jetta zu nehmen. Vielleicht entdeckten sie sogar DNA-Spuren, das hing ganz davon ab, wie lange das Auto in der Sonne gestanden hatte. Sonne konnte DNA-Beweise zerstören.

Noch wussten sie nicht, ob ein verwertbarer Abdruck gefunden werden konnte und, wenn ja, ob sich dieser Abdruck überhaupt in einer der bestehenden Dateien finden ließ. Aber immerhin waren sie schon mal einen Schritt weitergekommen.

Faz beobachtete Doug Blaismith, der in der Einfahrt seines perfekten Heims in dieser perfekten Siedlung stand und aussah wie ein Mann, dessen Haus gerade in Flammen aufging und der keine Möglichkeit sah, irgendetwas daraus zu retten. Er hatte nicht protestiert, als Faz ihm erklärte, dass sie den Wagen mitnehmen mussten. Wahrscheinlich hätte er schon gern gewusst, ob seine Frau wirklich in South Park gewesen war, obwohl daran nach Sandys Aktion mit dem Putzmittel wohl kaum ein Zweifel bestehen konnte. Warum sie dort gewesen war, war eine andere Frage, und vielleicht würden Faz und Del darauf nie eine Antwort erhalten. Brauchten sie aber auch nicht. Sandy Blaismith selbst hatte erst einmal nichts mehr gesagt, nachdem sie das Fensterputzmittel und den Putzlappen aus der Hand gelegt hatte. Als sie dann doch den Mund aufmachte, hatte sie nach einem Anwalt verlangt.

»Zu viel CSI gesehen«, kommentierte Del auf der Rückfahrt. »Fast hätte ich gefragt, was für ein Anwalt es denn sein darf, ein Strafverteidiger oder ein Scheidungsanwalt.«

Del und Faz waren übereingekommen, Sandy Blaismith nicht wegen Behinderung der Justiz festzunehmen. Del hatte sie ja aufhalten können, bevor sie sich über das Auto hatte hermachen können. Es war ihnen im Grunde egal, warum die Frau in South Park gewesen war, ob sie dort Drogen kaufen wollte oder eine Affäre hatte. Das ging nur sie und ihre Familie etwas an.

Sobald sich der Abschlepper auf den Weg gemacht hatte, folgten ihm Del und Faz in ihrem Dienstwagen. Del schaltete das Radio ein und suchte nach der Übertragung eines Spiels der Mariners.

»Glaubst du, sie war da, um Drogen zu kaufen?«, fragte er Faz.

»Ihrer Reaktion nach zu urteilen ging es um etwas Persönlicheres als Drogen. Sie ist ganz blass geworden.«

»Meinst du, sie betrügt ihn?«

»Vielleicht. Geht uns im Grunde nichts an. Sie haben eine Familie, an die sie denken müssen, zwei Kinder, die in dieser Frage total unschuldig sind.«

»Schon klar. Es macht mich bloß echt sauer, dass sie bereit war, einen wichtigen Beweis in einer Mordermittlung zu vernichten, um ihr kleines Geheimnis zu wahren. Wer macht denn so was?«

»Was soll ich dazu sagen?« Wieder musste Faz an Doug Blaismith denken, wie er da so einsam in seiner Einfahrt gestanden hatte. Und jetzt, wo sich die Aufregung gelegt hatte, kehrten seine Gedanken auch wieder zu Vera zurück. Ging es ihr halbwegs gut, so ganz allein zu Haus, wieder einmal? Vera war oft abends allein gewesen, das brachte der Beruf ihres Mannes so mit sich, aber bis jetzt hatte sich Faz nur selten Gedanken darüber gemacht, wie es ihr ging. Er war einfach davon ausgegangen, es würde ihr schon gut gehen. Jetzt wünschte er, er hätte öfter mal angerufen, sich erkundigt, was sie so machte, einfach nur, um sie wissen zu lassen, dass er an sie dachte, dass sie wichtig für ihn war.

»Das Leben ist zu kurz, um solchen Mist mitzumachen!«, fand Del, der wohl immer noch über die Blaismiths nachdachte.

»*Nicht, wenn er sie liebt ...*«, wollte Faz schon sagen, doch in diesem Moment knackten die Gefühle, die er den ganzen Tag so vehement unterdrückt hatte, seine Fassade, und er brach weinend zusammen.

KAPITEL 14

Nachdem sich Tracy und Katie bei den Village Place Apartments von den frisch vermählten Banerjees verabschiedet hatten, waren sie eigentlich schon auf dem Weg zu Kavita Mukherjees Eltern, als Pryor Tracy im Vorbeifahren auf dem University Way den Laden zeigte, in dem Mukherjee arbeitete. Er hieß Urban Trekking.

»Ruf die Eltern an, wir kommen ein paar Minuten später«, bat Tracy, die gern zwei Fliegen mit einer Klappe schlagen wollte, weil sie wahrscheinlich so schnell keine Gelegenheit mehr bekommen würde, sich mit diesem Fall zu befassen. Die Ermittlungen in South Park liefen langsam warm, ihre Mithilfe dürfte bald gefragt sein. Die beiden Frauen fanden einen Parkplatz und bahnten sich ihren Weg durch die vielen Passanten auf dem Bürgersteig, die den Sommer in Shorts und Tanktops feierten und brav ihr Vitamin D tankten.

Eine Glocke, die man allerdings beim plärrenden Technobeat im Laden kaum hörte, kündigte sie an, als sie die Tür aufstießen. Tracy sah sich rasch um. Der Kleidung auf den Metallregalen und an den Kleiderstangen nach zu urteilen war das hier für Studenten das reine Paradies. Die alles andere als teuren Jeans zeigten Löcher an den Knien und Risse im Stoff an den Schenkeln, es gab gefärbte T-Shirts mit Nieten und Tanktops in schrillen Farben. Tracy selbst würde hier so schnell nichts kaufen.

Das sahen die beiden Frauen wohl auch so, die hinter dem Tresen standen und plauderten, während sie Kleidung zusammenlegten. Beide warfen einen Blick in Richtung der Detectives, lächelten sogar höflich, verzichteten aber darauf, sie anzusprechen oder auf sie zuzugehen. Eine der beiden, eine Afroamerikanerin, begrüßte Tracy und Pryor, als sie sich dem Tresen näherten. Ihre weiße Kollegin verschwand hinter einer Trennwand. Wenig später wurde die Musik leiser.

»Können wir Ihnen helfen?«, fragte die Verkäuferin, die geblieben war. »Suchen Sie etwas Bestimmtes?«

Sie gab sich immerhin Mühe. »Für die Sachen hier dürften wir wohl ein bisschen zu alt sein«, sagte Tracy.

Die Frau lächelte ein bisschen gezwungen. »Sagen Sie das nicht, hier kaufen dauernd Frauen Ihres Alters!«

Tracy sah Pryor an. »Autsch!« Pryor lachte. Sie zog ihren Dienstausweis aus der Tasche. »Eigentlich sind wir hier, um Sie nach einer Ihrer Angestellten zu fragen.«

»Kavita?« Die Verkäuferin beugte sich über den Tresen.

»Sie kennen sie?«

»Klar doch. Aber sie ist heute nicht zur Arbeit gekommen und unser Chef konnte sie nicht erreichen. Ich glaube, er hat sie gefeuert, deswegen arbeite ich heute.« Sie warf einen um Zustimmung heischenden Blick hinüber zu ihrer Kollegin, die gerade zurückgekommen war, aber die junge Frau zuckte nur die Achseln. Keine Ahnung, sollte das heißen.

Pryor bat um die Namen der beiden Frauen und notierte sie sich. Die schwarze Frau hieß Charlotte, ihre weiße Kollegin – mit Ringen in der Nase und den Augenbrauen –Lindsay. Beide waren groß, auf jeden Fall über ein Meter siebzig, und liefen mit den Klamotten, die sie trugen, Reklame für den Laden.

»Wann haben Sie Kavita das letzte Mal gesehen?«, wollte Tracy wissen.

»Samstag, Wir haben zusammen den Laden zugemacht«, antwortete Lindsay. »Das war das letzte Mal.«

»Wie gut kennen Sie sie?«, fragte Pryor.

Beide zuckten die Achseln. »Sie war älter als wir«, erklärte Charlotte. »Wir haben außerhalb der Arbeit nie etwas zusammen unternommen.«

Wenn die beiden Mukherjee schon für älter hielten, dürfte Tracy in ihren Augen eine Greisin sein. »Dann hat sie Ihnen gegenüber nichts davon erwähnt, mal eine Auszeit zu brauchen?«

Zweifaches Kopfschütteln und ein Nein in Stereo.

»Hatte sie einen Freund?«

Die beiden sahen sich an. »Ich glaube nicht«, antwortete Lindsay. »Sie hat jedenfalls nie von einem Freund gesprochen.«

»Sie ist ein schönes Mädchen«, meinte Tracy.

»Oh mein Gott, ja!« Lindsay wurde mit einem Schlag erheblich lebhafter. »Sie ist unglaublich schön. Ich nehme an, unser Chef hat sie eingestellt, weil sie die Klamotten hier so perfekt tragen kann. Die sind eher was für große Frauen, wissen Sie? Kavita ist wirklich groß, ungefähr so wie Sie.«

»Sind denn öfter mal Jungs in den Laden gekommen, weil sie mit ihr reden wollten?«, fragte Tracy.

»Die ganze Zeit«, sagte Charlotte. »Jungs von der Uni kommen ständig her und baggern uns an, uns alle. Wollen, dass wir auf die Partys in ihren Verbindungshäusern kommen und so.«

»Hat Kavita solche Einladungen manchmal angenommen?«

»Himmel, nein!« Lindsay riss die Augen weit auf, als sei diese Frage nun wirklich komplett daneben. »Aber sie war nicht unhöflich dabei, wissen Sie? Sie hat die Jungs ein bisschen veräppelt, aber nett, wenn Sie verstehen, wie ich das meine. Die Jungs haben alles Mögliche hier gekauft, in der Hoffnung, dass sie mit ihnen ausgeht, aber das hat sie nie gemacht. Wenn sie eingeladen wurde, hat sie immer gesagt, sie hat schon ein Date oder muss noch arbeiten.«

»Hat einer das mal in den falschen Hals gekriegt?«

»Falschen Hals?«

»War sauer oder hat sich aufgeregt?«

»Sie meinen, wie ein Stalker?«, fragte Charlotte.

»Oder auch einfach nur irgendwie gruselig?«, wollte Pryor wissen.

Die beiden wechselten einen weiteren Blick, der Bände sprach, ehe sie die Köpfe schüttelten. »Nicht wirklich. Ich meine, die wussten doch, dass Kavita in einer anderen Liga spielt, wissen Sie? Jungs wissen so was, aber ein paar denken trotzdem: Ach, was soll's, versuchen kann man es ja mal. Warum, ist was mit ihr passiert?«, fragte Lindsay.

»Das versuchen wir gerade herauszufinden«, erklärte Pryor.

»Sie sind aber nicht hier, weil sie tot ist oder so?«, fragte Lindsay.

»Nein.« Tracy schüttelte den Kopf. »Aber ein paar Leute machen sich Sorgen um sie.«

»Ihre Mitbewohnerin hat angerufen und nach ihr gefragt«, sagte Charlotte.

»Wann war das?«, wollte Tracy wissen.

»Heute Vormittag. Sie wollte wissen, ob Kavita zur Arbeit gekommen ist.«

»Wie war Kavita, als Sie sie das letzte Mal gesehen haben? Wirkte sie irgendwie erregt?«, fragte Pryor.

Beide zuckten die Achseln. »Als wir zusammen gearbeitet haben, kam sie mir ganz okay vor«, meinte Charlotte.

»Gibt es irgendwelche Clubs oder Bars, von denen sie erzählt hat? Irgendwo, wo sie gern hinging?«

Wieder gab es einhelliges Kopfschütteln. »Ich glaube nicht, dass sie viel in Clubs geht. Jedenfalls hat sie mit mir nie darüber geredet«, stellte Lindsay fest. »Wie ich schon sagte, sie ist irgendwie älter. Sie arbeitet viel.«

»Sie möchte Medizin studieren und lernt für die Zulassungsprüfung«, erklärte Charlotte. »Sie will Ärztin werden.«

»Wie viel hat sie hier verdient?«

»Mindestlohn, das Gleiche wie wir«, sagte Lindsay.

Tracy rechnete sich das im Kopf rasch mal durch: Wenn Kavita dreißig Stunden in der Woche arbeitete, zu fünfzehn Dollar die Stunde, dann verdiente sie vierhundertfünfzig Dollar brutto die Woche, rund achtzehnhundert im Monat. Ihr Mietanteil, solange sie mit Aditi zusammenwohnte, dürfte neunhundert Dollar betragen haben. Alle Achtung, dass sie nicht dem Druck ihrer Eltern nachgegeben hatte, fand Tracy, aber Aditis Scheck über den Mietanteil von zwei Monaten zu zerreißen war echt nicht schlau gewesen. War sie so wütend gewesen, dass sie nicht anders gekonnt hatte?

Tracy und Pryor reichten den beiden Frauen ihre Visitenkarten. »Bitte rufen Sie uns an, wenn Sie von ihr hören oder wenn Ihnen irgendetwas einfällt, wohin sie gegangen sein könnte.«

»Ich hoffe, ihr ist nichts passiert und es geht ihr gut.« Lindsay studierte beide Karten, ehe sie Tracy ansah. »Sagen Sie uns bitte, wenn irgendetwas mit ihr ist? Es ist irgendwie unheimlich, die Art, wie sie einfach verschwunden ist.«

»Auf jeden Fall.« Tracy und Pryor wollten den Laden gerade verlassen, als Tracy einfiel, wie lange die Fahrt nach Bellevue dauern konnte. Sie ging noch einmal zurück. »Dürfte ich kurz mal Ihre Toilette benutzen?«

Kapitel 15

Del lenkte das Auto an die Straßenseite und stellte die Sportübertragung ab. Er hatte Faz schon weinen sehen, aber das waren immer Tränen der Freude oder Rührung gewesen. Wie an dem Abend, als Vera zur Feier der Verlobung von Dan und Tracy ein Abendessen gegeben und Tracy ihnen allen gestanden hatte, wie viel sie ihr bedeuteten und dass sie für sie zur Familie geworden waren. Die Tränen damals waren einfach typisch Faz gewesen, angeblich hatten ihn seine italienischen Gene dazu gebracht, wie er steif und fest behauptete. Del sah das nicht so. Er war selbst italienischer Abstammung und weinte nicht besonders oft. Die Tränen jetzt, hier im Auto, waren weder Freudentränen noch sonst irgendwie sentimental bedingt und es verunsicherte Del, die Verletzlichkeit seines Freundes zu spüren.

Faz zog ein Taschentuch aus seiner hinteren Hosentasche, tupfte sich die Augen ab und putzte sich die Nase. Sein Gesicht zeigte rote Flecken, als wären ihm die Tränen peinlich. Durch diese Flecken wurde Del erst auf die tiefen, dunklen Ränder unter den Augen seines Partners aufmerksam. Hier stimmte etwas ganz und gar nicht.

Faz seufzte, als müsse er einen Schwall schlechter Luft loswerden. Dann räusperte er sich. »Vera hat Krebs.«

Er sagte das so schnell, ohne Einleitung und Vorwarnung, dass Del einen ganz kurzen Moment lang glaubte, sich verhört zu haben. Aber bei bestimmten Worten verhörte man sich nicht, egal, wie leise sie gesprochen wurden. Bestimmte Worte lassen sich nicht übertönen, lassen sich nicht ignorieren oder irgendwie in den hintersten Winkel des Bewusstseins schieben, um sich bei einer passenderen Gelegenheit damit zu befassen. »Krebs« war eins dieser Worte – nie passend, nie missverstanden, nie zu ignorieren.

»Nein.« Del wollte es nicht glauben. Gerade erst waren Celia und er bei Faz und Vera gewesen. Sie hatten am Wochenende zusammen im Garten gegrillt. Sie hatten Chianti getrunken und Koteletts gegessen.

Faz nickte, als stelle auch er sich erst langsam der ganzen Wahrheit. »Sie hat einen Knoten in der Brust.« Er schwieg, holte noch einmal tief und vernehmlich Luft, hatte das Gefühl, Gift einzuatmen. Hastig atmete er wieder aus. »Wir sind heute Morgen noch mal zum Arzt, um eine weitere Mammografie und Ultraschallaufnahmen zu machen. Wir saßen in der Praxis, warteten, versuchten, nicht zu sehr daran zu denken, nicht gleich das Schlimmste anzunehmen – weißt du? Dann kommt der Radiologe, lädt sich die Röntgenaufnahmen auf den Computer und deutet mit der Spitze seines Kulis auf diesen kleinen schwarzen Bereich im Brustgewebe. Das Ding, das war wie ein kleines Steinchen, Del, es war gar nichts. Aber dieser Arzt, der nimmt kein Blatt vor den Mund, der beschönigt nichts. Er sagt es einem, wie es ist, und es gibt da nichts misszuverstehen. Dieser Typ also sieht Vera an und sagt: Sie haben Krebs.«

»Faz, das tut mir so leid!« Del wusste kaum, was er sagen sollte, und hielt nur mit Mühe die eigenen Gefühle im Zaum.

»Einfach so«, fuhr Faz fort. »Einfach so sagt er das: Sie haben Krebs.« Er wandte den Kopf und sah Del an. Der Bereich unter seiner Nase war rot und seine Augen wässrig. »Dann möchte man wütend werden, weißt du? Du möchtest auf irgendwas wütend werden, auf irgendwen, aber das geht nicht, weil es eben einfach so ist, wie es ist. Da gibt es nichts, an dem du jemandem die Schuld geben könntest, weißt du? Es ist einfach nur eine hässliche, verdammte Tatsache.« Er rammte die Faust gegen das Armaturenbrett, gegen die Tür, bis der ganze Wagen zitternd klapperte. Del ließ ihm einen Moment Zeit, Dampf abzulassen. »Einfach so die Arschkarte gezogen.« Faz flüsterte inzwischen fast. Er atmete hörbar aus, den Blick auf die Windschutzscheibe gerichtet, ins Nichts. »Es fühlt sich so surreal an. Als wäre ich heute Morgen gar nicht in der Praxis gewesen, als wäre das nicht meine Vera, über die er da gesprochen hat. Da beim Arzt fühlte ich mich wie betäubt. So fühle ich mich immer noch.«

Seit mehr als zwanzig Jahren saß Del jetzt mit Faz in einem Wagen und nie war ihnen der Gesprächsstoff ausgegangen. Sie hatten sich immer etwas zu erzählen gehabt. Jetzt fehlten Del die Worte. Was sagte man denn auch in so einer Situation? *Es tut mir leid* hörte sich so albern an, so leer, zu banal. Natürlich tat es ihm leid! Also sagte er gar nichts.

»Danach haben sie eine Biopsie gemacht«, fuhr Faz fort.

»Haben sie euch die Resultate gleich mitgegeben?«

»Die kriegen wir erst in ein paar Tagen. Aber der Radiologe hat kein Blatt vor den Mund genommen. Er hat gesagt, wir sollen uns einen Onkologen suchen, jetzt gleich, und mit dem gemeinsam die weiteren Behandlungsschritte beschließen.«

»Hör mal, Faz, was machst du dann überhaupt hier? Nimm dir ein paar Tage frei, damit du bei Vera sein kannst.«

Faz schüttelte den Kopf. »Das wollte ich ja. Ich habe es versucht, Del. Ich habe Vera vorgeschlagen, mir freizunehmen, aber sie sagt, wenn wir beide rumsitzen und uns Sorgen machen, ändert das auch nichts am Ergebnis der Untersuchung und keinem von uns geht es besser. Wir würden uns nur noch beschissener fühlen. Sie hat gesagt, ich soll arbeiten gehen, mich ablenken.«

»Klingt ganz nach Vera«, murmelte Del.

»Ablenken? Als ginge das!«

»Vielleicht hat sie ja recht.« Del dachte nach. »Uns geht es beiden besser, wenn wir arbeiten. Wie bei meiner Scheidung, weißt du noch? Oder nach Allies Tod.« Allie, Dels Nichte, war mit siebzehn Jahren an einer Überdosis Heroin gestorben. »Es war ein bisschen einfacher, wenn ich gearbeitet habe. Ich weiß, es ist nicht dasselbe, Vera ist deine Frau, aber …. Himmel, wenn du zu viel Zeit mit Vera verbringst, kann sie dich vielleicht bald nicht mehr leiden.«

Faz' Grinsen fiel eher jämmerlich aus, als hätte er Zahnschmerzen. »Ich wüsste nicht, was ich ohne sie tun würde, Del.« Zitternd richtete er sich auf, holte tief Luft, als versuche er, etwas Schreckliches möglichst lange zu unterdrücken.

»Tu's nicht!«, warnte Del, aber wie es aussah, war Faz schon mittendrin in den schwärzesten Gedanken.

»Ich hasse mich selbst dafür, gerade jetzt so zu denken, aber ohne Vera wäre ich verloren. Allein alt werden? In unserem Haus? Ich habe keine Hobbys, nichts, womit ich mich beschäftigen könnte. Für Hobbys arbeite ich zu viel. Was würde ich machen, Del? Was würde ich ohne sie tun?«

»Hey! Erstens geht Vera nirgendwohin und zweitens hast du mich, Faz. Ich werde immer da sein.«

»Du hast Celia.« Faz warf ihm einen weiteren Seitenblick zu, diesmal von einem verzagten Lächeln begleitet. »Und ich freue mich doch, dass du sie hast. Jeder sollte jemanden haben.«

Faz hatte recht, musste Del zugeben, ohne Vera war sein Kollege aufgeschmissen. Faz und Vera, das war wie Rotwein und Lasagne. Die beiden gehörten einfach zusammen. »Wir wollen jetzt nicht voreilig jammern«, mahnte Del. »Wie bei dieser Ermittlung: immer hübsch einen Schritt nach dem anderen, immer ein Tag nach dem anderen. Okay?«

»Ja.« Faz nickte. »Ja. Okay.«

»Und Vera ... Ich sag dir mal eins: Wenn ich der Krebs wäre, ich hätte eine Scheißangst vor Vera.«

Faz putzte sich die Nase. »Sie ist zäh.«

»Da hast du verdammt recht, sie ist zäh. Die zäheste Frau, die ich je kennengelernt habe. Sie wird dieses Ding nicht einfach bloß besiegen, sie wird es zu Brei schlagen.«

Faz nickte und atmete hörbar aus. Er lächelte noch einmal und schüttelte sich, als würde er gerade aus einem Nickerchen erwachen,

»Komm«, sagte Del. »Lass uns dieses Auto abliefern, damit du nach Hause kommst.«

Kapitel 16

Als Tracy und Katie Pryor auf der Brücke 520 nach Osten fuhren, glitzerten die Fenster in den prächtigen Häusern an den Ufern des Lake Washington im Licht der untergehenden Sonne. In der Ferne ragten die Berge der Cascade Mountains auf.

Die jungen Frauen im Laden hatten Aditi Banerjees Angaben bestätigt: Kavita war nicht zur Arbeit erschienen und hatte sich auch nicht bei ihrem Chef gemeldet, um ihm dies mitzuteilen. Beides sah der Kavita, die ihre Mitbewohnerin und die beiden Kolleginnen beschrieben hatten, überhaupt nicht ähnlich. Diese Kavita war erwachsen, intelligent, ein wenig dickköpfig, ehrgeizig.

Am Ende der Brücke angekommen, musste Tracy sich anstrengen, ihre Befürchtungen in den Griff zu bekommen und sich nicht vollständig von ihnen leiten zu lassen. Es war besser, sich auf das bevorstehende Gespräch mit der Familie zu konzentrieren und sich zu überlegen, wie sie dabei am besten vorgingen. Tracy besuchte Familien nur selten zu Hause, um ihnen gute Nachrichten zu überbringen. Wenn ein Polizist klingelte und über ein Familienmitglied sprechen wollte, hatte Faz es einmal formuliert, dann war das ungefähr so, als riefe der Produzent des Nachrichtenmagazins *60 Minutes* an, um einen zu seiner Show einzuladen. Gut war der Grund in beiden Fällen fast nie.

Der Stadtteil, in dem die Mukherjees lebten, hieß Cherry Crest, lag direkt neben einem State Park und wirkte mit seinem dichten Baumbestand wie ein wahres Paradies für Reiter. Die Häuser hier standen inmitten großer, von hölzernen Weidezäunen eingefasster Grundstücke und die Straße, in die Tracy gerade einbog, hatte keine Bürgersteige. Die Sonne stand so, dass das Licht schräg durch die Zweige von Nadelbäumen, Hartriegel und Ahornbäumen fiel und Schatten auf den Asphalt warf. Grüne und blaue Mülltonnen warteten auf die Abholung und zeigten ungefähr an, wo sich jeweils eine Auffahrt befand. Tracy steuerte die Zufahrt zu der Adresse an, die man ihr gegeben hatte, und hielt vor einem einstöckigen Haus mit dunkler Holzverkleidung, das sich an ein kleines Wäldchen schmiegte. Vor dem Haus lag ein gepflegter, mit einheimischen Pflanzen und Steinen gestalteter Garten, zu dem sogar ein kleiner Teich gehörte, über dem zum Schutz der schwarz-bunten Kois ein Netz lag. Tracy und Pryor stiegen aus dem Auto und gingen über die schmale Brücke, die über den Teich führte, zur Haustür.

Pryor klingelte und Tracy konnte durch ein Fenster neben der Tür einen Mann näher kommen sehen, der ihnen gleich darauf die Tür öffnete. Er trug Shorts, ein lose sitzendes weißes Hemd über einem ausladenden Bauch, aber keine Schuhe. Auch die Frau, die sich fast sofort zu ihm gesellte, war barfuß. Sie trug eine weite braune Hose, ein dazu passendes Top mit langen Ärmeln und hatte die langen Haare aus dem Gesicht zurückgekämmt und zu einem Zopf geflochten, der ihr auf dem Rücken hing. Kavita schien eher ihrer Mutter als ihrem Vater zu ähneln, wenn Tracy nach dem Foto gehen wollte, das sie gesehen hatte. Beide Frauen hatten dieselbe helle Haut, dieselben feinen Gesichtszüge und ausdrucksvollen Augen, wobei die der Mutter braun, nicht blau waren.

»Mr und Mrs Mukherjee?«, fragte Pryor, nachdem sie sich und Tracy vorgestellt hatte. »Wir haben miteinander telefoniert.«

Beide Eltern, Pranav und Himani, nickten nur. Sie wirkten verständlicherweise zurückhaltend.

Pranav Mukherjee rückte die große Brille mit dem schwarzen Gestell zurecht, die ihm auf der breiten Nase thronte, und bat die beiden Detectives ins Haus. Drinnen duftete es nach Gewürzen, als sei gerade gekocht worden. »Ich hoffe, wir stören Sie nicht beim Abendessen«, sagte Tracy.

»Nein, bitte.« Pranav forderte sie mit einer Handbewegung auf, ihm in den Eingangsbereich des Hauses zu folgen. Dort standen an einer Wand Schuhe aufgereiht.

»Möchten Sie, dass wir uns die Schuhe ausziehen?«, fragte Pryor.

»Das ist nicht nötig«, erwiderte Pranav mit deutlichem Akzent.

Im Wohnzimmer warteten weitere Leute auf die Polizistinnen, wahrscheinlich Verwandte. Ein älteres Paar saß auf einem Sofa, an der Wand hinter ihnen lehnte ein junger Mann, der Anfang zwanzig sein mochte, und ein Junge im Teenageralter saß auf einem roten Sitzsack. Die ältere Dame auf dem Sofa hatte Kavitas blaue Augen.

Das mussten die Großeltern sein.

Hinter dem Sofa, auf dem die beiden saßen, schmückte ein langes Wandbild den Raum. Es zeigte farbenprächtige Vögel, die auf Zweigen hockten. Durch ein großes Panoramafenster blickte man auf die Bäume und Sträucher des rückwärtigen Gartens.

Mr Mukherjee stellte alle Anwesenden einander vor, angefangen beim Ehepaar auf dem Sofa: »Meine Mutter und mein Vater, Kavitas Großeltern.« Die beiden standen nicht auf, nickten nur wortlos. »Und das hier sind Kavitas Brüder, Nikhil und Sam.« Nikhil, der ältere Bruder, hatte beide Hände in den

Taschen seiner Jeans vergraben, schien sie dort auch belassen zu wollen und machte keinerlei Anstalten, näher zu kommen. Er war schlank, ähnelte ansonsten jedoch seinem Vater, mit dunkler Haut, breitem Gesicht und drahtigem Haar. Sam, der jüngere Bruder, hatte längeres Haar, das ihm bis in die Stirn hing und teilweise die Augen verdeckte, dazu hellere Haut. Er ähnelte seiner Mutter und seiner Schwester und trug Basketball-Shorts und ein Tanktop.

Pranav zeigte auf zwei Stühle, die wohl für Pryor und Tracy bestimmt waren. Als Tracy sich setzte, fühlte sie sich ein bisschen so, als sei sie wieder bei Gericht im Zeugenstand. Pranav und Himani gingen zu einem weiteren Sofa, das im rechten Winkel zu dem der Großeltern und den Stühlen gegenüberstand, auf denen Pryor und Tracy saßen. »Ich weiß nicht genau, inwieweit Aditi Sie informiert hat«, sagte Pryor, um irgendwo anzufangen.

»Sie hat uns nichts erzählt«, antwortete Nikhil. »Nur dass sie Kavita nicht finden kann.« Dem Ton nach schien er eher verärgert als besorgt und Tracy fragte sich unwillkürlich, ob Kavita nicht doch schon einmal verschwunden gewesen sein könnte.

Pranav bedeutete seinem Sohn mit einer Handbewegung zu schweigen. »Was können Sie uns sagen?«, wandte er sich an Pryor.

Pryor erzählte, was Tracy und sie herausgefunden hatten. Im Raum war es still geworden, als sie fertig war.

Pranav brach als Erster das Schweigen. »Kavita und Aditi sind sehr eng befreundet«, sagte er mit einem Seitenblick hinüber zu seiner Frau, damit die seine Worte bestätigte. »Kavita fällt es bestimmt schwer zu akzeptieren, dass Aditi verheiratet ist.«

»Dann haben Sie also nichts von Ihrer Tochter gehört?«, fragte Tracy. »Verstehe ich das richtig?«

»Ja«, sagte Pranav. »Wir haben nichts gehört.«

»Wann haben Sie das letzte Mal mit Kavita gesprochen?«, wollte Tracy wissen.

Wieder wurde es still im Zimmer und Tracy hatte das Gefühl, ihre Frage könnte der Familie peinlich sein, weswegen sie sie rasch noch ergänzte: »Aditi erwähnte Spannungen.«

Pranav sah seine Frau an, ehe er antwortete: »Ja.«

»Weil sie allein lebte?«, bohrte Tracy nach, als außer diesem Ja nichts mehr kam.

»Wir hatten von Kavita erwartet, dass sie nach dem Abschluss am College wieder hier einzieht«, erklärte Pranav. »Wir haben ihr gesagt, dass wir in Zukunft weder für ihre Wohnung noch für ihre Studiengebühren aufkommen werden. Diese Ausgaben sind in unseren Augen unnötig.«

»Aditi sprach von Kavitas Plänen, Medizin zu studieren«, sagte Pryor.

Pranav nickte, aber diesmal war es Himani, die sprach. Ihre Stimme war erstaunlich stark, der Ton wie bei ihrem Sohn nicht ohne eine gewisse Schärfe. Pranav mochte das Oberhaupt der Familie sein, aber Himani wusste sich schon Gehör zu verschaffen, dachte Tracy. »Kavita ist sehr dickköpfig.« Das schien sie von ihrer Mutter geerbt zu haben. »Wir hatten immer die Absicht, jedem unserer drei Kinder die Ausbildung an einem College zu finanzieren. Kavita wusste das, als sie anfing zu studieren. Sie wusste auch, dass wir ihr kein Graduiertenstudium finanzieren würden.«

»Dann hätte Kavita für ein Medizinstudium selbst aufkommen müssen?«, fragte Tracy.

»Wenn sie ein solches Studium unbedingt wollte, ja«, erwiderte Himani.

»Und wollte sie es unbedingt?« Wenn Kavita wirklich plante, allein zu leben und ihr Medizinstudium selbst zu finanzieren, dachte Tracy, schien es noch unlogischer, dass sie Aditis

Scheck über deren Anteil an der Miete einfach zerrissen und ihrer Arbeitsstelle den Rücken gekehrt haben sollte.

»Das hat sie uns so gesagt«, meinte Himani.

»Aber es war nicht das, was Sie von ihr erwarteten?«, fragte Tracy.

»Wir erwarteten von Vita, dass sie heiratet.«

»Und wie ich es verstanden habe, lag hierin der Grund für einige Konflikte. Kavita wollte sich nicht mit einer arrangierten Ehe einverstanden erklären?«

»Kavita wollte keine Inderin sein«, sagte Nikhil.

»Nikhil!«, mahnte Pranav, wobei er eher müde als verärgert klang.

»Das stimmt doch!« Nikhil drückte sich von der Wand ab und kam einen Schritt weiter ins Wohnzimmer. »Vita wollte nicht wieder nach Hause ziehen und sie wollte nicht, dass Ma ihr einen Mann sucht. Sie wollte Amerikanerin sein. Und sie hat von uns erwartet, dass wir diesen Lebensstil unterstützen.«

»Dann gab es also einen Konflikt?« Tracy sah Pranav an.

»Ja, es gab einen Konflikt«, sagte Pranav, ohne das weiter auszuführen.

»Hatte der Konflikt einen Punkt erreicht, wo Kavita Sie nicht mehr angerufen hätte, wenn sie Kummer hatte? Wenn sie sich zum Beispiel wegen Aditis Heirat aufgeregt hat?«

»Das ist möglich«, antwortete Himani.

»Verstehen Sie mich nicht falsch, ich urteile hier nicht. Über nichts und niemanden«, versicherte Tracy, die bei der Familie einen gewissen Widerstand spürte. »Ich versuche nur festzustellen, ob Kavita so aufgewühlt gewesen sein könnte, dass sie ein bisschen Zeit für sich brauchte, und ob vielleicht deshalb niemand von ihr gehört hat. Ich würde gern wissen, inwieweit Sie hier, jeder Einzelne von Ihnen, mit ihr in Kontakt standen und wann. Sie kennen Kavita. Ich nicht. Und ich muss wissen, ob Kavita das schon einmal getan hat. Ob sie schon einmal weglief, weil sie erregt und aufgewühlt oder wütend war.«

»Nein.« Pranav schüttelte den Kopf. »Meines Wissens nicht.«

»Hatte Kavita eine feste Beziehung, von der Sie wussten?«, fragte Tracy.

»Wahrscheinlich«, zischte Nikhil.

Tracy sah ihn an. »Irgendeine, von der Sie wissen?«

Nikhil schüttelte den Kopf.

»Weiß jemand hier von früheren Beziehungen, die Kavita hatte?«

Pranav und Himani schüttelten ebenfalls den Kopf. »Sie hat uns nie von jemandem erzählt«, sagte Pranav.

Wahrscheinlich hatte das Mädchen das ganz bewusst so gehandhabt, dachte Tracy, denn an einem Mangel an Verehrern konnte es bei Kavitas natürlicher Schönheit nicht gelegen haben. Und sie hätte ja wohl kaum einen Jungen hierher nach Hause gebracht, um ihn den Eltern vorzustellen, mit denen sie nicht sprach. »Wann haben Sie also das letzte Mal von Ihrer Tochter gehört?«, fragte Tracy noch einmal.

»Das ist jetzt mehrere Monate her«, sagte Himani, wobei sie weder unruhig noch irgendwie besorgt klang.

»Wir hatten gehofft, das wäre nur so eine Phase, die Kavita durchmacht, wie alle jungen Leute«, versuchte Pranav zu erklären. »Wir hatten gehofft, sie will einfach nur ihre Unabhängigkeit beweisen und zieht bald wieder hier ein.«

»Und erlaubt Ihnen, einen Mann für sie zu finden?«, erkundigte sich Tracy bei Himani.

Die Frau schien in dieser Frage so etwas wie eine Herausforderung zu sehen. In ihren Augen flammte es auf.

»Eine richtige indische Hochzeit, arrangiert von den Eltern, ist gesegnet von Lord Ganesh und Lord Krishna. Vielleicht verstehen Sie unsere Art zu leben nicht, Detective.«

»Ich versuche zu verstehen«, sagte Tracy.

»Amerikaner glauben, eine junge Frau muss sich verlieben, damit die Ehe erfolgreich sein kann«, fuhr Himani fort, »aber sehen Sie sich doch mal die Scheidungsrate in diesem Land an.« Sie legte eine Pause ein, um ihren Worten Nachdruck zu verleihen. »Wir wollten nur das Beste für Kavita.«

Wenn Pranav die Andeutung übel nahm, seine Frau könnte ihn nicht geliebt haben, als sie heirateten, dann ließ er sich das nicht anmerken. Trotz der doch sehr beunruhigenden Umstände – immerhin waren zwei Polizistinnen im Haus und stellten Fragen über ihre als vermisst geltende Tochter – zeigte das Paar keine Gesten der Zuneigung. Sie hielten sich nicht bei den Händen und trösteten sich auch anderweitig nicht.

»Ich urteile nicht«, wiederholte Tracy. »Ich möchte wissen, ob es irgendwelche Männer in Kavitas Leben gab. Oder Männer, die gern in ihrem Leben gewesen wären, die vielleicht Grund gehabt hätten, ihr etwas anzutun.«

Wieder wurde es still im Zimmer. Tracy wollte gerade fortfahren, als Sam sich von seinem Sitzsack aus meldete. »Vita hatte einen Freund.«

Es war, als hätte jemand eine Bombe im Zimmer detonieren lassen. Sämtliche Anwesenden drehten sich zu dem Jungen um, waren aber zu verdattert, um etwas zu erwidern.

»Woher weißt du das?«, fragte Pranav schließlich. Sam zögerte.

»Hast du mit Kavita gesprochen?«, drängte Tracy.

»Ja«, sagte der Junge. »Nein. Irgendwie schon. Wir haben uns Textnachrichten geschickt.«

»Warum hast du uns das verschwiegen?« Himani klang eher wütend als erleichtert darüber, dass sich ihre Tochter doch nicht der ganzen Familie entfremdet hatte.

»Kavita hat mich gebeten, euch nichts zu sagen.«

»Hat sie einen Freund erwähnt?«, wollte Tracy wissen.

»Nicht so direkt.« Sam zuckte die Achseln. »Sie hat gesagt, sie könnte nicht zu meinem Fußballspiel kommen, weil sie ein Date hätte.«

»Du hast mit ihr gesprochen?«, fragte Himani.

Um dem durchdringenden Blick seiner Mutter zu entgehen, sah Sam lieber Tracy an. »Was hat sie sonst noch gesagt?«, fragte die. »Hast du mit ihr gesprochen oder war das eine Textnachricht?«

»Eine Textnachricht.«

»Was stand in deiner Nachricht?«

»Ich habe nur geschrieben, dass wir ein Spiel haben und ich es gernhätte, wenn sie käme. Ich habe gesagt, dass Baba auf Dienstreise ist und Mom nicht kommen würde. Also wollte ich, dass Vita kommt.«

»Und hat sie auf deine Nachricht geantwortet?«

»Ja.«

»Was hat sie geschrieben?«

»Sie schrieb, sie wäre total fertig, weil Aditi geheiratet hat. Sie fragte mich, ob Ma sehr darauf herumreitet.«

Himani setzte sich ein wenig aufrechter hin und schürzte die Lippen.

»Hast du die Nachricht noch auf deinem Handy?«, wollte Tracy wissen.

Sam schüttelte den Kopf. »Nein. Ich habe sie gelöscht.«

Die nächste Frage stellte Tracy, obwohl sie sich die Antwort darauf eigentlich denken konnte. »Warum?«

»Kavita wollte nicht, dass Ma sie liest.« Sam sah hinüber zur Couch. »Ma liest abends immer meine Textnachrichten.«

Das reichte, um die Wutblase, die sich um Himani gebildet hatte, zum Platzen zu bringen und der Frau die Zunge zu lockern. »Ich nehme ihm abends das Handy weg, damit er lernt und nicht nur seinen Freunden schreibt oder irgendwelche Spiele spielt. Ich kenne viele Mütter, die das genauso handhaben.«

»Jetzt ist Sommer«, sagte Sam leise, »im Sommer lerne ich nicht.«

»Du solltest aber etwas für deinen Kopf tun.«

»Ich wiederhole noch einmal«, sagte Tracy, »ich versuche hier nur herauszufinden, welche Informationen es gibt. Wir können uns diese Textnachrichten auch vom Anbieter beschaffen. Hat Kavita gesagt, dass sie wegfährt, dass sie irgendwohin will?«

Der Junge schüttelte den Kopf. »Nein.«

»Aber sie hat geschrieben, dass sie nicht zu deinem Spiel kommen kann, weil sie ein Date hat?«

»Ja, hab ich doch gesagt.«

»Hat sie einen Namen genannt?«

Sam schüttelte den Kopf.

»Hat sie in der Nachricht sonst noch etwas erwähnt, woran du dich erinnerst?«

Wieder schüttelte Sam den Kopf.

»Hast du ihr später noch eine Antwort geschickt?«

Sam nickte. Und wieder wanderte sein Blick kurz zu der Couch hinüber. Die Kommunikation mit seiner Schwester war ihm wahrscheinlich von seinen Eltern verboten worden, oder zumindest von seiner Mutter, die dasaß und leise vor sich hin kochte.

»Und was stand drin?«

»Nur dass wir gewonnen haben und dass sie mir fehlt.«

»Ich habe Kavita auch eine Textnachricht geschrieben«, meldete sich Nikhil.

Himani schien den Eindruck zu haben, als hätte sich mit einem Mal ihre ganze Welt gegen sie verschworen. Pranav sah aus wie nach einem Schlag in die Magengrube.

»Wie lange ist das jetzt her?«, wollte Tracy wissen.

»Das weiß ich nicht mehr so genau. Vielleicht ein paar Wochen. Ich habe ihr geschrieben, dass ihr Verhalten für unsere Eltern sehr schwer zu ertragen ist. Dass sie um der Familie willen wieder nach Hause ziehen und heiraten muss.«

»Hat Kavita geantwortet?«, wollte Tracy wissen.

Nikhil schüttelte den Kopf. »Nein.«

Tracy dachte einen Moment nach. Das alles hier war sehr fremd für sie. Ihre Eltern wären begeistert gewesen, hätte sie sich entschlossen, in die Fußstapfen ihres Vaters zu treten und Ärztin zu werden. Und die Mehrheit der amerikanischen Bevölkerung, da war sie sich ziemlich sicher, wäre stolz auf eine studierende Tochter, die selbst für ihren Lebensunterhalt sorgte und von ihren Eltern außer Liebe und ein bisschen emotionaler Unterstützung nichts wollte. Aber sie war nicht hier, um über die Mukherjees zu urteilen oder deren Kultur infrage zu stellen. Sie war hier, um nach Hinweisen zu suchen, die ihr Aufschluss über Kavitas Verschwinden geben konnten, und die Information, Kavita habe ein Date gehabt, war immerhin etwas. Aditi hatte nichts von einem Date erwähnt. Vielleicht hatte sie nichts davon gewusst; immerhin war sie fast drei Monate lang fort gewesen.

»Können Sie mir noch irgendetwas über Ihre Tochter sagen?« Tracy wandte sich erneut an Pranav und Himani. »Sie nannten sie vorhin dickköpfig. Können Sie sich vorstellen, dass sie einfach geht, ohne jemandem davon etwas zu sagen?«

Über diese Frage dachten Pranav und Himani eine Weile schweigend nach. Himani antwortete als Erste. »Wie ich schon sagte, wir hatten jetzt mehrere Monate lang keinen Kontakt mehr zu Kavita.« Sie funkelte Sam wütend an. »Ich bin mir nicht sicher, ob sie versucht hätte, uns anzurufen, wenn es ihr schlecht ging. Aber um Ihre Frage zu beantworten: Ja, ich kann mir vorstellen, dass Vita verschwindet, ohne es uns zu sagen.«

»Sie versucht, uns wehzutun, indem sie schwierig ist«, warf Nikhil ein.

»Ohne jemandem zu nahe treten zu wollen«, sagte Tracy, »aber diese Sache scheint mir über ein bloßes Schwierigsein hinauszugehen. Kavita ist heute nicht zur Arbeit erschienen, was ihr laut ihrem Chef überhaupt nicht ähnlich sieht und mir auch nicht logisch vorkommt, denn immerhin muss sie jetzt die Miete für ihre Wohnung ganz allein aufbringen und darf sich eigentlich keine Gelegenheit zum Geldverdienen entgehen lassen.«

»Was wird unternommen, um sie zu finden?« Pranav klang inzwischen besorgt.

Pryor beugte sich vor. »Aditi hat eine Vermisstenanzeige ausgefüllt und uns ein neueres Foto von Kavita überlassen. Diese Informationen werden an die Polizeistellen im gesamten Staat weitergegeben. Ich glaube, wir haben genügend Informationen zusammen, um eine offizielle Suchanzeige zu erstellen, die wir dann unter anderem an unser Datenzentrum übermitteln.«

»Was genau ist das?«, wollte Pranav wissen.

»Mit dieser Suchanzeige wird unsere Vermisstenstelle offiziell mit der Suche nach Kavita beauftragt und alle Informationen, die wir haben, werden nicht nur im Staat Washington, sondern bundesweit an alle Polizeidienststellen weitergeleitet. Fällt Ihnen jemand ein, den Kavita angerufen haben könnte? Oder bei dem sie jetzt sein könnte?«

»Nur Aditi«, sagte Himani. »Und vielleicht dieses Date, das sie hatte.«

»Ich gehe davon aus, dass Kavita, da sie von Ihnen keine Unterstützung bekommt, ihr eigenes Bankkonto und ihre eigene Kreditkarte hat?«

»Ja«, antwortete Pranav.

»Und sie kommt für all ihre Rechnungen selbst auf?«

»Ja.«

»Wissen Sie, bei welcher Bank sie ist?«

»In ihrer College-Zeit war sie bei der Bank of America. Wir hatten ein gemeinsames Konto. Nach dem Abschluss hat sie dort ein eigenes Konto eröffnet.«

»Kennen Sie dessen Nummer?«

»Vielleicht habe ich hier irgendwo noch einen alten Kontoauszug, wenn ich den denn finden kann.«

»Was ist mit Kavitas Computer? Kennt einer von Ihnen ihr Passwort?«, fragte Tracy.

Sie erntete allenthalben Kopfschütteln.

»Okay, wir besorgen uns bei Gericht einen Beschluss, damit wir ihren Laptop untersuchen dürfen und feststellen können, ob irgendetwas darauf uns weiterhilft. Und wir werden uns ihre Handyunterlagen beschaffen, um herauszufinden, ob sie seit Montag ihr Handy benutzt hat.«

»Was können wir tun?«, wollte Pranav wissen.

Tracy und Pryor verteilten Aufgaben an die Familie, wie Telefonanrufe bei Verwandten und Kavitas engen Freunden, für den Fall, dass Kavita dort auftauchte. Pryor wollte weiterhin bei Krankenhäusern, Fluglinien und Mietwagenfirmen herumtelefonieren. Dann sagte Tracy: »Ich möchte auch von Ihnen allen hier wissen, wo Sie Montagabend waren. Das ist Vorschrift und wird immer so gehandhabt.« Sie fügte nicht hinzu, dass eine hohe Anzahl von Morden von Familienmitgliedern verübt wurden.

»Ich war nach Los Angeles geflogen«, sagte Pranav. »Ich kam erst sehr spät nach Hause.«

»Und ich war zu Hause mit Nikhil und Pranavs Eltern«, sagte Himani.

»Hier?«, wollte Tracy wissen.

»Ja.«

»Sind Sie ausgegangen?«, fragte Tracy Himani.

»Nein, ich habe gelesen.«

Tracy sah Nikhil an. »Ich habe ferngesehen«, sagte der.
Tracy sah Sam an: »Und du hattest ein Fußballspiel.«
»In Roosevelt. Ich habe bei meinem Freund Pete übernachtet.«

Alles schien gesagt zu sein. Tracy und Pryor standen auf. Sie reichten Pranav und Himani ihre Visitenkarten, aber Tracy sah Sam an, als sie sagte: »Wenn irgendwer etwas von Kavita hört, möchten wir sofort angerufen werden.«

Kapitel 17

Faz und Del begleiteten den Abschleppwagen bis zur Fahrzeuguntersuchungsstelle im Komplex Park 95, die einer großen Werkstatt glich. Sie trafen gegen zwanzig Uhr dort ein, als kaum noch jemand arbeitete. Obwohl sie großes Vertrauen in die Fingerabdruckexperten setzten und sehr auf verwertbare Abdrücke hofften, wussten sowohl Del als auch Faz nur zu genau, dass man sich bei allem Optimismus lieber nicht zu früh freute. Sicher konnte man erst sein, wenn konkrete Ergebnisse vorlagen. Faz hatte von unterwegs aus mit Desmond Anderson und Lee Cooper telefoniert, die leider beide bei ihren Gesprächen mit den Nachbarn im Haus von Monique Rodgers und auch in den umliegenden Häusern und Geschäften nichts weiter herausgefunden hatten. Faz mochte es gar nicht, alles auf eine Karte setzen zu müssen, aber manchmal war es nun einmal so.

»Fahr doch nach Hause zu Vera«, schlug Del vor. »Ich mach das hier fertig und fülle auch die Papiere aus.«

Faz hatte Vera gleich nach ihrem Eintreffen in Park 95 angerufen. Sie hatte den ganzen Nachmittag im Garten gearbeitet und wollte gerade zu einer älteren Nachbarin gehen, um Bananenbrot zu backen. Das war nichts Außergewöhnliches, sie

besuchte die Dame öfter einmal, um ihr Gesellschaft zu leisten.
»Vera ist bei einer Nachbarin, die beiden backen zusammen. Sie sieht zu, dass sie etwas um die Ohren hat, sagt sie. Aber vielen Dank für dein Angebot. Weißt du, was? Ich finde, wir beide sollten heute Abend Little Jimmy einen kurzen Besuch abstatten. Was meinst du? Bisschen am Baum rütteln und sehen, was runterfällt. Für den Fall, dass sich kein Fingerabdruck finden lässt.«

»Das könnten wir auch gleich als Erstes morgen früh machen.«

Faz schüttelte den Kopf. »Könnten wir. Aber wenn Little Jimmy rumrennt und die Leute einschüchtert, dann soll er ruhig glauben, dass wir ihm dicht auf den Fersen sind und nicht lockerlassen.«

Sie fuhren also nach South Park, um eine einfache Vernehmung durchzuführen, eine Vernehmung, bei der der Verdächtige nicht in Gewahrsam genommen wurde. Detectives arbeiteten gern mit dieser Art der Befragung, für die man keinen Haftbefehl brauchte und bei der die Betroffenen auch nicht über ihre Rechte aufgeklärt werden mussten. Verteidiger hielten in der Regel nicht so viel davon und sahen in diesem Vorgehen eher eine Einschüchterung. Genau darauf hofften Faz und Del in diesem Fall, hätten das allerdings nie laut so gesagt.

In South Park angekommen, stellten sie fest, dass in Little Jimmys Wohnstraße gerade allerhand los war und sie kaum einen Parkplatz fanden. Es wimmelte nur so von roten, protzigen Sportwagen wie dem, in dem sich Little Jimmy nach der Ermordung von Monique Rodgers am Tatort hatte vorbeifahren lassen. Man kam sich fast vor wie auf einer Zusammenkunft von Autoliebhabern, so blank geputzt und frisch gewachst und poliert glänzten die Autos im Licht der Straßenlaternen. Laute mexikanische Musik lag in der Luft, als Faz und Del aus ihrem Dienstwagen stiegen, und als sie ihr nachgingen, landeten sie bei einem hell beleuchteten, mit Schindeln verkleideten, nicht besonders großen Haus, das dringend neu gestrichen werden musste. Hier tobte die Party, hier waren sie richtig. Im Vorgarten drängten sich Männer in Jeans und Tanktops und plauderten mit Frauen in abgeschnittenen Shorts mit kaum mehr Stoff daran als bei einem Bikiniunterteil. Nicht nur die Männer stellten Tattoos in solcher Menge und Vielfalt zur Schau, dass man damit glatt einen Katalog hätte gestalten können. Einigen der Tätowierungen sah man an, dass sie im Knast entstanden waren, und Faz fielen besonders die zahlreichen Variationen der Zahl dreizehn auf: XIII, X3 und M – der dreizehnte Buchstabe des Alphabets. Die Dreizehn war das Symbol der Sureños. Die Partygäste tranken aus roten Plastikbechern und es wurde wohl auch ordentlich Gras geraucht, wenn man nach dem süßlichen Duft in der fast reglosen Abendluft gehen wollte. Wahrscheinlich waren auch härtere illegale Drogen in Umlauf.

»Sieht ganz nach einer großen Party aus!« Faz freute sich. »Da haben wir ja genau den richtigen Abend erwischt.«

»Die sind bestimmt total begeistert, wenn sie uns sehen.« Sie gingen über eine Rasenfläche, die fast nur aus Löwenzahn bestand, und weiter über eine gewundene Auffahrt, immer verfolgt von wütenden Blicken und leisen, teilweise recht finsteren Kommentaren. Ein braunes Holztor trennte den vorderen Garten vom hinteren, bewacht von zwei Männern in schwarzen Bandanas, die die Türsteher gaben. Der größere der beiden war so mit Muskeln bepackt, dass er aussah wie eine zu stark aufgeblasene Sexpuppe.

»Das hier ist eine private Party«, blaffte er.

Faz hielt seine Dienstmarke hoch. »Dann ist es ja gut, dass wir unsere Einladungen dabeihaben. Wir suchen Little Jimmy. Er kennt mich. Er hat mir heute von seinem Auto aus zugewinkt. Sag ihm, die Detectives Fazzio und Castigliano hätten gern ein paar Minuten seiner Zeit.«

Der mit Anabolika vollgepumpte Bube nickte dem anderen Türsteher zu, der daraufhin den Weg hinuntereilte und in der Menge im hinteren Garten verschwand. »Es ist seine Geburtstagsparty«, erklärte das Anabolikaprodukt. »Warum wollt ihr ihm seine Geburtstagsparty ruinieren, Mann?« Das klang fast schon vernünftig.

»Wollen wir doch gar nicht!«, protestierte Faz. »Wir wollen ihm gratulieren und bringen auch ein Geburtstagsgeschenk.«

Der Mann schnaubte verächtlich. »Wir feiern hier doch nur ein bisschen. Keiner macht irgendwelchen Ärger.«

»Und wir können hoffentlich dafür sorgen, dass es auch so bleibt.« Faz wandte sich an Del. »Ich bin allerdings sicher, dass hier gegen diverse Lärmschutzverordnungen verstoßen wird. Und es wird wohl auch kaum jemand die Zeit gefunden haben, eine Genehmigung für diese Versammlung einzuholen.«

»Das sehe ich auch so.« Del nickte gewichtig.

»Aber wir haben wirklich nicht vor, euch den Abend zu verderben und die schöne Party zu ruinieren«, wandte sich Faz wieder an den Türsteher. »Das wäre doch zu schade, oder? An seinem Geburtstag.«

Inzwischen war der kleinere Türsteher zurückgekommen. Er sagte etwas auf Spanisch, woraufhin sein aufgeblasener Kollege beiseitetrat und das Tor öffnete. »Little Jimmy sagt, er freut sich auf die Unterhaltung mit euch.«

Je weiter die beiden Detectives in den hinteren Teil des Gartens vordrangen, desto dichter schien sich die Menge um sie zusammenzuschließen. Überall drängten sich Männer und Frauen, standen eng beieinander oder rekelten sich auf Liegestühlen, und ständig konnte man die Fliegentür am hinteren Eingang des Hauses auf- und zuklappen hören. Über den Köpfen der Feiernden waren lange, bunte Lichterketten gespannt und hier hinten roch es noch durchdringender nach Marihuana als vorn.

Das Zentrum der Party schien sich in der südwestlichen hinteren Ecke des Gartens zu befinden und als Faz und Del sich diesem Punkt näherten, teilte sich die Menge wie weiland das rote Meer. Little Jimmy thronte auf einem braunen Ledersessel, an dem immer noch deutlich sichtbar das Preisschild baumelte. Er hatte kein Hemd an, sodass man sämtliche Tattoos bewundern konnte, die seinen Körper von den Schultern bis zu den Handgelenken zierten und auch die unbehaarte Brust nicht verschonten, wo Faz über dem Herzen das Konterfei von Big Jimmy zu entdecken meinte. Little Jimmys Hals schmückten mehrere Goldkettchen, einige mit Kreuzen daran, und die Jeans saß ihm so locker auf der Hüfte, dass man das rote Gummi der Unterhose darunter sehen konnte.

Als Little Jimmy Faz und Del entdeckte, streckte er breit lächelnd beide Arme nach ihnen aus, als wollte er die beiden Polizisten herzlich willkommen heißen. Der neben ihm sitzende Mann stoppte hastig die rotierende Tätowiernadel, mit der er gerade an Jimmys linker Schulter gearbeitet hatte. Jimmy zog einmal kräftig am Joint zwischen seinen Lippen, reichte ihn an die Frau weiter, die auf der einen Armlehne seines Sessels hockte, und klopfte auf die andere. »Detective Fatso! Wie gefällt Ihnen mein Geburtstagsgeschenk?«

Little Jimmy hatte die Gesichtszüge seines alten Herrn, aber da endete die Ähnlichkeit auch schon. Big Jimmy war mächtig gebaut gewesen, mit fleischigen Armen und Beinen, ohne in seinem ganzen Leben auch nur ein einziges Gewicht gestemmt zu haben, da war sich Faz ziemlich sicher. Er hatte außerdem eine gewisse Ausstrahlung gehabt, fast wie ein erfahrener Politiker, war redegewandt und in seiner Gegend beliebt gewesen, weil er oft Geld für öffentliche Anliegen, wie zum Beispiel das Gemeindezentrum, gespendet hatte. Mit dieser

Taktik hatten sich die mexikanischen Kartelle und die italienische Mafia damals in der Nachbarschaft beliebt gemacht. Little Jimmy war nicht wie sein alter Herr. Er war dünn, dabei aber auf eine Art muskulös, die auf gezieltes Krafttraining gepaart mit dem Einsatz von Steroiden schließen ließ, hatte sich den Kopf kahl scheren lassen, kultivierte ein mageres, schwarzes Spitzbärtchen und trug auch jetzt am Abend noch eine Sonnenbrille. Außerdem redete er, auch hier ganz anders als sein alter Herr, genau wie die anderen armen Irren hier in abgehacktem Englisch, gespickt mit jeder Menge Slang und unflätigen Ausdrücken.

»Clever von dir, das Preisschild gleich dranzulassen«, lobte Faz. »Ich glaube, du musst ihn zurückgeben. Er passt nicht durch deine Hintertür.«

Little Jimmy nickte. »Da mögen Sie recht haben. Vielleicht werfe ich ihn durch den Kamin, wie Santa Claus.« Der Tattookünstler machte sich wieder an die Arbeit. »Wollen Sie nicht auch ein Tattoo, Detective? Ich krieg jedes Jahr eins an meinem Geburtstag. Julio ist der beste Mann hier in der Gegend. Ich spendier Ihnen eins.«

Faz schüttelte den Kopf. »Auf die Mode hab ich noch nie gestanden. Ich geh an meinem Geburtstag einfach schick essen.«

»Das seh ich, Mann, das seh ich. Sie haben seit dem letzten Mal echt zugelegt.«

»Ach nee, das glaub ich nicht, das wirkt nur so, weil du da noch so klein warst. Ich war immer schon so wie jetzt.«

Little Jimmy deutete lachend auf Del. »Und wer ist das? Ihr kleiner Bruder? Wieso sind Sie dann nicht auch so mager?«

»Die Gene?«

»Da müssen Sie aber aufpassen, Mann, sonst kriegen Sie noch einen Herzinfarkt oder Schlaganfall.«

Faz deutete auf Little Jimmys Oberkörper. »Ich mag das Tattoo von deinem Vater. Sieht ihm echt ähnlich.«

Little Jimmys Lächeln verblasste, seine Laune wurde finsterer. »Hab ich mir machen lassen, als ich fünfzehn war. Damit ich nie vergesse, wie er aussah. Manchmal fällt es mir nämlich schwer, mir sein Gesicht vorzustellen. Weil ich so jung war, als er starb.« Er machte eine kurze Pause, ehe er fortfuhr: »Aber Ihnen scheint es ja gut zu gehen, wie man so hört. Sind jetzt einer von den großen Mordermittlern, was? Also verraten Sie mir mal, Detective Fatso, was machen Sie hier auf meiner Geburtstagsparty? Hat es etwa einen Mord gegeben?«

»Der Name ist Fazzio«, sagte Del in einem Ton, den Faz gut kannte. Mit Del legte man sich lieber nicht an. Wenn der wütend wurde, konnte er eine Party wie die hier eigenhändig auseinandernehmen.

Jimmy sah ihn an. »Das habe ich doch gesagt. Vielleicht müssen Sie sich mal das Wachs aus den Ohren holen, Sie hören schlecht.«

»Sie wären überrascht, was wir alles so hören«, sagte Del.

»Eine Leiche haben wir schon, Jimmy«, fuhr Faz fort. »Das weißt du doch, du bist doch gleich noch an dem Tag mit lauter Musik da an dem Haus vorbeigefahren. Verrätst du mir, warum? Kam mir respektlos vor.«

»Respektlos? Ich doch nicht! Ich war bloß neugierig, Mann. Da standen eine Menge Leute auf dem Bürgersteig und glotzten, da will man doch sehen, was los ist.«

»Dann weißt du nichts von der Schießerei?«, fragte Faz.

Jimmy schüttelte den Kopf. »Ich? Nein, Mann. Ich weiß da gar nichts drüber.«

Faz warf Del einen kurzen Seitenblick zu. »Wirklich? Es gibt aber ein paar Leute, die sagen, du weißt sehr wohl was darüber. Dass du vielleicht den Befehl gegeben hast, Monique Rodgers umzulegen.«

Little Jimmy lächelte. »Ah, jetzt wollen Sie mich aber auf den Arm nehmen, Detective Fatso. Fragen Sie doch die Leute hier. Die können Ihnen was über mich erzählen: Ich bin ein Schmuser, ich prügele mich nicht.« Er schürzte erwartungsvoll die Lippen, woraufhin sich die Frau auf der Sessellehne brav vorbeugte und ihn küsste. »Sehen Sie? Wieso sollte ich was über eine Schießerei wissen?«

»Warum gab dein alter Herr den Befehl, die Leute aus der rivalisierenden Bande umzubringen? Richtig! Weil er nicht besonders helle war. Und das Gleiche gilt für dich.«

Jimmy stand abrupt auf, was dazu führte, dass sich der Tattookünstler hastig zurückziehen musste und die Frau von der Lehne in den Sessel fiel. Ein feiner Streifen Blut rann über Jimmys Bizeps. »*Baja la música!*«, schrie er und eine Sekunde später ging die Musik aus. Jimmy setzte die Sonnenbrille ab und baute sich in der Mitte des Gartens auf, wo er Faz musterte wie ein Preisboxer den anderen.

»Nicht meinen Vater beleidigen, Detective Fatso. Nicht an meinem Geburtstag und nicht in meinem Garten.« Er funkelte Faz noch einen Moment lang wütend an, um sich dann lächelnd und mit weit ausgebreiteten Armen umzudrehen. »Hört mal, Leute, Detective Fatso hier will wissen, ob irgendwer hier was über eine Schießerei in South Park weiß«, rief er laut. »Weiß irgendwer irgendwas?«

Köpfe wurden geschüttelt, hier und da murmelte jemand so was wie Nein, andere schwiegen. Blicke aus dunklen Augen bohrten sich in Faz und Del. Jimmy sah sich mehrere Sekunden lang im Garten um, bevor er sich erneut an Faz wandte und so nah an ihn herantrat, dass Faz seinen Marihuana-Atem riechen konnte. Jimmys Augen glichen glasigen Teichen aus schlammigem Braun. »Sehen Sie, Detective, ich versuche der Polizei zu helfen. Niemand weiß nichts über keine Schießerei oder irgendwelche toten Leichen. Ich sag Ihnen jetzt aber, was ich machen werde. Ich werde die Augen offen halten, ob nicht doch irgendwer sagt, dass er was weiß. Ja, das werde ich tun. Ich werde ganz genau darauf achten, ganz genau, was irgendwer sagt und zu wem.«

Er lächelte.

»Ich auch«, sagte Faz. »Ich auch, Jimmy. Und wenn ich deinen Namen höre, dann komme ich wieder, und wenn wir das nächste Mal miteinander reden, dann nicht in einem Garten. Dann reden wir unten in der Stadt in einer Gefängniszelle miteinander. Ich bringe dich ins Gefängnis, Jimmy. Genauso, wie ich deinen Vater ins Gefängnis gebracht habe, und wir beide wissen doch, was aus dem wurde.« Faz musterte Jimmy von oben bis unten. »Und er war ziemlich viel größer und konnte wohl auch erheblich mehr ab, würde ich mal sagen.«

Jimmy lächelte, ein breites, spöttisches Grinsen. »Dann bis irgendwann mal, Detective Fatso.« Er wandte sich wieder an seine Menge. »Mann, was ist das hier für eine Party? Macht mal jemand die verfickte Musik wieder an?«

Prompt setzte die Musik ein.

Little Jimmy ließ sich wieder in seinen Sessel fallen, ohne den Blick von Faz zu nehmen. Der Tattookünstler reinigte seine Schulter mit einem antiseptischen Tuch und machte sich daran, sein Kunstwerk zu kolorieren. Del und Faz wandten sich zum Gehen.

»Detective Fatso?«, rief Jimmy, woraufhin die beiden Detectives sich noch einmal umdrehten. »Sie haben sich gar nicht nach meinem Geburtstagstattoo erkundigt. Sind Sie denn nicht neugierig?«

»Nicht wirklich«, sagte Faz. »Mein Dad hat immer gesagt, nur Idioten lassen sich tätowieren.«

Little Jimmy wandte ihm die Schulter zu. Auf seinem Bizeps war ein Grabstein zu sehen. Er lächelte. »Den habe ich reserviert. Ich werde Sie nie vergessen, Detective. Nein, Sir, ich werde mich immer an Sie erinnern.«

Faz lächelte. »Ich fühle mich geschmeichelt und inspiriert. Vielleicht besorge ich mir doch ein Tattoo. Vielleicht bitte ich Julio, mir ein Bild von dir direkt auf den Arsch zu stechen, damit ich immer weiß, was für ein Stück Scheiße du bist.«

Kapitel 18

Tracy sah zu, wie sich die beiden Hunde wie verrückt bellend durch die Tür drängten, um sie möglichst schnell begrüßen zu können. Es war schön, so geliebt zu werden, selbst wenn hier wohl nur ein pawlowscher Reflex auf das Geräusch der Räder ihres Pick-ups auf dem Kies vorlag. Dan trat gleich nach den Hunden aus der Tür und strahlte Tracy vom Türrahmen aus an. Seine Liebe hatte nichts mit Pawlow oder irgendwelchen Reflexen zu tun und sie sorgte dafür, dass Tracy sich als etwas ganz Besonderes fühlte. Dan hatte anscheinend spät gearbeitet, er trug immer noch seinen Anzug, wenn auch mit gelockerter Krawatte und aufgeknöpftem Hemdkragen.

Tracy kletterte aus der Fahrerkabine und begrüßte die Hunde, die aufgeregt um sie herumliefen. »Wart ihr schon laufen? So seht ihr gar nicht aus. Ihr steckt ja voller Energie.« Sie ging hinüber zum Haus. »Ich dachte, du bist schon seit einer Ewigkeit zu Hause bei diesem schönen Wetter. Ich hatte gehofft, du liegst auf der Terrasse, nackt, wie Gott dich schuf.«

Dan grinste vergnügt. »Ich doch nicht!«, protestierte er mit perfektem irischen Akzent. »Wir Iren sind hellhäutig, schöne Frau. Wenn wir braun werden, dann wie ein Anwalt, der die Wahrheit sagen soll: nie mit Absicht und nie besonders gut.« Er küsste sie und trat beiseite, damit sie ins Haus gehen konnte. Die Hunde zeigten kein Interesse daran, ihr zu folgen, obwohl Dan die Tür ein Stück weit offen ließ. Vielleicht war ihnen gerade die Spur eines Kaninchens oder Eichhörnchens vor die Nase geraten. Dann konnten sie sich stundenlang allein beschäftigen.

Tracy ließ ihre Aktentasche auf einen der Stühle am Esstisch fallen, zog ihre Jacke aus und hängte sie über die Stuhllehne. »Der stürmischen Begrüßung eben entnehme ich, dass du noch nicht mit ihnen draußen warst?«

Dan blieb weiterhin Ire. »Ich sag dir das nur ungern, aber das ist nicht Liebe, wenn sie so aus der Tür stürzen wie eben. Das ist die Flucht aus dem Knast. Ich bin auch gerade erst nach Hause gekommen.«

Sie schlang die Arme um ihn. »Und was ist mit dir? Bist du auch an die Tür gekommen, weil du mal aus der Zelle rausmusstest?«

»Ich würde aus jedem Gefängnis ausbrechen, um bei dir sein zu können.« Er küsste sie lange und ausführlich.

Die Sonne war fast untergegangen, warf Lichtstreifen ins Innere des Hauses. Eine leichte Brise wehte durch die offene Tür herein und brachte den Geruch von getrocknetem Gras mit sich. »Ehe wir hier richtig anfangen«, sagte Dan immer noch lächelnd, während Tracy ihm viele kleine Küsse gab, »sollte ich mich wohl lieber umziehen und eine Runde laufen, bevor es richtig dunkel wird. Magst du mitkommen?«

Tracy hatte schon seit Tagen keinen Sport mehr machen können und spürte die Spannung in ihren Schultern. »Ich komme mit, aber nur, wenn du diesen Akzent ablegst.«

Dan biss sich knurrend auf die Unterlippe und tänzelte mit erhobenen Fäusten um sie herum. »Ich kann nicht anders«, stieß er in einer täuschend echten Imitation von Muhammad Ali hervor. »Ich kann nicht anders. Die Worte sind einfach so hübsch. Sie sind so hübsch, Howard, genau wie ich. Sieh dir dieses Gesicht an! Fünfzig Kämpfe und keine einzige Platzwunde.«

Tracy schüttelte lachend den Kopf. »Von wegen die Hunde müssen raus! Du gehörst noch viel dringender an die frische Luft.«

Sie zogen sich um, machten ein paar Dehnübungen und liefen los, einen Pfad entlang, der hinter ihrem Haus anfing und sich in Richtung der baumbestandenen Hügel schlängelte. Die Hunde rannten vor ihnen her, immer ihren Nasen nach und notfalls auch im Zickzack. Dan hatte seit dem Umzug auf die Farm ein paar Laufstrecken unterschiedlicher Länge ausgearbeitet, je nachdem, wie weit sie laufen wollten oder wie lange abends das Licht noch reichte. Es war ein wenig kühler geworden und ein leises Lüftchen strich durch die Bäume, aber noch brauchte Tracy kein Sweatshirt und ihre Muskeln lockerten sich rasch. Sie hatte eine Wasserflasche dabei und Dan zur Sicherheit ebenfalls, denn laut Aussage des Arztes war es für Tracy völlig okay, in den ersten Schwangerschaftsmonaten zu laufen, wenn ihr danach war, sie sollte nur auf keinen Fall austrocknen. Seitdem achtete Dan wie ein Schießhund auf ihren Flüssigkeitskonsum.

»Und warum kommst du so spät erst nach Hause?«, fragte Dan ein wenig atemlos, denn noch hatte er seinen Rhythmus nicht ganz gefunden. Beim Laufen zu reden fiel Tracy zunehmend schwerer und man hörte es ihren Schritten an, dass auch sie noch nicht ruhig und gleichmäßig lief.

»Katie Pryor hat sich bei mir gemeldet, das hatte ich dir wohl noch nicht erzählt. Weißt du noch, wer das ist?«

»Die Polizeibeamtin, die in West Seattle wohnt? Möchtest du kurz anhalten und zu Atem kommen?«

»Nein, lass uns nur ein wenig langsamer laufen.«

Als sie sich der ersten Steigung näherten, spürte Tracy, wie sich ihr Atem allmählich auf ihre Schritte einpendelte. Dan lief vor ihr, denn für sie beide nebeneinander war der Pfad zu schmal. »Sie hat seit ein paar Monaten einen neuen Job bei der Vermisstenstelle.«

»Hattest du ihr nicht geholfen, den Job zu kriegen?«

»Ja. Sie hat mich wegen einer verschwundenen jungen Frau angerufen, weil sie bei der Sache ein schlechtes Gefühl hat und gern meine Meinung hören wollte.«

Dan wandte sich kurz um und warf ihr einen besorgten Blick zu. Natürlich musste auch er sofort an Tracys Schwester denken. »Wie lange ist diese Frau denn schon verschwunden?«

»Seit Montagabend, aber es sind besondere Umstände.«

Rex und Sherlock rasten an ihnen vorbei.

Tracy erzählte, was sie über Kavita Mukherjees Verschwinden und über das Verhältnis der jungen Frau zu ihrer Familie wusste. »Also weißt du nicht, ob die Frau nicht einfach aufgebracht und wütend war und ein wenig Zeit für sich braucht oder ob ihr etwas zugestoßen ist«, fasste Dan zusammen, als sie fertig war.

»Bei einer jungen Frau ist ja meistens das Letztere der Fall.«

»Aber du weißt es nicht?«

»Nein.«

»Arbeitest du dran?«

»Katie hat mich um Hilfe gebeten. Ich habe mich heute Abend mit der Mitbewohnerin und der Familie unterhalten.«

»Weichst du meiner Frage aus, weil dich Nolasco wahrscheinlich nicht voll in den Fall einsteigen lässt?«

»Ich weiche überhaupt nicht aus! Aber du hast recht, Nolasco wird es mir wohl nicht erlauben. Andererseits haben wir letztes Jahr genau so einen Vermisstenfall ignoriert und die Frau wurde später in Einzelteile zerlegt über die ganze Stadt verteilt in Mülltonnen gefunden. Seitdem haben uns die da oben ein entschiedeneres Vorgehen nahegelegt, besonders in den ersten achtundvierzig Stunden.«

»Okay, aber warum ausgerechnet du? Du hast doch noch diesen Prozess.«

»Da wurden heute die Abschlussplädoyers gehalten. Außerdem weiß ich, wie es ist, Dan. Und das meine ich jetzt nicht irgendwie irrational. Ich weiß, was die Familie durchmacht, weil ich es selbst mitmachen musste. Sie brauchen eine Antwort, sie müssen wissen, was passiert ist. Ich möchte nicht, dass irgendwer so wie ich zwanzig Jahre lang warten muss. Wie meine Familie gewartet hat. Es hat meine Mutter und meinen Vater umgebracht.«

»Ich sorge mich nur um den zusätzlichen Stress jetzt während der Schwangerschaft.«

»Das ist mir schon klar und ich weiß deine Besorgnis auch wirklich zu schätzen, aber der Stress gehört nun mal zu meinem Job.« Ein paar Sekunden lang liefen sie weiter, ohne etwas zu sagen. Dann entschied sich Tracy, den Schwerpunkt ihrer Unterhaltung zu verlagern. »In der Familie konnte ich eine ziemlich interessante Dynamik beobachten. Der Vater ist eindeutig das Oberhaupt, aber im Grunde hält die Mutter sämtliche Zügel in der Hand. Wenn Blicke töten könnten, dann wäre der jüngste Sohn tot umgekippt, als er zugab, dass er mit seiner Schwester weiterhin per SMS Kontakt gehalten hat.«

»Und die Tochter redet nicht mit ihren Eltern, weil ihre Mutter will, dass sie nach Hause kommt und in eine arrangierte Ehe einwilligt?«

»Ich hatte so ein Gefühl, dass mehr dahintersteckt, aber das scheint der Auslöser gewesen zu sein.«

Dan wischte sich mit dem Saum seines Tanktops Schweiß von der Stirn. Sie hatten einen der Punkte erreicht, wo man seiner Planung nach umdrehen konnte, und sie liefen ein wenig auf der Stelle. »Wie fühlst du dich? Willst du umdrehen oder weiterlaufen?«

»Alles ist gut, ich kann noch ein bisschen.«

»Sicher? Und unsere kleine Kaulquappe? Geht es der gut? Trinkst du genug?«

»Ihr geht es wunderbar.« Tracy spritzte sich einen Strahl Wasser in den Mund.

Jetzt, wo die Sonne fast hinter dem Horizont verschwunden war, lag der Pfad mehr und mehr in grauem Schatten. Dan lief wieder voran.

»Für mich klingt so eine arrangierte Ehe ziemlich barbarisch«, fuhr Tracy fort. Dan lief wieder vor ihr, sie redete mehr oder weniger mit seinem Hinterkopf. »Als würde man Vieh versteigern, das vorher ganz genau begutachtet wird, mit Stammbaum und allem. Nur dass sie es anscheinend heutzutage im Internet machen.«

»Ich dachte, das Internet wäre nur für Pornos«, sagte Dan. Sie hatten sich vor Kurzem das Musical *Avenue Q* angeschaut und einer der Songs, *Internet is for Porn,* war Dan im Kopf hängen geblieben. »Du solltest nicht vorschnell urteilen.«

»Dann findest du es nicht barbarisch?«

»In der Kanzlei in Boston hatte ich eine Sekretärin indischer Herkunft, die in einer arrangierten Ehe lebte. Sie schien glücklich zu sein. Ich will damit nur sagen, dass es uns nicht ansteht, Dinge zu beurteilen, die wir nicht verstehen. Auf jeden Fall ist die Scheidungsrate in Indien niedriger als in Amerika.«

»Das hat die Mutter auch gesagt.«

»Es gibt dort ein sehr starkes Pflichtgefühl der Familie gegenüber, das schließt auch die Großeltern mit ein. Die stecken ihre alten Leute nicht einfach ins Heim.«

»Bei der Familie, um die es geht, leben die Eltern des Vaters mit im Haus.« Tracy dachte an das ältere Paar auf der Couch, das die ganze Zeit über kein einziges Wort gesagt und nach außen hin keinerlei Gefühle gezeigt hatte.

»Die mittlere Generation und deren Kinder kümmern sich um die Großeltern, soweit ich weiß. Wenn ein Sohn heiratet, zieht seine Frau mit ein und alles geht weiter.«

Tracy warf ihm einen Seitenblick zu. »Echt jetzt?«

Dan zuckte die Achseln. »Jayanti, meine Sekretärin, ist zu den Eltern ihres Mannes gezogen. Manchmal kam sie allerdings morgens mit hängenden Schultern und ganz müden Augen zur Arbeit, weil einfach so viel anlag. Sie hatte bei uns einen Vollzeitjob und danach ging es zu Hause weiter mit Kochen, Wäsche waschen, Putzen, den Kindern bei den Hausaufgaben helfen. Sie sagte, so mache man das als Inderin eben und eines Tages würden sich ihr Sohn und seine Frau um sie und ihren Mann kümmern.«

Dan führte Tracy eine kleine Anhöhe hinunter, was sie zu Trippelschritten zwang, bei denen sich sofort ihr linkes Knie meldete und sie mit leichten Schmerzen an eine alte Verletzung erinnerte. »Hat sie je gesagt, ob sie ihren Mann überhaupt liebt?«

»Daran erinnere ich mich nicht mehr.« Dan wandte kurz den Kopf und sprach über seine Schulter hinweg weiter. »Ich habe ihn manchmal bei Veranstaltungen der Firma getroffen. Er schien mir ganz okay zu sein. Ich will bloß sagen, dass es uns nicht zusteht, da irgendwas beurteilen zu wollen. Sieh uns doch an. Wir haben ziemlich schnell geheiratet.«

»Wir hatten vorher zwei Jahre zusammengelebt!«

»Fühlte sich trotzdem schnell an.«

Tracy boxte ihn zwischen die Schulterblätter und Dan lachte. Der Pfad wurde breiter, sie konnten wieder nebeneinanderlaufen. »Mir wäre es jedenfalls lieber, unser Sohn oder unsere Tochter wäre total verliebt in die Person, die er oder sie heiratet, und die beiden könnten die Finger nicht voneinander lassen.«

»Hey!« Dan hob mahnend den Finger. »Das könnte meine Tochter sein, von der du da sprichst.« Wieder klang er wie Muhammad Ali. »Ich schlag den Arsch k. o.«

»Der Spruch ist von Mister T und nicht von Muhammad Ali.«

Dan lachte. »Wo wir gerade von Leuten sprechen, die nicht die Hände voneinander ...«

»Wer hat irgendetwas von uns gesagt?«

»Hey, du hast doch vorhin damit angefangen! Glaub bloß nicht, mich kann man so schnell wieder runterfahren. Kurzer Sprint um die Wette? Wer als Erster zu Hause ist, darf den anderen ausziehen.«

»Nur wenn du nicht über meinen Bauch lachst.«

Dan lächelte. »Ich könnte mir ein Sympathiebäuchlein zulegen, damit du dich nicht so allein fühlst.«

»Das erspar mir bitte!«, bat sie.

Er klopfte sich auf den Bauch. »Nein, *mir* erspare ich das bitte.«

»Du bist ein Trottel.«

Als die Hügel hinter ihnen lagen und der Pfad nur noch eben geradeaus lief, wurden sie schneller und rannten nach Hause.

KAPITEL 19

Faz fuhr bei weit geöffnetem Fenster nach Hause in der Hoffnung, die kühler gewordene Luft würde auch ihn abkühlen. Del und er waren zu Little Jimmy gefahren, um auf ein paar Zehen zu treten und die Gemüter zu erhitzen, etwas, das sie als Team normalerweise perfekt beherrschen. Leider hatte Little Jimmy in diesem Fall selbst ein paar Treffer landen können. Faz ließ sich nur ungern Detective Fatso nennen, aber das war nicht weiter wild, das konnte er als jugendliche Sprücheklopferei abtun. Was ihn wirklich wurmte, war die Tatsache, dass Little Jimmy mit dem Mord angegeben und Faz öffentlich herausgefordert hatte, ihm diesen nachzuweisen.

Er parkte in seiner Einfahrt und stellte den Motor ab. Im Garten duftete es nach Veras Tomaten. Noch ein Monat, und sie hatten genügend reife Früchte, um in großem Maßstab einzukochen und die Gläser zu füllen, die Vera Weihnachten an dankbare Nachbarn verschenkte.

Vielleicht. Weihnachten lag noch in weiter Ferne. Weihnachten war womöglich nicht mehr garantiert. »Scheiße!« Bloß nicht dran denken, ermahnte sich Faz. Nicht zu viel an das denken, was vor ihnen liegen mochte.

Der Anblick des Basketballkorbs ließ ihn wie immer an seinen Sohn denken. Vera wollte Antonio erst über ihren Krebs informieren, wenn sie Genaueres wussten. Der Junge hatte auch so genug Stress, fand sie, mit seinen Plänen für das eigene Restaurant und der Frage nach dem richtigen Zeitpunkt für einen Heiratsantrag. Faz hätte nicht sagen können, ob diese Haltung richtig war. Antonio war kein Kind mehr und Vera war seine Mutter. Andererseits begriff Faz langsam immer besser, dass dies genau Veras Art war, schwierige Situationen zu meistern. Niemand sollte sich den Kopf über Dinge zerbrechen, die noch nicht fassbar waren.

Faz stieg aus dem Auto. Neben dem Haus stand die Schubkarre, beladen mit einem Sack Pflanzenerde und Veras Eimer mit Gartenwerkzeug. Richtig, der Rhododendron. Vera hatte ihn in der vergangenen Woche gebeten, den Strauch umzusetzen, aber er hatte sich geweigert und rumgejammert, die Buddelei und dann das schwere Heben wären nichts für seinen Rücken, sie solle sich jemand anderen für die Arbeit suchen. Nichts als faule Ausreden, und jetzt musste er zu seiner Schande in Veras grünem Dschungel eine Lücke entdecken, wo der Rhododendron gestanden hatte.

»Mist!«, murmelte er leise.

Er hatte schon die Hand ausgestreckt, um seinen Schlüssel ins Schloss zu stecken, als ein schrecklicher Gedanke ihn zögern ließ: Und wenn das nun sein Leben werden sollte? Nach Hause kommen, allein, in ein dunkles, leeres Haus? Was, wenn Vera bei Antonios Hochzeit nicht mehr dabei war oder zur Eröffnung seines neuen Restaurants? Die Gedanken wirbelten wie Staubflocken in seinem Kopf herum, zwangen ihn, einen Schritt zurückzutreten und tief Luft zu holen. Jetzt war wirklich nicht der Moment, zusammenzubrechen oder Panik zu schieben, wies er sich streng zurecht. Vera brauchte ihn, ob sie das nun zugeben mochte oder nicht. Er musste sich zusammenreißen.

Nachdem er noch ein paarmal tief Luft geholt hatte, schaffte er es schließlich, das Haus zu betreten. In der Küche brannte das Licht im Ofen und auf dem Tresen standen mehrere verführerisch duftende Bananenbrote. »Vera?«

Er riss sich die Krawatte vom Hals, schaltete das Ofenlicht aus und berührte das Brot. Immer noch warm. Sie war fleißig gewesen.

Das Esszimmer war dunkel, aber in den Leitungen konnte er Wasser rauschen hören. Vera duschte. Faz stieg die Treppe hinauf und ging an Antonios altem Zimmer vorbei, wo immer noch die Wimpel der Mariners an der Wand hingen und sowohl die Gardinen als auch die Tagesdecke in den Farben des Teams leuchteten, dessen treuer Fan sein Sohn immer schon gewesen war: Blau und Türkis. In diesem Zimmer durfte nichts verändert werden, darauf bestand Vera. Wenn Antonio Kinder hatte, konnten sie hier übernachten. Faz schloss die Augen. Ob seine Frau das noch erleben würde?

Im Schlafzimmer strahlte die Nachttischlampe auf Veras Seite warmes Licht aus. Faz hörte, wie in der Dusche das Wasser abgedreht wurde, und er rief noch einmal den Namen seiner Frau, damit die nicht erschrak, wenn sie ins Schlafzimmer kam. »Vera?«

»Hallo! Bin gleich fertig.«

Er hängte seine Anzugjacke auf den Kleiderständer und schlang die Krawatte um den dafür vorgesehenen Knauf. Sein Hemd landete im Korb mit der Schmutzwäsche. Dann setzte er sich aufs Bett, um die Schuhe auszuziehen.

Vera kam in eine Duftwolke gehüllt aus dem Bad. Sie trug ihren hellblauen Bademantel und hatte sich ein Handtuch um den Kopf gewickelt. »Hallo«, sagte sie noch einmal und beugte sich vor, um Faz zu küssen. »Wie ist es gelaufen?«

»Was? Oh, gut. Die Fingerabdruckleute machen sich gleich morgen über das Auto her, sobald wir den entsprechenden Durchsuchungsbeschluss haben.« Die Fahrt nach South Park zu Little Jimmy erwähnte er lieber nicht, denn sie würde sich sonst nur wieder Sorgen machen.

»Habt ihr rausgekriegt, warum die Frau das Auto putzen wollte?«

»Nein. Und es geht uns im Grunde ja auch nichts an.« Faz stand auf und stellte seine Schuhe auf ein Regal in seinem Schrank. »Del glaubt, sie war Drogen kaufen. Ich glaube, sie betrügt ihren Mann. Drogen könnte man seinem Ehepartner irgendwie noch erklären und vielleicht sogar auf ein bisschen Mitleid hoffen. Sie hat gar nichts mehr gesagt. Höchstwahrscheinlich erfahren wir es nie.«

»Hast du Hunger? Ich könnte ein paar Ravioli und das Huhn von gestern warm machen. Oder wie wäre es mit ein paar Scheiben Bananenbrot mit Butter?«

»Das roch wunderbar, als ich reinkam, aber ich warte bis morgen. Ich habe auf der Arbeit gegessen.« Hatte er nicht. Er hatte keinen Hunger gehabt und war auch jetzt nicht hungrig. »Wie war dein Tag denn so? Sieht so aus, als wärst du ein bisschen im Garten gewesen.«

Sie zuckte lächelnd die Achseln. »Es war okay, ich wollte was zu tun haben.«

»Du hast ein bisschen Farbe bekommen. Oder ist das nur von der Dusche?« Niemand duschte so heiß wie Vera. Ihr Gesicht wirkte selbst im matten Licht der Nachttischlampe errötet.

Vera ging zu den Flaschen und Tuben auf ihrer Kommode und cremte sich Stirn und Augenpartie ein. Sie war noch jung, aber in diesem Licht erkannte Faz doch, dass sie älter geworden war. Sie beide waren älter geworden. Manchmal betrachtete er morgens sein Spiegelbild über dem Waschbecken und fragte sich, wer der Typ sein könnte. Er selbst jedenfalls nicht, er fühlte sich immer noch wie dreißig.

»Ich habe ein bisschen Unkraut gejätet, was dringend nötig war«, fuhr Vera fort, »und den Rhododendron hinten am Zaun umgepflanzt.«

»Habe ich gesehen. Tut mir leid, das wäre eigentlich mein Job gewesen.«

Sie winkte ab und verteilte die nächste Lotion auf Hals und Armen.

»Es tut mir leid, Vera. Ich hätte nicht so rumjammern dürfen.«

»Bitte fang nicht an, dich zu entschuldigen.«

»Nein, ich mein es ernst.«

»Ich auch!« Ihre Stimme brach.

Faz erstarrte. Erschrocken betrachtete er Veras Bild im Spiegel. Sie starrte hinunter auf die Kommode. »Ich möchte nicht ...«, sagte sie nach ein paar Sekunden, »... ich will nicht, dass du dich in einer Tour entschuldigst. Als ob ... als ob ich bald nicht mehr hier wäre oder als wäre ich eine Invalidin, um die man auf Zehenspitzen herumschleichen muss.«

»Okay«, versprach Faz sofort. »Ich habe es echt nicht so gemeint. Ich weiß bloß, wie viel Arbeit es gewesen sein muss, den Busch zu verpflanzen.«

Vera nickte. »Ich habe jetzt die Ergebnisse der Biopsie.«

»Was?« Faz wurde ganz anders. »Freitag, hatte er gesagt.«

»Die von der Praxis haben angerufen und wollten mir für Freitag einen Termin geben, um die Ergebnisse zu besprechen. Ich habe gesagt, ich will nicht erst noch Zeit verschwenden, sie sollen gleich am Telefon damit rausrücken.«

Faz spürte einen dicken Kloß im Hals. »Und?« Er brachte die Worte kaum heraus. »Was ist es nun?«

»Ich habe in der rechten Brust einen G-zwei-Tumor.«

»Was heißt G zwei? Ist das gut?«

»Der Arzt hat gesagt, man unterscheidet zwischen Tumoren mit dem Schweregrad eins bis vier, also ist es nicht so schlimm, wie es sein könnte, aber auch nicht so gut.«

Zwei von vier, dachte Faz. *Scheiße.*

»Vierzig Prozent der Brust sind betroffen. Er sagt, es hat im Milchgang angefangen, dann die Wand des Ganges durchbrochen und sich im Fettgewebe ausgebreitet. Und im Lymphsystem. In meinen Lymphknoten.«

Faz fühlte sich, als stünde sein ganzer Körper in Flammen. »Und was tun wir jetzt?«

»Ich habe den Onkologen im Krebszentrum angerufen, den mein Arzt empfohlen hat, und einen Termin bei ihm gemacht. Die Schwester sagte, wahrscheinlich geht es um eine Lumpektomie oder Mastektomie und Bestrahlung beziehungsweise Chemotherapie. Möglicherweise beides.«

»Wir sagen denen, dass sie es einfach rausschneiden sollen, ja? Macht keinen Sinn, da rumzudoktern. Die Brust abnehmen und dann entweder Chemo oder Bestrahlung.«

»Ich weiß nicht«, erwiderte Vera. »Sie werden mir wohl ganz genau erklären, welche Optionen ich habe. Vielleicht können sie die Brust retten.«

»Scheiß da doch drauf! Dann machst du dir ständig Sorgen, dass es zurückkommt. Nimm sie ab. Die linke gleich mit.«

Vera schüttelte heftig den Kopf. »Wie würdest du dich fühlen«, sie wandte sich zu ihm um, »wenn du Hodenkrebs hättest und sie dir die Eier abschneiden wollten?«

Das fühlte sich an wie ein Schlag in die Magengrube. »Ich meinte doch nicht … ich wollte doch nur sagen, dass es nicht wichtig ist.«

»Für mich ist es wichtig! Okay? Es ist wichtig für mich. Ich möchte nicht entstellt sein.« Sie fing an zu weinen. »Ich will das alles nicht, Vic. Nicht jetzt. Nicht ausgerechnet zu dieser Zeit in meinem Leben. Ich will das nicht.«

Er stand auf und nahm sie fest in den Arm. »Ich weiß«, sagte er. »Und ich will auch nicht, dass du es hast.« Und in diesem Moment erkannte er endlich, dass es bei diesem Krebs nicht um ihn ging und nie um ihn gehen würde. Ja, die Krankheit würde großen Einfluss auf sein Leben haben und vielleicht auch auf seine Zukunft, aber hier ging es um Vera. Und Vera, die sich in ihrem Leben vor kaum etwas gefürchtet hatte, hatte Angst. »Du hältst dich jetzt einfach an mir fest, Vera«, sagte er. »Okay? Du hältst dich einfach an mir fest.«

Kapitel 20

Donnerstag, 12. Juli 2018

Donnerstagmorgen stand Faz in seinem Schlafzimmer, zog sich einen Gürtel in die Hose und dachte über den vergangenen Abend nach. Er hatte Vera in ihrem gemeinsamen Leben nicht oft ängstlich erlebt, voll ehrlicher Angst vor dem, was kommen würde. Das machte ihn fast so fertig wie die Ankündigung des Arztes, Vera habe Krebs.

Sein Handy, das er am Vorabend entgegen seiner Gewohnheit mit nach oben genommen hatte, rutschte summend über die Kommode. Del rief an. Und er klang überhaupt nicht glücklich. »Ich habe mir gestern, nachdem wir von Park 95 weg sind, den Rücken ausgerenkt.«

»Wie hast du das denn geschafft?«

»Ganz blöd. Celia und ich waren beim Hot-Yoga …«

»Du machst Hot-Yoga?« Faz mochte es kaum glauben.

»Jetzt weißt du es und es wird mir ewig leidtun, es dir verraten zu haben. Okay, du weißt, wie sehr ich immer schwitze. Nachher sind wir zu mir nach Hause und ich musste noch mit Sonny raus, weil der den ganzen Tag drinnen war. Um es kurz zu machen: Er hat sich in seiner Leine verheddert, ich habe mich umgedreht und runtergebeugt, um ihn loszumachen, und bin nicht wieder hochgekommen.«

»Das ist jetzt aber kein Bandscheibenvorfall, oder?«

»Nee. Ich hatte das schon mal. Das sind Muskelkrämpfe. Hoffe ich wenigstens. Das passiert, wenn ich Sport treibe, schwitze, dann in die Kälte gehe und zu schnell eine bestimmte Drehbewegung mache. Momentan kann ich nicht aufstehen und schon gar nicht laufen. Ich nehme was, um die Muskeln zu entspannen, und das macht mich ganz matschig in der Birne. Auto fahren geht gar nicht. Hoffentlich kann ich heute Nachmittag noch reinkommen, aber sicher ist das nicht. Rufst du mich bitte an, wenn die Fingerabdruckleute was finden?«

»Ja, alles klar, das wird wahrscheinlich sowieso erst heute Nachmittag sein. Ich nehme mir heute Morgen frei und begleite Vera zum Onkologen.« Faz senkte die Stimme, damit ihn Vera unten in der Küche nicht hören konnte. Von dort duftete es herrlich nach frisch aufgebrühtem Kaffee und Bananenbrot. »Vera hat gestern die Ergebnisse ihrer zweiten Untersuchung bekommen, sie hat Krebs, Del. Grad zwei.« Faz erklärte, was das bedeutete. »Er ist schon bis in die Lymphknoten vorgedrungen.«

»Scheiße, Faz! Mensch, das tut mir so leid. Ich hatte auf bessere Nachrichten gehofft.«

»Ich auch. Ich fühle so sehr mit ihr. Es ist total schlimm, dass sie das durchmachen muss.«

»Und wie ist jetzt der Plan? Mit Vera, meine ich. Wie sieht die Behandlung aus?«

»Genaueres erfahren wir nachher. Ich nehme mal an, sie muss sich entscheiden, ob sie eine Mastektomie will, und danach kommt Bestrahlung oder Chemo, vielleicht beides.«

»Himmel, sie soll sich die Brust bloß abnehmen lassen. Keine Experimente, sonst kommt der Krebs noch zurück.«

Faz warf einen Blick auf die Tür, um sicher sein zu können, dass Vera nicht gerade die Treppe heraufkam. Er senkte die Stimme. »Das habe ich auch gesagt, aber so einfach ist das nicht. Vera hat mich gefragt, wie es mir gehen würde, wenn ich Hodenkrebs hätte und sie wollten mir die Eier abschneiden.«

Del lachte. »Das hat sie gesagt?«

»Ihre Gefühle spielen total verrückt. Ich lerne gerade, dass es am besten ist, einfach nichts zu sagen.«

»Das kriegst du doch hin.«

Faz seufzte. »Ich müsste eine Menge mehr für sie tun, das weiß ich. Sie hat gestern Abend eine Stunde lang geredet. Ich wusste nicht, was ich tun oder sagen sollte. Also habe ich einfach ihre Hand gehalten und genickt.«

»Vielleicht will sie genau das, Faz.«

»Vielleicht. Sie hat Angst, Del. Ich auch.«

»Nimm dir die Zeit, die du brauchst, Faz. Nimm dir heute den ganzen Tag frei. Ich finde schon einen Weg, zur Arbeit zu kommen, und wenn nicht, arbeite ich von hier aus.«

»Das ist es ja gerade – ich kann nicht zu Hause bleiben. Vera will nicht, dass ich hier rumhänge und Mitleid mit ihr habe. Ich kann von Glück sagen, dass sie mich heute mit zum Arzt gehen lässt.«

»Vielleicht sagt sie ja das eine, meint aber was ganz anderes. Ich möchte nur nicht, dass du dich verpflichtet fühlst, möglichst schnell wieder im Büro zu sein.«

»Ich sage dir sofort Bescheid, wenn sich die Fingerabdruckleute melden. Falls du zuerst was hörst, meldest du dich bei mir.«

»Natürlich«, versicherte Del. »Hast du es Tracy und Kins schon gesagt? Das mit Vera, meine ich.«

»Nein, noch nicht. Vera will den Termin beim Onkologen abwarten, bevor wir rundum Bescheid geben. Danach erfahren alle, was Sache ist, auch Billy. Immerhin kann es ja sein, dass ich mir freinehmen muss.«

»Vielleicht ist es ganz gut, dass wir Andrea haben«, sagte Del. »Das nimmt uns beiden ein bisschen den Druck, oder?«

»Schaden tut es jedenfalls nicht.«

Kapitel 21

Tracy schaffte es erst später als eigentlich geplant wieder an ihren Schreibtisch. Sie hatte den Laptop von Kavita Mukherjee bei der Einheit für Computer-Forensik abgegeben, die als Teil der Abteilung zur Bekämpfung von Internetkriminalität gegen Kinder beim Sittendezernat untergebracht war. Dort arbeitete ein guter Bekannter, den sie gebeten hatte, das Passwort zu knacken und sämtliche Mails auf einen Stick zu laden, den Pryor erhalten sollte, weil Tracy genau genommen gar nicht an dem Fall arbeitete. Pryor wollte sich Durchsuchungsbeschlüsse für den Computer und das Bankkonto von Mukherjee besorgen und nachprüfen, wann sie wo Geld aus einem Automaten gezogen hatte. Pryor würde auch die Papiere für den Telefonanbieter Verizon ausfüllen und Gefahr im Verzug geltend machen – die Schlüsselworte, mit denen sie dem Anbieter einheizen konnte, damit der Mukherjees Handy aufspürte und die genauen Koordinaten des letzten registrierten Standorts verriet.

In der Abteilung für Gewaltverbrechen wurde schon fleißig gearbeitet, als Tracy ankam. Tastaturen klapperten, Telefongespräche wurden geführt und über allem lag als Hintergrundgeräusch der Ton des Nachrichtensenders, den das B-Team auf dem Fernseher in seinem Arbeitsbereich praktisch ununterbrochen laufen ließ. Wie Tracy mit einiger Erleichterung feststellte, war ihr Computer nicht aktiviert worden, seit sie ihn selbst zuletzt heruntergefahren hatte.

Kins telefonierte gerade. Er saß an seinem Schreibtisch und kehrte dem Raum den Rücken zu. Faz und Del waren beide nicht an ihrem Platz, allerdings war bei Faz der Computer eingeschaltet. Andrea Gonzales schien es sich heute nicht im Arbeitsbereich des A-Teams gemütlich machen zu wollen, was Tracy freute, denn sie hatte Kins noch nichts von Kavita Mukherjee berichten können und wollte das gern so schnell wie möglich nachholen.

»Hallo!« Kins hatte sein Gespräch beendet und drehte sich zu ihr um, wobei er einen Blick auf seine Uhr warf. »Ich dachte, du bist noch bei Gericht. Ein Urteil haben wir doch noch nicht, oder?«

Tracy schüttelte den Kopf. »Hoetig sagt, er ruft mich an, sobald die Geschworenen sich melden.« Sie ging zu Kins hinüber und stellte mit raschem Blick sicher, dass niemand auf der anderen Seite der Trennwand ihres Arbeitsbereichs mithörte. »Es gibt da eine Sache, über die ich mit dir reden muss. Holen wir uns einen Kaffee.«

»Hat es irgendetwas damit zu tun, dass Nolasco vorhin hier war und nach dir gesucht hat?«

»Hat er gesagt, was er wollte?« Tracy konnte sich den Grund für Nolascos Besuch lebhaft vorstellen.

»Nein. Nur dass er dich sehen will, sobald du da bist. Ich habe ihm gesagt, wir warten auf ein Urteil im Stephenson-Prozess. Wieso ist er denn diesmal so sauer auf dich? Was hast du wieder angestellt?«

»Ich?« Tracy grinste. »Gar nichts! Meine Weste ist blütenrein.«

»Na klar.« Kins seufzte. »Wie immer.«

Tracy deutete mit dem Kinn auf die beiden leeren Schreibtische. »Haben Del und Faz schon einen Fingerabdruck und einen Treffer dazu?«

»Keine Ahnung. Das Auto ist wohl noch in der Fahrzeuguntersuchungsstelle. Del hat angerufen, er bleibt zu Hause, hat sich den Rücken verrenkt. Wo Faz steckt, weiß ich nicht genau, vielleicht drüben in Park 95. Del sagte, er wollte den Fingerabdruckleuten die Durchsuchungsbeschlüsse bringen.«

»Wie schlimm ist das mit Dels Rücken?«

Kins zuckte die Achseln. »Er ist steif und es tut weh. Del nimmt Tabletten zur Muskelentspannung, kann also nicht fahren.«

»Wann ist Gonzales denn reingekommen? Ganz früh schon?«

»Keine Ahnung.« Kins schüttelte den Kopf. »Ich habe sie noch nicht gesehen. Was wird das mit euch beiden eigentlich? Was hast du gegen sie?«

»Mir gefällt die Art nicht, wie Nolasco sie eingestellt hat.«

»Findest du nicht, das hört sich ein bisschen kleinlich an? Sie bestimmt doch nicht, wie sie eingestellt wird.«

Tracy warf zur Sicherheit einen weiteren Blick über die Trennwand, rückte Kins noch dichter auf die Pelle und senkte die Stimme. »Ich bin gestern, als ich vom Gericht kam, zufällig Ron über den Weg gelaufen und habe ihn gefragt, warum er bei uns weg ist. Er sagte, er hatte keine Wahl. Nolasco hat ihn dem C-Team zugewiesen.«

Kins runzelte die Stirn, ohne richtig überzeugt zu wirken. »Das kann er machen, er ist nun mal der Captain, Tracy. Das C-Team verliert Arroyo. Ich mag Ron und habe gern mit ihm gearbeitet, aber die Versetzung ist doch auch für seine Karriere besser.«

Tracy nickte. »Ja, wahrscheinlich schon. Aber Nolasco hat Ron gesagt, er soll den Job nehmen, weil das A-Team für ihn eine Sackgasse ist. Niemand von uns würde so schnell in Rente gehen oder aufhören.«

»Und das stimmt doch nun auch wieder, oder?«

»Ja, aber Nolasco weiß das nicht.«

»Weiß was nicht?«

»Er weiß nicht, dass ich wiederkomme.«

Kins schüttelte den Kopf. »Jetzt verstehe ich gar nichts mehr. Er weiß doch noch nicht mal, dass du kurz weg sein wirst. Er weiß nicht, dass du schwanger bist, oder?«

»Ich habe es ihm noch nicht gesagt. Aber mal angenommen, er weiß es – Ron hatte so einen Verdacht in die Richtung, meine Vermutung ist also nicht total weit hergeholt –, und nehmen wir weiter an, deswegen hat er Gonzales eingestellt und Ron zum C-Team versetzt.«

»Ich verstehe immer noch nicht, worauf du hinauswillst.«

»Es ist verdammt viel einfacher, mich rauszudrängen, wenn eine andere Frau meine Vertretung übernimmt. Eine Hispanoamerikanerin noch dazu, kein weißer Mann mittleren Alters. Diskriminierung kann man ihm da so gut wie gar nicht nachweisen.«

Auch hierauf sprang Kins nicht an. »Du weißt schon, dass das einen Tick nach Paranoia klingt, oder? Glaubst du wirklich, Nolasco plant so weit im Voraus?«

»Wir beide wissen, dass Nolasco mich loswerden will, seit ich hier angefangen habe.«

»Das stimmt allerdings. Du bist der Klumpen Kaugummi, der ihm unter dem Schuh klebt.«

»Und wann hat das letzte Mal jemand einfach so bei uns, bei den Gewaltverbrechen angefangen? Wie hat es Gonzales geschafft, die ganze Warteliste zu überspringen?«

Kins hatte schon den Mund aufgemacht, um etwas zu sagen, klappte ihn aber schnell wieder zu. »Daran hatte ich noch nicht gedacht.«

»Außerdem gefällt mir nicht, dass Gonzales an meinem Schreibtisch war und sich über meinen Computer ins System eingeloggt hat.«

Kins warf einen Blick hinüber zu Tracys Schreibtisch. »Glaubst du, sie hat da irgendetwas angestellt?«

»Keine Ahnung. Sie behauptet ja, in L. A. hätten sie einfach jeden Schreibtisch benutzt, der gerade frei war.«

Kins zuckte die Achseln. »Dann mach dir darüber keinen Kopf.«

»Wenn du meinst. Noch was, ehe ich Nolasco suchen gehe: Gestern rief mich Katie Pryor aus der Vermisstenstelle an.« Tracy fasste zusammen, was Pryor und sie inzwischen über das Verschwinden von Kavita Mukherjee hatten in Erfahrung bringen können.

»Du überzeugst Nolasco niemals davon, uns den Fall zu geben«, stellte Kins fest, als sie fertig war. »Nicht bei dem, was hier gerade auch so schon los ist. ›Wozu haben wir die Vermisstenstelle?‹, wird er sagen.«

»Weiß ich ja. Andererseits kann er auch nicht einfach auf seinem Hintern sitzen und warten, bis wir wieder Leichenteile in Mülltonnen finden.«

Sie ließ Kins weiterarbeiten und ging zu Nolasco ins Büro. Draußen vor den Fenstern des Gangs hob sich das klare blaue Wasser der Elliott Bay, die man durch die Hochhäuser hindurch von hier oben aus gut sah, kaum vom blassen, wolkenlosen Himmel ab. Nolascos Bürotür stand offen. Tracy klopfte. Der Captain saß an seinem Schreibtisch und telefonierte. Er forderte sie mit einer Handbewegung auf, einzutreten, und sie setzte sich auf einen der beiden Besucherstühle. Eine Kollegin aus einer der anderen Einheiten hatte einmal gesagt, Nolasco sähe aus wie ein alternder Pornostar – dünn, mit dickem Schnurrbart und Mittelscheitel, das Haar bis über die Ohren reichend.

Sein Problem mit Tracy rührte aus einer Auseinandersetzung her, die die beiden gehabt hatten, als Tracy noch Studentin an der Polizeiakademie und Nolasco einer ihrer Ausbilder gewesen war. Nolasco hatte den Fehler gemacht, ihr bei einer Demonstration zum Thema Durchsuchung eines Verdächtigen voll an den Busen zu grapschen. Das hatte ihm eine gebrochene Nase und schlimme Unterleibsschmerzen und Tracy seine tief empfundene Abneigung eingetragen.

Als Nolasco auflegte, fragte Tracy: »Sie haben nach mir gesucht?«

Nolasco sah immer so aus, als müsse er gegen grelles Sonnenlicht anblinzeln oder kämpfe mit Kopfschmerzen. »Kins sagte, Sie wären bei Gericht und würden dort auf ein Urteil warten.«

»Da warten wir immer noch.«

»Und Sie haben ein Problem mit Gonzales, wenn ich das richtig verstanden habe?«

Er war so einfach zu durchschauen. Tracy versuchte, weder zu lächeln noch einen sarkastischen Spruch von sich zu geben, allein schon deswegen, weil sie Nolascos Erlaubnis brauchte, wenn sie sich offiziell mit dem Mukherjee-Fall befassen wollte. »Nein. Ich hatte ein Problem damit, dass sie meinen Computer benutzt.«

»Warum?«

Tracy zuckte die Achseln. »Haben wir das nicht bereits besprochen? Das sind mein Schreibtisch und mein Computer, ob ich nun gerade bei Gericht bin oder nicht.«

»Und ich wollte, dass Gonzales sich bei Ihren aktuellen Fällen auf Stand bringt. Haben Sie ein Problem damit, sie Ihre Akten lesen zu lassen?«

Tracy schüttelte den Kopf. »Nein, deswegen sind die Akten ja auch allgemein zugänglich. Ich habe allerdings ein Problem damit, wenn sie Zugang zu meinen privatisierten Berichten erhält. Die sind aus gutem Grund nicht öffentlich. Ich habe das nicht so eingerichtet. Das sind die Richtlinien der Abteilung.«

Nolasco musterte sie finster.

»Wäre das alles?«, wollte Tracy wissen.

»Ja, das wäre alles.«

Nolasco senkte den Kopf. Tracy stand auf, als wolle sie gehen, drehte sich an der Tür aber noch einmal um, als hätte sie etwas vergessen. »Ich erhielt einen Anruf von der Vermisstenstelle. Es geht um eine vierundzwanzig Jahre alte Frau und wir wurden gebeten, uns das mal anzusehen.«

Nolasco sah auf. »Seit wann wird sie vermisst?«

»Montagabend.«

»Irgendwelche Hinweise darauf, dass etwas faul ist?«

»Weder ihre Eltern noch ihre Mitbewohnerin oder ihre Freunde haben von ihr gehört. Sie geht nicht an ihr Handy, reagiert nicht auf Textnachrichten und sie ist nicht bei der Arbeit erschienen. All das sieht ihr nicht ähnlich, sagen die Leute, die sie gut kennen. Sie war unterwegs zu einem Date, das war das Letzte, was jemand von ihr mitbekommen hat.«

»Ich höre hier nichts, was ein Hinweis auf ein Verbrechen sein könnte.«

»Wollen wir ein Verbrechen nicht gerade vermeiden?«

»Was sagt der Freund?«

»Das weiß ich nicht. Niemand weiß, mit wem sie dieses Date hatte, und so kann man nicht einmal sagen, ob sie mit ihrem Freund oder jemand anderem verabredet war.«

»Das weiß niemand?«

»Die Mitbewohnerin war eine Weile verreist und mit ihrer Familie spricht die Frau nicht.«

»Es ist nicht verboten zu verschwinden«, sagte Nolasco. »Soll die Vermisstenstelle sich darum kümmern, bis klar ist, ob mehr dahintersteckt.«

»Die Vermisstenstelle hat sich bei mir gemeldet. Sie wollen nicht warten, bis jemand in einem Müllcontainer auf einen Arm stößt.«

Nolasco wusste, die Oberen würden ihm die Hölle heißmachen, sollte so etwas noch einmal vorkommen. Ihre Abteilung stünde dann als unsensibel da. Tracy ließ ihn noch ein bisschen nachdenken und zog dann die Trumpfkarte.

»Sie ist Inderin.«

»Del und Faz haben in der Monique-Rodgers-Sache vielleicht einen Fingerabdruck«, konterte Nolasco. »Und Dels Rücken ist kaputt. Wenn das mit dem Abdruck was wird, braucht Faz Hilfe.«

»Okay, wenn Faz meine Hilfe braucht, helfe ich, wir sollten aber trotzdem auch diesem Vermisstenfall nachgehen. Die Frau hat einen College-Abschluss und wollte Medizin studieren.«

Jetzt hatte sie ihn so weit, jetzt saß Nolasco in der Zwickmühle, sozusagen zwischen Baum und Borke. Tracy ließ ihn in aller Ruhe sämtliche Implikationen überdenken. »Okay, in der Hauptsache ist die Vermisstenstelle für den Fall zuständig und Sie helfen nur, falls punktuell um Unterstützung gebeten wird«, ordnete er schließlich an. »Wir übernehmen den Fall nicht, es sei denn, es gibt Hinweise auf ein Gewaltverbrechen.«

»Alles klar.« Tracy versuchte, sich das Grinsen zu verkneifen, bis sie aus der Tür war.

Kapitel 22

Im Präsidium angekommen, ging Faz erst einmal in den Waschraum, um sich kaltes Wasser ins Gesicht zu spritzen. Vielleicht sah man ihm so nicht gleich an, dass er geweint hatte. Vera und er waren heute Morgen beim Onkologen gewesen. Der Arzt hatte nach Durchsicht sämtlicher Unterlagen über die Raumforderung in Veras Brust erklärt, dass er, weil bereits mehrere Lymphknoten befallen seien, zu einer Mastektomie mit anschließender Chemotherapie rate. Um alles ein wenig leichter verdaulich zu gestalten, hatte er noch erklärt, Vera hätte die Raumforderung frühzeitig entdeckt und eine Rekonstruktion der Brust könne zu der gleichen Zeit wie die Mastektomie gemacht werden, wenn sie das wolle. Trotzdem war Vera erst einmal sehr betroffen gewesen und hatte eine Weile gebraucht, um alle Informationen zu verarbeiten. Im weiteren Gespräch mit dem Onkologen hatte sie sich dann dagegen entschieden, Mastektomie und Rekonstruktion gleichzeitig vornehmen zu lassen. Die möglichen Komplikationen, fürchtete sie, könnten sie zu sehr schwächen, und sie brauchte alle Kraft für die Chemotherapie nach der Operation. Mit dem Wiederaufbau ihrer Brust wollte sie sich später befassen.

Faz hatte nach dem Termin den Rest des Tages freinehmen wollen, um bei Vera zu bleiben, aber sie hatte ihn auch diesmal energisch wieder zur Arbeit geschickt.

»Die Familie von Monique Rodgers verlässt sich auf dich und vielleicht habt ihr den ersten Hinweis«, hatte sie gesagt. »Und außerdem, was willst du zu Hause tun?«

Solange Vera dabei war, hatte Faz noch annähernd die Fassung bewahren können. Damit war es auf der Fahrt zur Arbeit vorbei gewesen. Immer wieder war ihm der Rat des Onkologen durch den Kopf gegangen, sie sollten immer einen Tag nach dem anderen angehen. Ein gut gemeinter Rat, ganz bestimmt, der helfen sollte. Aber zu hören, wie Vera empfohlen wurde, nicht über die Zukunft nachzudenken, hatte Faz wieder ins Grübeln gebracht. Als dann der Klassiksender, den er im Auto gern hörte, ausgerechnet die Arie *Sono Andati?* aus der Oper *La Bohème* brachte, Mimis letztes Lied vor ihrem Tod, da war es aus. Faz hatte sich nicht länger zusammenreißen können.

Im Arbeitsbereich seines Teams war niemand, was er als Erleichterung empfand. Del war zu Hause, Tracy und Kins wahrscheinlich noch bei Gericht, wo bald das Urteil gesprochen werden dürfte. Um sich abzulenken, rief Faz als Erstes bei den Fingerabdruck-Spezialisten an.

»Du bist ja ein ganz fleißiges Kerlchen«, meldete sich dort Jason Rafferty, der Faz gut kannte. »Hast du gedacht, wir melden uns nicht, wenn wir auf eurem Auto von gestern einen brauchbaren Abdruck finden?«

»Erraten, du bist ein Genie.«

»Nee, dazu braucht man kein Genie zu sein. Ihr Gewaltverbrecher seid eben einfach zu durchschauen.«

»Darf ich denn hoffen? Mehr will ich doch gar nicht von dir.«

»Verstehe ich ja.« Rafferty lachte. »Bleib dran. Ich frag nach, wie weit wir inzwischen sind.«

Rafferty legte Faz auf die Warteschleife. Faz stellte auf Lautsprecher und ertrug die Dudelmusik, um den Hörer ablegen zu können. Während er noch wartete, kam Andrea Gonzales in den Arbeitsbereich. Sie deutete mit dem Kinn auf den Hörer.

»Sag mir jetzt nicht, das ist deine Version von Pandora!«

»Pan – was?«

»Musik aus dem Intern... – ist auch egal.«

»Ich warte darauf, dass die Fingerabdruckleute mir was zu dem Auto sagen, das Del und ich ihnen gestern gebracht haben.«

»Monique Rodgers?«

Faz nickte. »Danke, dass du dich um den Durchsuchungsbeschluss gekümmert hast.«

»Ist Del nicht da?« Sie warf einen Blick auf den leeren Schreibtisch.

»Nee, der hat sich gestern Abend den Rücken ausgerenkt und kommt wahrscheinlich den ganzen Tag nicht. Morgen geht es wieder halbwegs, hofft er.«

Gonzales nahm die Info mit einem Nicken zur Kenntnis. »Und Crosswhite wartet auf ein Urteil der Geschworenen, hab ich mir sagen lassen. Weißt du, ob sie noch reinkommt?«

»Keine Ahnung. Später, nehme ich mal an.«

»Das hat nicht gut angefangen mit Crosswhite und mir.«

»Sie kriegt sich schon wieder ein. Setz dich ruhig an ihren Schreibtisch.«

»Das lasse ich erst mal lieber sein. Ich hocke bloß echt ungern da hinten, so weit weg von allem.«

»Dann nimm doch Dels Tisch.«

»Danke.« Gonzales stellte ihre Tasche neben Dels Schreibtischstuhl, setzte sich und versuchte, den Computer hochzufahren. »Mist.«

»Was?«

»Ich habe noch kein Passwort, um an die Dateien zu kommen.«

»Gumba zwei.«

»Was?«

»Das ist Dels Passwort. Gumba zwei. Ich bin Gumba eins.«

»Faz?«, meldete sich der Telefonlautsprecher.

Faz schaltete ihn aus und griff hastig nach seinem Hörer. »Ja? Ich bin noch dran.«

»Tut mir leid, dass es gedauert hat. Okay, wir haben ein vorläufiges Ergebnis.« Sie hatten an der Stelle auf der Kühlerhaube des Jetta, auf der sich laut Video der Verdächtige abgestützt hatte, Fingerabdrücke und den Abdruck eines Handballens gefunden, erklärte Rafferty. Nicht alle Fingerabdrücke ließen sich sauber darstellen, aber es reichte, um den Ehemann, die Frau und den Sohn auszuschließen. Del und Faz hatten der Familie Blaismith für den Abgleich Fingerabdrücke abgenommen.

»Wir haben sie durch ABIS laufen lassen«, fuhr Rafferty fort, womit er das Automated Biometric Identification System meinte, das System zur automatisierten biometrischen Identifizierung, das früher als Automated Fingerprint Identification System bekannt gewesen war.

Die Namensänderung hatten sie der ständig besser werdenden Technologie zu verdanken. Beim Fortbildungskurs, den alle Detectives hatten besuchen müssen, um nicht den Anschluss zu verlieren, war ihnen eingeschärft worden, dass es heute nicht mehr nur um Fingerabdrücke ging. Fingerabdrücke stellten nur einen Teil der biometrischen Daten dar, Handabdrücke, Iris- und Gesichtserkennung gehörten ebenso dazu. Das FBI hatte den Namen seines Dateisystems dementsprechend ebenfalls geändert. Es hieß jetzt NGI, Next Generation Identification System, Identifizierungssystem der nächsten Generation, und war vom technischen Berater auf der Fortbildung als größter und effizientester Speicherort biometrischer und kriminalgeschichtlicher Dateien der Welt angepriesen worden, der den Strafverfolgungsbehörden je zur Verfügung gestanden hatte. Für Faz klang das alles ein bisschen zu sehr nach Star Trek. Ihm war eine einzelne Übereinstimmung pro Verdächtigem lieber.

»Und? Haben wir einen Treffer?«, fragte er.

»Eduardo Felix Lopez«, verkündete Rafferty. Faz schrieb sofort mit. »Hast du das?« Zur Sicherheit wiederholte Rafferty seine Angabe noch einmal Buchstabe für Buchstabe.

»Alles klar.« Faz unterstrich den Namen doppelt, im Geist schon bei der Frage, wie sie Lopez mit der Schießerei in Verbindung bringen könnten.

»Er ist im System. Lässt du ihn durchlaufen oder sollen wir das machen?«

»Ich mach das schon. Haben sie gesagt, wann ich den vollständigen Bericht kriege?«

»Irgendwann später heute Nachmittag. Ich schick dir den Entwurf per E-Mail, damit du schon mal anfangen kannst. Ich weiß ja, dass die Medien ein Auge auf den Fall haben. Nagel das Arschloch fest, ja?«

»Das haben wir vor.« Faz legte auf und schlug mit der flachen Hand auf den Tisch. »Ja!«

»Gute Neuigkeiten?«, wollte Gonzales wissen.

»Wir haben einen Treffer bei dem Schützen oder doch zumindest bei dem Typen, der seine Hand auf die Kühlerhaube des geparkten Autos gelegt hat. Ich ruf jetzt Del an und lass den Kerl dann durch das System laufen, schau nach, ob er irgendwelche Vorstrafen hat und ob wir wissen, wo er aktuell wohnt.«

»Soll ich ihn durchlaufen lassen, während du mit Del telefonierst?«

»Ja, könntest du das machen? Die Nachricht holt Del vielleicht nicht gleich aus dem Bett, aber er wird sich sehr freuen, sie zu hören.«

Kapitel 23

Gespannt sah Tracy zu, wie die Geschworenen einer nach dem anderen wie eine Sträflingskolonne auf dem Weg zur Arbeit den dicht besetzten Gerichtssaal betraten. Keiner von ihnen stellte Blickkontakt zum Angeklagten Dr. Stephenson oder dessen Verteidiger her, alle schienen sich ausschließlich entweder für das abgetretene Linoleum unter ihren Füßen oder die neutrale Person der Richterin zu interessieren, die sich erhoben hatte und hinter der erhöhten Richterbank stand. Auch Adam Hoetig war das Verhalten der zwölf nicht entgangen, er warf Tracy aus den Augenwinkeln heraus einen verstohlenen Blick zu.

Sobald sich alle gesetzt hatten, richtete Richterin Gowin letzte mahnende Worte an die Geschworenen, um dann zu fragen, ob diese eine Vorsitzende oder einen Vorsitzenden gewählt hätten. Das war der Fall, wobei es Tracy überraschte, für wen sie sich entschieden hatten. Hoetig ging es nicht anders, wie ein weiterer kurzer Seitenblick klarstellte. Andererseits war die Entscheidung auch logisch, falls die Geschworenen den Angeklagten für schuldig befunden hatten. Ihre Vorsitzende war Mutter zweier Kinder und Stephensons Frau war ebenfalls Mutter gewesen.

»Ist die Jury zu einem Urteil gekommen?«, wollte Gowin jetzt wissen.

Die Vorsitzende bejahte die Frage und las im Folgenden von einer Karteikarte ab: »Wir, die Geschworenen, befinden den Angeklagten des vorsätzlichen Mordes für schuldig.«

Die Urteilsverkündigung war immer wie der Höhepunkt beim Sex, alles andere war Vorspiel, aufreizend und verlockend, manchmal auch frustrierend. Im Urteilsspruch entlud sich die aufgestaute Spannung und ließ sämtliche Beteiligten erschöpft zurück.

Hoetig nickte Tracy kaum merklich zu. Hinter ihnen, im Zuschauerraum, weinten einige Leute, andere jubelten leise. Wieder andere ballten die Hände zu Fäusten oder ließen Köpfe und Schultern hängen.

Litwin verlangte, die Geschworenen auch noch einzeln zu befragen, erhielt aber auch hierbei keine abweichende Antwort. Der Angeklagte war schuldig, da waren sich alle Geschworenen einig. Jetzt würde man ihnen eine kurze Verschnaufpause gönnen, ehe sie sich, wahrscheinlich in zwei Wochen, noch einmal einfinden mussten, um das Strafmaß festzusetzen. Bei manchen Verfahren dauerte das so lange wie der Prozess selbst. Aber erst einmal hatten die Männer und Frauen ihre Bürgerpflicht erfüllt.

Nachdem sich das Gericht vertagt hatte, bedankte sich Hoetig bei Tracy und die beiden kamen überein, irgendwann später auf den Sieg anzustoßen.

»Gehst du zurück ins Büro?«, fragte Kins Tracy, als er sie vor der Tür des Gerichtssaals abholte. Er selbst hatte im Zuschauerraum gesessen.

»Nicht gleich. Ich muss kurz was rausfinden. Ich melde mich bei dir, wenn ich zurück bin.«

»Hat das vielleicht mit diesem Mädchen im Univiertel zu tun?«

»Die Sitte hat ihren Computer. Ich habe vorhin die Nachricht gekriegt, dass sie das Passwort geknackt und ihre Mails heruntergeladen haben.«

* * *

Das Sittendezernat glich einem Hightech-Klassenzimmer der Zukunft, voller Monitore und anderer Gerätschaften. Tracy hatte in ihrer Zeit beim im selben Gebäude untergebrachten CIS ein gutes Verhältnis zu den Mitarbeitern dieser Einheit entwickelt und einer von ihnen, mit dem sie besonders gern zusammengearbeitet hatte, war Andrej Vilkotski.

Vilkotski, ursprünglich aus Weißrussland, war in den frühen Neunzigerjahren in die USA gekommen und galt allgemein als Genie im Umgang mit Computern und anderem elektronischen Gerät. Um seine Vergangenheit rankten sich zahlreiche Gerüchte, wobei es unter anderem hieß, er habe für den KGB gearbeitet und nach dem Zusammenbruch der Sowjetunion hastig das Land verlassen müssen. Von diesen Gerüchten stimmte nur eins: das mit dem Computergenie.

»Alles klar bei dir, Andrej?«, rief Tracy, als sie den Arbeitsbereich des Kollegen erreicht hatte.

Vilkotski drehte sich um und zuckte mit den Achseln. Sein Kopf war bis auf einen verbliebenen Kranz aus Haaren fast kahl, was ihm etwas von einem Mönch gab. »Könnte schlechter sein.« Das war seine Standardantwort. »Lass mich raten. Du bist hier, um mich zum Mittagessen einzuladen und mir endlich einen Heiratsantrag zu machen.« Sein Akzent blieb auch nach all den langen Jahren im Land unüberhörbar.

Tracy lehnte sich an eine Ecke seines Schreibtischs. »Und was würde deine Frau dazu sagen, Andrej?«

Vilkotski verzog nachdenklich das Gesicht. »Wahrscheinlich würde sie sagen, ich soll meine schmutzige Wäsche mitnehmen, und froh sein, dass sie mich los ist.«

Tracy setzte sich lachend. »Ich habe gehört, du bist in den Computer reingekommen, den ich heute Morgen geschickt habe.«

Vilkotski starrte sie über seine halbe Lesebrille hinweg mit überrascht aufgerissenen Augen an. »Computer? Meinst du den, den Katie Pryor vorbeigebracht hat? Ohne Durchsuchungsbeschluss, der mir erlaubt hätte, ihn unter die Lupe zu nehmen?«

»Kein Durchsuchungsbeschluss?« Jetzt war Tracy an der Reihe, konsterniert die Brauen hochzuziehen. »Du hättest schon längst eine Kopie des unterzeichneten Beschlusses haben müssen. Katie wollte ganz bestimmt einen besorgen.«

Vilkotskis Oberlippe kräuselte sich, was bei ihm fast schon als Lächeln gelten konnte. »Das höre ich so oft. Wenn ich jedes Mal einen Dollar kriegen würde, wäre ich längst ein reicher Mann.«

»Schau doch in deinen Eingangsordner. Wenn er noch nicht drin ist, lass ich ihn dir gleich hinterher rüberschicken.«

Vilkotski klickte seinen Eingangsordner an. »Da bin ich mal gespannt. Du kannst von Glück sagen, dass ich bei so was nicht mehr die Luft anhalte, sonst wäre ich längst permanent blau im Gesicht.« Jetzt hatte er Katie Pryors E-Mail entdeckt. »Was sagt man denn dazu!«

»Siehst du, Andrej! Ich würde dich doch um nichts Illegales bitten!«

»Jetzt klingst du wie Wladimir Putin.«

»Und wärst du dann Donald Trump?«

»Nur ohne die Haare.«

Tracy lachte. »Du hast es geschafft, den Computer zu knacken?«

»Bitte! Den Computer könnte mein Enkel knacken und der Kleine ist drei.«

»Enkel?« Tracy wusste von Vilkotski, dass er und seine Frau früh geheiratet und auch früh Kinder bekommen hatten. Tracy schätzte den Mann gerade mal auf Ende vierzig.

Andrej deutete auf das Foto des Jungen, das er sich an die Trennwand hinter seinem Computer geklebt hatte. »Er war das Wochenende über bei uns zu Hause. Mein Sohn und seine Frau sind auf Reisen. Ich bin jetzt noch fix und fertig.« Er langte hinter sich und griff nach Kavita Mukherjees Laptop und den Stick, auf den er ihre E-Mails transferiert hatte.

»Ich habe den Computer so programmiert, dass man ihn mit einem temporären Passwort öffnen kann. Das habe ich getan, ehe ich den Durchsuchungsbeschluss erhielt, also lautet das Passwort *ich weiß von nichts und habe nicht mit dir gesprochen.*«

Tracy lächelte. »Ist das nicht ein bisschen lang? Und alles in Großbuchstaben?«

Vilkotski erwiderte das Lächeln. »Dann lautet das Passwort eben *Passwort Eins, Zwei, Drei* und jedes Wort startet mit einem Großbuchstaben.«

»Schlau.«

»Ich habe keine Zeit, schlau zu sein. Dank deines Chefs muss ich jetzt rund um die Uhr verfügbar sein, um euch bei der Suche nach gestohlenen iPhones zu helfen.« Vilkotski klang alles andere als begeistert.

»Davon habe ich gehört.« Der Polizeichef von Seattle hatte diesen Erlass herausgegeben, nachdem einer Reportage in den Nachrichten zufolge schlaue Diebe in den ersten sechs Monaten des Jahres mehr als zweitausend Handys gestohlen hatten.

»Ach ja? Deswegen schlafe ich auch nicht besser.«

Tracy schnappte sich den Laptop. »Vielen Dank für deine Hilfe, Andrej. Ich weiß das sehr zu schätzen.«

»Jaja«, winkte er ab.

Tracy hätte sich die Downloads auch per E-Mail schicken lassen oder Katie Pryor bitten können, den Laptop abzuholen, aber sie hatte noch ein Anliegen, bei dem sie auf Andrejs Hilfe hoffte.

»Andrej, könntest du ein Handy verfolgen?«

»Wie soll ich das verstehen?«

Sie deutete auf den Laptop. »Die Frau, die vermisst wird … Ich möchte ihr Handy verfolgen. Könnte ich das machen?«

»Warum rufst du nicht einfach den Telefonanbieter an und lässt dir die Koordinaten durchgeben?«

»Das hat Katie Pryor heute Morgen getan, glaube ich.« Tracy, die keine Spur aus Dokumenten hinterlassen wollte, an der man ihre Mitarbeit an diesem Fall ablesen konnte, hatte Pryor um Erledigung dieser Aufgabe gebeten.

»Ich habe mich nur gefragt«, fuhr sie fort, »ob es eine Möglichkeit gibt, ihr Handy zu verfolgen, wenn es noch eingeschaltet ist. Ohne Stingray zu benutzen.«

Vilkotski schüttelte sich entsetzt. »Stingray? Was ist Stingray?«

Der Stingray war ein simulierter Handymast, den die Polizei errichten konnte, um sich heimlich Informationen aus den Handys von Verdächtigen zu besorgen und alle anderen mobilen Geräte in deren Umgebung zu überwachen. Die meisten Polizeidienststellen leugneten den Besitz dieses Geräts, das vom FBI entwickelt worden war und lokalen Gesetzeshütern nur zur Verfügung gestellt wurde, wenn die betreffende Abteilung eine Verschwiegenheitsklausel unterzeichnete und versprach, sich nie über diese Technologie zu äußern. In jüngster Zeit hatten die Medien über einen Einsatz von Stingray bei der Polizei von Tacoma berichtet, woraufhin sich ein paar Bürgerrechtsanwälte ziemlich aufgeregt hatten. Im durch und durch liberalen Seattle ließ man einen Dieb eher ein Verbrechen begehen, als dass man seine Privatsphäre verletzte.

»Gibt es eine andere Möglichkeit?« Tracy ließ nicht locker.

Vilkotski dachte kurz nach. »Es gibt immer andere Möglichkeiten. Es gibt zum Beispiel bestimmte Apps, die man teilen kann.«

»Als da wären?«

»Zum Beispiel – hatte die Frau die App ›Meine Freunde suchen‹ auf ihrem Handy?«

»Das weiß ich nicht.«

»Falls ja, könntest du ihr Handy vielleicht vom Handy einer Freundin aus finden.«

Tracy dachte an Aditi. Einen Versuch war es wert. Sie merkte sich den Vorschlag. »Okay, und andere Apps?«

»Viele Handys haben die App ›Mein iPhone suchen‹, aber dazu bräuchtest du ihre Apple-ID und das Passwort.«

»Wie kriege ich das?« Wieder dachte sie an Aditi als mögliche Quelle.

»Ich würde mir ihren Computer anschauen. Manche Leute notieren sich diese Informationen unter der Rubrik Kontakte, damit sie sie nicht vergessen. Das ist so etwas wie ein Generalschlüssel. Ich selbst mache das auch so.«

Okay – Tracy würde sich den Laptop auch daraufhin ansehen.

»Lebte deine Vermisste mit ihrer Familie zusammen?«, wollte Vilkotski wissen.

»Nein. Warum?«

Er zuckte die Achseln. »Familien benutzen oft dieselbe Apple-ID, damit sie Musik, Filme und Bücher teilen können, ohne die Sachen mehrfach kaufen zu müssen. Das mache ich auch so.«

»Und man kann diesen Zugang von mehreren Handys aus nutzen?«

»Mehrere Handys und andere Geräte – wie Laptops, iPads, Computer.«

Tracy dachte nach. »Was ist mit Freunden? Können die auch eine Apple-ID teilen?«

»Du sagst, die Frau war Studentin?«

»Gerade mit dem College fertig.«

Vilkotski verdrehte die Augen. »Studenten bezahlen nie für irgendwas, wenn sie es auch umsonst kriegen können, und was sie alles umsonst kriegen können, finden sie meistens ganz schnell heraus. Sie würden prima Bolschewiken abgeben.«

* * *

Als Nächstes trug Tracy Kavita Mukherjees Computer und den Stick, den Andrej ihr gegeben hatte, hinüber zu Katie Pryor in die Vermisstenstelle.

»Hast du schon irgendwas vom Telefonanbieter?«, fragte sie.

»Ich habe gerade das Formular abgeschickt, mit dem ich Gefahr im Verzug geltend mache«, sagte Katie. »Und du hast den Stick?« Sie deutete mit dem Kinn auf den Laptop.

Tracy reichte ihr den mitgebrachten Stick, damit Pryor ihn in ihren Computer stecken und Kavita Mukherjees E-Mails aufrufen konnte, sowohl die, die sie geschickt, als auch die, die sie empfangen hatte. Die beiden Frauen konzentrierten sich erst einmal auf die Mails, die Mukherjee nach siebzehn Uhr am Montagnachmittag erhalten hatte. Keine dieser Mails war beantwortet worden. Sie fanden auch nichts, was sich auf das Date am Montagabend bezog, und keine Bestätigung einer Hotel- oder Flugbuchung.

Tracy fuhr den Laptop hoch, loggte sich mit dem temporären Passwort ein und sah sich den Verlauf von Mukherjees jüngsten Internetrecherchen an, auf der Suche nach Webseiten über Fluglinien, Mietwagenfirmen, andere Bundesstaaten und das Ausland. Sie fand nichts.

»Wir sollten uns die Liste mit ihren Kontakten anschauen.«

»Wonach suchen wir?«, fragte Pryor.

»Vilkotski sagt, manche Leute speichern ihre Passwörter in einem eigenen Ordner in ihren Kontakten ab. Lass uns nachsehen, ob sie das auch so gemacht hat.«

In Kontakte fand Pryor den Namen Mukherjee und darunter die Eltern und ihre beiden Brüder. Die anderen Namen in dem Ordner sagten Tracy nichts, sie ging aber davon aus, dass es sich um Verwandte handelte.

»Ihr eigener Name steht hier nicht«, sagte Pryor.

Tracy dachte an ihre Unterhaltungen mit Aditi Banerjee und der Familie Mukherjee. »Tipp Vita ein.«

Sofort hatten sie einen Treffer für jemanden mit dem Namen Vita Kumari. »Wer ist das?«

»Keine Ahnung«, sagte Tracy.

Pryor öffnete den Kontakt und fand prompt Nummern von Vielfliegerprogrammen und Bankkonten, diverse Benutzernamen und Passwörter. Die Liste war alphabetisch geordnet, sodass Pryor sofort das Konto bei der Bank of America entdeckte. »Moment.« Sie wühlte sich durch die Papiere auf ihrem Computer, bis sie die entsprechende Notiz gefunden hatte und bestätigen konnte, dass es sich bei der Kontonummer hier im Computer um die handelte, die Kavita Mukherjees Eltern ihnen gegeben hatten. »Das ist ihr Konto.«

»Sie benutzt einen falschen Namen.« Wahrscheinlich für den Fall, dass der Laptop gestohlen wurde, dachte Tracy.

»Das da sind aber ihre Benutzernamen und Passwörter«, sagte Pryor.

»Ruf das Konto bei der Bank of America auf und versuch es mit dem Benutzernamen und Passwort hier.«

Innerhalb kurzer Zeit war Pryor auf der entsprechenden Webseite und konnte sich auch einloggen. Das Konto zeigte als letzte Transaktion eine Barabhebung von zwanzig Dollar am Donnerstag vor Mukherjees Verschwinden, getätigt an einem Geldautomaten an der University Avenue. Nach dieser Abhebung waren Mukherjee noch 1.492 Dollar auf dem Konto verblieben. Sie würde Schwierigkeiten haben, die nächste Miete zu bezahlen.

»Warum hat sie den Mietscheck von Aditi zerrissen?«, fragte Pryor. »Ist sie so stolz, dass sie Hilfe generell ablehnt?«

»Vielleicht. Aditi sagte ja, sie sei dickköpfig. Vielleicht hatte sie sich aber auch schon entschieden, entweder auszuziehen oder eine neue Mitbewohnerin aufzunehmen.«

Pryor sah weiterhin die Informationen für den Kontakt Vita Kumari durch. Kurz vor dem Ende der Liste fiel Tracy etwas ins Auge. »Stopp. Was ist das? Noch ein Bankkonto?«

»Wells Fargo«, sagte Pryor. »Sieht ganz nach einem zweiten Konto aus.«

»Versuch es mal damit.«

Pryor rief die Webseite von Wells Fargo auf und gab den entsprechenden Nutzernamen und das Passwort ein. Es dauerte knapp eine Sekunde, bis sie Zugang zum Konto hatten. Tracy stieß einen leisen Pfiff aus: Hier betrug der Kontostand 29.230 Dollar. »Vielleicht hat sie den Scheck deswegen zerrissen«, meinte Pryor.

Tracy setzte sich zurück, völlig verdattert. »Aditi hat ja erzählt, dass sie auf das Medizinstudium spart. Aber eine solche Summe? Bei ihrem Mindestlohn? Es fällt mir verflucht schwer, das zu glauben.«

»Ihre Eltern?«, schlug Pryor vor.

»Nicht, wenn sie wollten, dass sie wieder zu Hause einzieht. Sieh dir den Namen auf dem Konto an. Vita Kumari. Und die

Adresse ist ein Postfach. Von diesem Konto sollte niemand etwas wissen.«

Tracy fuhr mit dem Finger die Liste der Einzahlungen entlang. Es war immer dieselbe Summe, die überwiesen worden war. »Das sind Direktüberweisungen.«

»Immer dieselbe Summe, jeweils am Ersten des Monats. Wir haben die Nummer des Kontos, von dem das Geld kommt, und könnten herausfinden, wem es gehört. Aber dafür muss ich der Bank einen Durchsuchungsbeschluss vorlegen.«

Tracy dachte daran, wie peinlich es Aditi ab einem bestimmten Punkt gewesen war, in Anwesenheit ihres Mannes Fragen über ihre Freundin zu beantworten.

»Wie wäre es mit einer kleinen Spritztour?«, schlug sie vor. »Ich glaube, ich weiß, wie wir schneller an eine Antwort kommen.«

Kapitel 24

Andrea Gonzales fand für den Namen Eduardo Felix Lopez einen Treffer im System: einen neunzehnjährigen Mann, der zwei Monate zuvor wegen Drogenbesitz verhaftet worden war. Er hatte Meth dabeigehabt. Und er hatte auch eine Adresse angegeben, was einerseits gut war, sich aber auch als Sackgasse erweisen konnte, da diese Adresse, eine Wohnung in einem mehrstöckigen Backsteinhaus in South Park, ja schon zwei Monate alt war. Lopez könnte inzwischen umgezogen oder vielleicht sogar nach Mexiko geflüchtet sein, falls er denn der gesuchte Schütze war. Eine Telefonnummer war für ihn nicht angegeben und Faz und Gonzales konnten auch keinen Hausverwalter auftreiben, der ihnen hätte sagen können, ob Lopez weiterhin in dem Haus lebte. Lopez hatte diverse kleinere Vorstrafen wegen Rauschmittelbesitz und einmal sogar wegen des Vorsatzes zu dealen, war aber nie wegen eines Gewaltverbrechens verhaftet worden. Nichts im System deutete auf eine Mitgliedschaft bei den Sureños hin, aber wenn er in South Park mit Drogen handelte, konnte man das wohl als gegeben annehmen. Vielleicht hatte Monique Rodgers' Mann ja recht und Lopez hatte sich mit der Ermordung seiner Frau die Aufnahme in die Gang verdienen wollen.

Faz entschied sich auch hier wieder für eine Vernehmung ohne Verhaftung, sie wussten ja nicht einmal, ob die Adresse stimmte. Falls sie korrekt war und Lopez noch dazu zu Hause war, würden sie ihn bitten, sich in seiner Wohnung umsehen zu dürfen, und wenn er sich weigerte, einen Durchsuchungsbeschluss beantragen, um nach der Pistole suchen zu können, mit der Monique Rodgers erschossen worden war. Bis zum Eintreffen des Beschlusses würden sie Lopez in seiner Wohnung festhalten, selbst wenn sie sich dazu auf den Mann draufsetzen mussten.

Da Del nach wie vor seinen Rücken pflegte, nahm Faz Andrea Gonzales mit zum Besuch in der Wohnung des Verdächtigen, die gleich beim Verlassen des Parkhauses mit Blick auf die sich am Horizont zusammenballenden finsteren Wolken wissen wollte, was mit dem Wetter los sei. »Sieht aus wie eine der biblischen Plagen.«

»Gewitter«, erklärte Faz.

»Ich dachte, westlich der Rocky Mountains hat man keine Gewitter. Hier muss man nur vor Erdbeben Angst haben.«

Faz nahm die Abkürzung über die Columbia Street zur Auffahrt für das Alaskan Way Viadukt. »Klar kriegen wir hier Gewitter, normalerweise ein, zwei heftige pro Jahr. Letztes Jahr ungefähr um diese Zeit hatten wir so eins und im Anschluss daran schwere Waldbrände überall im östlichen Washington.« Jetzt fuhren sie auf dem Viadukt nach Süden, hoch über all den anderen Straßen, und Faz konnte die weißen Krönchen auf den Wellen sehen, die der aufkommende Wind auf den Puget Sound zauberte. »Ich hatte gerade Spätdienst letztes Jahr und saß in unserem Büro im Präsidium. Das war wie im Kino auf den besten Plätzen. Draußen alles hell erleuchtet und die Space Needle sah aus wie in einem Science-Fiction-Film.«

Gonzales seufzte. »Und da dachte ich, ich hätte mein Nirwana gefunden. Angenehm warm, kein Regen, klarer Himmel. Hat sich angefühlt wie L. A. ohne Smog, Menschenmassen und

Staus, noch dazu gute zehn Grad kühler.« Sie warf noch einen kurzen Blick gen Himmel, ehe sie sich zurücklehnte. »Glaubst du, Lopez ist unser Mann?«

»Zeit und Ort kommen hin.«

»Kann er nicht die Schüsse gehört haben und weggerannt sein, um sich in Sicherheit zu bringen?«

»Warum hatte er sich dann die Kapuze über das Gesicht gezogen?«

Gonzales dachte nach. »Meinst du, er ist noch hier in der Gegend?«

»Wenn er für Little Jimmy gearbeitet hat und Anweisungen befolgt, haben sie ihn vielleicht nach L. A. oder Mexiko geschickt. Das werden wir herausfinden.«

»Und wenn er zu Hause ist? Wie erklären wir, dass wir an seine Tür klopfen?«

»Wenn er aufmacht, sagen wir, wir führen in der ganzen Gegend Befragungen durch, ob irgendwer die Schüsse mitbekommen hat oder sonst etwas weiß. Und wir bitten darum, uns in der Wohnung umsehen zu dürfen. Die meisten dieser Typen wissen es nicht besser und lassen uns rein. Wenn er sich weigert, telefonieren wir nach einem Durchsuchungsbeschluss und behalten ihn im Auge, bis der unterzeichnet ist.«

»Hältst du es für möglich, dass er zu fliehen versucht?«

»Wenn er auf Befehl von Little Jimmy gehandelt hat und sie herausfinden, dass wir an ihm dran sind, muss er abhauen, da hat er keine andere Wahl. Little Jimmy bringt ihn sonst um.«

* * *

Tracy rief Aditi an und gab vor, sie auf den neuesten Stand bringen zu wollen. Das junge Ehepaar wohnte momentan im Haus von Aditis Eltern, das weniger als eine Meile vom Haus der Mukherjees entfernt lag. Tracy hatte sich vorgenommen, allein mit Aditi zu sprechen, sie irgendwie von Rashesh und dem Rest der Familie wegzulotsen. Irgendetwas verschwieg Aditi, das spürte Tracy deutlich. Irgendetwas, was sie im Beisein ihrer Familie nicht ansprechen wollte und was vielleicht sogar die dreißigtausend Dollar auf einem Bankkonto erklärte, das auf den Namen Vita Kumari lief.

Auf der Fahrt nach Bellevue erhielt Pryor eine E-Mail von dem Telefonanbieter mit den letzten bekannten Koordinaten von Mukherjees Handy und lud die Angaben hoch. »Das ist in einem State Park«, stellte sie fest. »Ganz in der Nähe der Häuser beider Familien.«

Pryor hielt Tracy ihr Handy hin, damit sie einen Blick darauf werfen konnte. Als Tracy die dicht bewaldete Gegend sah, in der sich das Handy befinden sollte, verspürte sie sofort einen Stich in der Magengegend. Weitere Recherche förderte zutage, dass der Park fast fünfhundert Hektar groß war, der perfekte Ort, um eine Leiche zu verstecken. Allerdings war dort gerade im Sommer viel los, wie Pryor ebenfalls herausfand. Die Gegend war bei Joggern und Reitern wohl sehr beliebt und viele Leute sammelten da Pilze und Beeren. Kaum vorstellbar, dass eine Leiche dort lange unentdeckt blieb.

Tracy warf einen Blick auf ihre Uhr. Ihnen blieben nicht mehr viele Stunden Tageslicht. »Ruf die Hundestaffel an, sie sollen sich in Bereitschaft halten. Erst reden wir mit Aditi, dann gehen wir in den Park.«

Im Haus ihrer Eltern kam Aditi an die Tür und einen kurzen Moment durfte Tracy hoffen, Glück gehabt zu haben. Aber da tauchte gleich hinter seiner Frau auch schon Rashesh auf.

Er bat sie ins Wohnzimmer, das keinen sehr wohnlichen Eindruck machte, sondern wohl eher der Repräsentation diente. Die Wände beige, die Möbel grau, der Teppich braun, an der Wand eine dekorative Kupferspirale, bei der Tracy einen Moment brauchte, um zu erkennen, dass das Bild einen Pfau darstellen sollte. Zwei Plastikpflanzen umrahmten ein großes Panoramafenster mit Blick auf einen weitläufigen Garten, der an einen dichten Baumbestand grenzte.

»Ist das der State Park?«, fragte Tracy und deutete aus dem Fenster.

»Ja.« Aditi nickte. »Bridle Trails.«

»Grenzt das Grundstück von Kavitas Eltern auch an den Park?«

»Nicht direkt, aber fast.«

Tracy warf Pryor einen Blick zu, die daraufhin nickte. »Sind Ihre Eltern zu Hause?«

»Nein«, sagte Aditi. »Sie sind ausgegangen.«

»Wir haben gestern Nachmittag mit Kavitas Eltern und zwei ihrer Kolleginnen gesprochen. Könnten Sie uns wohl noch ein paar zusätzliche Fragen beantworten?«

»Ich kann es versuchen.«

»Welche Beziehung hatte Kavita zu ihren beiden Brüdern?«, fragte Tracy.

Aditi zuckte die Achseln. »Vita und Nikhil waren fast gleich alt, zwischen ihnen herrschte einiges an Geschwisterrivalität.«

Also nannte auch Aditi ihre Freundin Vita, das schien die gängige Abkürzung ihres Namens zu sein. »Nikhil äußerte ziemlich rigide Ansichten, was die Weigerung seiner Schwester betrifft, nach Hause zu kommen oder sich einer arrangierten Ehe zu unterwerfen.«

Tracys Wortwahl ließ Aditi leicht zusammenzucken. »Nikhil denkt sehr traditionell. Er glaubt, es wäre Geldverschwendung, wenn seine Eltern Vita Medizin studieren ließen. Solche Entscheidungen sollte ihr zukünftiger Ehemann treffen, findet er.« Aditi schenkte Rashesh ein etwas gezwungen wirkendes Lächeln.

»Was geht es ihn an, wenn seine Eltern seiner Schwester ein Studium bezahlen?«, fragte Tracy.

»Er betrachtet ihr Verhalten als respektlos und peinlich«, erklärte Aditi. »So ist Nikhil nun mal, er ist der älteste Sohn. Er war immer schon traditioneller eingestellt als Vita.«

»Und was ist mit Sam?«

Aditi lächelte. »Sam ist mehr wie Vita.«

»Wie wollte Kavita ihr Studium denn ohne die Hilfe ihrer Eltern finanzieren?«, fragte Tracy.

»Sie hat gearbeitet und gespart.«

»Sie arbeitete in der Boutique?«

»Richtig.«

»Sonst noch irgendwo?«

Aditi schüttelte den Kopf. »Nicht, dass ich wüsste. Sie könnte sich einen anderen Job besorgt haben, als ich weg war, aber ...«

»Aber davon hat sie nichts gesagt?«, hakte Tracy nach.

»Nein, davon hat sie nichts gesagt.«

»Und im Laden erhielt sie den Mindestlohn?«

»Ich glaube ja.«

»Wie konnte sie da auf ein Medizinstudium sparen? Selbst wenn Sie sich mit ihr die Miete teilten?«

Aditi dachte kurz nach, bevor sie antwortete. »Wir hatten darüber gesprochen, uns um Finanzbeihilfe und Studiendarlehen zu bemühen. Da wir nicht mehr bei unseren Eltern lebten und von daher deren Einkommen nicht anzugeben brauchten, rechnete Vita eigentlich ziemlich fest mit Unterstützung.«

»Wie viel hatte sie gespart?«, wollte Tracy wissen.

»Das weiß ich nicht.«

»Hatte sie von irgendwem Geld geerbt? Von einem Großelternteil vielleicht?«

»Das glaube ich nicht.« Aditi schien das Thema unangenehm zu sein.

»Ob ich wohl ein Glas Wasser haben könnte?«, wandte sich Pryor an Rashesh, wie sie es vorher im Auto mit Tracy abgesprochen hatte. »Wären Sie vielleicht so freundlich?«

Den jungen Mann schien die Bitte zu verblüffen.

»Ich hole es Ihnen.« Aditi machte Anstalten aufzustehen.

»Nein, Sie bleiben hier bei Detective Crosswhite«, widersprach Pryor höflich, aber entschieden. »Unsere Fragen betreffen Sie und nicht Ihren Mann. Wären Sie so freundlich, Rashesh?«

Verdattert stand Rashesh auf und führte Pryor aus dem Zimmer.

Tracy ließ Aditi nicht aus den Augen und wartete, bis sich die Tür hinter den beiden geschlossen hatte. »Wir können nicht helfen, wenn Sie nicht ehrlich mit uns sind, Aditi.«

Aditi tat überrascht. »Ich weiß wirklich nicht ...«

»Wir haben uns Kavitas Kontoauszüge besorgt. Sie hatte ein Konto bei Wells Fargo unter dem Namen Vita Kumari. Darauf befinden sich fast dreißigtausend Dollar.«

Tracy achtete genau auf Aditis Reaktion. Die Höhe des Betrages schien sie zu überraschen, nicht aber die Tatsache, dass Kavita ein zweites Bankkonto hatte.

»Am Ersten jeden Monats gehen auf diesem Konto zweitausend Dollar ein. Wir können uns von der Bank sagen lassen, von wessen Konto das Geld kommt, aber ich glaube, Sie wissen es auch.«

Aditi wirkte wie vor den Kopf geschlagen. »Rashesh darf das nicht wissen!«, sagte sie rasch, fast flehend.

»Wir brauchen ihm nichts zu erzählen. Aber wir müssen es wissen.«

»Nicht jetzt. Später kann ich weg und mit Ihnen reden.«

Gerade kamen Pryor und Rashesh aus der Küche zurück. Aditi drehte sich kurz zu ihnen um, ehe sie sich mit einem gezwungenen Lächeln wieder an Tracy wandte. Tracy war versucht, Druck zu machen, nicht lockerzulassen, unmissverständlich klarzumachen, dass sie keine Zeit mehr verschwenden durften. Aber dann gab sie Aditis stummer Bitte doch nach. Sie konnten erst einmal anderen Hinweisen folgen und vor allem im State Park nach dem Handy suchen, solange es draußen noch hell genug war.

»Sam erwähnte ein Date, das Kavita Montagabend hatte. Sie konnte deswegen nicht zu seinem Fußballspiel kommen. Hat sie dieses Date Ihnen gegenüber erwähnt?«

»Nein. Ich wusste nichts davon.«

Tracy sah aus dem Fenster. »Kennen Sie den State Park gut?«

»Bridle Trails? Ja.«

»Hatte er irgendeine besondere Bedeutung für Kavita und Sie?«

»Wir waren als Kinder und Jugendliche oft im Park, manchmal auch zum Reiten. Und unsere Familien haben da Brombeeren gesammelt und Pilze gesucht. Warum fragen Sie?«

»Gibt es irgendeinen besonderen Ort dort, an dem Kavita und Sie am liebsten waren?«

»Ich verstehe die Frage nicht.«

»Hatten Sie einen Lieblingsort, einen Platz, an dem Sie sich trafen?«

»Nein. Keinen besonderen Ort.«

Tracy erinnerte sich an das, was Andrej Vilkotski ihr erzählt hatte. »Teilten Kavita und Sie irgendwelche Apps auf Ihren Handys?«

Aditi wirkte weiterhin verwundert über die Richtung, die die Befragung genommen hatte. »Ich glaube nicht.«

»Haben Sie die App ›Meine Freunde suchen‹ auf Ihrem Handy?«

Aditi schüttelte den Kopf. »Soll ich nachsehen?«

»Ja, bitte.«

Aditi stand auf, verließ das Zimmer und kam mit ihrem Handy zurück. Sie scrollte sich durch die Apps. »Nein, ich habe diese App nicht.«

»Was ist mit ›Mein iPhone suchen‹?«

»Die habe ich, ja.« Sie hielt das Handy hoch, damit Pryor und Tracy es sehen konnten.

»Und was ist mit Kavita? Hatte sie diese App auch?«

»Ich glaube, die kriegt man gleich beim Kauf des Handys, oder?« Sie sah Rashesh an, aber der schüttelte den Kopf.

»Das weiß ich nicht«, sagte Tracy. »Haben Sie und Kavita sich ein Apple-Konto geteilt? Um Musik herunterzuladen und Filme? Bücher?«

Aditi sah Tracy an, schien etwas sagen zu wollen, schloss den Mund wieder. Ihre Augen wurden immer größer und Tracy erkannte, dass die junge Frau verstanden hatte, worauf sie mit ihren Fragen hinauswollte und dass sie vielleicht, vielleicht, einen Weg gefunden hatten, Kavita Mukherjees Handy zu finden.

* * *

Kavita hatte es noch ein letztes Mal geschafft, die fröhliche junge Frau zu mimen, mit einem flotten Lächeln auf den Lippen, die wahren Gefühle fein säuberlich verborgen. Als das Date und die Beziehung zu Ende waren und sie aus dem Hotel trat, spürte sie dann allerdings mit Macht die Last der Ereignisse des Tages. Es kam ihr alles zu viel vor, unmöglich zu tragen, jedenfalls nicht allein. Auf keinen Fall wollte sie zurück in die leere Wohnung, wo sie nur einsam herumsitzen und sich fragen würde, wie zum Teufel sich in gerade mal drei Monaten alles so gründlich hatte verändern können. Das mit dem Medizinstudium war ihr gemeinsamer Traum gewesen, ihrer und Aditis, das hatte sie sich doch nicht nur eingeredet! Oder? Nein, ganz bestimmt nicht.

Bloß war es jetzt kein gemeinsamer Traum mehr.

Aditi war verheiratet. Sie würde nicht Medizin studieren.

Die Sonne wollte gerade untergehen, als Kavita vom Hotelparkplatz fuhr. Die Luft hatte sich abgekühlt, die Temperatur war sehr angenehm. Sie verließ den Parkplatz, ohne sich noch einmal umzusehen. Vielleicht war das kein schlechter Anfang, dachte sie, vielleicht würde sie von nun an immer so durchs Leben gehen. Ohne zurückzuschauen. Sie hatte keine Zeit zurückzuschauen. Die Entscheidung, ihr Geld mit Aditi zu teilen, hatte sie ganz von sich aus und ohne irgendein Bedauern getroffen, weil sie wusste, wie schwer für Aditi all das war, was für Vita oft so einfach zu sein schien. Nicht, dass Aditi vor diesem dramatischen Montag je Verbitterung oder Eifersucht geäußert hatte, aber vielleicht hätte Kavita ja ahnen müssen, wie ihrer Freundin zumute war. Für Kavita hatte es so ausgesehen, als wäre Aditi immer eher für sie dagewesen als umgekehrt, ihr ganzes Leben lang, und sie hatte sich wenigstens ein bisschen revanchieren wollen, indem sie für Aditi mitverdiente und die Freundin nicht zurückließ. Aditi sollte mitkommen, egal, auf welche Uni Kavita ging und wo sie langfristig landete. Kavita hatte für sich entschieden, ihre Freundin nie zurückzulassen.

Das war der Plan gewesen, ihr Plan.

Kavita seufzte. Ob die Sache wohl anders gelaufen wäre, wenn Aditi von dem Geld gewusst hätte? Hätte sie es sich dann noch einmal überlegt und Rasheshs Antrag nicht gleich angenommen? Vielleicht wäre der Traum vom Medizinstudium realer gewesen, sie hätte sich daran festklammern können, als ihre Eltern sie zur Heirat drängten.

Vielleicht. Aber das würde Kavita jetzt nicht mehr erfahren. Jetzt nicht und ... nein, sie durfte nicht zurückschauen. Sie musste nach vorn schauen, sie musste, oder sie wurde verrückt.

Als der Wagen vor ihr unerwartet scharf bremste, glitt ihr Fuß automatisch vom Gaspedal, um auf die Bremse zu steigen. Reifen quietschten, Kavita wurde nach vorn geschleudert, aber der Sicherheitsgurt rastete ein. Der Fahrer hinter ihr hupte laut, weil auch er scharf bremsen musste. Wenigstens hatte Kavita noch anhalten konnte, ohne ihrem Vordermann mit voller Wucht auf die Stoßstange zu fahren.

Ein wenig benommen fuhr sie an den Straßenrand, um sich zu sammeln. Bislang war sie wie auf Autopilot gefahren, mehr oder weniger ziellos, aber jetzt wurde ihr klar, dass sie sich genau genommen auf dem Weg zum Haus ihrer Eltern in Bellevue befand. Ohne es bewusst zu wollen, hatte sie die vertraute Strecke gewählt, die sie jahrelang so oft gefahren war. Konnte es sein, dass irgendetwas in ihrem Unterbewusstsein nach Hause wollte, zu ihrer Familie? Ja, musste Kavita sich eingestehen, ein Teil von ihr wäre jetzt sehr gern zu Hause, wollte nichts lieber, als ihre Familie zu sehen.

Das kam nicht infrage, so viel war klar. Für einen Besuch daheim war sie viel zu schwach und verletzlich, viel zu deprimiert. Sie fühlte sich, als hätte sie eine schwere Niederlage erlitten. Ihre Mutter würde die Gelegenheit beim Schopf packen und ihr Aditis Heirat unter die Nase reiben, so wie Mrs Dasgupta wiederum Aditis Mutter und der gesamten Nachbarschaft die Heirat ihrer Tochter unter die Nase gerieben hatte. Bestimmt kannte Mrs Dasgupta zurzeit nur ein Thema und schwärmte in den höchsten Tönen von der Familie ihres neuen Schwiegersohns, von deren angeblichem Reichtum, von der Eigentumswohnung, in der Aditi in London wohnen würde. Von zukünftigen Enkelkindern ganz zu schweigen.

Natürlich war das für Kavitas Mutter nur schwer zu ertragen, wenn auch nicht so schwer wie für Kavita selbst. Kavita trauerte, weil sie einen Menschen verloren hatte, den sie von ganzem Herzen liebte. Der Schmerz ihrer Mutter entsprang Zorn und Bitterkeit. Das war nicht dasselbe.

Nein, Mrs Mukherjee würde ihre Tochter nicht trösten. Sie würde nur wieder über Kavitas Selbstsucht lamentieren und versuchen, ihr Schuldgefühle zu machen, weil sie den Eltern nicht nur keinen Schwiegersohn und Enkelkinder schenkte, sondern noch dazu dafür sorgte, dass diese vor allen Freunden der Familie schlecht dastanden. Ihr Vater würde sich wahrscheinlich wie immer zurückhalten, um seine Frau nicht zu verärgern, und von Nikhil konnte sie nichts anderes als einen seiner endlosen Vorträge über Tradition, Erbe und Kultur erwarten.

Nur Sam würde sich freuen, sie zu sehen.

Kavita warf einen Blick auf ihr Handy. Sam hatte ihr vorhin eine Textnachricht geschickt, weil er wusste, wie sich seine Schwester fühlte, seit sie von der Heirat ihrer besten Freundin wusste. Sam hatte sie zu seinem Fußballspiel eingeladen, das in der Nähe der Universität stattfinden sollte, aber sie hatte nicht hingehen können. Sie hatte Sams Spiel verpasst und damit die Gelegenheit, ihn zu sehen.

In der Ferne bewegten sich die Spitzen hoher Bäume leicht im Abendwind. Der State Park! Unwillkürlich musste Kavita lächeln. Wie oft hatten Aditi und sie und ihre Brüder als Kinder im Wald des Parks gespielt, wie oft hatten ihre Familien im Sommer dorthin Ausflüge unternommen, um Brombeeren für Marmelade zu sammeln und nach Pilzen zu suchen. Als Kind war sie fast täglich im Park gewesen, er war ihr vorgekommen wie ihr eigener, fünfhundert Hektar großer Hintergarten. Und als sie älter wurde, hatte sie dort auch oft Zuflucht gesucht. Der Park war ein Ort, den sie aufsuchen konnte, wenn alles schieflief. Sie war unter den Bäumen spazieren gegangen oder hatte sich einen schönen Platz ausgesucht, um sich hinzusetzen und über Lösungen für ihre Probleme nachzudenken.

Kurz entschlossen fädelte sie sich wieder in den Verkehr ein. Sie würde nicht nach Hause fahren. Sie brauchte das nicht. Sie würde in den Park gehen.

Kapitel 25

Faz bog auf den Parkplatz der Ridge Apartments ein, ein mehrstöckiges Wohnhaus am Ende der South Cloverdale, die gleich hinter der Auffahrt zur State Route 99 ihren Namen änderte und zur First Avenue South wurde. »Mal sehen, ob jemand zu Hause ist.«

Andrea Gonzales warf einen Blick auf ihr Handy, ehe sie es in ihrer Jackentasche verstaute. »Willst du dich nicht doch lieber erst mal umsehen und dann die Eingreiftruppe mit einem Durchsuchungsbeschluss kommen lassen?«

Faz warf ihr einen Seitenblick zu. Laut Nolasco kam die Frau aus einer echt gefährlichen Stadt und hatte jede Menge Erfahrung. Aber das mit der einfachen Befragung, nur sie zwei, ohne Rückendeckung, schien ihr nicht zu gefallen. »Kriegst du kalte Füße?«

Gonzales knurrte unwillig. »Von wegen! Ich kenne das natürlich aus L. A. Aber ich weiß auch, dass man sich auf alles Mögliche vorbereiten und trotzdem falschliegen kann. Dann sind mir ein paar schwer bewaffnete Typen in voller Montur und mit Sturmgewehr im Rücken ganz lieb, die notfalls auch mal wem eine Ladung Blei in den Hintern jagen können.«

»Vielleicht, aber wir sind hier nicht in L. A. und haben sowieso schon Ärger mit dem Justizministerium, weil bei uns angeblich unangemessen oft Gewalt angewendet wird. Da läuft eine Untersuchung, und wenn wir jetzt das SWAT-Team rufen und brauchen es dann gar nicht, haben wir ganz schnell wen im Rücken, der uns einen Tritt in den Arsch gibt.« Faz sah sich das Haus an, in dem Lopez angeblich wohnte. »Die meisten der Leute hier sind arm und keine Kriminellen. Sie wollen einfach leben, genau wie du und ich, mehr nicht. Und sie mögen Typen wie Little Jimmy genauso wenig wie wir, aber sie müssen sie tolerieren, wenn sie hier leben wollen.«

Gonzales legte den Kopf schräg. »Die eigentliche Frage ist doch: Tolerieren sie uns?«

Faz zuckte die Achseln. »Einen roten Teppich darfst du nicht erwarten und sie bieten dir auch bestimmt keine Erfrischung an, aber im Großen und Ganzen will uns hier niemand in die Quere kommen. Gut möglich, dass Lopez einfach behauptet, nichts gehört oder gesehen zu haben. Falls er denn da ist. Und wenn wir uns nicht bei ihm umsehen dürfen, sagen wir einfach Danke schön, ziehen erst einmal wieder ab und warten vor der Tür. Dann wissen wir ja, dass er wirklich hier wohnt, und besorgen uns einen Durchsuchungsbeschluss.«

Faz stieg aus dem Auto. Der Wind hatte aufgefrischt und die Wolken, die sich gerade noch am östlichen Horizont getürmt hatten, beherrschten inzwischen den gesamten Himmel und schienen immer noch dunkler werden zu wollen.

Gonzales kam um das Wagenheck herum zu ihm. »Wenn jetzt noch Heuschrecken aus dem Himmel fallen, dann siehst du mich von hinten.« Sie musste ziemlich laut werden, um sich über den Wind hinweg Gehör zu verschaffen.

Die Eingangstür des Hauses ließ sich mühelos aufziehen, obwohl sie laut schwarzem Kasten an der Wand daneben eigentlich mit einem Sicherheitsriegel verschlossen sein müsste.

»Das kenne ich aus L. A.«, erklärte Gonzales. »Die Mieter verlieren so oft ihre Schlüssel, bis der Hausmeister es irgendwann satthat und die Schließautomatik deaktiviert, weil er nicht ständig herkommen und irgendwem aufschließen mag.«

Die Eingangshalle präsentierte sich nüchtern. Nüchtern im Sinne von leer. Kein Stuhl, kein Sofa, keine Topfpflanze auf den abgetretenen Fliesen. Der einzige Schmuck bestand aus einer Reihe kleiner Briefkästen an der hinteren Wand, von denen einige aufgebrochen waren, während bei anderen die Tür gleich ganz fehlte. Die, die noch Türen hatten, wiesen keine Namen auf. »Auch das kenne ich«, stellte Gonzales fest. »Den Mietern ist ihre Anonymität lieb. Je weniger man über jemanden weiß, desto weniger weiß umgekehrt der andere über einen selbst.«

Gonzales hatte gerade auf den Knopf für den Fahrstuhl gedrückt, als die Tür zum Treppenhaus aufgestoßen wurde und ein hispanoamerikanischer Mann mit schnellen Schritten in die Lobby stürmte. Er musterte die beiden Detectives misstrauisch, ohne dabei langsamer zu werden, drückte die Außentür auf und warf ihnen, ehe er auf die Straße trat, über die Schulter hinweg einen finsteren Blick zu.

Mit leisem Klingeln traf der Fahrstuhl ein und die Tür glitt auf. Gonzales hatte schon einen Fuß in der Kabine, als sie entsetzt zurückwich. Faz brauchte nicht lange zu fragen, was los war: In der Kabine hing wie eine Giftgaswolke der durchdringende Gestank von Urin.

»Die Treppe?«, keuchte Gonzales, sobald sie wieder Luft bekam.

»Fünf Stockwerke? Ohne mich.« Faz zückte sein Taschentuch, hielt es sich vor Mund und Nase und bestieg den Fahrstuhl. In diesem Fall musste die Ritterlichkeit dem Selbsterhaltungstrieb weichen.

»Kommst du?«

Gonzales sah aus, als müsse sie sich gleich übergeben, holte aber tapfer tief Luft und zog sich ihr Jackett über Mund und Nase, bevor sie ihrem Kollegen folgte. Dass der Fahrstuhl sie dann ohne Unterbrechung bis an ihr Ziel brachte und unterwegs niemand mehr zusteigen wollte, wunderte die beiden Detectives wenig.

»Jetzt wissen wir, warum der Typ die Treppe genommen hatte«, murmelte Faz hinter seinem Taschentuch.

Im fünften Stock stürzten sie keuchend und nach Luft schnappend aus dem Fahrstuhl, sobald sich die Tür geöffnet hatte. Faz nahm sich einen Moment Zeit, um die Lage einzuschätzen. Sie standen am südlichen Ende eines Gebäudes, in einem Flur mit jeweils einem Fenster an beiden Enden, durch die das schwindende Tageslicht drang und das abgenutzte, rissige Linoleum auf dem Boden beleuchtete. Eigentlich war es so dunkel, dass automatisch die Flurbeleuchtung hätte angehen müssen, aber es brannte kein Licht.

»Sie klauen die Glühbirnen.« Gonzales deutete auf die nackten Fassungen einer Lampe, in die eigentlich zwei Glühbirnen gehört hätten. »Irgendwann gibt der Vermieter auf und ersetzt sie nicht mehr.«

»Lass mich raten: Das kennst du aus L. A.?«

Im Flur roch es nach Schimmel und die zerkratzten Wände zeigten an mehreren Stellen kleine und größere Löcher. Lopez wohnte in Apartment 511, der letzten Wohnung am anderen Ende des Flurs. Als sie sich der Tür näherten, erleuchtete plötzlich ein blau-weißer Blitz den Flur. Sekunden später ließ ein kräftiger Donnerschlag die Flurfenster in ihren Aluminiumrahmen klappern.

»Sag ich doch«, flüsterte Faz. »Gewitter im Juli.«

»Ohne Regen! Das ist irre!«

»Der Regen kommt schon noch, damit geht es in ein paar Monaten los. Na, fühlst du dich immer noch wie im Nirwana?«

Inzwischen hatten sie Apartment 511 fast erreicht und mussten aufhören zu reden. Sie stellten sich zu beiden Seiten der Wohnungstür auf, Faz mit dem Gesicht zum nördlichen Fenster, Gonzales mit Blick auf den langen Flur, den sie gerade entlanggekommen waren. Er nickte ihr kurz zu und sie hatte die Hand schon ausgestreckt, um zu klopfen, als Faz sie am Arm packte und warnend den Finger auf die Lippen legte, weil er meinte, durch die papierdünnen Wände hindurch ganz schwach eine Stimme gehört zu haben. Beide erstarrten und lauschten. Da! Faz hörte die Stimme wieder und diesmal hatte auch Gonzales sie gehört. Sie nickte. Eindeutig: Da sprach ein Mann, und zwar spanisch.

Gonzales formte das Wort mit den Lippen: »Spanisch.«

Faz warf einen Blick auf die Tür zum Apartment 511 und dann über die Schulter hinweg auf die Tür der angrenzenden Wohnung 509. »Die da?«

Gonzales zuckte die Achseln. »Keine Ahnung«, flüsterte sie.

Faz entriegelte seine Pistole und ließ die Hand auf dem Knauf ruhen. Gonzales tat es ihm nach. Die Wände, dünn genug, um leises Flüstern weiterzuleiten, würden keine Kugel abfangen, wenn irgendwer anfing zu schießen, und hier in dem engen Flur konnte man nirgendwo in Deckung gehen. Wieder hob Gonzales die Hand, um an die Tür zu klopfen, da hörte Faz die Stimme erneut: Sie drang eindeutig aus der angrenzenden Wohnung, nicht aus 511. In diesem Moment hörte er die Tür dieser Wohnung aufgehen.

Gonzales sah Faz an und ihr Blick glitt zu einem Punkt oberhalb seiner Schulter. Ihre Augen weiteten sich, sie trat auf Faz zu, zog die Pistole, schubste ihn beiseite, so heftig, dass er die Balance verlor.

»Waffe!«

* * *

Kaum hatte Aditi den Nutzernamen und das Passwort, das Kavita und sie gemeinsam benutzten, in Pryors Handy eingegeben, als die App ›Mein iPhone suchen‹ auch schon einen blinkenden blauen Punkt in die südwestliche Ecke des State Park platzierte, ungefähr an die Stelle, deren Koordinaten auch der Telefonanbieter genannt hatte. Tracy und Pryor bedankten sich und gingen mit dem Versprechen, sich zu melden, sobald sie etwas gefunden hatten. Falls sie denn etwas fanden.

Als Tracy auf der Suche nach einem Eingang den Park umfuhr, wurde ihr erst richtig klar, wie groß er war. Ihre bangen Vorahnungen nahmen wieder zu.

»Eine Leiche hätte doch aber irgendjemand gefunden, oder?«, fragte Pryor leise. »Wo so viele Leute zu Fuß hier im Park unterwegs sind?«

Ja, das fand Tracy auch, doch sie sagte es nicht. Im Haus der Dasguptas hatten sie gar nicht weiter erwähnt, was dieser blaue Punkt bedeutete. Weil beide das nur zu genau wussten: Entweder hatte jemand Kavitas Handy im Park fortgeworfen oder sie selbst.

* * *

Als Kavita weiterfuhr, tat sie das mit dem neu gewonnenen Gefühl, wieder ein Ziel zu haben: sich bewegen, nach vorn schauen, nicht stagnieren. Einen Plan erstellen und durchziehen. Sie bog auf den Parkplatz ein, auf dem lediglich ein weiteres Fahrzeug stand, wahrscheinlich ein Jogger, der auf den Wanderwegen unterwegs war. Beim Aussteigen drang ihr sofort der vertraute Geruch von Pflanzen und Bäumen in die Nase und entführte sie in eine einfachere Zeit, als alles, was sie gebraucht hatte, Familie, Freunde und Schule, sich hier in dieser unmittelbaren Umgebung befunden hatte.

Sie war schon unterwegs Richtung Wanderweg, als sie noch einmal stehen blieb. Vielleicht trug sie nicht die richtigen Schuhe. Sie hatte für das Date flache Schuhe angezogen, um ihre Größe nicht noch zu betonen, und kein Paar zum Wechseln mitgebracht, weil sie ja nicht vorgehabt hatte, in den Park zu gehen. Aber nein – jetzt war sie hier, jetzt würde sie sich von einem Spaziergang nicht mehr abhalten lassen, nur weil die Schuhe nicht angemessen waren. So machte sie sich an den kleinen Anstieg, während die tief stehende Sonne durch einzelne Zweige und Blätter gefiltert unter das dichte Blätterdach der Bäume vordrang und alles in einem weichen Licht erstrahlen ließ. Kavita war so oft auf den Wanderwegen des Parks gelaufen, kannte alle Wegweiser und Schilder so gut, dass sie sich selbst mit verbundenen Augen zurechtgefunden hätte. Als sich der Weg nach mehreren Hundert Metern gabelte, entschied sie sich für den Trilium Trail, einen Pfad, der sich in einer 1,7 Meilen langen Schleife einmal um das Parkinnere schlang. Obwohl sie die vertraute Luft erst wenige Minuten atmete, ging es ihr schon viel besser. Sie dachte über das Dilemma nach, in dem sie steckte, und, weitaus wichtiger, über Wege, wie sie es hinter sich lassen konnte.

Die erste Frage war, ob sie wenigstens bis zum Beginn des Medizinstudiums in der Wohnung bleiben sollte oder nicht. Dazu brauchte sie Aditis mitleidige Geldgeschenke nicht, Aditi hatte ihr Geld ja auch nicht haben wollen. Jetzt, da Aditi ihre Entscheidung getroffen hatte, konnte Kavita mit einem Teil des ersparten Geldes die Miete bestreiten, bis sie eine neue Mitbewohnerin gefunden hatte, am besten auch jemanden im Graduiertenstudium. Vielleicht ließ sich jetzt im Sommer so leicht niemand finden, doch sobald im Herbst der Vorlesungsbetrieb wiederaufgenommen wurde und neue Studierende in die Stadt strömten, dürfte das kein Problem mehr sein. Wohnungen wie die ihre, so nah beim Campus, waren sehr begehrt. Problem gelöst.

Und sie würde um eine höhere Stundenzahl im Laden bitten, um den Sparstrumpf nicht allzu sehr zu strapazieren. Der

Ladeninhaber mochte sie, er gab ihr bestimmt noch eine zusätzliche Schicht. Mehr Arbeit half bestimmt auch gut gegen die Einsamkeit gerade an den Abenden, wenn Aditi und sie oft etwas zusammen unternommen hatten. Ebenfalls gegen die Einsamkeit würde der Abendkurs helfen, den sie belegen wollte, um sich auf die Aufnahmeprüfung für das Medizinstudium vorzubereiten. Wenn sie gut genug abschnitt, würde sie sich für den Herbst bei verschiedenen Hochschulen bewerben, Schulen, in denen alles neu für sie wäre und niemand sie kannte. Sie würde einen ganz neuen Anfang machen, weit fort von ihrer Familie. Weit weg von allem.

Der Gedanke war gleichzeitig befreiend und furchterregend. Sie würde alles verlassen, was sie je gekannt hatte, jeden, den sie geliebt hatte.

Beim Gedanken, damit auch ihren Vater und ihren kleinen Bruder Sam zu verlassen, bildete sich ein Kloß in ihrem Hals. Die beiden nicht mehr zu sehen, würde sich anfühlen wie ein kleiner Tod.

Als die Tränen kamen, kamen sie mit Macht und völlig unerwartet. Weinend stellte sich Kavita unter die Äste eines großen Baumes und ließ ihren Tränen ein paar Minuten lang freien Lauf, bis sie sich zusammenriss und sich streng befahl, ihr neues Mantra nicht zu vergessen: nach vorn schauen, nicht zurück, vorwärtsgehen, in Bewegung bleiben.

Mit gesenktem Kopf lief sie los, wobei sie durch die flachen Sohlen ihrer Schuhe jedes einzelne Steinchen auf dem Weg spürte. Als sie an die Stelle kam, an der sich der Weg erneut teilte, nahm sie den Coyote Trail und rannte tiefer in den Park hinein. Sie zwang sich, gegen den Kummer anzulaufen, bis die Müdigkeit einsetzte und sie stehen bleiben und nach Luft schnappen musste. Mit weit zurückgeworfenem Kopf ging sie ein paar Schritte im Kreis, sog die würzige Luft in die schmerzenden Lungen. Das Tageslicht war inzwischen fast verschwunden, immer dunkler werdendes Grau hüllte den Wald ein. Es war Zeit, nach Hause zu gehen.

Da hörte sie, wie sich etwas bewegte. Sie drehte sich um.

Im Gebüsch war etwas. Hastig drehte sie sich noch einmal um und ein drittes Mal. Irgendetwas umkreiste sie.

Noch einmal schaute sie sich um, sah aber nichts als Bäume, gerade und hoch, wie dunkle Wächter. Sie hielt die Luft an, auch wenn es schwerfiel, spitzte die Ohren, lauschte angestrengt. Die Grillen zirpten und irgendwelche unsichtbaren Insekten summten vor sich hin. Der leichte Abendwind ließ die Zweige der Bäume ächzen und knarren. Ein Ochsenfrosch quakte.

Sie atmete noch einmal tief durch und wandte sich zum Gehen.

* * *

Das Wetter wurde rasch immer schlechter. Dunkle Wolken kamen über die Cascade Mountains gerollt und drängten gen Westen, nach Seattle. Es sah ganz nach einem schweren Gewitter aus.

»Könnte einfach nur ihr Handy sein.« Pryor klang inzwischen ziemlich nervös. Tracy bog gerade in die 116th Avenue NE ein. »Sie könnte es verloren haben, oder vielleicht wollte sie es loswerden.«

Vielleicht, dachte Tracy, wobei das allerdings eine zentrale Frage offenließ: Was machte Kavita hier, so dicht bei ihrem Zuhause, in einem State Park, der offensichtlich einen sentimentalen Wert für sie hatte? Konnte es sein, dass sie von Trauer überwältigt diesen vertrauten Ort aufgesucht hatte, um sich das Leben zu nehmen? Ein Gedanke, den Tracy gleich wieder loswerden wollte. Selbstmord passte nicht zu Kavita und widersprach allem, was Aditi ihnen über ihre Freundin erzählt hatte.

»Du glaubst das nicht, oder?«, fragte Pryor. »Du glaubst nicht, dass es nur ihr Handy sein könnte.«

»Ich versuche, optimistisch zu bleiben, aber … nein, ich glaube es nicht.« Es fiel Tracy zunehmend schwerer, Erfahrung und gesunden Menschenverstand zu ignorieren und sich an etwas so Flüchtiges wie Hoffnung zu klammern. »Es will mir einfach kein vernünftiger Grund dafür einfallen, warum sie es ausgerechnet in einem Park weggeworfen haben sollte. Wenn es nur das Handy ist, dann ist es viel wahrscheinlicher, dass jemand anderes es weggeworfen hat. Was wiederum neue Fragen aufwirft. Warum, zum Beispiel. Und wo ist Kavita?«

Bei den braunen Schildern, die den Zugang zum Park anzeigten, wurde Tracy langsamer. Eines trug das Bild eines Wanderers mit einem Wanderstab, das andere das eines Cowboys zu Pferde. Sie fuhr auf den Parkplatz und hielt neben drei Autos, die einer Reihe aus hoch aufragenden Bäumen und dichtem Gestrüpp gegenüberstanden. Als sie den Motor ausschaltete und aus dem Auto stieg, hörte sie über die steifer gewordene Brise hinweg das Rauschen des Verkehrs auf dem ein paar Hundert Meter westlich verlaufenden Freeway.

»Wir sollten die Nummernschilder der hier parkenden Fahrzeuge fotografieren«, sagte sie. »Wahrscheinlich haben die nichts mit unserer Suche zu tun, aber lass es uns trotzdem machen. Wir können sie später überprüfen.«

Pryor fotografierte, während Tracy aus dem Stauraum hinter dem Sitz die Tasche holte, die alles enthielt, was sie zur ersten Bearbeitung eines Tatortes brauchte. Sie setzte sich ihre Basecap mit den Buchstaben SPD für Seattle Police Department auf, fädelte ihr Haar durch die Öffnung hinten und schlüpfte in den schwarzen Anorak mit denselben Initialen auf dem Rücken. So deutlich als Polizistin gekennzeichnet, zog sie eine Taschenlampe heraus, deren Strahl sie auf den Boden richtete, um sie an Pryor weitergeben zu können, die inzwischen fertig war und um die Ladefläche des Pick-ups herum auf sie zukam.

Ein Windstoß ließ die Äste der Bäume erzittern.

»Erinnerst du dich noch an das Gewitter letzten Juli?«, fragte Pryor.

»Schwer zu vergessen. Lass uns loslaufen, bevor es direkt über uns ist und wir den letzten Rest Tageslicht auch noch verlieren.«

Pryor warf einen Blick auf ihr Handy. »Das Signal ist östlich von hier.«

Sie schlugen einen sorgfältig angelegten Waldweg ein, wobei sie die ersten hundert Meter leicht bergauf gehen mussten. Pferdeäpfel und winzige Eicheln übersäten den Boden. Oben auf dem Hügel wurde der Weg wieder flach, gabelte sich und ein Wegweiser zeigte den Ausgangspunkt für zwei verschiedene Wanderungen an. Tracy blieb stehen, damit Pryor sich auf ihrem Handy orientieren konnte. Der Trilium Trail, knappe zwei Meter breit, verlief mehr oder weniger geradeaus und in die generelle Richtung des leuchtenden blauen Punktes.

»Hier entlang!«

Tracy und Pryor gelangten immer tiefer in den Wald hinein, wo das wenige noch verbliebene Licht zu Schatten verblasste. Tracys Vater hatte ihr und ihrer Schwester Sarah während ihrer Kindheit und Jugend in der kleinen Stadt in den North Cascades alles über Wälder beigebracht. Sie erkannte, dass sich hier ein Sekundärwald gebildet hatte, vornehmlich aus Rotzedern, vielleicht hundert Jahre alt und etwa sechzig Meter hoch. In den Lücken dazwischen standen kleinere Hemlocktannen, Douglasien sowie ein paar Ahornbäume und Amerikanische Pappeln. Das Unterholz war dicht und bestand aus verrottenden Baumstämmen, Farn, Rebhuhnbeere, Berg-Holunder, Indischer Jujube und niedrigen Mahonien. Obwohl es nicht geregnet hatte, roch der Park aufgrund des dichten Farnbestands feucht. Der Wind heulte inzwischen in Böen durch die Bäume und ließ deren Äste und Zweige ächzen und stöhnen.

Nach mehreren Hundert Metern teilte sich der Weg noch einmal, wobei ein Coyote Trail genannter Weg nach links und in Richtung des blauen Punktes führte. Den schlugen sie ein.

Der erste Donner meldete sich als leichter Trommelwirbel im Osten. Tracy dachte kurz daran, zurück zum Parkplatz zu gehen, das Gewitter auszusitzen und die Hundestaffel zu ordern, ging stattdessen aber doch lieber weiter. Sekunden später erhellte ein greller Lichtstrahl den Wald und ein Knistern lag in der Luft, bis kurz darauf lauter Donner grollte, der sich anhörte wie eine Gewehrsalve. Das Gewitter bewegte sich schnell.

»Das fühlte sich ganz nahe an«, sagte Tracy über den Nachhall des Donners hinweg.

»Zu nah.« Pryor sah auf.

Das blaue Signal des Handys blinkte drängend. »Wir sind fast da. Komm.« Tracy verließ den Hauptweg und die beiden folgten einem weniger gut erkennbaren Pfad erst eine kleine Anhöhe hinauf, dann wieder hinunter, dann über eine Fußgängerbrücke. Der Pfad schlängelte sich Richtung Süden und weiter hinten, am Südende des Areals, konnte Tracy durch die Bäume hindurch ein paar Hausdächer erkennen. Sie blieben stehen, um noch einmal nach dem blauen Punkt zu sehen.

»Wir müssen dorthin.« Pryor deutete mit dem Kinn in die Richtung, die der Punkt ihnen angab.

»Da verläuft auch ein Weg.« Tracy richtete den Strahl ihrer Taschenlampe auf einen nicht gekennzeichneten Pfad, der sich durch das Unterholz schlängelte.

Wieder zuckte ein Blitz durch die Dämmerung, diesmal als heller Funke, der die gesamte Umgebung in gespenstischen blau-grauen Schattierungen aufleuchten ließ. Wieder knisterte die Luft, wieder explodierte gleich nach dem Blitz der Donner, so laut, dass Tracy und Pryor sich unwillkürlich duckten.

»Scheiße«, zischte Pryor.

Auch jetzt dachte Tracy kurz ans Umkehren, aber der blaue Punkt rief und drängte, kam immer näher. Sie hatten es bald geschafft – und wenn sie Pech hatten, ging Mukherjees Handy bald der Saft aus und sie würden es nie wiederfinden, wenn sie jetzt aufgaben. Aber Pryor hatte Kinder, die zu Hause auf sie warteten ...

»Geh doch zurück zum Parkplatz«, schlug Tracy vor. »Ich mach hier fertig und wir treffen uns dort.«

»Nein.« Pryor schüttelte entschieden den Kopf. »Lass uns weitergehen, wir sind fast da.«

»Dann geh durchs Unterholz«, sagte Tracy. »Wir sollten den Pfad jetzt möglichst meiden.« Falls es auf dem Pfad Fußspuren gab, dann konnten die unter Umständen wichtig sein.

Die beiden Frauen wurden langsamer, setzten jeden Schritt vorsichtig, suchten in den umliegenden Büschen mit den Taschenlampen nach Farben, die hier nicht hingehörten. Langsam näherten sie sich den Häusern am südlichen Parkrand. Tracy blieb stehen. Laut App standen sie jetzt direkt dort, wo der Punkt leuchtete. »Es muss hier irgendwo sein.«

Sie suchten mit ihren Taschenlampen das Unterholz ab, liefen in Kreisen, deren Durchmesser sie jeweils ein wenig erweiterten. Die zunehmende Dunkelheit arbeitete gegen sie. Tracy stolperte mehrmals über Baum- und Pflanzenwurzeln. Wieder schlug ein Blitz zu, diesmal gefolgt von dem lauten Knacken von splitterndem Holz. Tracy sah gerade noch rechtzeitig auf, um mitzubekommen, wie ein dünner Baum in zwei Hälften gespalten wurde und die eine Hälfte mit lautem Getöse durch das Blattwerk und die Äste umstehender Bäume zu Boden stürzte, wobei sie zahlreiche andere Bäume auch noch in Mitleidenschaft zog, ehe sie mit solcher Kraft auf dem Boden aufschlug, dass Tracy ein Beben unter den Füßen spürte.

»Das reicht jetzt!« Tracy war endlich klargeworden, was sie hier tat, nämlich etwas, was die alte Tracy getan hätte, die, die keine Familie und nichts zu verlieren hatte. Sie setzte hier gerade nicht nur sich selbst, sondern auch Pryor und deren Familie einem Risiko aus. Es war an der Zeit zu gehen. »Wir sollten zum Parkplatz zurückgehen, das Gewitter abwarten und die Hundestaffel rufen.«

Diesmal war es Pryor, die nicht aufgeben mochte. »Ruf das Handy an«, bat sie. »Vielleicht können wir es ja hören.«

Eine prima Idee! Tracy wählte die Nummer und die beiden Frauen erstarrten zu Salzsäulen, hielten die Luft an und lauschten angestrengt, ob sie außer dem Wind noch irgendetwas mitbekamen. »Hörst du was?«, flüsterte Tracy.

»Nur den Wind.«

Der Anruf wurde an die Voice-Mailbox weitergeleitet. Tracy versuchte es noch einmal, aber auch diesmal hörten sie Kavitas Handy nicht klingeln.

»Lass uns rasch noch einen Pfahl in den Boden rammen und die Stelle hier mit Absperrband als Tatort markieren, damit wir sie wiederfinden, wenn das Handy den Geist aufgibt oder die App nicht mehr funktioniert«, schlug Tracy vor.

Sie brach einen trockenen Ast aus einem der Bäume und spitzte das eine Ende mit dem Messer aus ihrer Tatort-Tasche an, während Pryor einen Stein suchte, mit dem Tracy den Ast in den Boden rammen konnte. Dann spaltete sie mit Messer und Stein das obere Ende ein Stück weit, holte sich eine Rolle gelbes Absperrband aus der Tasche, riss ein Stück ab und zwängte es so in den Spalt im Ast, dass es zu beiden Seiten hin flatterte. Sie sicherte das Band mit einem Knoten und zog noch einmal am Plastik, bis klar war, dass es wirklich fest saß. Sobald sie den Hauptweg erreicht hatten, würden sie das Band dort um ein, zwei Bäume schlingen, um den Einstieg in den Pfad zu markieren. Falls sie den Hauptweg jetzt noch wiederfanden! Sie hatten so oft die Richtung gewechselt, dass sie kaum noch wusste, woher sie gekommen waren.

»Weißt du noch, aus welcher Richtung wir gekommen sind?«, fragte sie Pryor.

Pryor sah sich um. »Von dort?« Sie deutete auf eine kleine Erhebung.

»Könnte hinkommen.«

Seite an Seite gingen sie Richtung Nordosten, wobei sie mit ihren Taschenlampen nach rechts und links leuchteten. Tracy warf gerade einen Blick über ihre Schulter, um zu schauen, ob das Flatterband am Pfahl von hier aus noch zu sehen war, als Pryor sie plötzlich mit einem Aufschrei am Arm packte. In dem Sekundenbruchteil, den Tracy brauchte, um sich wieder dem Pfad zuzuwenden, war es auch schon geschehen: Pryor stürzte durch das Unterholz. Tracy packte sie am Arm und ließ sich auf den Hosenboden fallen, um sie festzuhalten und zu verhindern, dass sie noch tiefer fiel. Allem Anschein nach war Pryor mit dem Fuß in eine ziemlich tiefe Grube geraten.

Tracy hielt sie am Arm fest, bis die junge Frau wieder aus dem Loch geklettert war. Dann ließen sich beide völlig außer Atem ins Unterholz fallen.

»Bist du verletzt?«, wollte Tracy wissen.

Pryor schüttelte den Kopf. »Ich glaube nicht. Wie tief mag das Loch sein?«

Tracy stand auf und half Pryor auf die Füße. Danach versuchten die beiden Frauen mit kleinen, vorsichtigen Schritten den Durchmesser der im Blattwerk gut versteckten Grube zu ermitteln. Tracy schätzte das Loch auf etwa ein Meter zwanzig, ein Meter dreißig.

Die schlimmen Vorahnungen kehrten zurück.

Tracy ließ sich auf Hände und Füße fallen. Pryor kniete sich neben sie.

»Drück das Gebüsch auseinander«, bat Tracy.

Pryor schob Zweige beiseite, damit Tracy den Strahl ihrer Taschenlampe in die Dunkelheit richten konnte. Unten am Grund der Grube tauchte ein zerschmetterter, grotesk verzerrt daliegender Körper auf. Der Kopf war verdreht, langes, dunkles

Haar bedeckte wenigstens zum Teil das Gesicht einer jungen Frau.

Sie hatten Kavita Mukherjee gefunden.

* * *

Faz verlor das Gleichgewicht, taumelte und krachte gegen die Wand auf der anderen Flurseite. Er hatte den Kopf gerade so weit drehen können, dass er eine Person aus der Tür von Wohnung 509 auftauchen sah. In dem Moment hallten, von drei kurzen Blitzen begleitet, drei Schüsse durch den Flur. Dann prallte er von der Wand ab, hatte Mühe, das Gleichgewicht wiederzufinden.

Vor ihm stand Andrea Gonzales und redete mit einiger Dringlichkeit auf ihn ein, ohne dass Faz auch nur ein Wort verstanden hätte. Er sah nur, wie ihr Mund immer auf und zu ging, und kam sich vor wie in einem Stummfilm. Außer dem Klingeln in seinem rechten Ohr hörte er nichts, gleichzeitig schien jede Bewegung hinter einer dicken, durchsichtigen Wand aus Flüssigkeit vor sich zu gehen. Gonzales schubste ihn erneut, diesmal weiter die Wand hinunter, fort von der Tür und aus der möglichen Schusslinie, falls sich in der Wohnung noch weitere Schützen befanden.

Endlich kam auch der Ton wieder und Faz konnte hören, wie Gonzales sich erkundigte, ob mit ihm alles in Ordnung sei. Gleichzeitig schrie irgendwo eine Frau und ein Baby heulte – beide schienen in der Wohnung 509 zu sein.

»Alles bestens, alles bestens«, hörte er sich sagen. Gonzales verzog das Gesicht – wahrscheinlich war er ein bisschen laut geworden.

Auf dem Linoleum lag mit ausgebreiteten Armen und Beinen ein hispanoamerikanischer Mann. Blut tränkte sein weißes Tanktop und rann bereits in kleinen Bächen durch die Risse und Spalten im Bodenbelag. Die Jeans hingen ihm so tief auf den Hüften, dass die schwarze Unterhose hervorlugte. Faz trat vor, um mit dem Fuß die Pistole neben der Hand des Mannes wegzuschieben, zog den Fuß allerdings sofort wieder zurück, als sich das, was er für eine Pistole gehalten hatte, als Handy entpuppte. Faz wusste, wer da lag, er erinnerte sich an das Foto aus der Führerscheinstelle. Dieser Mann war Eduardo Felix Lopez.

Gonzales schob sich bereits in die Wohnung, während Faz Lopez rasch den Vorschriften entsprechend Handschellen anlegte. Dann tastete er nach dem Puls, fand aber keinen.

Er stand auf, um Gonzales in die Wohnung zu folgen. Dort kauerte in einer Ecke in sich zusammengesackt eine Frau, die ein laut weinendes Kind an ihre Brust drückte. Als Faz beim Sichten der Wohnung kurz die Pistole auf sie richtete, schrie sie auf und drehte den Kopf zur Wand.

Gonzales hatte das Zimmer rechts vom Eingang gesichert und sprach die Frau nun auf Spanisch an: »*¿Hay alguien más aqui? ¿Hay alguien más aqui?*«

Die Frau senkte den Kopf und drückte das Kind noch fester an sich.

Faz nahm sich die Küche und das Bad vor, vergewisserte sich, dass sich niemand sonst in der Wohnung aufhielt.

Als er wiederkam, kniete Gonzales neben der Frau und deutete auf die offene Tür. »*Dime tu nombre. Dime tu nombre.*«

Faz hatte Mühe, überhaupt ein Wort mitzukriegen, so laut schrie das Kind. Außerdem klingelte es immer noch stark in seinen Ohren und er verstand sowieso kein Wort von dem, was gesagt wurde.

»*El hombree en el pasillio, ¿cómo se llama?*«, drängte Gonzales. Als die Frau nicht antwortete, packte Gonzales sie bei der Schulter und drehte sie zu sich. »*¿Cómo se llama?*«

»*Lopez!*«, schrie die Frau. »*Se llama Eduardo Lopez.*«

Gonzales' Blick glitt zwischen der Frau und Faz hin und her. »¿*Quien vive en el apartamento del al lado?*«

Die Frau deutete auf die Tür. »*El lo hizo. El lo hizo.*«

Gonzales stand auf und atmete hörbar aus. »Wie ich schon sagte, man kann sich auf so gut wie alles einstellen und trotzdem liegt man schief. Sie sagt, Lopez wohnt nebenan in 511, war aber kurz vor unserem Eintreffen in ihre Wohnung herübergekommen.«

Faz wandte sich zum Flur um, zu Lopez' Leiche. Dann war es Lopez gewesen, den sie durch die Tür hindurch Spanisch hatten sprechen hören, vielleicht hatte er telefoniert. Sie hatten gerade ihre einzige Spur im Fall Monique Rodgers getötet. Schlimmer noch: Wie es aussah, hatte Gonzales einen Unbewaffneten erschossen.

Kapitel 26

Tracy stand neben ihrem Pick-up auf dem Parkplatz des Bridle Trail State Parks und wartete auf ein höchstwahrscheinlich ansehnliches Aufgebot an Polizeikräften und forensischen Experten, das bald eintreffen musste. Das Gewitter oben am Himmel mochte weitergezogen sein, hier unten fingen die Turbulenzen gerade erst an. Und in der ersten Schlacht würde es um Zuständigkeit gehen.

Obwohl Kavita Mukherjee in Seattle gelebt hatte und Aditi Banerjee ihre Anzeige bei der Vermisstenstelle in Seattle erstattet hatte, lag die Leiche der jungen Frau in Bellevue. Bellevue hatte seine eigene Polizei und der State Park sowie alle Verbrechen, die darin verübt wurden, fielen in deren Zuständigkeit. Wenn Tracy weiterhin zuständig bleiben wollte, ließ sich dafür eigentlich nur eine Begründung anführen: Noch war nicht klar, ob Kavita Mukherjee hier umgebracht worden war oder nicht vielleicht doch in Seattle. Womöglich hatte man ihre Leiche in Bellevue ja nur abgelegt.

Das zu entscheiden blieb den Experten überlassen.

Fest stand, dass Tracy nicht vorhatte, den Fall einfach so aufzugeben, bevor sie nicht genau wussten, was passiert war. Ihr Captain sah das möglicherweise anders und deswegen hatte

Tracy den Fund der Leiche ihrem Sergeant Billy Williams gemeldet und dabei gleich die Frage der Zuständigkeit angesprochen, damit sie das Problem von Anfang an bei den Hörnern packen konnten. Williams wusste, dass Tracy fest entschlossen war, den Tatort zu bearbeiten und zu sichten, falls es sich denn wirklich um einen Tatort handelte, und dass sie um ein Team der Rechtsmedizin des King County und um eins der Spurensicherung der Polizei von Seattle gebeten hatte, um eventuell noch vorhandene Beweismittel zu sichern. Über Zuständigkeit konnte man später immer noch reden. Billy hatte nicht widersprochen, jedoch klargestellt, dass Tracy dieses Gefecht ohne ihn austragen musste. Er selbst war gerade zusammen mit Stuart Funk, dem Rechtsmediziner des King County, und einer ganzen Riege hochrangiger Beamter auf dem Weg nach South Park, wo Faz und Andrea Gonzales in eine Schießerei verwickelt gewesen waren.

Beide waren unversehrt. Nachdem das klar war, konnte sich Tracy wieder auf ihre Arbeit konzentrieren und teilte Williams rasch noch mit, sie warte auf dem Parkplatz des State Parks auf die Spurensicherung und die Forensiker, um denen die Situation zu erklären und sie danach zur Leiche zu führen.

Nach dem Gespräch mit Williams rief Tracy bei Kelly Rosa an. Kelly war forensische Anthropologin und arbeitete für das rechtsmedizinische Institut des King County. Sie hatte die Überreste von Tracys Schwester aus einem Grab in der Nähe von Cedar Grove geborgen und galt als eine der besten Forensiker des Staates, wenn nicht sogar des Landes. Eigentlich brauchten sie hier keine forensische Anthropologin – Rosas Spezialgebiet war die Untersuchung von Skelettresten und verwesten Leichen –, aber Tracy vertraute Rosa genauso, wie sie Stuart Funk vertraute, und wollte jemanden, der ihr sagen konnte, welche Spuren hier vorhanden waren, und der schon mal eine erste Einschätzung der Geschehnisse vornahm. Was sie nicht wollte, das waren Unklarheiten, Leute, die nicht zu präzisen Aussagen bereit waren, nicht einschätzen mochten, ob man Mukherjee vielleicht an anderer Stelle ermordet und ihre Leiche anschließend bewegt hatte, um sie in diese Grube zu werfen. Rosa hatte keine Probleme mit eindeutigen Ansagen.

Außerdem rief Tracy Kaylee Wright an. Wright arbeitete für die Sondereinsatzgruppe des King County Sheriff Office als »Tracker« oder »Spurenleser«. Sie hatte die Leichen gefunden, die Gary Ridgway während seiner Jahrzehnte andauernden Mordserie verscharrt hatte, und Tracy bei der Aufklärung eines alten Falles im Klickitat County helfen können, wo es um den vierzig Jahre zurückliegenden Mord an einer jungen Frau gegangen war. Wright hatte anhand der Fotos von Fuß- und Reifenabdrücken, die damals von dem jungen Polizisten gemacht worden waren, der die Leiche im Wald entdeckte, rekonstruieren können, was der jungen Frau zugestoßen war.

Während Tracy auf dem Parkplatz auf die forensischen Teams wartete, war Pryor im Wald geblieben. Tracy hatte sie angewiesen, mithilfe des Flatterbandes eine Eingrenzung vorzunehmen und neben den eigentlichen Wegen einen Pfad für die ermittelnden Beamten zu markieren, damit die nicht zertrampelten, was an Spuren vorhanden sein mochte. Man würde den Hauptweg und die kleineren Wege nach Fußabdrücken im Boden und Haaren und Stofffetzen absuchen, die sich vielleicht in den Zweigen des Unterholzes verfangen hatten, und man würde nach zerbrochenen Zweigen und niedergedrückten Blättern Ausschau halten. Leicht dürfte die Suche nicht werden, denn bestimmt hatten die Sonnentage unzählige Reiter, Jogger, Hundebesitzer und Beerensucher in den Park gelockt, die die meisten Hinweise auf den Wegen des Parks zertrampelt haben dürften, wovon Tracy jedoch nicht einfach so ausgehen konnte. Sie brauchte die Expertise von Wright, die ihr sagen konnte, was eine aussagefähige Spur war und was nicht.

Kins, der gleich auf der anderen Seite der Brücke 520 in Madison Park wohnte, traf als Erster ein. Er parkte seinen blauen BMW neben Tracys Pick-up und stieg kopfschüttelnd aus dem Wagen.

»Du hast doch immer recht, was?«, begrüßte er sie.

Tracy schluckte. »Ich wünschte, es wäre nicht so. Nicht in diesem Fall.«

»Alles in Ordnung?« Kins spürte die Anspannung seiner Partnerin, er kannte die Details im Zusammenhang mit dem Tod von Tracys Schwester und wusste, was mit Sarah passiert war. Von daher konnte er sich vorstellen, wie sehr der Fund der Leiche einer jungen Frau hier im Wald sie erschüttert hatte.

»Halbwegs«, sagte Tracy leise. »Ich fühle mich so verdammt hilflos.«

»Nicht deine Schuld.«

»Das bringt mich auch nicht weiter.«

»Es ist nichts falsch daran, wenn du dich mies fühlst«, sagte Kins. »Ich persönlich werde diesen Job an den Nagel hängen, wenn ich mich bei solchen Sachen nicht mehr mies fühle. Denn dann weiß ich, dass ich innerlich tot bin.« Er sah sich um. »Und? Was hat euch hierhergeführt?«

Tracy berichtete von den Beschlüssen zur Einsicht in Mukherjees Handyaktivitäten, die Pryor besorgt hatte, und von Andrej Vilkotskis Tipps, wie man mithilfe einer gemeinsam genutzten App nach einem Handy suchen konnte.

»Dann hat Pryor die Leiche gefunden, falls Nolasco nachfragt?«, fasste Kins zusammen.

»Pryor hat die Leiche wirklich gefunden. Sie wäre fast auf ihr gelandet.«

»Ist das ein natürliches Loch, in dem sie liegt, oder hat es jemand gegraben?«

»Keine Ahnung. Natürlich entstanden scheint es mir nicht zu sein, es sah aber auch nicht aus wie frisch ausgehoben. Es ist tief. Ich würde sagen, so zwei, zweieinhalb Meter, ein Meter zwanzig oder so im Durchmesser. Vielleicht ein alter Brunnen, der sich im Laufe der Jahre teilweise mit Erde gefüllt hat. Total überwuchert.«

Das führte zwangsläufig zu Kins nächster Frage: »Könnte sie da hineingefallen sein? Ein Unfall?«

»Möglich wäre es wohl, aber damit wären wir gleich bei noch einer Frage.«

»Warum sie dort war?«

Tracy nickte. »Sie ist hier ganz in der Nähe aufgewachsen. Sie und ihre beste Freundin wohnten in Häusern, deren Gärten mehr oder weniger an den Park grenzten. An der Seite da.« Sie deutete in die entsprechende Richtung. »Der Park war praktisch ihr erweiterter Hintergarten. Aber sie hatte sich ihrer Familie entfremdet und keinen Grund, hierher zurückzukommen.«

»Wenn jemand sie umgebracht hat, Tracy, dann war das höchstwahrscheinlich jemand, der von dieser Grube wusste.«

»Das sehe ich auch so.«

»Die Mitbewohnerin?«

»Vielleicht. Vielleicht einer aus der Familie – jemand, der den Park und die Wanderwege kennt. Entweder das, oder sie ist an diesen vertrauten Ort hier zurückgekommen, um sich das Leben zu nehmen, verzweifelt, wie sie war.«

»In der Grube? Wie denn?«

»Das weiß ich nicht. Ich spiele bloß alle möglichen Szenarien durch. Deswegen habe ich Kelly Rosa angerufen.«

»Irgendwelche Waffen?«, fragte Kins.

»Ich habe keine gesehen. Eine Waffe könnte unter ihr liegen oder irgendwo im Gebüsch. Es hat wenig Sinn, da jetzt zu spekulieren. Bald wissen wir mehr.«

»Die Frage der Zuständigkeit dürfte ein Problem sein.«

»Kann sein. Sie könnte genauso gut woanders umgebracht und ihre Leiche hier abgelegt worden sein.«

»Wie wahrscheinlich ist das?«

Tracy sah sich auf dem fast leeren Parkplatz um. »Wie ist sie hergekommen? Ihr Auto steht nicht hier. Es steht nicht weit von ihrer Wohnung in einer Seitenstraße. Das spricht für einen anderen Tatort als den Park, und wenn die Leiche hier nur abgelegt wurde, sind wir zuständig.«

»Ist Pryor hier?«

»Hinten am Tatort, absperren und eine Zuwegung markieren.«

Kins warf einen Blick über seine Schulter auf den beeindruckenden Wald. »Lieber sie als ich.« Er zog den Reißverschluss seiner Windjacke hoch. »Hat Billy angerufen und dir das mit Faz gesagt?«

»Ja, aber viel hat er nicht erzählt. Was zum Teufel ist da passiert? Waren sie bei der falschen Wohnung?«

»Keine Ahnung. Ich hab von Billy auch nur die Kurzfassung gehört. Sie haben alle möglichen Leute dahin geschafft, auch welche vom FIT.«

FIT stand für Force Investigation Team, ein aus sechs Detectives bestehendes Team für interne Ermittlungen, das innerhalb der Polizei von Seattle im Rahmen landesweit angeordneter Reformen ins Leben gerufen worden war, nachdem das Justizministerium befunden hatte, die Polizei in Seattle gehe zu oft mit unnötiger Gewalt vor. Ein Bundesbeauftragter überwachte die vom Gericht angeordneten Reformen und hatte Tracys Abteilung gerade wegen ihrer Arbeit gelobt. Der Vorfall jetzt würde nicht helfen.

An Abenden wie diesem fragte sich Tracy, ob Kins nicht recht haben könnte. Vielleicht sollte sie wirklich einfach zu Hause bleiben, wenn das Baby da war.

* * *

Faz stand im Flur. Die Leiche von Lopez lag unter einem weißen Laken des Gerichtsmediziners, dicht daneben ein armeegrüner Leichensack, in dem man den Toten in die Räume der Rechtsmedizin transportieren würde, sobald Stuart Funk seine erste Untersuchung am Tatort abgeschlossen hatte. Ein Rettungssanitäter erkundigte sich immer wieder besorgt, ob Faz auch wirklich unverletzt sei, und Faz versicherte jedes Mal geduldig, er fühle sich bestens, danke der Nachfrage. Dabei war das Klingeln in seinen Ohren noch lange nicht verschwunden, sondern inzwischen zu einer Art statischem Rauschen mutiert, wie früher im Fernsehen der Ton nach Sendeschluss, damals, als man noch kein Kabelfernsehen kannte und noch nicht rund um die Uhr unterhalten wurde. Außerdem hatte Faz Kopfweh und die ewigen Fragen nach seiner Befindlichkeit nervten. Wahrscheinlich langweilten sich die Sanitäter, sie hatten ja sonst nichts zu tun. Lopez konnte man nicht mehr helfen, dafür hatte Andrea Gonzales gesorgt. Sie hatte ihm drei Kugeln in die Brust gejagt, immer eine gleich neben der anderen.

Die Mieter im fünften Stock waren angewiesen worden, in ihren Wohnungen zu bleiben, und niemand schien sich dieser Anordnung widersetzen zu wollen. Bald würden die Ermittler des FIT-Teams von Tür zu Tür gehen und jeden Einzelnen hier befragen, ob er etwas gesehen oder gehört hatte, und bis es so weit war, fluteten Polizeikräfte unter Aufsicht diverser Chefs Flure, Lobby und Parkplatz des Hauses. Das war bei einer Schießerei unter Beteiligung von Beamten nicht anders zu erwarten gewesen, vor allem derzeit, wo ihnen der Beobachter der Bundesbehörde im Nacken saß.

Dessen Anwesenheit könnte durchaus zu einem entscheidenden Problem werden: Faz hatte nämlich weder unter der Leiche noch irgendwo in deren Nähe eine Waffe entdecken können.

Nachdem Gonzales und er sich vergewissert hatten, dass sich sonst niemand in der Wohnung der Nachbarin befand, war Faz in den Flur gegangen, hatte Billy Williams angerufen und ihm eine kurze Zusammenfassung der Ereignisse übermittelt. Billy war umgehend gekommen und hatte als ranghöherer Offizier das Kommando übernommen. Vorher hatte er die Geistesgegenwart besessen, Anderson-Cooper anzurufen und die beiden schnell noch einen Durchsuchungsbeschluss für Lopez' Wohnung beschaffen zu lassen. Williams hatte das Sagen, bis Andrew Laub, der diensthabende Lieutenant der Abteilung für Gewaltverbrechen, eintreffen konnte, der wiederum das FIT-Team benachrichtigt hatte, nachdem ihm bestätigt worden war, dass hier nach einer Schießerei unter Beteiligung von Beamten ein Toter lag.

Die einzige Funktion des FIT lag darin zu ermitteln, ob das Handeln der Beamten gerechtfertigt gewesen war, und dann einen Bericht für den Ausschuss anzufertigen, der die Arbeit der Polizei von Seattle auf unnötige Gewaltanwendung hin untersuchen sollte. Vor dem Erlass des Justizministeriums hatten Detectives der Abteilung für Gewaltverbrechen ermittelt, wenn Beamte an einer Schießerei beteiligt waren. Die neue Einheit FIT musste als eindeutiger Beweis dafür gesehen werden, dass man ihnen im Justizministerium keine Objektivität zutraute. Beide Einheiten waren sich von daher automatisch nicht ganz grün. Die Ermittler beim FIT waren alles Leute, die selbst noch nie im Ernstfall ihre Waffe benutzt hatten. Faz und die anderen Mordermittler dagegen kannten nur zu genau die Spielchen, die einem der Verstand in einer Stresssituation spielen kann. Das konnte niemand wirklich nachvollziehen, der es nicht selbst erlebt hatte. In einer solchen Situation sah man vielleicht Dinge, die entweder nicht da waren oder nicht das waren, wofür man sie hielt. Der Verstand wollte Sinn ins Chaos bringen, Lücken füllen, Klarheit schaffen. Das hatten die FIT-Leute selbst nie erlebt. Es ging nicht darum, dass Faz die Ermittler des FIT nicht leiden konnte. Wie die meisten Leute in der Abteilung für Gewaltverbrechen sah er in ihnen gute Leute mit einem beschissenen Job, denen noch dazu von allen Seiten her peinlich genau auf die Finger geschaut wurde. Das hieß jedoch noch lange nicht, dass er ihnen vertraute.

Momentan standen Laub, Williams und Johnny Nolasco in der engen Wohnung von Lopez, während das FIT Andrea Gonzales befragte. Deren Lieutenant hatte bereits ihre Waffe konfisziert und die Munition gezählt. Er würde prüfen, ob beides den Bestimmungen der Abteilung entsprach. Das war die geringste von Gonzales' Sorgen.

Sie hatte einen Unbewaffneten erschossen, was unweigerlich einen riesigen Shitstorm nach sich ziehen musste.

Deswegen auch der Durchsuchungsbeschluss für Lopez' Apartment. Es war dringender denn je, dort eine Pistole mit .38er Kaliber zu finden, deren Lauf dann hoffentlich auch noch zu der Kugel passte, die Monique Rodgers getötet hatte. Einen unbewaffneten Täter zu töten war ein Problem, einen unbewaffneten Unschuldigen zu töten ein weitaus größeres.

Bevor Faz und Gonzales heute nach Hause durften, würden beide eine mündliche Stellungnahme abgeben müssen, die aufgezeichnet werden würde, und darüber hinaus schriftliche Erklärungen verfassen. Dann würde man sie erst einmal beurlauben und sie würden einen Psychologen aufsuchen müssen, bevor über eine erneute Versetzung in den aktiven Dienst gesprochen werden konnte. Manchmal dauerte so ein Verfahren ein Jahr und länger und wenn die betreffenden Beamten dann in den aktiven Dienst zurückkehrten, mussten sie oft feststellen, dass man sie einer anderen Einheit zugeteilt hatte. Dadurch entstand der Eindruck, sie hätten etwas falsch gemacht, auch wenn sie sich gar nichts hatten zuschulden kommen lassen. Ein Stigma, das man schlecht wieder loswurde.

Da die Sache in den Abendnachrichten kommen würde, hatte Faz Vera angerufen, damit sie sich keine Sorgen machte. Ihm sei nichts passiert, es stünde ihm lediglich mal wieder eine lange Nacht bevor und sie solle nicht auf ihn warten. Ihr selbst ginge es gut, hatte sie versichert, als Faz nachfragte, dies aber nicht weiter ausgeführt.

Faz hörte den Fahrstuhl klingeln und wandte sich um, neugierig, welcher arme Irre die Fahrt gewagt hatte und wie grün um die Nase der jetzt sein mochte. Es war Del. Er hatte sich die Hand über Nase und Mund gelegt und blankes Entsetzen stand ihm ins Gesicht geschrieben, als er aus der Kabine stieg. Faz musste trotz allem lachen und ging seinem Partner entgegen, damit die Chefs, die sich mit Gonzales unterhielten, ihr Treffen nicht gleich mitbekamen.

»Grundgütiger Herr im Himmel, Faz, was ist das für ein Gestank? Ich dachte schon, die Leiche steckt im Fahrstuhl!«

Faz lächelte. »Ich hätte dich ja gewarnt, wenn ich gewusst hätte, dass du kommst.«

»Hättest du nicht.«

»Wahrscheinlich nicht«, musste Faz zugeben.

Die Leichtigkeit, mit der hier zwei Männer Sprüche austauschten, die sich seit zwanzig Jahren kannten und in diesen Jahren allerhand zusammen durchgemacht hatten, tat Faz sehr gut und lockerte seine Anspannung. »Alles klar bei dir?«

»Mir geht es anscheinend besser als dir.« Faz deutete auf die zwei verschiedenen Schuhe an Dels Füßen, der eine heller als der andere. »Hast du dich im Dunkeln angezogen?«

»Ich kann mich kaum bücken und wenigstens sind beide braun. Mal im Ernst jetzt, geht es dir wirklich gut?«

Faz nickte. »Ja, alles gut, wirklich. Es klingelt in meinen Ohren und ich habe fiese Kopfschmerzen, aber ich glaube, das ist die Angst vor dem ganzen Papierkram, der jetzt auf mich zukommt. Papierkram und Befragungen und aller möglicher Schwachsinn, den sie auf mich abfeuern werden.«

»Was genau ist passiert? Billy wollte nichts sagen.«

Faz warf einen Blick zurück in den Flur, um sicher sein zu können, dass niemand kam. »Ich weiß das echt nicht. Ich stand da drüben, mit dem Gesicht zur Tür von diesem Lopez.« Er deutete in die entsprechende Richtung. »Gonzales stand auf der anderen Seite. Als Nächstes kriege ich mit, wie ihre Augen groß wie Untertassen werden, dann schubst sie mich gegen die Wand und feuert. Drei Mal. Peng, peng, peng.«

»Moment – und wo war Lopez?«

»In der Wohnung nebenan.«

»Was hat er da gemacht?«

»Weiß ich nicht.«

»War er bewaffnet?«

Faz schüttelte den Kopf.

»Scheiße! Und das da ist auch ganz bestimmt Lopez? Da bist du dir sicher?« Del warf einen Blick hinüber zur abgedeckten Leiche.

»Ja, ganz sicher.«

»Das ist nicht gut, Faz, das wird dem Justizministerium nicht gefallen. Lass uns hoffen und beten, dass die Ballistiker irgendeine Pistole mit der Kugel in Zusammenhang bringen können, die Monique Rodgers getötet hat. Das würde helfen, löst aber nicht das Problem. Nicht für Gonzales. Was sagt sie denn? Warum hat sie geschossen?«

»Sie sagt, sie hat in der Hand von Lopez etwas Silbernes gesehen und dachte, der Mann zielt auf meinen Hinterkopf. Stellt sich heraus, das war ein Handy.«

Del fuhr sich über die Stoppeln an seinem Kinn. »Na ja, das ist wenigstens etwas.«

»Kann sein«, meinte Faz. »Aber ohne Lopez kriegen wir echte Probleme mit unserem Fall, selbst wenn sie eine Pistole finden, die mit der Schießerei in Zusammenhang steht.«

»Ist nicht dasselbe wie ein Geständnis.« Del nickte.

»Und es verrät uns auch nicht, warum er es getan hat oder ob er einen Auftraggeber hatte. Little Jimmy – das ist der Typ, den wir kriegen wollen.«

Gerade kam Larry Pinnacle, einer der FIT-Ermittler, aus der Wohnung und den Flur hinunter auf sie zu. Er begrüßte Del, ehe er sich an Faz wandte. »Wir sind fertig und können zurück nach Park 95. Bevor Sie heute Schluss machen, brauchen wir noch Ihre Stellungnahme.«

Faz nickte. »Verstanden.«

Pinnacle verschwand wieder. »Das ist ein Typ, aus dem ich persönlich mir nie was gemacht habe«, meinte Del.

»Lass nur, er ist ganz in Ordnung.«

»Wie geht es Vera?«

»Hat nah am Wasser gebaut. Es ist alles sehr hart für sie. Dass ich so spät noch arbeite, hilft auch nicht gerade.«

»Soll ich bei ihr vorbeifahren, erzählen, was los ist?«

»Ich habe angerufen. Alles klar, sagt sie.«

»Hey Faz, ich möchte, dass du weißt, wie leid es mir tut, dass ich nicht hier war.«

»Das weiß ich doch. Scheiße passiert nun mal. Mach dir keinen Kopf.«

Am anderen Flurende wurden die Stimmen lauter. Die Gruppe aus der Wohnung stand nun im Flur. Gonzales wandte den Kopf und sah hinüber zu Faz und Del, nur ein flüchtiger Blick, ehe sie die Aufmerksamkeit wieder ihren Befragern zuwandte.

»Harter Start in einer neuen Abteilung«, meinte Faz.

»Gut möglich, dass man sie nach Hause schickt, bevor sie überhaupt richtig angefangen hat«, sagte Del.

Kapitel 27

Tracy wusste, dass bei dieser Spurensicherung die Logistik das größte Problem werden würde. Hier zwischen den Bäumen konnte man nicht einfach einen Stecker in die Steckdose stecken und schon hatte man Licht. Zwar verfügte die Spurensicherung über einen Kleinlaster, der bei Bedarf auch die Stromversorgung sicherstellte, doch konnte man damit nicht bis zum Grab fahren, wie Tracy die Grube im Boden inzwischen im Stillen nannte. Blieb also nur noch die Möglichkeit, Generatoren an den Tatort zu schleppen, ein schwieriges und zeitaufwendiges Unterfangen. Sobald die Generatoren vor Ort waren und für Licht sorgten, erweiterten die Ermittler den von Pryor mit dem Absperrband gekennzeichneten Radius. Wer in diesen Bereich vordringen wollte, musste sich auf einer Liste eintragen. Dann errichteten sie ein Zelt über dem Grab, an dessen Gestänge sie innen Lampen hängten, wodurch der Tatort bald einer archäologischen Ausgrabungsstätte glich, an der nach einem verschwundenen Schatz gesucht wurde.

Tracy wünschte, das wäre so.

Bei all diesen vorbereitenden Arbeiten achteten die Experten peinlich genau darauf, nach Möglichkeit die Spuren auf dem zur Grube führenden Pfad nicht noch mehr zu beeinträchtigen, als

Tracy und Pryor das bereits getan hatten. Kaylee Wright traf ein und half den Ermittlern der Spurensicherung dabei, den von Katie Pryor bestimmten Fußpfad zum Grab genauer zu markieren, in diesem Fall mit rotem Band. Jeder, der dieses rote Band überstieg, musste hinterher einen schriftlichen Bericht abgeben. Das war eine Möglichkeit zu verhindern, dass leitende Beamte sich zu nahe an den Tatort heranwagten. Doch mit Beamten in Führungspositionen würde es an diesem Abend kein Problem geben: Die drückten sich in der Mehrheit in South Park herum.

Sobald Wright die Frage des Fußpfades geregelt hatte, untersuchte sie mithilfe eines starken Lichtstrahls die unmittelbare Umgebung des Grabes, die Pfade, die dorthin führten, und die wichtigsten Wanderwege in den Park hinein und wieder hinaus. Sie versuchte, Muster zu entdecken, Spuren, die zur Grube oder von der Grube wegführten, plötzlich abbogen oder, wie etwa zertrampelte Pflanzen und aufgewühlte Erde, auf eine Auseinandersetzung schließen ließen. Die Spurensicherung würde außerdem noch jede Menge Aufnahmen machen und, wo möglich, sämtliche auffindbaren Schuhabdrücke abnehmen und in eine Form gießen.

Katie Pryor ließ von den Sohlen ihrer Arbeitsstiefel Abdrücke machen und wurde dann von Tracy nach Hause geschickt. Sie versuchte noch zu protestieren, aber jetzt war Kins da. Aus der Vermisstensache war möglicherweise ein Mordfall geworden und sie wurde nicht mehr gebraucht. Aber nicht deswegen schickte Tracy die junge Frau nach Hause. Sie schickte Pryor heim, damit sie bei ihrer Familie sein konnte.

Kelly Rosa kam hinzu und kletterte sofort zusammen mit einem Fotografen in die Grube, um die Grabstelle selbst und die Lage der Leiche darin zu dokumentieren. Ihre erste Amtshandlung bestand allerdings darin, Kavitas Tod und die Identität der jungen Frau festzustellen. Dann skizzierte sie die Lage der Leiche, hielt alles auf Fotos fest und wandte sich als

Nächstes der Frage zu, ob Kavita Mukherjee Opfer eines Mordes geworden war, einen unglücklichen Unfall gehabt oder sich das Leben genommen hatte.

Während all dieser Arbeiten und obwohl sich eine erhebliche Anzahl Polizisten und Forensiker vor Ort aufhielten, blieb es um die Grube herum respektvoll leise. Es war, als hätte sich ein Leichentuch aus Traurigkeit über den Wald gelegt. Die Stille wurde nur vom Summen der Generatoren und manchmal von leisen Stimmen unterbrochen.

Als Tracy hinter sich Schritte hörte, traten sie und Kins vom Grab zurück und begaben sich zu Kaylee Wright, die auf dem festgelegten Pfad auf sie wartete. Kaylee Wright, eine kluge und erfahrene Verbrechensanalystin, war ungefähr so alt und auch so groß wie Tracy, nur mit dunklem Haar und dunklerer Hautfarbe. Sie hatte einen Kuli und einen Stapel Karteikarten in der Hand, auf denen sie die Größe und Form eines jeden gefundenen Schuhabdrucks festgehalten hatte. Man sah ihr nicht an, wie sie die bisherigen Ergebnisse ihrer Arbeit einschätzte. Sie hatte sich schon vor Langem angewöhnt, in Situationen wie dieser hier nicht zu viel von sich preiszugeben. »Ich kann noch nichts Eindeutiges feststellen«, sagte sie leise.

»Aber irgendetwas ist dir aufgefallen.« Tracy kannte Wright inzwischen ziemlich gut.

Wright runzelte die Stirn. »Vielleicht. Ich war jetzt überall auf den beiden Hauptwegen.« Sie warf einen Blick in ihre Notizen. »Coyote Trail und Trilium Trail.« Sie deutete mit dem Kuli auf einer Karte grob den Verlauf der beiden Wanderwege und des schmaleren Pfades an, der von ihnen zur Grube führte. »Ich hätte nie gedacht, so etwas in Seattle mal sagen zu müssen, aber nach über einer Woche mit Sonnenschein und ohne Regen lassen sich eindeutige Schuhabdrücke schwer finden. Normalerweise gibt es Zeiten am Tag, früh am Morgen und spät am Abend, wo genug Feuchtigkeit in der Luft liegt und die Sohle eines Schuhs Abdrücke im Boden hinterlässt. Ich finde nur einfach nicht viel. Ich kann lediglich sagen, dass eine Menge Leute hier durch sind, einige auch zu Pferde.«

»Was ist mit dem Opfer? Hast du ihre Schuhabdrücke irgendwo in der Nähe des Lochs gefunden?«, fragte Tracy.

Wright schüttelte den Kopf. »Nein. Obwohl sie Schuhe mit ziemlich markantem Muster trug, flache Freizeitschuhe. Wenn davon hier draußen etwas zu sehen wäre, würde ich das Profil erkennen.«

»Nicht gerade der Schuh, den man trägt, wenn man durch einen dicht bewaldeten Park gehen möchte«, sagte Kins.

»Genau.« Wright durchsuchte ihren Stapel blauer Karten und zeigte ihnen das Bild der Schuhsohle, die sie gezeichnet hatte. »Die Marke heißt American Rag. Seht ihr das ausgeprägte Profilmuster?«

Das Muster war in der Tat auffällig, acht Quadrate, die sich von der Spitze des Schuhs bis zum Ballen zogen. »Und dieses Muster hast du auf dem zur Grube führenden Pfad oder in der Nähe der Grube nirgendwo gefunden?«, fragte Tracy. Das könnte doch bedeuten, dass die Leiche bewegt worden war.

Wright schüttelte den Kopf. »Nicht auf dem Pfad und nicht im Umkreis der Grube. Ich fand den Abdruck allerdings sowohl auf dem Trilium- als auch auf dem Coyote-Wanderweg, und die Spuren deuten darauf hin, dass sie in diese Richtung unterwegs war.«

»Dann wissen wir jetzt also, dass sie zu Fuß durch den Park gegangen ist«, stellte Kins fest.

»Zumindest einen Teil des Weges«, sagte Wright.

»Wie meinst du das?«, wollte Tracy wissen.

»Sie ging einen Teil des Weges, einen anderen ist sie gerannt.«

»Sie wurde verfolgt?«

Wright schüttelte den Kopf. »Sie ging erst einmal los, im Wanderschritt, aber ab einem bestimmten Punkt, das sieht man an den länger werdenden Schritten, fing sie an zu laufen. Dann blieb sie stehen. An einer Stelle habe ich ihre Abdrücke in alle Richtungen zeigend gefunden. Ich habe keine Fußabdrücke gefunden, die darauf hindeuten, dass sie vor jemandem davongerannt ist.«

»Aber sie blieb stehen und dann? Drehte sich im Kreis?«

»So sieht es aus.«

»Vielleicht hatte sie sich verlaufen«, warf Kins ein. »Sie könnte versucht haben, sich zu orientieren.«

Tracy schüttelte den Kopf. »Laut Aditi kannten sie und Aditi sich im Park sehr gut aus. Vielleicht glaubte sie, etwas gehört zu haben, vielleicht lief sie deswegen auch los. Vielleicht hat sie etwas gehört und fing an zu laufen und blieb dann stehen – weil ihr die Puste ausgegangen war, oder um sich umzusehen, ob ihr jemand folgte.«

»Aber du findest keine Abdrücke von jemandem, der sie verfolgt hat?«, fragte Kins.

»Nein. Und es gibt nur diesen einen Satz Abdrücke, wo sie stehen bleibt und sich dreht.«

»Aber keine Abdrücke im Umkreis der Grube?« Tracy wollte ganz sicher sein können.

»Nicht von ihr.«

»Aber damit würde man doch eigentlich rechnen, oder?«

»Würde man, wenn sie bis hierher gegangen oder gelaufen ist. Selbst wenn sie in das Loch fiel, würde ich einen Schuhabdruck oder doch wenigstens einen Teilabdruck irgendwo in der Umgebung der Grube erwarten. Katie Pryors Abdrücke habe ich gefunden, wo sie in die Grube getreten ist und den Halt verloren hat. Deinen Abdruck auch, Tracy. Ich habe außerdem einen flachen Abdruck gefunden, aber nur einen Teilabdruck. Ich bin mir nicht sicher, ob der uns weiterhilft.«

»Okay«, fasste Kins zusammen, »wenn es in der Nähe der Grube keine Schuhabdrücke von ihr gibt, dann kann man daraus doch schließen, dass sie zwar in den Park ging und an einem bestimmten Punkt anfing zu laufen, aber aus irgendeinem Grund nicht in die Nähe der Grube kam, weder gehend noch laufend.«

»So sieht es den Hinweisen nach aus«, sagte Wright.

»Dann können wir also ausschließen, dass sie beim Laufen in die Grube fiel«, sagte Tracy.

»Es gibt keinen Hinweis darauf, dass sie das tat«, bestätigte Wright. »Für sich allein genommen ist das nicht viel, aber falls Kelly zu dem Schluss kommt, dass das Opfer nicht an dem Sturz in das Loch gestorben ist, dann würde der Mangel an Schuhabdrücken ganz sicherlich die These stützen, dass sie an einer anderen Stelle im Park umgebracht und ihre Leiche erst danach in das Loch geworfen wurde.«

Kins warf einen Seitenblick auf Tracy. Sie wusste, was er dachte: Falls Wright recht hatte, dann musste der Mörder gewusst haben, dass das Loch existierte, und war nicht blind darüber gestolpert, als er nach einem Ort suchte, um die Leiche loszuwerden. Es bedeutete außerdem, dass sie vielleicht nie die Gelegenheit bekamen, herauszufinden, was passiert war. Bellevue würde die Zuständigkeit übernehmen, und das völlig zu Recht.

Wright hatte sich inzwischen dem beleuchteten Zelt zugewandt. »Ich habe mir die Zweige genau angesehen, die über der Grube lagen. Ich kann nicht erkennen, wo welche angeknackst oder gebrochen sind – bis auf die, die Pryor bei ihrem Sturz zerbrochen hat. Ich finde auch keine Haare oder Kleiderfetzen. Und Kelly sagt, auf den ersten Blick zeigt die Kleidung der Verstorbenen keine Risse oder Fadenzieher. Ich würde mir das gern in der Vergrößerung betrachten und mir auch die Zweige bei Tageslicht ansehen, ehe ich irgendwelche Schlussfolgerungen ziehe.«

»Du sagst, wenn sie ins Loch gefallen wäre, würdest du erwarten, Hinweise darauf zu finden?«, fragte Kins.

Wright nickte. »Und momentan finde ich keine.«

»Dann kann man also aus den Spuren, die du entdeckt hast, erkennen, dass Pryor zufällig in die Grube trat?«

»Ein gesunder Mensch greift in so einer Situation nach allem, was er in die Finger kriegen kann. Wir finden dann abgebrochene Zweige und aufgewühlte Blätter.«

»Während jemand, der die Leiche in die Grube warf, darauf geachtet haben dürfte, eben keine Zweige abzubrechen, damit alles möglichst unverändert aussieht«, fasste Tracy zusammen.

»Das wäre zumindest eine Arbeitshypothese.«

»Diese Person muss von der Grube gewusst haben«, sagte Kins. »Was wohl auch hieße, dass sie den Park gut kennt. Irgendein Hinweis darauf, dass jemand zurückgekommen ist und versucht hat, das Loch aufzufüllen?«

»Nein, keine Spuren, die auf so etwas hindeuten.«

Tracy deutete mit dem Kinn auf die Karteikarten in Wrights Hand. »Sonst noch was Interessantes?«

Wright schüttelte den Kopf. »Im Moment nicht. Obwohl auch hier gilt: Ich würde mir das Ganze gern noch mal bei Tageslicht ansehen. Die Wanderwege werden viel benutzt und die Dunkelheit macht die Suche nicht leichter. Ich habe, wie gesagt, beschädigte Spuren von Wanderern und Joggern gefunden sowie Hufabdrücke, aber nichts Eindeutiges.«

»Keine Spuren, die darauf hinweisen, dass jemand oder mehrere Personen eine Leiche hierhergeschleppt haben?«, fragte Tracy.

»Noch nicht.«

»Okay, ich fasse mal zusammen, was wir alles *nicht* haben«, sagte Tracy. »Wir haben keine abgebrochenen Äste oder

Blätter, die anzeigen, dass das Opfer in die Grube gefallen ist. Wir haben kein Haar, das irgendwo hängen blieb, und keine Stofffetzen, und wir haben in der Nähe der Grube auch keine Schuhabdrücke des Opfers.«

»Alles richtig.« Wright nickte.

»Aber wir haben die Abdrücke des Opfers auf den ausgeschilderten Wanderwegen, was anzeigt, dass sie freiwillig in den Park ging und ab einem bestimmten Punkt anfing, in diese Richtung hier zu laufen.«

»Genau«, sagte Wright.

»Vielleicht hat sie sich mit jemandem getroffen. Jemand, der den Park genauso gut kannte wie sie«, schlug Kins vor.

Tracy dachte an Aditi.

»Ich komme morgen bei Tageslicht wieder und untersuche alles noch einmal«, meinte Wright. »Wie lange haben wir diese Stelle?«

»Solange wir sie brauchen.« Zumindest hoffte Tracy das. Als sie jedoch noch schnell einen Blick zum Zelt hinüberwarf, sah sie dort im hellen Licht einen Mann mit wettergegerbtem Gesicht, der die dunkelblaue Uniform der Polizei von Bellevue trug und sich mit einem der Detectives der Spurensicherung unterhielt. Der Detective sah sich suchend um, entdeckte Tracy und Kins und deutete in ihre Richtung.

Kapitel 28

Faz hockte an einem Konferenztisch im Park-95-Gebäude, beide Hände um einen Becher mit lauwarmem Kaffee geschlungen. Müde, wie er war, wäre ihm ein Espresso oder Koffein intravenös lieber gewesen und vielleicht wurde er langsam überhaupt zu alt für diesen Scheiß. Oder Veras Krankheit setzte ihm stärker zu, als er gedacht hatte. Er hatte genügend Dienstjahre auf dem Buckel, um wie Arroyo mit vollen Pensionsbezügen in Rente zu gehen. Aber was dann? Was sollte er dann tun? Vera und er hatten öfter von Reisen gesprochen und davon geträumt, sich irgendwann einmal all die Orte auf der Welt anzusehen, wofür bis jetzt Zeit und Geld gefehlt hatten. Faz wollte gern noch einmal nach Italien, wo sie die Flitterwochen verbracht hatten, und er hatte Vera versprochen, mit ihr nach Paris und Barcelona zu fahren, aber an so etwas war jetzt natürlich erst einmal nicht mehr zu denken.

Er streckte die Beine aus, die ganz steif geworden waren, und ließ den Kopf kreisen, weil sich der meiste Stress wohl mal wieder im Nacken angesammelt hatte. Zwei Tabletten hatten seine Kopfschmerzen nicht vertreiben können und auch das hartnäckige Geräusch in den Ohren war anders als erhofft nicht mit der Zeit verschwunden. Seine Arme und Beine fühlten sich schwer an, ein Erschöpfungszustand, mit dem man rechnen musste, wenn Körper und Geist unter schwerem Stress gestanden hatten. Faz kannte das. Er wollte nur noch die Sitzung hier hinter sich bringen und sich dann zu Hause ausruhen. Ruhe brauchte er jetzt mehr als alles andere, aber wahrscheinlich hatte die Nacht gerade erst begonnen.

»Alles in Ordnung, Faz?« Larry Pinnacle hatte den Konferenzraum betreten und schloss die Tür hinter sich. Er war früher beim Einbruchsdezernat gewesen und 2014 bei der Gründung des FIT dorthin gewechselt. Faz kannte ihn, sie hatten manchmal kurz miteinander zu tun gehabt und waren immer kollegial miteinander umgegangen, mehr aber auch nicht. Faz war das im Grunde egal. Er war nicht auf der Suche nach neuen Freunden und wollte ganz gewiss auch seine Freizeit nicht mit diesem Typen verbringen. Er wollte einfach nur seine Stellungnahme abgeben und nach Hause.

Er setzte sich auf. »Bloß müde. Sehen wir zu, dass wir es hinter uns bringen.«

»Wir beeilen uns«, versicherte Pinnacle.

Das bezweifelte Faz allerdings stark.

»Man hat Ihnen Ihre Garrity-Rechte vorgelesen und Sie haben das Formular unterschrieben?«, fragte Pinnacle. In den Garrity-Rechten ging es um das Recht von Angestellten im öffentlichen Dienst, sich bei Vernehmungen nicht selbst zu beschuldigen. Sie hatten ihren Ursprung im fünften und vierzehnten Zusatz zur amerikanischen Verfassung, die den Bürgern garantierten, nicht gegen sich selbst aussagen zu müssen.

Faz schob das von ihm unterzeichnete Blatt Papier über den Tisch. Pinnacle sah es sich kurz an und legte es beiseite, ehe er sich langsam und umständlich setzte. Er erinnerte Faz immer ein wenig an ein Walross, mit dem hängenden Schnurrbart, dem birnenförmigen Körper und dem großen Kopf.

»Gut, okay. Noch Fragen, ehe wir anfangen?«

Faz schüttelte den Kopf und Pinnacle schaltete das Aufnahmegerät ein, das auf dem Tisch stand. »Wir nehmen das auf, in Ordnung?« Ohne eine Antwort abzuwarten, drückte er auf den Aufnahmeknopf und schob das Gerät zur Tischmitte.

Faz zog sein Handy aus der Tasche. »Ich auch.« Er tippte auf das Display und legte sein Handy neben den Rekorder.

Pinnacle wirkte leicht irritiert, gab aber keinen Kommentar ab. Er nannte seinen Namen, seine Funktion, Dienstnummer und sein Anliegen, nämlich Detective Vittorio Fazzio zum Schusswaffengebrauch im Dienst zu befragen, der zum Tod von Eduardo Felix Lopez geführt hatte. Auch nach diesen einführenden Worten las Pinnacle seine Fragen vom Blatt ab. Faz hatte das selbst noch nicht erlebt, wusste aber von Kollegen, dass die FIT- Ermittler einem vorgegebenen Skript folgten und extra geübt hatten, möglichst keine Emotionen zu zeigen. Das hatte ihnen den Spitznamen Robocops eingetragen.

»Detective Fazzio, Sie wissen, dass ich Ihnen Fragen über diese Schießerei stellen werde?«

»Ja«, sagte Faz.

Pinnacle setzte sich zurück und stellte direkten Blickkontakt her. »Okay. Zuerst einmal: Können Sie mir erklären, warum Sie sich in diesem Wohnhaus in South Park aufhielten?«

»Das Haus war uns als letzte bekannte Adresse für Eduardo Lopez genannt worden.«

»Und Lopez ist ...?«

»Entschuldigung!« Faz schüttelte den Kopf, um die Spinnweben zu vertreiben, und trank einen Schluck Kaffee. »Ein Verdächtiger im Mordfall Monique Rodgers. Sie wurde erschossen.«

»Danke. Fahren Sie fort.«

»Die Wohnung, um die es ging, war die mit der Nummer 511. Wir wollten bei Mr Lopez eine einfache Befragung vornehmen.«

»Und warum war die Eingreiftruppe nicht dabei?«

»Dafür bestand keine Notwendigkeit. Es handelte sich um eine einfache Befragung.«

»Wer hatte das so entschieden?«

»Ich.«

»Hatten Sie Grund zu der Annahme, dass Mr Lopez bewaffnet war?«

»Das war uns nicht bekannt.«

»Also möglich?«, fragte Pinnacle.

»Jeder kann bewaffnet sein, besonders in der heutigen Zeit. Ob ich glaubte, er sei bewaffnet und eine Bedrohung? Nein.«

»Sie verdächtigten ihn, der Schütze im Mordfall Rodgers zu sein?«

Faz zuckte die Achseln. Er wusste, warum diese Frage gestellt wurde, und würde nicht in die Falle gehen und jetzt Ja sagen, nur damit Pinnacle dann fragte, warum er in diesem Fall nicht davon ausgegangen war, dass Lopez immer noch eine Waffe hatte. »Wir wussten nicht, ob er der Schütze ist. Wir wussten, dass sich sein Handabdruck auf einem Wagen befand, der in der Nähe der Schießerei stand. Er könnte auch einfach nur vor den Schüssen geflohen sein, als er sich auf der Kühlerhaube des Wagens abstützte, und vielleicht wichtige Informationen haben. Das hofften wir herauszufinden.«

»Wollten Sie oder Ihre Partnerin Begleitung durch ein Team der Eingreiftruppe beim Überreichen des Durchsuchungsbeschlusses?«

»Wie ich schon sagte, es gab keine Notwendigkeit für ein SWAT-Team oder einen Durchsuchungsbeschluss. Was Andrea Gonzales wollte oder dachte, das müssen Sie sie selbst fragen. Ich werde nicht spekulieren.«

»Sagte sie, dass sie die SWAT dabeihaben will?«

Faz versuchte herauszuhören, worauf Pinnacle mit dieser Frage hinauswollte. Sie hatte nicht nach Textbuch geklungen.

»Sie erwähnte auf der Fahrt zur Wohnung, sie fühle sich manchmal wohler, wenn ein SWAT-Team dabei ist.«

»Sie erinnern sich, dass sie das so gesagt hat?«

»So etwas in der Art, ja.«

»Woran erinnern Sie sich? Was genau hat sie gesagt?«

Faz atmete hörbar aus. Ihm schien seit dieser Autofahrt mit Gonzales eine Ewigkeit vergangen zu sein. »Sie fühle sich manchmal sicherer mit jemandem mit einem Sturmgewehr im Rücken, der notfalls jemandem eine Ladung Blei in den Hintern jagen kann. So etwas in der Art.«

»Aber Sie fanden nicht, dass das SWAT dabei sein sollte?«

»Als sie das sagte? Nein. Wir wollten den Mann einfach nur befragen, nicht festnehmen oder so. Wir hatten keinen Beweis dafür, dass Lopez bewaffnet war oder dass er derjenige war, der Rodgers erschossen hatte, und es gab keinen Hinweis darauf, dass er von unserem Kommen wusste und sich von uns bedroht fühlen könnte. Wie ich schon sagte: eine einfache Befragung, keine Festnahme.«

»Welche Hinweise hatten Sie überhaupt, bis auf das Video, auf dem Lopez den geparkten Wagen anfasst und seinen Abdruck hinterlässt?«

Faz nippte an seinem Kaffee und setzte den Becher ab, fuhr mit dem Fingernagel an dessen Rand entlang. »Keine weiteren.«

»Wäre es nicht vernünftig gewesen, davon auszugehen, dass der Mann bewaffnet war? Angesichts der Tatsache, dass Sie ihn verdächtigten, Monique Rodgers erschossen zu haben?«

»Wie oft soll ich es denn noch sagen? Ich bin mir sicher, da draußen gibt es jede Menge Videos von Typen, die an dem Tag in der Gegend waren. Sollen wir bei jedem Einzelnen davon ausgehen, dass er bewaffnet und gefährlich ist? Wir wollten einfach nur mit dem Mann reden, herausfinden, was er da in der Gegend gemacht hat, ob er etwas gesehen hat, abwarten, ob er vielleicht anfängt zu stottern und sich zu winden. Einfach einen ersten Eindruck gewinnen. Und von da aus wollten wir weitersehen.«

»Aber Sie haben diese Frage nicht mit Ihrem Vorgesetzten geklärt, richtig?«

»Welche Frage? Ob wir das SWAT hinzuziehen sollten? Nein, habe ich nicht.«

Faz konnte Rädchen in Pinnacles Kopf rattern hören und erkannte sofort seinen Fehler: Wenn sie ihr Vorgehen auf die Annahme ausgerichtet hatten, dass Lopez nicht bewaffnet war, warum hatte Gonzales dann sofort geschossen? Diese Frage würde sie selbst beantworten müssen.

Pinnacle hatte gleich die nächste Frage: »Sie gingen also zu der Wohnung, um eine Befragung vorzunehmen?«

»Wir wollten Lopez auch bitten, uns in seiner Wohnung umsehen zu dürfen.«

»Wollten Sie nach etwas Bestimmtem Ausschau halten?«

Faz zögerte kurz. »Nach einer Pistole und einem Hoodie.«

»Und was genau ist ein Hoodie?«

»Ein Sweatshirt mit Kapuze. Auf dem Video hatte sich Lopez die Kapuze über den Kopf gezogen.«

»Was haben Sie daraus geschlossen?«

»Dass er wahrscheinlich seine Identität verbergen wollte.«

»Und nach was für einer Waffe hielten Sie Ausschau?«

»Wenn sich die Gelegenheit bot, wollten wir nach einem Revolver Kaliber .38 suchen. Am Tatort, also dort, wo Monique Rodgers erschossen wurde, haben wir keine Patronenhülsen finden können. So sind wir bei unseren Ermittlungen davon ausgegangen, dass der Schütze einen Revolver benutzte. Die tödliche Kugel hatte Kaliber .38.«

»Und was geschah, als Sie bei der Wohnung eintrafen?«

Faz nahm sich einen Moment Zeit. Mit der Erschöpfung war das Klingeln in seinen Ohren hartnäckiger geworden. Er zog an einem Ohrläppchen, wie ein Schwimmer, der das Wasser aus den Ohren loswerden will. »Ich stand an der nördlichen Seite der Tür, Detective Gonzales auf der südlichen.«

»Detective Gonzales ist nicht Ihre reguläre Partnerin, richtig?«

»Nein. Mein eigentlicher Partner, Del Castigliano, hatte sich den Rücken verrenkt und war zu Hause geblieben, Überstunden abfeiern.«

»Hatten Sie je zuvor mit Detective Gonzales zusammengearbeitet?«

»Nein. Sie hatte Montag gerade erst bei uns angefangen.«

»Hatten Sie irgendwelche Bedenken, eine Detective, deren Erfahrung Sie nicht kannten, zu einer dynamischen Verhaftung mitzunehmen?«

»Von einer dynamischen Verhaftung war nie die Rede.« Darunter verstand man die Verhaftung einer als bewaffnet und gefährlich eingeschätzten Person. »Wie schon mehrfach gesagt, handelte es sich um eine einfache Befragung, ohne Ingewahrsamnahme. Hatte ich irgendwelche Bedenken, Detective Gonzales mitzunehmen? Nein. Mir war gesagt worden, sie hätte in L. A. als Detective gearbeitet und brächte erhebliche Erfahrungen mit.«

»Und wer hat Ihnen das gesagt?«

»Das hat sie mir gesagt.«

»Sie haben nicht versucht, die Information zu verifizieren?«

Faz lachte leise. »Wie verifizieren, Larry? Eine Kollegin sagt mir, sie hat Erfahrung, da gehe ich doch nicht hin und nenne sie Lügnerin.«

Pinnacle blieb ernst und geschäftsmäßig. »Dann haben Sie also nicht den Versuch gemacht, das zu verifizieren?«

Faz antwortete nicht sofort. Er wusste ja, dass Pinnacle hier nur seinen Job machte, aber was war das eigentlich für ein Job, der völlig normale Detectives dazu brachte, die eigenen Erfahrungen zu vergessen, um zu wichtigtuerischen Arschlöchern zu werden?

»Da sie in der Abteilung Gewaltverbrechen arbeiten sollte, ging ich davon aus, dass sie während des Einstellungsverfahrens gründlich durchleuchtet worden war, aber dafür bin ich nicht zuständig, das machen die von einer Lohngruppe höher. Diese Frage sollten Sie dann lieber Lieutenant Laub oder Captain Nolasco stellen.«

»Sie haben gerade beschrieben, was geschah, als Sie bei der Wohnung eintrafen.«

Faz nahm sich kurz Zeit, um nachzudenken, wo er gerade gewesen war. Langsam fürchtete er, es könne bei diesem Verhör gar nicht um die Frage gehen, woran er sich erinnerte. Es ging darum, ihm ein Bein zu stellen – ihn zum Reden zu bringen. Das Thema wechseln, Verwirrung stiften – alles, damit er nicht auf ein vorbereitetes Skript zurückgreifen konnte. Faz hatte bei eigenen Verhören solche Techniken auch schon angewendet. Nur hatte er hier kein Skript vorzutragen, war auch kein Verdächtiger. Oder doch? Scheiße, er war müde und nicht nur von diesem Abend. Er war emotional erschöpft von den letzten Tagen, seit Veras Diagnose. Und er wurde nicht jünger.

Er nahm sich einen Moment Zeit, nippte an seinem Kaffee. Das Klingeln in seinen Ohren hielt sich hartnäckig und er zupfte noch einmal an seinem Ohrläppchen.

»Alles in Ordnung? Ist es okay, wenn wir weitermachen?«, wollte Pinnacle wissen.

»Ja, alles in Ordnung.« Faz dachte noch einen Moment nach, bevor er fortfuhr: »Ich stand an der nördlichen Seite des Türrahmens und Detective Gonzales an der südlichen Seite. Beim Apartment 511. Sie wollte gerade an die Tür dieser Wohnung klopfen, als ich eine Stimme hörte. Es kam mir so vor, als käme sie aus dem Innern der Wohnung, und so streckte ich die Hand aus, um sie aufzuhalten.«

»Hatten Sie oder hatte Detective Gonzales an diesem Punkt die Waffe aus dem Holster gezogen?«

»Nein, an diesem Punkt nicht.« Faz versuchte, sich zu erinnern, wann er seine Waffe gezogen hatte.

»Sind Sie sicher?«

»Ja.«

»Hat Detective Gonzales Sie beide als Polizisten vorgestellt?«

»Dazu hatte sie keine Gelegenheit. Wie ich sagte, ich hörte jemanden ...«

»Was sagte diese Person?«

»Ich weiß es nicht. Es hörte sich an wie Spanisch.«

»Die Person sprach Spanisch?«

»Gonzales dachte das. Sie formte mit den Lippen das Wort ›Spanisch‹, als ich sie ansah, und sie spricht die Sprache.«

»Von wo hörten Sie die Stimme?«

»Aus der Wohnung. Dachte ich. Aber ich war mir nicht sicher, also habe ich Gonzales gefragt und da ...«

»Sie wussten es nicht?«

»Ich war mir nicht sicher. Ich dachte, die Stimme käme aus der Wohnung von Lopez. Gonzales glaubte das auch. Aber es hätte auch die Wohnung nebenan sein können.«

»Konnten Sie hören, was gesagt wurde?«

»Ich sagte doch schon, ich konnte es hören. Ich konnte es nicht verstehen.«

Pinnacle machte sich eine Notiz. »Fahren Sie fort.«

Hatte es denn eine Frage gegeben? Faz glaubte das nicht, aber er wollte die Befragung dringend hinter sich bringen. »Detective Gonzales wollte klopfen – und plötzlich höre ich etwas. Eine Tür, die hinter mir aufgeht. Und ich sehe, wie sie ganz weit die Augen aufreißt, als wäre was hinter mir, mit dem sie nicht gerechnet hatte.«

»Gonzales sah Sie an oder die Tür der Wohnung, an die sie klopfte?«

»Sie sah mich an – nicht mich, etwas gleich hinter meiner linken Schulter.« Faz machte eine vage Geste. »Ich sah ihre

Augen ganz groß werden, wie zwei Untertassen. Als Nächstes bekam ich mit, wie sie auf mich zukommt und den Arm mit der Pistole in der Hand hebt und über meine Schulter zielt.«

»Haben Sie etwas gehört, bevor Sie Gonzales über Ihre linke Schulter blicken sahen?«

»Wie ich schon sagte: Ich hörte eine Stimme Spanisch sprechen und ich hörte hinter mir eine Tür aufgehen.«

»Haben Sie sich umgedreht, um nachzusehen, was da war?«

»Daran erinnere ich mich nicht genau. Ich sah Gonzales an und konzentrierte mich auf die Tür, an die sie gerade klopfen wollte.«

»Was geschah als Nächstes?«

»Sie stieß mich beiseite und ich stolperte rückwärts gegen die gegenüberliegende Flurwand.«

»Gonzales schubste Sie so, dass Sie das Gleichgewicht verloren?«

Faz meinte, einen Hauch Unglauben zu hören. Er war ein Meter dreiundneunzig groß und wog hundertzwanzig Kilo, Gonzales brachte es gerade mal auf eins achtundsechzig und wog höchstens sechzig Kilo. »Ja, hat sie. Dabei hob sie den Arm und rief: ›Waffe!‹«

»Sie hat ›Waffe!‹ gerufen?«

»Während sie ihre Waffe hob, rief sie ›Waffe!‹ und gab schnell hintereinander drei Schüsse ab.«

»Sie stieß Sie beiseite, bevor oder nachdem sie ›Waffe!‹ rief?«

»Alles zur gleichen Zeit. Sie rief ›Waffe!‹, während sie gleichzeitig den rechten Arm hob und mich mit dem linken beiseiteschob.« Faz führte das vor.

»Und Sie sagen, Gonzales rief ›Waffe!‹?«

»Genau.«

»Gonzales rief das, nicht Sie?«

Faz starrte Pinnacle an. »Was?«

»Sie haben nicht ›Waffe!‹ gerufen?«

»Ich sagte doch schon, ich stand mit dem Rücken zu der Tür. Warum sollte ich ›Waffe!‹ rufen?«

»Ich versuche hier nur, alles genau zu verstehen.«

»Nein, tun Sie nicht. Sie provozieren mich. Sie wollen sehen, ob ich mich in Widersprüche verwickle und etwas sage, was nicht zu dem passt, was ich vorher gesagt habe. Das macht mich sauer.«

Pinnacle fuhr fort, ohne auf den Einwurf einzugehen: »Sie standen mit dem Gesicht zur Tür, an die Sie klopfen wollten, richtig?«

»Nein.« Faz, der es nicht mehr schaffte, sich seinen Unmut nicht anmerken zu lassen, nahm beide Hände zu Hilfe, um zu demonstrieren, wo er im Verhältnis zur Tür gestanden hatte. »Ich stand neben der Tür von Lopez, mit dem Gesicht zum Fenster am Flurende, und konzentrierte mich ganz auf diese Tür. Auf die Tür, an die Gonzales gerade klopfen wollte.«

»Sie haben den Verdächtigen nicht aus der Tür kommen sehen?«

»Wie denn? Die Tür, aus der er kam, war hinter mir. Ich wandte ihr den Rücken zu.« Langsam wurde Faz richtig wütend.

»Ich frage ja nur.«

»Und ich antworte Ihnen. Machen wir weiter.«

Pinnacle dachte kurz nach. »Sind Sie ganz sicher, dass es Detective Gonzales war, die ›Waffe!‹ rief? Ohne jeden Zweifel?«

»Sie wollen wissen, ob ich daran zweifele?«

»Ja.«

Faz hatte selbst genügend Verhöre geführt, um zu merken, wie der Hase lief. Pinnacle hatte sich in seinen Stuhl zurückgesetzt und musterte angelegentlich seinen Kuli. Der Mann hielt ihn für einen Lügner! »Ich bin mir ohne jeden Zweifel sicher.«

»Und Sie sind sich ebenfalls ohne jeden Zweifel sicher, dass Gonzales einen Blick über Ihre Schulter warf, den Verdächtigen sah und näher kam, wobei sie Sie aus dem Weg stieß?«

»Ich bin mir ganz sicher.«

»Sie sagten, Gonzales klopfte an die Tür.«

»Ich sagte, sie machte sich bereit, an die Tür zu klopfen.«

»Dann stand sie mit dem Gesicht zur Tür, kurz davor, anzuklopfen.«

»Genau.«

»Sie selbst lenkten Gonzales' Aufmerksamkeit nicht auf den Verdächtigen?«

»Ob ich ihre Aufmerksamkeit gelenkt habe? Wie denn?«

»Sie haben nicht ›Waffe!‹ gerufen?«

Faz lachte leise. »Was soll der Scheiß, Larry?« Pinnacle gab keine Antwort. »Sagt Gonzales, ich hätte ›Waffe!‹ gerufen?«

»Dann haben Sie das nicht getan?«

»Wie ich bereits sagte, Larry.«

»Riefen Sie ›Waffe!‹?«

»Ich sagte Ihnen bereits: Nein, das tat ich nicht.«

»Und Sie lenkten auch nicht in anderer Weise die Aufmerksamkeit von Detective Gonzales von der Tür weg, an die Sie gerade klopfen wollten? Hin zu dem Verdächtigen, der aus der anderen Wohnung kam?«

»Ich habe genug von dieser Scheiße.« Faz schob seinen Stuhl zurück und stand auf.

»Ich sage, wenn wir fertig sind, Detective.«

»Von wegen. Ich bin hier durch. Und wenn Sie das anders sehen, will ich jemanden von meiner Gewerkschaft dabeihaben, bevor ich auch nur eine weitere Frage beantworte.«

Pinnacle war ebenfalls aufgestanden und hob beschwichtigend beide Hände. »Schon gut, schon gut. Lassen Sie uns einfach weitermachen, okay?«

»Was ist das für ein Scheiß? Sagt Gonzales, ich hätte ›Waffe!‹ gerufen?«

»Lassen Sie uns weitermachen, ja? Erzählen Sie, wie es Ihrer Erinnerung nach weiterging, nachdem Gonzales Sie beiseitegestoßen hatte.«

Faz rückte seinen Stuhl zurecht und setzte sich, nippte am Kaffee, der noch nicht einmal mehr warm war, nahm sich einen Moment Zeit, sich halbwegs zu fangen. »Direkt neben meinem linken Ohr war gerade eine Glock losgegangen, also klingelte es in meinen Ohren. Als Nächstes erinnere ich mich an Gonzales, die wissen wollte, ob mit mir alles in Ordnung sei.«

»Warum fragte sie das? Was war passiert?«

Faz starrte Pinnacle fassungslos an. »Das habe ich Ihnen doch gerade erklärt. Sie hatte direkt neben meinem Ohr drei Schüsse abgegeben. Ich verstand zuerst nicht einmal, was sie sagte.«

»Sagte sie denn etwas?«

»Ich konnte nichts hören.«

»Aber Sie hörten, wie sie fragte, ob alles okay ist?«

»Irgendwann verstand ich sie, ja.«

»Wie viel Zeit verging, bis Sie wieder hören konnten?«

»Das weiß ich nicht.«

»Sekunden? Minuten?«

»Nein, es waren Sekunden.«

»Und dann? Was dann?«

»Und dann ging sie in die Wohnung, aus der Lopez gekommen war. In der Wohnung war eine Frau. Sie kauerte an die Wand gedrückt auf dem Boden und schützte mit dem Körper ein kleines Kind. Beide, die Frau und das Kind, schrien.«

»Was schrie die Frau?«

»Ich weiß nicht. Vielleicht ist schreien das falsche Wort. Sie weinte sehr laut.«

»Sie konnten sie nicht verstehen, weil es in Ihren Ohren klingelte?«

»Gonzales fragte sie etwas auf Spanisch und sie antwortete auf Spanisch.«

»Wie viel wiegen Sie?«

Faz antwortete nicht sofort. »Ist das relevant?«

Pinnacle starrte ihn an. »Das weiß ich nicht.«

»Ich wiege ungefähr hundertzwanzig Kilo.«

Pinnacle notierte sich die Zahl auf einem Blatt Papier. Dann setzte er sich zurück. »Als Gonzales in die Wohnung ging, was taten Sie da?«

»Ich prüfte, ob der Verdächtige noch am Leben war, und ich suchte nach einer Waffe.«

»War der Mann tot?«

»Sehr.«

»Fanden Sie eine Waffe?«

»Ich habe keine gesehen. Ich sah ein Handy in der Nähe der rechten Hand des Toten. Ich dachte, vielleicht liegt die Waffe unter ihm, vielleicht ist er draufgefallen.«

»Haben Sie nachgesehen?«

»Zu dem Zeitpunkt nicht.«

»Was taten Sie also?«

»Ich legte Lopez Handschellen an, und dann ging ich in die Wohnung zu Gonzales und half nachsehen, ob sich dort noch jemand aufhielt.«

»Was tat Gonzales?«

»In der Wohnung befanden sich, wie gesagt, eine Frau und ein Kind, in eine Ecke gekauert. Gonzales redete mit ihnen auf Spanisch.«

»Sie konnten sie nicht verstehen?«

»Nein. Aber ich bin mir ziemlich sicher, sie fragte nach dem Namen des Mannes im Flur.«

»Und was sagte die Frau zu Detective Gonzales?«
»Sie sagte, es sei Eduardo Lopez.«
»Detective Fazzio, haben Sie je eine Waffe gefunden?«
»Nein, habe ich nicht.«
»Was ist mit der Wohnung? Fanden Sie dort eine Waffe?«
»In der Wohnung, in der sich die Frau und das Kind befanden? Nein. Wir hatten keinen Durchsuchungsbeschluss für diese Wohnung, konnten sie also nur zu unserer eigenen Sicherheit flüchtig in Augenschein nehmen.«
»Die Wohnung des Verdächtigen betraten Sie nicht?«
»Nein. Wir warteten auf die Spurensicherung.«
»Der Tod von Monique Rodgers ... das ist Ihr einziger offener Fall, richtig?«
»Richtig.«
»Sie und Detective Castigliano haben bis jetzt jeden Mordfall in Ihrer Karriere aufgeklärt, stimmt auch das?«
»Das ist korrekt.«
»Und Lopez war Ihr einziger Hinweis im Fall Rodgers, sehe ich das ebenfalls richtig?«
»Bis zu diesem Punkt, ja.«
»Möchten Sie noch irgendetwas hinzufügen?«
»Nein.«
»Dann werde ich das Band jetzt anhalten.«
Pinnacle drückte auf den entsprechenden Knopf. »Danke, Detective. Wir sind hier fertig.«
Faz sammelte sein Handy ein. Er wollte Pinnacle gern glauben, wusste aber leider aus Erfahrung, dass die Sache hier nicht zu Ende war. Bei Weitem noch nicht.

Kapitel 29

Das Gespräch zwischen Tracy, Kins und Ray Giacomoto, dem Captain der Polizeidienststelle Bellevue, verlief professionell und direkt. Giacomoto wollte als Erstes wissen, was Tracy und Kins »auf dieser Seite des Sees« zu suchen hatten und warum seine Dienststelle nicht informiert worden war.

»Das Opfer wohnte in Seattle und die Vermisstenanzeige wurde von der Polizei dort aufgenommen«, erklärte Tracy. »Wir dachten nicht, dass wir hier gleich über eine Leiche stolpern, wir waren dem Handy der Vermissten auf der Spur. Und als wir die Tote fanden, hielt ich es für das Beste, erst einmal den Tatort zu sichern und zu untersuchen, bevor noch mehr Zeit verging und möglicherweise Spuren vernichtet wurden.«

Giacomoto grinste. »Wir sind voll ausgerüstet, um einen Tatort zu sichern und zu untersuchen, Detective. Ich glaube, das wissen Sie auch.«

»Natürlich!« Tracy nickte. »Auf jeden Fall.«

»Woher also die Eile? Kannten Sie die Vermisste?«

»Nicht persönlich, nur aus den Erzählungen ihrer Mitbewohnerin und dem, was die Befragung ihrer Familie ergab. Wir untersuchen diesen Fall bereits seit zwei Tagen.«

»Aber jetzt ist die Frau tot und wird so schnell nirgendwo mehr hingehen«, wiederholte Giacomoto.

»Da haben Sie recht.«

»Womit sie in die Zuständigkeit von Bellevue fällt.«

»Vielleicht, aber das konnte ich unmöglich wissen. Wir wissen doch bis jetzt nicht eindeutig, ob das Opfer hier ermordet wurde. Um die Grube herum gibt es keine Fußabdrücke. Der Anfangseindruck der Spurenleserin ist der, dass sie an einem anderen Ort ermordet und die Leiche hier nur entsorgt wurde.« Davon, dass Kavita Mukherjee dem ersten Eindruck der Spurenleserin nach an einer anderen Stelle hier im Park ermordet worden war, erwähnte Tracy erst einmal nichts. »Es hatte hier schon lange nicht mehr geregnet«, fuhr sie fort, »und die Nachrichten hatten ein Gewitter angekündigt. Ich hielt es von daher, wie schon gesagt, für absolut vordringlich, den Tatort zu sichern und zu untersuchen, bevor womöglich Fußabdrücke und andere Spuren vom Regen vernichtet werden konnten.«

Giacomoto wirkte nicht gänzlich überzeugt, schien jedoch erst einmal damit einverstanden, die Kollegen aus Seattle weiterhin ihre Arbeit machen zu lassen. »Wir möchten Kopien sämtlicher Berichte«, ordnete er an.

»Kein Problem«, versicherte Tracy.

»Und was die Zuständigkeit betrifft, das wird wohl weiter oben entschieden werden. Bis dahin halte ich mich gern zurück und überlasse Ihnen das Feld.«

Alle drei wandten sich um, als Kelly Rosa aus der Grube kletterte. Rosa erinnerte wirklich sehr an eine Archäologin frisch bei der Arbeit, mit jeder Menge Erde an den Stiefeln, der Jeans und der Baseballkappe, die sie als Fan der Mariners auswies. Sie schaltete ihre Stirnlampe aus und nahm die Maske ab, die sie über Mund und Nase getragen hatte. Dann zog sie sich die Latexhandschuhe aus und wischte sich beim Näherkommen

Schmutz vom über die Jeans hängenden Hemdzipfel. Ihr Gang war unbeholfen, da sie Knieschoner aus Gummi trug.

»Klasse Look, brandneu«, lobte Kins mit Blick auf die Knieschoner.

»Die sind für Fliesenleger, ich hab sie bei Costco entdeckt. Meine Knie sind nicht mehr so jung, wie sie mal waren.«

»Und da dachte ich schon, du versuchst dich mal als Catcher.« Kins seufzte.

»Bei den Mariners? Die brauchen ja wohl eher jemanden, der auch mal trifft.« Sie dachte kurz nach, ehe sie fortfuhr: »Ein Raubüberfall war es nicht, das kann ich euch schon mal sagen. Oder falls doch, dann waren das die dämlichsten Räuber, die die Welt je gesehen hat.« Rosa, eine kleine, zierliche Frau, verfügte über eine Persönlichkeit, die ihre Körpergröße vergessen ließ. »Die Tote hat zwölf Dollar, einen im Staat Washington ausgestellten Führerschein und eine Kreditkarte im Portemonnaie, trägt eine goldene Kette und ein goldenes Armband.«

»Kein Raubüberfall also und der Mörder hat nicht versucht, ihre Identität zu verschleiern«, fasste Kins zusammen.

»Mal abgesehen davon, dass er sie in eine ziemlich zugewucherte Grube warf«, sagte Giacomoto.

»Sollte wohl nicht gleich jeder drüber stolpern«, sagte Kins.

»Wir reden davon, dass sie in die Grube *geworfen* wurde, stimmt das denn? Es war kein Unfall?«, wollte Tracy wissen.

»Nein«, sagte Rosa. »Ich glaube nicht, dass es ein Unfall war.«

»Was glauben Sie denn dann?«, fragte Giacomoto.

Rosa hob den Arm und imitierte Schläge auf den Kopf. »Sie starb durch die Einwirkung eines stumpfen Gegenstandes – mehrere Schläge seitlich an den Schädel. Ich würde sagen zwei, vielleicht drei. Die genaue Anzahl wissen wir erst, wenn wir Nahaufnahmen von der Verletzung gemacht haben. Sie wurde an der rechten Kopfseite von einem Gegenstand mit unregelmäßiger Form getroffen. Höchstwahrscheinlich war das ein Stein. Ich würde ein paar der Uniformierten den Park nach einem Stein mit Blut daran absuchen lassen.«

»Klingt ein bisschen wie die Suche nach einer Nadel im Heuhaufen«, fand Kins. »In einem fünfhundert Hektar großen Heuhaufen.«

»Oder der Mörder hat ihn einfach fallen lassen und er liegt noch irgendwo hier in der Nähe«, sagte Rosa.

»Sind Sie sicher, dass der Mörder einen Stein benutzt hat?«, wollte Giacomoto wissen.

»Sicher kann ich erst sein, wenn wir die Wunde unter dem Mikroskop untersucht haben, aber ich würde sagen, das mit dem Stein ist ziemlich wahrscheinlich.«

»Dann wurde sie hier im Park umgebracht?«, fragte Giacomoto.

»Das habe nicht ich zu entscheiden«, sagte Rosa. Tracy stellte dankbar fest, dass die Rechtsmedizinerin ihr hier ein wenig Spielraum verschaffen wollte. »Ich kann sagen, dass sie nicht *in* und auch nicht *in der Nähe* der Grube umgebracht wurde. Aber wo sonst ...« Sie zuckte die Achseln.

»Ich werde ein paar von meinen Uniformierten den Park absuchen lassen«, erklärte Giacomoto. »Hat sich schon jemand von Ihnen die Wanderwege angesehen?«

Tracy nickte. »Das ist erledigt, aber ich weiß einen zweiten Blick immer sehr zu schätzen.«

Giacomoto reichte Rosa eine Visitenkarte. »Ich hätte gern Ihren Bericht, sobald er fertig ist.« Er verabschiedete sich mit kurzem Nicken und ging.

Mit Rosas Ausführungen rückte Kaylee Wrights Hypothese, Mukherjee wäre zur Grube getragen und dort hineingeworfen worden, einen Schritt näher an eine vertretbare Theorie.

»Was noch?«, fragte Tracy.

»Im Loch ist wenig Blut. Wenn sie gestürzt wäre und sich den Kopf aufgeschlagen hätte, dann wäre sie dort ausgeblutet und wir hätten viel mehr Blut. Die Leichenflecken stimmen mit der Lage der Leiche im Loch überein, was daran liegen dürfte, dass die Frau wohl gleich nach ihrer Ermordung bewegt wurde.« Rosa bezog sich auf die bläulichen Flecken an einer Leiche, die sich nach dem Tod an den Stellen bildeten, an denen sie den Boden berührte. »Wann wurde sie zuletzt lebend gesehen?«

»Montagabend«, sagte Tracy. »Früh, so gegen sechs Uhr.«

Rosa drehte sich noch einmal zur Grube. »Keine Leichenstarre, also ist sie mindestens zwölf Stunden tot, wahrscheinlich jedoch länger. Sie hat Verfärbungen am Abdomen und ist ein wenig aufgebläht, was eher auf sechsunddreißig bis achtundvierzig Stunden deutet. Das gilt auch für die beginnenden Hinweise auf Marmorfärbung der Haut.«

»Also käme Montagabend infrage«, sagte Tracy.

»Ist auf jeden Fall eine Möglichkeit, aber das finden wir noch heraus und können es eingrenzen.«

»Jemand geht hin und schlägt ihr mehrmals mit einem Stein auf den Kopf ...« Kins dachte laut nach.

»Ja, ich weiß, worauf du hinauswillst«, sagte Rosa. »Und es waren heftige Schläge.«

»Jemand, der wütend war«, sagte Kins.

Rosa zuckte die Achseln. »Das müsst ihr dann nachweisen, aber ich kann bestätigen, dass die Schläge mit erheblicher Kraft ausgeführt wurden, was darauf hinweisen könnte, dass ihr jemand ernsthaften Schaden zufügen wollte. Wir sind da unten bald fertig und können die Leiche fortschaffen. Dann gehört der Tatort ganz euch.«

»Irgendwelche Hinweise auf sexuelle Gewalt?«, fragte Tracy, die im Kopf die Checkliste durchging und Kästchen ankreuzte.

»Das können wir ganz sicher erst sagen, wenn wir sie ins Labor gebracht haben, aber es gibt keine Anzeichen für einen Kampf, keine zerrissenen oder heruntergerissenen Kleidungsstücke, keine Risse oder Kratzer in der Haut, und die Fingernägel sehen sauber aus. Aber auch hier gilt, dass wir das noch genauer untersuchen müssen.«

»Könntest du dir mit deinem Bericht vielleicht ein bisschen Zeit lassen?«, bat Tracy.

»Ich habe gerade ziemlich viel um die Ohren.« Rosa grinste. »Und kann natürlich jede Minute abberufen werden.« Sie winkte ihnen zu und ging zurück zum Grab.

»Kein Raubüberfall und wahrscheinlich keine Vergewaltigung«, fasste Tracy zusammen. »Kräftige Schläge auf den Kopf.«

»Einen Freund hatte sie nicht, hast du gesagt?«

»Keinen, von dem wir wissen. Aber sie hatte an dem Abend ein Date.«

Wieder drehte Tracy sich um, weil sie Leute näher kommen hörte. Diesmal führte ein uniformierter Beamter mit einem Klemmbrett in der Hand eine Frau in einer braunen, mit vielen Taschen versehenen Hose, Stiefeln und einer schwarzen Carhartt-Jacke zu ihnen.

»Das hier ist Margo Paige«, sagte der Beamte. »Sie ist Rangerin und für diesen Park zuständig.«

Tracy stellte sich und Kins vor. »Wie lange arbeiten Sie schon hier?«

Paiges Blick glitt immer wieder von Tracy zum Zelt über der Grube. »Ungefähr drei Jahre.« Sie hatte eine unerwartet tiefe, weiche Stimme.

»Dann kennen Sie sich hier also aus?«

»So gut wie das jemand kann, ja.«

»Kommen Sie bitte mit.« Tracy führte Paige den von der Spurensicherung gekennzeichneten Pfad entlang bis zum Absperrband, das man an die Zeltstangen gebunden hatte. »Ist Ihnen diese Grube bekannt?«

Paige warf ihr einen verunsicherten Blick zu. »Bekannt in welchem Sinn?«

»Wussten Sie, dass sie existiert?«

»Sie ist nicht frisch gegraben?«

»Nicht in jüngster Zeit.«

Paige schüttelte den Kopf. »Nein. Von der wusste ich nichts. Wenn ich das Loch gekannt hätte, hätte ich es aufgefüllt.«

»Wie häufig kommen solche großen Löcher hier im Park vor?«, wollte Tracy wissen.

Paige dachte nach. »Sie dürfen nicht vergessen, wie groß dieser Park ist, Detective. Über fünfhundert Hektar, mehr als achtundzwanzig Meilen Wanderwege, und dann sind da noch die Wohnhäuser direkt am Parkrand. Trotzdem glaube ich, ich kann mit einiger Sicherheit sagen, dass solche Gruben oder Löcher nur selten vorkommen. Ich kenne jedenfalls keine weiteren.«

»Keine?«, fragte Kins.

»Nicht, dass ich wüsste.«

»Irgendeine Idee, wofür sie gedacht war? Wie die Grube entstand?«

Paige nickte. »Sehen Sie die Häuser gleich da drüben, deren rückwärtige Grundstücke an die Parkgrenze reichen?« Sie deutete auf die Lichter. »Ich würde auf einen alten Brunnen tippen. Wahrscheinlich illegal gebohrt, von jemandem, der schon lange tot ist.«

»Könnte es auch etwas anderes sein?«

Paige zuckte die Achseln. »Es könnte rein theoretisch auch ein Loch sein, wie es beim Umstürzen eines Baumes entsteht. Wir hatten im vergangenen Winter starke Regenfälle. Stürme können Bäume entwurzeln und der Regen schwemmt dann die Erde darunter weg, was dazu führt, dass das Unterholz schneller wächst. Wie tief und breit ist das Loch denn?«

»Zwei bis zweieinhalb Meter tief und ungefähr ein Meter zwanzig Durchmesser«, sagte Tracy.

Paige schüttelte den Kopf. »Nein. Nein, auf keinen Fall ein umgestürzter Baum. Wahrscheinlich ist es ein alter Brunnen.«

»Hatten Sie schon einmal Unfälle, bei denen Leute in einen alten Brunnen gefallen sind?«

»Ich nicht, nein. Aber ich weiß von einem Vorfall, der sich vor ungefähr zehn Jahren ereignete, bevor ich hier anfing. Soweit ich verstanden habe, ritt eine junge Frau durch den Park, als das Pferd unter ihr wegsackte. Sie sagte, es war, als wäre das Tier in eine Falltür getreten. Das Pferd hat den Sturz nicht überlebt. Auch die junge Frau hätte ums Leben kommen können, schaffte es aber abzuspringen. Es könnte sich noch ein Bericht über den Vorfall im Archiv befinden. Ich sehe morgen mal nach.«

»Dann ist es also ziemlich unwahrscheinlich, dass jemand einfach in dieses Loch gestolpert ist?«, fragte Kins.

»Schwer zu sagen. Das Pferd und die Reiterin waren ja auch nicht unbedingt auf der Suche nach einem Loch, in das sie reinfallen konnten. Ich frage mich von meiner Perspektive aus gesehen natürlich, wenn jemand von diesem Loch wusste, warum hat der dann nicht Bescheid gesagt, damit wir es auffüllen lassen?«

Kapitel 30

Faz fuhr in seine Einfahrt, erschöpft, frustriert und verwirrt. Larry Pinnacle konnte bis zum Abwinken versichern, er wolle doch nur verstehen, wie Faz das Geschehene erlebt hatte, aber Faz war nicht von gestern. Er bekam schon mit, wenn jemand Löcher in seine Geschichte zu bohren versuchte und hoffte, eins davon ließe sich erweitern, bis die ganze Geschichte in Zweifel gezogen werden musste.

Die Frage war nur: Warum tat Pinnacle das?

Warum hatte er dieses etwas ungeschickte Verhör durchgezogen? Warum hatte er durchblicken lassen, dass Faz und Gonzales die Ereignisse nicht ganz übereinstimmend dargestellt hatten? Am stärksten schien ihn interessiert zu haben, wer denn nun »Waffe!« gerufen hatte. Faz hatte auf dem ganzen Nachhauseweg kaum über etwas anderes nachdenken können und im Geist alle möglichen denkbaren Szenarien durchgespielt, weswegen Gonzales ausgesagt haben könnte, nicht sie, sondern Faz habe den Warnruf ausgestoßen. Drei denkbare Möglichkeiten waren ihm eingefallen: Gonzales konnte im Stress der Ereignisse einfach vergessen haben, wie es gewesen war, oder sie hatte gelogen, oder es war wirklich Faz gewesen, der »Waffe!« gerufen hatte.

Die dritte Möglichkeit konnte er gleich wieder streichen, einfach weil die Logik dagegensprach. Wie hätte er auf eine Waffe in der Hand von Lopez aufmerksam geworden sein können, wenn er doch mit dem Rücken zur Wohnungstür stand, aus der der Mann aufgetaucht war? Er hatte Lopez nicht gesehen und schon gar nicht auf eine Waffe in dessen Hand geschlossen. Blieben Optionen eins und zwei: Entweder täuschte Gonzales die Erinnerung, oder sie log.

Jetzt hätte man meinen können, es sei doch ganz klar: Gonzales log, um ihre Karriere zu retten. Aber so einfach war das nicht, wie Faz gelernt hatte. Sämtliche Detectives der Polizei von Seattle hatten kürzlich im Rahmen der vom Justizministerium eingeleiteten Reformen zur Vermeidung von unnötigem Gewalteinsatz an einem sehr aufschlussreichen Lehrgang über Deeskalation in Situationen mit hohem Stresslevel teilnehmen müssen. Faz und Del, die angesichts ihrer langen Dienstzeit wenig Sinn in dieser Veranstaltung gesehen hatten, waren dort angetreten wie zwei Teenager, die man zum Erwerb einer Fremdsprache zwingen will. Diese Haltung war ihnen rasch vergangen. Der Kurs hatte deutlich gemacht, dass eine unter hohem Stress stattfindende Konfrontation mit einem bewaffneten Verdächtigen in erheblichem Maß die Erinnerung der beteiligten Beamten beeinflussen konnte, selbst wenn diese Beamten über jahrelange Erfahrung verfügten. Sogar Beamte, die schon lange als Partner arbeiteten, hatten oft drastisch auseinandergehende Erinnerungen an die Ereignisse in einer solchen Stresssituation und lagen noch dazu oft beide falsch. Erfahrene Beamte erinnerten sich an Waffen, wo gar keine gewesen waren, und interpretierten zum Beispiel die erhobenen Hände eines Verdächtigen, der sich ergeben wollte, in einer völligen Fehleinschätzung als Zeichen der Aggression.

Faz musste sich also fragen, ob die Erinnerungen von Gonzales vielleicht ähnlich getrübt waren.

Er sah hoch zu seinem und Veras Schlafzimmerfenster im ersten Stock. Er hatte Vera nach der Befragung angerufen, aber ihr nichts Wesentliches erzählt. Sie brauchte jetzt wirklich nicht noch mehr Sorgen. Er hatte ihr gesagt, er müsse noch Papierkram erledigen, und hatte ihr gerade raten wollen, nicht wie sonst auf ihn zu warten, als sie ihm zuvorgekommen war.

»Ich bin müde. Die letzten zwei Tage waren anstrengend. Ich gehe zu Bett.«

Faz betrat das Haus leise durch die hintere Tür und stieg auf Zehenspitzen die Treppe zum Schlafzimmer hoch. Dort stand die Tür offen und er konnte im durch das Fenster fallenden Dämmerlicht der Straßenbeleuchtung Veras Körper unter der Bettdecke ausmachen. Das viergeteilte Fenster malte ein Schattenkreuz auf den Quilt. Faz musste unwillkürlich an die romantischen Gemälde von Norman Rockwell denken, die so gern eine heile Welt porträtierten, in der die oft harte Realität gar nicht erst vorkam.

Vera rührte sich, sobald er das Zimmer betrat. »Vic?« Sie hob den Kopf und sah zur Tür, die Stimme noch ganz heiser vom Schlaf.

»Ja«, flüsterte er. »Tut mir leid, wenn ich dich geweckt habe.«

»Nein, ist schon in Ordnung. Ich habe bis eben noch ferngesehen. Wie spät ist es?«

»Nach Mitternacht.«

»Was war denn los?«

»Das erzähle ich dir morgen früh. Alles gut, hat sich alles geklärt.« Er setzte sich auf die Bettkante, um seine Schuhe aufzubinden.

»Und du? Wie fühlst du dich?«

»Prima.« Wie oft hatte ihm Vera diese Frage gestellt, und wie selten hatte er sich mit einer Gegenfrage revanchiert? »Und du? Wie geht es dir?«

»So weit ganz gut, eigentlich. War es der Mann, der sich mit der Hand auf dem Auto abgestützt hatte?«

Faz stand auf, um seine Schuhe in den Schrank zu stellen. »Ja.«

»Was ist passiert?«

Er legte den Gürtel ab. »Wir sind zu der Adresse, die im System für ihn angegeben war, wollten klopfen und plötzlich kam der Typ aus der Nebenwohnung raus, deren Tür ich im Rücken hatte. Meine Partnerin hat ihn erschossen.«

»Warst du nicht mit Del dort?«

Er hatte Vera nicht gesagt, dass Dels Rücken ihn außer Gefecht gesetzt hatte. »Nein. Del war zu Hause, er hat einen kaputten Rücken. Es war eine Neue, die bei uns als Detective angefangen hat.«

»Hat sie ihn getötet?«

Faz hängte seine Hose an einen Haken in der Schranktür. »Ja, sie hat ihn getötet. Danach rannten da so viele von den Chefs rum, du glaubst es nicht. Du weißt ja, was gerade Sache ist. Das FIT lief auch auf und ich musste mit denen zur Befragung ins Park 95.«

»Und jetzt? Bist du beurlaubt?«

Er kletterte ins Bett. »Ja, aber bestimmt nur für ein paar Tage. Sie schicken mich zu einem Psychoheini, bevor ich wieder arbeiten darf. Das kommt schon alles wieder ins Lot.«

»Und bei dir ist wirklich alles klar?«

»Auf jeden Fall. Du weißt doch, wie das jetzt ist, Vorschriften, Vorschriften und noch mal Vorschriften. Reifen, durch die ich springen muss. Die Sache wird wohl an einen Untersuchungsausschuss gehen und der stellt dann fest, dass ich nichts falsch gemacht habe. Schlaf weiter. Alles wird gut.«

Faz war froh, dass kein Licht brannte und Vera sein Gesicht nicht sehen konnte. Er hielt sich für einen guten Detective, aber seine Frau kannte sein Gesicht wie ein oft gelesenes Buch. In

Gedanken war er schon wieder bei den Ereignissen des Abends und bei der Frage, welches Szenario denkbar wäre, bei dem er »Waffe!« gerufen haben könnte, ob vielleicht er derjenige war, der mit seiner Erinnerung falschlag. Er war müde gewesen und hatte unter einer Menge Stress gestanden, hatte sich um Vera gesorgt. Es war möglich, dass … aber … nein! Dafür konnte er sich einfach kein plausibles Szenario vorstellen.

»Vic? Stimmt irgendwas nicht?«, fragte Vera leise.

Er wäre seine Zweifel so gern mit ihr durchgegangen. Vera ließ nie zu, dass er sich über irgendetwas den Kopf zerbrach, bis seine Gedanken nur noch im Kreis liefen. Aber jetzt ging das nicht, er konnte ihr unmöglich noch mehr zumuten.

»Nee«, flüsterte er zurück, »alles in Ordnung.«

»Ich frag ja nur. Weil du dir nicht die Zähne geputzt hast und mit Socken im Bett liegst.«

Kapitel 31

Freitag, 13. Juli 2018

Als Tracy und Kins endlich zum Parkplatz zurückkamen, war es bereits früher Morgen und ihr Tag fing gerade an. Als Erstes galt es etwas zu erledigen, was Tracy bei ihrem Beruf als Mordermittlerin immer am unangenehmsten gewesen war.

Dem Gesetz nach sollte der Rechtsmediziner des King County die nächsten Angehörigen eines Mordopfers informieren, aber in Situationen wie hier bei Kavita Mukherjee, wo Tracy bereits mit der Familie gesprochen hatte, übernahm sie diese Aufgabe lieber selbst. Andere Detectives taten das nicht, sie fanden ihren Job auch so schon hart genug, und Tracy wurde oft gefragt, warum sie sich das antat. Eine Frage, auf die sie keine eindeutige Antwort wusste. War dieser Besuch bei den Familien eine Art Buße, weil sie ihre Schwester damals nicht beschützt hatte? Oder spielten eher ganz andere, pragmatischere Gründe eine Rolle? Selbst einmal Empfängerin einer solchen erschütternden Nachricht gewesen zu sein und deren verheerende Auswirkungen zu kennen, verhalf ihr zu einer Perspektive, die anderen Beamten fehlte und die sie mit den Familien der Opfer teilen konnte.

Um kurz nach sechs Uhr morgens trafen Kins und Tracy bei den Mukherjees ein, nachdem sie ihr Kommen vorher telefonisch angekündigt hatten. Sie wollten sicher sein, dass die ganze Familie zu Hause war. Pranav, der Vater, hatte gerade zur Arbeit aufbrechen wollen, als sie anriefen, war aber von Tracy gebeten worden zu bleiben. Pranav hatte nicht gefragt, warum. Er hatte nicht gefragt, ob sie Kavita gefunden hatten oder ob seine Tochter lebte. Er hatte keine Bestätigung der schrecklichen Ahnung haben wollen, die tief in seinem Innern bereits Gewissheit annahm. Dort, wo man Nachrichten vergrub, die man lieber nicht wahrhaben wollte, Nachrichten von der Art, wie Detectives der Mordkommission sie überbrachten.

Pranav öffnete die Haustür, als Tracy klopfte. Seine Frau stand dicht hinter ihm. Beide sahen Tracy an, als sähen sie einen Engel des Todes. Sie versuchten, in ihrem Gesicht zu lesen, ahnten, was sie ihnen sagen musste, wollten es nicht hören. Und während langsam eine Sekunde nach der anderen verstrich, wurde aus Leugnen Realität, wie es immer geschah, und die Realität traf sie wie ein Schlag in die Magengrube, bis den beiden die Luft wegblieb, bis nur noch tiefe, unglaublich schmerzende Trauer blieb. Noch ehe Tracy etwas gesagt hatte, standen Pranav Tränen in den Augen.

»Wir haben Kavita gefunden«, sagte Tracy. »Es tut mir sehr leid. Sie ist tot.«

Pranav und Himani trauerten eine Weile allein, ehe sie leise den Rest ihrer Familie weckten. Bald waren alle im Foyer versammelt, Himani und Pranav, die beiden Söhne Nikhil und Sam und Kavitas Großeltern. Sie hielten sich in den Armen, trösteten einander, so gut sie konnten. Tracy und Kins ließen der Familie diese Zeit des Beisammenseins, beobachteten dabei jedoch genau das Verhalten der Einzelnen. Viele Morde geschahen im Familienkreis oder die Opfer hatten die Täter zumindest gut gekannt. Nikhil schien am stärksten gefasst, als hätte er sich längst mit dem Schicksal seiner Schwester abgefunden. Sam wirkte wie vor den Kopf geschlagen, als habe er gar nicht verstanden, was sein Vater ihm da gerade gesagt hatte. Er war zu jung für den Tod, für ihn war das alles noch fremd, ganz weit weg. Als die Erkenntnis ihn dann überkam, brach er laut weinend auf der untersten Treppenstufe zusammen.

Auch Pranav weinte laut, keuchend, vom Schmerz übermannt. Himanis Trauer zeigte sich kontrollierter. Ihre Schultern zuckten, aber sie klagte oder stöhnte nicht. Tracys Hand wanderte unbewusst zu der kleinen Wölbung unter ihrer Jacke. Sie konnte sich nichts Schlimmeres vorstellen als den Verlust eines Kindes, besonders wenn einem dieses Kind so sinnlos durch Gewalt entrissen wurde. Erst in diesem Augenblick, während Kavitas Familie trauerte, begriff sie ganz, was ihr Kins bei ihrem Gespräch im Konferenzraum hatte klarmachen wollen: Eltern zu sein war nichts für Leute mit schwachen Nerven. Mutter oder Vater zu sein hieß, unglaubliche Freude, unvorstellbares Glück in sein Herz zu lassen, es jedoch unter Umständen auch unaussprechlichen Qualen auszusetzen. Der Gedanke an ein Klopfen an der Tür früh am Morgen, an Nachrichten, die das Leben eines Elternpaares grundlegend veränderten, machte ihr Angst.

Kapitel 32

Faz wartete bis neun, bevor er den Gewerkschaftsvertreter anrief und um ein Gespräch mit einem Anwalt bat, für den Fall, dass er einen brauchen würde. Als Nächstes machte er einen Termin beim Psychologen aus, der ihm hoffentlich schnell die Befähigung zur Wiederaufnahme seiner Arbeit attestieren würde. Allzu große Illusionen machte er sich in dieser Frage allerdings nicht, auch wenn sich Polizeichef Sandy Clarridge kürzlich für seine Leute starkgemacht hatte und darauf drängte, solche Verfahren zügig durchzuführen und Beamte, die sich nachweislich nicht falsch verhalten hatten, nach Abschluss der Untersuchungen wieder in ihre alten Abteilungen und auf ihre alten Posten zurückzuschicken.

Dennoch dürfte das Verfahren seine Zeit in Anspruch nehmen.

Anfangs hatte Faz gehofft, die Beurlaubung könnte wegen Veras Erkrankung auch ihr Gutes haben, weil er dann Zeit hätte, ihr bei allen Untersuchungen und Gesprächen moralischen Beistand zu leisten. Aber so funktionierte seine Frau nun einmal nicht. Es gebe genug Veränderungen in ihrem Leben, fand sie, mehr brauche sie nicht und es sei für sie beide besser, wenn Faz zur Arbeit gehen konnte. Dort war sein Kopf gefordert und er konnte sich nützlich fühlen. Zu Hause zu sitzen würde ihn nur in den Wahnsinn treiben.

Wobei ihm im Moment allerdings gar keine Wahl blieb.

Als es an diesem Morgen an seiner Haustür klopfte, war er überrascht. Mit Besuch hatte er nicht gerechnet. Er ging öffnen. Draußen auf der sonnenbeschienenen Veranda stand Del in Anzug und Krawatte, eindeutig auf dem Weg zur Arbeit. Er reichte Faz die Morgenzeitung, nahm seine Sonnenbrille ab und warf einen Blick in den Flur. »Vera auch da?«

»Auch dir einen guten Morgen!«, sagte Faz. »Nein, Vera ist nicht da. Ein paar Freundinnen haben sie zu einem Tagesausflug abgeholt, damit sie auf andere Gedanken kommt.«

»Und wie geht es ihr so?«

»Sie hat gute Momente und schlechte.« Faz seufzte. »Sie reagiert emotional, wenn Antonio anruft oder wenn wir in irgendeiner Weise auf die Zukunft zu sprechen kommen. Also lerne ich gerade, in der Gegenwart zu bleiben und immer einen Tag nach dem anderen anzugehen.«

Del nickte. »Hat sie schon einen Termin für die OP?«

»Gestern in drei Wochen.«

»So lange hin?«

Faz zuckte die Achseln. »Nach der Mastektomie wird ihr Fall einer Tumorkonferenz vorgelegt, wo über die weitere Behandlung entschieden wird. Wahrscheinlich Chemo, meinte der Arzt. Aber du bist doch nicht hier, weil du dich persönlich und nicht nur am Telefon über Vera unterhalten willst, oder?«

Del schüttelte den Kopf. »Hast du heute schon Zeitung gelesen?«

»Nein, das habe ich lieber vermieden.« Faz trat zur Seite, um Del ins Haus zu lassen. Der bewegte sich immer noch vorsichtig, weil er seinem Rücken keine falsche Bewegung zumuten wollte, schloss die Tür hinter sich und folgte Faz durch das Wohnzimmer in die Küche, wo immer noch der Duft von

Bananenbrot in der Luft hing, gepaart mit dem nach frisch aufgebrühtem Kaffee.

»Der Artikel steht auf einer der Innenseiten im Metro-Teil.« Del deutete mit dem Kinn auf die mitgebrachte Zeitung. »Sie sagen, ein unbewaffneter Hispanoamerikaner sei von der Polizei erschossen worden, und finden, das stünde im Widerspruch zur Ankündigung des Justizministeriums neulich, wir hätten bedeutende Fortschritte gemacht.«

»Was anderes war kaum zu erwarten.« Faz hielt die Kaffeekanne hoch. »Willst du auch einen? Vera hat ihn heute Morgen gekocht.«

»Klar, warum nicht?«

Faz nahm zwei Becher aus dem Küchenschrank und goss ihnen beiden Kaffee ein. »Gonzales und Lopez sind ja beide Hispanoamerikaner. Ein bisschen hatte ich schon gehofft, das hält die Presse wenigstens von Kommentaren und Spekulationen über Rassismus ab.«

»Das war dann wohl zu viel der Hoffnung, was?«

»Scheint so.«

Polizeikugeln galten in der Presse generell als weiß, egal, wer geschossen hatte. »Wie geht es deinem Rücken?«, fragte Faz.

»Besser. Ich muss mich wohl noch eine ganze Weile vorsehen, aber immerhin tut es nicht mehr so weh.«

»Möchtest du ein Stück Bananenbrot?«

»Lieber nicht. Bei Veras Bananenbrot kann ich mich nicht zurückhalten, das bleibt dann nicht bei einem Stück.« Faz hatte sich an den Küchentisch gesetzt, Del tat es ihm nach. Der Kühlschrank summte und klickte. Im Garten nebenan bellte der Golden Retriever der Nachbarin und ein Frisbee segelte durch die Luft.

So, wie Del an seinem Kaffee nippte, wollte er Zeit schinden, fand Faz. Er wirkte nervös, ähnlich wie Antonio früher, wenn er seinem Vater eine Dummheit gestehen musste.

»Sag schon, was los ist«, drängte Faz. »Hat es was mit gestern Abend zu tun?«

»Wie kommst du darauf?«

Faz zuckte die Achseln. »Weil mir irgendwas an gestern Abend zu schaffen macht.«

»Ja?«

»Pinnacle hat mich andauernd gefragt, ob ich sicher sei, dass Gonzales ›Waffe!‹ gerufen hat. Als würde er mir nicht glauben oder meine Darstellung zumindest infrage stellen.« Er zuckte die Achseln. »Aber warum sollte ich lügen?«

»Das tust du bestimmt nicht.«

»Hat mich sauer gemacht. Ich musste die ganze Nacht darüber nachdenken.«

Del stellte seinen Kaffeebecher ab. »Billy hat mich heute Morgen angerufen. Anscheinend passt deine Geschichte nicht zu der von Gonzales.«

»Das hatte ich mir schon gedacht. Was genau hat Billy gesagt?«

»Gonzales soll dem FIT gesagt haben, sie hätte ein SWAT-Team dabeihaben wollen, das Lopez den Durchsuchungsbeschluss vorlegt. Sie hätte Angst gehabt, er könnte bewaffnet sein und die ganze Sache könnte schieflaufen. Du fandest ein SWAT-Team nicht notwendig, sagt sie.«

Faz runzelte die Stirn. »Das stimmt so weit, jedenfalls im Großen und Ganzen. Meiner Meinung nach brauchten wir die vom SWAT nicht. Es sollte eine einfache Befragung werden, wir wollten den Mann nicht mit aufs Präsidium nehmen. Sie hat in der Frage aber keinen Druck gemacht.«

»In der Luft liegt die Andeutung, die Befragung hätte vielleicht nicht ohne Ingewahrsamnahme vorgenommen werden sollen.«

Faz schüttelte den Kopf. »Das sind mir Scherzkekse! Erst sollen wir unnötigen Gewalteinsatz vermeiden und jetzt wollen sie wissen, warum wir nicht mit Panzerfahrzeugen und Schnellfeuergewehren bei Lopez aufgelaufen sind? Von wegen. Man kann es auch übertreiben!«

»Ich bin da ganz deiner Meinung,«

»Wir hatten einen Handabdruck auf der Kühlerhaube eines Autos, Del. Wir hatten keinen stichhaltigen Beweis dafür, dass Lopez geschossen hat, dass er überhaupt eine Waffe besitzt. Laut seiner Akte war er Drogenkonsument, nicht mal richtig ein Dealer, und er war kein einziges Mal wegen eines Gewaltdelikts verurteilt worden.«

»Mir brauchst du keine Vorträge zu halten, Faz.«

»Wir gehen das ganz gelassen an, dachte ich, hängen es nicht zu hoch, sagen ihm, wir suchen nach Informationen über die Schießerei, und fragen, ob er in der Gegend war und vielleicht etwas gesehen oder gehört hat. Vielleicht erwischen wir ihn bei einer Lüge. Du und ich, wir haben so was schon zigmal gemacht.«

»Ich weiß und ich bin voll deiner Meinung, aber Gonzales stellt dich als Cowboy dar. Sie lässt es so aussehen, als wolltest du Lopez fertigmachen.«

»Cowboy? Ich? Scheiße! Ich komm doch nicht mal auf ein Pferd.«

»Sie sagt wohl, du hättest ihr gesagt, Rodgers wäre unser einziger offener Fall und du hättest vor, ihn abzuschließen.«

»Das hat sie gesagt?«

Del nickte.

»Moment! Das habe ich nie gesagt!«

»Klingt auch nicht nach dir.«

»Warum sollte ich zu ihr sagen, dass Rodgers unser einziger offener Fall ist?«

»Ich sage doch gar nicht, dass du das gesagt hast!«

»Woher wusste sie das überhaupt?«

Del zuckte die Achseln. »Keine Ahnung.«

Faz setzte sich auf. Langsam war sein Interesse geweckt. Seine Handlungen oder Entscheidungen infrage zu stellen, ging ja noch an, aber wenn man ihm Worte in den Mund legte, war der Spaß vorbei. »Was hat sie denn laut Billy sonst noch so gesagt?«

»Angeblich hätte sie an der Wohnungstür von diesem Lopez klopfen und euch als Polizisten zu erkennen geben wollen, aber du hättest sie gestoppt.«

»Das stimmt, das habe ich gemacht. Ich hörte jemanden Spanisch sprechen und dachte, das käme aus der Wohnung von Lopez. Jetzt glaube ich das nicht mehr, ich glaube, die Stimme kam aus der Nachbarwohnung, aus der, die Lopez dann gleich darauf verließ.«

»Laut Billy war niemand in der Wohnung von Lopez.«

»Ja, das weiß ich. Deswegen glaube ich, die Stimme kam aus der Wohnung nebenan. Und weiter? Was hat sie sonst noch gesagt?«

»Sie sagt, sie hätte sich auf die Tür konzentriert und du hättest links von ihr gestanden und hinter ihr, sodass du den Flur im Blick gehabt hättest.«

»Das stimmt nicht. Ich stand auf der anderen Seite der Tür mit dem Rücken zu der anderen Wohnung. Ich wollte Lopez sehen können, wenn er seine Tür aufmacht, und ich wollte seine Wohnung im Blick haben für den Fall, dass jemand hinter ihm steht.«

»Na ja, sie sagt, sie stand mit dem Gesicht zur Tür und hörte dich ›Waffe!‹ rufen. Sie sagt, deswegen hat sie Lopez erschossen.«

»Aha, dann sagt sie also, ich hätte gerufen.« Faz nickte nachdenklich. »So was hatte ich mir schon gedacht.«

Del antwortete nicht. Er nippte an seinem Kaffee, schien sich aber auch diesmal eher hinter seinem Becher verstecken zu wollen.

»Glaubst du, ich könnte ›Waffe!‹ gerufen haben, Del?«

»Nein. Ich meine ... das hast du nicht, richtig?«

»Was liegt dir auf der Seele?«

Del stellte seinen Kaffee ab. »Hör mal, ich weiß, dass du wegen Vera in letzter Zeit ziemlich unter Stress stehst.«

»Und da denkst du an unser Training zu dem Thema und fragst dich, ob mein Stress nach Veras Diagnose meine Erinnerung verfälscht haben könnte.«

»Stimmt, ich dachte daran«, musste Del eingestehen, um gleich hinzuzufügen: »Aber Billy gegenüber habe ich das nicht erwähnt. Hast du denn auch daran gedacht?«

»Natürlich habe ich darüber nachgedacht, wie denn auch nicht!« Faz stellte seinen Becher ab. »Ich sag dir, wie es war, Del: Ich stand mit dem Rücken zu der Wohnung nebenan. Das weiß ich, weil ich das Fenster hinter Gonzales im Blick hatte und dunkle Wolken aufziehen sah. Lopez hätte ich gar nicht sehen können, das ging wirklich nicht. Und ich erinnere mich genau daran, wie die Augen von Gonzales groß wie Untertassen wurden und wie sie auf mich zu ist, mit erhobener Pistole. Wie hätte ich das sehen sollen, wenn ich mit dem Gesicht in die andere Richtung stand?«

»Hättest du nicht, stimmt.«

»Und wenn ich mit Blick auf die Wohnung gestanden hätte, aus der Lopez dann kam, zieht das nicht automatisch die nächste Frage nach sich?«

»Warum sie geschossen hat und nicht du?«

»Genau.«

Del nickte, wandte dabei jedoch den Blick ab.

»Was?«, wollte Faz wissen.

»Die Zeugin sagt dasselbe wie Gonzales.«

»Was für eine Zeugin? Da war keine Zeugin. Wir waren die einzigen beiden Leute ... Warte mal – die Frau in der Wohnung?«

Del nickte. »Ich glaube, ja. Laut Billy hat sie einen Mann ›Waffe!‹ rufen hören und später eine Frau, die gefragt hat: ›Warum hast du ›Waffe!‹ gerufen? Warum hast du ›Waffe!‹ gerufen?‹«

Faz lehnte sich zurück und holte laut und vernehmlich Luft. »Auf keinen Fall, Del.« Er dachte einen Moment nach. »Das ist ganz unmöglich. Die Frau schrie und weinte und sie hatte ein Kind in den Armen. Die waren beide hysterisch. Sie hat ganz bestimmt nichts anderes gehört als ihr Kind und auch auf nichts sonst geachtet.«

»Vielleicht nicht, aber laut Billy hat sie denen vom FIT was anderes erzählt. Hör mal, Faz, Billy sagt, jetzt, wo die Abteilung die Untersuchung durch das Justizministerium am Hals hat, werden sie diese Sache durchleuchten, bis es uns allen gründlich zum Hals raushängt. Also muss ich dich fragen: Besteht irgendeine Möglichkeit, dass du das falsch mitgekriegt hast?«

»Was?«, wollte Faz wissen.

»Du sagst doch selbst, du hast in den letzten Tagen heftig unter Stress gestanden.«

Faz mochte seinen Ohren nicht trauen. »Das habe nicht ich gesagt, das hast du gesagt.«

»Hey, ich frag doch bloß, Faz, nicht gleich schießen! Du weißt, dass deine Gedanken woanders waren, und das aus verständlichen Gründen.«

Faz mochte seine Wut nicht an Del auslassen. »Ich habe nichts falsch gemacht oder verstanden, Del. Ich weiß nicht, was zum Teufel abgeht, aber ich habe es nicht falsch im Kopf. Ich habe nicht ›Waffe!‹ gebrüllt. Ich habe doch gar keine Waffe gesehen.«

»Erinnerst du dich daran, dass Gonzales mit dir gesprochen hat? Dass sie irgendetwas sagte?«

»Ich weiß nicht, Del. Scheiße, ich konnte nichts hören – in meinen Ohren hat es geklingelt wie verrückt, weil sie ihre

Pistole über meine Schulter hinweg abgeschossen hatte. Als ich sie wieder hören konnte, fragte sie, ob mit mir alles in Ordnung ist. Mehr nicht. ›Alles in Ordnung mit dir?‹«

»Hast du das Pinnacle so erzählt?«

»Ja. Warum denn nicht …« Faz schnappte nach Luft, als ihm klar wurde, was das bedeutete. »Scheiße! Sie wird sagen, dass ich die Frau nicht hören konnte und auch sie nicht hörte, als sie mich fragte, warum ich ›Waffe!‹ gerufen hätte.«

Del nickte. »Genau das hat Billy auch gesagt.«

Faz fuhr sich mit der Hand über die Bartstoppeln an seinem Kinn. »Ich kann diesen Scheiß jetzt echt nicht gebrauchen.«

»Und mir tut es furchtbar leid, diese Bombe platzen zu lassen. Vielleicht hat die Zeugin alles falsch mitgekriegt, wie wir das bei diesem Training gelernt haben. Vielleicht hat sie gar nicht das gehört, was sie behauptet, sondern glaubt es nur.«

»Oder jemand hat ihr eingeredet, was sie gehört haben will«, sagte Faz. »Gonzales war die Erste, die mit ihr gesprochen hat.«

»Was hat sie zu ihr gesagt?«

»Weiß ich nicht. Ich war im Flur, hab Lopez Handschellen angelegt, geprüft, ob er noch lebt, und nach einer Waffe gesucht. Als ich in die Wohnung kam, sprach Gonzales schon mit ihr. Alles auf Spanisch, aber ich bin mir ziemlich sicher, sie hat die Frau nach dem Namen der Leiche im Flur gefragt.«

»Möglicherweise, aber vielleicht hat sie sie auch genau das gefragt, woran sich die Frau erinnern sollte: ›Haben Sie gehört, wie ein Mann *Waffe!* rief?‹«

Faz nickte. »Wenn sie das gemacht hat, Del, dann hat sie nicht nur einfach falsche Erinnerungen an das, was passiert ist. Dann lügt sie und sie bringt eine Zeugin dazu zu lügen, um ihre Version der Dinge zu untermauern.«

»Die Frage ist: Warum? Um sich selbst zu schützen?«

»Kann sein«, sagte Faz. »Ich weiß es nicht, aber ich werde es verdammt noch mal herausfinden.«

Kapitel 33

Pranav löste sich als Erster aus der Umarmung seiner Familie. Er nahm die Brille ab und rieb sich die roten, geschwollenen Augen. Als er sich an Tracy wandte, war seine Stimme kaum leiser als ein Flüstern. »Wissen Sie, was passiert ist?«

»Nein.« Tracy schüttelte den Kopf. »Es tut mir leid, noch nicht. Wir warten darauf, dass die Experten ihre Berichte vorlegen.« Das war vielleicht das Grausamste an Tracys Job, dass sie der Familie nicht alles sagen durfte, was sie wusste und was die Ermittlungen zutage gefördert hatten. Sie musste warten, bis sie sich aller Details ganz sicher sein konnte, und selbst dann gab es Informationen, die sie nicht preisgeben durfte, solange nicht alle Familienmitglieder von jeglichem Verdacht befreit waren.

»Wo haben Sie sie gefunden?«, fragte Himani.

Den Fundort der Leiche, wenn auch keine Details, würde die Familie früh genug von Nachbarn oder durch die Anrufe von Reportern erfahren. »Im State Park. Gleich hier, die Straße hinunter.«

»Bridle Trails?« Pranavs Augen weiteten sich. »Sie war hier, im Bridle Trails?« So nah bei ihrem Zuhause. Tracy konnte sehen, dass die Information den Mann wie ein Messerstich traf.

»Sie kennen den Park gut?« Tracy wollte sich Aditis Aussage bestätigen lassen.

»Natürlich.« Pranav schloss mit einem tiefen Seufzer die Augen. »Sie war hier«, flüsterte er und brach erneut weinend zusammen. Tracy und Kins warteten, bis er sich ein wenig beruhigt hatte und sprechen konnte, dann schlug Tracy vor, sich doch lieber zu setzen. Pranav deutete auf einen Tisch im Esszimmer und wies Nikhil an, aus der Küche zusätzliche Stühle zu holen.

Tracy und Kins nahmen gegenüber von Pranav und Himani Platz. Nikhil, Sam und der Großvater verteilten sich auf die übrigen Stühle, während die Großmutter in die Küche ging, um Tee zu kochen. Hinter Tracy strömte Licht durch zwei kleinere Seitenfenster, ließ Staubkörner tanzen und zauberte Glanz in die Prismen des Kronleuchters über dem Tisch. »Kannte sich Kavita im Bridle Trails State Park aus?«, fragte Tracy Pranav. Eine einfache Frage, die das Eis brechen sollte.

Pranav atmete hörbar aus, als gelte es, böse Geister zu vertreiben. Seine Hände formten eine Pyramide, auf die er sich beim Sprechen konzentrierte. »Kavita hat diesen Park geliebt«, antwortete er leise. »Als die Kinder klein waren, gingen wir dort gern spazieren, haben Brombeeren und andere Beeren gesammelt.« Er sah seine Söhne an. Beide schwiegen. »Wir haben Pilze gesucht.« Er wandte seine Aufmerksamkeit wieder Tracy und Kins zu. »Es war ein ruhiger Ort, an dem wir als Familie zusammen sein konnten, ein ruhiger Ort, um die Gesellschaft der anderen zu genießen.«

Wieder brach Pranav zusammen und ließ den Kopf hängen. Hlmani, die neben ihm saß, streichelte ihm weder den Rücken noch machte sie sonst Anstalten, ihren Mann zu trösten.

Die Großmutter kam mit einem Tablett voll grauer Keramikbecher und einer passenden Kanne zurück ins Zimmer.

Sie stellte das Tablett vor Pranav auf den Tisch, goss Tee in einen Becher und reichte ihn ihrem Sohn. Der nächste Becher ging an ihren Mann. Himani und die Jungen wollten keinen Tee. Tracy und Kins nahmen dankend an. Es war eine lange Nacht gewesen und Tracy wusste, dass die Großmutter jetzt das Gefühl brauchte, etwas tun zu können.

Pranav setzte seinen Becher ab, ohne getrunken zu haben.

»Aus den Beeren haben wir Marmelade gekocht«, sagte Himani, als müsse sie etwas erklären. »Wir haben sie eingemacht und die Gläser an die Nachbarn verschenkt.« Sie sah Pranav an, ehe sie sich wieder an Tracy wandte. »Wie haben Sie sie gefunden?«

»Ihr Telefonanbieter war in der Lage, ihr Handy aufzuspüren«, antwortete Tracy. »Er nannte uns die Koordinaten.« Die App auf dem Handy erwähnte sie nicht und sie sagte auch nichts von der Grube, in der Kavita gefunden worden war.

Sam hob den Kopf, als sei er überrascht oder fasziniert, senkte ihn aber sofort wieder.

Nikhil stützte die Ellbogen auf den Tisch und setzte sich auf. Tracy beobachtete ihn genau. Obwohl auch er Tränen vergossen hatte, schien ihr sein Kummer nicht so intensiv zu sein wie beim Rest der Familie. Vielleicht durfte man nichts anderes erwarten, vielleicht musste er als ältester Sohn nach außen hin eine harte Fassade zeigen. Er schien mit den Gedanken gar nicht bei ihnen zu sein, sein Blick irrte zwischen der Tischplatte und dem großen Fenster hin und her, ohne richtig etwas wahrzunehmen.

Jetzt wandte er den Kopf, um Tracy anzuschauen. »Wie hat sie es getan?«

»Ich verstehe Ihre Frage nicht.« Tracy verstand durchaus, was Nikhil wissen wollte, konnte der Familie zu diesem Zeitpunkt aber noch keine Einzelheiten zu Kavitas Tod nennen.

Kelly Rosa hatte ihre Analyse noch nicht abgeschlossen und sämtliche Details waren bisher nur dem Mörder bekannt.

»Wie hat sie sich umgebracht?«, präzisierte Nikhil seine Frage.

Tracy ließ den jungen Mann nicht aus den Augen, nahm dabei jedoch auch wahr, wie Pranav und Himani die Köpfe hoben und ihre Blicke zwischen Tracy und ihrem Sohn hin und her gingen. Nikhil hatte den Aufschlag gehabt, nun war es an Tracy, den Ball zurückzugeben. »Wieso glauben Sie, dass sie sich umgebracht hat?«

Nikhil runzelte die Stirn. »Das ist doch offensichtlich, oder?«

Tracy stellte sich dumm. »Was ist offensichtlich?«

Nikhil rutschte auf seinem Stuhl hin und her, als versuche er herauszufinden, was für ein Spiel sie spielte. Vielleicht durchschaute er das Spiel ja auch, und es gefiel ihm nicht. »Als Sie das letzte Mal hier waren, erzählten Sie uns, Kavita sei verstört und aufgewühlt gewesen. Aditi hat uns erzählt, dass Kavita ihre Wohnung in diesem Zustand verlassen hat.«

Das stimmte. Tracy selbst hatte es ja zwischendurch kurz für möglich gehalten, dass die verzweifelte Kavita sich das Leben genommen hatte. »Details kennen wir noch nicht. Die Gerichtsmedizinerin hat ihre Untersuchung noch nicht abgeschlossen.«

»Irgendetwas müssen Sie doch wissen«, meldete sich Himani vom anderen Tischende her. »Haben Sie sie gesehen? Waren Sie dort?«

»Ja, wir waren dort«, sagte Tracy.

»Aber Sie wollen es uns nicht sagen«, fasste Nikhil zusammen.

»Wir wissen nicht, ob sich Kavita das Leben genommen hat«, sagte Kins. Er war der Detective, den keiner hier kannte, und von daher die Stimme der Autorität, der die Familie über die Regeln und Vorschriften aufklären konnte, ohne sich dafür entschuldigen zu müssen. »Das herauszufinden ist ein langer Prozess, an dessen Anfang wir gerade erst stehen. Wir haben Spezialisten, die ihre Arbeit erledigen, und ...«

»Und weiß jemand von diesen Spezialisten, ob Kavita es mit einem Messer oder einer Pistole getan hat? Das ist doch keine schwierige Frage, Detectives.« Nikhils Stimme wurde lauter. Sein Blick ging zwischen Tracy und Kins hin und her.

Tracy beobachtete ihn genau, analysierte seine Worte, versuchte einzuschätzen, ob die Frage ehrlich gemeint war. »Die Analyse der Gerichtsmedizinerin wird einige Zeit in Anspruch nehmen«, wiederholte sie. »Wie Detective Rowe eben schon andeutete, werden wir Ihnen eine Kopie des Berichts zukommen lassen, sobald er fertig ist. Bis dahin wäre alles, was wir sagen, reine Spekulation. So schwer es für Sie sein muss, das zu hören, Sie müssen Geduld haben.«

»Sie erwähnten eine Pistole«, wandte sich Kins an Nikhil. »Wissen Sie, ob Ihre Schwester eine Pistole hatte?«

»Nein.« Nikhil schüttelte den Kopf. »Das weiß ich nicht.«

»Glauben Sie, Kavita könnte ermordet worden sein?«, fragte Pranav.

»Wir gehen von dieser Annahme aus«, antwortete Kins, »bis wir etwas anderes wissen.«

»Wer?«, fragte Pranav. »Wer sollte sie umgebracht haben?«

»Unsere Ermittlungen haben gerade erst angefangen«, wiederholte Kins. »Wir halten Sie so gut wir können auf dem Laufenden, aber wir müssen erst einmal davon ausgehen, dass Ihre Tochter sich nicht das Leben genommen hat. Wie Detective Crosswhite schon sagte, werden wir Sie informieren, sobald wir Bescheid wissen.«

»Das ist lächerlich.« Nikhil ließ sich in den Stuhl zurückfallen. »Kavita hat sich ganz bestimmt das Leben genommen. Sehen Sie sich doch die Umstände an. Sehen Sie sich an, wo Sie

sie gefunden haben. Sie war aufgebracht und verwirrt. Und es wäre typisch Kavita, so etwas zu tun.«

»Sag das nicht!« Sams Stimme, hoch und erregt, knallte wie eine Peitsche. »Rede nicht so über sie!« Der Junge schob seinen Stuhl zurück und sprang auf. »Warum konntet ihr sie nicht einfach unterstützen?«, schrie er seine Eltern an. »Was war so schlimm daran, dass sie Ärztin werden wollte?«

»Sam!« Pranav machte Anstalten aufzustehen.

»Nein!«, rief Sam. »Sie wollte Ärztin werden, aber ihr habt ihr nicht das Geld dafür gegeben und ihr habt versucht, sie zu zwingen, dass sie wieder hierherzieht und heiratet. Ihr seid verantwortlich für das, was jetzt passiert ist!«

»Sam!«, herrschte Himani ihn an.

Pranav war mit ausgestreckten Armen auf seinen Sohn zugegangen. Sam wandte sich ab. Nikhil packte seinen Bruder am Arm, aber Sam machte sich los und rannte zur Haustür. Er riss sie auf und verschwand, knallte die Tür hinter sich zu. Das Haus erbebte.

Einen Moment lang herrschte Stille. Dann wandte sich Pranav offensichtlich peinlich berührt an Tracy und Kins. »Das tut mir leid, Detectives. Es war für uns alle ein unglaublicher Schock.« Er holte noch einmal tief Luft. »Wann können wir Vita sehen? Wann können wir ihre Leiche bekommen?«

»Wir konnten sie anhand der Unterlagen und Fotos aus der Führerscheinstelle eindeutig identifizieren. Sie brauchen das also nicht zu tun. Ich gebe Ihnen die Telefonnummer der Rechtsmedizin des King County und den Namen einer Kollegin in der Abteilung für Opferhilfe. Sie kann Sie bei allem, was jetzt auf Sie zukommt, unterstützen und wird Sie informieren, sobald die Gerichtsmedizinerin fertig ist und Kavitas Leiche freigegeben werden kann.«

»Fertig?«, wollte Himani wissen. »Fertig womit?«

»Mit der Untersuchung der Leiche.«

»Wir wollen keine Autopsie.« Himani schien entsetzt. Sie wandte sich an Pranav. »Wir wollen nicht, dass Kavitas Leib besudelt wird.«

»Unter diesen Umständen, also wenn die Todesursache nicht feststeht, trifft der leitende Rechtsmediziner des King County die Entscheidung, ob eine Autopsie vorgenommen wird oder nicht. Man hat da keine Wahl. Es ist eine notwen...«

»Und wir haben dabei nichts zu sagen?« Himani stemmte sich wütend mit beiden Händen vom Tisch ab.

»Leider nein«, antwortete Kins. »Aber das Wichtigste ist doch herauszufinden, was Ihrer Tochter zugestoßen ist.«

Das war ein Standardsatz, der allerdings wenig zu Himanis Beruhigung beitrug. Pranav hob beschwichtigend die Hände. »Natürlich wollen wir wissen, was passiert ist«, sagte er. »Vielen Dank, dass Sie gekommen sind, Detectives. Und jetzt braucht meine Familie Zeit für sich. Sie werden das sicher verstehen.«

Tracy und Kins standen auf. »Es kann sein, dass Reporter bei Ihnen anrufen«, sagte Tracy. »Sie sind in keiner Weise verpflichtet, mit irgendwem zu reden, und wir würden Ihnen davon auch abraten. Auch hier kann Ihnen die Kollegin aus der Opferbetreuung helfen.«

»Was ist mit Freunden und Familie?«, fragte Himani. »Dürfen wir es ihnen sagen?«

»Natürlich«, erwiderte Kins. »Aber erzählen Sie nichts von dem weiter, was wir besprochen haben. Nennen Sie keine Einzelheiten...«

»Was denn für Einzelheiten?«, unterbrach ihn Nikhil spöttisch. »Wir kennen keine Einzelheiten und wir haben hier überhaupt nichts besprochen.«

»Was sagen wir den Leuten?«, fragte Pranav.

»Schieben Sie ruhig alles auf uns«, schlug Kins vor. »Sagen Sie, Kavita sei gestorben, die Polizei untersuche die Umstände und habe Sie gebeten, keine Einzelheiten weiterzugeben, bis die Ermittlung abgeschlossen ist.«

Pranav führte sie aus dem Zimmer, womit er effektiv jede weitere Diskussion unterband. »Wir werden tun, worum Sie uns gebeten haben«, versicherte er an der Tür.

»Es tut mir sehr leid, dass wir Ihnen diese Nachricht überbringen mussten«, sagte Tracy. »Ich fühle mit Ihnen und Ihrer Familie.«

»Mit dem, was davon noch übrig ist«, entgegnete Pranav und schloss leise die Tür hinter ihnen.

Kapitel 34

Del war etwas irritiert, als er den Arbeitsbereich des A-Teams bei seinem Eintreffen verwaist vorfand. Er mochte das nicht. Seine Kollegen waren ihm das Liebste bei der Arbeit in diesem Team, ihre Sprüche und Frotzeleien machten einen oft schwer zu ertragenden Job leichter. Kins und Tracy dürften noch bei der Leiche in dem Park auf der Eastside sein, von der Billy gesprochen hatte, wobei da wohl die Gefahr bestand, dass sie die Zuständigkeit abgeben mussten. Faz und Gonzales waren beurlaubt, einer von beiden vielleicht ja sogar endgültig.

Del saß da, hatte Zeit zum Nachdenken und tat es auch. Da war die Sache mit Faz. Natürlich würde er seinen Partner unterstützen, soweit das irgendwie ging, und wenn Faz dabei blieb, auf keinen Fall »Waffe!« gerufen zu haben, dann würde ihm Del ganz gewiss nicht widersprechen. Trotzdem ...

Del wusste, wie es war zu arbeiten, wenn man trauerte. Auch er hatte in der Zeit nach dem Tod seiner an einer Überdosis Heroin verstorbenen Nichte Allie zu arbeiten versucht und sich an manchen Tagen überhaupt nicht konzentrieren können. Wenn seine Gedanken in dieser Zeit auf Wanderschaft gegangen waren, was sie mehr als einmal getan hatten, hatte er ganze Zeitblöcke verloren. Manchmal hatte Faz etwas gefragt und Del hatte nicht mehr gewusst, worüber sie sich gerade unterhielten. Es war so schlimm geworden, dass er daran gedacht hatte, sich eine Zeit lang freizunehmen, um nicht in seinem Zustand womöglich noch jemandem Schaden zuzufügen.

Sosehr er seine Nichte auch geliebt hatte, ihre Beziehung war nichts gewesen im Vergleich zu der zwischen einem Mann und seiner Frau. Er konnte sich nicht vorstellen, unter welchem emotionalen Stress Faz gerade stand.

War es also möglich, dass Faz »Waffe!« gerufen hatte und sich nun nicht mehr daran erinnerte?

Del mochte sich das nur ungern vorstellen, hielt es aber nicht für gänzlich unmöglich. Er hatte Ähnliches selbst schon erlebt, es war denkbar.

Ganz vorsichtig, den Schreibtischstuhl mit beiden Händen fest gepackt, ließ er sich langsam auf seinen Stuhl gleiten. Bloß keine falsche Bewegung!

»Del!«, kam da von hinten die Stimme von Johnny Nolasco.

»Captain.« Er drehte sich langsam um.

»Wie geht es dem Rücken?«

»Ganz okay. Immer noch ein bisschen eingeschränkt.«

»Sie haben mitbekommen, dass wir hier eine Weile unterbesetzt sein werden?«

»Ja, deswegen bin ich ja hier.«

»Jetzt habe ich mir auch noch anhören müssen, dass die *Times* morgen einen weiteren Artikel zur Schießerei bringt und sich in dem Zusammenhang auch noch einmal über die Aussage des Justizministeriums auslassen will, unsere Abteilung hätte so schöne Fortschritte gemacht.«

»Sie werden die Sache so lange und gründlich wie möglich ausschlachten wollen.«

»Der zuständige Journalist weiß bereits, dass der Verdächtige unbewaffnet war.«

»Ich habe den Artikel in der Morgenzeitung gelesen. Wissen wir, wer diese Info hat durchsickern lassen?«

»Die Presse spricht von ›Quellen‹«, sagte Nolasco.

In der Abteilung gab es ein Leck. Immer wieder. Wie in der Geschichte von dem kleinen Jungen, der seinen Finger in das Loch im Eimer steckt, damit kein Wasser mehr rausläuft, nur ist das Loch nicht das einzige. Und sosehr er sich auch bemühte, der Eimer hält einfach nicht dicht. In der Abteilung reichten die Finger schon lange nicht mehr für all die Löcher, sodass man schon gar nicht mehr versuchte, sie zu stopfen.

»Wir können also davon ausgehen, dass der Artikel nicht nett ausfallen wird«, fügte Nolasco hinzu.

»Wann haben die denn das letzte Mal etwas Nettes über uns geschrieben?«

»Den Chefs wird es nicht gefallen.«

»Glauben Sie, die sind auf der Suche nach einem Sündenbock?«

Nolasco verzog das Gesicht. Da hatte Del wohl richtiggelegen. »Das hat niemand gesagt. Ich wollte nur, dass Sie Bescheid wissen.«

Damit er Faz informieren konnte. »Danke, Captain.«

»Wenn jemand anruft und einen Kommentar haben möchte, verweisen Sie ihn an Bennett Lee.« Lee war der Pressesprecher der Abteilung.

»Kein Problem. Wie lange wird es wohl dauern, bis wir Faz oder Gonzales wiederkriegen?«

»Keine Ahnung. Ich tippe auf eine ganze Weile. Wissen Sie, dass Tracy und Kins seit gestern Abend einen Mordfall haben?«

»Ja. Wieso sind eigentlich wir zuständig, wenn die Leiche drüben auf der Eastside gefunden wurde?«

»Gute Frage«, erwiderte Nolasco und wirkte verstimmt. »Aber im Moment sitzen die beiden da drüben fest. Ich möchte, dass Sie sich um ein paar andere Fälle kümmern.«

»Wir haben immer noch Monique Rodgers«, wandte Del ein.

Nolasco schüttelte den Kopf. »Gonzales hat gestern Abend den Täter erschossen.«

»Das können wir nicht beweisen. Nicht ohne Waffe.«

»Die Spurensicherung hat in der Wohnung von Lopez einen Revolver gefunden, einen .38 Special. Die Ballistik testet ihn gerade. Rufen Sie bei denen an, erkundigen Sie sich, was sie schon wissen und wie schnell wir das kriegen können. Wenn klar ist, dass die tödliche Kugel zum Revolver passt, können wir den Fall abhaken.«

Del schüttelte den Kopf. Er hatte das Gefühl, völlig außen vor zu stehen, obwohl er doch nur einen einzigen Tag gefehlt hatte. »Wir haben Zeugen dafür, dass der Mord eine Auftragssache war, weil Rodgers in Bezug auf Drogen und Gangs in der Nachbarschaft kein Blatt vor den Mund genommen hat.«

»Verfügen Sie über irgendwelche Hinweise, die uns da weiterbringen?«

»Wir hatten gerade erst angefangen, Captain. Little Jimmys Name fiel und wir wissen, dass manche Leute Angst vor ihm haben, weil er sie bedroht hat.«

»Wir können nicht einfach wahllos unsere Kräfte verplempern. Wenn Sie meinen, da ist was dran, stellen Sie alles, was Sie haben, zusammen und schaffen Sie es rüber zu den Drogenleuten. Falls es eine Verbindung zwischen Lopez und Little Jimmy gibt und falls Little Jimmy die Ermordung von Rodgers angeordnet hat, dann kann das Drogendezernat seine vertraulichen Quellen ins Spiel bringen, um uns Klarheit zu verschaffen.«

»Und wenn es Beweise dafür gibt, dass Little Jimmy die Ermordung angeordnet hat?«

»Dann gehen wir damit zum Staatsanwalt.«

Del wollte Nolasco so gern widersprechen und einleuchtende Gegenargumente vortragen. Das Problem war nur: Wahrscheinlich hatte der Mann ja recht. Ohne Lopez fehlte es ihnen an einem Verdächtigen, dem sie notfalls Daumenschrauben anlegen konnten, um an Little Jimmy heranzukommen. Und wenn Kugel und Revolver zusammenpassten, musste der Mord an Monique Rodgers als aufgeklärt gelten. Die Drogenleute waren mithilfe ihrer bezahlten Informanten wirklich besser in der Lage als das Morddezernat, Little Jimmy eine Beteiligung nachzuweisen, wenn er den Mord denn angeordnet hatte.

Nolasco nickte zum Abschied und ging. Sobald er fort war, griff Del zum Telefon.

* * *

Fünfzehn Minuten später legte er den Hörer wieder auf. Er hatte zuerst Faz angerufen und ihm erzählt, was die Durchsuchung bei Lopez zutage gefördert hatte. Danach hatte er bei den Ballistikern nachgefragt, die ihm erklärten, was sie hatten herausfinden können, und ihm per E-Mail ihren Bericht zusandten. Die Kugel, mit der Monique Rodgers getötet worden war, stammte aus der in der Wohnung von Lopez gefundenen Waffe. Gott sei Dank! Wenn die Presse jetzt auf ihre Abteilung einprügelte, weil sie für den Tod eines Unbewaffneten verantwortlich waren, konnten sie zu ihrer Verteidigung wenigstens vorbringen, dass Lopez kein Unschuldiger gewesen war. Er hatte Rodgers kaltblütig ermordet, was sie beweisen konnten, da sie die Waffe und das Video hatten. Und Lopez war mit einem silberfarbenen Handy in der Hand aus der Wohnung seiner Nachbarin gekommen, weswegen es sich nicht mehr ganz so an den Haaren herbeigezogen anhörte, dass Gonzales eine Waffe gesehen haben wollte.

Natürlich wäre es reines Wunschdenken, auf ein Vorüberziehen des Shitstorms zu hoffen. Im superliberalen Seattle, wo die Polizei fürs Nichtstun ebenso verdammt wurde wie für ihr Handeln, konnte sich die Abteilung auf ein heftiges Donnerwetter in den Medien einstellen. Besonders, wenn ein geschäftstüchtiger Anwalt Lopez' Familie aufstöberte.

Für Faz und Del war der Fall allerdings erst einmal erledigt. Del würde die Akte wie befohlen zuschnüren und mit der Bitte an das Drogendezernat weiterleiten, nach einer möglichen Verbindung zwischen Lopez und Little Jimmy zu suchen. Langsam und vorsichtig stand er auf und ging zum Tisch in der Mitte des Raums. In den Regalen darunter bewahrte das A-Team die Ordner auf, mit denen sie aktuell arbeiteten. Er bückte sich ebenso langsam und vorsichtig, um den Ordner Monique Rodgers herauszuziehen. Als verantwortlicher Beamter war es seine Aufgabe, diese Akte und auch die elektronischen Dateien auf Stand zu halten. Das Gespräch mit Tanny aus dem Supermarkt musste noch aufgeschrieben werden, damit klar war, wie sie zu dem Handabdruck auf dem Volkswagen gekommen waren, der sie schließlich zur letzten bekannten Adresse von Eduardo Lopez geführt hatte. Und er musste den Bericht der Ballistik einordnen, bevor er die Akte hinüber ins Drogendezernat schicken konnte.

Er nahm die Akte mit an seinen Tisch, setzte sich die Lesebrille auf, loggte sich in seinen Computer ein und öffnete die Akte Rodgers. Dabei entdeckte er einen Eintrag, mit dem er nicht gerechnet hatte: Anscheinend hatte er am Vortag seine privatisierten Daten bearbeitet, was ja aber nicht sein konnte, weil er da mit kaputtem Rücken im Bett gelegen hatte. Er hatte schon sein Handy gezückt, um bei Faz nachzufragen, ob der sich an seinem Computer zu schaffen gemacht hatte – natürlich kannte Faz sein Passwort und umgekehrt –, als das Telefon auf seinem Schreibtisch klingelte.

»Tommy Fritz braucht Ihre Hilfe«, meldete sich Nolasco. »Es geht um Befragungen zu dieser Schießerei vor einer Woche. Sein Partner fällt aus. Ich habe gesagt, dass Sie ihm helfen. Melden Sie sich bei ihm.«

»Klar, kein Problem.« Immer noch nachdenklich auf seinen Computer starrend, legte Del auf. Dann brüllte er über die Trennwand zum Arbeitsbereich des Teams nebenan: »He, Fritz? Der Captain sagt, du brauchst heute Nachmittag wen zum Händchenhalten?«

Kapitel 35

Tracy reichte Aditi Banerjee eine braune Papierserviette nach der anderen. Die junge Frau musste sich immer wieder Tränen abtupfen, während sie vergeblich versuchte, sich zusammenzureißen. Tracy und sie saßen im Schatten eines goldenen Schirms vor einem Café mit dem wunderbaren Namen *Down Pour* – ein cleveres Wortspiel im ewig verregneten Seattle.

Tracy drängte Aditi nicht. Sie fühlte mit ihr, achtete gleichzeitig aber auch auf ihr Verhalten. Wie Kins gesagt hatte: Der Mörder musste sich im Park gut ausgekannt haben.

Aditi holte tief Luft, atmete kopfschüttelnd wieder aus, schlang die Arme um sich, als wäre ihr kalt. Dabei war es auch unter dem Schirm fast schon unangenehm warm. Sie wirkte wie vor den Kopf gestoßen, völlig neben sich, unter Schock stehend.

Tracy und Kins hatten es geschafft, sie allein aus dem Haus zu lotsen, auch wenn das nicht ohne den Protest ihres Mannes abgegangen war.

»Warum hat Kavita für ihr Konto bei Wells Fargo ihren Spitznamen und Mittelnamen benutzt?«, fragte Tracy jetzt. »Vor wem wollte sie sich da verstecken?«

Aditi schloss die Augen und atmete noch einmal hörbar aus. »Vor allen.«

Tracy sah Kins an, aber der zog nur hilflos die Brauen hoch. »Warum? Woher hatte sie das Geld?«

Aditi schüttelte den Kopf. »Ich wusste nicht, dass es so viel war.«

»Wissen Sie denn, woher es stammt?«

Aditi nickte, aber ehe sie anfangen konnte zu reden, fing sie wieder an zu weinen. Kins hielt ihr eine weitere Handvoll Servietten hin und wieder trocknete sie sich die Tränen ab.

»Vita hatte einen sehr starken Willen«, stieß sie fast atemlos hervor. »Wenn sie sich einmal zu etwas entschlossen hatte …« Aditi sah Tracy mit großen Augen an und schluckte. »In dieser Hinsicht waren wir sehr verschieden. Vita hatte auf keinen Fall vor zu tun, was ihre Eltern von ihr verlangten. Sie hatte nicht vor zu heiraten. Man muss sie gekannt haben, um zu verstehen, wie sie war.«

»Was hat sie getan?«, wollte Tracy wissen.

Aditi sah einem jungen Paar nach, das händchenhaltend am Tisch vorbeiging, bevor sie ihre Aufmerksamkeit wieder auf Tracy richtete. »Niemand darf das wissen«, sagte sie flehend. »Vitas Eltern dürfen das auf keinen Fall erfahren. Es würde unglaubliche Schande über die Familie bringen.« Sie schwieg kurz. »Und Rashesh darf es auch nicht wissen.«

»Rashesh?« Tracy zog die Brauen hoch. »Das verstehe ich nicht.«

»Es ist kompliziert.«

»Erklären Sie es mir.«

Aditi nippte an ihrem Kaffee, stellte die Tasse ab und holte noch ein paarmal tief Luft. »Vita war nicht nur meine Freundin, Detectives. Sie war meine Schwester. Nachdem unsere Eltern damals klargestellt hatten, dass sie es ernst meinten und nach den Abschlussprüfungen am College nicht mehr für unser Studium oder für unsere Wohnung aufkommen würden, sind wir lange aufgeblieben und haben hin und her überlegt, was wir tun können. Uns fiel nichts ein. Wir hatten immer davon geträumt, eines Tages als Kinderärztinnen in einer gemeinsamen Praxis zu arbeiten, aber dazu mussten wir natürlich erst mal das Medizinstudium schaffen. Daran war ohne die finanzielle Unterstützung unserer Eltern nicht zu denken, schon die Studiengebühren hätten wir allein nicht aufbringen können.«

Sie trank noch einen Schluck Kaffee. Tracy ließ ihr Zeit.

»Kavita war viel entschlossener als ich. Vielleicht war sie auch einfach nur mutiger. Ich weiß es nicht. Ich hatte mich geistig schon darauf eingestellt, nach dem College wieder nach Hause zu ziehen, aber Vita sagte, ich solle noch warten und nichts unternehmen, bis wir uns die Wohnung nicht mehr leisten könnten und ausziehen müssten. Ich war einverstanden damit, ihr noch Zeit zu geben. Ein paar Tage vergingen. Dann kam sie eines Nachmittags ganz aufgeregt nach Hause.«

»Worüber war sie aufgeregt?«, drängte Tracy sanft.

»Sie hatte in einer Boutique in der Avenue einen Job gefunden. Viel Geld verdiente sie da noch nicht, aber der Chef hatte versprochen, ihr nach dem Abschluss die Stundenzahl zu erhöhen. Sie sagte, mit dem Geld und meinem Lohn aus dem Chemielabor auf dem Campus, wo ich jobbte, würden wir auch nach dem Abschluss den Sommer über in der Wohnung bleiben können. So hätten wir ein bisschen mehr Zeit, uns etwas einfallen zu lassen. Ich fand das schön, aber auf Dauer wäre es natürlich nichts gewesen. Wenn wir die Miete bezahlt hatten, blieb nicht mehr viel zum Leben, und die Studiengebühren für die medizinische Hochschule würden wir so auf keinen Fall zusammensparen können. Vita sagte, ich sollte mir keine Gedanken machen, uns würde schon was einfallen. Ich fing an, mich nach Studiendarlehen und Stipendien umzuhören. Ein paar Wochen nachdem Vita angefangen hatte, in dem Laden zu arbeiten, kam sie eines Abends ziemlich nachdenklich nach Hause. Sie sagte, sie hätte sich mit einer der Frauen unterhalten, die auch dort im Laden arbeiteten. Ich weiß nicht mehr, wie sie hieß, aber Vita beschrieb sie als Frau mit vielen Piercings, unter anderem einem Nasenring.«

»Lindsay.« Tracy erinnerte sich an die junge Frau in der Boutique.

»Genau. Vita sagte, sie hätte Lindsay von unseren Problemen mit unseren Eltern erzählt und Lindsay hätte gesagt, sie wüsste, wie wir mehr Geld verdienen könnten. Sie hatte Vita auf ihrem Laptop wohl eine Dating-Webseite gezeigt, bei der es um etwas ging, das sie Sugardating nannte.«

Tracy hatte einige Monate zuvor in der *Seattle Times* einen Artikel gelesen, in dem es um genau diese Webseiten ging, und sie hatten auch im Büro darüber gesprochen: Junge Frauen stellten sich online mit ihrem Profil vor, in der Hoffnung, so einen Sugardaddy, einen wohlhabenden älteren Mann, zu finden, der mit ihnen ausgehen mochte. Die Webseiten versprachen den jungen Frauen das Blaue vom Himmel herunter. Die potenziellen Daddys würden praktisch darauf warten, sie mit Geld und Geschenken zu überhäufen und ihnen auf ihren Segeljachten und in ihren Privatjets die Welt zu zeigen. Im Austausch sollten die Mädchen den Männern ihre Gesellschaft bieten – Sex, hieß das im Klartext.

»Und Vita hat ein Profil für eine dieser Webseiten ausgefüllt«, sagte Tracy.

Aditi tupfte sich weinend die Augen trocken. »Lindsay sagte, sie hätte schon fünfhundert Dollar im Monat verdient und manchmal sogar mehr. Ich sagte zu Vita, die Idee wäre lächerlich, aber Vita war so wütend auf ihre Eltern und so verbittert. Sie sagte, wenn ihre Mutter sie schon an irgendwen vergeben wollte, den sie nicht liebte, könnte sie sich genauso gut dafür bezahlen lassen.«

Tracy lehnte sich zurück. Das war nicht ganz die Geschichte, die sie erwartet hatte, aber so rückten die Dinge langsam in eine klarere Perspektive. Vita war nicht einfach eine College-Absolventin gewesen, die in einer relativ sicheren Gegend gelebt hatte. Sie hatte sich zu denen in der Gesellschaft gesellt, die am stärksten gefährdet waren, die größten Risiken eingingen. Tracy musste an das »Date« denken, das Vita am Abend ihres Verschwindens nach Auskunft ihres kleinen Bruders gehabt hatte.

»Und was dachten Sie, Aditi?«

Aditi senkte den Blick. »Ich sagte, ich fände die Idee lächerlich, einfach irrsinnig. Aber Vita versicherte mir immer wieder, ich müsste nicht mit den Männern schlafen, manche von ihnen suchten wirklich nur nach Gesellschaft. Ich wollte es nicht machen, fand aber, ich schuldete Vita wenigstens den Versuch, Geld zu verdienen. Wir hatten schon so viel geschafft, waren so weit gekommen. Zusammen. Ich musste es zumindest versuchen. Ich wollte sie nicht enttäuschen.«

»Sie haben für sich auch ein Profil erstellt«, sagte Tracy. Sie warf Kins einen Blick zu. Jetzt war klar, warum Aditi diese Information vor Rashesh geheim halten wollte. »Welche Webseite?«, fragte sie.

»Sugardating.com.«

»Und was geschah dann?«

»Was immer passiert ist.« Aditi hob den Blick und sah sie an. Wut oder Bitterkeit, vielleicht Eifersucht, mischte sich in ihre Stimme. »Die Männer haben einen Blick auf Vita geworfen und prompt reagiert. Sie hat die meisten von ihnen abgelehnt und ist mit ein paar ausgegangen.«

»Und was war mit Ihrem Profil?«, fragte Tracy.

Aditi schnaubte verächtlich. »Ich hatte ein oder zwei Anfragen, aber die Männer waren Loser. Es wurde schnell klar, dass sie nicht auf Gesellschaft aus waren.«

»Sie wollten Sex.«

»Ja.«

»Sind Sie je auf ein Date gegangen?«

»Ein Mal. Der Mann war Inder, ich dachte, bei ihm wäre ich sicher. In seinem Profil stand, er wäre Softwareentwickler und würde gerade seine eigene Start-up-Firma gründen.« Sie schnaubte erneut. »Er war ein arbeitsloser Programmierer, der zu Hause bei seinen Eltern über der Garage wohnte. Wir sind essen gegangen. Auf dem Heimweg steuerte er einen Parkplatz an und bot mir fünfzig Dollar, wenn ich ihm einen blase.«

»Das tut mir leid«, sagte Tracy.

»Es war so entwürdigend. Ich bin aus dem Wagen gestiegen und habe Vita angerufen, damit sie mich abholte. Das war mein einziges Date und in dem Moment habe ich beschlossen, mich den Wünschen meiner Eltern zu fügen.«

»Und was war mit Vita?«

»Vita hatte nicht vor, so einfach aufzugeben. Anfangs waren ihre Dates wie meine, aber sie hat sie einfach ad acta gelegt. Dann erhielt sie eine Nachricht von einem Mann in Medina, einem Arzt.«

Medina war eine wohlhabende Gemeinde auf der östlichen Seite des Lake Washington, mit teuren Häusern, in denen reiche Leute lebten. »Vita hat sich mit ihm in einem Restaurant getroffen und als sie nach Hause kam, erklärte sie, er hätte ihr ein Stipendium von zweitausend Dollar im Monat angeboten. Dafür sollte sie verfügbar sein, wenn er anrief, wobei sie sich darauf geeinigt hatten, das sollte nicht öfter als ein Mal die Woche vorkommen. Vita wollte ihren Verdienst mit mir teilen, damit wir beide Geld für die Studiengebühren hätten, aber ich konnte das nicht annehmen. Ich sagte ihr, sie solle das nicht machen, sie solle sich nicht so kompromittieren.«

»Aber Kavita hat es getan«, sagte Tracy.

Aditi nickte. »Wir haben nicht darüber gesprochen, aber ich wusste, dass sie sich mit ihm traf.«

»Wer ist der Mann?«, fragte Tracy, die langsam zornig wurde.

»Dr. Charles Shea.« Aditi lehnte sich zurück. »Ich krieg die Widerlinge und Vita kriegt den Arzt, noch dazu ausgerechnet einen Kinderarzt. So war es immer.«

»Hat sie mit Shea geschlafen?«, fragte Tracy.

»Das kann ich Ihnen nicht mit Sicherheit sagen.«

»Aditi ...«

Die junge Frau wurde lauter. »Sie hat mir nichts von ihrem Arrangement erzählt und ich habe nicht danach gefragt, Detective!« Sie holte tief Luft, versuchte, ihre Wut zu zügeln. »Ich wollte es nicht wissen«, fuhr sie leise fort. »Und ich wollte auch ihr Geld nicht. Unter diesen Umständen und wenn man bedenkt, wie viel auf ihrem Konto war ...«

Tracy fand es unwahrscheinlich, dass Kavita Aditi nichts erzählt hatte. »Sie hat es Ihnen nicht erzählt, Aditi?«

»Nein.«

»Warum? Was meinen Sie?«

Aditi runzelte die Stirn. »Weil ich es nicht wissen wollte. Und wahrscheinlich auch, weil ich Vita leidtat und sie nicht wollte, dass ich mich noch schlechter fühlte.«

»Leidtat?«, fragte Kins.

Aber noch ehe Aditi etwas sagen konnte, wusste Tracy, warum. Aus demselben Grund war ihre Schwester Sarah als Kind so rebellisch und so sehr auf Konkurrenz bedacht gewesen, besonders Tracy gegenüber. Es war schwer, im Schatten einer älteren Schwester zu leben, besonders wenn alle diese Schwester für perfekt hielten. Tracy war nicht perfekt, nein, doch das zu hören hatte es für Sarah überhaupt nicht leichter gemacht. Kavita war groß gewesen, hellhäutig und wunderschön. Außerdem extrem intelligent. »War es wirklich so schlimm, Aditi?«, fragte Tracy. »So schlimm, dass Kavita sich verkaufte?«

»Kavita hätte es nie so gesehen, Detective. Für sie war das eine Geschäftsidee. So hätte sie es sich selbst gegenüber gerechtfertigt. Es war eine Geschäftsidee, mit der sie sich und mir beschaffen würde, was wir beide wollten.«

»Aber ein Profil ins Internet zu stellen und sich anzupreisen – war es nicht genau das, was sie vermeiden wollte? War das nicht genau das, was ihre Mutter tat?«, fragte Kins.

»Ich will versuchen, es Ihnen zu erklären. Schon als Kinder haben wir die Leute darüber reden hören, wie viel wir für unsere Familien wert sind. In Indien werden Frauen gemeinhin gegen Geschenke weggegeben, das ist die Tradition. Mit der Heirat wechseln wir von einer Familie in die andere. Unsere Brüder werden wegen ihrer Intelligenz und Kreativität wertgeschätzt, wir nicht. Wir sind unseren Brüdern nicht ebenbürtig, uns sieht man als Ware. Als Bräute.« Aditi schüttelte den Kopf. »Kavita war das nicht, die war keine Braut. Keine Ware. Das würde sie auch nie sein. Bei dem, was sie getan hat, wollte sie nichts anderes, als für sich selbst einzustehen und sich zu wehren, nicht einzulenken, sich nicht in den Teufelskreis der Tradition zu begeben. Es war ihre Art, es ihren Eltern und allen anderen heimzuzahlen, die glaubten, sie würde es nicht schaffen.«

KAPITEL 36

Nachdem sie Aditi zum Haus ihrer Eltern zurückgebracht hatten, ließen Kins und Tracy Dr. Charles Shea durch das System laufen. Dort fanden sich keine Einträge über ihn, nicht einmal ein Strafzettel. Seine Adresse bekamen sie von der Führerscheinstelle und eine Suche bei Google brachte zutage, dass er ein geachteter Kinderarzt mit einer Praxis in Bothell war. Tracy rief in der Praxis an, wo man ihr sagte, dass Dr. Shea erst am Nachmittag wieder erreichbar wäre, er hätte sich den Vormittag freigenommen. Sie fuhren zu seinem Haus am Ufer des Lake Washington, trafen dort aber auf ein verschlossenes Tor. Niemand reagierte auf ihre Anfrage in der Gegensprechanlage und sie sahen in der Einfahrt keine Wagen parken.

»Wahrscheinlich beim Golf«, sagte Kins. »Spielen diese Ärzte nicht alle Golf?«

Tracy versuchte, ihren Frust und ihre Ungeduld in den Griff zu bekommen. Sie hatten eine Richtung, konnten mit neuem Zielbewusstsein vorgehen, aber vermutlich blieb ihnen wenig Zeit, um den Mörder von Kavita Mukherjee zu verfolgen. Irgendwann in nicht allzu weiter Ferne, wenn nicht sogar jetzt in diesem Moment, würden sich die Chefs von Bellevue und Seattle miteinander unterhalten und sie und Kins würden raus sein. Sie mussten Druck machen, die Dinge beschleunigen.

Sie versorgten sich mit reichlich Kaffee, um vor dem Haus von Shea im Auto auf den Doktor zu warten. »Lass uns mögliche Szenarien durchgehen«, bat Tracy, die den ganzen Morgen an kaum etwas anderes hatte denken können. »Soweit wir wissen, machte Kavita diese Sugardates, um für sich und Aditi das Geld für das Medizinstudium zusammenzukriegen, richtig?«

»Das sagt Aditi, aber sie hat auch gesagt, sie hätte das Geld nicht genommen.«

»Vergiss das kurz mal. Lass uns einfach mal davon ausgehen, dass Kavita es so vorhatte.«

»Okay.«

»Aber dann fährt Aditi nach Indien und kommt als verheiratete Frau zurück. Was bedeutet?«

»Weiß ich nicht. Dass sie das Geld nicht braucht?«

»Das heißt, Aditi wird nicht Medizin studieren.«

»Richtig. Also braucht sie das Geld nicht.«

»Genau. Also hat Kavita mit einem Mal für ihr Studium doppelt so viel Geld auf der hohen Kante, wie sie eigentlich dachte.«

»Klingt logisch.«

»Was ist, wenn Kavita zu diesem Shea hin ist und ihm gesagt hat, sie will sich nicht mehr mit ihm treffen? Ihr war klar, Aditi ist verheiratet und wird mit ihrem Mann nach London ziehen.«

»Und dann was? Er wird wütend und bringt sie um? Woher hätte Shea das mit dem alten Brunnen wissen sollen?«

Tracy zuckte die Achseln. »Weiß ich nicht. Er lebt und arbeitet hier. Vielleicht kennt er den Park. Aber lass das mal einen Moment beiseite. Was, wenn Kavita zu Shea sagte, sie wären fertig miteinander?«

»Ich nehme mal an, das ist möglich, Tracy, aber …«

»Rosa sagte, der Mörder war wütend. Kavita war eine schöne junge Frau. Was, wenn dieser Shea sich nun in sie verliebt hatte?«

»Okay!«, sagte Kins. »Machen wir erst mal kurz eine Pause, ehe wir uns da in etwas verrennen. Wie Wright herausfand, ging Mukherjee in den Park. Was hat sie dort gewollt?«

»Weiß ich nicht.«

»Und warum war Shea im Park?«

»Weiß ich auch nicht«, sagte Tracy. »Vielleicht joggt er da vor oder nach der Arbeit.«

»Und sie war einfach so zufällig da?«

»Vielleicht sind sie zusammen gelaufen.«

»Nein. Mukherjee trug flache Halbschuhe und es gab nur einen Satz Fußabdrücke.«

Kins hatte recht. Tracys Theorie stimmte nicht mit den ihnen bekannten Fakten überein. »Ich sage auch nur, es ist eine Theorie. Es ist ein Anfang.«

Kins probierte ihre Theorie laut aus. »Er wird wütend, weil sie ihn verlassen will, bringt sie um und versteckt die Leiche? Selbst wenn er eine Pistole gehabt hätte und sie gezwungen hätte, in den Park zu gehen, bleibt immer noch das Problem mit dem einen Satz Fußabdrücke.« Er setzte sich auf. »Ruf Vilkotski an. Frag ihn, ob Pryor das Handy vorbeigebracht hat.«

Tracy hatte Pryor gebeten, Kavita Mukherjees Handy, nachdem es auf Fingerabdrücke und DNA untersucht worden war, Vilkotski zu übergeben. Tracy rief dort an, gelangte aber nur zur Voice-Mailbox. Vilkotski war entweder nicht da oder nicht an seinem Platz, also hinterließ ihm Tracy eine Nachricht, in der sie darum bat, ihr alle Textnachrichten zugänglich zu machen, die in den vergangenen sechs Monaten an dieses Handy gegangen oder von ihm aus verschickt worden waren.

Danach rief sie bei Pryor an, die gleich beim zweiten Klingeln abnahm und ihr bestätigte, das Handy wie vereinbart abgegeben zu haben. »Jetzt brauchen wir noch einen Durchsuchungsbeschluss für die Dating-Webseite«, befand Tracy. Sie erklärte Pryor, was sie von Aditi erfahren hatten, und bat sie, einen Gerichtsbeschluss für Vita Kumaris Profil bei Sugardating.com vorzubereiten, der die gesamte Korrespondenz zwischen Vita und all ihren Kontakten auf diesem Portal einschloss. Pryor sollte auf der Webseite auch nach dem Namen Dr. Charles Shea suchen, obwohl man stark davon ausgehen musste, dass Shea dort einen anderen Namen benutzt hatte.

»Schau doch mal nach, was du unter ›Sugardating‹ finden kannst«, schlug Kins vor, als Tracy ihre Telefonate beendet hatte. »Mal sehen, womit wir es hier zu tun haben.«

Tracy gab das Wort »Sugardating« in die Suchmaschine auf ihrem Laptop ein und sofort tauchten Dutzende von Webseiten auf. Das ging seitenweise, vom banalen »Seekingarrangement.com« bis zum eindeutigeren »Honeydaddy.com«. Als sie die Suche mit dem zusätzlichen Begriff »Seattle« eingrenzte, stieß sie auf einen Artikel im *Stranger*, einer eher linksgerichteten alternativen Wochenzeitung. Die Journalistin, die ihn verfasst hatte, hatte für sich selbst ein Datingprofil erstellt, war auf ein paar Dates gegangen und hatte sogar an einer Sugarbaby-Konferenz teilgenommen, die, wie könnte es anders sein, in Los Angeles stattgefunden hatte.

»In *der* Stadt dürfte es jede Menge Frauen geben, die sich als Schauspielerinnen fühlen und ihr nicht existierendes Einkommen aus der Schauspielkunst ein wenig aufbessern möchten«, kommentierte Kins, den Tracy mitlesen ließ.

»Ganz zu schweigen von älteren Widerlingen, die nur zu gern diese jungen Frauen und ihre Träume ausbeuten.«

Kins runzelte die Stirn. »Ausbeuten?«

»Du kennst meine Meinung zu dem Thema!« Tracy hämmerte erneut auf ihre Tastatur ein. »Reiz mich bloß nicht! Ohne Sugardaddys gäbe es keine Sugarbabes.«

»So wie es ohne Freier keine Prostituierten gäbe?«
»So ungefähr.«
»Ich glaube, da bist du naiv. Man spricht nicht von ungefähr vom ältesten Gewerbe der Welt.«
»Ja, weil es immer schon Männer gegeben hat, die Frauen ausbeuten, besonders Frauen mit einem Traum. Egal, wie weit hergeholt diese Träume sein mögen. Die Männer beuten sie aus.«
»Nicht alle diese Frauen haben Träume, Tracy.«
»Nein, haben sie nicht. Manche haben ihre Träume aufgegeben und sind einfach nur arm und verzweifelt. Wird es dadurch besser?«
»Und manche wollen einfach nur Geld verdienen. Die Männer bezahlen es und die Frauen nehmen es an.«
»Und dadurch wird es okay?«
»Wenn sie über achtzehn sind und es aus freien Stücken tun, ja. Wir werden das nie stoppen, egal, wie viele Ressourcen wir auf entsprechende Ermittlungen verschwenden.«

Tracy hörte das alles nicht zum ersten Mal. Kins war schon lange dafür, Prostitution zu legalisieren, damit die Polizei ihre Ressourcen in anderen Bereichen der Verbrechensbekämpfung einsetzen konnte. Tracy sah das nicht so. Sie sah Prostitution als Spitze eines riesigen Eisbergs, in dem Frauen missachtet und entwürdigt wurden, was zu Gewaltverbrechen wie Vergewaltigung, Gewaltanwendung, Körperverletzung und Mord führte – ganz zu schweigen vom Gebrauch illegaler Drogen, gemeinsamer Nutzung von Nadeln zum Spritzen eben dieser Drogen mit verheerenden Folgen und der Verbreitung sexuell übertragbarer Krankheiten. Auch bei der Debatte um die Legalisierung von Marihuana hatte man argumentiert, nach einer Freigabe könne sich die Polizei auf andere, schwerere Verbrechen konzentrieren. Auf dem Papier eine runde Sache, doch dann hatten die mexikanischen Drogenkartelle, denen ein Geschäftsfeld abhandenzukommen drohte, ihre Marihuanaplantagen umgepflügt und Mohn angepflanzt. Seitdem überschwemmten sie den Markt in den USA mit Heroin, das unter dem Namen Schwarzer Teer lief, und hatten eine Drogenepidemie ins Leben gerufen, die zu weitaus komplexeren Verbrechen führte als vorher der Handel mit Marihuana.

»Einigen wir uns darauf, in dieser Frage uneins zu sein«, schlug Kins vor. »Ruf bei der Zeitung an, frag, ob wir uns mit der Journalistin treffen können. Vielleicht hat sie uns schon eine Menge Laufarbeit abgenommen und verrät uns ein paar Dinge, die uns beim Gespräch mit Dr. Charles Scheißkerl hier weiterhelfen.«

Beim *Stranger* erklärte man Tracy, die fragliche Journalistin sei eine freie Mitarbeiterin mit Namen Tami Peterson. Ihre Telefonnummer mochte der zuständige Redakteur nicht weitergeben, versprach jedoch, Tracys Nummer zu notieren und Peterson wissen zu lassen, dass Tracy mit ihr sprechen wollte.

Im Artikel wurde die zweiundzwanzigjährige Peterson als Single vorgestellt, außerdem enthielt er zwei Fotos der jungen Frau. Auf dem einen war sie bei der Arbeit zu sehen, auf dem anderen hatte sie sich für die Aufnahme, die das Dating-Profil schmücken sollte, schick gemacht. Beide Fotos präsentierten eine attraktive, große, schlanke, hellhäutige Frau, auf dem einen Bild dank einer soliden Brille mit schwarzem Gestell eher intellektuell angehaucht. Für das Profilfoto hatte sie die Brille abgesetzt, was ihre blauen Augen und die langen Wimpern besser zur Geltung brachte, und mit sexy Schmollmund in die Kamera gestrahlt. Peterson hatte ihr Profil unter ihrem richtigen Namen erstellt und mitgeteilt, in Seattle zu leben und das Theater zu lieben. Bei der Frage nach der Gebühr für ein Date mit ihr hatte sie »verhandelbar« angegeben.

»Sieh dir diese Webseiten an«, sagte Tracy zu Kins. »Date einen Millionär! Flieg im Privatjet um die Welt und übernachte in Fünf-Sterne-Hotels!«

»Fahr mit einem Loser auf den nächsten Parkplatz und blas ihm einen!«, säuselte Kins im affektierten britischen Tonfall des Moderators einer Fernsehshow über den Lebensstil der Reichen und Schönen.

»Das darf man nicht sagen!«, mahnte Tracy. »Hier in ihrem Artikel steht, es ist ausdrücklich verboten, in den Profilen Sex zu erwähnen. Den Paaren wird geraten, eigene Entscheidungen zu treffen, nachdem sie einander kennengelernt haben. Was für ein Haufen Bockmist! Die stellen das so dar, als wäre es romantisch.«

»Was, dann findest du Aditi Banerjees Erfahrung etwa nicht romantisch?«

»Klar doch, genau das, wovon jedes Mädchen träumt.«

»Was wir uns wirklich fragen müssen, ist doch: Was tut der Doktor auf so einer Webseite?«

»Abschaum findet man in jeder Berufsgruppe.«

Kapitel 37

Diesmal hielt sich Del ein Taschentuch vor den Mund, als er im Wohnhaus von Eduardo Lopez im fünften Stock aus dem Fahrstuhl stieg. Er hatte unten kurz daran gedacht, die Treppe zu nehmen, aber wirklich nur kurz. Fünf Stockwerke mit einem kaputten Rücken hochgehen – da forderte man das Unglück ja geradezu heraus. Jetzt tränten ihm die Augen und ihm war schlecht vom Gestank und weil er so lange die Luft angehalten hatte. Runter ging es auf jeden Fall zu Fuß, da musste sein Rücken eben durch.

Er war nach South Park gefahren, um dem Mann und der Mutter von Monique Rodgers von Lopez' Tod zu berichten und ihnen mitzuteilen, dass laut Ballistik die Kugel, die ihre Tochter getötet hatte, aus dem bei Lopez in der Wohnung gefundenen Revolver stammte. Sie hatten ihn nach Little Jimmy gefragt, ob es Beweise gäbe, die ihn mit dem Mord in Verbindung brachten. Del hatte gesagt, daran arbeiteten sie noch.

Er ging den Flur mit dem abgetretenen Linoleum hinunter und sah sich die Nummern an den Wohnungstüren an. Genau wie Faz beschrieben hatte, fiel durch die Fenster an beiden Enden ein wenig Licht in den Flur. Eigentlich hätte Del gar nicht hier sein dürfen; er hätte den Fall längst zusammengepackt und ans Drogendezernat weitergeleitet haben müssen, wie Nolasco es angeordnet hatte. Das würde er auch tun, aber nicht, ohne vorher noch ein paar offene Fragen zu klären. Vor allem eine, die ihm besonders am Herzen lag.

Del erreichte die vorletzte Wohnungstür am Flurende, diejenige neben der Tür zur Wohnung, in der seines Wissens Eduardo Lopez gewohnt hatte. Er sah sich an, wo Gonzales und Faz nach deren Aussagen gestanden hatten, und fand die Angaben seines Partners dem FIT gegenüber einleuchtend. Um die Person einschätzen zu können, die durch die Tür kam, und um mitzubekommen, ob sich sonst noch jemand in der Wohnung befand, hatte sich Faz logischerweise links von der Tür postieren müssen und nicht hinter Gonzales. Das war auch schon deswegen angesagt, weil man so eher den Kugeln ausweichen konnte, falls jemand die Tür öffnete und zu ballern anfing.

Er klopfte an die Tür der angrenzenden Wohnung. Niemand reagierte. Er klopfte noch einmal, kräftiger, so kräftig, dass die Tür klapperte. Keine Antwort. Er klopfte ein drittes Mal, wartete kurz und legte das Ohr an das dünne Holz. Nichts. Als er sich aufrichtete, fiel ihm auf, dass es in der Tür keinen Spion gab, es also unwahrscheinlich war, dass jemand dahinterstand und den Cop in ihm erkannte. Noch wichtiger: Auch Lopez hatte diese Möglichkeit nicht gehabt, bevor er die Tür öffnete und hinaustrat. Weiter hinten im Flur ging eine Tür auf und wurde wieder zugeschlagen. Del drehte sich um. Eine Frau, die einen kleinen Jungen getragen hatte, war durch die Tür zum Treppenhaus gekommen und setzte ihr Kind gerade ab. In der einen Hand trug sie eine Plastiktüte voller Lebensmittel, die andere hielt ein Schlüsselbund. Der Junge sah nicht älter aus als zwei oder drei und hielt etwas in der Hand, einen kleinen Dinosaurier. Als die Frau beim Näherkommen Del entdeckte, blieb sie abrupt stehen, sagte leise etwas zu dem Jungen, packte dessen Hand, drehte sich um und ging zurück in Richtung Treppenhaus. Der Junge sah Del über die Schulter hinweg an, wofür die Mutter ihn sofort tadelte.

»Entschuldigung!«, rief Del.

Die Frau drehte sich nicht um.

»Entschuldigung!« Del wurde lauter und lief hinter den beiden her, so schnell es sein Rücken erlaubte. »Ms Reynoso? Ms Reynoso?« Der Name stand in den Berichten des FIT. Die Frau war bereits wieder bei der Tür zum Treppenhaus angekommen, als Del sie endlich einholte.

»Ms Reynoso?«

»*No hablo inglés.*« Sie lächelte entschuldigend und wirkte sehr nervös.

»*¿Hablas Español?*«

Sie schüttelte den Kopf. »*Tengo prisa. No puedo hablar ahora.*«

Sie hatte es eilig und konnte jetzt nicht mit ihm sprechen. Del hatte auf der Schule Spanisch gelernt und nach dem Abschluss an der Akademie in Eastern Washington gearbeitet. Er verstand und sprach das auf der Straße gesprochene Spanisch, wenn auch beileibe nicht fließend. Das spielte in diesem Fall keine Rolle, er sah auch so, dass Reynoso log.

Er deutete auf die Tür zu ihrer Wohnung und fragte sie, warum sie kehrtgemacht hatte, wo sie doch gerade nach Hause kommen wollte. »*Estabas volviendo a casa. ¿Por qué te volviste cuando me viste?*«

»Nein. Nicht reden, bin spät.«

»Also sprechen Sie Englisch.«

Sie schwieg kurz. »*Sí.* Ja. Ein wenig.«

»Warum haben Sie kehrtgemacht, als Sie mich sahen?«

Reynoso wirkte zunehmend verängstigt. »Bitte.«

Del hielt seine Dienstmarke hoch. »Ich bin Polizist.« Das schien die Frau nicht zu beeindrucken. »Ich würde Ihnen gern ein paar Fragen stellen. Möchten Sie in Ihrer Wohnung reden oder hier im Flur?«

Reynoso war überhaupt nicht dazu verpflichtet, mit Del zu sprechen, was die meisten Bürger allerdings nicht wussten. Resigniert deutete die Frau mit dem Kinn auf ihre Wohnung und sie gingen zusammen den Flur entlang. An der Tür ließ ihr Del ein wenig Raum. Der Junge sah hoch zu ihm, halb misstrauisch, halb schüchtern. Del lächelte. Vergeblich. Die Miene des Kleinen blieb verschlossen.

Reynoso öffnete die Tür und trat in die Wohnung. Del warf einen Blick über ihre Schulter: Außer ihnen schien niemand hier zu sein. Sie stellte die Tüte mit den Lebensmitteln auf dem Küchentresen ab und sagte zu dem Jungen: »*Daniel, va jugar a tu cuarto con tu dinosaurio.*«

Daniels Blick ging zwischen seiner Mutter und Del hin und her. Er schien seine Mutter nicht allein lassen zu wollen, doch dann ging er zu der Tür auf der anderen Seite des Zimmers, warf Del noch einen letzten Blick zu und verschwand.

Die Frau schlang die Arme um ihren Körper und senkte das Kinn.

»Sie waren hier neulich Abend, als Eduardo Lopez erschossen wurde. Ich möchte Ihnen nur noch ein paar Fragen stellen«, sagte Del.

»Ich habe schon mit der Polizei geredet. Fragen Sie die.« Sie sprach, ohne den Blick zu heben.

»Das habe ich getan. Die schicken mich noch mal hierher, weil Ihre Geschichte nicht mit der der anderen Zeugen zusammenpasst. Sie baten mich festzustellen, warum das so ist, warum Ihre Geschichte anders ist.«

Die Frau reagierte mit einem Achselzucken, ohne etwas zu sagen.

»Eine Frau weiter unten im Flur sagte, sie habe eine Frau ›Waffe!‹ rufen hören, kurz bevor sie die Schüsse hörte. Sie dagegen sagten aus, ein Mann hätte ›Waffe!‹ gerufen.« Diese zweite Zeugin hatte Del erfunden. Einen entsprechenden Bericht gab es natürlich nicht.

Reynoso schüttelte den Kopf. »Ich weiß nicht.«

Del änderte seine Taktik. »Woher kannten Sie Eduardo Lopez?«

»Er wohnte nebenan.«

»Hatten Sie eine Beziehung zu ihm?«

»Nein.« Sie schüttelte den Kopf, runzelte die Stirn.

»Was tat er dann in Ihrer Wohnung?«

»Ich sagte …«

»Nein, diese Frage haben Sie nicht beantwortet, denn bisher hat niemand Ihnen diese Frage gestellt. Was tat er hier in Ihrer Wohnung?« Del hatte sämtliche Zeugenaussagen gelesen, natürlich auch die dieser Frau.

Sie zuckte die Achseln, spielte auf Zeit. »Er kam einfach vorbei.«

»Sie waren befreundet?«

»*Sí*. Ja, wir waren Freunde.«

»Wie haben Sie sich kennengelernt?«

»Ich sagte schon, er wohnte nebenan.«

»Wo hat er gearbeitet?«

»Ich … das weiß ich nicht.«

»Worüber hat er gesprochen?«

»Bitte«, sagte sie. »Ich muss meinem Jungen zu essen geben.«

»Warum haben Sie gesagt, Sie hätten einen Mann ›Waffe!‹ rufen hören, Ms Reynoso?«

»Weil ich das …«

»Nein, das haben Sie nicht gehört. Die Polizei trägt jetzt Körperkameras. Wissen Sie, was das ist? Das sind winzige

Videokameras, Ms Reynoso. Die zeichnen alles auf, was passiert, und nehmen alles auf, was gesagt wird.« Die Beamten in Zivil trugen keine Kameras, jedenfalls nicht alle, bisher noch nicht. In der Sache liefen die Verhandlungen zwischen der Stadt und der Polizeigewerkschaft noch. Del wollte lediglich Druck ausüben, um zu sehen, ob die Frau bei ihrer Geschichte blieb.

»Also wissen wir, dass es kein Mann war, der ›Waffe!‹ rief. Warum sagten Sie, Sie hätten das gehört?«

»Ich weiß nicht. Vielleicht habe ich einen Fehler gemacht.«

»Ms Reynoso, Sie bekommen keinen Ärger, wenn Sie die Wahrheit sagen. Aber wenn Sie einen Polizeibeamten anlügen ...«

»Bitte!«

»Hat jemand zu Ihnen gesagt, Sie sollen sagen, Sie hätten einen Mann ›Waffe!‹ rufen hören?«

»Bitte.«

»Hat Ihnen das jemand befohlen?«

»Sie haben mir das befohlen.« Sie hob ihre Stimme und ihren Blick. »Sie, die Polizei. Die Frau. Sie sagt: ›Sie haben gehört einen Mann rufen *Waffe!*‹.«

Jetzt kamen sie langsam voran. »Und? Hatten Sie das wirklich gehört?«

»Ich weiß nicht. Es war laut und Daniel hat geweint. Ich sagte ihr, ich weiß es nicht, aber sie sagte noch einmal: ›Sie haben gehört, wie ein Mann ›Waffe!‹ schrie, nicht wahr?‹ Also sagte ich: ›Okay, ich habe gehört, wie ein Mann ›Waffe!‹ rief.‹ Dann sagte sie: ›Und Sie haben gehört, wie ich ihn gefragt habe, den anderen Polizei: Warum hast du ›Waffe!‹ gerufen?‹«

»Hatten Sie denn gehört, wie sie das zu dem anderen Polizisten sagte?«

Reynoso schüttelte den Kopf. »Ich hab gar nichts gehört. Ich habe das nur gesagt, weil sie gesagt hat, ich soll es sagen.«

»Hat sie gesagt, warum sie wollte, dass sie das sagen?«

»Sie sagte, Eduardo Lopez, er hat jemanden erschossen. Sie sagt, ich verstecke ihn und könnte Ärger bekommen. Dass ich Daniel verliere, wenn ich es nicht sage. Also sage ich.«

»Hatten Sie Lopez versteckt?«

Sie schüttelte energisch den Kopf. »Nein. Er klopft an meine Tür und sagt, jemand kommt zu seiner Wohnung. Er sagt, er muss dringend nicht dort sein.«

»Er wusste, dass jemand kommt?«

»Er sagt, er braucht einen Platz zu sein, bis sie weg sind. Ich sage ihm, ich will nichts damit zu tun haben, aber er sagt, nur für eine Minute. Er sagt, sind von der Ausländerbehörde.«

»Also haben Sie ihn reingelassen.«

»Ich habe Angst. Er hat Männer in seiner Wohnung die ganze Zeit.«

»Wissen Sie, weswegen?«

Sie schüttelte den Kopf.

»Hat er Drogen verkauft?«

Ein Achselzucken. »Ich weiß nicht.«

»War er in einer Gang?«

»Ich weiß nicht.«

»Hat er gesagt, wer in seine Wohnung kommt? Vor wem er sich versteckt?«

Noch ein Achselzucken. »Er sagte nur Ausländerbehörde.«

Del erinnerte sich an das, was Faz gesagt hatte, und trat dicht an Reynosos Wohnungstür. »Stand er dicht bei Ihrer Tür?«

Sie nickte. »Jemand im Flur. Jemand klopft an seine Tür und ...«

»Sie hörten jemanden klopfen?« Laut Faz war Gonzales nicht mehr dazu gekommen zu klopfen.

»Ja, sie klopfen laut. Bumm. Bumm. Bumm.«

Del deutete auf ihre Wohnungstür. »An diese Tür?«

»Nein. Seine Tür. Nebenan.«

»Sie hörten jemanden klopfen?«

»Ja. Bumm, bumm, bumm – so.«

Del fiel etwas anderes ein: »Haben Sie sich mit Lopez unterhalten?«

Sie schüttelte den Kopf. »Ich habe nichts gesagt.«

»Die Polizisten, die gekommen sind, sagen, sie hätten jemanden Spanisch sprechen hören. Hat Lopez etwas auf Spanisch zu Ihnen gesagt?«

Sie wollte den Kopf schütteln, zögerte dann aber.

»Erinnern Sie sich an etwas?«

»Jemand hat ihn angerufen. Er sprechen Spanisch mit seinem Handy.«

»Was hat Lopez gesagt?«

»Ich nicht weiß.«

»Sie erinnern sich an nichts, was er gesagt hat?«

Sie schüttelte den Kopf.

»War das, bevor oder nachdem Sie jemanden klopfen hörten? Hat er den Anruf erhalten, bevor oder nachdem jemand an seine Tür klopfte?«

»Danach.« Reynoso runzelte die Stirn, als hätte sie Kopfschmerzen. »Jemand klopfen an die Tür, aber Lopez, er nur hören. Er nicht antworten. Dann kein Klopfen mehr an der Tür, und Lopez, er gehen ans Fenster«, sagte sie und deutete in die entsprechende Richtung.

Del ging zum Fenster. Von hier aus konnte er den Parkplatz sehen. »Er ging da rüber und sah aus dem Fenster, nachdem er jemanden klopfen gehört hatte?«

»Er hört das Klopfen. Dann geht er ans Fenster, beobachtet. Dann sieht er mich an und er sagt Gracias und will gehen. Dann klingelt sein Telefon.«

Das erklärte, warum Lopez das Handy in der Hand gehabt hatte, als er aus der Wohnungstür trat, und vielleicht auch, warum er Faz und Gonzales überrascht hatte. Vor wem Lopez sich auch versteckt haben mochte, wer immer an seine Wohnungstür geklopft haben mochte, Lopez hatte geglaubt, dass diese Person gegangen war, hatte ihn vielleicht sogar von Reynosos Fenster aus das Haus verlassen sehen. Er erwartete niemanden draußen im Flur, als er Reynosos Tür öffnete, und ohne einen Türspion hatte er auch keine Möglichkeit gehabt, sich zu vergewissern, ehe er ging. Faz und Gonzales hatten ihn überrascht.

Und er hatte sie überrascht.

Kapitel 38

Tami Peterson wohnte auf dem Capitol Hill, war aber gern bereit, sich mit Kins und Tracy in einer Eckkneipe mit dem Namen *The Stumbling Monk* zu treffen. Am Telefon hatte sie jung und enthusiastisch geklungen und die Vorstellung, sich mit zwei Detectives zu treffen, schien sie nicht im Geringsten einzuschüchtern, im Gegenteil. Tracy und Kins erhofften sich von dem Treffen ein besseres Verständnis für das Konzept des Sugardatings, um vorbereitet zu sein, falls es mit Dr. Shea Probleme gab, er sich nur widerstrebend mit ihnen unterhielt oder zu lügen versuchte. Je mehr sie wussten oder doch wenigstens vorgeben konnten zu wissen, desto besser ließe sich der Mann bei Bedarf aus der Reserve locken.

The Stumbling Monk war wirklich eine Eckkneipe, das hatte Peterson wörtlich gemeint. Der Eingang des einstöckigen Backsteingebäudes lag an der Kreuzung von East Olive Way und Belmont Avenue East. Unter einem Schild mit dem Konterfei eines von Bierkrügen umrahmten kahlköpfigen Mönchs ging man hindurch in die Gaststube. Kins musste sich anstrengen, um die massive Holztür mit den großen Scharnieren und Eisenbeschlägen aufzustemmen, die wohl an das Eingangstor einer mittelalterlichen Abtei erinnern sollte. Innen war die

Ausstattung der Kneipe denkbar schlicht, mit einem halben Dutzend Barhockern vor einem verwitterten Tresen aus Holz und ohne einen einzigen Fernseher. Entsprechend fehlte auch das in den meisten Bars vorherrschende ununterbrochene Geschnatter als Geräuschkulisse, dafür fand sich in einer Ecke ein Bücherregal voll zerlesener Taschenbücher und Brettspiele. Eine Handvoll Leute saßen am Tresen oder an einem der Tische in den Nischen und tranken allem Anschein nach belgisches Bier. An der Wand hing jedenfalls eine handgeschriebene Liste sämtlicher hier erhältlicher Sorten.

Tracy sah sich suchend um. Peterson war schnell entdeckt, sie war aufgestanden und winkte ihnen aus einer der Nischen zu, wo sie es sich mit ihrem Laptop und einem Becher Kaffee gemütlich gemacht hatte. Sie trug ihre schwarze Brille, Jeans, Sandalen und eine ärmellose weiße Bluse, wodurch sie ihrem »Arbeitsfoto« in der Zeitung viel ähnlicher sah als der sexy Variante. Tracy und Kins stellten sich vor und setzten sich zu ihr.

»Interessante Kneipe.« Kins beäugte das altmodische Fahrrad, das in einer der hinteren Ecken auf einem Schrank stand.

»Ich komme hier gern zum Arbeiten her«, erklärte Peterson. »Ist besser, als immer zu Hause zu hocken, und gibt mir das Gefühl, wenigstens einmal am Tag rausgekommen zu sein.«

»Was schreiben Sie denn so?«, erkundigte sich Tracy.

»Was immer bezahlt wird, ich bin ja Freischaffende. Meistens Artikel über die örtliche Szene. Und ja: Auch ich gehöre zu den Menschen, die an einem Roman sitzen.«

»Schon etwas in der Richtung veröffentlicht?«

»Einen Roman? Nein. Er ist noch nicht fertig.« Peterson seufzte. »Es soll so eine Art literarische Romanze werden, aber ich lasse mich zu leicht ablenken.« Achselzuckend nippte sie an ihrem Kaffee. »Mein Redakteur sagte, Sie interessieren sich für meinen Artikel über Sugardating? Der ist aber schon zwei Monate alt.«

»Wir würden Ihnen gern ein paar Fragen zu Ihren Recherchen stellen«, erklärte Kins.

»Meine Tätigkeit als Undercover-Sugarbaby?« Peterson lächelte. »Darf ich fragen, worum es geht? Sie tragen beide Eheringe, also wird wohl keiner von Ihnen ein Profil erstellen wollen. Obwohl sich ja manch ein Mann auch vom Ehering nicht abhalten lässt.«

Tracy und Kins erwiderten ihr Lächeln. »Wir arbeiten an einem Fall«, erklärte Tracy. »Es geht um eine junge Frau, die wohl ein Profil hatte und solche Dates wahrnahm. Wir würden gern mehr darüber wissen. Ihr Artikel klang so, als hätten Sie eine Menge Zeit und Mühe in die Recherche investiert.«

»Ein Mordfall?«, fragte Peterson. Tracy konnte förmlich sehen, wie die journalistischen Rädchen in ihrem Kopf rotierten. Natürlich hatte die junge Frau Vorarbeit geleistet und wusste, wer da mit ihr am Tisch saß. Sobald Kins und sie die Kneipe verlassen hatten, würde sich Peterson ins Internet hängen, um zu prüfen, wer gestorben war, und nach Möglichkeit deren Profil einsehen.

»Ja, aber noch wissen wir nicht, ob das eine mit dem anderen zusammenhängt. Wir fangen gerade erst mit den Ermittlungen an.«

»Aber sie hatte ein Profil und sie ging mit Männern aus, die sie über dieses Profil kennengelernt hatte?«

»Das wurde uns so gesagt.« Tracy nickte. »Wenn ich Ihren Artikel richtig verstanden habe, halten Sie nicht viel vom Konzept des Sugardatings?«

»Sie spielen wahrscheinlich auf die Stelle an, wo ich sage: ›Sie versprechen einem einen Ferrari und dann kriegt man, wenn man Glück hat, einen Kia‹? Und ich dachte, ich hätte mich so dezent ausgedrückt.«

»Wir sind bestens geschulte Detectives, wir haben Sie durchschaut.« Kins erwiderte Petersons Lächeln.

»Ehrlich gesagt, fand ich die ganze Sache irgendwie traurig. Ein paar von den Mädchen, mit denen ich gesprochen habe, sahen diese Webseiten als ihre Chance auf ein Märchen à la *Pretty Woman*. Sie kennen den Film mit Julia Roberts?«

Ja, Tracy kannte den Film. Eine Prostituierte und ein Millionär, die sich ineinander verlieben und bis ans Ende ihrer Tage miteinander glücklich sein wollen – sie hatte die Story von Anfang an als ziemlich weit hergeholt empfunden.

»Ist das denn nicht so?« Kins riss in gespieltem Entsetzen die Augen auf. »Läuft nicht jede dieser Begegnungen darauf hinaus? Ich bin schwer schockiert.«

»Ein paar der Sugardaddys sehen sich bestimmt als edle Ritter und Unterstützer der Mädchen, mit denen sie ausgehen. Sie glauben, ihnen bei der Verwirklichung ihrer Träume zu helfen, und halten sich für so was wie Mentoren.« Peterson zuckte erneut mit den Achseln, es schien eine Angewohnheit von ihr zu sein. »Jeder kann sich ja einreden, was er möchte, und nach einer Weile glaubt man das vielleicht sogar selbst. Andere Typen, mit denen ich sprach, waren da praktischer veranlagt. Sie sagten sich, es sei immerhin besser, als eine Prostituierte anzuheuern.«

»Und wie rechtfertigen die Mädchen die Sache?«, wollte Tracy wissen. »Die, die nicht den Traum von *Pretty Woman* leben?«

»Das ist das Traurige daran. Einige der Mädchen erzählten mir, sie fühlten sich schon benutzt, aber immerhin bekämen sie ja Geld dafür. Ein paar besserten so ihr Einkommen auf, andere sagten, sie würden studieren und bräuchten das Geld für ihren Lebensunterhalt.« Wieder kam ein Achselzucken, diesmal von einem Stirnrunzeln begleitet. »Wenn Sie mich fragen, wollten alle Frauen auf ihre Kosten kommen und sahen sich auf der Gewinnerseite – wo keine von ihnen wirklich war.«

»Die Webseiten behaupten, die Frauen würden bis zu dreitausend Dollar, manchmal sogar noch mehr im Monat verdienen«, sagte Tracy. »Ich nehme mal an, Sie haben herausgefunden, dass das nicht stimmt?«

»Die Webseiten behaupten eine Menge.« Peterson lehnte sich zurück. »Ich weiß nicht. Vielleicht verdienen ein paar der Frauen so viel, aber ich konnte das nicht verifizieren und die große Mehrheit derer, mit denen ich gesprochen habe, verdient ungefähr das, was sie zum Leben braucht. Geld also, das gleich wieder ausgegeben wird. Man muss sich doch auch fragen, wie viele Männer dreitausend Dollar im Monat für eine Geliebte ausgeben können. Wer kann sich das leisten? Für vier-, fünfhundert Dollar bekommt man eine echt gut aussehende Prostituierte, haben meine Recherchen gezeigt. Falls das mit dem großen Geld also wirklich passiert, dann ganz bestimmt nicht oft, würde ich wetten.«

»Wieso sind diese Webseiten überhaupt legal?«, fragte Kins. »Haben Sie etwas darüber herausgefunden, warum das nicht als Prostitution gilt? Dass da Sex gegen Geld getauscht wird, ist doch kaum zu überlesen.«

»Die Webseiten unterlaufen die Ermittlungen der örtlichen Strafverfolgungsbehörden, weil sie jedes Arrangement zum Austausch von Geld gegen Sex explizit verbieten. Beamte der Sitte haben mir erklärt, damit etwas als Prostitution gelten kann, muss ein eindeutiges Abkommen getroffen werden, das sofort oder doch sehr bald nach Erzielen der Übereinkunft in Kraft tritt. Auf den Webseiten, die sich Dating-Seiten nennen, wird behauptet, die Beteiligten würden Gesellschaft anbieten und Sex stelle nicht ihre primäre Motivation dar.«

»Aber Ihrer Erfahrung nach ist es eine Motivation?«, fragte Tracy. Im Artikel wurde angedeutet, dass Peterson während des Seminars in Los Angeles von zwei Männern angesprochen worden war, die ihr vorschlugen, zu einer Runde Gruppensex ins Hotel gegenüber mitzukommen.

»Meinen Recherchen nach ist Sex ein großer Teil des Pakets. Sex kam immer zur Sprache. Vielleicht werden auch noch andere Sachen diskutiert, aber Sex war definitiv Thema.«

»Was sagen die Inhaber der Webseiten dazu?«, fragte Tracy.

»Die sagen, Sex sei immer Thema, wenn zwei Menschen eine Beziehung eingehen und anfangen zu daten. Aber niemand sei zu Sex verpflichtet, wenn er oder sie nicht möchte.« Sie warf Tracy und Kins ein betrübtes Lächeln zu. »Gleichzeitig lassen die Webseiten keinen Zweifel daran, dass es hier um Beziehungen ohne Komplikationen und Verpflichtungen geht. Liebe soll nicht erwartet werden und ist auch nicht erwünscht. Also – keine Liebe, nur Sex, und die Frauen werden bezahlt. Wonach klingt das für Sie?«

»Wer lässt sich auf diesen Webseiten registrieren?«, wollte Tracy wissen.

»Das lässt sich nicht mit Sicherheit sagen«, antwortete Peterson. »Alles wird vertraulich gehandhabt. Die Frauen werden zu falschen Namen und falschen Angaben im Profil ermutigt und ich bin sicher, die Männer halten es ebenso. Es gibt jede Menge Tarnung, jede Menge Rauch und Spiegel und, ganz ehrlich, eine Menge Dummheit. Stellen Sie sich eine junge Frau vor, vielleicht neunzehn Jahre alt, die zu Männern ins Auto steigt, über die sie nichts weiß, deren richtige Namen sie noch nicht einmal kennt. Bekannt ist ihr nur, was sie im jeweiligen Profil gelesen hat. Und oft treffen sie sich mit diesen Männern, ohne jemandem davon zu erzählen, weil es ihnen zu peinlich ist.«

»Und viel von dem, was in den Profilen auf der Dating-Webseite steht, ist höchstwahrscheinlich Bockmist«, fasste Kins zusammen.

Peterson lehnte sich vor. »Ich habe für den Artikel eine Therapeutin interviewt und sie sagt, diese Beziehungen erinnerten Männer an die sorgenfreie Zeit, als sie jung und ungebunden waren und mit verschiedenen Mädchen ausgingen. Nur haben sie jetzt Geld und damit Macht. Sie beherrschen die Situation und können die Beziehung in Richtungen steuern, wie es ihnen damals beim Daten nicht möglich war. Das führt zu einer unglaublichen Schieflage in der Machtstruktur so einer Beziehung, sagt die Therapeutin. Das Durchschnittsalter der Männer, die diese Webseiten nutzen, liegt bei fünfundvierzig, das Durchschnittsalter der Frauen bei sechsundzwanzig. Aber nicht nur vom Alter her liegt ein Ungleichgewicht vor, sagt sie, sondern auch vom Geschlecht und höchstwahrscheinlich von der Rasse und der Klassenzugehörigkeit her. Was die Frage aufwirft, ob diese Mädchen wirklich freiwillig mitmachen oder einfach nur verzweifelt Geld brauchen. Weil sie ihren Job verloren haben, die Miete nicht zahlen können oder sich einfach nicht vorstellen können, wie sie mit einem Mindestlohn bei Starbucks ihre Zukunftsträume verwirklichen sollen.« Peterson zuckte die Achseln. »Alle wollen immer den Frauen die Schuld geben und die Männer ungeschoren davonkommen lassen. Dabei sind die Männer in Wahrheit genauso schuldig, wenn nicht noch mehr.«

Tracy warf Kins einen Seitenblick zu, den er wohlweislich ignorierte.

»Ich muss Ihnen sagen«, fuhr Peterson fort, »dass ich nicht damit gerechnet hätte, einmal zwei Mordermittlern gegenüberzusitzen, als ich meinen Artikel so enden ließ, wie er endet. Aber wundern tut es mich nicht.«

»Wie endet Ihr Artikel denn?«, wollte Tracy wissen.

»›Das Internet ist ein gefährlicher Ort‹«, zitierte Peterson, ohne einen Blick auf ihren Laptop werfen zu müssen. »›Man kann die eigene Identität online schützen, aber die Person, die es auf einen abgesehen hat, wird das ebenfalls tun. Das kann zu einem tödlichen Spiel werden.‹«

Kapitel 39

Del parkte seinen dunkelgrünen Impala Baujahr 1965 in ausreichender Distanz zum Basketballkorb, damit der Ball nicht noch womöglich sein Baby traf, wenn er am Korbrand abprallte. Unter dem Korb stand nämlich Faz mit einem Basketball in den Händen. Die beiden Partner hatten früher gern mal eine Runde gespielt, als sie noch jünger gewesen waren und Dels Rücken nicht ständig mit Boykott gedroht hatte. Faz war für seine Größe erstaunlich beweglich und erzählte gern stolz, dass er als Jugendlicher Power Forward gespielt hatte.

Als Del aus dem Auto stieg, hörte er von irgendwoher, wie ein Radio die letzten Innings eines Mariners-Spiels übertrug.

»Du hättest vor einer Stunde hier sein sollen« begrüßte ihn Faz. »Vera hat einen Lachs gekocht, zum Reinsetzen.«

Er warf den Ball Del zu, der ihn fing, um ihn gleich wieder zurückzugeben. »Lieber nicht. Mein Rücken zickt immer noch. Wenn ich jetzt werfe, müsst ihr mich womöglich noch im Krankenwagen wegschaffen lassen.«

Faz machte einen Wurf ans Korbbrett. Der Ball küsste den vorderen Rand und rollte ab.

»Wie war dein freier Tag?«, wollte Del wissen.

»Ich darf draußen sein und Basketball spielen, das hat doch was.« Faz seufzte. »Noch keine vierundzwanzig Stunden, und schon drehe ich durch und treibe Vera in den Wahnsinn. Möchtest du ein Glas Bier oder Wein?«

»Nein danke. Ich bin gekommen, um zu reden.«

»Das hatte ich mir schon gedacht.« Faz deutete mit dem Kinn auf den Tisch und die Stühle, die auf der Terrasse standen. »Lass uns hier draußen bleiben.«

Er warf den Ball über seine Schulter. Er hüpfte zweimal, um dann in den Büschen entlang der Einfahrt zu verschwinden. Im Radio auf dem Terrassentisch freuten sich die Massen lautstark über irgendetwas. »Gewinnen sie mal wieder?« Del zog sich einen Stuhl heran. Nach einem etwas lahmen Saisonauftakt hatten die Mariners neun der letzten zehn Spiele gewonnen.

»Vier zu null war das Letzte, was ich mitbekommen habe. Das eben klang nach mehr.«

Del setzte sich Faz gegenüber an den Tisch. »Ich bin heute Abend noch mal nach South Park gefahren, zu dem Haus, in dem Lopez gewohnt hat.«

»Ach ja?« Faz grinste. »Als wir heute Nachmittag telefonierten, hatte Nolasco dir gerade befohlen, die Akte ans Drogendezernat weiterzuleiten.«

»Dazu bin ich noch nicht gekommen.« Auch Del lächelte. »Ich musste noch mal da raus, um die Familie Rodgers über den Bericht der Ballistiker zu informieren.«

»Wie haben sie es aufgenommen?«

»Wie erwartet. Sie glauben immer noch, dass Lopez für Little Jimmy gearbeitet hat. Ich habe ihnen gesagt, wir sitzen dran und versuchen, eine Verbindung zwischen den beiden nachzuweisen. Und wo ich gerade in der Gegend war, dachte ich, fahr ich doch mal hin und spreche mit der Nachbarin von Lopez.«

Faz rückte näher und stützte die Unterarme auf den Tisch. »Hat sie mit dir geredet?«

»Eigentlich wollte sie nicht.« Del berichtete von der Begegnung im Flur. »Sie hatte Angst, Faz.«

»Little Jimmy?«

Del schüttelte den Kopf. »Nein. Sie hat Angst vor uns. Vor der Polizei.«

Faz dachte nach. »Sie wollte nicht, dass jemand sieht, wie sie sich mit dir unterhält?«

»Vielleicht, aber es war keine generelle Angst vor der Polizei. Die Angst war spezifischer.«

Faz runzelte die Stirn. »Wovor hatte sie Angst?«

»Vor wem, musst du fragen. Gonzales. Ich fragte Reynoso, so heißt sie, wer ihr befohlen hat zu sagen, ein Mann hätte ›Waffe!‹ gerufen.«

»Und sie sagte, das wäre Gonzales gewesen?«

»Erst wollte sie nicht richtig mit der Sprache raus, aber dann hat sie gesagt, die Polizistin hätte ihr befohlen zu sagen, sie hätte einen Mann ›Waffe!‹ rufen hören.«

»Kein Witz?«

Del schüttelte den Kopf. »Kein Witz.« Er berichtete Faz in Einzelheiten von seinem Treffen mit der Nachbarin. »Gonzales hat zu Reynoso gesagt, sie könnte Probleme kriegen, weil sie Lopez in ihre Wohnung gelassen hat. Sie hat gedroht, das könnte für Reynoso und ihren Sohn schlecht ausgehen.«

»Hast du die Aussage aufgenommen?«

Del schüttelte den Kopf. »Nee, dachte, dann kriegt sie noch mehr Angst und sagt nichts mehr. Aber selbst wenn sie das amtlich aussagt, könnte das FIT, oder wer sich das sonst noch ansieht, geltend machen, dass ich ihre Zeugenaussage verfälscht und eine Zeugin beeinflusst habe. Ich habe ihr nämlich erzählt, du hättest eine Körperkamera getragen und von daher wüssten wir, dass sie gelogen hat, als sie behauptete, sie hätte einen Mann die Warnung rufen hören.«

Faz sank in seinen Stuhl zurück. »Das hast du behauptet?«

Del nickte.

»Scheiße, Del, ich will nicht, dass du wegen mir deinen Job aufs Spiel setzt!«

»Na ja, das mit dir ist nicht alles. Als Nolasco anordnete, die Ermittlung abzuschließen und die Akte den Drogenleuten zu schicken, wollte ich das zuerst auch tun. Ich setze mich also an den Computer und mache die Akte auf, um alles auf Stand zu bringen. Als Erstes sehe ich, dass Tracy am Montag- und am Dienstagnachmittag an der Akte war.«

»Warum sollte Tracy …? – Moment! Tracy war Montag und Dienstag bei Gericht!«

»Genau.«

»Dann …«

»Und ich habe mich angeblich gestern in die Akte eingeloggt, als ich mit kaputtem Rücken zu Hause im Bett lag.«

»Hast du sie von zu Hause aus aufgemacht?«

Del schüttelte den Kopf. »Nein. Die Frage wollte ich dir auch gerade stellen.«

»Scheiße, Del!«

»Was?«

»Verdammt!« Faz stöhnte auf. »Ich habe Gonzales gestern erlaubt, deinen Computer zu benutzen, nachdem sie gejammert hatte, Tracy und sie hätten Probleme miteinander. Ich habe ihr dein Passwort genannt.«

Del nickte nachdenklich. »Und wenn sie Montag oder Dienstag von Tracys Computer aus an der Akte war, dann wusste sie, dass sie an die privatisierten Berichte mit Tracys Passwort nicht rankommt, weil ich im Fall Rodgers der leitende Ermittler bin, nicht Tracy.«

»Aber warum? Warum sollte sie Zugang zu deinen Daten haben wollen?«

»Ich weiß nicht. Aber ihr Interesse galt eindeutig Monique Rodgers.«

»Hast du Reynoso gefragt, warum Lopez in ihrer Wohnung war?«, wollte Faz wissen.

»Ja, habe ich, und sie sagte, Lopez hätte sich vor jemandem verstecken müssen.«

»Er wusste, dass wir kommen?«

»Ich glaube nicht.«

»Vor wem dann?«

»Reynoso sagte, Lopez war in ihrer Wohnung, als jemand bei ihm an die Tür klopfte. Ihr habt nicht geklopft, hast du mir erzählt.«

»Das stimmt, haben wir nicht.«

»Also war jemand kurz vor eurem Eintreffen bei der Wohnung von Lopez. Reynoso sagte, die Person habe mehrmals geklopft und sei dann gegangen. Als nicht mehr geklopft wurde, sei Lopez in ihrer Wohnung zum Fenster gegangen und habe von dort aus den Parkplatz beobachtet. Dabei klingelte sein Telefon und er unterhielt sich mit jemandem auf Spanisch.«

»Ich habe gehört, wie jemand Spanisch sprach!«

»Ich weiß.« Del nickte. »Ich glaube, als Lopez aus Reynosos Wohnung kam, rechnete er nicht damit, im Flur jemanden anzutreffen. Er dachte wohl, der, vor dem er sich versteckt hatte, wäre gegangen. Die Türen da haben keine Spione. Lopez hätte also nicht nachsehen können, ob die Luft rein ist, bevor er die Tür aufmachte. Ich glaube, du und Gonzales, ihr habt ihn ebenso überrascht wie er euch.«

Faz war gerade noch etwas eingefallen. Er beugte sich aufgeregt vor. »Gonzales hat Lopez durchs System laufen lassen! Sie war da, als ich von den Fingerabdruckleuten die Resultate vom Handabdruck auf dem VW bekam, und hat mir ihre Hilfe angeboten. Sie würde Lopez durchs System laufen lassen, damit ich in Ruhe mit dir telefonieren kann.«

»Dann wusste sie also schon, dass wir einen positiven Treffer hatten, Lopez nämlich«, sagte Del. »Und als sie Lopez durchlaufen ließ, erfuhr sie seine letzte bekannte Adresse.«

»Glaubst du, sie hat Lopez gewarnt?«

»Vielleicht«, sagte Del. »Aber das erklärt nicht, wer vor euch zur Wohnung von Lopez kam, vor wem er sich versteckte.«

Faz erinnerte sich an den Mann, der die Treppe heruntergekommen war, als Gonzales und er gerade in den Fahrstuhl steigen wollten. Der Zeitpunkt kam hin. »Ich könnte ihn gesehen haben.«

»Wen?«

»Ich weiß nicht, wen, aber Gonzales und ich sahen einen Mann aus dem Treppenhaus kommen, als wir auf den Fahrstuhl warteten. Er warf uns so einen Blick zu … und als er durch die Tür war, lief er Richtung Parkplatz.«

»Laut Reynoso ging Lopez ans Fenster und sah zu, wie jemand das Haus verließ.«

»In der Zeit sind wir mit dem Fahrstuhl hoch in den fünften Stock gefahren, auch das kommt hin. Aber wenn Gonzales Lopez gewarnt hat, dass wir kommen, warum hat sie ihn dann erschossen?«

»Vielleicht hat sie ihn gar nicht gewarnt. Vielleicht hat sie dem anderen Typen gesagt, dass ihr unterwegs seid, und als der an die Tür klopfte und niemand antwortete, ging er davon aus, dass Lopez nicht zu Hause ist.«

»Erklärt immer noch nicht, warum sie Lopez erschossen hat.«

»Die Frage kann ich nicht beantworten. Noch nicht«, bekannte Del. »Bisher weiß ich nur eins: Ein Toter kann nicht gegen Little Jimmy aussagen. Dass Gonzales Lopez erschossen hat, zieht mit einiger Wahrscheinlichkeit das Ende unserer

Ermittlung nach sich. Zumal laut Ballistik die Kugel, die Monique Rodgers tötete, zu der in der Wohnung von Lopez gefundenen Waffe passt.«

»Wir haben nicht genug in der Hand, um Gonzales offen zu beschuldigen«, gab Faz zu bedenken. »Selbst wenn wir Reynoso dazu bringen zu gestehen, dass Gonzales ihr gesagt hat, was sie sagen soll, dann wird Gonzales das einfach abstreiten.«

»Und wenn rauskommt, dass ich Reynoso mit der Geschichte über die Körperkamera belogen und praktisch unter Druck gesetzt habe …«

»Dann hängen sie dich gleich neben mir an den Eiern auf.«

Del nickte. »Ich rufe morgen in Los Angeles an und sehe zu, ob ich mit ein paar Leuten da sprechen und irgendwas über sie rausfinden kann.«

»Lass sie durchlaufen, damit wir eine Adresse haben.«

»Das kann ich nicht machen, Faz, das weißt du doch.« Die Beamten waren nicht befugt, im System nach Adressen zu suchen, die nichts mit einem konkreten Fall zu tun hatten.

»Besorg mir irgendwie eine Adresse. Ich dreh hier durch, ehrlich. Lass mich Gonzales im Auge behalten, wenn sie nicht im Dienst ist. Hat sich irgendjemand mal das Handy von Lopez angesehen? Wissen wir, mit wem er gesprochen und Nachrichten ausgetauscht hat?«

»Noch nicht, ich setze mich morgen dran. Ich wollte erst mal zu dir.« Del lehnte sich kopfschüttelnd zurück. »Was für ein Haufen Scheiße.«

»Ein Haufen Scheiße in einem Haufen Scheiße!«

Kapitel 40

Bewaffnet mit einem Foto des lächelnden Shea im weißen Kittel plus der Auskunft der Kraftfahrzeugzulassungsstelle, der Mann fahre einen weißen Tesla Modell X Baujahr 2017, steuerten Tracy und Kins am Freitagnachmittag das Parkhaus des Ärztehauses an, in dem der Doktor arbeitete. Tracy hatte noch einmal in der Klinik angerufen, sich als Mutter eines kranken Kindes ausgegeben und um einen Termin noch an diesem Nachmittag gebeten. Dr. Shea sei leider ausgebucht, war ihr mitgeteilt worden.

Die Parkplätze für die Ärzte befanden sich im Erdgeschoss des Parkhauses, in der Nähe des Klinikeingangs. Dort stand kein weißer Tesla.

»Das Auto kostet gut und gern hundertfünfundzwanzigtausend Dollar«, meinte Kins, als sie einen Parkplatz gefunden und eingeparkt hatten. »Mehr als zwei oder drei dürften wir in der Garage hier nicht finden.«

»Mein Dad war Arzt und fuhr einen Pick-up«, sagte Tracy. »Wenn dieser Shea ein hunderttausend Dollar teures Auto fährt und in Medina wohnt, kommt er entweder aus einer wohlhabenden Familie oder er hat reich geheiratet. Heutzutage verdient man so viel Geld als Kinderarzt kaum noch.«

»Ganz zu schweigen von den zweitausend Dollar im Monat für die Konkubine.«

»Du sagst es.«

In diesem Moment fuhr ein weißer Tesla ins Parkhaus.

»Und da wäre er auch schon«, freute sich Kins, als der Wagen einen der Parkplätze für Ärzte ansteuerte und Shea aus dem Wagen stieg, wobei die hinteren Autotüren hochgingen wie die Flügel eines Vogels.

Tracy und Kins kletterten eilig aus ihrem Wagen. »Dr. Shea?«

Shea, der gerade ein Sakko vom Rücksitz geholt hatte, erschrak kurz, als er seinen Namen hörte. Misstrauisch kniff er die Augen zusammen. »Ja?«

Tracy ließ ihre Dienstmarke aufblitzen. »Ich bin Detective Crosswhite und das da ist Detective Rowe. Könnten wir kurz mit Ihnen sprechen?«

»Worüber?«

»Vita Kumari«, sagte Tracy.

In Sheas Augen leuchtete es kurz auf. »Ich kenne niemanden, der so heißt.«

»Tun Sie wohl«, konterte Kins. »Fangen Sie lieber gar nicht an zu leugnen. Wir wissen alles über Sugardating, Sugarbabys und Sugardaddys. Sie wären dann wohl ein Daddy und Vita das Baby. Sehe ich das richtig?«

Genau wie von Kins beabsichtigt, sackte Shea sofort in sich zusammen. »Was wollen Sie?«

»Vielleicht unterhalten wir uns lieber oben in Ihrer Praxis und nicht hier im Parkhaus?«

»Ist Vita etwas zugestoßen?« Shea klang ehrlich besorgt, aber das hatten die ermittelnden Beamten damals auch von Ted Bundy gesagt.

»Warum fragen Sie?«, wollte Kins wissen.

»Weil hier zwei Detectives vor meinem Auto stehen und mit mir über sie reden wollen.«

Kins sah Tracy an. »Da hat er recht.«

»Ja, es ist ihr etwas zugestoßen«, erklärte Tracy.

Shea sah hinüber zur Glasschiebetür, durch die man von der Parkgarage ins eigentliche Gebäude kam. »Bitte folgen Sie mir.« Er führte sie eine Treppe hinauf und schloss eine Tür auf. Sie folgten ihm einen Flur entlang, auf dessen Teppichfußboden sich Bahnschienen und kleine Eisenbahnzüge an bunten Wandgemälden entlangschlängelten, die wohl eine Safari in Afrika darstellen sollten. Es gab Elefanten, Löwen, große Bäume voller Affen und auf einem Ast, der über einen Fluss ragte, schlief ein Gepard. Sie bogen in einen weiteren Flur voller Messgeräte für Gewicht und Größe sowie Sehtafeln.

»Dr. Shea!« Eine Frau in blauem Kittel trat aus einem der Untersuchungszimmer. Ihr Blick glitt vom Doktor hinüber zu Tracy und Kins. »Ich dachte, Sie wären schon gegangen.«

Überraschenderweise stellte Shea die beiden Besucher als Detectives aus Seattle vor. »Ich muss noch ein bisschen Papierkram erledigen. Ich brauche hoffentlich nicht lange.«

Sheas Büro war eher schlicht möbliert für jemanden, der ein so teures Auto fuhr. Vor dem Fenster hing eine durchsichtige Jalousie, die freie Aussicht auf den Freeway 405 bot.

»Setzen Sie sich.« Shea deutete auf zwei Stühle und setzte sich selbst hinter seinen Schreibtisch, der mit seinem hellen Furnierholz gut zur gesamten Innenausstattung des Büros passte und zum Großteil von einem stattlichen Bildschirm in Anspruch genommen wurde. An der Wand hinter dem Schreibtisch hing eine Reihe gerahmter Diplome. Shea hatte an der Gonzaga-Universität studiert, bei den Jesuiten also, denen sein Profil als Sugardaddy bestimmt nicht gefallen würde. Sein Abschluss in Medizin stammte von der Universität von Washington und die

Ärztekammer hatte ihn als Kinderarzt zugelassen. »Sie sagen, Vita sei etwas zugestoßen?«

»Wann haben Sie Kavita das letzte Mal gesehen?«, wollte Tracy wissen.

»Montagabend.«

»Was haben Sie da gemacht?«

Shea räusperte sich. Er sah jünger aus als seine vierundvierzig Jahre und hatte die Angewohnheit, sich immer wieder blonde Strähnen seines jungenhaften Haarschnitts aus dem Gesicht zu streichen. »Wir haben zu Abend gegessen und sind dann, wie es unsere Gewohnheit war, in ein Hotel in Kirkland gegangen.«

»Wo haben Sie zu Abend gegessen?«, fragte Tracy.

»*Lila's Café*. Das ist in Kirkland. Die Reservierung lief auf meinen Namen.«

»Und das Hotel?«

»Das *Marriott*, ebenfalls in Kirkland.«

»Auch auf Ihren Namen?«, fragte Kins.

Tracy schrieb mit. Falls Shea etwas verschweigen wollte, dann ging er das ziemlich unbeholfen an.

»Nein«, sagte Shea.

»Lief die Reservierung unter Kavitas Namen?«, wollte Kins wissen.

»Ja.«

»Ziemlich gewagt, das Ganze, für einen verheirateten Mann aus Medina. Hatten Sie denn keine Angst, man könnte Sie sehen?«

Shea setzte sich zurück. Er lockerte die Krawatte und knöpfte den Hemdkragen auf. »Wenn jemand uns beim Abendessen gesehen hätte, dann wäre Vita eine Studentin gewesen, die Kinderärztin werden will.«

»Und was war sie im Hotel?« Kins ließ nicht locker. Er konnte bei Bedarf die perfekte zynische Nervensäge sein.

»Wir sind nie zusammen ins Hotel gegangen«, erklärte Shea. »Vita hat das Zimmer besorgt.«

»Und im Hotel hat man sich nie gefragt, warum sie jede Woche am selben Tag ein Zimmer braucht?«

»Sie hat erzählt, sie sei Pharmavertreterin und treffe sich jeden Dienstag frühmorgens mit Kunden von der Eastside. Sie hatte immer Gepäck dabei.«

Alles sauber und gut durchdacht. »Dann war das also eine feststehende Vereinbarung?«, fragte Tracy.

»Meistens, ja.«

»Was soll das heißen?«

»Das heißt, wir trafen uns Montagabend, außer einem von uns kam etwas dazwischen.«

»Wie teilten Sie einander mit, wenn etwas dazwischenkam?«

»Wir haben uns Textnachrichten geschickt und manchmal auch telefoniert.«

Tracy warf Kins einen Blick zu. »Wie oft ist es vorgekommen, dass einer von Ihnen Ihre Pläne umwerfen musste?« Ihr waren diese Einzelheiten im Grunde egal – interessanter fand sie Sheas Aussage, sie hätten einander Textnachrichten geschickt.

»Selten. Ich kann mich eigentlich nicht erinnern, wann es das letzte Mal vorgekommen ist.«

»Und schrieben Sie sich auch aus anderen Gründen Nachrichten?«

»Nur, um unsere Treffen und den jeweiligen Ort zu bestätigen.«

»Sie haben sie nicht gefragt, ob sie Piña Coladas mag und sich gern vom Regen überraschen lässt?« Kins wollte provozieren, um herauszufinden, wie schnell Shea wütend wurde.

Shea sah ihn direkt an. »Nein.«

»Sie haben diese Textnachrichten mit Ihrem Handy verschickt?«, wollte Tracy wissen. »Hatten Sie denn keine Angst, Ihre Frau könnte sie lesen?«

Shea schüttelte den Kopf. »Ich habe nie mein normales Handy benutzt. Wir hatten beide Wegwerfhandys.«

»Kavita auch?« Tracy horchte auf. Das war neu. In der Grube war nur ihr persönliches Smartphone gefunden worden. Shea hätte gewusst, dass er das Wegwerfhandy mitnehmen musste, wenn er sie getötet hatte. Aber warum sollte er ihnen denn dann von diesem Handy erzählen? Konnte es sein, dass er alles gründlich durchdacht und vorausgeplant hatte? Dass er mit ihrem Besuch gerechnet und beschlossen hatte, ihnen gleich vom Wegwerfhandy zu erzählen, weil ein solches Eingeständnis nicht logisch gewesen wäre, wenn er Kavita umgebracht hätte?

»Ja.« Shea nickte.

»Haben Sie das Montagstreffen für diese Woche bestätigt?«

»Ja.«

»Und hat Vita geantwortet?«

»Ja.«

»Haben Sie Ihr Handy hier?«

Shea schloss die unterste Schublade seines Schreibtischs auf und entnahm ihr ein billiges Handy, das er einschaltete und mit dem Passwort aktivierte. Nach gut einer Minute konnte er es an Tracy weiterreichen. Kavita Mukherjee hatte am Montag um 16.14 Uhr ihre Verabredung mit dem Doktor bestätigt und sich kurz nach 17.30 Uhr noch einmal gemeldet, um zu sagen, es könne wegen zähfließenden Verkehrs etwas später werden als sonst. Das war wahrscheinlich eine kleine Notlüge, weil Kavita sich erst einmal beruhigen und verdauen musste, dass Aditi mit einem Ehemann aus Indien zurückgekommen war und nach London ziehen würde. Aber das war jetzt nicht weiter wichtig. Wichtig war die Tatsache, dass Kavitas Mörder ihr Wegwerfhandy mitgenommen hatte, nicht aber ihr eigentliches Telefon. Wieder fragte sich Tracy, ob das absichtlich geschehen war, um sie auf eine falsche Fährte zu locken. Shea hätte auf jeden Fall guten Grund dazu gehabt.

Tracy warf Kins einen kurzen Blick zu, ehe sie sich wieder an den Kinderarzt wandte. »Warum Montagabend?«

»Meine Frau hat jeden ersten und dritten Montag des Monats ihr Buchclubtreffen. Mädelsabend, sagt sie.«

»Wer passt dann auf Ihre Töchter auf?«

Dass Tracy von seinen Töchtern wusste, ließ Shea aufhorchen. Genau das hatte sie bezweckt. Er sollte glauben, sie wüssten viel mehr über ihn, als eigentlich der Fall war. »Wir haben eine Nanny.«

»Arbeitet Ihre Frau?«, wollte Kins wissen.

Diese Frage ließ Shea schmunzeln. »Himmel, nein! Sie ist eins der Umbertokinder. Sie wissen schon – die Baumarktkette?«

»In der Zeitung stand meines Wissens vor einiger Zeit, die Familie hätte die Kette verkauft«, sagte Kins. »Für zweihundert Millionen Dollar, richtig?«

»Zweihundertsechsundachtzig Millionen. Laut Vertrag saßen sie aber auch nach dem Verkauf noch für fünf Jahre im Aufsichtsrat und letztes Jahr gefiel ihnen nicht mehr, wie die Läden geführt wurden. Sie haben sie zurückgekauft. Geld hatten sie dazu ja reichlich.«

»Warum haben Sie eben bei Ihrer Antwort auf die Frage, wie Ihre Frau die Montagabende verbringt, dieses ›sagt sie‹ angefügt?«, erkundigte sich Tracy jetzt.

Shea ließ sich zurückfallen und wippte mit seinem Stuhl. »Weil ich den Verdacht habe, dass meine Frau einen Freund hat, und zwar nicht zum ersten Mal.«

Kins nickte weise. »Und da dachten Sie, Sie machen es ihr einfach mal nach?«

Shea zuckte die Achseln.

»Warum ein Sugarbaby?«, fragte Tracy.

»Weil ich ja wohl schlecht hingehen und mich mit jemandem aus meinem Fitnessstudio oder Lieblingscafé anfreunden kann! Die Familie meiner Frau ist an der ganzen Westside gut bekannt.«

»Und wenn Ihre Frau rauskriegt, dass Sie fremdgehen, schmeißt sie Sie raus und das ganze schöne Geld ist futsch«, fasste Kins zusammen.

»Vielleicht, Detective. Das Verhalten meiner Frau ist moralisch betrachtet wohl auch nicht ganz ohne, aber wer das Geld hat, hat die Macht und bestimmt die moralischen Grundsätze.«

»Warum lassen Sie sich nicht einfach scheiden?«, wollte Kins wissen.

»Weil wir zwei Töchter unter zehn haben, die ihren Vater anbeten, ihre Mutter dagegen nicht so besonders. Also sehen meine Frau und ich zu, dass es mit uns weiterhin halbwegs klappt. Unserer Kinder wegen.«

»Wie viele Sugarbabys haben Sie?« Tracy konnte nicht anders, der Begriff »Sugarbaby« wollte ihr einfach nicht problemlos über die Lippen kommen. Sie stolperte jedes Mal darüber.

»Drei. Kavita und zwei andere.«

»Woher nehmen Sie die Zeit dafür? Und die Kondition?« Die Frage kam wieder von Kins.

»Mit den beiden anderen treffe ich mich nicht so oft, vielleicht so alle zwei Monate mal.«

»Jeweils mit einer allein oder mit beiden zusammen?«

Shea zögerte kurz. »Zusammen.«

»Ein Dreier also.« Kins stocherte noch in der Wunde, um zu sehen, wie viel Blut kam.

»Wie haben Sie die Zahlungen an Vita und die anderen beiden Mädchen vor Ihrer Frau verbergen können?«, fragte Tracy.

»Vita habe ich per Direktüberweisungen von meinem Konto auf ihres bezahlt, dabei tauchen nur Nummern auf, keine Namen. Wenn ich gefragt worden wäre, hätte ich sagen können, es ist die Gebühr für mein Fitnesscenter. Nicht, dass ich mit solchen Fragen gerechnet hätte. Meine Frau kümmert sich nicht um unsere Finanzen, schon gar nicht um meine. Das hat sie nicht nötig. Wir haben einen Treuhänder für ihre Vermögensanteile, aber sie kann damit so ziemlich machen, was sie will. Mein Einkommen ist im Vergleich dazu minimal und für sie von wenig Interesse. Die beiden anderen Mädchen habe ich jeweils bar bezahlt.«

»Als Sie Kavita Montagabend trafen, wie war sie da? Wie benahm sie sich?«

Shea musste kurz nachdenken, als hätte er das längst vergessen. »Sie schien okay, aber das war auch Teil unserer Abmachung.«

»Abmachung?«

»Wir hatten eine schriftliche Vereinbarung, die es uns untersagte, Fragen nach unserem Privatleben zu stellen oder unsere persönlichen Probleme zur Sprache zu bringen.«

»Nichts, was die Freude am Sex irgendwie trüben könnte«, bemerkte Kins.

»Hat Kavita je einen Freund erwähnt?«, fragte Tracy.

Shea schüttelte den Kopf.

»Worüber haben Sie sich denn so unterhalten, wenn Sie zusammen waren?«, wollte Kins wissen.

»Über alles Mögliche. Vita ist interessiert und gebildet. Sie will Kinderärztin werden, also hat sie mich oft nach meiner Praxis und den Patienten gefragt. Sie interessiert sich auch für aktuelle Politik, national und international, und sie kennt sich erstaunlich gut im Sport aus, besonders bei den Seahawks. Unsere Abende waren amüsant, ich habe mich immer darauf gefreut.«

»Also ist Ihnen an dem Abend nichts Außergewöhnliches aufgefallen?«, fragte Tracy.

»Doch, es gab etwas. Vita sagte mir, sie werde unsere Vereinbarung beenden.« Shea sagte das wie nebenbei, ohne Emotionen. Hatte er geübt? Hatte er mit dieser Frage gerechnet?

»Hat sie erklärt, warum?«, fragte Tracy.

»Sie sagte, sie hätte jetzt genug Geld, um mit dem Medizinstudium zumindest schon einmal anzufangen. Das war immer ihr Ziel gewesen.«

»Und für Sie kam das überraschend?«, hakte Kins nach.

»Nein. Sie hatte mir von Anfang an erklärt, dass sie vorhatte, Geld für das Medizinstudium zusammenzubekommen, und dass sie aufhören würde, sobald ihr das gelungen war.«

»Hat sie sonst noch etwas gesagt?«, fragte Tracy.

Shea zuckte die Achseln. »Nichts, woran ich mich erinnern würde.«

»Wegen dieser ›Wir belasten einander nicht mit persönlichem Scheiß‹-Klausel in Ihrer Vereinbarung?«, fragte Kins.

»Das weiß ich nicht, Detective. Sie sagte, es hätte in ihrem Leben einige Veränderungen gegeben und sie plane, sich an verschiedenen Universitäten zu bewerben, um im Herbst das Studium aufnehmen zu können. Die Zeit bis dahin wollte sie nutzen, um sich auf die Aufnahmeprüfungen vorzubereiten.«

»Und wie ging es Ihnen damit?«, erkundigte sich Tracy,

»Ich freute mich für sie«, erklärte Shea, ohne zu zögern. »Sie ist ein kluges Mädchen. Sie wird eine gute Ärztin.«

Tracy fiel auf, dass er beim Präsens blieb.

»Wie ging es Ihnen mit der Vorstellung, dass sie weiterzog, ohne Sie?«, wollte Kins wissen.

»Ich war enttäuscht. Ich hatte unsere Zeit zusammen genossen und alles lief in guten, gefestigten Bahnen. Jetzt musste ich mich entscheiden, ob ich noch einmal ganz von vorn anfangen wollte.«

»Waren Sie wütend?«, wollte Tracy wissen.

»Nein.« Shea schüttelte den Kopf. »Wie schon gesagt, wir wussten beide von Anfang an, dass es nicht darum ging, eine Beziehung mit Zukunft aufzubauen. Das war nicht vorgesehen.«

»Was empfanden Sie dann also für sie?«, fragte Kins. »Nach Liebe hört es sich nicht an. Was war es?«

Auch über diese Frage dachte Shea ein wenig nach. »Ich glaube, am ehesten sah ich in ihr eine Geschäftspartnerin.«

»Und als sie sich von Ihnen trennte, da war das ... was? Die Erfüllung einer Klausel in Ihrem Geschäftsvertrag?«

»Das war immer möglich ... für beide von uns.«

»Wann haben Sie Montagabend das Hotel verlassen?«, wollte Tracy wissen.

»Gegen neun – kurz vor neun. Es war draußen immer noch hell. Ich bin immer um dieselbe Zeit gegangen. Meine Frau kommt normalerweise gegen halb zehn von ihrem Buchclubtreffen zurück.«

»Und Vita? Wann ging sie?«, fragte Tracy.

»Das weiß ich nicht. Wie ich schon sagte, ich ging vor ihr. Sie konnte das Zimmer die ganze Nacht behalten, wenn sie wollte, oder nach Hause gehen.«

»Sie haben sie in diesem Hotelzimmer allein gelassen«, stellte Kins fest.

»Immer.«

»Wie oft hat sie dort übernachtet?«

»Das kann ich Ihnen wirklich nicht sagen, ich weiß es nicht.«

»Auch etwas, worüber Sie beide nie sprachen?«

»Genau.«

»Ihre Nanny kann bestätigen, dass Sie an diesem Abend nach Hause gekommen sind?«

»Ja. Wie ich schon sagte, ich komme immer um dieselbe Zeit nach Hause.«

»Wie heißt sie?«, fragte Tracy. Shea nannte Namen und Telefonnummer der jungen Frau. Als Nächstes wollte Tracy wissen, unter welchem Namen Kavita immer im Hotel eingecheckt hatte.

Shea zuckte die Achseln. »Vita Kumari, nehme ich an.«

Kins beugte sich vor, ließ die Arme vor sich auf dem Tisch ruhen. »Dr. Shea, haben Sie je daran gedacht, dass diese Beziehung auch etwas mit Ausbeutung zu tun haben könnte?«

Tracy wollte die Augen verdrehen, verkniff es sich aber. An dieser Situation war nichts Komisches.

Shea setzte sich zurück. Er sah müde aus. »Hören Sie, Detectives, ich weiß durchaus, dass diese Beziehung außerhalb der Norm lag. Aber für mich hat sie sich bewährt, für uns beide.« Er zuckte die Achseln. »Welche Möglichkeiten hatte ich denn? Durch die Kneipen ziehen und Frauen aufgabeln? Darin war ich schon als junger Mann nicht besonders gut und ich bezweifle, dass ich jetzt besser wäre. Außerdem hat man es da jedes Mal mit jemand anderem zu tun und mit sexuell übertragbaren Krankheiten und wer weiß was sonst noch. Und wann hätte ich das auch tun sollen, wann habe ich denn Zeit dazu?« Er schwieg kurz, ehe er fortfuhr, erwartete vielleicht sogar eine Antwort. »Als ich von diesen Webseiten erfuhr, erstellte ich ein Profil, nur um zu sehen, wie das läuft, was passiert. Die ersten sechs Monate waren ein ziemlicher Mist und die Frauen wirklich nicht besonders interessant. Ich wollte schon aufgeben, als ich das Profil einer wunderschönen Frau entdeckte. Sie sagte, ihr ginge es um die Studiengebühren für ein Medizinstudium. Das war erfrischend. Ob es sich falsch anfühlte? Ja, in einem gewissen Sinne schon, aber ich dachte mir, so tue ich mit meinem Geld wenigstens etwas Gutes.«

»Die reine Sallie Mae, was?« Kins bezog sich auf einen Anbieter für Studiendarlehen.

Diesmal gab Shea nicht klein bei. »Ja, in gewissem Sinne schon, Detective.«

»Und diese beiden anderen Mädchen, mit denen Sie den Dreier laufen haben, bezahlen Sie denen auch die Studiengebühren?« Kins ließ nicht locker.

Shea ignorierte ihn.

»Welchen Namen haben Sie auf der Webseite benutzt?«, fragte Tracy.

»Charles Francis. Mein Vorname und mein mittlerer Name. Sie haben mir noch nicht gesagt, warum Sie mir all diese Fragen stellen. Ich nehme an, Vita ist etwas zugestoßen?«

»Sie ist tot«, sagte Kins. Er und Tracy achteten haargenau auf Sheas Reaktion.

Dem Doktor traten Tränen in die Augen. Er presste die Lippen aufeinander, schloss kurz die Augen. »Wie?«, fragte er, nachdem er sie wieder geöffnet hatte. »Wie…« Die Worte blieben ihm im Hals stecken. Tracy glaubte nicht, dass er ihnen etwas vorspielte, aber sicher konnte man da nie sein.

»Das versuchen wir gerade herauszufinden.«

»Aber Sie glauben, jemand hat sie umgebracht. Deswegen sind Sie hier. Sie glauben, ich hätte etwas mit Vitas Tod zu tun?«

»Haben Sie?«, fragte Kins.

»Nein!« Shea sah von einem zum anderen. »Mein Gott«, sagte er leise, »brauche ich einen Anwalt?«

»Ich weiß nicht, Doc, das bleibt ganz Ihnen überlassen«, meinte Kins. »Wir sind nur hier, um Fragen zu stellen und Kavitas letzten Abend so genau wie möglich zu rekonstruieren.«

»Ich habe mich im Hotelzimmer von ihr verabschiedet«, flüsterte Shea. »Da lebte sie.«

Kapitel 41

Samstag, 14. Juli 2018

Faz rutschte auf seinem Autositz hin und her, um es sich wenigstens ein bisschen bequemer zu machen. Schon jetzt taten ihm vom langen Sitzen Knochen und Gelenke weh. Er hatte das Fenster heruntergerollt, denn noch war es angenehm warm, wobei die Wetterfrösche für das Wochenende allerdings wieder Höchsttemperaturen prophezeit hatten. Faz war gleich frühmorgens, kurz nach sechs Uhr, hier im Stadtteil Capitol Hill eingetroffen und erst einmal an der Auffahrt des dreistöckigen Mietshauses, das man ihm als Adresse genannt hatte, vorbeigefahren, um nachzusehen, ob der rote Audi A8 von Gonzales dort in einer der für die Wagen der Mieter vorgesehenen Parkbuchten stand. Ja, der Audi war da, ein schönes Auto, wenn auch ein älteres Modell. Trotzdem fragte sich Faz, ob Gonzales nicht ihr Einkommen irgendwie aufbesserte.

Als klar war, dass Gonzales zu Hause war, hatte Faz seinen Subaru mit der Schnauze nach Süden an der Twelfth Avenue abgestellt, gegenüber vom Mietshaus und der einzigen Auffahrt, über die man es verlassen konnte. Dort hatte er es sich gemütlich gemacht und wartete inzwischen geschlagene sechs Stunden.

Faz überprüfte sein Handy. Er wartete auf Nachrichten von Del, der sich bei den Kollegen in Los Angeles telefonisch nach Andrea Gonzales umhören wollte. Fehlanzeige, sein Partner hatte sich noch nicht gemeldet. Faz holte die Wasserflasche aus der kleinen Kühltasche neben sich auf dem Beifahrersitz und trank einen Schluck. Vera hatte er erzählt, der Psychologe wolle ihn noch einmal sehen, und danach würde er sich mit einem der Gewerkschaftsanwälte treffen. Beides nacheinander würde wahrscheinlich den ganzen Tag in Anspruch nehmen. Er log seine Frau nur ungern an, mochte ihr unter den gegebenen Umständen aber nicht noch mehr Sorgen bereiten.

Als er sah, wie sich die Sonne in der blank polierten Kühlerhaube des roten Audi brach, setzte Faz sich auf. Der Wagen war gerade oben auf der leicht abschüssigen Auffahrt angekommen, hielt, um ein in nördlicher Richtung fahrendes Auto vorbeizulassen, und fuhr los, an Faz vorbei. Der stellte die Flasche zurück in die Kühltasche, startete den Subaru und fädelte sich in den Verkehr ein.

Er kannte sich in dieser Gegend gut aus. Nicht weit von hier, im Carl Anderson Park, hatten Vera und er gern gepicknickt und zugeschaut, wenn Antonio Baseball oder Fußball spielte. Die Auffahrt zur Interstate 5 war ganz in der Nähe. Gonzales bog nach links in den Denny Way ein und nahm die Auffahrt nach Süden. Faz blieb auf der rechten Fahrspur, mehrere Wagen hinter dem Audi, für den Fall, dass Gonzales plötzlich vom Freeway abbog, ein beliebter Trick, wenn man einen Verfolger abschütteln wollte. Sie fuhr an Downtown Seattle vorbei, wo der Verkehr sich verdichtete, bis sie schließlich nur noch im Kriechtempo vorankamen. Jetzt fiel es schwer, hinter dem Audi zu bleiben, da es auf den verschiedenen Fahrspuren unterschiedlich schnell voranging, aber Faz durfte auf keinen Fall zu nah an Gonzales herankommen. Er trug zwar eine dunkle Sonnenbrille und eine Baseballkappe der Mariners, blieb aber unverkennbar Faz. Ihn verkleiden zu wollen, beklagte sich Del oft, war, als versuche man, einen Grizzly hinter einem Taschentuch zu verstecken.

Gonzales fuhr an den Ausfahrten für den International District vorbei, wobei sie weder ständig die Fahrbahn noch abrupt das Tempo wechselte, beides ebenfalls gängige Methoden, um sich einer Überwachung zu entziehen. Sie verließ den Freeway an der Corson Avenue, auf der sie weiter Richtung Süden fuhr, auf Georgetown zu. Faz war sich allerdings ziemlich sicher, dass Georgetown nicht ihr eigentliches Ziel war. Langsam kribbelte es in seinem Nacken und er setzte sich erwartungsvoll aufrechter hin. Am Marginal Way wandte sich Gonzales nach links, dem Boeing Field zu. Der Verkehr wurde dünner und Faz langsamer, um weiterhin ausreichend Abstand zu halten. Aufgeregt beobachtete er, wie Gonzales auf der Sixteenth Avenue South nach rechts abbog, auf die South Park Bridge über den Duwamish zu.

»Bingo!« Er versetzte seinem Lenkrad einen freudigen Klaps.

Natürlich könnte Gonzales in South Park auch einfach nur Freunde besuchen wollen, ebenso wie rein theoretisch Sandy Blaismiths Fahrt dorthin einem Besuch bei ihrem Fitnesstrainer gegolten haben könnte, aber Faz glaubte nicht an Zufälle. Die meisten Leute taten nichts ohne guten Grund und auch Gonzales dürfte nicht einfach nur so an diesem schönen Nachmittag South Park ansteuern.

Sie bog auf die Cloverdale ein, fuhr jedoch an dem Haus vorbei, in dessen Garten Faz und Del ihre Begegnung mit Little Jimmy gehabt hatten. Der Autoverkehr wurde wieder dichter, es waren auch mehr Fußgänger unterwegs. Dem schönen Wetter entsprechend gekleidete Familien strebten auf den Bürgersteigen in ein und dieselbe Richtung, wie Fans auf dem Weg zu einem Sportereignis oder Konzert.

Gonzales bog ab auf die Eighth Avenue South und dann erneut auf die South Sullivan. Faz folgte ihr und sah Schilder, die auf das South Park Community Center hinwiesen. Wenig später entdeckte er weiße Zelte auf der das Center umgebenden Rasenfläche, hörte durchs offene Fenster die Klänge einer Mariachi-Band und roch den Duft von Gebratenem. An der nächsten Straßenecke angekommen, beschloss er, nicht abzubiegen, falls Gonzales das tat. Vielleicht passte sie jetzt stärker auf. Andererseits durfte er sie auch nicht in der Menschenmenge verlieren, wenn sie das Auto abstellte und zu Fuß weiterging.

Der Audi wurde langsamer und bog in den Parkplatz des Gemeindezentrums ein, der allerdings ziemlich voll zu sein schien. Faz hielt gegenüber am Straßenrand, direkt vor einer Einfahrt, und beobachtete Gonzales, die ihren Wagen einfach auf den Rasen fuhr. Sofort schoss ein Parkwächter auf sie zu, ließ sie aber bald wieder in Ruhe. Entweder hatte sie ihm ihren Dienstausweis gezeigt oder sonstige einleuchtende Argumente auf ihrer Seite gehabt. Sie stieg aus. Faz sah sich genau an, was sie anhatte – Sonnenbrille, weiße Shorts, Tennisschuhe und ein blaues T-Shirt, alles ergänzt durch einen großen Hut mit weicher Krempe, den sie vom Rücksitz ihres Autos geholt hatte. Die Krempe hing tief und verbarg einen Teil ihres Gesichts. Weswegen Gonzales auch hier sein mochte, sie wollte nicht erkannt werde. Zum Glück machte es der Hut einfacher, sie im Auge zu behalten.

Sie ging über den Rasen auf die weißen Zelte zu.

Faz sah vor sich einen Wagen aus einer Parklücke fahren und sicherte sich rasch den frei werdenden Platz, zahlte dem geschäftstüchtigen jungen Mann, der umgehend an seinem Fenster auftauchte, leise grummelnd fünf Dollar Parkgebühr, verstaute seinen blauen Anorak hinter dem Fahrersitz und eilte über die Eighth Avenue in den Park.

Hier wurde gefeiert. Sommerlich gekleidete Menschen gingen auf dem Rasen spazieren, aßen Maiskolben, weiche Tacos und Churros. Die Stände präsentierten Latino-Kunst, Bilder und andere Kleinigkeiten. Faz holte sich von einem der Tische eine Broschüre, lehnte an einem anderen eine Kostprobe des dort angebotenen Essens dankend ab und sah sich suchend nach Gonzales um, konnte aber weder ihren Hut noch das blaue T-Shirt entdecken.

Eine Weile ließ er sich in der Menge treiben und lauschte den Gitarren und Trompeten. Auf einer Bühne tanzten Frauen in leuchtend bunten Kleidern und im Zentrum des Geschehens hatte man eine Bühne für Ringkämpfe aufgebaut. Die Ringkämpfer in reich verzierten Masken, bunten Strumpfhosen und kniehohen Stiefeln hatten sich unter die Menge gemischt. Faz suchte weiter, erst auf der einen Seite der Rasenfläche, dann auf der anderen. Er ging von Zelt zu Zelt, spähte in die überdachten Stände und sah sich die Leute an, die sich vor den Essenswagen gesammelt hatten. Schweiß rann ihm unter der Kappe hervor und die Schläfen und Wangen hinab. Als er das blaue Shirt und den großen Hut hinter einem Zelt verschwinden sah, blieb er abrupt stehen. Statt Gonzales direkt zu folgen, ging er auf der anderen Seite des Zeltes in ihre Richtung, bis er sie in der Lücke zwischen zwei Zelten auftauchen sah. Sie tippte mit gesenktem Kopf einen Text in ihr Handy und schien nichts von ihrem Verfolger zu ahnen. Faz tat, als würde er sich nur für die Ringkämpfer interessieren, behielt Gonzales dabei aber aus den Augenwinkeln im Blick. Die hatte inzwischen das Handy sinken lassen und ging auf und ab. Ein Mann tauchte in der Gasse zwischen den Zelten auf, leider mit dem Rücken zum Rasen, sodass Faz sein Gesicht nicht genau erkennen konnte. Faz zückte sein Handy und gab vor, die Ringkämpfer fotografieren zu wollen, stellte dabei die Kamerafunktion aber so ein, dass er Gonzales im Bild hatte.

Faz wollte gerade auf den Auslöser drücken, als er von hinten angerempelt wurde und das Bild verwackelte. »Sorry!«, sagte ein junger Mann.

»Kein Problem.« Faz lächelte dem jungen Mann zu und richtete sein Handy wieder auf den Gang zwischen den Zelten aus. Gonzales und der Mann waren verschwunden. Mist! Er drehte sich suchend um. Da! Gonzales überquerte den Rasen, steuerte ihren geparkten Wagen an. Sie hatte erledigt, weswegen sie hergekommen war. Faz wäre ihr gern weiter gefolgt, hielt es jedoch für sinnvoller, sich an den Mann zu hängen, mit dem sie sich getroffen hatte, ihn nach Möglichkeit zu fotografieren und herauszufinden, wer er war. Also wandte er sich wieder den Zelten zu, wo er sich ein paar Sekunden hektisch umsehen musste, ehe er Gonzales' Gesprächspartner wiedergefunden hatte. Er betrat gerade ein Zelt, in dem eine Frau Schmuck und Spielzeug aus Perlen verkaufte. Ganz in der Nähe saßen zwei Kinder an einem Tisch und fädelten Perlen auf eine Schnur. Die Standbetreiberin und der Mann unterhielten sich kurz, wobei Faz den Mann leider nur im Profil sehen konnte. Der Mann küsste die Frau und auch die Kinder, drehte sich um und verließ das Zelt durch einen hinteren Ausgang, ohne dass Faz Gelegenheit gehabt hatte, sich sein Gesicht näher anzusehen. Er wollte ihm gerade nachgehen, als sich der Mann auf eine Frage der Perlenverkäuferin hin noch einmal umdrehte und schnell zurückkam. Faz hatte ihn praktisch direkt vor sich.

Er trug wie Faz Sonnenbrille und Baseballkappe, aber Faz erkannte ihn trotzdem wieder. Da war er sich sehr sicher.

Kapitel 42

Tracy rief Kelly Rosa an. »Hast du den Bericht über Kavita Mukherjee schon fertig?«

»Ich arbeite dran. Und du bist nicht die Einzige, die hier anruft.«

»Bellevue?«

»Du sagst es. Gleich gestern, kurz vor Feierabend.«

»Wie lange kannst du sie hinhalten?«

»Sie fragten nach ersten Ergebnissen, sehr lange also nicht mehr.«

Kaylee Wright meldete Ähnliches, als Tracy bei ihr anrief. Auch sie musste Bellevue bald etwas liefern.

Tracy und Kins steuerten Park 95 an, um den USB-Stick abzuholen, auf den Andrej Vilkotski die Textnachrichten der letzten sechs Monate aus Kavita Mukherjees Handy kopiert hatte, und um in Erfahrung zu bringen, wie weit Katie Pryor mit den Durchsuchungsbeschlüssen gekommen war. Tracy lud den Inhalt des Sticks auf ihren Laptop und Kins und sie sahen sich an, was er an Informationen zu bieten hatte. Nolasco hatte Freitagnachmittag noch spät versucht, einen von ihnen beiden zu erreichen, aber da er bestimmt nur anordnen wollte, sie sollten den Fall an Bellevue abgeben, hatten weder Tracy noch Kins seinen Anruf entgegengenommen.

»Ein paar hässliche Textnachrichten von ihrem Bruder.« Kins reckte sich, um seinen Rücken zu dehnen. »Der scheint ein echtes Miststück zu sein.«

Tracy hatte »Nikhil« in ihr Suchfenster getippt und dessen Nachrichten an seine Schwester hochgeladen. Sie lasen gerade eine Textnachricht, in der Nikhil Kavita erklärte, ihr Ungehorsam ihrer Mutter und ihrem Vater gegenüber sei kindisch und respektlos.

> Du bereitest der ganzen Familie unnötigen Stress und Ärger. Schämst du dich so sehr dafür, Inderin zu sein, dass du sogar Ma und Baba wehtun musst? Es wird Zeit, dass du nach Hause kommst und aufhörst, dich wie ein Kind aufzuführen.

»Wissen wir eigentlich, wo Nikhil Montagabend war?«, fragte Kins.

»Zu Hause mit seiner Mutter und den Großeltern. Der Vater kam gerade von einer Geschäftsreise aus Los Angeles zurück und Sam verbrachte nach seinem Fußballspiel die Nacht bei einem Freund. Das lässt sich schnell nachprüfen.«

»Sie hat auf keine von Nikhils Textnachrichten geantwortet. Das muss ihn doch komplett sauer gemacht haben.«

»Oder er war daran gewöhnt.« Tracy las die Nachrichten, die Aditi Montagabend und Dienstag ganz früh an ihre Freundin geschickt hatte, Nachrichten, in denen sie ihre Besorgnis zum Ausdruck brachte und Kavita drängte, sich doch bitte zu melden. Sie fand auch die Textnachricht, die Sam, Kavitas jüngerer Bruder, Montagabend geschickt hatte.

> Hi Vita, ich habe gerade an dich gedacht und mich gefragt, was du wohl machst. Wir haben heute Abend

in Roosevelt in der Nähe von deiner Wohnung ein Fußballspiel. Um 6 Uhr. Ma und Baba können nicht kommen, du würdest also nur mich sehen. Kommst du?

Ihrem jüngeren Bruder hatte Kavita fast umgehend geantwortet.

Hi Sam, danke für die Einladung. Du fehlst mir. Heute war ein harter Tag. Du hast wohl schon gehört, dass Aditi geheiratet hat? Wahrscheinlich weiß das ja inzwischen jeder. Sie ist aus Indien zurückgekommen und gleich aus unserer Wohnung ausgezogen. Sie zieht nach London. Ihr Mann ist Ingenieur. Ich fühle mich so einsam, Sam. Es kommt mir vor, als hätte ich eine Schwester verloren. Ich kann mir lebhaft vorstellen, was Ma gesagt hat, als sie die Neuigkeit hörte! Mrs Dasgupta wird es ihr brühwarm unter die Nase gerieben haben.

Ich wünschte, ich könnte zu deinem Spiel kommen, aber heute geht es nicht. Ich habe ein Date.

Ich denke an dich und drücke dir die Daumen. Sag Bescheid, wenn das Spiel vorbei ist, ich will wissen, wer gewonnen hat! Hab dich lieb, kleiner Bruder.

»Das Date dürfte das mit Shea gewesen sein«, sagte Kins. »Eindeutig.«
»Und die letzte Zeile, wo sie Sam bittet, ihr eine Nachricht zu schicken?« Kins deutete auf den Bildschirm. »So schreibt keine Frau, die sich umbringen will.«
Das sah Tracy auch so. Sie lasen die Antwort, die Sam nach dem Spiel geschickt hatte.

> Vita, wir haben gewonnen! Ich habe kein Tor gemacht, aber gut gespielt. Ruf mich an, wenn du zu Hause bist. Ich schlafe heute bei einem Freund, habe also mein Handy.

»Was meint er damit, er hat sein Handy?«, wollte Kins wissen.

»Seine Mutter knöpft ihm abends das Handy ab.«

»Das macht Shannah auch. Sonst würden die Jungs nie Hausaufgaben machen.«

Tracy las die Nachricht, die Sam später am Abend, nach zehn Uhr, an seine Schwester geschickt hatte.

> Vita, hast du meine Nachricht gekriegt? Ich habe auch angerufen, aber du gehst nicht dran. Ruf mich an.

Sam hatte Kavita auch am Dienstag eine Nachricht geschickt, nachdem Tracy und Katie Pryor die Familie besucht hatten.

> Vita? Wo bist du? Die Polizei war hier und sucht nach dir. Alle machen sich Sorgen um dich. Ma und Baba machen sich Sorgen. Ich mache mir Sorgen. Bitte, wenn du das hier liest, rufst du mich dann an?

Es gab auch eine Textnachricht von Nikhil.

> Vita, die Polizei war hier und hat nach dir gesucht. Du musst mit diesem Unsinn aufhören und nach Hause kommen.

»Nichts von den Eltern, weder von der Mutter noch vom Vater«, sagte Tracy. »Das ist seltsam, oder?«

»Merkwürdig, ja. Vielleicht haben sie Sam und Nikhil gebeten, mit Kavita Kontakt aufzunehmen. Ich weiß, dass Shannah in einer solchen Situation alle fünf Minuten einen Text losjagen würde.«

»Wirklich sehr seltsam.« Tracy dachte an ihre Mutter und ihren Vater. Als Sarah damals verschwunden war, gab es noch keine Handys. Sie und ihre Eltern hatten keine Nachrichten schicken können.

Kapitel 43

Faz sah den Mann das Zelt an der Rückseite verlassen und den Weg Richtung Osten einschlagen, auf die Eighth Avenue zu. Trotz der Sonnenbrille und der Kopfbedeckung war er sich ziemlich sicher, dass es sich hier um dieselbe Person handelte, die er auf dem Weg zur Wohnung von Lopez unten in der Lobby des Hauses gesehen hatte. Gonzales und er hatten gerade in den Fahrstuhl steigen wollen, und der Mann war aus der Tür zum Treppenhaus gekommen. Er hatte sie beide kurz angestarrt, Gonzales länger als ihn, wahrscheinlich, weil er sie als Polizisten erkannt hatte. Das hatte Faz an dem Abend jedenfalls gedacht.

Das sah er jetzt anders. Und er erinnerte sich auch daran, dass der Blick des Mannes an Gonzales länger hängen geblieben war als an ihm.

Gonzales war nach South Park gefahren, um diesem Mann eine Nachricht zukommen zu lassen oder eine von ihm zu erhalten. Um einen Austausch von irgendwelchen Objekten war es allem Anschein nach nicht gegangen. Was immer Gonzales gesagt haben mochte, der Mann war jetzt irgendwohin unterwegs und sie selbst auch.

Faz brauchte auf jeden Fall ein Foto von dem Mann, das würde ihnen die Identifizierung erheblich erleichtern. Also schloss er auf und folgte ihm ein wenig seitlich versetzt. An der Eighth Avenue angekommen, wandte sich der Unbekannte nach rechts und ging Richtung Süden weiter. Faz überquerte die Straße, eilte zu seinem Auto und sah ihm nach, bis er an der Kreuzung Eighth Avenue und South Cloverdale erneut rechts abbog, stieg dann in seinen Wagen und legte einen rasanten U-Turn hin. An der Kreuzung – die Ampel war rot – kroch er langsam so weit vor, dass er die Straße einsehen konnte. Leider war der Mann nirgendwo zu entdecken.

Leise fluchend bog Faz um die Ecke, fuhr im Kriechtempo weiter, sah sich die Fenster der umliegenden Häuser und die Durchgänge zwischen den Gebäuden an. Da hörte er einen starken Automotor anspringen und wenig später fuhr auf einem eingezäunten Parkplatz ein Stück weiter vor ihm ein roter Chevelle mit schwarzen Streifen auf der Kühlerhaube an und näherte sich der Straße. Faz fuhr an ihm vorbei, der Wagen fädelte sich hinter ihm in den Verkehr ein. Faz warf einen Blick in den Rückspiegel: Es war das Auto, in dem Little Jimmy sich am Tag der Ermordung von Monique Rodgers am Tatort hatte vorbeifahren lassen.

Langsam wurde es interessant. An der nächsten Kreuzung bog Faz rechts ab, versicherte sich, dass ihm der rote Wagen nicht folgte, und legte nochmals einen U-Turn hin. Zurück an der Kreuzung bog er wieder rechts ab und schaffte es, sich fünfzig Meter hinter dem Chevelle in den Verkehr einzureihen, mit einem Wagen zwischen ihnen beiden. So fuhren sie durch eine Unterführung unter der State Route 99 hindurch. Die Cloverdale machte einen Bogen nach links und wurde zur First Avenue South. Diese Straße hatten Faz und Gonzales genommen, um zur Wohnung von Eduardo Lopez zu gelangen, und Faz fragte sich, ob der Fahrer des Chevelle vielleicht auch in dem Haus wohnte und einfach nur heimwollte. Einen Moment später gabelte sich die Straße und der Chevelle nahm die rechte

Spur, weg vom Eingang des Hauses, in dem Eduardo Lopez gewohnt hatte. »Also doch nicht nach Hause«, murmelte Faz vor sich hin.

Der Chevelle fuhr jetzt seitlich am Wohnhaus von Lopez entlang in Richtung des Parkplatzes hinter dem Haus, wurde langsamer und bog dann statt links auf den Parkplatz nach rechts auf die Zufahrt zu einer Anlage mit Lagerhäusern ein.

Faz fuhr weiter, wobei er immer mal wieder einen Blick nach rechts warf, das Nummernschild des roten Wagens jedoch leider nicht erkennen konnte. Inzwischen verlief rechts von ihm ein Maschendrahtzaun, der oben von drei Reihen Stacheldraht ergänzt wurde. Sobald es ging, fuhr er im Schatten eines Baumes an den Bordstein, wandte sich um und warf einen Blick durch die Heckscheibe. Der Chevelle hatte auf dem Grundstück der Lagerhäuser vor einem Gittertor gehalten. Der Fahrer ließ gerade sein Fenster herunter, streckte den Arm heraus und gab Ziffern in ein Keypad ein. Sobald das Tor aufging, fuhr der Chevelle hindurch und verschwand hinter einem der Lagerhäuser.

Faz sah sich das Mietshaus auf der anderen Straßenseite an. Lopez hätte diese Lagerhäuser von seiner Wohnung aus rund um die Uhr beobachten können. Und sie waren hier weniger als eine halbe Meile vom Highway 509 entfernt, wie Faz von seinem früheren Besuch her wusste. Dieser Highway kreuzte sich ganz in der Nähe des Flughafens Seattle-Tacoma mit dem Highway 518 und verschmolz schließlich mit der Interstate 5, die von der kanadischen Grenze bis nach Los Angeles führte.

Alles in allem sehr praktisch.

Wenn Faz jetzt noch das Kennzeichen des roten Chevelle hätte, dann könnte er sich mit ein bisschen Glück die Zulassungsdaten des Autos und den Namen des Mannes beschaffen, mit dem Gonzales sich getroffen hatte. Er stieg aus dem Auto und spähte suchend durch den Zaun hindurch zu den Lagerhäusern, konnte das Auto allerdings nicht ausmachen.

Vor sich hatte er jeweils vier Lagereinheiten in einer Reihe, vier Reihen insgesamt, das Ganze wie ein Gitter angeordnet, sodass man zwischen den einzelnen Einheiten mit dem Auto fahren konnte.

Die Zufahrt führte ein wenig bergauf bis zu einem Laden, der das Ende des Grundstücks markierte. Wahrscheinlich wurden die Lagerräume von hier aus verwaltet und man bekam im Laden auch Verpackungsmaterial und konnte Umzugsautos mieten. So stand es jedenfalls auf den Schildern im Fenster.

Faz ging die Zufahrt zum Tor hinauf, wobei er in jede Gasse zwischen den Einheiten schaute, ohne den roten Chevelle zu entdecken. Der Mann war entweder in eins der Lagerhäuser gefahren oder er hatte hinter den letzten Häusern ganz am Ende des Grundstücks geparkt. Wahrscheinlich war es am besten, wenn Faz sich wieder in seinen Wagen setzte, wartete, bis der Chevelle das Grundstück verließ, und dann Del das Kennzeichen durchgab.

Er war ungefähr auf der Höhe des Tors, als drinnen auf dem Gelände ein Motor angelassen wurde und das Eingangstor zur Seite glitt. Ein Kleinlaster kam angerollt und fuhr vom Grundstück herunter. Faz nutzte die Gelegenheit und schlüpfte durchs Tor, kurz bevor es sich hinter dem Truck wieder schloss. Jetzt musste er nur noch das Auto finden, dessen Nummernschild fotografieren und sich dann wieder davonmachen. Ihm waren die Kameras auf den Gebäuden schon aufgefallen, aber er ging davon aus, dass sie in einer Infoschleife liefen und niemand sich die Aufnahmen ansah, es sei denn, es hätte einen Diebstahl gegeben.

Er ging bis zum Durchgang zwischen den ersten beiden Reihen, sah sich um, fand nichts, eilte weiter zum zweiten Durchgang, sah auch hier nichts. So ging es weiter bis zum Ende des Komplexes.

Wie er vermutet hatte, stand der Chevelle hinten auf dem Grundstück neben einem weiteren roten Angeberauto und einem großen Umzugswagen.

Faz hatte schon das Handy gezückt und wollte gerade eine Aufnahme machen, als er eine der orangefarbenen Rolltüren der Lagereinheiten aufgehen hörte. Kurz darauf nahm er Männerstimmen wahr, die sich auf Spanisch unterhielten. Er schlug die einzige Richtung ein, die ihm noch offenstand, um rasch hinter dem Gebäude zu verschwinden. Dabei richtete er das Handy auf das Nummernschild des Chevelle, schoss ein Foto und zur Sicherheit auch gleich noch eins von dem Auto daneben. Er hatte den Kopf abgewandt, konzentrierte sich ganz auf die Nummernschilder.

Da spürte er den Lauf einer Waffe an seiner Schläfe.

»Mach bitte irgendwas Dämliches, Detective, damit ich dir eine Kugel in den Kopf jagen kann.«

Kapitel 44

Am frühen Samstagabend waren Tracy und Kins wieder im Präsidium.

Im Arbeitsbereich des A-Teams lag der große Tisch in der Mitte voller Papiere und es duftete betörend nach der extragroßen Pizza, die in ihrem braunen Pappkarton bei Faz auf dem Schreibtisch lag. Kins und Tracy teilten sie sich. Ein verspäteter Lunch oder ein frühes Abendessen – wie man es nannte, war den beiden egal. Sie hatten seit dem Frühstück nichts mehr zu essen bekommen und einen Bärenhunger. Eigentlich verkniff sich Tracy in solchen Situationen die Pizza, aber da sie momentan zunahm, egal, was sie aß, ließ sie es sich ausnahmsweise mal schmecken.

Durch die gefärbten Fensterscheiben des Gebäudes fiel gedämpftes Licht in den Arbeitsbereich. Das C-Team war essen gegangen und Kins hatte dessen Fernseher ausgeschaltet, um sich besser konzentrieren zu können. Es war unglaublich ruhig im Raum, kein Stimmengewirr, keine Telefongespräche, von denen man nur die Hälfte mitbekam, kein Klicken und Klappern von Tastaturen. Nur Stille und genug Zeit, um noch einmal Kavita Mukherjees E-Mails und Textnachrichten durchzugehen für den Fall, dass sie etwas übersehen hatten, und Theorien darüber anzustellen, was genau passiert sein könnte.

Tracy holte sich noch ein weiteres Stück Pizza auf einer Papierserviette und kehrte zu den auf dem Tisch ausgebreiteten Unterlagen zurück. Sie arbeitete gern so, wenn alles, was sie zusammengetragen hatten, vor ihr lag. Es zwang sie dazu, zur Abwechslung einmal nicht linear zu denken, sich nicht automatisch auf die Dinge zu konzentrieren, die logischerweise aufeinander aufbauten. Dabei übersah man leicht, was sich nicht gleich logisch in eine Reihe einordnen ließ. Der Verstand hat es gern ordentlich und neigt dazu, Lücken in einem Gedankengang zu füllen, damit das Gesamtbild einen Sinn ergibt. Das tut er auch dann, wenn es für die so gewonnene Ansicht eigentlich keine Belege gibt. Wenn man einen Mord aufklären muss, ist ein solches Vorgehen oft nicht sinnvoll, denn bei den meisten Morden sucht man vergeblich nach einem Sinn. Die meisten Morde werden spontan begangen, sie sind nicht minutiös geplant.

Tracy biss in ihr Pizzastück und genoss mit geschlossenen Augen den Angriff von Peperoni, roter Paprika und Knoblauch auf ihre Geschmacksnerven. Kins und sie würden stundenlang aus dem Mund riechen, wahrscheinlich auch noch am nächsten Morgen. Aber das war egal. Sie wollten mal wieder durcharbeiten, denn höchstwahrscheinlich gehörte der Fall schon am kommenden Tag nicht mehr ihnen.

Tracy nahm den vorläufigen Bericht von Kaylee Wright zur Hand, in dem zusammengefasst das stand, was die Kollegin ihnen auch schon am Tatort im Park gesagt hatte. Wright hatte am Anfang des eigentlichen Wanderweges, in der Nähe des Parkplatzes, verstreut ein paar Abdrücke gefunden, die zu Kavitas Schuhen passten. Sie durften also annehmen, dass Kavita in den Park gegangen war. Weitere Abdrücke fanden sich entlang des Wanderweges, wobei sich die Schrittlänge ab einem Punkt geändert hatte: Ab hier schien die junge Frau gelaufen zu sein. Weitere Abdrücke zeigten in verschiedene Richtungen, als wäre Kavita stehen geblieben und hätte sich umgesehen. Wahrscheinlich, weil sie etwas gehört hatte. Auf dem Pfad zum stillgelegten Brunnen und um den Brunnen herum fehlten die Abdrücke ihrer Schuhe, ein deutlicher Hinweis darauf, dass Kavita nicht zufällig in das Loch gefallen war. Die logische Schlussfolgerung war, dass der Mörder sie getragen hatte.

Wenn ihr Beweise fehlten, brachte Tracy gern den gesunden Menschenverstand in Stellung. »Nehmen wir mal an, Kavita wurde zu dem Loch getragen«, wandte sie sich an Kins. »Dazu fällt mir ein, dass sie nicht klein war. Sie war ein Meter achtundsiebzig groß und wog sechzig Kilo.«

»Ein erwachsener Mann hätte sie tragen können, aber du hast recht, das ist ziemlich viel an totem Gewicht.«

»Charles Shea?« Tracy ging zum Whiteboard, das sie in einem der Konferenzzimmer aufgestöbert hatte, und schrieb mit blauer Farbe »Shea«.

»Bei dem haben wir immer noch keine Verbindung zum Park und ein Motiv haben wir auch nicht«, gab Kins zu bedenken. Sie hatten sich am späten Freitagnachmittag von der Rangerin Margo Paige in einem Telefonat bestätigen lassen, dass es auf dem Parkplatz des Bridle Trails keine Überwachungskameras gab. Pech. Sheas Wagen war ja nun schwer zu übersehen. Paige wollte am Samstag nach Seattle fahren, um die dort gelagerten Akten des Parks durchzusehen, und anrufen, sobald sie etwas Interessantes gefunden hatte.

»Shea könnte Kavita zu einem Spaziergang überredet haben. Es war ein wunderschöner Abend. Vielleicht hat er sich seltsam aufgeführt, wurde zudringlich, und sie ist vor ihm davongelaufen. Dabei könnte sie auf der Suche nach einem Weg aus dem Park im Kreis gelaufen sein, weil sie panisch war und einfach nur von ihm wegwollte. Dann kam er von hinten und hat sie überwältigt«, schlug Tracy vor.

»Aber Kaylee hat auf dem Wanderweg neben dem von Mukherjee kein zweites Paar Schuhabdrücke gefunden«, widersprach Kins.

»Kaylee hat überhaupt nicht viel finden können, weil die Wege so trocken waren. Außerdem waren viele Leute unterwegs. Vielleicht sind die Abdrücke von Shea von einem Jogger oder von Pferden verwischt worden. Kaylee hatte kein Profil zum Vergleich, nach dem sie gezielt hätte suchen können. Da entgeht einem schon mal was. Was das Motiv betrifft, das könnte ziemlich einfach gewesen sein: Shea hatte Kavita gegenüber persönliche Gefühle entwickelt und war wütend, als sie ihren Vertrag aufkündigte.«

»Was zu deiner Hypothese passen würde, dass Kavita nach Aditis Heirat mit einem Schlag doppelt so viel Geld wie vorher angenommen für ihr Medizinstudium zusammenhatte und deswegen die Beziehung beendete.«

»Was Shea bestätigt hat.«

»Okay, was ist mit der Grube, dem Brunnen? Woher wusste er davon?«

»Auch da wäre die einfache Antwort: Der Park war vertrautes Terrain für ihn.«

»Das wissen wir aber nicht. Medina liegt nicht gerade um die Ecke vom Bridle Trails, er wird da kaum seine Abendrunden gelaufen sein.«

»Gut, da hast du recht.«

»Ich glaube, wir sollten mit der Frage anfangen, wer von der Grube gewusst haben könnte«, schlug Kins vor.

»Die Familie auf jeden Fall. Der Vater sagte, sie hätten früher im Park nach Pilzen gesucht. Dabei bleibt man nicht auf den ausgewiesenen Wegen.«

»Wir müssen bei der Fluglinie anrufen, nachprüfen, ob das Alibi des Vaters stimmt. Schreib Aditi mit auf die Liste. Und ihre Familie gleich mit. Was wissen wir über die?«

Tracy schrieb die Namen an die Tafel. »Nicht viel.«

»Mal einen Kreis um Nikhil und den Vater«, sagte Kins. »Sam und die Mutter hätten Probleme gehabt, die Leiche zu tragen. Sam wiegt bestimmt keine fünfzig Kilo und ich könnte mir für ihn auch kein Motiv denken. Da fände ich sogar einen zufälligen Mörder logischer.«

Nein, auf die Theorie, ein zufälliger Täter könnte den Mord begangen haben, mochte sich Tracy nicht einlassen. Unter anderem passte diese Theorie nicht zu den Spuren der Zerstörung an Kavitas Schädel. Die Schläge, die die junge Frau getötet hatten, waren mit ziemlicher Entschlossenheit geführt worden, laut Rosa ein möglicher Hinweis darauf, dass der Täter wütend gewesen war. Tracy nahm Kelly Rosas vorläufigen Autopsiebericht zur Hand: Als Todesursache wurde hier ein stumpfes Trauma an der linken Schädelseite genannt, knapp oberhalb der Schläfe. Aus der Art des Bruches konnte man schließen, dass hier drei Mal zugeschlagen worden war. Auch das ließ eher an ein Verbrechen aus Leidenschaft denken, aus heftigem Zorn oder großer Wut hervorgegangen. Außerdem erwähnte der Bericht ausdrücklich, dass keine Hinweise auf eine Vergewaltigung vorlagen, Kavita allerdings in den letzten vierundzwanzig Stunden vor ihrem Tod mit jemandem geschlafen hatte – mit Shea. Das wussten sie ja.

»Keine Vergewaltigung«, sagte Tracy.

»Und auch kein Raubmord«, ergänzte Kins. »Shea hätte ihr Geld nicht gebraucht und er hätte natürlich auch ihre persönlichen Sachen nicht mitgenommen, weil die ihn mit ihr in Verbindung gebracht hätten.«

»Shea wusste vom Wegwerfhandy. Ihm war klar, dass er es mitnehmen musste«, fuhr Tracy fort, »und dass sich auf ihrem regulären Handy nichts Inkriminierendes befindet.«

»Der Bericht legt die Vermutung nahe, dass sie von ihrem Mörder überrascht wurde«, sagte Kins. »Sie hat keine blauen

Flecken, Schnitte oder Kratzer am Leib, die auf einen Kampf oder zumindest Gegenwehr hinweisen.«

»Mukherjee rannte, um wegzukommen. Vielleicht hat Shea sie überrascht, als sie stehen blieb. Es war dunkel, man sah nicht mehr viel. Und es gibt da auf jeden Fall genügend Bäume, hinter denen er sich verstecken konnte.«

»Was, wenn wir annehmen, dass der Mörder ihr entweder in den Park gefolgt ist oder schon im Park war?«, sagte Kins.

»Dann haben wir ein anderes Problem – warum war Kavita dort?«

Kins dachte darüber nach. »Nehmen wir mal an, sie war verstört und wütend. Wegen Aditi.«

»Das war sie in der Tat.«

»Was also, wenn sie in den Park ging, weil sie sich dort mit jemandem treffen wollte? Oder weil jemand sie treffen wollte?«

»Nicht Sam. Der hat Fußball gespielt. Und nicht der Vater, der war auf Reisen. Und es ist nicht wahrscheinlich, dass sie sich mit Nikhil oder ihrer Mutter treffen wollte.«

»Bleibt Aditi«, sagte Kins. »Oder jemand Zufälliges. Ein zweiter Sugardaddy?«

»Es gibt keine Hinweise auf einen zweiten Sugardaddy und auf ihrem Konto finden sich keine Belege für weitere Zahlungen von einer anderen Kontonummer. Außerdem ändert es nichts an der Frage, warum sie überhaupt in den Park ging.«

Kins trank einen Schluck Limo und betrachtete die Tafel. »Also, was wissen wir? Sie ging in den Park, was heißt, wir müssen davon ausgehen, dass sie freiwillig dorthin ging oder zumindest dem Anschein nach freiwillig. Warum?«

»Ich glaube, das ist die Kernfrage«, sagte Tracy. »Der Schlüssel.« Sie malte eine Zeitschiene an die Tafel. »Sie kam kurz nach neunzehn Uhr dreißig ins Hotel.« Das wussten sie vom Video der Überwachungskamera aus der Hotellobby. »Und sie ging um zwanzig Uhr zweiundfünfzig.« Eine Kamera auf dem Hotelparkplatz hatte Mukherjee beim Verlassen des Hotels eingefangen. Sie war allein gewesen. »Wer wusste, dass sie in dem Hotel war?«

»Shea auf jeden Fall.«

Tracy unterstrich seinen Namen auf der Tafel. »Vielleicht hat er das Hotel gar nicht verlassen. Vielleicht saß er in seinem Auto und wartete auf sie, um ihr ohne ihr Wissen zu folgen.«

»Was ist mit Sheas Frau?«, schlug Kins vor. »Shea hat angedeutet, sie könnte misstrauisch geworden sein. Was, wenn sie ihm gefolgt ist und danach Kavita folgte?«

Tracy schrieb »Mrs Shea« an die Tafel. »Wir lassen die beiden stehen, auch wenn mir bei denen nicht klar ist, was die mit dem Park zu tun haben und warum Kavita dort hinging.« Tracy dachte nach. »Was ist mit Aditi? Was, wenn Aditi wusste, dass Kavita ein Date hatte und auch die Details des Dates kannte? Shea sagte, er und Kavita hätten sich an eine Routine gehalten und immer dasselbe Hotel benutzt. Aditi könnte diese Routine gekannt haben.«

»Hat sie gelogen, als sie sagte, sie hätte nichts von Kavitas Date geahnt?«

»Vielleicht … oder …« Wieder nahm sich Tracy einen Moment Zeit zum Nachdenken. »Selbst wenn sie die Routine der beiden nicht kannte, hätte sie Kavita mithilfe dieser App auf ihrem Handy folgen können.«

»Ja, aber du sagtest doch, sie war ehrlich überrascht, als du sie nach dem gemeinsamen Apple-Konto gefragt hast.«

»Schien sie mir zu sein, aber möglicherweise hatte sie mit der Frage gerechnet. Und Aditi hätte Kavita in den Park locken können, ohne ihr vom Hotel aus dorthin folgen zu müssen. Sie wohnte ganz in der Nähe, bei ihren Eltern. Sie könnte Kavita angerufen und sie gebeten haben, sich vor ihrer Abreise nach London dort mit ihr zu treffen.«

»Ein Treffen im Park wäre nur logisch, weil Kavita wohl kaum gern zum Haus von Aditis Eltern gegangen wäre, wo sie mit der Mutter und dem ganzen Rest der Familie rechnen musste.« Kins nickte. »Du hast doch erzählt, sie wollte die Eltern und den Ehemann nicht sehen, als die bei ihr vor der Wohnung standen.«

»Das habe ich von Aditi.«

»Der Park ist ein Ort, den sie beide gut kennen. Kavita wäre bestimmt bereit gewesen, dorthin zu kommen. Aber weswegen sollte Aditi ihre beste Freundin umbringen wollen?«

Tracy tigerte neben dem Arbeitstisch auf und ab. »Eifersucht?«

»Weswegen?«

»Vielleicht betrachten wir das alles hier aus einer ganz falschen Perspektive, aus der von Kavita. Vielleicht sollten wir uns alles noch mal von Aditis Perspektive aus ansehen.«

»Und die wäre?«

»Kavita bekam die Chance, so zu leben, wie Aditi und sie es sich schon als kleine Mädchen erträumt hatten. Genauer gesagt war Kavita diesem Leben gerade einen Schritt näher gekommen.« Tracy dachte an ihre Unterhaltung mit Aditi. »Aditi hatte geheiratet, mit dem Studium war es für sie vorbei. Kavita dagegen brauchte nicht länger zu warten, sie konnte im Herbst an der medizinischen Hochschule anfangen. Für Kavita wurde der gemeinsame Traum zur Realität.«

»Das stimmt.« Kins nickte.

»Und wenn Kavita Aditi nun von dem Geld erzählt hat? Dass sie genug für sie beide hatte, um wenigstens schon mal anzufangen?«

»Aber für Aditi ist es zu spät«, fuhr Kins fort. »Sie ist verheiratet.«

»Was, wenn Aditi die Heirat bedauerte, Zweifel bekam? Dass sie dachte: Typisch Kavita! Immer hübscher als ich, alle schauen nur sie an und sie kriegt alle Chancen. Und ich?«

»Kavita kriegt den Arzt, der ihr genug Geld für das Studium einbringt, und Aditi den Loser, dem sie im Auto einen blasen soll.«

»Kavita hatte in der Schule und auf dem College die besseren Noten, obwohl Aditi sich viel mehr angestrengt hat.«

»Das macht einen schon wütend!«, fand Kins. »Mich hätte es wütend gemacht.«

Tracy dachte nach. »Da kommt allerhand zusammen. Viel zu verdauen für eine junge Frau.«

»Das schon, aber reicht es, um die beste Freundin umzubringen?«

»Verbrechen aus Zorn oder Leidenschaft haben nicht immer einen Grund. Da wird aus einem Impuls heraus gehandelt. Denk daran, dass Aditi den Park kannte. Sie und Rashesh wohnten ganz in der Nähe und sie und Kavita sind zusammen groß geworden und haben dort gespielt.«

»Damit willst du sagen, dass sie das mit dem Brunnen gewusst haben könnte?«

»Könnte sie, ja«, bekräftigte Tracy.

»Wie hat sie die Leiche getragen?«

»Sie hatte Rashesh dabei oder sonst jemanden aus der Familie.«

»Und Aditi hätte Kavitas Auto auch wieder zurück zur Wohnung fahren können, wenn ihr jemand gefolgt ist und sie zurückgefahren hat. Kommt alles hin. Die größte Frage bleibt jedoch nach wie vor das Motiv.«

»Das sehe ich auch so. Also noch mal von vorn.« Tracy dachte laut nach. »Aditi fährt nach Indien, zur Hochzeit einer Kusine. So hat sie es uns erzählt. Was, wenn ihre Mutter und der Rest der Familie sie dort die ganze Zeit bedrängt haben, doch auch zu heiraten?«

»Wahrscheinlich haben sie genau das getan.«

»Der Druck dürfte erheblich gewesen sein, und diesmal hatte Aditi keine Kavita dabei, die ihr moralischen Beistand leisten konnte. Vielleicht waren auch Rashesh und seine Familie beteiligt. Aditi erzählte, die Väter seien gemeinsam aufgewachsen.«

»Die Familien hatten das geplant!« Kins nickte nachdrücklich. »Hört sich jedenfalls ganz danach an, finde ich.«

»Aditi gab an, sie und Kavita hätten beide unter dem Druck ihrer Familien gestanden, aber Kavita sei die Stärkere gewesen. Was, wenn die Familie diese Gelegenheit genutzt hat, wo Aditi Tausende von Meilen von Kavita entfernt war? Sie haben Druck ausgeübt und Aditi konnte sich allein nicht gegen sie wehren.«

»Sie erklärt sich mit der Heirat einverstanden, weil ihre Eltern das so wollten, will selbst aber eigentlich gar nicht? Sie ist unter dem Druck zerbrochen? Meinst du das?«

»Nicht zerbrochen. Sie war einfach nur in einem anderen Land und dieser Mann, dieser erfolgreiche, unverheiratete Mann, zeigte Interesse an ihr. Sie sagte im Café, sie wäre so weit gewesen, sich den Wünschen ihrer Mutter zu beugen, und hätte von Anfang an nicht beim Sugardating mitmachen wollen. Beide Familien, ihre und die von Rashesh, sind auf der Hochzeit und die Argumente ihrer Mutter hören sich langsam ganz vernünftig an. Aditi wird nicht immer jung sein, es wird nicht viele andere Bewerber geben, wer interessiert sich denn schon für sie – und überhaupt, welche Chancen auf eine Heirat hat sie bei ihrem Aussehen in den USA? Da ist ein Mann, der sie will, sie kann sich endlich auch einmal als etwas Besonderes fühlen. Und sie ist weit weg, in Indien, auf einer Hochzeit. Selbst zu heiraten scheint plötzlich gar keine so schlimme Sache mehr zu sein.«

»Aber sie muss wieder zurück in die Staaten, zurück in ihre Wohnung.« Kins spann den Gedanken weiter.

»Zurück in das Leben, das sie hatte, bevor sie abreiste, zurück in die Realität. Und plötzlich wird ihr klar, welche weitreichenden Konsequenzen ihre Entscheidung hat.«

»Sie erkennt, dass es ein Fehler war, ein dummer Fehler.«

»Und wenn Kavita ihr dann noch erzählt, dass ihr Geld gereicht hätte, dass sie auf jeden Fall schon mal mit dem Studium hätten anfangen können …«

Kins stand auf und nickte, wie er es manchmal tat, wenn ihm etwas einleuchtete. »Sie erkennt, wie viel sie fortgeworfen hat. Wie nah sie ihrem Traum war.«

»Sie hätte Ärztin werden können, wie ihre beste Freundin«, sagte Tracy. »Und jetzt ist sie nicht nur verheiratet, sie zieht nach London, in ein fremdes Land. Da soll sie nicht nur mit einem Mann zusammenleben, den sie kaum kennt – seine ganze Familie wird auch dort sein und sie muss sich um alle kümmern.«

»Das hat sie umgehauen. Vielleicht war es einfach zu viel.«

»Lass uns also mal annehmen, Aditi wusste, dass Kavita mit dem Arzt zusammen war. Deren Dates hatten ja feste Termine, jeden Montag. Und lass uns weiter annehmen, Aditi kannte nicht nur den Park, sondern wusste auch von der Grube.«

Kins runzelte die Stirn. So ganz brachte er all diese Informationen noch nicht in eine Reihe. »Ich versteh dich ja«, sagte er. »Wirklich! Aber die beste Freundin umbringen? Mit einem Stein erschlagen?«

»Vielleicht hatte sie nicht vor, sie umzubringen. Denken wir uns das so: Vielleicht bittet Aditi Kavita, sich mit ihr im Park zu treffen, weil sie noch einmal mit ihr reden möchte. Vielleicht will Aditi, völlig fertig nach allem, was passiert ist, nur mit ihrer besten Freundin, ihrer Schwester, reden, ohne dass ihr Mann oder jemand anderes aus der Familie dabei ist.«

»Von ihren Eltern konnte sie kaum Verständnis und Mitgefühl erwarten.« Kins nickte.

»Sie ist voller Panik. Sie hat Angst und sie denkt nicht mehr klar. Und der Park ist ein Ort, an dem sie und Kavita als Kinder und Jugendliche oft waren. Er steht für eine Zeit, als sie noch beide ihre Träume hatten.« Tracy ging auf und ab, probierte ihre Theorie aus, wollte hören, wie sie sich laut ausgesprochen anhörte. Einleuchtend, fand sie. »Vielleicht möchte Aditi Hilfe und Kavita sagt, es gibt nichts, was sie tun kann.«

»Sie könnte sich scheiden lassen«, wandte Kins ein.

»Das glaube ich nicht. Das macht man nicht, es gehört sich nicht. Das hat zumindest Kavitas Mutter so angedeutet.«

»Kavita hatte dreißigtausend Dollar. Sie hätte ihr helfen können.«

»Aber Aditi sagte, Kavita war sauer. Sie hatte Aditis Scheck in Stücke gerissen. Vielleicht war Kavita immer noch wütend, weil Aditi geheiratet hatte, ohne sie auch nur anzurufen, ohne Kavita die Chance zu geben, es ihr auszureden. Vielleicht waren sie beide wütend aufeinander. Schwestern können so sein. Sie fangen an, sich zu streiten, und eins führt zum anderen.«

»Und Kavita dreht sich um, weil sie gehen will ...«

»Und Aditi, der gerade das Leben, das sie eigentlich wollte, zusammenkracht, die aufgebracht ist, die nicht mehr weiterweiß, packt einen Stein und schlägt zu.«

»Wir haben schon erlebt, wie verheiratete Paare das tun, zwei Menschen, die einander scheinbar lieben. Dann macht der eine etwas Dummes und der andere reagiert.«

»Kavita würde Aditis Traum leben und Aditi hasste sie dafür, zumindest in dem Moment«, sagte Tracy.

»Das klingt plausibel, Tracy, wirklich, aber wie beweisen wir es?«

Tracy dachte nach. »Kavitas Handyaufzeichnungen. Wir wissen, dass Aditi an jenem Abend versucht hat, Kavita zu erreichen. Wir müssen nach Anrufen suchen, die an Kavitas Handy gegangen sind.«

Kins suchte auf seinem Computerbildschirm, während sich Tracy über seine Schulter beugte. »Nichts«, sagte er. »Aber sie könnte die Nummer vom Wegwerfhandy benutzt haben.«

»Was erklären würde, warum es nicht da ist«, sagte Tracy. »Weil es Anrufe von Aditis Handynummer aufgezeichnet hätte.«

»Das reicht nicht! Außerdem habe ich das Gefühl, wir schaffen es nicht, noch weiterzusuchen, weil Bellevue gleich übernimmt.«

»Eine Möglichkeit haben wir noch!« Tracy ging an ihren Schreibtisch und griff zum Telefonhörer.

»Wen rufst du an?«, wollte Kins wissen.

»Andrej Vilkotski«, sagte sie.

KAPITEL 45

Faz hatte keine Chance. Das Gebäude auf dem Grundstück, das er für einen einfachen Laden gehalten hatte, beherbergte einen Überwachungsapparat, mit dem die gesamte Anlage kontrolliert wurde. Man führte Faz durch einen Raum voller Bildschirme, auf denen er sehen konnte, wie praktisch jeder Zentimeter des Geländes rund um die Uhr aus jedem nur denkbaren Winkel aufgenommen wurde. Sie hatten ihn vom ersten Moment an auf dem Schirm gehabt, jeden seiner Schritte mit angesehen. Spätestens dieses Ausmaß an Kameraüberwachung machte klar, dass in dieser Lagereinrichtung Wertvolleres lagerte als der überzählige Hausrat von Privatpersonen.

Bei dem Mann, der Faz die Pistole an den Kopf gesetzt hatte, handelte es sich um den Muskelprotz mit dem künstlich aufgeblasenen Bizeps, der schon bei Little Jimmys Geburtstagsparty den Türsteher gegeben hatte. Seine Arme wirkten wirklich bizarr, mit Adern, die aussahen, als hätten sich aufgeblähte Würmer unter die Haut gebohrt, und sein Brustkorb drohte die Nähte des blauen Hemdes mit dem Logo einer Sicherheitsfirma zu sprengen. Er hatte Faz entwaffnet und ihm Handschellen angelegt. Und er hatte ihm sein Handy weggenommen, was ein

Problem war, weil Faz noch keine Gelegenheit gehabt hatte, seinen Standort oder irgendwelche Fotos an Del weiterzugeben.

»Dich kenne ich doch von neulich Abend.« Faz bemühte sich um Konversation, während der Wachmann ihn an der Wand eines Hinterzimmers mit den Handschellen an ein sechs Zentimeter dickes Rohr kettete. »Was ist denn mit deinen Adern los, das sieht ja schlimm aus, die sind ja voll dick! Hat dich eine fette Biene gestochen? Das kann man ja kaum mit ansehen, du solltest wirklich immer Adrenalin dabeihaben!«

Der Mann sah Faz an, als hätte der den Verstand verloren, sagte aber nichts. Der Witz war deutlich an ihm vorbeigegangen.

Er verschwand, um wenige Minuten später in Begleitung zweier Männer zurückzukommen. Der eine war der Mann, dem Faz vom Park aus hierher gefolgt war, den anderen hatte er noch nie gesehen. Die drei sprachen Spanisch miteinander. Faz verstand nicht, was genau gesagt wurde, konnte sich aber lebhaft vorstellen, worum es bei der Unterhaltung ging.

Wie kommt der Kerl hierher und was hat er gesehen?

Der Mann, dem Faz nachgegangen war, trat näher. »Du bist der Detective aus der Wohnung. Der Eduardo erschossen hat.«

»Das war ich nicht!«, wehrte sich Faz. »Ich war nur unbeteiligter Zuschauer.« Noch wollte er nicht durchblicken lassen, dass er diesen Typen mit Gonzales zusammen gesehen hatte. Erst musste er genauer wissen, was hier Sache war. »Ich brauche Ihre Namen für meinen Bericht.«

»Du bist ein dämlicher Scheißer«, sagte der Türsteher.

»Das ist ja ein halber Roman! Geht es auch kürzer? Ein Spitzname vielleicht?«

Der Türsteher holte aus. Sein rechter Haken war nicht von schlechten Eltern und traf Faz direkt über der rechten Schläfe, was sich ein bisschen so anfühlte wie der Kontakt mit einem Vorschlaghammer. Faz verlor das Gleichgewicht und sackte mit nach oben ausgestreckten Armen in die Knie, da die Handschellen nicht an einem Metallträger vorbeigleiten konnten, mit dem das Rohr an die Wand montiert war. Faz sah Sterne, in seinem Kopf klopfte es heftig.

»Mann!«, keuchte er. »Ihr Typen habt ja echt keinen Humor. Daran solltet ihr dringend mal arbeiten.«

Der Türsteher baute sich vor ihm auf, als wollte er gleich noch einmal zuschlagen, wurde aber von dem Mann, dem Faz gefolgt war, mit ein paar Worten auf Spanisch zurückgehalten. Daraus entstand eine hitzige Debatte, die erst endete, als der Türsteher kehrtmachte und verschwand.

»Ihnen ist schon klar, dass ich meinen Partner informiert habe?«, sagte Faz, immer noch auf den Knien. »Er kennt Ihr Nummernschild und weiß, wo ich bin. Wenn mir also irgendetwas zustößt, *Vaquero*, dann stecken Sie in der Mutter aller Scheißhaufen. Wenn ich Sie wäre, würde ich zusehen, dass ich über die Grenze komme. An Ihnen sind wir nicht interessiert. Wir wollen Little Jimmy. Geben Sie ihn uns und verschwinden. Das könnte zeitlich gerade noch klappen.«

Der Mann wandte Faz den Rücken zu und sprach leise mit dem Dritten im Raum. Was immer er sagte, dieser Dritte war nicht damit einverstanden, was er mit lebhaften Gesten deutlich machte. Sein Spanisch sprudelte nur so, wobei Faz hier und da ein Little Jimmy heraushörte. Wahrscheinlich hörte sich das auf Englisch bedrohlicher an als auf Spanisch.

Nach einigen Minuten kam der Mann, dem Faz gefolgt war, zu ihm herüber. »Das werden Sie mit Little Jimmy klären müssen«, stellte er fest. »Ich muss Sie allerdings warnen: Er kann Sie nicht besonders gut leiden.«

Faz spürte deutlich, wie an seiner rechten Kopfseite eine Beule entstand, und hatte immer noch Mühe, gegen die Schmerzen und die Spinnweben vor seinen Augen anzugehen. In so einer Lage war wohl Angriff die beste Verteidigung, egal, was für ein Angriff. Hauptsache, die Attacke wurde als solche erkannt. Er zuckte mit den Achseln. »Okay, Sie haben Ihre Chance gehabt. Sie und die anderen hier. Hören Sie gut zu, denn was ich Ihnen jetzt sage, dürfte ziemlich entscheidend sein: Wenn Sie einen Cop umbringen, dann ist hier der Teufel los. Und was für einer. Dann geht das alles hier in Flammen auf, die ganze Operation und jeder Einzelne von Ihnen gleich mit. Wer das überlebt, der starrt eine ganze Weile nur noch die Wand einer Gefängniszelle in Walla Walla an. Sagen Sie dann bloß nicht, ich hätte Sie nicht gewarnt.«

Kapitel 46

Kins sah auf die Uhr. »Es ist lange nach Feierabend, Andrej geht bestimmt nicht mehr ans Telefon.«

»Er muss.« Tracy hatte die Nummer schon gewählt. »Er sitzt an dieser neuen Sache, die mit den Handydiebstählen. Und ich habe seine Handynummer.«

»Stell das Gespräch auf Lautsprecher.«

Vilkotski antwortete nach dem vierten Klingeln. »Andrej, hier sind Tracy Crosswhite und Kinsington Rowe. Ich habe das Gespräch auf Lautsprecher gestellt.«

»Dann rufst du also nicht an, um mir süße Worte ins Ohr zu säuseln.« Vilkotski seufzte.

»Das könnte ich ja machen, Andrej!«, rief Kins.

»Das ist lieb, aber ich verzichte lieber. Sag jetzt bloß nicht, euch ist ein Handy gestohlen worden.«

Tracy lachte. »Es tut uns echt leid, dich zu Hause anzurufen, aber wir haben ein paar Fragen an dich. Und ja, es geht um Handys.«

»Könnte schlimmer sein. Okay, ich höre?«

»Wenn ich auf meinem Handy ›Mein iPhone suchen‹ laufen lasse, um das Handy von jemand anderem zu finden, taucht diese Suche irgendwo auf? Gibt es irgendeine Art von Bericht?«

»Einen Bericht? Nein. Die Person, die du suchst, könnte es wahrscheinlich mitbekommen, aber nur, wenn sie einen Blick auf ihre App wirft.«

»Und wenn sie das tut, wonach sucht sie da?«, fragte Kins.

»Die App meldet sich mit einem Pfeil auf deinem Startbildschirm, aber nur kurz. Zehn Sekunden, glaube ich, aber nagelt mich da nicht drauf fest.«

»Das heißt, die betreffende Person müsste gerade auf ihr Handy schauen, wenn die App aktiviert wird, und sie müsste dazu noch wissen, worauf sie zu achten hat?«, wollte Kins wissen.

»Genau.«

»Okay«, sagte Tracy. »Aber was ist mit dem Handy, das sucht? Entsteht da irgendein Bericht, ein Protokoll? Kann ich sehen, ob ich mit der App auf meinem Handy nach jemandem gesucht habe?«

»Ich glaube nicht, aber da müsste ich nachforschen. Was wollt ihr denn feststellen?«

»Wir wüssten gern, ob eine bestimmte Person nach dem Handy einer anderen Person gesucht hat, um herauszufinden, wo diese andere Person hingeht«, erklärte Tracy.

»Wie alt ist das Handy?«, fragte Vilkotski. »Das, mit dem diese Person vielleicht nach dem anderen Handy suchte?«

»Das weiß ich nicht. Warum?«

»Weil man, je nachdem, wie aktuell das Handy ist, das mit der App vielleicht vergessen könnte und sich nur den Standortverlauf des Handys anzusehen bräuchte. Dann weiß man genau, wo diese Person überall war.«

Tracy sah Kins an.

»Wie würde ich das anstellen, Andrej?«, erkundigte sich Kins.

»Du brauchst gar nichts zu tun. Das Handy macht es allein. Besorge das Handy. Es speichert Zeit und Ort jeden Standorts für den Standortservice. Wie wenn du Google Maps anklickst und dein Handy weiß, wo du bist, dann läuft das über diesen Standortservice. In der Presse wurde diskutiert, das sei unter Umständen Verletzung der Privatsphäre. Da kann ich nur lachen. Wer sich die Privatsphäre verletzen lassen will, sollte nach Russland ziehen.«

»Kann man diesen Service deaktivieren?«, fragte Kins. »Ließe er sich abschalten?«

»Das wäre möglich, aber ich sehe nicht, warum man das tun sollte – es sei denn, man ist paranoid.«

Tracy sah Kins an, der den Kopf schüttelte. Auch er hatte keine weiteren Fragen. »Danke, Andrej«, sagte sie. »Ich hoffe, wir haben nicht bei irgendetwas Wichtigem gestört.«

»Könnte schlimmer sein. Dein Anruf war das Highlight meines Abends.«

Tracy verabschiedete sich und sah auf die Uhr. »Wir brauchen Aditis Handy.«

»Noch ist alles nichts weiter als Spekulation, Tracy.«

»Nicht, wenn wir Aditis Handy kriegen und dessen Standortverlauf sie im Bridle Trails State Park zeigt. Dann nicht mehr.«

»Und wenn sie sagt, wir sind verrückt, und uns ihr Handy nicht geben will? Was dann? Ich weiß nicht genau, ob wir einen hinreichenden Verdacht für einen Gerichtsbeschluss haben.«

»Sie und Kavita hatten ein gemeinsames Konto.«

»Das reicht nicht. Wir brauchen mehr.«

»Genau! Wir brauchen ihr Handy.«

»Da beißt sich der Hund in den Schwanz. Willst du das so einem Richter vortragen? Wir brauchen ihr Handy, um zu beweisen, dass wir ihr Handy brauchen? Wir müssen uns irgendwas anderes einfallen lassen. Wenn wir jetzt da hingehen und Fragen stellen und nicht weiterkommen, dann schmeißt sie ihr Handy in England einfach weg.«

»Was ist mit dem Anbieter? Vielleicht kann der uns die Unterlagen schicken.«

»Vielleicht, aber hier liegt kein Notfall vor. Das war bei Kavitas Handy anders. Wir brauchen einen unterschriebenen Gerichtsbeschluss.« Kins sah auf die Uhr. »Ich weiß nicht, ob wir Zeit genug haben. Wann, sagst du, geht ihr Flieger nach London?«

»Heute Abend. Spät.«

In diesem Moment klingelte Tracys Telefon. »Ich finde, wir sollten zum Flughafen fahren und es darauf ankommen lassen«, sagte sie zu Kins, während sie zu ihrem Schreibtisch ging, um den Anruf entgegenzunehmen. »Detective Crosswhite am Apparat.«

Sie hörte einen Moment lang zu, bevor sie sich suchend umwandte. Kins stand mit dem Rücken zu ihr, das Handy am Ohr, und erklärte wahrscheinlich gerade Shannah, wann sie ihn frühestens zu Hause erwarten durfte. Tracy schnippte mit den Fingern. Als er nicht reagierte, warf sie ihm einen Bleistift an den Kopf.

Das funktionierte. Kins drehte sich um und Tracy stellte ihr Telefon auf Lautsprecher. »Tut mir leid, Rangerin Paige, aber könnten Sie vielleicht noch mal anfangen, damit mein Partner gleich mithören kann?«

»Klar. Ich war also heute in Seattle und habe mir angesehen, was dort alles über den Bridle Trails State Park gelagert wird. Dabei habe ich auch den Bericht über die Reiterin gefunden, deren Pferd damals in einen Brunnen fiel. Ich dachte, den hätten Sie doch bestimmt gern.«

Kins kam näher. »Wie lange ist es jetzt her, dass der Bericht geschrieben wurde?«

»Moment.« Sie konnten hören, wie in Papieren geblättert wurde. »Das war vor neun Jahren.«

»Wurde jemand verletzt?«

»Nein. Die Reiterin konnte abspringen, bevor das Pferd stürzte. Das Pferd brach sich ein Bein und musste eingeschläfert werden.«

»Befand sich der Brunnen irgendwo in der Nähe des Hauses, in dem Kavita Mukherjee lebte?«

»Ist das die Verstorbene?«

»Ja.«

»Ich wusste nicht, dass sie in der Nähe des Parks lebte.«

»Es war das Haus ihrer Familie.«

»Wenn Sie mir die Adresse nennen, kann ich versuchen, das herauszufinden.«

Tracy sah Kins an, der zurück an seinen Schreibtisch ging, um die Adresse der Mukherjees herauszusuchen.

»Steht ein Name in dem Bericht?«, fragte Tracy.

»Ja. Die Reiterin war fünfzehn Jahre alt. Es ist ein ausländischer Name. Der Vorname ist Aditi. Ich buchstabiere: A-D-I-T-I.«

Kins wirbelte herum.

»Der Nachname ist Dasgupta. Soll ich das buchstabieren? Detectives?«

Kapitel 47

Das Hinterzimmer, in dem Faz gelandet war, hatte keine Fenster, das einzige Licht fiel durch einen schmalen Spalt zwischen Tür und Fußboden. Faz hatte das Gefühl, schon mehrere Stunden hier eingesperrt zu sein. Zwischendurch war im angrenzenden Raum gesprochen worden, aber nach ihm hatte niemand mehr gesehen, seit der Mann, dem er hierher gefolgt war, das Zimmer verlassen hatte. Faz hatte sich das Rohr angesehen, an das er gekettet war, und probehalber auch an dem in die Wand eingelassenen Metallträger gezogen, aber das Rohr war solide und der Träger ließ sich ganz bestimmt nicht lockern.

Kurz hatte er daran gedacht zu schreien, aber so, wie die Anlage gebaut war, mit dem jetzt geschlossenen Laden vorn und einem dichten Gestrüpp aus Bäumen und Büschen hinten auf dem Grundstück, würde ihn niemand hören. Dazu kam noch der Verkehr auf dem nahen Freeway 509. Little Jimmys Lakaien waren wohl zu einem ähnlichen Schluss gekommen, weswegen sie Faz auch keinen Lappen in den Rachen geschoben hatten, um ihn zu knebeln. Wobei – das konnte auch Zufall gewesen sein. Keiner der drei war ihm wie der nächste Einstein vorgekommen.

Statt sich also einen hoffnungslosen Kampf mit dem Rohr zu liefern, hatte Faz die Zeit genutzt, um darüber nachzudenken, ab wann er wohl vermisst werden würde und von wem. Das war schwer zu sagen. Vera würde sicherlich versuchen, ihn zu erreichen, sobald es dunkel wurde, aber sie war es gewohnt, dass sich seine Pläne rasch änderten, er oft noch spät arbeiten musste und nicht immer ans Telefon gehen konnte. Außerdem hatte sie gerade andere, drängendere Sorgen. Del würde ihn wahrscheinlich nicht anrufen. In der Beziehung war er genau wie Faz. Er meldete sich, wenn er wichtige Informationen hatte oder etwas brauchte, nie einfach nur so, um zu plaudern. Schon gar nicht jetzt, wo Vera krank war und er sich bestimmt nicht in ihre Privatsphäre drängen mochte. Wenn Del also von seinen Kontakten in Los Angeles nichts über Gonzales erfuhr, würde er Faz auch nicht anrufen. Mit anderen Worten: Es war gut möglich, dass er ziemlich lange in diesem Raum festsitzen würde. Oder nicht lange genug: Faz war jetzt mehr denn je davon überzeugt, dass Little Jimmy entlang der ganzen Westküste Drogen verschob und dass er zufällig über das Epizentrum dieser Operation gestolpert war. Millionen Dollar standen auf dem Spiel. Little Jimmy konnte Faz kaum auf dessen Versprechen hin einfach gehen lassen, niemandem zu verraten, was er entdeckt hatte. Und er brauchte auch keinen zusätzlichen Anreiz, um Faz umzunieten. Er machte ihn für den Tod seines Vaters verantwortlich und hasste ihn, was allgemein bekannt war. Andererseits brachte man im Drogengeschäft auch nicht einfach mal so einen Cop um, wenn man sich weiterhin bedeckt halten und unbemerkt operieren wollte. Faz durfte zumindest auf einen inneren Konflikt hoffen: Hass gegen Vernunft. Was würde bei Little Jimmy siegen? Und wusste der überhaupt, wie man »Konflikt« buchstabierte?

Wieder wurde nebenan Spanisch gesprochen. Die Stimmen kamen näher, die Tür ging auf, das Licht an. Der Koloss von einem Türsteher und der Mann, dem Faz gefolgt war, kamen herein. Hinter ihnen stand, breit grinsend, Little Jimmy. *Na bitte,* dachte Faz. *Wenn man vom Teufel spricht.*

»Was sagt man doch gleich noch über den geduldigen Mann?«, erkundigte sich Jimmy.

Seine Freunde wussten es nicht. Hatte Faz also recht gehabt: meilenweit von Einstein entfernt.

»Kommen Sie schon, Detective Fatso. Sie wissen die Antwort.«

»Ach ja? Ich glaube nicht, Jimmy.«

»Gutes, Mann. Gutes widerfährt dem Mann, der lange Geduld hat.«

»Ich glaube, eigentlich heißt es ›Was lange währt, wird endlich gut‹, Jimmy. Oder so. Aber freu dich nur nicht zu früh. Gut bin ich für dich nämlich nicht.«

»Ach nein? Warum denn nicht? Weil alle wissen, dass Sie hier sind und Rettung schon naht? Wollten Sie mir das erzählen?« Jimmys Grinsen wurde breiter. »Wir haben uns Ihr Handy angeschaut, Detective. Genau. Ohne Ihr Passwort zu kennen, schlau, was? Dabei sind wir Mexikaner doch so dämlich, findet ihr Gringos. Sie hatten ein paar schöne Fotos von unserem Francisco hier, aber die haben Sie gar nicht verschickt, Mann. Sie haben niemandem was geschickt, und wie ich das sehe, weiß niemand, dass Sie hier sind. Sie sind auf einer Insel. Sie sind wie dieser – wie hieß der Typ noch mal?« Er wandte sich an die anderen im Raum.

»Robinson Crusoe«, sagte Faz.

»Nein, Mann, dieser Schauspieler. Er spricht mit dem Volleyball – Tom Hanks. Sie sind Tom Hanks, Mann.«

»Aber wie lange, Jimmy? Wie lange, bis Leute anfangen, einen Detective zu vermissen, der gerade einen Mordfall aufzuklären versucht?«

»Das weiß ich nicht. Wie viele Leute da draußen lieben Sie so, dass Sie ihnen nicht am Arsch vorbeigehen?«

»Eine Menge, Jimmy. Ich bin ziemlich populär.«

Little Jimmy trat vor, immer noch lächelnd. »Nicht hier bei uns.« Er deutete mit dem Kinn auf den Türsteher. »Unser Hector? Der will Sie mit seinen bloßen Händen zerreißen. Wieso ist der denn so sauer auf Sie? Was haben Sie bloß gemacht?«

»Das könnte der Spruch mit dem Bienenstich gewesen sein.« Faz sah Hector an. »War es der Spruch mit der Biene, Hector? Dass Adrenalin helfen könnte, die Schwellung zu lindern? Das sollte ein guter Rat sein.«

Hector verstand eindeutig nur Bahnhof.

»Sie sind ein witziger Mann, Detective Fatso«, lobte Little Jimmy. »Waren Sie auch so witzig, als Sie meinen alten Herrn verhaftet haben?«

»Ich bin mit dem Alter witziger geworden. Mit neunzig bin ich dann wahrscheinlich voll der Knüller.«

»Wissen Sie, was witzig ist? Dass Sie denken, Sie leben dann noch.« Little Jimmy lachte und die anderen stimmten mit ein.

»Ich werde ganz bestimmt neunzig, Jimmy. Ich habe prima Gene. Meine beiden Großväter wurden weit über neunzig und meine Eltern sind über achtzig und noch gut dabei. Wussten Sie, dass mein Vater Tiefseetaucher ist? Kein Scheiß. Der badet mit Haien. Erst letzten Sommer wieder, in Südafrika.«

»Vielleicht baden Sie bald auch mal mit Haien«, konterte Little Jimmy. »Ich kann das arrangieren. Ehrlich, Ihr alter Herr klingt nach einem zähen alten Hund. Auch fit. So ganz anders als Sie. Wie kommt das denn?«

»Ich bin der Hübsche in der Familie.«

Little Jimmy lachte wieder. »Aber Glück haben Sie keins geerbt. Sie werden nicht so alt wie Ihre beiden Großväter, wetten? Und ich? Ich weiß nicht, wie alt ich werde. Mein alter Mann, der hätte vielleicht ein langes Leben vor sich gehabt, aber den hat wer in den Knast gesteckt und da ist er umgebracht worden.«

»Das Risiko geht man wohl ein, wenn man mit Drogen dealt.«

Little Jimmy verging das Lächeln. »Machen Sie ruhig weiter, Detective, machen Sie ruhig Witze. Wie heißt es doch immer so schön? Wer zuletzt lacht, ist der Beste.«

»So ungefähr.«

»Machen Sie ruhig weiter, lachen Sie. Sie sind ein mutiger Mann.«

»Nein, Jimmy, ich bin kein mutiger Mann. Ich bin ein Problem. Dein Problem. Ich nehme mal an, sonst hättest du mich schon längst umgebracht, statt endlos einen auf harten Kerl zu machen. Aber du kannst mich nicht umbringen. Das wissen wir beide genau.«

»Ach ja? Und warum nicht?«

»Weil es schlecht fürs Geschäft ist, einen Cop umzubringen. Ich weiß, du handelst mit Drogen. Ich weiß, dass du wahrscheinlich hier in den Lagerräumen Vorräte liegen hast, die Millionen wert sind. Vorräte, die nicht dir gehören. Sie gehören dem Kartell, für das du arbeitest. Wenn du mich umbringst, glaubst du etwa, mein Partner Del kriegt das nicht mit? Was glaubst du denn, woran wir gearbeitet haben? Wenn du mich umbringst, macht Del dir die Hölle heiß. Dir und allen anderen an der ganzen Küste entlang, von Kanada bis runter nach Mexiko, bis vor die Tür von dem Kartell, das dich beliefert. Und weißt du, wie das Kartell dieses Problem regeln wird? Weißt du, wie sie dafür sorgen, dass du nicht gegen sie aussagen kannst, wenn die Kacke echt am Dampfen ist? Genauso, wie sie das geregelt haben, als Big Jimmy in den Knast ging. Du guckst dir die Radieschen von unten an, Jimmy, du spielst Karten mit den Würmern.«

Jimmy kam näher, so nah, dass Faz seinen Atem im Gesicht spüren und die saure Note darin riechen konnte. Er legte den Kopf schräg und schnalzte mit der Zunge. »Denen in Mexiko ist wichtig, wer ihre Waren am schnellsten befördert und das meiste Geld verdient. Und das bin ich, mein Freund. In vierundzwanzig Stunden sind wir nicht mal mehr hier. Wie Geister – puff – weg! Nichts mehr da. Alle Lagerkammern leer. Die Ware weg. Die verteilen wir in alle Himmelsrichtungen und ich mache Unmengen Geld. Damit lasse ich mich irgendwo nieder und lebe wie ein König. Und Sie? Scheiße, ich bring Sie doch nicht aus geschäftlichen Erwägungen um! Das macht doch keinen Spaß. Ich bringe Sie um, weil Sie die Sache haben persönlich werden lassen. Sie hatten keinen Respekt vor meinem alten Herrn. Und dann hatten Sie keinen Respekt vor mir, in meinem eigenen Haus.«

»Respekt verdient man sich, Jimmy. Ich habe deinen Vater respektiert. Er war ein Mann. Und ich habe ihn nicht getötet. Die Leute, für die du arbeitest, haben ihn umgebracht. Was glaubst du? Wie viel Respekt haben die vor einem Jungen, der für die Männer arbeitet, die seinen Vater umgebracht haben?«

Die Schläge kamen schnell und wütend. Little Jimmy fing an mit einer Kombination aus Schlägen und Tritten, die anderen machten mit. Faz versuchte vergeblich, seinen Kopf zwischen den Armen zu bergen. Er konnte sich nicht schützen, er konnte nichts anderes tun, als die Bestrafung und den Schmerz hinzunehmen. Er hörte Knochen knacken und spürte, wie ihm Blut aus Nase und Mund strömte. Die Schläge hörten nicht auf – bis er nichts mehr hörte und nichts mehr spürte.

Kapitel 48

Als Del nach Hause kam, musste er erst einmal Sonny beruhigen, der ganz aus dem Häuschen war. Der kleine Hund tanzte auf den Hinterbeinen und veranstaltete mit den Vorderpfoten laut jaulend ein Schattenboxen. »Okay, okay!«, rief Del, sobald er durch die Tür war. »Immer mit der Ruhe, ich hab dich schon nicht verlassen.«

Sein Shi Tzu hatte die vergangenen beiden Tage fast ausschließlich im Haus und im Garten verbracht. Erst waren seine gewohnten Spaziergänge im Park ausgefallen, weil Dels Rücken streikte, und jetzt war Faz beurlaubt und Sonnys Herrchen musste praktisch für zwei arbeiten. »Lass mich erst mal ankommen, ja?«, bat Del, der den Kleinen nicht wie sonst aufheben mochte, weil er sich dazu hätte bücken müssen. Noch traute er seinem Rücken nicht ganz. Sonny wog zwar nicht mal vier Kilo, aber ein paar Tage musste er sich noch gedulden. »Gleich gehen wir in den Park«, versprach Del.

Das kleine weiß-braune Fellknäuel schoss an ihm vorbei und zog seine Leine vom Haken neben der Tür.

»Ist ja schon gut, wir gehen gleich. Dann kannst du dein Geschäft erledigen. Aber vorher darf ich, ja?«

Del hängte seine Anzugjacke über das Treppengeländer und hatte sich gerade auf den Weg Richtung Toilette gemacht, als sein Handy klingelte. Er suchte in seinen Hosentaschen danach, erinnerte sich daran, dass es noch in der Anzugjacke steckte, und ging seufzend zurück, um es zu holen, da er mit einem Anruf von Celia rechnete. Die Nummer auf dem Display war ihm allerdings unbekannt. *Interessant.* Er nahm den Anruf entgegen.

»Detective Castigliano?«

»Am Apparat. Mit wem spreche ich?«

»Sie haben sich heute Nachmittag nach Detective Gonzales erkundigt?«

»Ja, das stimmt. Ich wüsste gern, bei welcher Einheit sie in Los Angeles war. Mit wem spreche ich denn? Haben Sie mit ihr zusammengearbeitet?« Er nahm das Handy vom Ohr, um sich die Nummer des Anrufers noch einmal anzusehen, aber die war inzwischen vom Display verschwunden.

»Was ist der Grund für Ihre Erkundigungen?«

Die Frage war berechtigt. »Ich hätte einfach gern ein paar Informationen, da es hier einen Vorfall mit Schusswaffengebrauch im Dienst gab, in den sie verwickelt war. Ich gehe der Sache nach. Ist so etwas bei ihr schon einmal vorgekommen? Und mit wem spreche ich nun eigentlich?« Del war in die Küche gegangen, wo er in den Schubladen nach einem funktionierenden Kugelschreiber und irgendeinem Fetzen Papier suchte.

»Ich heiße Jeffrey Blackmon und arbeite bei der DEA.« Die DEA war die bundesweit agierende Drogenbehörde.

»Bei der DEA?«

»Ich erteile Ihnen hiermit nachdrücklich die Anweisung, sich nicht weiter nach dem beruflichen Werdegang von Detective Gonzales zu erkundigen, Detective. Habe ich mich klar genug ausgedrückt?«

Del hörte auf, in der Schublade zu kramen. »Bitte? Haben Sie mir gerade etwas befohlen?«

»Sie hören mit Ihren Nachforschungen auf und unterlassen jede weitere Frage, Detective. Was hier läuft, geht weit über Ihre Kompetenzen hinaus. Und ja, das ist ein Befehl.«

»Ich habe keine Ahnung, wer Sie sind. Und von Unbekannten nehme ich keine Befehle entgegen.«

»Dann stelle ich mich Ihnen jetzt noch einmal vor. Mein Name ist Jeffrey Blackmon und ich arbeite für die Drogenbehörde.«

»Und ich bin der Weihnachtsmann. Das wollen wir uns jetzt mal gegenseitig beweisen.«

»Ich bin der Agent, der für OCDETF zuständig ist. Schlagen Sie das nach.«

»Hört sich an wie ein Sehtest.«

»Es ist eine Abkürzung und steht für Organised Crime Drug Enforcement Task Forces – Sondereinheit organisiertes Verbrechen und Drogenhandel.«

»Von euch habe ich noch nie was gehört.«

»Das soll auch so sein.«

»Und Sie haben hier in Seattle eine Ermittlung laufen?«

»In Seattle und in einigen anderen Städten, ja.«

»Und Sie möchten nicht, dass ich mich nach Gonzales erkundige.«

»Genau. Das möchten wir nicht.«

»Wer sagt mir, dass Sie mir die Wahrheit sagen?«

»Ihr Glaube.«

»Mein Glaube?« Del lachte leise. »Der beschränkt sich auf Gott und selbst da habe ich ein paar Zweifel. Bei allem anderen brauche ich Beweise.«

»Ihnen wurde befohlen, die Ermittlung im Fall Rodgers zu Ende zu bringen?«

Del dachte an seine Unterhaltung mit Nolasco. »Woher wissen Sie das?«

»Ich schlage vor, Sie tun, was Ihnen gesagt wurde. Befolgen Sie diesen Befehl, Detective, wenn Sie meinen schon nicht befolgen wollen.«

»Drohen Sie mir gerade?«

»Wenn Sie mir meine Operation versauen, Detective, dann drohe ich nicht nur, dann können Sie sich auf allerhand gefasst machen. Sie hatten den Befehl, sich aus der Ermittlung zurückzuziehen. Befolgen Sie diesen Befehl. Oder ich telefoniere ein bisschen herum. Das würde ich allerdings lieber nicht tun.«

Damit war der Anruf beendet. Verdattert nahm Del das Handy vom Ohr. Wo waren Faz und er da bloß reingeraten?

Sonny tänzelte immer noch winselnd um ihn herum. »Tut mir echt leid, Kumpel, die Pflicht ruft.« Er rief Faz auf dessen Handy an, wo der Anruf sofort an die Voice-Mailbox weitergeleitet wurde. Faz schaltete sein Handy aus, wenn er keine Rufbereitschaft hatte, und legte es in den Korb auf dem Tisch bei der Hintertür. Del dachte nach. Er warf einen Blick auf die Uhr. Den Festnetzanschluss bei Faz zu Hause mochte er nur ungern anrufen. Faz und Vera machten gerade eine Menge durch; er wusste nicht, wie Vera sich zurzeit fühlte. Was er gerade erfahren hatte, war interessant, konnte aber auch noch bis zum nächsten Morgen warten.

Er rief die Liste seiner Telefonkontakte auf und wählte Johnny Nolascos Nummer. Mal sehen, wie groß der Haufen Scheiße war, in den Faz und er da möglicherweise getreten waren.

Kapitel 49

Während Kins ihren Dienstwagen mit blitzendem Blaulicht im Rückfenster aus der Garage des Präsidiums Richtung Highway schießen ließ, rief Tracy beim Flughafen an. Der British Airways Flug 48 nach London sollte um 19.30 Uhr starten. Das war die Maschine, die Aditi und Rashesh nehmen wollten, sie hatten Tickets für diesen Flug. Viel Zeit blieb Tracy und Kins also nicht mehr, es war aber machbar. Um diese Zeit war auf den Straßen nicht mehr ganz so viel los und ihr Blaulicht würde dazu beitragen, ihnen freie Fahrt zu verschaffen. Hoffentlich saßen Aditi und Rashesh nicht schon im Flugzeug, wenn sie eintrafen.

»Ich kann nicht garantieren, dass wir rechtzeitig da sein werden.« Kins, der gerade wieder einmal die Fahrspur wechselte, gab Gas. »Ruf bei der Flughafenpolizei an und bitte sie um Unterstützung.«

Tracy nannte den Kollegen die Namen und die Fluginformation der Banerjees und bat, die beiden aufzuhalten.

Zwanzig Minuten später waren sie am Flughafen und liefen hoch zum Büro des Port of Seattle Police Department im zweiten Stock des Hauptgebäudes. Die Eingangstür aus mattiertem Glas lag im Wandelgang hinter dem Ticketschalter der

Southwest Airlines. Kins war schon mal hier gewesen, allerdings vor vielen Jahren, Tracy noch nie.

Vorn beim Diensthabenden nannten sie ihre Namen, zeigten ihre Ausweise und bekamen mitgeteilt, dass Aditi und Rashesh in einem Konferenzraum festgehalten wurden, worüber Rashesh nicht besonders glücklich war.

Nicht besonders glücklich war untertrieben. Rashesh tigerte aufgebracht in dem kleinen Zimmer auf und ab. Als Tracy und Kins hereinkamen, blieb er stehen, um seinem Ärger Luft zu machen. »Was hat das alles zu bedeuten? Wieso werden wir hier festgehalten und verpassen unseren Flug?«

Aditi hatte sich an den Tisch im Zimmer gesetzt und wirkte eher verwirrt als aufgebracht. Tracy verlangte, allein mit ihr reden zu dürfen, was weitere Proteste von Rashesh nach sich zog.

»Unser Gepäck ist in dem Flugzeug!«, wütete er.

Tracy sah den ebenfalls anwesenden Beamten der hiesigen Polizeidienststelle fragend an. »Das Gepäck wurde bereits ausgeladen«, versicherte der. »Es wird hierhergebracht.«

»Was ist mit …«, setzte Rashesh an, aber Aditi unterbrach ihn.

»Rashesh, bitte!« Sie wandte sich an Tracy. »Geht es hier um Kavita?«

Tracy nickte.

Aditi sah ihren Mann an. »Dann muss ich mit ihnen sprechen, Rashesh.« Sie stand auf und ging zu ihm, versuchte, ihn zu beruhigen. »Wenn es um Kavita geht, dann ist es wichtig. Bitte.«

Nach kurzem Zögern war Rashesh bereit zu gehen. Der Beamte der Flughafenpolizei begleitete ihn hinaus. Sobald die beiden den Raum verlassen hatten, setzten sich Tracy und Kins zu Aditi an den Tisch. Tracy zog ein Dokument aus der Innentasche ihrer Jacke, faltete es auseinander und legte es der jungen Frau vor. Sie hatte es sich nach ihrem Telefongespräch von Margo Paige, der Rangerin, per E-Mail zuschicken lassen.

»Ich erhielt heute Abend einen Anruf von der Rangerin, die für den Bridle Trails State Park zuständig ist. Sie hat diesen Bericht im Archiv gefunden. Er wurde vor neun Jahren geschrieben. Es geht um ein junges Mädchen, dessen Pferd auf einem Ausritt in einen alten Brunnen fiel.«

»Das war ich«, sagte Aditi, ohne zu zögern und ohne einen Blick auf den Bericht zu werfen. »Ich war fünfzehn. Mein Pferd starb, wir mussten es einschläfern lassen. Ich hatte Glück, ich konnte abspringen, bevor es stürzte.«

»War Kavita bei Ihnen?«, fragte Tracy.

»Ja. Sie ritt hinter mir, sonst wäre sie in das Loch gefallen.«

Tracy warf Kins einen kurzen Blick zu, bevor sie sich wieder Aditi zuwandte. »Sie wussten also, dass es im Park alte Brunnen gab?«

»Diesen einen kannte ich natürlich.« Aditis Blick glitt zwischen Tracy und Kins hin und her. »Ich verstehe das nicht, was hat das mit Kavita zu tun?«

Bisher kannten weder die Mukherjees noch Aditi die näheren Umstände von Kavitas Tod.

»Sie und Kavita hatten ein gemeinsames iCloud-Konto?«, fragte Tracy.

»Das habe ich Ihnen doch schon gesagt.«

»Sie konnten also jederzeit Kavitas Handy finden und feststellen, wo sie sich befand?«

»Ja, ich glaube schon. Das weiß ich von Ihnen, Sie haben mir erklärt, wie das funktioniert.« Aditi runzelte die Stirn, als hätte sie plötzlich Kopfschmerzen.

»Haben Sie an jenem Abend Kavitas Handy verfolgt, Aditi? Haben Sie so herausgefunden, dass Ihre Freundin im State Park war?«

»Oder haben Sie Kavita angerufen und gebeten, sich dort mit Ihnen zu treffen?«, fügte Kins hinzu.

Einen Augenblick lang reagierte Aditi nicht. Sie sah erst Tracy, dann Kins an, verzweifelt, verwirrt. Ganz langsam wurden ihre Augen größer. Sie schob ihren Stuhl zurück und sprang auf. »Mein Gott! Sie glauben, ich hätte Vita ermordet?« Sie presste sich die Hand an den Mund und fing an zu weinen. »Wieso glauben Sie das? Vita war meine Freundin. Sie war wie eine Schwester für mich.«

Das klang ehrlich und Aditi machte auch einen aufrichtigen Eindruck, aber Tracy erinnerte sich an einen Fall, bei dem sich der Mörder tatsächlich nicht einmal mehr an den Mord erinnern konnte. Der Mann hatte sogar einen Lügendetektortest bestanden. »Diese Schwester würde jetzt ohne Sie das Leben führen, nach dem auch Sie sich gesehnt hatten, Aditi. Es muss sehr schwer gewesen sein, das wirklich zu begreifen. Sie hatten Kavita verlassen, die Ärztin werden, die weiterhin frei und unabhängig sein würde. Anders als Sie selbst.«

»Natürlich hat es mir wehgetan, sie zu verlassen.« Langsam fand Aditi ihre Stimme wieder. »Ich habe Vita geliebt. Aber ich habe mich für dieses Leben mit meinem Mann entschieden. Ich habe die Entscheidung getroffen.«

»Ja? Haben Sie das wirklich?«, fragte Tracy.

»Wie bitte?«

»Haben Sie es wirklich gewählt, Aditi? Oder wurde es von anderen für Sie gewählt?«

»Ich verstehe Sie nicht.« Wieder sah Aditi erst Tracy, dann Kins an. »Ich habe es Ihnen doch erzählt. Ich bin zur Hochzeit meiner Kusine nach Indien gereist und habe dort Rashesh kennengelernt.«

»Waren Ihre Eltern auch dort?«, wollte Tracy wissen.

»Natürlich.«

»Haben sie Sie gedrängt, Rashesh zu heiraten?«

Aditi lachte kurz, was eher wie ein Prusten klang. Sie setzte sich wieder. »Natürlich haben sie mich gedrängt. Es war genau das, was sie für mich wollten. Was sie immer für mich gewollt hatten.«

»Und war es auch das, was Sie wollten?«

»Nein. Nein, ich wollte es nicht. Nicht bis zu diesem Moment. Das habe ich Ihnen doch erklärt. Rashesh ist ein guter Mann. Er ist ein guter Mann und ich glaube, er wird mich lieben, wenn er das nicht bereits tut.«

»Was ist mit Ihren Plänen, Aditi?« Tracy ließ nicht locker. »Sie wollten Medizin studieren, Ärztin werden. Was ist damit?«

»Vielleicht werde ich das eines Tages auch noch tun, vielleicht studiere ich ja. Rashesh und ich haben noch nicht darüber gesprochen. Er möchte nicht, dass ich unglücklich bin.«

»Sind Sie denn unglücklich?«

»Nein.« Nachdrückliches Kopfschütteln. »Nein.« Sie dachte kurz nach, stieß hörbar die Luft aus. »Ich möchte Mutter werden, ich möchte eine Familie, Kinder großziehen. Ich erwarte nicht, dass Sie das verstehen, Detective. Als ich mich fragte, was ich im Leben am meisten wollte, wie mein Leben aussehen sollte, da war die Antwort eigentlich ganz einfach. Sie lag auf der Hand. Ich möchte Mutter sein, Kinder haben. Ich möchte Ehefrau sein und ich möchte eine Familie haben. Vielleicht kann ich irgendwann auch noch Ärztin werden, aber wenn ich eins von beidem aufgeben müsste, dann wäre die Entscheidung kein großes Problem für mich. Ich würde die Ärztin aufgeben.«

Und in diesem Moment wusste Tracy, dass Aditi die Wahrheit sagte, weil es ihr genauso ging. Aditi hatte ihnen nicht erzählt, dass ihr Pferd einmal in einen stillgelegten Brunnen gefallen war, weil sie ihr nicht gesagt hatten, wo sie Kavitas Leiche gefunden hatten. Sie sah Kins an und schüttelte den Kopf. »Sie ist ihr nicht gefolgt.«

»Kavita? Nein, natürlich nicht!«, beteuerte Aditi. »Warum sollte ich ihr folgen? Ich konnte sie doch einfach anrufen. Das wollte ich auch. Ich wollte mich so furchtbar gern mit ihr treffen und jetzt …« Wieder weinte sie. »Aber ich dachte, ich sollte ihr lieber Zeit lassen, alles zu verdauen, was ich ihr vor den Kopf geknallt hatte.«

Etwas regte sich ganz hinten in Tracys Kopf. »Wer wusste von Ihrem Unfall im Park, bei dem Ihr Pferd in den Brunnen fiel?«

»Unsere Eltern natürlich. Der Ranger. Vielleicht Kavitas Brüder. Ja, Vitas Brüder, obwohl Sam da noch sehr jung war, ein Baby.«

Jetzt machte irgendetwas anderes klick, die Puzzleteile ordneten sich, wie wenn man das zentrale Teil gefunden hat und sich die anderen Teile nun ganz logisch zusammenfügen. »Sam teilte sich dasselbe iCloud-Konto mit seiner Schwester, nicht? Sie sagten, er teilte Musik und Filme mit Kavita?«

»Sam und Kavita standen sich sehr nahe«, bestätigte Aditi. »Sie hat ihm sehr gefehlt. Das war ihre Art, miteinander in Verbindung zu bleiben. Es war alles dasselbe Konto.«

Tracy sah Kins an, hätte sich aber gleichzeitig am liebsten selbst geohrfeigt. Wie hatte ihr das entgehen können? Es war doch alles da, genau da, auf Kavitas Handy.

Kapitel 50

Johnny Nolasco hatte Jeffrey Blackmons Legitimation bestätigt und auch, dass Andrea Gonzales seit fast drei Jahren für die Drogenbehörde arbeitete. Die DEA plane an der gesamten Westküste eine größere Verhaftungswelle, erklärte Nolasco, unter anderem eben auch in Seattle. Gonzales war die zuständige Agentin und brauchte eine Tarnung. Diese Information war nicht für die Öffentlichkeit bestimmt und die ganze Sache war ohnehin eine Etage über Nolascos Position arrangiert worden. Das beantwortete eine von Dels Fragen, die dringendste jedoch nicht: Wo war Faz?

Del hatte nach seinem Telefonat mit Nolasco noch einmal auf dem Handy seines Partners angerufen, war aber wieder nur an die Voice-Mailbox weitergereicht worden. Jetzt wollte er es auf dem Festnetzanschluss versuchen. Da klingelte sein Handy und das Display zeigte die Nummer, die er gerade hatte wählen wollen. Erleichtert nahm er den Anruf an.

»Faz! Gut, dass du dich meldest. Da läuft eine ganz bizarre Sache. Hat sich Nolasco schon bei dir gemeldet?«

»Del?«

Das war nicht Faz, das war die Stimme einer Frau. Del brauchte einen Moment, um zu schalten. »Vera?«

»Ja.«

»Tut mir leid, ich dachte, es wäre Faz.«

»Dann ist er nicht bei dir?«

»Nein. Nein, ist er nicht. Hast du nichts von ihm gehört?«

»Seit er heute Morgen aus dem Haus ist, nicht mehr. Auf dem Handy erreiche ich ihn nicht und er ist auch nicht im Büro.«

»Das hat bestimmt nichts zu sagen, Vera. Vielleicht hat er auf dem Nachhauseweg kurz irgendwo angehalten, um zu essen.« Del glaubte selbst nicht, was er da sagte. Irgendetwas stimmte hier nicht.

»Warum geht er dann nicht an sein Handy?«

Ja, warum ging Faz nicht an sein Handy?

Nachdem er Vera versprochen hatte, sich sofort zu melden, sobald er irgendetwas hörte, versuchte es Del noch einmal mit der Handynummer seines Partners. Fehlanzeige, auch dieser Anruf ging sofort an die Voice-Mailbox. Langsam wurde es unheimlich. Del tigerte unruhig vor seinem großen Wohnzimmerfenster mit der wunderbaren Aussicht auf die Innenstadt auf und ab, nahm aber kaum wahr, wie golden die Fenster der Hochhäuser im Licht der untergehenden Sonne glitzerten. Bald würde es dunkel werden; allein beim Gedanken daran wurde ihm noch mulmiger.

Del rief Billy Williams auf dessen Handy an und seufzte erleichtert, als Williams den Anruf entgegennahm. Rasch erklärte er, was ihm auf der Seele brannte. »Er wollte Gonzales ein bisschen auf die Füße treten«, sagte er zum Schluss. »Sich an sie dranhängen, sehen, ob sie sich mit jemandem trifft, irgendetwas Verdächtiges treibt.«

»Wann hast du zuletzt von ihm gehört?«, wollte Billy wissen.

»Ich habe heute Morgen mit ihm gesprochen. Da saß er bei Gonzales vorm Haus und wartete, dass sie rauskam.«

»Seitdem nichts mehr? Kein Anruf, keine Textnachricht, keine E-Mail?«

»Nichts.«

Williams wusste nichts von einer Sondereinheit, wollte sich aber bei seinen Vorgesetzten erkundigen und Del anrufen, sobald er etwas erfahren hatte.

So lange mochte Del nicht zu Hause hocken und warten. Er wusste ja, wo Gonzales wohnte, ganz in der Nähe, also schnappte er sich seine Jacke und lief zum Impala. Auf der Fahrt wählte er noch einmal die Nummer von Faz, bekam aber wieder nur die Voice-Mailbox zu fassen.

Er parkte vor dem Haus, in dem Gonzales eine Wohnung gemietet hatte, ging zum Eingang und suchte nach einer Liste mit den Namen der Mieter. Es gab keine, die Namensschilder neben den Klingeln waren leer. Das kam inzwischen immer häufiger vor, die Anonymität sollte Hausierer abschrecken und besonders älteren Bewohnern mehr Sicherheit bescheren. Riesig war dieses Haus nicht, Del schätzte es auf etwa zwölf Parteien. Er versuchte es bei einer der Klingeln, und als sich eine Männerstimme meldete, fragte er nach Andrea Gonzales.

»Da sind Sie hier falsch.«

»Tut mir leid, ich habe mir ihre Apartmentnummer nicht richtig aufgeschrieben. Kennen Sie sie zufällig?«

»Nein, tut mir leid.«

Bei der nächsten Wohnung meldete sich niemand, bei der übernächsten auch nicht. Wenn überhaupt jemand auf sein Klingeln reagierte, dann kannten die Mieter Gonzales entweder wirklich nicht oder man konnte ihren zögerlichen Antworten entnehmen, dass sie einem Fremden keine Auskunft geben mochten. So kam er nicht weiter.

Frustriert trat er zurück auf den Bürgersteig, spürte den leisen Hauch einer Brise in seinem Nacken und versuchte, sich zu konzentrieren, was wenig half. Ihm fiel einfach nichts mehr ein.

Auch der nächste Anruf auf dem Handy von Faz landete bei der Voice-Mailbox. Leise fluchend steckte Del sein Handy ein und ging zurück zum Impala.

Vom Auto aus meldete er sich bei der Spätschicht und bat um Ron Mayweather. »Du musst mir einen Gefallen tun: Ich brauche die letzten bekannten Koordinaten für das Handy von Faz.«

»Was ist los, Del?«

»Das weiß ich nicht. Er ist nicht zu Hause, er ist nicht im Büro und er geht nicht an sein Handy. Kannst du mir die raussuchen?«

»Bin schon dabei. Ich melde mich, sobald ich sie habe.«

Kapitel 51

Sam Mukherjee wirkte etwas verloren, als er da so in der Sackgasse vor dem Haus seiner Familie stand und Kins und Tracy entgegensah. Er trug einen Helm, T-Shirt und Shorts und hielt das eine Ende eines Skateboards mit dem Fuß heruntergedrückt, während er das andere mit der Hand festhielt.

Tracy stieg aus dem Auto. »Hallo Sam.«

Mit einem Fußtritt ließ Sam sein Skateboard hochfliegen und fing es geschickt auf. »Hallo.« Er klang verunsichert. »Meine Eltern sind nicht da.«

»Weißt du, wo sie sind?«, fragte Tracy.

»Mein Vater ist unterwegs wegen Kavitas Beerdigung, glaube ich. Meine Mutter ist spazieren gegangen und noch nicht wieder da.« Er warf einen besorgten Blick hoch zum immer dunkler werdenden Abendhimmel. Vom Park her hörte man einen ganzen Chor Grillen zirpen.

»Weißt du, wo sie spazieren geht?«, erkundigte sich Tracy.

Sam deutete über die Schulter hinweg auf die Bäume in seinem Rücken. »Meistens im Park, aber sonst ist sie um diese Zeit wieder zu Hause. Deswegen …«

»Geht sie jeden Abend im Park spazieren?«

»Meistens, ja. Manchmal geht mein Dad mit, aber nicht immer.«

»Und dein Bruder Nikhil, wo ist der?«, wollte Tracy wissen.

»Im Haus.« Wieder deutete Sam mit einer vagen Bewegung hinter sich. »Ich weiß nicht, was er macht.«

»Hast du dein Handy hier, Sam?«

Sam zeigte auf sein Hemd, das auf der Treppe zur schmalen Veranda lag. »Ja.« Das klang ein wenig zögernd.

»Ich muss es mitnehmen, Sam.«

»Warum?«

Tracy hätte es dem Jungen so gern erspart, seine Welt in Schutt und Asche zu legen, aber es ließ sich nicht vermeiden. »Deine Mutter sagte, sie nimmt dir abends das Handy ab, stimmt das?«

»Ja, eigentlich schon, aber … Sie ist nicht hier und es ist Sommer, also … Sie hat es nicht genommen. Manchmal vergisst sie das. Ich glaube, nach allem, was passiert ist … Was wollen Sie mit meinem Handy?«

»Hattest du Montagabend deiner Mutter dein Handy gegeben?«

Sam schüttelte den Kopf. »Nein. Ich hatte ein Fußballspiel und habe bei meinem Freund übernachtet.«

»Aber du hast Kavita Montagabend eine Nachricht geschickt, richtig?«

»Ja. Ich machte mir Sorgen um sie. Ich habe gehört, wie meine Mom und mein Dad über Aditi geredet haben, dass sie in Indien geheiratet hat. Meine Mutter war wütend deswegen. Ich wusste, Vita würde auch wütend sein. Ich wollte nur wissen, wie es ihr geht, ob alles in Ordnung ist.«

»Und sie schrieb, sie könnte nicht zu deinem Spiel kommen, weil sie ein Date hätte, richtig?«

»Ja.«

»Hat sie dir vorher schon mal mitgeteilt, wann sie Dates hatte?«

»Ja.«

»Mehr als einmal?«

»Ein, zwei Mal, glaube ich.«

»Und das waren Textnachrichten?«

»Meistens. Manchmal habe ich sie auch angerufen.«

Tracy sah Kins an. Sie hatten über diese Möglichkeit gesprochen. Wenn Kavita Sam von diesem einen Date erzählt hatte, dann vielleicht auch von anderen, und diese Informationen wären auf dem Handy des Jungen greifbar gewesen. »Hast du je versucht, herauszufinden, wo das Handy deiner Schwester sich gerade befindet, Sam?«

»Was?« Der Junge wirkte ehrlich verwirrt.

»Hast du je versucht, Kavitas Handy zu verfolgen, weil du wissen wolltest, wo deine Schwester ist?«

»Ich weiß ja nicht mal, wie das geht. Ich meine – wahrscheinlich könnte ich das rauskriegen, wenn ich wollte, aber ... ich habe das nie gemacht. Warum denn auch?«

»Weißt du, ob deine Eltern die Textnachrichten gelesen haben, die zwischen dir und Kavita hin- und hergingen?«

Sam schüttelte nachdrücklich den Kopf. »Die habe ich gelöscht.«

»Was ist mit anderen Nachrichten an Freunde? Haben deine Eltern die gelesen?«

»Meine Mom, ja. Manchmal jedenfalls. Sie sagt, sie darf das, und ich habe keine Wahl, weil sie mir das Handy bezahlt. Das ist Bullshit, aber was soll ich machen?«

»Du bist mit im Handyvertrag deiner Eltern, richtig?«

»Ja.«

»Haben deine Eltern irgendeine Elternsicherung auf deinem Handy installiert? Irgendwas, damit sie deine Nachrichten immer lesen können? Auch die, die du gelöscht hast?«

Sam wollte schon antworten, klappte den Mund aber wieder zu, als hätte ihm irgendetwas die Sprache verschlagen. Sein Blick wurde trüb, er sah zu Boden. Als er den Kopf hob und Tracy ansah, wusste sie, dass er die Antwort kannte. Er hatte sie herausgefunden, genau wie Tracy. Er ahnte, was los war, worauf sie hinauswollte, auch wenn ihm noch nicht endgültig klar war, was das bedeutete.

Andrej Vilkotski hatte Tracys Vermutung bestätigt, während Kins und sie vom Flughafen nach Bellevue fuhren. Sie hatte ihn angerufen und sich nach Apps erkundigt, die Eltern benutzen konnten, um die Telefonnachrichten ihrer Kinder zu lesen, ohne die entsprechenden Handys in der Hand zu halten. Ja, Spyware, mit deren Hilfe Eltern E-Mails und Textnachrichten ihrer Kinder lesen konnten, und zwar auch dann, wenn die Kinder glaubten, alles gelöscht zu haben – solche Apps gab es zuhauf. Es waren zu viele, hatte Vilkotski erklärt, um sie alle einzeln aufzuzählen. Vilkotski hatte außerdem bestätigt, dass Sams Eltern mithilfe seiner Handynummer Kavitas Handy verfolgen konnten, da der Junge mit seiner Schwester ein Apple-Konto teilte.

Wenn sich Kavita und Sam also über Kavitas Dates ausgetauscht hatten, dann hatte auch Kavitas Mutter von den Dates ihrer Tochter gewusst, und zwar schon seit geraumer Zeit. Und sie hatte die Möglichkeit, Kavitas Handy nachzuverfolgen und herauszufinden, wo sich ihre Tochter jeweils aufhielt. Wenn sie diese Möglichkeit genutzt hatte, dann hatte sie auch von den routinemäßigen Treffen ihrer Tochter mit Doktor Shea gewusst, Treffen, die jedes Mal in einem Hotelzimmer in Kirkland endeten.

»Ich nehme mir den älteren Bruder vor.« Kins lief zum Haus. »Schaffst du das mit der Mutter?«

Kapitel 52

Faz schlug die Augen auf, oder dachte zumindest, er hätte es getan. Im Zimmer blieb es dunkel. Seine Sinne brauchten noch einen Moment, um wieder auf Empfang zu sein, und als es dann so weit war, wünschte er, sie hätten es bleiben lassen. In seinem Kopf wummerte ein Presslufthammer im Takt mit dem Puls und er sah nur mit dem rechten Auge etwas, das linke war zu einem Schlitz zwischen dick geschwollenen Lidern verkümmert. Er versuchte sich aufzusetzen, um den Druck von den Handgelenken zu nehmen, in die sich die Handschellen schnitten, und stöhnte leise vor Schmerz. Am liebsten hätte er laut aufgeschrien, jede Regung tat weh, vor jeder Bewegung musste er sich erst einmal mental auf den Schmerz einstellen, der unweigerlich folgte. Dort, wo Jimmy und seine Leute ihn mit Stiefeln und Fäusten bearbeitet hatten, tat ihm alles weh, Schultern und Arme und seine Rippen brannten, als stünden sie in Flammen. Jeder Atemzug kostete Mühe, war von brennenden Schmerzen in seiner Seite begleitet und ließ ihn husten, was dann noch zusätzlich wehtat.

Er ließ den Kopf in die Hände sinken und tastete sein Gesicht ab. Dabei berührten seine Finger warme, klebrige Flüssigkeit, die von seinem Kopf den Hals hinunter und hinter seine Ohren tropfte. Blut. Viel Blut. Little Jimmy und seine Mannen hatten auf ihn eingedroschen wie auf eine Piñata. Als er mit der Zunge die Innenseite seiner Wangen abtastete, auf der Suche nach Rissen und zerbrochenen Zähnen, war da Blut. Es schmeckte nach Eisen. Er war weiterhin mit Handschellen an das Rohr an der Wand gekettet, und wenn er ehrlich sein wollte, musste er sich eingestehen, dass er ziemlich in der Scheiße steckte.

Sie hatten ihn übel zusammengeschlagen, was nicht nur unter dem Aspekt körperlicher Unversehrtheit als bedenklich angesehen werden musste. Was sie mit ihm getan hatten, ließ darauf schließen, dass es Little Jimmy wirklich egal war, ob Faz lebte oder starb. Noch genauer ausgedrückt: Little Jimmy glaubte nicht, dass Faz seinen Kollegen gesagt hatte, wo er war, und dass ein Feuersturm über sie losbrechen würde, wenn sie ihn umbrachten. Sein Bluff hatte nicht funktioniert. Little Jimmy sorgte sich um die hier lagernden Produkte des Kartells, die etliche Millionen Dollar wert sein dürften. Die Polizei machte ihm zurzeit keine Angst. Denn das Kartell würde Jimmy umlegen, wenn er die Ware verlor, das war so sicher wie das Amen in der Kirche. Little Jimmy hatte gar keine andere Wahl, das Lager hier durfte nicht auffliegen. Er musste Faz loswerden. Er musste ihn umbringen.

Faz erkannte, wie dumm er gewesen war. Er hätte einfach steif und fest behaupten sollen, er sei nur wegen seiner Ermittlungen im Fall Monique Rodgers unterwegs. Stattdessen hatte er sein Maul aufgerissen und Little Jimmy einen Grund geliefert, ihn umzubringen. Als ob der dazu noch einen zusätzlichen Grund gebraucht hätte.

Wenn er jetzt starb, stand Vera mit ihrem Kampf gegen den Krebs allein da. Faz traten Tränen in die Augen, abgrundtiefe Traurigkeit überkam ihn. Da wurden im Nebenzimmer Männerstimmen laut, Schlüssel klapperten, also musste er sich jetzt zusammenreißen, konzentrieren. Als die Neonröhren oben an der Decke angingen, bohrte sich das grelle Licht wie Glasscherben in seinen Kopf. Er legte ihn schräg, um durch sein gesundes Auge sehen zu können, wer da gekommen war.

»Detective Fatso. Sie sehen echt scheiße aus, Mann.« Little Jimmy hockte sich hin und packte Faz am Kinn, drehte sein Gesicht zu sich. Faz schoss stechender Schmerz durch Kopf und Nacken. »Also, Detective? Ist Ihnen nach reden oder wollen Sie uns weiter Witze erzählen?«

»Nee, das mit den Witzen bringt es ja doch nicht. Die sind zu hoch für euch.«

»Dann möchten Sie mir sagen, was Sie hier wollen?«

»Das habe ich dir schon gesagt: Ich habe nach dir gesucht.« Das kam kaum lauter als ein Flüstern. »Mein Partner weiß, dass ich dich suche.« Warum jetzt noch die Geschichte ändern? Das brachte auch nichts.

Little Jimmy lächelte. »Und Sie haben mich gefunden. Sind eben ein Detective, was? Bloß das mit Ihrem Kumpel, das stimmt nicht. Ich habe nämlich Ihr Handy gecheckt und so ein Handy, das lügt nicht. Ich glaube nicht, dass Sie irgendwem erzählt haben, wo Sie sind. Sie sind allein. Sie sind auf einer Insel.«

»Das sagtest du schon. Du brauchst mal eine neue Metapher.«

Jimmy zögerte. »Was brauche ich?«

»Was hab ich doch für ein Glück, ausgerechnet mit dir auf einer Insel!«

»Sie haben mich zum Nachdenken gebracht, *cabrón*. Jetzt frage ich mich natürlich, warum Sie hier sind und warum Sie allein gekommen sind. Also habe ich mir das Videoband angesehen, wissen Sie? Das von der Überwachung. Um zu sehen, ob Sie vielleicht jemandem gefolgt sind.«

Faz spürte, wie aus seinem Magen ein Stein wurde.

Little Jimmy stand auf und deutete mit dem Kinn auf die Tür. Hector – der Junge mit den Steroiden – und ein weiterer Mann schleppten einen dritten in den Raum, dessen Kopf schlaff herunterhing, sodass Faz ihn nicht erkennen konnte. Leider konnte er sich lebhaft denken, wer es war. Hector und sein Kumpel warfen Jimmy ihre Last vor die Füße, der den Mann mit der Stiefelspitze auf den Rücken drehte. Faz musste den Kopf schräg halten und erkannte Francisco trotzdem nur mit Mühe. Dessen Gesicht war aufgequollen, die Nase stand im rechten Winkel ab und er sah so aus, als hätte er einen Golfball unter dem linken Auge. »Ich bin wie ein Klempner, Detective«, erklärte Jimmy, »immer auf der Suche nach undichten Stellen. Und ich glaube, hier habe ich eine gefunden.«

»Den Mann habe ich noch nie gesehen«, flüsterte Faz.

»Haben Sie vergessen, was ich immer sage? Videos lügen nicht.«

»Hast du das gesagt? Kann mich nicht mehr erinnern.«

»Sie erzählen mir jetzt, warum Sie Francisco gefolgt sind, warum Sie im Park fotografiert haben und wer die Frau ist, mit der er gesprochen hat. Machen Sie das? Hm?«

Faz hatte die körnigen und unscharfen Fotos ganz vergessen, die er auf dem Fest im Park geschossen hatte, ehe sie ihn hier erwischten. Er dachte einen Moment nach und kam zu einer weiteren Erkenntnis. Little Jimmy brauchte Informationen und das könnte durchaus das Einzige sein, was Faz am Leben hielt, wenigstens kurzfristig. Trotz der ganzen gespielten Angeberei hatte Little Jimmy Angst. Er wusste um die Konsequenzen, wenn er die Lieferung des Kartells in den Sand setzte. Unter dem Strich war er genau das, wofür Faz ihn gehalten hatte: ein ganz kleiner Gauner.

»Ich weiß nicht, wovon du redest«, erwiderte Faz.

Little Jimmy packte ihn bei den Haaren, riss seinen Kopf zurück, bis Faz ihn ansehen musste. Ein stechender Schmerz schoss ihm in die Kopfhaut und den Nacken hinunter. Jimmy hockte sich vor ihn, Auge in Auge. »Halten Sie mich für dumm, Detective?«

Oh, wie gern Faz diese Frage beantwortet hätte! »Ich ging zurück zur Wohnung von Eduardo Lopez und da habe ich ihn auf der Straße gesehen. Also bin ich ihm gefolgt.«

»Ach ja? Was ist das, laufen Sie jetzt allen Mexikanern hinterher? Nennt man das nicht Racial Profiling? Ich glaube, das ist illegal. Ich glaube, ich sollte meinen Anwalt informieren.«

Faz war sich nicht sicher, was er sagen sollte, nur eins war klar: Er durfte auf keinen Fall zugeben, dass er diesen Francisco schon einmal im Haus von Eduardo Lopez gesehen hatte. »Ich habe ihn wiedererkannt, von deiner Geburtstagsparty.«

Mit dieser Antwort schien Little Jimmy nicht gerechnet zu haben. Er lächelte wie die Katze, die gleich die Maus fressen wird. »Und da haben Sie sich gleich erinnert? Wie das denn? Glaubt ihr Gringos echt, alle Mexikaner sehen gleich aus?« Jimmys Lächeln verblasste. »Sie lügen. Francisco war nicht auf meiner Party. Francisco war zu Hause bei seiner Frau und den Kindern.«

»Dann habe ich mich wohl geirrt. Ihr seht wirklich alle gleich aus.«

Jimmy zog etwas aus der Tasche. Ein Handy, aber nicht das von Faz. »Francisco hat Textnachrichten verschickt. Da frage ich doch, an wen. Sie? Also schaue ich auf Ihrem Handy nach, aber nein, da ist nichts. Wem schickt Francisco Nachrichten, *cabrón*? Hm? Wem schreibt er?«

»Vielleicht hat er eine Affäre und seine Frau soll das nicht mitkriegen?«

Jimmy trat zurück, langte nach hinten und zog eine Pistole aus seinem Hosenbund, ein glänzendes Stück Silber, das aussah wie eine kleine Kanone und das er auf Francisco richtete. »Hoch mit ihm!«, befahl er Hector und Co.

Das war es dann wohl, dachte Faz. Er würde im Hinterzimmer eines Lagerhauses verrecken und seine Leiche höchstwahrscheinlich mit Gewichten an den Beinen in irgendeinem Gewässer landen. Vera würde nie erfahren, was ihm widerfahren war. Scheiße! Würde Vera sich überhaupt noch operieren lassen, wenn Faz jetzt starb? Er selbst war sich nicht sicher, ob er ohne sie weiterleben wollte.

Hector und der andere Mann packten Francisco unter den Armen und richteten ihn auf, bis er mehr oder weniger kniete. Der Kopf baumelte ihm schlaff zwischen den Schultern.

Jimmy drückte ihm die Mündung seiner Pistole in den Nacken. »Ich frage Sie noch ein letztes Mal, Detective. Ein Witz oder ein ›Ich weiß nicht‹ und ich schieße Francisco den Schädel weg. Und dann tragen Sie die Verantwortung für seinen Tod. Genau wie für den meines Vaters. Also frage ich Sie jetzt noch einmal, und wenn Sie mir nicht sagen, was ich wissen will, erschieße ich Francisco. Anschließend bringe ich Sie um, drehe Sie durch den Fleischwolf und verfüttere Sie an die Schweine.«

Little Jimmy trat zurück, ließ eine Kugel in die Kammer seiner silbernen Pistole gleiten, zielte erneut auf Franciscos Nacken. »Ihre letzte Chance, *cabrón*. Wem hat er geschrieben?«

Kapitel 53

Der Park strahlte eine gelassene Ruhe aus. So hatten sich die Wälder in den North Cascades einmal angefühlt, dachte Tracy, als sie als junges Mädchen morgens dort gelaufen war. Manche Menschen bezeichneten die unter großen Bäumen entstehenden Räume als Kathedralen, hatte ihr Vater ihr damals erklärt, ein Bild, mit dem Tracy durchaus etwas hatte anfangen können. Frühmorgens, wenn die Sonne zwischen den Stämmen hindurchschien, erinnerten ihre Strahlen an vom Himmel herabsteigende Engel. An diesem Abend war das nicht so: Jetzt hüllte das letzte Licht den Park in gedämpfte Grautöne. An diesem vom Bösen gezeichneten Ort weilten keine Engel.

Tracy schlug wieder den Weg ein, den Pryor und sie vor nicht allzu langer Zeit genommen hatten. Nur folgte sie diesmal keinem blinkenden blauen Punkt und es trieb sie auch nicht das bange Gefühl, gleich mit etwas Schrecklichem konfrontiert zu werden. Heute kannte sie den Weg und das ganze Ausmaß des Horrors, der sich hier entfaltet hatte. Heute machte sie sich Vorwürfe, dieses Entsetzen nicht schon früher gespürt zu haben. Pranav und Sam waren Montagabend nicht zu Hause gewesen, ebenso wenig Pranavs Eltern, die erst später gekommen waren. Nur Himani und Nikhil waren den ganzen Abend dort gewesen.

Als der Weg sich gabelte, hielt Tracy sich rechts, folgte weiter dem an der Grenze des Parks verlaufenden Wanderpfad. Frösche quakten, als wollten sie sich gegenseitig warnen, dass da jemand kam. Beim Pfad, der sie zum alten Brunnen führte, wurde sie langsamer. Das Loch existierte inzwischen nicht mehr, die Rangerin hatte es auffüllen lassen. Der Pfad führte eine kleine Böschung hinauf. Oben angekommen blieb Tracy stehen und sah hinunter auf die Frau, die dort stand, wo noch vor Kurzem der Rand einer Grube gewesen war.

Wie eine reumütige Büßerin stand Himani Mukherjee an der Stelle, die hier in einer von Gottes Kathedralen für immer ein Grab sein würde.

Sie schien zu spüren, dass Tracy gekommen war, vielleicht hatte sie auch mit ihr gerechnet. Jedenfalls hob sie den Blick, sah aber nur kurz auf. Dann galt ihre Aufmerksamkeit wieder ganz dem Grab ihrer Tochter.

Auf dem Weg hierher waren Tracy jede Menge Dinge durch den Kopf gegangen, die sie dieser Frau gern gesagt hätte. Nichts davon schien jetzt noch relevant. Sie stellte sich neben Himani an den Rand der jetzt geschlossenen Grube und wartete schweigend. Es dauerte fast eine Minute, bis Himani von sich aus das Wort ergriff.

»Ich erwarte nicht, dass Sie es verstehen, Detective.« Ihre Stimme war über die Geräusche des Waldes hinweg kaum zu hören.

In diesem Punkt hatte Himani recht, Tracy verstand es wirklich nicht. »Warum versuchen Sie nicht, es mir zu erklären?«

Himani lächelte, das verlorene Lächeln einer Besiegten. »Warum? Worin läge der Sinn?«

»Im Abschluss. Deswegen sind Sie doch hier, nicht wahr? Weil Sie einen Abschluss suchen. Gab es denn einen Grund?«

»Es gab viele Gründe.« Langsam gewann Himani wieder etwas von der Wut und Bitterkeit zurück, die Tracy bei ihrem ersten Besuch im Haus der Mukherjees so deutlich gespürt hatte. Ein Hauch alter Stärke, der rasch verflog. Himani atmete aus, deutlich hörbar, zitternd, aber sie gestattete sich nicht zu weinen. »Viele Gründe, sich über Kavita aufzuregen«, sagte sie leise, wie im Selbstgespräch.

Tracy wartete.

»Sie hatte keinen Respekt vor der Familie. Keinen Respekt vor sich selbst. Sie beschämte uns vor all unseren Verwandten und Freunden. Zuerst waren ihr Vater und ich uns einig, dass es das Beste wäre abzuwarten, bis sie vernünftig wurde. Wir dachten uns, früher oder später würde sie schon wieder nach Hause kommen und mich bitten, einen passenden Mann für sie zu finden. Wenn nicht aus Respekt, dann doch aus praktischen Erwägungen heraus.«

»Wenn sie kein Geld mehr hatte.« Tracy nickte. »Aber sie kam nicht zurück nach Hause und ihr ging auch das Geld nicht aus, und Sie fragten sich irgendwann, wie das denn sein konnte.«

»Selbst als Aditi als verheiratete Frau aus Indien zurückkam, weigerte sich Kavita immer noch. Sie blieb so trotzig wie vorher.«

»In diesem Punkt waren Kavita und Sie sich sehr ähnlich.«

Himani warf Tracy einen Blick zu, denselben Blick, den Sam nach seinem Geständnis abbekommen hatte, er und seine Schwester hätten Textnachrichten ausgetauscht. »Sie verstehen das nicht. Sie verstehen nicht, was es bedeutet zu wissen, dass die eigene Tochter eine Hure ist. Ich weiß das mit den Hotelzimmern, Detective, und mit dem Mann, den sie dort getroffen hat. Ich weiß, warum ihr das Geld nicht ausging und warum sie nicht nach Hause kommen musste.« Sie drehte sich um und sah Tracy an, und Tracy fiel zu diesem Blick nur das Wort »trotzig« ein. Himanis Ton wurde schärfer. »Sie waren nicht dabei, als Aditis Eltern gar nicht mehr aufhören konnten, mit Aditi und Rashesh und dem Geld seiner Eltern anzugeben. Mit all den Enkeln, die sie bald haben würden, und der schönen Wohnung in London. Sie mussten sich das nicht anhören.« Sie schüttelte den Kopf, ihre Wut baute sich immer mehr auf. »Sie verstehen nicht, wie beschämend das war.« Die letzten Worte kamen durch zusammengebissene Zähne. Himani schloss die Augen. Ihre Nasenflügel bebten, ihr Atem ging schwer. »Was rede ich denn? Sie verstehen es ja doch nicht. Unsere Art ist nicht Ihre Art.«

»Wann haben Sie entdeckt, dass Sie Kavita mithilfe von Sams Handy verfolgen konnten?« Das hatte Himani bestimmt nicht allein herausgefunden, dachte Tracy. Jemand aus der jüngeren Generation hatte es ihr erklärt, jemand, der technisch bewanderter war als sie. Nikhil.

Himani zuckte kaum merklich die Achseln. »Ich kontrolliere Sams Textnachrichten, seit wir ihm das Handy gekauft haben, und ich habe ihn über sein Handy im Auge behalten, um zu wissen, wo er ist. Vitas Handy zu verfolgen war nicht schwer.«

»Dann haben Sie den Text gesehen, den Sam Kavita Montagabend schickte?«

»Und Vitas Antwort. Es war nur eine von vielen Nachrichten dieser Art, Detective. Und immer an einem Montagabend.« Himani hatte Kavitas Arrangement mit Shea also mitbekommen, das wäre hiermit bestätigt. Himani schwieg und Tracy dachte schon, sie hätte sich entschieden, gar nichts mehr zu sagen, als sie fortfuhr: »Ich kam von den Dasguptas, die eine Party für die Freunde gegeben hatten, die nicht zur Hochzeit nach Indien reisen konnten. Kavita war nicht gekommen, was mich wenig überraschte. Ich musste mir anhören, wie sie mit Aditi und ihrem neuen Schwiegersohn angaben. Pranav war nicht da, er war auf Geschäftsreise. Er musste sich das nicht anhören.« Sie hob beide Hände an den Kopf, als platze ihr gleich der Schädel und sie müsse ihn zusammenhalten. »Wie sie geprahlt haben! Ihre Stimmen schossen durch meinen Kopf wie scharfe Glasscherben. Als ich nach Hause kam, hatte ich unglaubliche Kopfschmerzen.« Sie seufzte. »Ich ging an meinen Computer, lud die App hoch und entdeckte die Textnachrichten von Sam und Vita.« Sie sah Tracy an. »Sie hatte gerade erfahren, dass Aditi geheiratet hatte, gerade erst, an diesem Tag. Und weigerte sich, ihr Verhalten zu ändern. Fuhr fort, uns zu beschämen. Als mache es ihr Freude, in der Wunde zu stochern, die man uns zugefügt hatte.«

»Sie wollte sich nicht mehr mit ihm treffen«, erklärte Tracy. »Sie hat ihm gesagt, es sei vorbei. Sie wollte weiterkommen in ihrem Leben, sie wollte Medizin studieren.«

Himani stutzte kurz. »Das ändert nichts an dem, wozu sie geworden war. Es ändert nichts an der Tatsache, dass sie sich selbst beschmutzt hatte und kein Mann mit Selbstachtung sie mehr ansehen würde.«

Tracy betrachtete die zerwühlte Erde, die zerbrochenen Äste, die zerdrückten Blätter. Dann sah sie Himani an. Wollte Kavitas Mutter noch etwas sagen? Nein, Himani schwieg jetzt endgültig. »Haben Sie Nikhil ins Hotel geschickt, um Kavita zu töten?«, fragte Tracy.

Kapitel 54

Ehe Kins ins Haus ging, befahl er Sam, draußen zu bleiben und ihm auf keinen Fall zu folgen. Drinnen war es still, nirgendwo brannte Licht. Kins zückte seine Glock und hielt sie in Schenkelhöhe.

»Nikhil? Hier ist Detective Kinsington Rowe«, rief er. »Ich möchte mit dir reden.«

Keine Antwort.

»Nikhil?«, wiederholte Kins. Er hatte den Flur verlassen und stand im Wohnzimmer, wo die Großeltern auf einem der Sofas saßen und ihm voll stummen Entsetzens anstarrten.

»Wo ist Nikhil?«, fragte er.

Der Blick des Großvaters glitt hinüber zur Küche. Er sagte nichts.

Kins und Tracy hatten auf ihrer Fahrt vom Flughafen hierher die denkbaren Szenarien durchgesprochen und waren sich einig, dass Himani Kavita nicht ohne Hilfe zum alten Brunnen getragen haben konnte. Also hatte Himani ihre Tochter umgebracht und die Leiche dann mit Nikhils Hilfe versteckt oder Nikhil hatte seine Schwester erschlagen.

Kins durchquerte das Esszimmer und ging vorsichtig zum Durchgang zur Küche. Dort, am Tisch in der hinteren Ecke, saß

Nikhil. Es brannte kein Licht, aber das war auch nicht nötig. Kins erkannte das große Messer trotzdem, dessen Spitze sich der junge Mann an die Kehle drückte.

Kins brauchte einen Moment, um seine Fassung wiederzuerlangen. »Nikhil, leg das Messer hin«, sagte er so ruhig es ging.

Nikhil sah ihn wortlos an.

Unsicher, wie er mit der Situation umgehen, was er sagen sollte, betrat Kins die Küche. Er dachte an seine drei Söhne, an ihre enge Verbundenheit. »Dein Bruder ist da draußen. Und deine Großeltern sitzen im Wohnzimmer. Du willst nicht, dass die das sehen.«

»Sam hasst mich.« Nikhils Stimme klang fast wie Flüstern.

»Nein.« Kins schüttelte den Kopf. »Sam hasst dich nicht.«

Jedes Mal, wenn Nikhil etwas sagte oder schluckte, bewegte sich die Messerspitze an seiner Kehle. »Sam hat Vita geliebt.«

»Ja, hat er. Aber du bist sein einziger Bruder, Nikhil. Seine Schwester hat er schon verloren. Nimm ihm jetzt nicht auch noch den Bruder.«

»Dem ist doch egal, was mit mir wird.«

Kins hielt die Glock locker an der Seite und achtete auf sicheren Abstand zum Tisch. »Natürlich ist ihm das nicht egal. Du bist und bleibst sein Bruder, ganz gleich, was geschieht. Tu das deinen Eltern und Großeltern nicht an. Leg das Messer hin.«

Nikhil rührte sich nicht.

»Dann sag mir, was du willst, Nikhil.« Kins wollte das Gespräch nicht abreißen lassen.

»Was ich will?«

»Ja. Sag mir, was du willst.«

»Warum musste sie das tun?« Tränen strömten ihm die Wangen hinab. »Warum konnte sie nicht nach Hause kommen, heiraten? War das denn so schlimm?«

»Das weiß ich nicht, Nikhil.«

»Wollen Sie wissen, was sie getan hat? Sie hat uns alle entehrt.«

»Vielleicht hat sie das getan, Nikhil, aber wenn du dich umbringst, dann ändert das doch nichts mehr. Es macht die Dinge nur noch schlimmer. Dein Bruder hat bereits eine Schwester verloren, deine Eltern haben eine Tochter verloren. Sollen sie jetzt auch noch einen Bruder und Sohn begraben müssen?«

»Baba wünscht bestimmt, ich wäre tot.«

»Nein. Egal, was du getan hast, er wird immer dein Vater sein. Weißt du, warum ich mir da so sicher bin?«

Nikhil sah ihn an, so etwas wie Hoffnung in den Augen, als wünsche er sich eine Antwort, als warte er auf die Versicherung, dass sein Vater ihn immer lieben würde.

»Weil ich drei Söhne habe. Und sie werden immer meine Söhne sein, ganz gleich, was sie getan haben, egal, wie schlimm das ist. Ich werde immer ihr Vater sein und sie werden immer meine Söhne sein.«

»Sie sind bestimmt ein guter Vater, Detective.«

»Das ist dein Vater auch. Er wird dir helfen wollen, Nikhil. Tu ihm nicht auf diese Weise weh. Lass nicht zu, dass er zwei Kinder beerdigen muss. Leg das Messer weg, mein Sohn. Wir setzen uns hin und reden über alles.«

»Was gibt es da zu reden, Detective?«

»Wir können über das reden, was passiert ist. Warum es passiert ist. Möchtest du mir nicht sagen, warum?«

»Ich weiß nicht, warum. Es ist einfach passiert.«

»Es gibt Leute, mit denen du sprechen kannst. Die können dir helfen zu verstehen, warum. Ich bin sicher, du warst sehr wütend wegen dem, was geschah. Ich bin sicher, deine Schwester hat dich wütend gemacht. Ich bin sicher, du hast nicht klar denken können.« Kins sah einen dünnen roten Strich, ein feines Rinnsal Blut, das Nikhil am Hals entlanglief. »Lass mich Hilfe für dich besorgen. Nikhil. Es gibt Leute, die dir beistehen können. Sie können dir helfen, besser zu verstehen, was passiert ist.«

»Ich verstehe, was passiert ist, Detective. Und ich weiß, was ich getan habe.«

»Nikhil?«

Beim Klang von Sams Stimme wandte Nikhil den Kopf. Der Junge stand in der offenen Küchentür.

»Bleib draußen, Sam«, befahl Kins.

»Was machst du da?«

»Geh, Sam«, sagte Nikhil.

Sam kam in den Raum. »Was machst du da? Leg das Messer hin!«

»Geh!« Nikhil wurde lauter.

»Sam, bleib, wo du bist!«, fuhr Kins den Jungen an, um dann langsam und ruhig zu wiederholen: »Bleib einfach, wo du bist. Jetzt holen wir alle tief Luft und bleiben ganz ruhig.«

»Schaffen Sie ihn hier raus.« Nikhils Stimme klang rau und erregt.

Sam trat einen Schritt vor. »Leg das Messer hin. Du hast dich geschnitten. Du blutest.«

»Schaffen Sie ihn raus, Detective!«

»Sam, dein Bruder möchte, dass du gehst.«

»Leg das Messer hin, Nikhil!«

»Du weißt nicht, was ich getan habe, Sam. Du weißt nicht, was ich getan habe.«

»Leg das Messer hin.«

»Es tut mir so leid, Sam«, sagte Nikhil. »Es tut mir so leid.«

Kapitel 55

Faz hatte wenig Mitgefühl für einen Gangster, der höchstwahrscheinlich mit Drogen handelte, wollte aber auch nicht für Franciscos Tod verantwortlich sein. Einen Lichtblick gab es immerhin: Jimmy war blöd genug gewesen, ihm zu sagen, dieser Francisco hätte jemandem eine verdächtige Textnachricht geschickt. Das konnte eigentlich nur Gonzales gewesen sein. Sollte Faz mit dieser Vermutung richtigliegen, dann stiegen seine Überlebenschancen, je länger er die Sache hier in die Länge ziehen konnte. Die anderen Männer im Raum redeten in erregtem Spanisch auf Little Jimmy ein und man brauchte kein Superhirn zu sein, um aus ihrer Unruhe zu schließen, dass sie zum Aufbruch drängten. Little Jimmy jedoch ließ sich von seinem Hass blenden.

Faz zog sich mühsam hoch, schluckte den Schmerz hinunter. »Weißt du was, Jimmy? Im Grunde mochte ich deinen alten Herrn.«

Little Jimmy starrte ihn an, wartete wohl auf die Pointe des Witzes. Die Mündung der Pistole zielte nach wie vor auf Franciscos Hinterkopf.

»Ich fand nicht richtig, was er tat, aber in seinem persönlichen Leben setzte er die richtigen Prioritäten. Er kümmerte sich um seine Familie und er kümmerte sich um seine Gemeinde. Unter anderen Umständen wäre er vielleicht Politiker geworden, und zwar ein guter.« Faz lächelte. Jimmy wirkte verdattert, verwirrt. Hoffentlich nicht noch wütender.

Der Mann ganz hinten im Raum drängte mit erregten Worten und Gesten: »¡*Tenemos que irnos ahora, Jimmy! ¡Todavia tenemos tiempo!*«

»Weißt du, warum? Möchtest du wissen, warum sie ihn umgebracht haben?«, fuhr Faz fort, woraufhin sich Jimmy sofort wieder ganz auf ihn konzentrierte. »Sie haben ihn umgebracht, weil sie wussten, dass er niemandem gehörte, dass er die Sachen auf seine eigene Art regelte, dass ihm etwas an seinen Leuten lag. Niemand sagte Big Jimmy, was er tun sollte. Nicht einmal das Kartell. Deswegen haben sie ihn umgebracht. Und weißt du noch etwas? Er ließ sich in seinen Entscheidungen nie von Gefühlen leiten. Deswegen war er ein so guter Geschäftsmann. Aber wie ist es mit dir? Was würde dein Vater von dir halten? Was würde Big Jimmy genau in diesem Moment von dir halten?«

Little Jimmy antwortete nicht. Aber Faz wusste, er hatte genau zugehört. Zu behaupten, das Kartell respektiere ihn nicht, war eine Sache, die Unterstellung, sein Vater hätte sein Verhalten nicht respektiert, eine ganz andere.

»Vielleicht lege nicht ich persönlich dir Handschellen an, aber wenn du mich umbringst, werden sie dich dafür drankriegen. Sie werden hinter dir her sein, Jimmy, sie kommen dich holen. Du weißt, dass sie dich holen. Du lässt hier deine Gefühle Entscheidungen treffen. Glaubst du, mein Partner nimmt das einfach so hin, wenn du mich umbringst? Der Mann ist Sizilianer. Bring mich um und die Jagd nach dir wird für ihn zur Lebensaufgabe. Dann kannst du nicht mehr aufs Klo, ohne dass er zusieht, wie du dir den Arsch abwischst. Und du willst in Mexiko wie ein König leben? Da liegst du aber ganz falsch, Jimmy. Wie finden deine Kumpel da unten das wohl, wenn sie rauskriegen, dass dir rund um die Uhr ein Detective am Arsch hängt, weil du einen Bullen umgebracht hast? Meinst du, die mögen dich dann noch? Du wirst zur Belastung. Und weißt du, was sie mit Leuten machen, die zur Belastung werden?« Faz lächelte. »Wenn Del dich also nicht umbringt«, er warf einen Blick in die Runde, »und das gilt für euch alle, also aufgepasst! Wenn Del euch nicht umbringt, dann erledigen das eure Leute da unten. Du willst mich an die Schweine verfüttern, Jimmy? Die Schweine schnuppern nicht mal mehr an mir, wenn sie euch alle schon gefressen haben.«

Jimmy richtete seine Pistole auf Faz, aber Faz konnte sehen, dass er Bedenken hatte. Auch die anderen hatten Bedenken, fürchteten die Auswirkungen.

»Jimmy, nein!«, rief Hector.

»Halt dein Maul.«

»Wir müssen weg. Sofort!«, drängte Hector.

Noch ein Mann stürzte in den Raum, rief hektisch etwas auf Spanisch. Wieder verstand Faz kein Wort, bekam aber deutlich mit, dass etwas passiert war. Auch die anderen redeten immer gereizter auf Little Jimmy ein. Hector packte ihn am Arm.

Jimmy ließ Faz nicht aus den Augen, während Hector an seinem Arm zerrte. Der Mann an der Tür schrie Jimmys Namen. Was immer da draußen passieren mochte, hatte eine kritische Phase erreicht.

Endlich drehte sich Jimmy mit unwilligem Grunzen um und eilte hinaus.

Faz stieß langsam die Luft aus. Noch war nicht die Zeit zu jubeln, noch durfte er nicht übermütig werden. »Hey, du!«, rief er Francisco leise zu. »Bist du wach? Hörst du mich?«

Francisco wandte langsam den Kopf.

»Hast du verstanden, was der Mann an der Tür gerade sagte?«

Francisco konnte nur flüstern. »Die Laster sind hier. Die Drogen werden verladen und dann verschifft. Sie müssen weg.« Sein Kopf sackte ihm wieder auf die Brust.

»Wem hast du getextet?«, fragte Faz. »Hey! Wem hast du getextet?«

Draußen wurde es laut. Männer brüllten, auf Englisch und auf Spanisch. Dann wurden die Stimmen vom Dröhnen eines Hubschraubers übertönt und ein starker Lichtstrahl drang durch das Fenster des außen liegenden Büros, warf bewegliche Schatten an die angrenzende Wand.

Kapitel 56

Himani hob den Kopf, aber ihr Blick blieb weiterhin auf das Grab konzentriert. »Nikhil hat nichts damit zu tun.«

»Dann erzählen Sie mir, was Sie getan haben.« Tracy glaubte ihr nicht, wollte sich aber gern jede Geschichte anhören, die Himani ihr erzählen mochte.

»Ich weiß nicht, was ich getan habe, Detective, ich erinnere mich nicht mehr. Ich erinnere mich nur noch daran, dass Vita stürzte und sich nicht mehr regte.« Himani hob die Hand und berührte ihren Kopf. »Sie hatte Blut hier, an dieser Seite ihres Kopfes, wo ich sie geschlagen hatte. Ich erinnere mich an Blut an meinen Händen und am Stein. Ich ließ ihn irgendwo dort zwischen die Büsche fallen.« Sie deutete in einer vagen Geste auf die umstehenden Bäume.

»Was taten Sie als Nächstes?«

»Ich wollte aus dem Park auf die Straße rennen und Hilfe holen, aber ...«

Sie log. Sie hatte nicht allein gehandelt, Nikhil war bei ihr gewesen. »Wie haben Sie die Leiche getragen?«, wollte Tracy wissen.

Wieder ein Achselzucken. »Ich weiß nicht, wie. Ich tat es einfach.«

Bestimmt hatte Himani von der Grube gewusst, immerhin ging sie jeden Abend im Park spazieren. Aber Kavitas Leiche konnte sie nicht allein transportiert haben, das glaubte Tracy nicht. Sie stellte sich das Szenario so vor: Himani hatte Nikhil losgeschickt, um seine Schwester nach Hause zu holen, und ihm bei dieser Gelegenheit erzählt, was aus Kavita geworden war. Nikhil hatte Kavita verfolgt, nachdem sie das Hotel verlassen hatte, und hatte sie im Park umgebracht. In seiner Panik war er zu seiner Mutter gelaufen, die alles tun wollte, um ihren Sohn zu schützen. Das erklärte nicht, warum Kavita in den Park gekommen war. Auf diese Frage würden sie vielleicht nie eine Antwort finden. Dafür konnte Kaylee Wright sich die am ersten Abend gefundenen Schuhabdrücke aus der Nähe der Grube noch einmal daraufhin ansehen, ob einer davon zu Nikhils Schuhen oder denen seiner Mutter passte.

»Ich hatte nicht damit gerechnet, dass Sie sie entdecken«, fuhr Himani fort. »Aber als Sie zu uns kamen und sagten, Sie hätten ihr Handy aufgespürt, da wusste ich, es war nur noch eine Frage der Zeit.«

»Haben Sie oder Nikhil ihr Wegwerfhandy mitgenommen?«

Himani drehte sich um und sah Tracy an. »Ich habe eine Tochter verloren, Detective. Ich will nicht auch noch einen Sohn verlieren.«

Vielleicht wirst du das nicht, dachte Tracy. *Das wird die Zeit entscheiden.* »Sie können ihn nicht schützen.«

Sie zuckte die Achseln. »Wir werden sehen, was ich tun kann.«

Dann soll es wohl so sein. »Drehen Sie sich um.« Tracy nahm die Handschellen von ihrem Gürtel. »Ich werde Ihnen jetzt Handschellen anlegen. Dann werde ich Sie über Ihre Rechte aufklären.«

»Sie sehen, Detective, ich hatte recht«, sagte Himani.

»Ach ja? In welcher Beziehung?«

»Sie verstehen es nicht. Sie verstehen es nicht, weil Sie keine Mutter sind.«

»Noch nicht«, sagte Tracy. »Und wenn, dann auf keinen Fall eine wie Sie.«

Kapitel 57

Kins wollte es gerade wagen und sich auf das Messer stürzen, als sich Sam noch einmal meldete. »Leg das Messer hin, Nikhil. Bitte.«

Nikhil liefen Tränen die Wangen hinab. Kins ließ die Messerspitze nicht aus den Augen – floss da noch mehr Blut? Endlich ließ Nikhil den Arm sinken, als sei die Last zu schwer für ihn geworden. Das Messer landete klappernd auf dem Tisch und fiel von da aus auf den Boden.

Kins schob es mit einem raschen Fußtritt beiseite, während Sam zu seinem weinenden Bruder lief. Weinte Nikhil wegen seiner Tat oder weil man ihn erwischt hatte? Das war nicht dasselbe. So oder so, dachte Kins, Kelly Rosa hatte recht, der Mord war im Zorn geschehen. Er hielt sich noch ein wenig im Hintergrund, ließ den Brüdern einen Moment Zeit miteinander. So wie jetzt würden sie so bald nicht wieder zusammen sein können. Vielleicht nie mehr.

KAPITEL 58

Faz durfte durch die offene Tür zusehen, wie schwer bewaffnete Männer in Kevlarwesten das Haus stürmten und die Räume einen nach dem anderen sicherten.

»Hier!«, rief er.

Die Bewaffneten näherten sich vorsichtig, sicherten mit präzisen, oft geübten Bewegungen in alle Richtungen. Erst als sie sicher sein konnten, in keine Falle zu tappen, kamen sie zu Faz und Francisco in die Ecke. Faz deutete auf Francisco. »Kümmert euch erst mal um den. Es geht ihm ziemlich schlecht.«

»Sind Sie Detective Fazzio?«

Faz nickte.

Jetzt kam auch Del in das Haus, warf durch die offene Tür einen Blick auf seinen Partner und eilte mit einem Seufzer der Erleichterung zu ihm. Dabei wirkte er allerdings ungefähr so entsetzt wie beim Verlassen des Fahrstuhls im Haus von Eduardo Lopez. »Gleich kommt Hilfe!«

Faz konnte nur nicken, ihm hatte es zur Abwechslung einmal die Sprache verschlagen. »Vera darf nicht wissen, dass ich verletzt bin«, brachte er schließlich hervor. »Sag ihr nichts, sie macht sich sonst Sorgen.«

»Ich glaube, das geht diesmal nicht, Faz. Das kauft sie uns nicht ab.«

»So übel?«

»Ziemlich übel.«

»Sie darf mich so nicht sehen, Del. Ich will das nicht.«

»Du kennst doch Vera. Keine zehn Pferde könnten sie abhalten.«

»Dann sieh wenigstens zu, dass ich sauber bin. Wisch das Blut ab.«

»Das machen die bestimmt, Faz. Der Krankenwagen ist schon unterwegs.«

»Wie habt ihr mich gefunden?«

»Das ist eine lange Geschichte.« Einem der Männer in Kevlar war es inzwischen gelungen, Faz von den Handschellen zu befreien. Del legte seinem Partner den Arm um die Schulter und zog ihn an sich. »Hey, du sagst doch immer, ein Gesicht wie deins kann höchstens eine Mutter lieben. Aber auch da bin ich mir jetzt nicht mehr so sicher.«

Faz grinste schief. »Bring mich bloß nicht zum Lachen. Das tut zu weh.«

* * *

Die Sanitäter trugen Faz auf einer Trage aus dem Gebäude. Draußen sah es aus wie nach einem Militäreinsatz. Little Jimmy und seine Männer lagen mit dem Gesicht nach unten auf dem Asphalt, die Hände mit Handschellen auf dem Rücken gefesselt, bewacht von Männern und Frauen in Panzerwesten und Tarnanzügen. Über allem schwebte nach wie vor mit ohrenbetäubendem Dröhnen der Rotoren ein Hubschrauber und leuchtete mit grellem Scheinwerferlicht den Lagerkomplex aus. In der Nähe des Maschendrahtzauns und bei den einzelnen Lagereinheiten standen weitere Bewaffnete. Noch schienen sie die Einheiten nicht durchsuchen zu dürfen, sie warteten wohl auf den Durchsuchungsbeschluss.

Als sie Faz an Little Jimmy vorbeitrugen, hob der den Kopf und sah auf. Faz formte lächelnd mit Daumen und Zeigefinger eine Pistole, drückte ab, zuckte leicht zusammen, als hätte der Rückschlag ihn getroffen.

Little Jimmy wandte den Blick ab.

Während die Sanitäter Faz in den Krankenwagen luden, telefonierte Del mit Vera. Er sah seinen Partner fragend an, und als der nickte, hielt er ihm das Handy ans Ohr, während der Notarzt Faz die Manschette des Blutdruckmessgeräts über den Arm schob und aufpumpte.

»Hey Vera!« Faz bemühte sich um eine klare Stimme.

»Vic, ist alles in Ordnung?«

»Jaja, alles bestens. Ich habe ein paar Schürfwunden und blaue Flecken, aber sie kümmern sich gut um mich. Mach dir keine Sorgen.«

Vera weinte.

»Ehrlich, mir geht es gut, Schatz.«

Vera glaubte ihm nicht. »Wir sehen uns im Krankenhaus. Del soll mich anrufen, sobald ihr unterwegs seid.«

»Okay. Ich sag es ihm. Und, Vera …?«

»Ja?«

»Ich liebe dich. Das weißt du, ist mir schon klar, aber ich wollte es dir einfach noch mal sagen. Ich weiß, ich soll mich nicht ständig entschuldigen, aber es tut mir so leid, es nicht öfter gesagt zu haben. Ich hätte es jeden Tag sagen müssen. Ab heute sage ich es dir jeden Morgen.«

»Ich liebe dich auch!« Vera hatte Tränen in der Stimme.

Faz nickte und Del nahm ihm das Handy vom Ohr.

»Sie kommt ins Krankenhaus«, sagte Faz. »Vielleicht ist es besser, du rufst sie noch mal an und bereitest sie vor.«

Del nickte. »Hatte ich auch gerade gedacht.«

Er deutete mit dem Kinn nach rechts, wo sich Andrea Gonzales gerade mit einer Gruppe Männer und Frauen in Windjacken unterhielt. »Gonzales soll uns beiden erklären, was eigentlich Sache war. Bisher kenne ich nur die verkürzte Version.«

»Wie hast du mich hier gefunden?«, wollte Faz wissen.

»Wir konnten anhand der letzten bekannten Koordinaten ungefähr feststellen, wo dein Handy war, und ich dachte, du wärst vielleicht noch mal in die Wohnung von Eduardo Lopez gefahren. Als ich hier unten ankam, sammelte sich die Eingreiftruppe gerade ein Stück weiter die Straße runter auf einem Parkplatz. Sie hatten wohl eine Textnachricht gekriegt, dass du hier bist.«

»Detectives.« Gonzales kam zu den beiden herüber. »Wie fühlst du dich?« Sie warf einen Blick in den Krankenwagen.

»Als hätte mich jemand zusammen mit einem Sack Steine in eine dieser übergroßen Waschmaschinen gestopft.«

»Kannst du ein paar Fragen beantworten?«

»Wenn du das auch kannst«, konterte Faz. »Du bist mir ein paar Erklärungen schuldig.«

Gonzales lächelte. »Gut, das ist ja dann wohl nur fair. Wie bist du hier gelandet?«

Faz erklärte, wie er erst ihr und dann Francisco gefolgt war, der ihn zum Lagerhaus geführt hatte.

»Du hattest Glück, dass sie dich nicht umgebracht haben.«

»Ich konnte mich ziemlich gut rausreden, sie haben geglaubt, ich wüsste mehr, als wirklich der Fall war. Ich war mir sicher, dass sie gerade in großem Maßstab Drogen verschiffen wollten, und konnte ihnen klarmachen, dass man da lieber nicht parallel noch einen Bullen umbringt. Das macht viel zu viel Wind, was ihren Bossen gar nicht gefallen würde. Außerdem habe ich gesagt, unser Del hier würde ihnen die Hölle heißmachen.«

»Clever. Das Kartell wird über den Verlust von so viel Ware wirklich nicht besonders glücklich sein.«

»Und du? Wer bist du jetzt wirklich?«

»Ich bin bei der Sondereinheit Drogenhandel und organisiertes Verbrechen und leite seit drei Jahren ein Team, das dieser Pipeline hier auf der Spur ist, dem größten Vertreiber von Meth und Heroin an der Westküste. Wir haben in vielen anderen Städten ähnliche Operationen laufen, bis rauf nach Vancouver.«

»Und der Typ, dem ich gefolgt bin … der Typ, mit dem du dich auf dem Fest getroffen hast, ist das ein Informant?«

»Francisco Mercado?« Sie schüttelte den Kopf. »Mercado ist ein Sureño, der in diesem Fall für uns gearbeitet hat. Nicht ganz freiwillig. Er hat vor achtzehn Monaten sein zweites Kind bekommen, einen Sohn. Kurz vor der Geburt des Kindes haben wir ihn wegen Verkaufs von Heroin hochgenommen. Angesichts der Menge, mit der er unterwegs war, und weil er bereits zum dritten Mal verhaftet wurde, stand ihm, wenn alles schiefging, eine lebenslange Haftstrafe bevor.«

»Da hat er sich bereit erklärt zu kooperieren«, stellte Del fest.

Gonzales lächelte. »Bereit erklärt trifft es nicht ganz. Er hatte keine andere Wahl. Mercado war der Typ, den wir reinbekommen mussten, um an Details über Versand und Lieferungen zu kommen.«

»Haben sie dich deswegen hierher versetzt?«

Gonzales nickte. »Wir hatten endlich einen brauchbaren Informanten.«

»Und du warst seine Betreuerin«, sagte Faz.

»Und unsere Ermittlungen im Fall Monique Rodgers erwiesen sich für dich als mögliches Problem«, ergänzte Del.

»Wir brauchten noch ein bisschen mehr Zeit, um alles zu arrangieren. Als Rodgers ermordet wurde, mussten wir unsere Aktion vorverlegen.«

»Was ist mit Eduardo Lopez? Warum war Mercado an dem Abend vor seiner Wohnung?«

»Mercado ließ uns wissen, dass Little Jimmy auf den Kopf von Faz ein Preisgeld von fünfzigtausend ausgesetzt hatte, nachdem ihr beiden bei ihm zu Hause aufgetaucht wart und ihm die Geburtstagsparty vermiest hattet.«

»Und da dachte ich, wir hätten uns so gut benommen!«, sagte Del zu Faz.

»Manche Leute wissen uns einfach nicht zu schätzen.«

»Als ich herausfand, dass ihr einen Fingerabdruck von Lopez habt und du bei ihm zu Hause vorbeifahren wolltest«, fuhr Gonzales fort, »habe ich Mercado hingeschickt. Er sollte rausfinden, ob Lopez zu Hause war. Für den Fall, dass sich der die fünfzigtausend verdienen wollte.«

»Warum war Lopez dann aber nebenan?«, fragte Faz.

»Das weiß ich nicht«, erwiderte Gonzales. »Vielleicht dachte er, Mercado wäre unterwegs, um ihn umzubringen. Es hatte sich herumgesprochen, dass ihr beide einen Fingerabdruck vom Schützen im Mordfall Rodgers identifizieren konntet und unterwegs wart, um diesen Schützen zu verhaften. Mercado sagt, das hat er auf der Straße so gehört. Lopez hatte seine Wohnung nur, weil er von dort aus im Auftrag von Jimmys Gang ein Auge auf die Lagereinrichtung halten konnte. Er muss wohl gesehen haben, wie Mercado vorfuhr, und hatte Angst, er könnte ihn umbringen wollen. Mehr konnte ich bisher nicht herausfinden.«

»Er ging in die Wohnung der Nachbarin, um sich zu verstecken«, fasste Faz zusammen.

Gonzales nickte. »Als Lopez nicht an die Tür kam, ging Mercado davon aus, dass er nicht zu Hause war und es von daher für uns okay wäre, bei ihm anzuklopfen. Das war die Nachricht, die ich unterwegs im Auto bekommen habe. Mercado wusste nicht, dass Lopez bei der Nachbarin war. Ich wusste es auch nicht.«

»Und als Lopez aus der Tür kam, dachtest du, er will mich umbringen?«

»Ich sah etwas Silbernes in seiner Hand und hielt es für eine Pistole. Du kannst mir glauben, ich bin nicht stolz darauf, ihn erschossen zu haben. Ich hätte es gern anders gehabt, aus verschiedenen Gründen. Und als ich dann hörte, dass er ein Handy in der Hand gehabt hatte und keine Waffe, war ich doppelt unglücklich. Ich hätte ihn gern lebend verhaftet.«

»Warum hast du dem FIT erzählt, ich hätte ›Waffe!‹ gerufen?«

»Ich wollte dich aus der Schusslinie haben, bis Little Jimmy erledigt war. Konnte ich denn ahnen, was für ein Sturkopf du bist?«

Faz kratzte sich am Hinterkopf und spürte getrocknetes Blut. Del und er lagen selten so daneben, meistens gelang es ihnen ganz gut, den Dingen auf den Grund zu gehen. Bei Gonzales hatten sie sich gründlich geirrt. »Dann schulde ich dir wohl eine Entschuldigung und ein Dankeschön.«

»Bedanke dich bei Mercado. Er hat die Nachricht geschickt, wo du bist.«

»Was wird jetzt aus ihm?«

»Wir verhaften ihn und machen ihm wie den anderen den Prozess, tun erst mal so, als würde er auch in den Bau gehen.«

»Little Jimmy hat die Fotos gesehen, die ich von dir und ihm auf dem Fest gemacht habe. Der Mann könnte verbrannt sein.«

Darüber dachte Gonzales kurz nach. »Dann stecken wir ihn ins Zeugenschutzprogramm und er und seine Familie bekommen die Gelegenheit zu verschwinden. Wenn er sich dann zurückhält und sich nichts zuschulden kommen lässt, ist er ein freier Mann. Er hat jetzt Kinder. Vielleicht reicht das ja. Darf ich dir eine Frage stellen? Bist du immer so hartnäckig?«

»Er ist ein Dickkopf«, erklärte Del. »In der Beziehung ist er Italiener.«

Gonzales schüttelte den Kopf. »Was passiert ist, tut mir wirklich leid.«

»Du brauchst dich nicht zu entschuldigen«, sagte Faz, der an Vera denken musste. »Ich werde schon wieder.«

»Wer wusste das mit dir und der Sondereinheit?«, wollte Del wissen.

»Euer stellvertretender Polizeichef Steve Martinez hat dafür gesorgt, dass ich zu eurer Einheit versetzt wurde. Und euer Captain wusste Bescheid.«

»Warum Gewaltverbrechen? Warum nicht Drogen?«

»Das Drogendezernat wäre zu offensichtlich gewesen. Wir mussten ja alles erst einmal unter Verschluss halten. Aber dann habt ihr beiden die Ermittlung im Fall Rodgers übernommen und ich dachte mir schon, dass es ein Problem geben könnte. Eigentlich sollte ich beim C-Team einsteigen. Da wollte ein Detective in Rente gehen, die perfekte Gelegenheit, reinzurutschen. Als Rodgers erschossen wurde, bat ich Martinez, dafür zu sorgen, dass ich in euer Team komme, um die Ermittlungen im Auge behalten zu können, damit meine Aktion nicht den Bach runtergeht.«

»Tracy war nicht gerade begeistert von dir«, sagte Del.

»Ich glaube, ich habe ihr Geheimnis erraten.«

»Was für ein Geheimnis?« Faz sah Del an, der lediglich mit den Achseln zucken konnte. Er hatte auch keine Ahnung.

Gonzales lächelte. »Ihr wisst es nicht?«

»Was sollen wir wissen? Verlässt sie uns?«

»Wird sie wohl eine Weile tun müssen. Sie ist schwanger.«

»Schwanger? Kein Witz?« Faz sah Del an. »Hast du das gewusst?«

»Geahnt vielleicht, aber ich mochte nicht nachfragen. Hinterher hatte sie nur seit der Hochzeit ein paar Pfunde zugelegt und ich krieg was zu hören. Du weißt doch, wie das ist.«

»Und ob ich das weiß! Mannomann! Tracy schwanger!«

»Sie wollte es wohl so lange wie möglich geheim halten«, meinte Gonzales. »Lange geht das nicht mehr, höchstens noch einen Monat. Was mich betrifft, ich sehe einfach, wenn eine Frau schwanger ist.«

»Hast du selbst Kinder?«, fragte Faz.

»Vier.«

»Wow!« Faz machte große Augen.

»Das nehme ich jetzt mal als Kompliment. Was ist mit euch beiden, habt ihr Kinder?«

»Ich nicht.« Del schüttelte den Kopf.

»Eins«, sagte Faz.

»Ich dachte, ihr Italiener steht auf große Familien.«

»Meine Frau und ich haben spät angefangen«, erklärte Faz. »Und dann gab es Komplikationen. Sie konnte keine weiteren Kinder haben.«

»Das tut mir leid.«

»Es war Gebärmutterkrebs.« Faz schüttelte den Kopf. Er konnte spüren, wie seine Gefühle ihn übermannten. »Jetzt haben wir gerade herausgefunden, dass sie Brustkrebs hat.«

Gonzales berührte ihn an der Schulter. »Es wird alles gut werden. Die Behandlungsmöglichkeiten werden von Jahr zu Jahr besser und sie ist nicht allein. Sie hat jede Menge Schwestern. Ich bin eine davon.«

»Du?«

Gonzales deutete auf ihren Busen. »Hast du gedacht, der ist echt?«

»Kein Kommentar«, erklärte Del hastig.

Alle drei lachten. Dann sagte Gonzales: »Ich hatte vor zehn Jahren eine doppelte Mastektomie. Danach fand ich, ich könnte doch wenigstens gleich das Beste draus machen. Mein Mann ist glücklich.«

Dazu sagten Faz und Del lieber nichts, auch wenn sie lachen mussten.

»Ich gebe dir meine Privatnummer«, fuhr Gonzales fort. »Wenn deine Frau während der Behandlung irgendwelche Fragen hat und gern mit jemandem reden möchte, soll sie mich anrufen.«

»Danke. Das weiß sie bestimmt zu schätzen. Mit mir redet sie nicht viel über das Thema.«

»Gib ihr Zeit und Raum. Es kann einen ziemlich fertigmachen.«

Faz sah Del an. »Wo wir gerade beim Thema Vera sind …«

»Richtig, wir sollten dich lieber ins Krankenhaus schaffen. Wenn du meinst, ich kann Leuten die Hölle heißmachen, dann hast du Vera noch nicht in Aktion erlebt.«

»Vielleicht hat das hier auch sein Gutes«, meinte Faz.

Gonzales wirkte skeptisch. »Wie viel hat dein Kopf abgekriegt?«

»Vera ist eine Kümmerin«, erklärte Faz. »Sich um jemanden kümmern zu können, das macht sie glücklich.«

Gonzales lächelte. »Dann dürfte dein Anblick sie überglücklich machen.«

Kapitel 59

Kins war fleißig gewesen, und als Tracy Himani Mukherjee aus dem Park führte, drängten sich dort schon die Streifenwagen. Rote und blaue Lichter malten Flecken auf das Haus und die Bäume dahinter. Auf der Straße und in den Einfahrten standen besorgte Nachbarn, von denen wahrscheinlich keiner ahnte, was sich gerade bei den Mukherjees abgespielt hatte und was der Familie noch bevorstand. Tracy verfrachtete Himani auf den Rücksitz eines Streifenwagens, die Hände mit Handschellen hinter dem Rücken gefesselt. Ob ihr das peinlich war, ließ sich nicht sagen, Kavitas Mutter hielt das Kinn stolz und trotzig hochgereckt, die Augen fest auf die Rücklehne des Sitzes vor sich gerichtet. Nikhil, ebenfalls in Handschellen, saß bereits auf dem Rücksitz eines anderen Streifenwagens. Im Gegensatz zu seiner Mutter hielt er den Kopf gesenkt, um den neugierig starrenden Blicken auszuweichen.

»Der Vater ist gerade nach Hause gekommen.« Kins deutete mit dem Kinn auf das Haus. »Er ist drinnen mit Sam, den Großeltern und Anderson-Cooper.«

»Wie geht es ihm?«

»Er ist zutiefst erschüttert. Sind sie alle. Er hat einen Anwalt angerufen, einen Freund, und der soll wohl auf dem Weg hierher sein.«

»Was hat Nikhil dir erzählt?«, wollte Tracy wissen.

»Nicht viel. Es war eine ziemliche Pattsituation. Er hat sich ein Messer an die Kehle gehalten, bis sein jüngerer Bruder ihn überreden konnte, es wegzulegen.«

»Er hat nicht gestanden, Kavita umgebracht zu haben?«

»Nicht so direkt, nein.« Kins warf einen Blick auf Himanis Profil. »Warum? Was sagt sie?«

»Sie sagt, sie hat Kavita umgebracht.« Tracy war Kins Blick gefolgt. »Sie sagt, sie hat sie mit einem Stein geschlagen.«

»Auf keinen Fall hat sie sie allein bis zur Grube geschleppt.«

»Das weiß ich. Sie lügt, um ihn zu schützen. Sie sagt, sie habe schon eine Tochter verloren und wolle auf keinen Fall auch noch einen Sohn verlieren.«

»Klingt fast schon rational. Glaubst du, sie hat Nikhil losgeschickt, seine Schwester zu ermorden?«

»Ich weiß nicht. Sie wussten, dass Kavita zunächst im Hotel war und dann, warum auch immer, in den Park kam. Den Grund dafür werden wir sicher nie erfahren.«

»So, wie die Dinge jetzt stehen, kann Himani ihren Sohn nicht mehr schützen. Sie kann Nikhil auf keinen Fall aus allem raushalten. Wenn sie es trotzdem versucht, werden beide für Kavitas Tod verurteilt, es sei denn, einer von ihnen oder beide bekennen sich in der Hoffnung auf eine mildere Strafe schuldig. Der Sohn könnte das machen. Bei der Mutter kann ich mir nicht vorstellen, dass sie sich auf einen Deal einlässt.«

Tracy sah hinüber zum Haus. »Der Vater und Sam tun mir leid. Nicht nur wegen dem, was sie gerade durchgemacht haben. Was ihnen noch bevorsteht, ist auch nicht schön.«

Kins schüttelte nachdenklich den Kopf. »Ich weiß, dass der Tod einer Tochter dir immer besonders an die Nieren geht, Tracy. Alles in Ordnung?«

Tracy dachte an jenen grauenhaften Tag in Cedar Grove, an das flache Grab, in dem nach all den Jahren endlich Sarahs sterbliche Überreste gefunden worden waren. Sie hatte sich damals gefragt, wie sie weiterleben sollte, was sie jetzt antreiben würde, nachdem nach mehr als zwanzig Jahren endlich die Wahrheit über das Verschwinden ihrer Schwester an den Tag gekommen war. Damals war ihr keine Antwort auf diese Frage eingefallen und auch später nicht, bis zu dem Moment, als sie im Bad ihres kleinen Hauses in Redmond den Schwangerschaftstest in Händen gehalten und die unmissverständlichen Striche gesehen hatte.

Sie legte sich die Hand auf den Bauch. »Ja«, sagte sie. »Alles bestens.«

Epilog

Samstag, 15. Dezember 2018

Die Krankenschwester reichte Tracy ihr neugeborenes Töchterchen. Die Kleine war in eine warme Decke gepackt, trug ein rosa Beanie auf dem Kopf und hatte ein knallrotes Gesicht. Aus weit geöffneten, leicht schielenden Augen schickte sie einen unbestimmt suchenden Blick in die Welt.

»Sind Sie sicher, dass das normal ist?«, erkundigte sich Dan bei der Säuglingskrankenschwester. »Dass sie schielt?«

»Völlig normal«, versicherte die Schwester.

»Und bleiben ihre Augen blau?«

»Nicht immer, aber in diesem Fall ist das gut möglich, weil beide Eltern helle Augen haben.«

»Und sie ist gesund? Alles in Ordnung?«

»Sie wiegt dreitausendsiebenhundertdreizehn Gramm.« Die Schwester lächelte. »Alles dran und unterernährt ist sie eindeutig auch nicht.«

Sie hatten die Wehen eingeleitet, als der errechnete Geburtstermin eine Woche überschritten war.

Die Schwester sammelte Handtücher und Nierenschalen ein. Sie hatte ihre Aufgabe erst einmal erfüllt. »Ich lasse Sie beide dann mal allein«, sagte sie. »Im Wartezimmer sitzt auch schon der erste Besuch.«

»Ich hätte gern noch ein paar Minuten, ehe Sie die anderen reinschicken«, bat Tracy. »Und vielen Dank für alles.«

Die Schwester lächelte. »Wofür denn? Sie haben doch die ganze Arbeit geleistet. Ich war nur zur Unterstützung da.«

Dan wartete, bis die Schwester gegangen war, bevor er sich zu Tracy aufs Bett setzte und sie küsste. »Und? Wie geht es dir, Mom?«

Tracy lächelte, wobei ihr gleichzeitig Tränen über die Wangen liefen. »Sie ist so perfekt, nicht? Und so unschuldig.«

»Zehn Finger, zehn Zehen, zwei Ohren und eine Nase«, verkündete Dan. »Ich wünschte, unsere Eltern wären hier und könnten das miterleben. Meine Mutter hätte sie vergöttert und unendlich verwöhnt.«

»Wie fühlst du dich?«

Dan lächelte. »Als hätte ich den Mount Rainier bestiegen und stünde ganz oben auf dem Gipfel und würde zusehen, wie am Horizont die Sonne aufgeht. Dieses erste Tageslicht, weißt du? Ein Regenbogen aus Farben. Und es wäre nicht annähernd so schön wie das, was ich hier in diesem Zimmer zu sehen bekomme.«

»Werd mir jetzt bloß nicht zu sentimental. Meine Hormone spielen auch so schon verrückt.« Tracy standen schon wieder Tränen in den Augen.

»Hey!«, flüsterte Dan. »Alles ist gut. Sieh dir doch an, was du da gerade geschafft hast.«

»Was wir geschafft haben!« Liebevoll blickte Tracy auf ihre Tochter hinunter. »Ich will sie einfach nur beschützen, Dan. Sie soll nie hinfallen und sich die Knie aufschürfen und es soll ihr auch kein Junge das Herz brechen.«

»Bis die Jungs vor der Tür Schlange stehen, bleibt uns noch ein bisschen Zeit.« Dan lächelte. »Außerdem bunkert ihre

Mom ein paar Waffen im Schrank und ist immer noch eine der schnellsten Schützinnen im Westen.«

»Ich kann ihr das Schießen beibringen!« Daran hatte Tracy bis jetzt noch gar nicht gedacht. »Ich kann mit ihr zu Wettbewerben fahren!«

»Auch hier gilt: Sie hat noch ein bisschen Zeit, bis wir mit dem Training anfangen.«

Tracy sah ihn lächelnd an. »Und? Hast du noch weiter darüber nachgedacht?«

»Ich wäre nach wie vor voll damit einverstanden, sie Sarah zu nennen.«

»Ich weiß.« Tracy und Dan hatten die Namensdebatte eines Morgens im Bett geführt, ohne jedoch zu einem Ergebnis gekommen zu sein. Ein Teil von Tracy hätte den Namen ihrer Schwester gern weitergegeben, hätte ihn gern mal wieder mit einem Lächeln auf den Lippen ausgesprochen, ohne die abgrundtiefe Trauer, die sie sonst empfand, wenn er fiel. Sie hätte Sarah gern so geehrt. Andererseits mochte sie ihrer kleinen Tochter diese Last nicht aufbürden. Ihr Kind sollte sich nicht mit Erwartungen belasten müssen, sollte selbst entscheiden, wer sie war und was sie wollte, und nicht das Gefühl haben, einem Namen gerecht werden zu müssen. Ihre Tochter sollte zu einer eigenständigen Persönlichkeit heranwachsen. Tracy würde natürlich nie vergessen können, was Sarah widerfahren war und Kavita Mukherjee und Tausenden anderer junger Frauen. Aber sie wollte diesen morbiden Gedankengang nicht immer automatisch mit jemandem verknüpfen, der so unschuldig und so schön war.

»Nein«, sagte sie. »Wenn ich den Namen unserer Tochter höre, dann soll er mich an etwas Schönes erinnern, etwas, das immer ein Lächeln auf meine Lippen gezaubert hat.«

»Okay. Und wie soll sie dann heißen?«

Da fiel er ihr ein, der Name, den sie ihrer Tochter mit auf den Weg geben wollte. Er war in ihren Gesprächen zum Thema bisher nie aufgetaucht, erschien ihr jetzt aber ganz logisch und bestens geeignet. »Sie soll nach dem Menschen heißen, der mir die Farben zurückgab, als ich das Leben nur schwarz und weiß sehen konnte. Ich möchte sie Danielle nennen.«

Dan traten Tränen in die Augen. Er beugte sich zu Tracy hinunter, bis ihre Nasen einander berührten. »Meinst du das ernst?«, flüsterte er.

»Kurz wäre das dann ›Dani‹.«

»Okay.« Dan holte tief Luft. »Danielle Sarah O'Leary also.« Er küsste Tracy lange und voll auf die Lippen.

»Meinst du, wir lassen sie rein?«, fragte sie nach einer Weile.

Dan verabschiedete sich mit einem Kuss von seiner Tochter und ging. Tracy suchte nach der Fernbedienung, um den Kopfteil ihres Bettes höherzustellen. Danielle lag in ihrer Armbeuge. Die Wirkung der Rückenmarksbetäubung ließ nach und sie spürte, wie sich neben einer tiefen Erschöpfung auch leichtes Unwohlsein bemerkbar machte. Trotzdem konzentrierte sie sich ganz auf ihre Tochter, musste sie immer nur ansehen, konnte nicht aufhören zu lächeln.

Die Schwester kam zurück. »Hat sie schon versucht zu trinken?«

»Nein. Sie liegt hier nur und sieht sich alles an.«

»Sie ist wach und aufmerksam?« Die Schwester kam näher, um das Baby genauer zu betrachten. »Lassen Sie ihr noch ein paar Minuten Zeit und versuchen Sie dann, sie zum Trinken zu bringen. Sie wird Hunger haben. Und wo wir gerade beim Thema sind: Was kann ich ihrer Mom bringen?«

Mom – daran musste sich Tracy erst gewöhnen. »Ich hätte so gern einen Cheeseburger mit Pommes und … einen Schokoladenshake mit Sahne! Ich finde, ein paar Monate darf ich schon noch sündigen.«

»Und es genießen! Was ist mit Ihrem Mann?«
»Der nimmt dasselbe.«
»Wird gemacht!«, versprach die Schwester und ging.

Die Tür hatte sich kaum hinter ihr geschlossen, als sie sich auch schon wieder öffnete, um Dan, Faz und Vera einzulassen. Vera, in modischer Strickmütze, steuerte sofort das Bett an, sie hatte nur Augen für Tracy und das Baby. Als das Onkologie-Team ihr zu Beginn der Chemotherapie erklärt hatte, es sei sinnvoll, sich möglichst bald den Kopf kahl rasieren zu lassen, um den Anblick einzeln ausfallender Haarbüschel zu vermeiden, der unweigerlich ein Schock war, hatte Faz Tracy angerufen und um moralischen Beistand für seine Frau gebeten. Tracy war sofort gekommen und hatte danach Vera während der ganzen Chemotherapie fast täglich besucht, auch dann noch, als sie selbst die Ausmaße eines kleineren SUV angenommen hatte. Außerdem hatte sie auf Vorrat gekocht, damit Vera jeweils für eine Woche Essen im Haus hatte, das sie einfrieren und bei Bedarf auftauen konnte.

»Sie ist wunderschön!« Vera war ganz hingerissen. »Vic! Sieh sie dir doch an! Wie ein kleiner Engel.«

Nun wagte auch Faz sich ans Bett. »Sie ist umwerfend, Tracy. Hast du gut gemacht. Hast du echt gut gemacht.«

Seinem Gesicht sah man die Schläge kaum mehr an, alles war gut verheilt. Es waren wohl Narben geblieben, aber den Riss über seinem Auge hatten die Ärzte geschickt mit der Braue vernähen können. Sie hatten auch seine Nase gerichtet und verhindert, dass ein Höcker sie zierte. Er war fast zwei Monate krankgeschrieben gewesen, um sich von seinen Verletzungen zu erholen, zu denen auch zwei angebrochene Rippen gehört hatten. Nun waren sie dabei, ihn langsam wieder ins A-Team einzugliedern. Trotz all seiner Proteste hatte Vera darauf bestanden, sich um ihn zu kümmern. Für sie war es eine gute Therapie gewesen. Die Pflege hatte geholfen, sie vom Krebs abzulenken und die schweren Tage durchzustehen.

»Wie geht es dir?«, erkundigte sich Tracy bei Vera.

»Sollte ich das nicht lieber dich fragen?«

»Mir geht es prima. Ich bin ein bisschen müde und hab nah am Wasser gebaut, aber ich könnte nicht glücklicher sein. Wie ist deine letzte Behandlung gelaufen?«

Zwei Tage bevor Tracy ins Krankenhaus ging, hatte Vera ihre letzte Chemo gehabt. Der Onkologe war sehr zuversichtlich, dass der Krebs in Remission gegangen war und das auch so bleiben würde.

»Mir geht es gut«, versicherte Vera. »Ehrlich, es hat mir selten etwas so viel Auftrieb gegeben wie Dans Anruf, du wärst jetzt im Krankenhaus.«

»Wann hast du den Termin mit dem plastischen Chirurgen?«

»In ungefähr einem Monat.«

»Ich habe vorgeschlagen, dass wir mal Andrea Gonzales zum Essen einladen. Für den Fall, dass sich Vera nach was Größerem umschauen möchte«, sagte Faz.

Vera gab ihm einen Klaps.

»Hey!«, protestierte Faz. »Das ist doch wie beim Autokauf! Man muss sich informieren! Sich umschauen, was es alles so gibt!«

»Schau dich ruhig um«, sagte Vera. »Du musst sie schließlich nicht den ganzen Tag mit dir rumschleppen.«

»Und? Wie wollt ihr sie jetzt nennen?«, erkundigte sich Faz bei Tracy.

»Danielle«, sagte Tracy. »Und wir rufen sie Dani.«

»Echt jetzt?« Faz warf Dan einen anerkennenden Blick zu. »Ich wollte Antonio ja ›Faz‹ nennen, aber Vera hat mich nicht gelassen.«

Vera verdrehte die Augen. »Faz Fazzio, der perfekte Name! Du hast ein Restaurant, das nach dir benannt ist. Das muss reichen.«

»Hat er eröffnet?«, fragte Tracy.

»Morgen in einer Woche geht es los.« Faz strahlte. »Ihr müsst unbedingt kommen. Zusammen mit Del und Celia und mit Kins und Shannah.«

»Das lassen wir uns auf keinen Fall entgehen«, versprach Dan.

»Wir feiern gleich zwei Ereignisse«, erklärte Vera. »Antonio hat seiner Freundin einen Antrag gemacht.«

»Das ist ja wunderbar«, rief Dan.

»Hat Vera schon erzählt, dass sie im Restaurant arbeiten soll?«, fragte Faz.

Vera winkte ab. »Nur zwei Tage die Woche, als Hostess.«

»Nein, nein! Sag ihnen, was Antonio gesagt hat!«

Vera sah nicht so aus, als würde sie das gern erzählen.

»Er möchte, dass Vera mit der Zeit in die Küche wechselt«, verkündete Faz. »Wie nannte er das noch mal, Vera?«

»Tournant«, sagte Vera.

»Richtig. Er möchte, dass Vera der Tournant-Koch wird. Das ist der Koch, der die Oberaufsicht über alles hat, was in der Küche passiert. Genau der richtige Job für sie.«

»Jetzt aber genug von mir«, protestierte Vera. »Wir haben hier eine Mutter und ihr bezauberndes Baby, die die Aufmerksamkeit momentan ein bisschen mehr verdienen als ich.«

Tracy lächelte. »Möchtest du sie mal auf den Arm nehmen?«

Vera strahlte. »Ist der Papst katholisch? Lass dich anschauen, kleiner Engel.« Tracy reichte ihr das Baby. »Mein Gott, seht nur, wie wach und aufmerksam sie ist!«

»Auf die musst du aufpassen, Tracy«, sagte Faz. »Aus der wird sonst noch ein Detective.«

»Sie ist einfach nur wunderschön«, sagte Vera. »Einfach das Schönste, was man je gesehen hat.«

Tracy nickte Dan unauffällig zu. Der räusperte sich. »Hört mal, Leute, ehe alle anderen auch noch eintrudeln, gibt es eine Sache, um die Tracy und ich euch gern bitten würden.«

Vera, die das Baby gewiegt und vor sich hin gesummt hatte, hörte auf damit. Faz warf Tracy einen besorgten Blick zu. »Du kommst doch aber zurück, oder?«

»Die Frage entscheide ich, wenn es so weit ist.«

»Ihr wisst, dass ihr für Tracy wie Familie seid«, sagte Dan. »Wir haben uns also gefragt, ob ihr beiden uns die Ehre geben würdet, Danielles Paten zu sein.«

Einen Moment lang sahen sich Vera und Faz einfach nur sprachlos an. Dann fing Vera an zu weinen, dicke, heiße Tränen, die ihr die Wangen hinunterliefen und Faz ansteckten. »Wow«, sagte er leise. »Das wäre eine Ehre. Das wäre wirklich eine Ehre. Oder, Vera?«

Vera nickte. Sie ging zu Tracy und küsste sie auf die Wange.

»Was sagt man dazu!«, freute sich Faz. »Erst wird ein Restaurant nach mir benannt. Dann werde ich Pate. Und mach dir bloß keine Sorgen, Tracy«, er senkte die Stimme, bis er verdächtig nach Marlon Brando klang, »jedem Jungen, der deiner Tochter nachsteigt, mache ich ein Angebot, das er nicht ablehnen kann.«

»Don Fazzio!«, stöhnte Tracy. »Der Himmel möge uns beistehen. Das A-Team wird nie mehr das alte sein.«

Danksagung

Die Idee zu diesem Roman entstand nach der Lektüre zweier Zeitungsartikel. Der eine beschäftigte sich mit arrangierten Ehen im indischen Kulturkreis, in dem anderen ging es um Sugardating. Arrangierte Ehen, besonders im Kontext der indischen Kultur, sind ein komplexes, höchst interessantes Thema, über das ich in diesem Roman bestimmt kein Urteil abgeben will. Ich wollte es einfach nur vorstellen und mit den Blind Dates vergleichen, die ja in den USA nichts Außergewöhnliches sind. In dieser Frage erhielt ich Hilfe von meiner guten Freundin, der Schriftstellerin Bharti Kirchner, die eine frühe Version meines Buches las und kommentierte und mir einige Romane empfahl, um mein Verständnis für die indische Kultur zu intensivieren. Dazu gehörten ihr eigener Roman *Sharmila's Book*, Anne Cherians *A Good Indian Wife* und *The Namesake* (dt. *Der Namensvetter*), der Roman der Pulitzer-Preisträgerin Jhumpa Lahriri. Traurigerweise ist die Grundlage dieses letzten Romans sowohl tragisch als auch wahr.

Das Konzept des Sugardatings ist dagegen eindeutig beunruhigend. Nachdem ich nun ein paar Dutzend Artikel und Webseiten zum Thema gelesen habe, bin ich mir nicht mehr sicher, was ich dazu sagen soll. Angeblich finanziert ein gewisser

Prozentsatz amerikanischer College-Studentinnen auf diese Weise ein Studium. Befragte Colleges gaben dazu an, solche Behauptungen nicht überprüfen zu können. Mich persönlich hat ein Artikel besonders erschreckt, dessen Verfasserin als Sugarbaby getarnt an einer Konferenz in Los Angeles teilnahm. Dabei will mir vor allem eine Feststellung nicht aus dem Kopf gehen: Die Journalistin hatte bei ihren Recherchen herausgefunden, dass die Leute auf diesen Webseiten zur Wahrung ihrer Identität fast ausschließlich unter falschem Namen unterwegs waren, auch die Sugardaddys. Der Artikel sprach von einem gefährlichen Spiel, bei dem sich junge Frauen auf »Dates« mit meist älteren Männern einließen, von denen sie oft nicht einmal den richtigen Namen kannten.

Auch diesen Roman aus meiner Reihe um Tracy Crosswhite hätte ich ohne die Hilfe von Jennifer Southworth und Scott Tomkins nicht schreiben können. Jennifer arbeitet in der Abteilung Gewaltverbrechen der Polizei von Seattle, Scott bei der Einheit Schwerverbrechen des King County Sheriff Office.

Herzlichen Dank an Kathy Taylor, forensische Anthropologin im rechtsmedizinischen Institut des King County, von der ich immer wieder inspirierende Anregungen erhalte. Herzlichen Dank auch an die begnadete Spurenleserin Kathy Decker, die mir schon bei verschiedenen Romanen behilflich war. Ich weiß, wie glücklich ich mich schätzen kann, immer wieder an ihrem reichen Wissen teilhaben zu können.

Herzlichen Dank an Meg Ruley, Rebecca Scherer und das ganze Team der Agentur Jane Rotrosen. Sie halten fast wie in einer stabilen Ehe in guten und in schlechten Zeiten zu mir, in Reichtum und Armut und hoffentlich auch bis ans Ende meiner Tage als Schriftsteller. Sie tun unendlich viel für mich, ich kann mich gar nicht oft genug bedanken.

Danke an Thomas & Mercer, die sich auch für dieses sechste Buch der Crosswhite-Reihe, den siebten Roman, der bei ihnen erscheint, so enthusiastisch einsetzen wie für den ersten. Diese Leute haben mein berufliches Leben von Grund auf verändert und damit auch das Leben meiner Familie. Das sage ich nicht zum ersten Mal. Sie haben dafür gesorgt, dass meine Bücher Millionen von Lesern fanden – was will ein Autor mehr? Darüber hinaus haben sie neulich dreihundert Exemplare meines Romans *Das Grab meiner Schwester* für eine Wohltätigkeitsveranstaltung in Los Angeles gespendet, auf der Geld zur Unterstützung von Leuten mit Autismus gesammelt wurde. Die Großzügigkeit dieses Verlages kennt keine Grenzen.

Ein Dankeschön an Sarah Shaw, die für die Autorenbetreuung zuständig ist, mich immer mit einem strahlenden Lächeln begrüßt und sich so oft nette Überraschungen für mich und meine Familie einfallen lässt.

Vielen Dank, Sean Baker, Produktionsleitung, Laura Barrett, Herstellung, und Oisin O'Malley, Art Director. Auf die Gefahr hin, mich zu wiederholen: Ich liebe die Cover und Titel jedes einzelnen meiner Romane und dafür bin ich euch zu Dank verpflichtet. Danke an Dennelle Catlett aus der Abteilung Öffentlichkeitsarbeit bei Amazon Publishing für ihren unermüdlichen Einsatz für mich und meine Romane. Dennelle kümmert sich auch darum, dass ich mich auf meinen Reisen immer wie ein Luxusgeschöpf fühle. Dank an das Marketing Team, Gabrielle Guarnero, Laura Costantino und Kyla Pigoni. Dank an Mikyla Bruder, Galen Maynard und Jeff Belle, alle bei Amazon Publishing.

Mein besonderer Dank geht an Gracie Doyle, Cheflektorin bei Thomas & Mercer. Sie begleitet die Entstehung meiner Bücher von der ersten Idee bis zur letzten Fassung des fertigen Romans und hat immer Vorschläge, wie das Buch besser werden kann. Sie sorgt dafür, dass ich die besten Romane schreibe, die mir möglich sind, und ich bin sehr froh, sie in meinem Team zu haben.

Ein weiterer ganz spezieller Dank geht an meine Lektorin Charlotte Herscher. Das ist jetzt unser achtes Buch und vielleicht war es am schwierigsten zu schreiben und zu lektorieren. Sie hat den Entstehungsprozess mit mir durchgestanden, hat mich zu notwendigen Veränderungen gedrängt und mir geholfen, an dieser Geschichte zu feilen und sie zu polieren, sodass ich jetzt stolz darauf sein kann. Danke an Scott Calamar für die gründliche Manuskriptbearbeitung. Die eigenen Schwächen zu kennen ist von Vorteil, denn dann kann man um Hilfe bitten.

Danke an Tami Taylor, die für meine Webseite und meinen Newsletter zuständig ist und ein paar von meinen Covern für den ausländischen Markt entworfen hat. Danke an Pam Binder und die Pacific Northwest Writers Association für ihre Unterstützung meiner Arbeit. Danke an die Seattle 7, ein Nonprofit-Kollektiv aus Schriftstellern aus dem pazifischen Nordwesten, die das geschriebene Wort betreuen und unterstützen.

Ich danke euch, meinen Lesern, weil ihr meine Romane entdeckt und meine Arbeit dadurch so wunderbar unterstützt. Danke für eure Besprechungen und E-Mails, in denen ihr mich wissen lasst, dass euch meine Arbeit gefällt.

Danke an meine Frau Cristina und unsere Kinder, Joe und Catherine. Ich freue mich schon auf unsere nächsten Reiseabenteuer.